J. D. Robb

Im Namen des Todes

AF178562

Buch

Der beliebte Pater Miguel Flores fällt während einer Trauerfeier tot um, nachdem er den Abendmahlskelch an seine Lippen gesetzt hat. Vergiftet durch das Blut Christi? Lieutenant Eve Dallas kann zunächst nichts Auffälliges im Leben des Priesters feststellen, aber nach und nach deckt sie auf, dass er nicht der war, für den ihn seine Gemeindemitglieder gehalten haben. In seinem Zimmer finden sich eine sorgfältig versteckte Medaille mit einer mysteriösen Inschrift und einige Seiten mit unterstrichenen Bibelstellen. Steinchen für Steinchen setzt Eve das geheimnisvolle Mosaik zusammen und glaubt sich schon auf einem guten Weg, als ein zweiter Mord geschieht. Wieder ist es ein Geistlicher, der ebenfalls vergiftet zusammenbricht. Ist hier ein Serienmörder am Werk oder nutzt ein Trittbrettfahrer die Gelegenheit für eine völlig anders motivierte Tat? Je weiter Eve in den Fall vordringt, desto mehr findet sie sich in einem Netz aus Betrug und Habgier wieder …

Autorin

J.D. Robb ist das Pseudonym der international höchst erfolgreichen Autorin Nora Roberts, einer der meistgelesenen Autorinnen der Welt. Unter dem Namen J.D. Robb veröffentlicht sie seit Jahren erfolgreich Kriminalromane.
Weiter Informationen finden Sie unter:
www.blanvalet.de und www.jdrobb.com

Von J.D. Robb bei Blanvalet erschienen (Auswahl)

Tödlicher Ruhm · Verführerische Täuschung · Aus süßer Berechnung · Zum Tod verführt · Das Böse im Herzen · So tödlich wie die Liebe · Geliebt von einem Feind · Der liebevolle Mörder · Im Licht des Todes · Eiskalte Nähe · Sein teuflisches Herz · Kälter als die Lüge

Weitere Bände in Vorbereitung

J. D. Robb
Im Namen des Todes

Roman

Deutsch von Uta Hege

blanvalet

Die Originalausgabe erschien 2008
unter dem Titel »Salvation in Death«
bei G. P. Putnam's Sons,
a member of Penguin Group (USA) Inc., New York.

Der Verlag behält sich die Verwertung des urheberrechtlich
geschützten Inhalts dieses Werkes für Zwecke des Text- und
Data-Minings nach § 44 b UrhG ausdrücklich vor.
Jegliche unbefugte Nutzung ist hiermit ausgeschlossen.

MIX
Papier | Fördert
gute Waldnutzung
FSC® C014496

Penguin Random House Verlagsgruppe FSC® N001967

4. Auflage
Taschenbuchausgabe Januar 2015 by Blanvalet,
einem Unternehmen der
Penguin Random House Verlagsgruppe GmbH,
Neumarkter Str. 28, 81673 München
Copyright © der Originalausgabe 2008 by Nora Roberts
Published by Arrangement with Eleanor Wilder
Dieses Werk wurde vermittelt durch die Literarischen Agentur Thomas
Schlück GmbH, 30161 Hannover.
Copyright © 2012 für die deutsche Ausgabe
by Blanvalet, in der Penguin Random House
Verlagsgruppe GmbH, München
Umschlaggestaltung: © www.buerosued.de
Umschlagmotiv: © plainpicture/Anja Weber-Decker
Redaktion: Regine Kirtschig
LH · Herstellung: sam
Satz: Buch-Werkstatt GmbH, Bad Aibling
Druck und Bindung: GGP Media GmbH, Pößneck
Printed in Germany
ISBN: 978-3-442-37992-7

www.blanvalet.de

Nehmt euch in Acht vor den falschen Propheten,
die in Schafskleidern zu euch kommen,
darunter aber sind sie reißende Wölfe.

– Matthäus 7.15

Der Glaube, blickend durch den Tod.

– William Wordsworth

I

Während der Messe für den Toten stellte der Priester die Oblaten und den billigen Rotwein auf dem Altarleinen zurecht. Hostienschale und Kelch waren aus schwerem Silber. Der Mann in dem blumengeschmückten Sarg hatte sie der Kirche geschenkt. Der Sarg stand am Fuß der ausgetretenen Stufen, die den Priester von seiner Gemeinde trennten.

Der Verstorbene hatte jeden Tag seiner hundertsechzehn Lebensjahre als gläubiger Katholik verbracht. Erst zehn Monate zuvor war seine Frau gestorben, und er hatte sie schmerzlich vermisst.

Jetzt waren die Bänke der alten Kirche in Spanish Harlem mit seinen Kindern, Enkeln, Ur- und Ururenkeln gefüllt. Viele von ihnen lebten noch in der Gemeinde, andere waren dorthin zurückgekehrt, um den Toten zu betrauern und ihm die letzte Ehre zu erweisen, denn sie hatten ihn geliebt. Seine beiden noch lebenden Brüder, Vettern, Basen, Nichten, Neffen, Freunde, Freundinnen, Nachbarn und Nachbarinnen hatten sich versammelt, sodass die Lebenden die Bankreihen, die Seitenschiffe und den Vorraum füllten und den Verblichenen entsprechend dem uralten Ritual ehrten.

Hector Ortiz war ein guter Mensch gewesen, dem ein gutes, angenehmes Leben vergönnt gewesen war. Er war friedlich in seinem Bett gestorben, umgeben von Fotos seiner Familie und zahlreichen Bildern von Jesus, Maria und Laurentius, seinem Lieblingsheiligen, der sich für

7

seinen Glauben hatte zu Tode rösten lassen und – Ironie des Schicksals – Schutzpatron der Gastwirte geworden war.

Hector würde den Menschen fehlen, aber da er ein langes, angenehmes Leben geführt hatte, das durch einen leichten Tod beendet worden war, herrschte während dieser Totenmesse eine Atmosphäre von Frieden und Akzeptanz – und die um ihn weinten, vergossen die Tränen weniger für den Verblichenen als für sich selbst. Dank ihres Glaubens waren sie gewiss, dass Hector Ortiz seines Seelenfriedens sicher war.

Während der Priester die vertrauten Rituale durchführte, sah er die Trauernden an. Sie erwarteten, dass er bei diesem letzten Tribut an den geliebten Mann die Führung übernahm.

Blumen, Weihrauch und das rauchende Wachs der Kerzen erfüllten die Luft mit ihrem mystischen Geruch. Es war der Geruch von Macht und göttlicher Präsenz.

Der Priester neigte feierlich den Kopf über den Symbolen von Fleisch und Blut, bevor er sich die Hände wusch.

Er hatte Hector gekannt und sich erst in der vergangenen Woche seine letzte Beichte angehört. Während die Gemeinde sich erhob, ging Pater Flores durch den Kopf, dass er bei dieser Gelegenheit dem Mann seine letzte Buße auferlegt hatte.

Dann sprach Flores zur Gemeinde, sie sprachen zu ihm und gemeinsam brachten sie erst das vertraute eucharistische Hochgebet und dann das Sanctus hinter sich.

»Heilig, heilig, heilig Gott, Herr aller Mächte und Gewalten.«

Diese und die folgenden Worte wurden gesungen, denn Hector hatte die Musik der Messe geliebt. Die diversen Stimmen mischten sich mit der magisch duftenden Luft, und dann kniete sich die Gemeinde – während ein Baby leise wimmerte, jemand trocken hustete, Stoffe raschelten und ein paar leise Stimmen flüsterten – für den Segen hin.

Der Priester wartete, bis Stille in der Kirche herrschte.

Dann bat er die Macht des Heiligen Geistes, die Gaben der Hostie und des Weins in den Leib und das Blut Christi zu verwandeln, und trat gemäß dem Ritual als Vertreter Gottes Sohns einen Schritt nach vorn.

Macht. Göttliche Präsenz.

Während der Gekreuzigte von seinem Platz ein Stückchen hinter dem Altar auf ihn heruntersah, war Flores klar, dass jetzt er selbst die Macht in seinen Händen hielt.

»Nehmt dies und esst. Denn dies ist mein Leib«, setzte er an und hielt die Hostie hoch, »den ich für euch gegeben habe.«

Die Glocken läuteten und die Menschen neigten ihre Köpfe.

»Nehmt dies und trinkt. Denn dies ist mein Blut.« Er hob den Kelch. »Das Blut, das für euch und viele vergossen wird zur Vergebung der Sünden. Tut dies zu meinem Gedächtnis.«

»Christus ist gestorben, Christus ist auferstanden, Christus wird wiederkommen.«

Sie beteten, der Priester wünschte ihnen und sie wünschten sich gegenseitig Frieden und dann erklangen wieder ihre Stimmen, als sie sangen *Lamm Gottes, du nimmst hinweg die Sünde der Welt, erbarme dich unser,* während der Priester die Hostie brach und ein Stückchen davon in die Schale gab. Die Ministranten stellten sich vor den Altar, als der Priester den Kelch an seine Lippen hob.

In dem Augenblick, in dem das Blut durch seine Kehle rann, war er bereits tot.

Die Kirche St. Cristóbal in Spanish Harlem lag ruhig zwischen einer Bodega und einem Pfandleihhaus. Sie hatte einen kleinen, grauen Turm und war anders als die Bauten in ihrer Umgebung nicht mit Graffiti verziert. In ihrem Inneren roch es nach Kerzen, Blumen, Möbelpolitur. Wie es auch in einem netten Haus in einem Vorort roch.

Zumindest kam es Lieutenant Eve Dallas so vor, als sie den Gang zwischen den Bankreihen hinunterging. Vorne in der ersten Reihe saß ein Mann in einem schwarzen Hemd mit einem weißen Kragen, einer schwarzen Hose, mit gefalteten Händen und gesenktem Haupt.

Sie war sich nicht sicher, ob er betete oder nur wartete, im Grunde war ihr das auch egal. Sie umrundete den warm schimmernden Sarg, der unter einer Vielzahl roter und weißer Nelken fast nicht mehr zu sehen war. Auch der tote Mann, für den zuvor die Messe abgehalten worden war, kümmerte sie nicht.

Sie schaltete das Aufnahmegerät am Aufschlag ihrer Jacke ein, doch als sie die beiden kurzen Stufen in Richtung Altar – und des Toten, der für sie von Interesse war – erklimmen wollte, zupfte ihre Partnerin an ihrem Ärmel und flüsterte ihr zu: »Hm, ich glaube, wir sollten erst noch einen Knicks machen.«

»Ich knickse nie.«

»Nein, im Ernst.« Peabodys dunkle Augen überflogen den Altar und die Heiligenstatuen. »Das dort oben ist geweihter Boden oder so.«

»Seltsam, für mich sieht es so aus, als ob dort ein Toter liegt.«

Eve trat vor den Altar, hinter ihrem Rücken sank Peabody in einen kurzen Knicks, lief ihr dann aber eilig hinterher.

»Das Opfer wurde als Miguel Flores, fünfunddreißig

Jahre, katholischer Priester identifiziert«, sprach Eve in ihr Aufnahmegerät. »Der Leichnam wurde bewegt.« Sie warf einen kurzen Blick auf einen der uniformierten Beamten, der zur Sicherung des Fundortes herbeigerufen worden war.

»Ja, Madam. Das Opfer brach während der Messe zusammen, und während jemand einen Krankenwagen rief, wurden Reanimationsversuche durchgeführt. Bei unserer Ankunft waren bereits zwei Kollegen wegen der Beerdigung vor Ort. Der Beerdigung von ihm«, fügte er mit einer Kopfbewegung Richtung Sarg hinzu. »Sie haben die Leute zurückgehalten und den Bereich um den Altar vorsorglich abgesperrt. Jetzt warten sie auf Sie.«

Sie hatte sich die Hände und die Schuhe bereits draußen vor der Kirche eingesprüht, weshalb sie jetzt ungehindert neben ihrem Opfer in die Hocke gehen konnte. »Besorgen Sie die Fingerabdrücke, ermitteln die genaue Todeszeit und so weiter«, sagte sie zu ihrer Partnerin und sprach in den Rekorder: »Das Opfer hat auffallend rosige Wangen. Die Gesichtsverletzungen an der linken Schläfe und am linken Wangenknochen sind wahrscheinlich Folge seines Sturzes.«

Sie sah wieder auf, bemerkte den silbernen Kelch auf dem befleckten, weißen Leinentuch, stand auf, ging zum Altar und schnupperte an dem Gefäß. »Hat er hieraus getrunken? Was hat er gemacht, als er zusammenbrach?«

»Er hat das Abendmahl genommen«, kam der Mann in der ersten Bankreihe dem uniformierten Beamten zuvor.

Eve trat auf die andere Seite des Altars. »Arbeiten Sie hier?«

»Ja. Dies ist meine Kirche.«

»Ihre Kirche?«

»Ich bin hier der Hauptpfarrer.« Als er aufstand, wurde deutlich, dass er ein kompakter, muskulöser Mann mit traurigen, dunklen Augen war. »Ich bin Pater López. Miguel hat die Totenmesse abgehalten und das Abendmahl genommen. Er hat aus dem Kelch getrunken und brach praktisch im selben Augenblick zusammen. Sein Körper fing an zu zucken, er rang nach Luft und dann fiel er zu Boden.« Der fast unmerkliche Akzent, mit dem er sprach, erschien Eve wie ein exotischer Film auf rauem Holz. »Es waren Ärzte und Sanitäter da, die versucht haben ihn wiederzubeleben, aber es war zu spät. Einer von ihnen meinte, es sähe nach einer Vergiftung aus. Aber das glaube ich nicht.«

»Und warum nicht?«

López zuckte mit den Schultern. »Wer würde schon einen Priester auf eine solche Art und in einem solchen Augenblick vergiften?«

»Woher kam der Wein? Der in dem Kelch?«

»Wir bewahren den Wein für das Abendmahl in der Sakristei in dem verschlossenen Tabernakel auf.«

»Und wer hat dazu Zugang?«

»Ich. Miguel, Martin – das heißt, Pater Freeman – und die Ministranten, die bei der jeweiligen Messe dienen.«

Also jede Menge Leute, dachte Eve. Weshalb machte man sich überhaupt die Mühe und schloss dieses Tabernakel ab? »Und wo sind die alle?«, fragte sie.

»Pater Freeman besucht Verwandte in Chicago und wird erst morgen zurück erwartet. Aber wir haben – hatten – heute drei Ministranten, denn die Totenmesse war sehr gut besucht.«

»Ich brauche ihre Namen.«

»Sie glauben doch wohl nicht ...«

»Und was ist hiermit?«, fuhr sie fort.

Er erbleichte, als sie nach dem Silberteller mit der Hostie griff. »Bitte. Bitte. Die Hostie ist geweiht.«

»Tut mir leid, jetzt ist sie ein Beweismittel. Es fehlt ein Stück davon. Hat er das gegessen?«

»Es wird immer ein kleines Stückchen davon abgebrochen, in den Wein getaucht und dann verspeist.«

»Wer hat den Wein in den Kelch geschüttet und die …« Wie zum Teufel hieß das Ding nochmal?

»Hostie«, half ihr López aus. »Ich habe den Wein in den Kelch gegossen und die Hostie vor der Konsekration für Miguel bereitgelegt. Das habe ich als Zeichen des Respekts vor Mr Ortiz selbst getan. Doch auf Bitten der Familie hat Miguel die Messe zelebriert.«

Eve sah ihn fragend an. »Sie wollten also nicht den Chef persönlich? Haben Sie nicht gesagt, Sie wären hier der Chef?«

»Ich bin der Hauptpfarrer, ja. Aber ich bin noch nicht lange hier. Erst seit Monsignore Cruz' Pensionierung vor acht Monaten. Miguel hingegen war bereits seit über fünf Jahren in der Gemeinde tätig, hat zwei von Mr Ortiz' Urenkeln getraut, vor knapp einem Jahr die Totenmesse für Mrs Ortiz abgehalten und …«

»Einen Augenblick, bitte.«

Eve wandte sich an Peabody.

»Bitte verzeihen Sie die Unterbrechung, Pater«, meinte die. »Die Fingerabdrücke und der Todeszeitpunkt stimmen. Er hat getrunken, ist zusammengebrochen und war tot. Die roten Wangen deuten auf eine Vergiftung hin. Vielleicht durch Cyanid?«

»Möglich. Aber warten wir die offizielle Untersuchung ab. Packen Sie den Kelch und das Plätzchen ein, und nehmen Sie die Aussage eines Kollegen auf, der an der Messe teilgenommen hat. Ich befrage dann den anderen, nachdem López mir gezeigt hat, wo der Wein und dieses andere Ding aufbewahrt worden sind.«

»Sollen wir den anderen Toten freigeben?«

Eve blickte stirnrunzelnd auf den Sarg. »Er hat jetzt schon so lange gewartet, da kommt es auf ein paar Minuten mehr nicht an.« Sie wandte sich wieder López zu. »Ich muss sehen, wie sie die ...« – Erfrischungen? – »den Wein und die ... Hostien aufbewahren.«

López nickte, wies in Richtung einer Tür und führte Eve in einen Raum, an dessen Wänden sich mehrere Schränke aneinanderreihten und in dem auf einem Tisch eine große, mit einem Kreuz verzierte Kiste stand. Er nahm einen Schlüsselbund aus seiner Hosentasche und sperrte die Kiste auf.

»Das hier ist das Tabernakel«, erläuterte er ihr. »Es enthält noch nicht geweihte Hostien und Wein. In dem ersten, ebenfalls verschlossenen Schrank dort drüben bewahren wir weitere Vorräte auf.«

Das Holz schimmerte frisch poliert, bemerkte sie, Fingerabdrücke wären also deutlich zu sehen. Das Schloss bestand aus einem schlichten Schlitz, in den man einen Schlüssel schob. »Und den Wein für den Kelch haben Sie aus dieser Karaffe hier geholt?«

»Ja. Ich habe ihn aus der Karaffe in den Kelch geschüttet, die Hostie genommen und Miguel beides zu Beginn der eucharistischen Liturgie gebracht.«

Die Karaffe war zur Hälfte mit einer rötlich violetten Flüssigkeit gefüllt. »Haben Sie die Karaffe einmal aus der Hand gegeben oder fortgestellt?«

»Nein. Ich habe sie genommen und hatte sie die ganze Zeit dabei. Es wäre respektlos, diese Gegenstände einfach irgendwo abzustellen.«

»Ich muss sie untersuchen lassen.«

»Das verstehe ich. Aber das Tabernakel darf die Kirche nicht verlassen. Könnte man also die Untersuchung bitte hier durchführen? Verzeihung«, fügte er hinzu. »Ich habe Sie noch gar nicht nach Ihrem Namen gefragt.«

»Lieutenant Dallas.«

»Sie sind nicht katholisch.«

»Woher wissen Sie das?«

Er sah sie mit einem leichten Lächeln an, doch die Traurigkeit wich auch in diesem Moment nicht aus seinem Blick. »Sie sind mit den Traditionen und den Riten unserer Kirche nicht vertraut, deshalb kommt Ihnen einiges davon wahrscheinlich etwas seltsam vor. Sie glauben, jemand hätte sich am Wein oder der Hostie zu schaffen gemacht.«

Eve sah ihn reglos an. »Bisher glaube ich noch gar nichts.«

»Wenn es so wäre, wie Sie denken, hätte jemand den Leib und das Blut Christi für einen Mord missbraucht. Und ich hätte Miguel die Mordwaffe gebracht und in die Hand gedrückt.« Plötzlich sah er nicht nur traurig, sondern gleichzeitig auch wütend aus. »Dafür wird Gott den oder die Täter zur Rechenschaft ziehen, Lieutenant. Aber ich glaube nicht nur an Gottes, sondern auch an die irdischen Gesetze, deshalb werde ich alles in meiner Macht Stehende tun, um Ihnen bei ihrer Arbeit behilflich zu sein.«

»Was für ein Priester war Flores?«

»Ein ausgezeichneter. Mitfühlend, engagiert und voller Energie. Er hat gern mit jungen Menschen gearbeitet, darin war er besonders gut.«

»Hatte er in letzter Zeit Probleme? Depressionen, Stress?«

»Nein. Nein. Das hätte ich gewusst, das hätte ich ihm

angemerkt. Wir drei wohnen nämlich zusammen im Pfarrhaus hinter der Kirche.« Er winkte vage mit der Hand, als gingen ihm ein Dutzend anderer Dinge durch den Kopf. »Wir essen, sprechen, streiten, beten fast jeden Tag zusammen. Deshalb hätte ich gemerkt, wenn er Probleme gehabt hätte. Falls Sie denken, er hätte sich umgebracht – das hätte er nie getan. Schon gar nicht auf eine solche Art.«

»Hatte er Ärger mit irgendjemandem? Hat irgendjemand einen Groll gegen ihn gehegt oder hatte – beruflich oder persönlich – ein Problem mit ihm?«

»Er hat nie etwas Derartiges erwähnt und, wie gesagt, wir haben täglich miteinander gesprochen.«

»Wer wusste, dass er heute die Totenmesse abhalten würde?«

»Das war allgemein bekannt. Hector Ortiz war eine Stütze der Gemeinde. Ein allseits beliebter, angesehener Mann. Alle wussten, dass heute die Totenmesse abgehalten würde und dass Miguel von der Familie darum gebeten worden war.«

Eve trat vor eine Tür und zog sie auf. Helles Sonnenlicht fiel in die Sakristei. Das Schloss der Tür war fast so einfach wie das an der Kiste, merkte sie.

Man käme also völlig mühelos hinein und auch wieder heraus.

»Fanden heute auch schon vorher Messen statt?«, wandte sie sich wieder López zu.

»Ja, wie jeden Werktag früh um sechs. Die Messe habe ich selbst zelebriert.«

»Und der Wein und die Hostie, die dort verwendet wurden, kamen aus demselben Vorrat wie die Sachen jetzt?«

»Ja.«

»Wer hat sie für Sie geholt?«

»Miguel. Es ist immer nur eine kleine Messe, für gewöhnlich nehmen höchstens ein, zwei Dutzend Leute daran teil. Und heute hatten wir noch weniger erwartet, denn schließlich kamen die meisten zur Beerdigung.«

Man kommt rein, nimmt an der Messe teil, schleicht sich heimlich in die Sakristei, vergiftet den Wein und verschwindet durch die Tür. Ganz einfach, dachte Eve. »Wie viele Leute haben an der Messe teilgenommen?«, fragte sie.

»Heute Morgen? Ah … acht oder neun.« Er machte eine kurze Pause und ging in Gedanken die Gesichter seiner morgendlichen Schäfchen durch. »Ja, neun.«

»Ich werde auch die Namen dieser Leute brauchen. War jemand Unbekanntes dabei?«

»Nein. Ich kannte alle, die da waren. Wie gesagt, es war nur eine kleine Gruppe.«

»Und dazu noch Sie und Flores. Keine Ministranten?«

»Nicht morgens um sechs. Bei den Frühmessen während der Woche setzen wir normalerweise keine Ministranten ein, außer in der Fastenzeit.«

»Okay. Bitte schreiben Sie mir so genau wie möglich auf, was das Opfer – Flores – heute wann getan hat.«

López nickte knapp.

»Ich muss diesen Raum als Teil des Tatorts absperren.«

»Oh.« Er verzog unglücklich das Gesicht. »Wissen Sie schon, wie lange?«

»Nein.« Sie wusste, sie war brüsk, aber etwas an all dieser … Heiligkeit machte sie nervös. »Wenn Sie mir Ihre Schlüssel geben würden, wäre es am einfachsten. Wie viele Schlüssel gibt es sonst noch zu dem Raum?«

»Diesen und dann noch den im Pfarrhaus. Meinen Schlüssel für das Pfarrhaus brauche ich aber.« Er machte einen Schlüssel von der Kette ab und hielt sie Eve dann hin.

»Danke. Wer war Ortiz, und wie ist er gestorben?«

»Mr Ortiz?« Ein warmes Lächeln breitete sich auf seinen Zügen aus. »Wie gesagt, er war eine Stütze der Gemeinde. Er besaß ein Familienrestaurant ein paar Blocks von hier entfernt. Das Abuelo's. Führte es, wie man mir erzählte, bis vor zehn Jahren zusammen mit seiner Frau, bevor er es einem seiner Söhne und seiner Enkeltochter übergeben hat. Er ist hundertsechzehn Jahre alt geworden und dann friedlich – und ich hoffe, schmerzlos – im Schlaf gestorben. Er war ein guter Mensch und ausnehmend beliebt. Ich glaube, er ist bereits in Gottes Hand.«

Er strich leicht mit den Fingern über das Kreuz, das er an einer Kette trug. »Seine Familie ist verständlicherweise erschüttert darüber, was heute Vormittag geschehen ist. Wenn ich sie kontaktieren und die Totenmesse zu Ende führen könnte … nicht hier«, schränkte er ein, bevor Eve etwas sagen konnte. »Ich würde die entsprechenden Vorkehrungen treffen, aber sie müssen ihren Vater, Großvater und Freund begraben, müssen dieses Ritual zu Ende führen. Und auch Mr Ortiz sollte derart geachtet werden, dass er möglichst schnell zur letzten Ruhe geleitet wird.«

Mit Pflichten gegenüber Toten kannte sie sich aus. »Ich muss jetzt noch mit jemand anderem sprechen. Ich werde versuchen, die Sache zu beschleunigen. Warten Sie bitte im Pfarrhaus auf mich.«

»Ich bin ein Verdächtiger.« Ein Gedanke, der ihn weder zu erschüttern noch zu überraschen schien. »Ich habe Miguel vielleicht die Waffe überreicht, von der er getötet worden ist.«

»Das stimmt. Sie sind ebenso verdächtig wie so ziemlich jeder andere, der heute in der Kirche war und in die Sakristei hätte gelangen können. Hector Ortiz ist der Einzige, der nicht auf meiner Liste steht.«

Abermals verzog er das Gesicht zu einem leichten Lächeln. »Die Babys und die Kleinkinder können Sie wahrscheinlich auch von Ihrer Liste streichen, und von ihnen war jede Menge da.«

»Ich weiß nicht. Kleinkinder sind per se in höchstem Maß verdächtig«, antwortete sie. »Wir müssen uns auch Flores' Zimmer im Pfarrhaus ansehen. Aber vorher werde ich noch dafür sorgen, dass Mr Ortiz aus der Kirche geholt werden kann.«

»Danke. Ich warte dann im Haus auf Sie.«

Eve führte ihn hinaus, schloss die Tür hinter ihm ab und wies einen Beamten an, ihr den zweiten Zeugen zu bringen, der Polizist und als Verwandter des verstorbenen Hector bei der Messe gewesen war.

Bevor ihr Zeuge kam, sah sie sich den toten Flores noch einmal von allen Seiten an. Attraktiver Bursche, dachte sie. Gut einen Meter achtzig groß, und auch wenn es unter seinem seltsamen Gewand nicht genau zu sehen war, wusste sie aufgrund von seinen Daten, dass er athletische dreiundsiebzig Kilo wog.

Er hatte gleichmäßige Züge, dichtes, dunkles Haar mit ein paar silbrigen Strähnen und sah deutlich glatter, jünger und geschmeidiger als López aus.

Wahrscheinlich gab es alle möglichen Arten von Priestern, überlegte sie, genau wie in der normalen Bevölkerung.

Auch wenn sie den Grund für diese Vorschrift nicht verstand, sollten Priester keinen Sex haben. Manche Priester aber ignorierten diese Vorschrift und hatten wie ganz normale Leute regelmäßig auch in dieser Hinsicht ihren Spaß. Vielleicht hatte ja auch Flores keinen Sinn fürs Zölibat gehabt.

Wer hätte den wohl schon?

Vielleicht hatte er sich mit dem oder der Falschen eingelassen. Vielleicht hatte eine zornige Geliebte oder der erboste Partner einer solchen Frau ihn um die Ecke gebracht. Er hatte besonders gern mit jungen Leuten zu tun gehabt, ging ihr López' Aussage durch den Kopf. Vielleicht hatte er sich ja an irgendwelche Minderjährigen herangemacht. Und Mutter oder Vater hatte sich dafür an ihm gerächt. Oder …

»Lieutenant Dallas?«

Eve drehte sich um und entdeckte eine wirklich heiße, junge Frau in einem strengen, schwarzen Kostüm. Sie war zierlich, trotz der hochhackigen Schuhe höchstens einen Meter fünfundsechzig groß, hatte riesengroße, mandelförmige, leuchtend grüne Augen und zu einem Knoten aufgestecktes rabenschwarzes Haar.

»Graciela Ortiz. Officer Ortiz«, fügte sie hinzu.

»Officer.« Eve kam die Stufen vom Altar herunter und blickte sie fragend an. »Sie sind mit Mr Ortiz verwandt.«

»Poppy, ja. Er war mein Urgroßvater.«

»Mein Beileid.«

»Vielen Dank. Er hatte ein langes, schönes Leben und jetzt ist er bei den Engeln. Aber Pater Flores …«

»Sie glauben nicht, dass Pater Flores bei den Engeln ist?«

»Ich hoffe es. Aber er hat nicht lange gelebt und ist auch nicht friedlich in seinem Bett gestorben. Einen solchen Tod habe ich nie zuvor erlebt.« Sie atmete erschaudernd ein. »Ich hätte schneller reagieren und den Tatort sofort sichern sollen. Mein Cousin und ich – Matthew ist bei der Drogenfahndung – hätten schneller reagieren sollen, aber ich war näher dran. Matt saß ganz hinten in der Kirche. Ich dachte – wir alle dachten –, dass der Pater irgendeine Art von Anfall hat. Dr. Pasquale und mein Onkel – er ist

ebenfalls Mediziner – haben noch versucht ihn wiederzubeleben. Es ging alles furchtbar schnell. Drei, vier Minuten, länger nicht. Aber in der Zeit wurden der Leichnam
bewegt und mögliche Spuren verwischt. Es tut mir leid.«

»Erzählen Sie mir, was passiert ist.«

Graciela schilderte ihr die Ereignisse so, wie sie auch
von Pater López beschrieben worden waren.

»Kannten Sie Pater Flores?«

»Ja, ein bisschen. Er hat meinen Bruder getraut. Außerdem hat er viel Zeit im Jugendzentrum verbracht. Das tue
ich auch, ich kannte ihn deshalb von dort.«

»Und, was hatten Sie für einen Eindruck?«

»Er wirkte sehr offen und an vielen Dingen interessiert.
Vor allem zu den Straßenkindern hatte er einen ganz besonderen Draht. Ich dachte, vielleicht hätte er früher
selbst einmal ähnliche Erfahrungen gemacht.«

»War er an einem oder mehreren der Kids besonders
interessiert?«

»Das ist mir nicht aufgefallen. Aber so oft habe ich ihn
dort auch nicht getroffen.«

»Hat er je versucht sich an Sie heranzumachen?«

»Sich an mich ... oh nein.« Graciela wirkte erst scho-
ckiert, dann aber nachdenklich. »Nein, das hat er nicht.
Und ich habe auch nie gehört, dass er diesen speziellen
Schwur gebrochen hätte.«

»Hätten Sie es denn gehört, wenn es so gewesen wäre?«

»Ich weiß nicht, aber meine Familie – und die ist wirklich riesengroß – ist sehr stark in der Kirche und dieser
Gemeinde engagiert. Wenn er sich an jemanden herangemacht hätte, wäre deshalb die Chance groß gewesen, dass
diese Person mit uns verwandt oder auf irgendeine andere Art verbunden ist, und die Buschtrommeln in unserem
Clan funktionieren wirklich gut. Außerdem ist meine

Tante Rosa Haushälterin im Pfarrhaus und bekommt dort alles mit.«

»Rosa Ortiz?«

»Nein, O'Donnell.« Graciela lächelte. »Wir dehnen die Familie immer weiter aus. Ist der Pater ermordet worden, Lieutenant?«, fragte sie und ihre Miene wurde wieder ernst.

»Bisher ist es nur ein ungeklärter Todesfall. Vielleicht könnten Sie auch noch mit anderen Mitgliedern Ihrer Familie sprechen, um zu hören, ob irgendwem etwas aufgefallen ist.«

»In den nächsten Tagen wird wahrscheinlich kaum jemand von irgendetwas anderem sprechen«, bemerkte die junge Frau. »Ich werde sehen, ob ich etwas bei denen in Erfahrung bringen kann, die ihn besser kannten als ich.«

»Okay. Ich werde den Leichnam Ihres Urgroßvaters wieder freigeben. Sie und Ihr Cousin können das der Familie mitteilen, sobald wir hier fertig sind.«

»Danke, das ist nett.«

»Von welchem Revier sind Sie?«

»Vom zweihundertdreiundzwanzigsten, hier in East Harlem.«

»Und wie lange sind Sie schon dabei?«

»Seit fast zwei Jahren. Eigentlich wollte ich Anwältin werden, aber dann habe ich es mir anders überlegt.«

Und wahrscheinlich würde sie es sich noch einmal anders überlegen, dachte Eve. Weil sie einfach keinen Cop in den leuchtenden grünen Augen sah. »Ich hole meine Partnerin, und dann geben wir den Sarg von Mr Ortiz frei. Falls Ihnen in Bezug auf Flores noch etwas einfällt, erreichen Sie mich …«

»Auf dem Hauptrevier«, beendete Graciela ihren Satz. »Ich weiß.«

Damit klapperte sie auf ihren hohen Absätzen davon, und Eve sah sich noch einmal um. Ziemlich viele Tote für eine derart kleine Kirche, überlegte sie. Einer im Sarg, einer vor dem Altar und einer an einem riesengroßen Kreuz, der auf die anderen zwei heruntersah.

Einer war nach einem langen Leben nicht mehr aus dem Schlaf erwacht, einer schon in jungen Jahren plötzlich einfach umgekippt, und den Letzten hatten sie in noch jüngeren Jahren an ein Kreuz genagelt, wo er elendig verreckt war.

Gott, Priester und Gläubige, ging es ihr durch den Kopf. Ihrer Meinung nach hatte Gott auf jeden Fall das schlechteste Geschäft der drei gemacht.

»Ich kann mich nicht entscheiden, ob all diese Statuen, Kerzen und das bunte Glas eher hübsch oder unheimlich sind«, meinte Peabody, die neben Eve zum Pfarrhaus lief.

»Die Statuen sehen aus wie Puppen, und Puppen sind eindeutig unheimlich. Man erwartet immer, dass sie blinzeln oder so. Und die Puppen, die so lächeln«, Eve presste demonstrativ die Lippen aufeinander, während sie sie gleichzeitig nach oben zog. »Man weiß einfach ganz genau, dass sie jede Menge Zähne haben. Große, spitze, scharfe Zähne.«

»Ich wusste das nicht. Aber jetzt mache ich mir natürlich Gedanken.«

Die kleine, bescheidene Pfarrei hatte blumengeschmückte Fenster, an eine ausreichende Sicherung des Hauses hatte aber offenbar bisher niemand gedacht. Die offenen, geschmückten Fenster ließen die warme Frühlingsluft herein, und es gab weder ein Handlesegerät noch eine Überwachungskamera neben der lediglich mit einem Standardschloss versehenen Tür.

Eve klopfte vernehmlich an und blieb abwartend stehen. Sie trug eine schlichte Hose, abgewetzte Stiefel und ihr Waffenhalfter wurde von einem blassgrauen Blazer verdeckt. Ihr kurzes, braunes Haar flatterte in der frischen Brise, und die whiskeybraunen Augen blickten kühl und ausdruckslos.

Die Frau, die an die Tür kam, hatte ein von wilden, dunklen Locken mit goldfarbenen Spitzen gerahmtes, hübsches Gesicht. Sie sah Eve und Peabody aus rot verquollenen Augen an. »Es tut mir leid, Pater López kann heute keinen Besuch empfangen.«

»Ich bin Lieutenant Dallas.« Eve zog ihre Dienstmarke hervor. »Und das ist Detective Peabody.«

»Ja, natürlich. Entschuldigen Sie. Der Pater sagte mir, dass er Sie erwartet. Bitte kommen Sie herein.«

Damit trat sie einen Schritt zurück. Sie trug eine rote Nelke im Knopfloch ihres schwarzen Kostüms, in dem ihr herrlich gerundeter Körper vorteilhaft zur Geltung kam. »Dies ist ein grauenhafter Tag für die Gemeinde und für meine Familie. Ich bin Rosa O'Donnell. Mein Großvater ... wissen Sie, das war seine Totenmesse. Der Pater ist in seinem Büro. Er hat mir das hier für Sie gegeben.« Sie hielt Eve einen Umschlag hin. »Sie hatten ihn gebeten aufzuschreiben, wie Pater Flores' heutiger Tagesablauf war.«

»Ja, danke.«

»Ich soll den Pater wissen lassen, ob Sie ihn noch sprechen müssen.«

»Das ist momentan nicht nötig. Aber Sie können ihm von mir ausrichten, dass Mr Ortiz' Leichnam freigegeben worden ist. Jetzt müssen meine Partnerin und ich uns Pater Flores' Zimmer ansehen.«

»Dann bringe ich Sie rauf.«

»Sie kochen für die Pfarrei«, begann Eve auf dem Weg aus dem winzigen Flur in den oberen Stock.

»Ja, und ich putze auch. Ich tue hier alles, was nötig ist. Drei Männer, selbst wenn sie Priester sind, brauchen einfach jemanden, der Ordnung für sie hält.«

Über die enge, steile Treppe gelangte man in einen schmalen Flur. Die weißen Wände waren hier und da mit Kruzifixen und mit Aufnahmen von Männern in Soutanen, die huldvoll oder – wie Eve dachte – traurig und gelegentlich ein wenig grimmig lächelten, geschmückt.

»Sie kannten Pater Flores«, wandte sie sich abermals Rosa O'Donnell zu.

»Ich glaube, ich kannte ihn sogar sehr gut. Wenn man für einen Menschen kocht und putzt, weiß man nach einer Weile ganz genau, was für ein Typ er ist.«

»Und was war er für ein Typ?«

Rosa hielt vor einer Tür und stieß einen Seufzer aus. »Gläubig und humorvoll. Er hat Sport geliebt, ihn selbst betrieben, sich aber auch gerne irgendwelche Spiele angesehen. Er hatte jede Menge Energie. Und einen Großteil dieser Energie hat er in das Jugendzentrum investiert.«

»Wie kam er mit seinen Mitbewohnern aus? Den beiden anderen Priestern«, erläuterte Eve angesichts von Rosas verständnislosem Blick.

»Sehr gut. Er und Pater López haben einander respektiert und hatten einen freundschaftlichen, lockeren Umgang miteinander, wenn Sie wissen, was ich damit sagen will.«

»Ich glaube, ja.«

»Zu Pater Freeman hatte er noch engeren Kontakt – wahrscheinlich, weil es außerhalb der Kirche mehr Gemeinsamkeiten zwischen ihnen gab. Er und Pater Freeman haben sich regelmäßig über Sport gestritten, wie es

Männer eben tun, haben sich zusammen irgendwelche Spiele angesehen, waren beinahe jeden Morgen miteinander joggen und haben oft im Jugendzentrum miteinander Basketball gespielt.«

Abermals stieß Rosa einen Seufzer aus. »Pater López ruft Pater Freeman gerade an, um ihm zu sagen, was geschehen ist. Das ist alles andere als leicht für ihn.«

»Und was ist mit Flores' Familie?«

»Er hatte keine Familie mehr. Er hat immer gesagt, dass die Kirche seine Familie ist. Ich glaube, seine Eltern sind gestorben, als er noch ein kleiner Junge war.« Sie öffnete die Tür. »Anders als die Patres López und Freeman hat er niemals Anrufe oder Briefe von Verwandten gekriegt.«

»Und was ist mit anderen Anrufen oder Briefen?«

»Wie bitte?«

»Zu wem hatte er Kontakt? Gab es noch irgendwelche alten Freunde, Lehrer, Klassenkameraden?«

»Ich ... ich weiß es nicht.« Rosa runzelte die Stirn. »Natürlich hatte er viele Freunde in unserer Gemeinde, aber falls Sie Leute von außerhalb oder von früher meinen – davon weiß ich nichts.«

»Ist Ihnen in letzter Zeit irgendetwas an ihm aufgefallen? Eine Stimmungsänderung oder eine Veränderung seines normalen Tagesablaufs?«

»Nein, nichts.« Rosa schüttelte den Kopf. »Ich bin heute Morgen vor der Beerdigung gekommen und habe Frühstück für ihn und Pater López gemacht. Da war er sehr nett zu mir.«

»Um wie viel Uhr waren Sie hier?«

»Ah ... ungefähr halb sieben oder vielleicht ein paar Minuten später.«

»War zu dem Zeitpunkt sonst noch jemand hier?«

»Nein, ich habe mich selbst hereingelassen. Ich habe

einen Schlüssel, aber wie gewöhnlich hatte Pater López vergessen abzusperren. Kurz danach kamen die beiden Patres von der Messe, ich habe ihnen das Frühstück serviert, wir haben noch kurz über den Gottesdienst gesprochen und dann ging Pater Flores ins Büro, um an seiner Predigt zu arbeiten.«

Sie presste ihre Fingerspitzen an die Lippen und fragte mit unglücklicher Stimme: »Wie konnte das passieren?«

»Das werden wir herausfinden. Danke«, entließ Eve die andere Frau und betrat den Raum.

Er war mit einem schmalen Bett, einem kleinen Schrank, einer Spiegelkommode, einem Nachtschränkchen und einem Tisch möbliert. Es gab weder einen Computer noch ein Link, das Bett war ordentlich gemacht und über dem Kopfende hingen ein Bild von Jesus am Kreuz sowie – offenbar, um ganz sicherzugehen – zusätzlich ein Kruzifix.

Private Fotos, irgendwelche losen Münzen oder anderer Kleinkram waren nirgendwo zu sehen. Auf dem Nachttisch lagen eine Bibel und ein schwarzsilberner Rosenkranz, auf der Kommode ein Handy und ein Kamm.

»Das erklärt, warum er kein Handy bei sich hatte«, stellte Peabody fest. »Ich schätze, sie nehmen diese Dinger nicht zum Gottesdienst mit.« Sie drehte sich einmal um sich selbst und die kess gebogenen Spitzen ihrer dunklen Haare wippten dabei fröhlich auf und ab. »Nun, ich schätze, die Durchsuchung dieses Zimmers wird nicht lange dauern, schließlich gibt's hier drinnen kaum etwas zu sehen.«

»Gucken Sie sich auch die anderen Zimmer an. Einfach vom Flur aus, um zu sehen, ob sie genauso eingerichtet sind.«

Als Peabody den Raum verließ, zog Eve mit einer versiegelten Hand die Schubladen der Kommode auf. Sie enthielten weiße Boxershorts und Unterhemden, weiße und schwarze Socken, weiße, schwarze und graue T-Shirts, einige mit aufgedruckten Logos irgendwelcher Teams, sonst nichts.

»Die beiden anderen haben mehr Zeug«, klärte ihre Partnerin sie nach ihrer Rückkehr auf. »Fotos und irgendwelchen Männerkram.«

»Definieren Sie Männerkram«, bat Eve und zog die letzte Lade auf.

»Einen Golfball auf einem Tee, haufenweise Disketten, Boxhandschuhe, Sachen dieser Art.«

»Überprüfen Sie den Schrank.« Eve zog die unterste Schublade ganz heraus und prüfte, ob sich etwas unter dem Boden oder hinter der Rückwand fand.

»Zwei schwarze Anzüge und eine Soutane, ein paar abgetragene schwarze Schuhe, zwei Paar Basketballschuhe, von denen eins uralt aussieht. Im Regal ... « Peabody machte eine Pause und wühlte zwischen den Sachen herum. »... Sachen für kälteres Wetter. Zwei Pullis, zwei Sweatshirts, eine Kapuzenjacke – mit dem Logo der Knicks.«

Nachdem sie sich die Böden und die Rückwände sämtlicher Laden angesehen hatte, zog Eve die Kommode von der Wand und sah auch noch hinter dem Spiegel nach.

Dann rückte sie mit Hilfe ihrer Partnerin den Schreibtisch ein Stück vor. Auf ihm lagen ein Terminkalender, ein paar Memowürfel, ein Stapel mit Broschüren des Jugendzentrums und die Spielpläne der Yankees und der Knicks.

Eve sah sich die letzten Einträge in dem Terminkalender an. »Gestern Abend war die Totenwache für Ortiz im Bestattungsinstitut. Mittwoch war er bei einem Spiel von den Yankees. Lassen Sie uns gucken, ob jemand mit ihm dorthin gegangen ist. Dann steht für den übernächsten Sonntag unter vierzehn Uhr das Kürzel HEK. Muss rausfinden, was das ist. Außerdem stehen hier noch ein paar Spiele und Termine im Jugendzentrum und dann noch zweimal – letzten Montag und Dienstag – zwei Namen und das Kürzel TG. Die beiden Namen überprüfen wir am besten auch. Dann hat er die heutige Beerdigung, für Freitag irgendeine Unterrichtsstunde hier in St. Cristóbal und für Samstag eine Taufe in seinen Kalender eingetragen. Abgesehen von dem Yankees-Spiel lauter priesterliches Zeug.«

Sie steckte den Terminkalender ein. »Überprüfen Sie das Handy«, wies sie Peabody an, während sie selber vor den kleinen Nachttisch trat.

Sie blätterte in der Bibel, in der sie außer auf ein paar kleine Heiligenbildchen auf zwei unterstrichene Zeilen stieß. *Und so wartete Abraham in Geduld und erlangte die Verheißung* aus dem Hebräerbrief, und aus den Sprüchen *Reichtum und Ehre ist bei mir, bleibendes Gut und Gerechtigkeit.*

Interessant. Sie steckte die Bibel ein und zog die Schublade des Nachttischs auf, wo sie ein paar weitere Broschüren der Gemeinde sowie eine Mini-Spielekonsole fand. Außerdem klebte hinter der Lade eine silberne Medaille. »Aber hallo. Warum klebt ein Priester eine religiöse Medaille hinter einer Schublade fest?«

Peabody hielt in ihrer eigenen Arbeit inne und richtete sich auf. »Was für eine Medaille?«

»Mit einer Frau in einem dieser Gewänder. Ihre Hände sind gefaltet und es sieht so aus, als stünde sie auf einem Kissen oder so, und als drückte sie ein kleines Kind an ihre Brust.«

»Wahrscheinlich ist das die Jungfrau Maria mit dem Jesuskind. Und ja, ein seltsamer Platz für eine Medaille«, stimmte sie Eve zu.

Vorsichtig löste Eve das Klebeband und drehte die Medaille um. »*Lino, möge La Virgen de Guadalupe dich behüten – Mama*«, las sie vor. »Darunter steht auch noch ein Datum. 12. Mai 2031.«

»Rosa hat gesagt, sie glaube, seine Eltern wären gestorben, als er noch ein kleiner Junge war – damals muss er ungefähr sechs gewesen sein«, bemerkte Peabody. »Vielleicht ist Lino ja ein spanischer Spitz- oder Kosename?«

»Könnte sein. Aber warum hat er das Ding hinter die Schublade geklebt, statt es zu tragen oder es zumindest *in* die Schublade zu legen? Dürfen Priester Schmuck tragen?«, fragte sich Eve.

»Wahrscheinlich keine dicken Klunker, aber ich habe schon Priester mit Kreuzen, Medaillen oder Ähnlichem gesehen.« Peabody hockte sich neben Eve, um sich das Schmuckstück aus der Nähe anzusehen. »Zeug wie dieses Ding.«

»Ja, ja. Warum also hat er das Teil versteckt? Man versteckt etwas, damit es niemand sieht, und wenn man es sich hin und wieder heimlich ansehen will, versteckt man es an einem für einen selbst leicht zugänglichen Ort. Die Medaille war ihm offenkundig wichtig. Sie hat ihm was bedeutet, ganz egal, ob es seine eigene, die Medaille eines Freundes oder Verwandten oder ein Fund aus einem Trödelladen war. Sieht wie Silber aus«, murmelte Eve. »Aber sie ist nicht angelaufen. Also hat er sie regelmäßig poliert.«

Sie sah sich die Medaille noch einmal von beiden Seiten an und steckte sie dann ein. »Vielleicht können wir ja ihre Spur zurückverfolgen. Was ist mit dem Handy?«

»Die letzten Gespräche wurden mit einem gewissen Roberto Ortiz – dem ältesten noch lebenden Sohn des verstorbenen Mr Ortiz –, mit dem Jugendzentrum und Pater Freeman geführt.«

»Okay, die werden wir uns alle anhören. Bestellen Sie die Kollegen von der Kriminaltechnik und sagen, dass sie diesen Raum, nachdem die Spurensicherung drin war, versiegeln sollen.«

Wieder gingen ihr die beiden unterstrichenen Textpassagen aus der Bibel durch den Kopf. Auf welchen Reichtum und auf welche Ehre hatte Flores wohl gewartet? Weshalb hatte er Geduld gebraucht? Gab es irgendetwas Besonderes, was ihm verheißen worden war?

2

Es war ein langer Weg von Spanish Harlem bis zu dem in der Lower West Side angesiedelten Hauptrevier. Lang genug, dass Peabody den toten Flores überprüfen und die wichtigsten Ergebnisse der Überprüfung weitergeben konnte, während Eve den Wagen durch Manhattan manövrierte, was dank des wie stets chaotischen Verkehrs alles andere als einfach war.

»Miguel Ernesto Flores«, las Peabody von ihrem Handcomputer ab. »Geboren am 6. Februar 2025 in Taos, New Mexico, Eltern Anna Santiago Flores und Constantine Flores, die beide bei einem Überfall auf ihre Bodega im Sommer 2027 umgekommen sind. Die Mutter war damals im siebten Monat schwanger.«

»Haben sie die Täter erwischt?«

»Oh ja. Zwei Typen, gerade einmal achtzehn, die beide zu lebenslangen Haftstrafen ohne Chance auf vorzeitige Entlassung verurteilt worden sind. Flores landete damals im Kinderheim.«

»Die Inschrift auf der Medaille stammt aus dem Jahr

2031 – damals war seine Mutter schon vier Jahre tot. Wer also ist die Mama, von der diese Medaille stammt?«

»Vielleicht eine Pflegemutter?«

»Ja, vielleicht.«

»Er hat eine staatliche Grundschule, dann aber eine private katholische High School und das daran angeschlossene College besucht.«

»Privat?«, hakte Eve nach und stieß, als sie von einem Taxi geschnitten wurde, ein erbostes Fauchen aus. »Dafür braucht man Kohle.«

»Ja. Vielleicht hatte er ein Stipendium? Ich werde nachsehen, woher das Schulgeld kam. Nach dem College ist er direkt ins Priesterseminar eingetreten, dann hat er mehrere Jahre in Mexiko gelebt und gearbeitet. Hatte die doppelte Staatsbürgerschaft. Im November 2054 wurde er nach St. Cristóbal versetzt. Hu, hier klafft eine Lücke in seinem Lebenslauf. Sein letzter Posten vor dem Wechsel nach New York war in einer Mission in Jarez, die er allerdings bereits im Juni 2053 verlassen hat.«

»Wo hat Flores über ein Jahr lang gesteckt, und was hat er in dieser Zeit gemacht? Er muss doch einen Boss gehabt haben – wie López hier. Einen Hauptpfarrer oder so. Finden Sie das heraus. Gibt es irgendwelche Jugendsünden krimineller Art?«

»Hier steht nichts, und es deutet auch nichts auf eine versiegelte Akte hin.«

»Eine private, katholische Schule muss doch teuer sein. Wenn er also kein Stipendium hatte, wie konnte er sich diese Ausbildung dann leisten? Woher kam das Geld? Graben Sie noch etwas tiefer, ja?«

Eve runzelte die Stirn, als sie einen Maxibus umrundete. »Das Opfer hatte eine billige Uhr am Arm und knapp unter vierzig Dollar in seinem Geldbeutel. Wer bezahlt diese Typen eigentlich? Das heißt, werden sie überhaupt bezahlt? Er hatte einen Ausweis, keine Kreditkarte und keinen Führerschein. Dafür aber ein silbernes Kreuz.«

»Vielleicht bezahlt sie ja der Papst.« Peabody machte ein nachdenkliches Gesicht. »Das heißt, natürlich nicht direkt, aber er ist schließlich der oberste Chef dieses Vereins, deshalb kommt das Geld vielleicht von ihm. Ich meine, eine Art Gehalt müssen sie wohl kriegen. Von irgendwas müssen sie schließlich leben – woher hätten sie sonst ihr Essen, ihre Kleider und das Geld für irgendwelche Transportmittel?«

»Er hatte weniger als vierzig Dollar bei sich und in seinem Zimmer war kein Geld. Lassen Sie uns gucken, ob es irgendwo ein Bankkonto auf seinen Namen gibt.« Eve trommelte mit ihren Fingern auf das Lenkrad und fügte hinzu: »Aber vorher fahren wir noch zum Leichenschauhaus und gucken, ob Morris schon die Todesursache herausgefunden hat.«

»Wenn es Gift war, fühlt es sich für mich nicht wie ein Selbstmord an«, erklärte Peabody. »Außerdem weiß ich, dass Katholiken gegen Selbstmord sind, deshalb käme es mir einfach seltsam vor, brächte sich ausgerechnet ein Priester um.«

»Vor allem wäre es echt hart oder zumindest unglaublich sarkastisch, das in einer Kirche voller Leute während einer Totenmesse zu tun«, fügte Eve hinzu. »Ich kann mir auch nicht vorstellen, dass es so gelaufen ist. Den Zeugenaussagen zufolge hat er die Messe vollkommen gelassen zelebriert. Wenn man weiß, dass man sich gleich vergiften wird, ist man, selbst wenn es einem – haha – todernst mit einem Selbstmord ist, auf jeden Fall etwas nervös oder zögert einen Augenblick, bevor man es tatsächlich tut. Nach dem Motto *Also gut, auf geht's.*«

»Vielleicht ging es ja gar nicht speziell um ihn. Vielleicht wollte, wer auch immer diesen Wein vergiftet hat, einfach irgendeinen Priester um die Ecke bringen. Weil er einen religiösen Rachefeldzug führt.«

»Während der Frühmesse war eindeutig noch kein Gift in dem Wein. Vielleicht hat sich anschließend jemand in die Sakristei geschlichen und den Wein mit dem Gift versetzt, ohne zu wissen, wer als Erster davon trinken würde. Auch wenn meiner Meinung nach Flores die Zielperson des Anschlags war.«

Aber diese Vermutung schriebe sie nicht eher in den vorläufigen Bericht, als bis sie von Morris wüsste, dass der Wein tatsächlich nicht astrein gewesen war.

Wie stets schlich sich der Tod – der König aller Diebe – in die kühle, gefilterte Luft der Pathologie. Ganz egal, wie sehr die Techniker sich auch bemühten, vertrieben sie den heimtückischen, süßlichen Geruch niemals völlig aus dem Bau. Eve war den Geruch gewohnt und marschierte deshalb zielstrebig den weißen, grell durch Neonlicht erhellten Korridor hinab, überlegte flüchtig, ob sie sich noch eine Pepsi holen sollte, um den Koffeinlevel in ihrem Blut noch einmal zu erhöhen, schob dann aber, ohne eine Pause einzulegen, entschlossen die Tür des ersten Autopsieraums auf.

Zu ihrer Überraschung wurde sie dort in den Duft von Rosen eingehüllt. Sie standen, rot wie frisches Blut, auf einem der Rolltische, auf denen für gewöhnlich das eher widerliche Handwerkszeug der Pathologen lag. Eve betrachtete das rote Blumenfeld und überlegte, ob der nackte Leichnam, der direkt danebenlag, es vielleicht zu schätzen wusste, dass ein derart eleganter Strauß in seiner Nähe stand.

Elegant war auch der Mann, der fröhlich summend

seine Arbeit tat, während die Klänge eines Chorals die mit dem Geruch von Rosen und von Tod geschwängerte Luft erfüllten. Obwohl Chefpathologe Morris heute einen schwarzen Anzug trug, sah er darin weder düster noch morbide aus. Vielleicht wegen des leuchtend blauen Shirts, das er darunter trug. Dazu hatte er sich blaue und rote Kordeln in den langen, schwarzen Pferdeschwanz geflochten und eine der Rosen sorgfältig im Knopfloch seiner Jacke festgemacht.

Der durchsichtige Schutzanzug, den er über den Kleidern trug, tat seiner Attraktivität nicht den geringsten Abbruch, was sicherlich auch an seinen exotisch schräg stehenden Augen und an seinem warmen Lächeln lag.

»Hübsche Blumen«, meinte sie.

»Nicht wahr? Sie sind ein Dankeschön. Ich dachte, ich bringe sie einfach mit hierher. Sie verleihen dem Raum ein elegantes Flair, finden Sie nicht auch?«

»Sie sind einfach prächtig«, Peabody trat vor den Strauß und schnupperte daran. »Mann, das sind mindestens zwei Dutzend. Ein ganz schön großzügiges Dankeschön.«

Es war offensichtlich, dass sie wissen wollte, wer dem Pathologen dergestalt zu Dank verpflichtet war, aber Morris sah sie einfach weiter lächelnd an. »Das von einer wirklich guten Freundin stammt. Vielleicht sollte ich öfter Blumen mit zur Arbeit bringen. Schließlich hat man Toten immer schon Blumen gebracht.«

»Und warum?« Eve sah ihn fragend an.

»Ich glaube, sie sind das Symbol der Wiederauferstehung, einer Art Wiedergeburt. Was auch mein momentaner Gast zu schätzen wissen sollte«, fuhr er fröhlich fort. »Genau wie die Musik, ich habe extra Mozarts Requiem gewählt.«

»Okay.« Eve blickte zu Flores und wagte zu bezweifeln,

dass er überhaupt noch irgendetwas zu schätzen wüsste, während er mit aufgesägtem Brustkorb auf dem Stahltisch lag. »Wie ist er dorthin gekommen?«

»Das Leben ist ein langer und gewundener Weg. Der in seinem Fall mit einer Dosis Gift in seinem Wein geendet hat.«

»Cyanid.«

Morris nickte zustimmend. »Zyankali, um genau zu sein. Es löst sich leicht in Flüssigkeiten auf und die Dosis hätte selbst ein Nashorn umgehauen. Ich bin noch nicht mit ihm fertig, aber abgesehen davon, dass er nicht mehr lebt, scheint er ausnehmend gesund zu sein. Fit wie ein Turnschuh oder *ready for love*.«

»Wie bitte?«

»Das stammt aus einem alten Lied. Die Verletzungen sind eine Folge seines Sturzes. Ungefähr drei Stunden vor Eintreten des Todes hat er Kleiemüsli, rehydrierte Bananen, Jogurt und Sojakaffee zu sich genommen. Irgendwann während der Pubertät hat er sich die Speiche im linken Arm gebrochen, doch der Bruch ist gut verheilt. Ich gehe davon aus, dass er passend zu seinem Metier mit religiösem Eifer Sport getrieben hat.«

»So hat man es mir erzählt.«

»Was vielleicht eine Erklärung für die Abnutzung seiner Gelenke, nicht aber für seine Narben ist.«

»Was für Narben?«

Morris winkte sie mit seinem Zeigefinger näher an den Tisch und hielt ihr eine Mikro-Brille hin. »Lassen Sie uns hier anfangen.« Er drehte den Computerbildschirm so, dass Peabody darauf verfolgen konnte, was sie durch die Brillen sahen, und beugte sich mit Eve über den toten Mann. »Hier, zwischen der vierten und der fünften Rippe. Sie ist nur ganz schwach zu sehen, und ich gehe davon

36

aus, dass irgendwer versucht hat, sie so gut wie möglich zu entfernen. Nur geht das an der Rippe nicht, weshalb die Narbe dort noch immer gut zu sehen ist. Hier, gucken Sie.«

Peabody entfuhr ein gurgelndes Geräusch, als Morris die Haut über dem Brustkorb auseinanderzog.

Eve sah sich die Rippe durch die Mikro-Brille an. »Eine Stichwunde«, stellte sie fest.

»Genau. Und hier«, er wies rechts oben auf den Brustkorb, »hat es ihn ebenfalls erwischt. Ich muss ihn noch genauer untersuchen, aber meiner Expertenmeinung nach ist die erste Wunde zwischen fünf und zehn und die zweite zwischen zehn und fünfzehn Jahre alt. Dann hier noch, am linken Unterarm. Auch diese Narbe ist mit bloßem Auge kaum zu sehen. Vermutlich hat ein echter Fachmann sie entfernt.«

»Das war keine Wunde«, murmelte Eve, als sie das schwache Muster sah. »Das muss ein Tattoo gewesen sein.«

»Sie sind wirklich meine beste Schülerin.« Morris schlug ihr anerkennend auf den Rücken. »Ich schicke eine Kopie des vergrößerten Bildes ins Labor. Sie sollten dort in der Lage sein, die Tätowierung Ihres Priesters wiederherzustellen. Und jetzt zu etwas wirklich Interessantem. Er hat sein Gesicht verändern lassen.«

Eve hob den Kopf und blickte Morris fragend an. »Inwiefern?«

»Ich denke im großen Stil. Aber bisher habe ich ihn noch nicht fertig untersucht und kann Ihnen nur sagen, dass es eine erstklassige Arbeit und deswegen sicher ziemlich teuer war. Viel teurer als das, was sich ein normaler Diener Gottes leisten kann.«

»Das glaube ich auch.« Langsam setzte sie die Brille wieder ab. »Wann wurde diese Arbeit durchgeführt?«

»Um das ganz genau sagen zu können, muss ich erst noch meinen Zauber wirken lassen, doch ich gehe davon aus, dass es ungefähr zur selben Zeit wie die Entfernung seiner Tätowierung war.«

»Ein tätowierter Priester, auf den zweimal eingestochen worden ist.« Eve legte die Sehhilfe unter den roten Rosen ab. »Und der mit einem neuen Gesicht vor etwas über fünf Jahren hier auf der Bildfläche erschienen ist. Das ist wirklich interessant.«

»Wer hat schon so aufregende Jobs wie wir?«, fragte Morris grinsend. »Haben wir nicht wirklich Glück?«

»Nun, auf alle Fälle mehr als unser toter Pater hier.«

»Ich frage mich, wer das wohl war«, sinnierte Peabody, als sie mit Eve wieder zurück zum Ausgang lief.

»Natürlich tun Sie das. Dafür werden Sie ja schließlich auch bezahlt.«

»Nein, oder natürlich, ja. Aber ich meinte die Sache mit den Rosen. Wer hat Morris diesen dicken Rosenstrauß geschickt und vor allem als Dank *wofür?*«

»Meine Güte, Peabody, das ist doch wohl offensichtlich. Wie haben Sie die Prüfung zum Detective je geschafft? Die Rosen sind ein dickes Dankeschön dafür, dass er irgendwem praktisch das Hirn herausgevögelt hat.«

»Das muss nicht der Grund sein«, gab Peabody schmollend zurück. »Es könnte auch ein Dankeschön für tatkräftige Hilfe bei einem Umzug oder etwas in der Richtung sein.«

»Wenn man ein Dankeschön fürs Möbelschleppen kriegt, ist das ja wohl eher ein Sixpack Bier. Einen Riesenstrauß mit roten Rosen kriegt man nur für Sex. Und zwar für jede Menge wirklich guten Sex.«

»McNab bekommt von mir jede Menge wirklich guten Sex, aber einen solchen Strauß hat er mir bisher nie geschenkt.«

»Sie leben ja auch mit ihm zusammen. Weshalb Sex für Sie beide ganz einfach Teil des Alltags ist.«

»Roarke schenkt Ihnen sicher ständig Blumen«, maulte ihre Partnerin.

Tat er das? Tatsächlich standen ständig irgendwelche frischen Blumensträuße bei ihnen daheim herum. Waren die etwa für sie? Sollte sie sich dafür bei Roarke bedanken oder sogar selbst gelegentlich Blumen kaufen gehen? Himmel, diese Überlegungen waren vollkommen lächerlich.

»Und zur Frage wer – wahrscheinlich sind die Blumen von der schönen Südstaatenkollegin mit dem grandiosen Vorbau, die er schon seit einer ganzen Weile anbaggert. Das Rätsel wäre also gelöst, vielleicht schaffen wir es jetzt, wieder über den Toten nachzudenken, dessentwegen wir hierhergekommen sind.«

»Detective Coltraine? Sie ist noch kein Jahr hier in New York. Weshalb kriegt ausgerechnet sie einen Kerl wie Morris ab?«

»Peabody.«

»Ich meine nur, wenn jemand Morris kriegt, dann sollte es eine von uns sein. Keine von uns beiden«, schränkte sie umgehend ein, »schließlich sind wir schon vergeben. Aber eine von den Kolleginnen«, führte sie mit zornblitzenden, braunen Augen aus, »die nicht erst seit fünf Minuten in der Gegend sind.«

»Wenn Sie nicht mit ihm schlafen können, weshalb interessiert es Sie dann, wer es kann?«

»Sie interessiert's doch auch«, murmelte Peabody, während sie sich auf den Beifahrersitz des Wagens sinken ließ.

Vielleicht ein bisschen, dachte Eve, doch das gäbe sie ganz sicher niemals zu. »Könnte ich Sie jetzt vielleicht noch einmal für einen toten Priester interessieren?«

»Okay, okay.« Peabody stieß einen abgrundtiefen Seufzer aus. »Okay. Das mit dem Tattoo muss keine große Sache sein. Ständig lassen sich Leute tätowieren und bereuen es dann irgendwann. Weshalb ablösbare Tattoos viel schlauer sind. Vielleicht hat er sich die Tätowierung machen lassen, als er jünger war, und kam dann zu dem Schluss, sie wäre doch nicht ganz das Richtige für seinen Job.«

»Und wie erklären Sie die Stichwunden?«

»Manchmal begeben sich Priester und andere religiöse Typen in gefährliche Gegenden und Situationen. Vielleicht wurde er ja abgestochen, als er versucht hat, jemandem zu helfen. Die ältere Verletzung hat er sich vielleicht geholt, als er noch ein Teenie und kein Priester war.«

Eve ließ den Wagen an. »Könnte sein«, stimmte sie mit nachdenklicher Stimme zu, fragte dann aber: »Und was ist mit dem veränderten Gesicht?«

»Das ist natürlich etwas schwieriger. Vielleicht wurde er ja bei einem Autounfall oder so verletzt, war danach entstellt, und die Kirche oder irgendein Mitglied der Gemeinde hat für die Wiederherstellung seines Gesichts bezahlt.«

»Am besten gucken wir uns erst mal seine Krankenakte an. Dann werden wir ja sehen.«

»Aber Sie kaufen mir diese Version nicht ab.«

»Ich würde sie nicht einmal übernehmen, wenn Sie sie mir schenken würden, Peabody.«

In ihrem Büro auf dem Revier schrieb Eve ihren vorläufigen Bericht, legte eine Akte an, stellte eine Tafel auf, befestigte eine Kopie von Flores' Passfoto daran und starrte sie nachdenklich an.

Keine Vorstrafen. Keine Verwandten. Keine irdischen Besitztümer von Wert.

Eine öffentliche Vergiftung, überlegte sie, war etwas Ähnliches wie eine Hinrichtung. Die religiöse Symbolik war dabei nicht zu übersehen. Denn sie war offensichtlich vorsätzlich gewählt. Also eine religiöse Hinrichtung?

Sie nahm wieder hinter ihrem Schreibtisch Platz und ging anhand der Zeugenaussagen und López' Aufzeichnungen Flores' letzte Stunden durch.

5.00 Uhr – aufstehen. Morgendliches Gebet und Meditation (in seinem eigenen Zimmer)

5.15 Uhr – duschen, anziehen

6.00 Uhr – 6.35 Uhr – hilft López bei der Frühmesse, stellt den Wein für das Abendmahl und die Kekse, nein, die Hostien bereit

Circa 6.30 Uhr – Rosa O'Donnell erscheint im – unverschlossenen – Pfarrhaus

Circa 6.45 Uhr – kehrt zusammen mit López aus der Kirche ins Pfarrhaus zurück

7.00 Uhr – 8.00 Uhr – nimmt zusammen mit López das von Rosa O'Donnell zubereitete Frühstück ein

8.00 Uhr – 8.30 Uhr – zieht sich ins gemeinsame Büro zurück und bereitet sich dort auf die Totenmesse vor

8.30 Uhr – Roberto und Madda Ortiz tauchen zusammen mit den Angestellten des Bestattungsinstituts und Ortiz' Leichnam in der Kirche auf

8.40 Uhr – kehrt zusammen mit López in die Kirche zurück, um dort die Familie zu begrüßen und bei der Verteilung des Blumenschmucks zu helfen

9.00 Uhr – zieht sich in die Sakristei (in der das Tabernakel steht) zurück, um sich dort für die Messe umzuziehen

9.30 Uhr – die Messe beginnt

10.15 Uhr – trinkt den vergifteten Wein

Also hatte der Mörder von zwanzig vor sechs bis sechs Uhr dreißig Zeit gehabt, um sich in die Pfarrei zu schleichen, sich den Schlüssel zu der Kiste zu besorgen und dann zwischen sieben und neun den Wein zu präparieren, in die Pfarrei zurückzukehren und den Schlüssel wieder an seinen Platz zu legen, überlegte Eve.

Zwei ziemlich große Zeitfenster, vor allem, falls er ein Mitglied der Gemeinde war und die anderen gewohnt waren, ihn in der Kirche zu sehen.

Selbst ohne Schlüssel wäre es das reinste Kinderspiel gewesen, die Kiste aufzumachen. Dazu hätte man nur ein paar grundlegende Kenntnisse gebraucht. Und der Zugriff auf den Schlüssel wäre fast genauso leicht gewesen, vor allem, wenn der Mörder wusste, wo er lag und dass sowohl die Kirche als auch die Pfarrei meistens offen standen.

Das Wie war also kein Problem, obwohl es ihr auf alle Fälle hülfe, den Täter wegzusperren. Doch aus welchem Grund hatte jemand den Priester umgebracht? So, wie Eve die Sache sah, lag das Motiv für diese Tat eindeutig bei Miguel Flores selbst.

Sie griff nach den Fotos, auf denen man die Vorder- und die Rückseite der gefundenen Medaille sah.

Sie schien ihm wichtig gewesen zu sein. Wichtig genug, um sie zu verstecken, und zwar nah genug, dass es ihm möglich gewesen war, sie hervorzuholen, zu berühren, anzusehen. Das Klebeband war frisch gewesen, dachte Eve, doch an der Rückseite der Schublade hatten noch Reste alten Klebebands geklebt. Er hatte die Medaille also schon seit Längerem dort aufbewahrt, aber erst vor Kurzem noch einmal hervorgeholt.

Sie las sich noch einmal die Inschrift durch.

Lino.

Ein kurzer Blick ins Internet verriet, dass es die spanische Version des Namens Linus war. Außerdem war es das Kürzel für Linoleum, aber das bedeutete es in diesem Fall ganz sicher nicht.

Da Flores' Mutter seinem Lebenslauf zufolge schon seit 2027 nicht mehr lebte, konnte die *Mama* auf der Medaille unmöglich Anna Flores sein. Ein spanischer Name und die spanische Bezeichnung für die auf dem Schmuckstück abgebildete Gestalt, während der Rest in Englisch war. Vielleicht hatte jemand die Medaille gravieren lassen, der Latinowurzeln hatte, aber in Amerika zuhause war. Das traf auch auf Flores zu.

Ob Lino ein Freund, ein anderer Priester oder vielleicht gar ein Liebhaber gewesen war? Flores war sechs Jahre alt gewesen, als diese Gravur angefertigt worden war. Eine Waise in der Hand der Fürsorge.

Sie wusste, wie sich das anfühlte.

Vielleicht war es ihr in jenen Jahren nicht gelungen, irgendwelche dauerhaften Bande zu knüpfen, aber andere hatten es geschafft. Vielleicht ja auch Flores, vielleicht war diese Medaille eine Erinnerung an einen alten Freund.

Aber weshalb hatte er sie dann versteckt?

Obwohl es nie zu einer Adoption gekommen war, hatte irgendwer für seine Ausbildung durch die Kirche bezahlt. Hatte dieser Lino sich des Jungen angenommen und die Schule für ihn finanziert?

Sie wandte sich wieder ihrem Computer zu und gab abermals den Namen Miguel Flores ein.

Im selben Augenblick kam Peabody herein und öffnete den Mund, um etwas zu sagen, aber Eve kam ihr zuvor.

»Das nenne ich Timing«, meinte sie. »Meine Kaffeetasse ist nämlich mal wieder leer.«

Augenrollend schnappte sich Peabody die Tasse und

trat vor den AutoChef. »Es ist ein wirklich harter Kampf, bevor man irgendwelche Krankenakten aus Mexiko bekommt. Aber nach langem heldenhaften Bemühen – durch das ich mir auch einen Kaffee verdient habe – habe ich das Zeug gekriegt. Die Behandlung einer Stichwunde oder irgendwelche kosmetischen Operationen werden in den Unterlagen nicht erwähnt.«

Eve lehnte sich zurück und trank einen Schluck Kaffee. »Und was steht drin?«

»Das Übliche. Jährliche Gesundheitschecks, eine leichte Korrektur der Augen, halbjährliche Besuche beim Zahnarzt, die Behandlung einer Magenverstimmung und einer Schnittwunde an seiner Hand. Nichts Besonderes.«

»Uh-huh. Und was war während seiner Jahre in New York?«

»Die Unterlagen sehen genauso aus. Jährlicher Gesundheitscheck, ein paar Verstauchungen, ein verrenkter Zeigefinger, eine Knieverletzung, weiter nichts.«

»Wahrscheinlich lauter Sportverletzungen.« Eve trommelte mit ihren Fingern auf den Schreibtisch und stellte mit nachdenklicher Stimme fest: »Seltsam, dass er während seines Aufenthalts in Mexiko kein einziges Mal wegen solcher Sachen in Behandlung war. Besorgen Sie mir die Akten seines Zahnarztes in Mexiko.«

»Himmel! Wissen Sie, wie schwierig so was ist? Außerdem ist er ein paarmal umgezogen, das heißt, dass er nicht nur bei einem Zahnarzt war, doch vor allem war er ein katholischer Priester, und die Kirche sieht es gar nicht gern, wenn man sich allzu gründlich mit einem ihrer Leute befasst. Warum wollen Sie überhaupt …«

Sie brauchte immer einen Augenblick, aber für gewöhnlich kam sie von allein drauf, wusste Eve.

»Sie glauben, dass der Tote nicht Miguel Flores ist.«

»Ich glaube, dass der Tote Lino hieß.«

»Aber ... das würde bedeuten, dass er gar kein echter Priester war und trotzdem Messen abgehalten, Paare getraut und Menschen beerdigt hat.«

»Vielleicht hat ihn Gott ja dafür bestraft. Dann nehmen wir ihn einfach fest und können die Akte schließen. Aber trotzdem hätte ich noch gern die Unterlagen seiner Zahnärzte in Mexiko und auch hier in New York.«

»Ich bin mir ziemlich sicher, dass es Blasphemie ist, wenn man sagt, dass man den lieben Gott verhaften will.« Nachdenklich trank Peabody den nächsten Schluck Kaffee. »Weshalb sollte jemand so tun, als wäre er ein Priester? Dann darf man nichts besitzen, keinen Sex haben und muss all diese blöden Regeln kennen, die es in der Kirche gibt. Und ich glaube, dass es jede Menge blöder Regeln gibt.«

»Vielleicht fiel ihm ja das Lernen leicht. Vielleicht dachte er, dass es sich für ihn lohnt. Vielleicht ist er auch Miguel Flores. Doch um das herauszufinden, müssen wir nun mal die Unterlagen der Zahnärzte sehen.«

Als Peabody den Raum wieder verließ, drehte sich Eve mit ihrem Stuhl herum und sah sich das Foto an der Tafel an. »Aber du bist nicht Miguel, nicht wahr, Lino?«

Sie griff nach ihrem Link und rief selbst diverse Stellen in Mexiko an, bis sie nach einer halben Ewigkeit, während ihr Schädel bereits dröhnte, auf jemanden stieß, der nicht nur ein makelloses Englisch sprach, sondern obendrein mit Miguel Flores gut bekannt gewesen war.

Ein uraltes Männchen mit zwei dünnen Strähnen weißen Haars links und rechts des kahlen, sommersprossenübersäten Kopfs und einem zerfurchten, dünnen Hals, um den ein viel zu weiter weißer Kragen hing. Blinzelnd sah er sie aus trüben, braunen Augen an.

»Pater Rodriguez«, fing Eve an.

»Was? Was?«

»Pater Rodriguez«, wiederholte sie und drehte die Lautstärke des Links noch weiter auf.

»Ja, ja, ich höre Sie. Sie brauchen nicht zu schreien!«

»Tut mir leid. Ich bin Lieutenant Dallas von der New Yorker Polizei.«

»Was kann ich für Sie tun, Lieutenant Ballast?«

»Dallas.« Sie sprach jede Silbe laut und deutlich aus. »Sie kannten einen Priester namens Miguel Flores?«

»Wen? Sprechen Sie ein bisschen lauter.«

Süßer, schweißbedeckter Jesus! »Miguel Flores! Haben Sie den gekannt?«

»Ja, ich kenne Miguel. Er hat hier in der Mission San Sebastian gedient, als ich Pfarrer war. Vor meiner Pensionierung. Sagen Sie mir eins, Schwester Ballast, wie kann man einen Priester pensionieren? Wir sind dazu berufen, Gott zu dienen. Und dazu soll ich, einzig, weil ich alt bin, nicht mehr in der Lage sein?«

Eve spürte, wie der Muskel unter ihrem Auge zuckte. »Ich bin Lieutenant. Lieutenant Dallas von der New Yorker Polizei. Können Sie mir sagen, wann Sie Miguel Flores zum letzten Mal gesehen haben?«

»Als er es sich in den Kopf gesetzt hat, dass er mindestens ein Jahr auf Reisen gehen und seinen Glauben erforschen müsste, weil er plötzlich nicht mehr wusste, ob er zum Priesteramt auch tatsächlich berufen ist. Was der totale Unsinn war!« Rodriguez schlug mit seiner knochigen Hand auf die Lehne des Rollstuhls, in dem er saß. »Der Junge war ganz einfach der geborene Priester. Aber trotzdem hat ihm der Bischof die erwünschte Auszeit gewährt.«

»Das muss vor ungefähr sieben Jahren gewesen sein.«

Rodriguez starrte in die Ferne. »Die Jahre kommen und gehen.«

Ich vergeude hier nur meine Zeit, sagte sich Eve, gab aber trotzdem nicht so einfach auf. »Ich werde Ihnen ein Foto schicken.«

»Weshalb sollte ich ein Foto von Ihnen wollen?«

»Es ist kein Foto von *mir*.« Sie fragte sich, ob es wohl einen speziellen Heiligen gab, von dem sie Geduld erflehen könnte, um nicht plötzlich laut zu schreien. »Ich werde Ihnen ein Foto schicken. Es taucht gleich auf Ihrem Bildschirm auf. Können Sie mir sagen, ob der Mann auf diesem Foto Miguel Flores ist?«

Sie schickte ihm das Bild und sah, wie Rodriguez die Augen zu unheimlichen Schlitzen verengte und sein Gesicht so weit nach vorne schob, dass er fast mit seiner Nase an den Bildschirm stieß. »Vielleicht. Das Bild ist nicht besonders scharf.«

Das Foto war glasklar. »Ist sonst vielleicht noch jemand in der Nähe, der mir Auskunft geben kann?«

»Habe ich nicht gesagt, dass ich Miguel Flores kenne?«

»Doch, das haben Sie.« Eve atmete tief durch. »Haben Sie noch einmal etwas von ihm gehört, nachdem er auf Reisen gegangen ist?«

»Während seines *Sabbaticals*?«, stieß Rodriguez verächtlich aus. »Sie haben Pater Albano als Vertretung für ihn geschickt. Der Kerl kommt immer überall zu spät. Dabei ist Pünktlichkeit ein Zeichen von Respekt, nicht wahr?«

»Flores. Haben Sie noch mal etwas von Miguel Flores gehört, nachdem er die Mission verlassen hat?«

»Er ist nicht zurückgekommen«, klärte der Alte sie verbittert auf. »Er hat mir ein-, zweimal geschrieben. Vielleicht auch etwas öfter. Aus New Mexico – dort stammte er her. Aus Texas oder Nevada, glaube ich. Und noch von irgendwo anders. Dann kam ein Brief vom Bischof, in dem es hieß, Miguel hätte um seine Versetzung in eine Gemeinde in New York gebeten, und man hätte ihm diesen Wunsch erfüllt.«

»Können Sie mir den Namen des Bischofs nennen, der seinem Versetzungsantrag stattgegeben hat?«

»Was?«

Eve wiederholte ihre Frage und drehte die Lautstärke des Links dabei langsam immer weiter auf.

»Bischof Sanchez. Oder vielleicht auch Bischof Valdez.«

»Haben Sie die Briefe noch? Die Briefe, die Flores Ihnen geschrieben hat?«

»Nein.« Rodriguez runzelte die Stirn, zumindest dachte Eve, er täte es. Aufgrund der vielen Falten, die er hatte, war es nicht genau zu sehen. »Einmal hat er mir auch eine Postkarte geschickt. Die habe ich vielleicht behalten. Sie war vom Fort Alamo. Oder ... vielleicht hat mir die auch Pater Silvia geschickt.«

Eines Tages, dachte Eve, wäre sie genauso alt und reizbar wie Rodriguez. Dann jagte sie sich einfach eine Kugel in den Kopf und brächte es auf diese Weise hinter sich.

»Wenn Sie die Karte finden und sie von Flores stammt, wüsste ich es zu schätzen, wenn Sie sie mir schicken würden. Sie bekommen sie auf jeden Fall zurück. Ich schicke Ihnen meine Adresse zu.«

»Warum sollte ich Ihnen eine Karte schicken?«

»Ich ermittle wegen des Todes eines Priesters, der als Miguel Flores identifiziert wurde.«

Mit einem Mal wurden die dunklen Augen beinahe klar. »Miguel? Miguel ist tot?«

»Heute Morgen starb ein Mann, der als Miguel Flores identifiziert wurde.«

48

Der alte Mann neigte den Kopf und murmelte ein, wie Eve annahm, spanisches Gebet.

»Er war jung, eifrig. Ein intelligenter Mann, der sich selber häufig hinterfragte. Vielleicht allzu oft. Wie ist er gestorben?«

»Er wurde ermordet.«

Rodriguez bekreuzigte sich und legte eine Hand um das Kruzifix an seinem Hals. »Dann ist er jetzt bei Gott.«

»Pater Rodriguez, hatte Flores eine Silbermedaille von der Jungfrau von Guadalupe?«

»Daran kann ich mich nicht erinnern. Aber ich weiß noch, dass er zu Ehren seiner Mutter, die ermordet wurde, als er noch ein kleiner Junge war, immer ein kleines Medaillon der heiligen Anna trug.«

»Kannte Flores jemanden mit Namen Lino? Hatte er mit einem Menschen dieses Namens zu tun?«

»Lino? Der Name ist hier sehr gebräuchlich. Könnte also sein.«

Du fängst an, dich im Kreis zu drehen, warnte sich Eve. »Danke, dass Sie mir Ihre Zeit geopfert haben, Pater.«

»Der junge Miguel ist jetzt bei Gott«, murmelte er. »Ich muss Monsignore Quilby schreiben.«

»Wer ist das?«

»Miguels Förderer. Sein Mentor, könnte man sagen. Er wird wissen wollen, dass ... oh, aber er ist ja tot. Ja, er ist schon lange tot. Also gibt es niemanden mehr, den ich informieren muss.«

»Wo hat Miguel Monsignore Quilby kennengelernt?«

»In New Mexico, als er noch ein kleiner Junge war. Monsignore Quilby hat dafür gesorgt, dass er eine gute Ausbildung bekam, und hat ihn für das Priesteramt empfohlen. Er war Miguels geistiger Vater. Miguel hat oft von ihm gesprochen und gehofft, er könnte ihn auf seiner Reise irgendwann besuchen.«

»Hat Monsignore Quilby noch gelebt, als Flores seine Auszeit genommen hat?«

»Ja, aber er lag damals bereits im Sterben. Das war einer der Gründe, aus denen sich Miguel frei genommen hat, und auch einer der Gründe für die Glaubenskrise, die ihn befallen hat. Ich muss für ihrer beider Seelen beten.«

Rodriguez beendete die Unterhaltung so abrupt, dass Eve verwundert blinzelte.

Ein Schreiben aus New Mexico, der geistige Vater, der im selben Staat im Sterben lag. Sicher hatte Flores Quilby während seines freien Jahres noch besucht.

Nur, wohin gingen Priester zum Sterben, überlegte Eve.

3

Eve führte ein wesentlich direkteres Gespräch mit Schwester Patricia, der Medizinerin, von der Alexander Quilby während seiner letzten Tage im Seniorenheim zum Guten Hirten begleitet worden war.

Während sie noch darüber grübelte und ihre Notizen aktualisierte, kam Peabody hereingewankt.

»Der Kampf mit der Bürokratie hat mich total fertiggemacht«, stieß sie ermattet aus und hob zum Zeichen, dass sie sich geschlagen gab, beide Hände hoch.

»Reißen Sie sich zusammen, ja? Wo sind die Zahnarztunterlagen?«

»Irgendwo in den Untiefen der Bürokratie versteckt. Ich habe den Dentisten erreicht, aber er ist auch Diakon und ein totaler Dickschädel, und ich kann nicht sagen, welches der drei Ds das schlimmste ist. Er lässt uns erst Einsicht in Flores' Patientenakte nehmen, wenn er vom Bischof grünes Licht bekommt.«

»Dann holen Sie eben eine richterliche Verfügung ein.«

»Das habe ich bereits versucht.« Sie streckte beide Hände aus. »Sehen Sie nicht, wie ich vor Erschöpfung zittere? Die Zahnarztpraxis ist der Kirche angeschlossen, und sobald die Religion ins Spiel kommt, ziehen Richter genau wie alle anderen am liebsten die Schwänze ein. Unser Mann ist tot und wurde offiziell identifiziert. Deshalb will niemand die Herausgabe der Akten dieses Zahnarztes in Mexiko erzwingen, solange nicht der Bischof seinen Segen dazu gibt. Bei dem Kollegen in New York sieht es genauso aus.«

»Dann reden Sie eben mit dem Bischof und bringen ihn dazu, dass er mit der Einsichtnahme einverstanden ist.«

»Sogar meine Füße bluten schon«, erklärte Peabody und wies auf ihre leuchtend roten Turnschuhe. »Bisher bin ich nur zu seinem Assistenten vorgedrungen, und das war schon ein Kampf, bei dem es jede Menge Tote gab. Das Ergebnis war, dass ich einen schriftlichen Antrag in dreifacher Ausführung formulieren und dem Bischof schicken muss. Dann denkt er darüber nach und teilt uns seine Entscheidung innerhalb der kommenden zehn Tage mit.«

»Das ist doch wohl totaler Schwachsinn«, knurrte Eve. »Ich will ein alkoholisches Getränk und ein Nickerchen.«

»Holen Sie ihn mir ans Telefon. Jetzt gleich.«

»Wenn ich das Gespräch verfolgen darf.«

Peabody griff nach dem Link und gab die Nummer ein, bevor sie sich auf den einzigen, wackligen Besucherstuhl vor Eves Schreibtisch fallen ließ.

Auf dem Bildschirm tauchte das Gesicht von Pater

Stiles, dem bischöflichen Assistenten, auf. Es sah gleichzeitig fromm und schmierig aus, fand Eve.

»Lieutenant Dallas von der New Yorker Polizei.«

»Ja, Lieutenant, ich habe schon mit Ihrer Assistentin gesprochen.«

»Meiner Partnerin«, erklärte Eve und Peabody reckte erschöpft die Daumen in die Luft.

»Verzeihung, Ihrer Partnerin. Ich habe ihr bereits die vorgeschriebene Verfahrensweise in derartigen Angelegenheiten erklärt.«

»Und jetzt werde ich Ihnen was erklären. Im Leichenschauhaus liegt ein toter Mann, der vielleicht Miguel Flores ist, vielleicht aber auch nicht. Je länger Sie sich zieren, umso länger liegt er dort. Und je länger er dort liegt, umso größer ist die Chance, dass gewisse Informationen – wie zum Beispiel die, dass ein Typ mit einem spitzen Hut Ermittlungen in einem Mordfall vorsätzlich behindert – an die Medien durchsickern.«

Stiles riss schockiert die Augen auf. »Junge Frau, Ihr Mangel an Respekt ...«

»Lieutenant. Lieutenant Eve Dallas, Mordkommission der New Yorker Polizei. Ich respektiere Sie ganz sicher nicht, denn schließlich kenne ich Sie nicht. Und ich kenne auch Ihren Bischof nicht, also genießt auch er keinerlei Respekt bei mir. Ob Sie mich respektieren, ist mir scheißegal, aber die Gesetze respektieren Sie ja wohl.«

Sie ließ ihm eine halbe Sekunde Zeit, um hörbar Luft zu holen, und fuhr dann unbarmherzig fort. »Und es wäre klug, auch die Macht der Medien zu respektieren, Kumpel, wenn all das nicht morgen in der Zeitung stehen soll. Und falls Sie mir irgendwelchen Ärger machen wollen, können Sie mir glauben, dass der Ärger, den ich Ihnen machen werde, noch viel größer ist. Deshalb bringen Sie

Ihren New Yorker Bischof besser umgehend dazu, mit dem Bischof in Mexiko zu reden, damit sie beide ihren jeweiligen Zahnklempnern erklären, dass diese verdammten Akten spätestens um zwölf Uhr morgen Mittag hier auf meinem Schreibtisch liegen, denn sonst bricht die Hölle für sie los. Kapiert?«

»Mit Drohungen werden Sie nichts ...«

»Sie haben mich anscheinend falsch verstanden. Das sind keine Drohungen, sondern Fakten. Ohne Unterlagen bricht. Um. Fünf. Nach. Zwölf. Die. Hölle. Für. Sie. Los.«

»Es gibt vorgeschriebene Wege innerhalb der Kirche, die man bei derartigen Angelegenheiten gehen muss. Sie haben sich gleich mit zwei Gesuchen an uns gewandt, von denen eins noch nicht mal unsere, sondern die Kirche in Mexiko betrifft. Solche Dinge brauchen ...«

»*Priester bei Totenmesse mit Wein für Abendmahl vergiftet. Katholische Hierarchie behindert Ermittlungen.* Das wäre eine mögliche Überschrift, aber es gibt sicher auch noch jede Menge andere. Wie wäre es mit dieser hier?«, fuhr sie beinahe fröhlich fort. »*Toter Priester verrottet im Leichenschauhaus, während sich die Bischöfe gegen die offizielle Identifizierung wehren.* Es geht nur um die Akten seiner Zahnärzte. Um verdammte Zähne, weiter nichts. Ich habe die Unterlagen morgen Mittag auf dem Tisch oder ich komme persönlich zu Ihnen und habe einen Haftbefehl wegen Behinderung der Polizeiarbeit mit Ihrem Namen drauf dabei.«

»Ich werde selbstverständlich mit dem Bischof sprechen.«

»Gut. Am besten jetzt sofort.«

Damit drückte sie den Aus-Knopf ihres Links und lehnte sich auf ihrem Stuhl zurück.

»Ich bin Ihre ergebene Sklavin«, stellte Peabody fest.

»Ich wische mir die Tränen der Ehrfurcht aus dem Gesicht.«

»In Ordnung, das hat Spaß gemacht. Vor diesem Gespräch hatte ich eine etwas freundlichere, wenn auch weniger amüsante Unterhaltung mit einer Nonne – einer Ärztin – einer Nonnenärztin in einem Seniorenheim für Priester ...«

»Haben die so was? Ich meine, Seniorenheime?«, fragte Peabody erstaunt.

»Sieht ganz so aus. Der Priester, der Flores finanziell und geistig unterstützt und sich um seine Ausbildung gekümmert hat, war ihr Patient. Vor sieben Jahren hat Flores an seiner Arbeitsstelle in Mexiko ein Sabbatical beantragt. Meinte, er wollte ungefähr ein Jahr auf Reisen gehen. Dieser alte Priester, Quilby, war damals schon todkrank und Flores hat ihn besucht. Die Schwester Ärztin konnte sich an ihn erinnern, weil Quilby oft von ihm gesprochen und regelmäßig Post von ihm bekommen hat.«

»Hat sie ihn auf dem Foto wiedererkannt?«

»Sie war sich nicht ganz sicher. Schließlich ist sein Besuch fast sieben Jahre her. Sie meinte, das Foto sähe ihm durchaus ähnlich, aber sie bilde sich ein, er hätte damals ein etwas volleres Gesicht und weniger Haare gehabt. Diese Dinge können sich verändern, sodass uns das keine große Hilfe ist. Flores hat ihr seine Handynummer und E-Mail-Adresse hinterlassen, damit sie ihn kontaktieren kann, wenn Quilby stirbt. Und nach Quilbys Tod, ungefähr fünf Monate später, hat sie ihm eine entsprechende Mail geschickt. Allerdings hat er nicht darauf reagiert und kam auch nicht zur Beerdigung. Dabei war es Quilbys Wunsch gewesen, dass Flores persönlich die Totenmesse zelebriert, und er hatte sich bereit erklärt, das auch zu tun. Trotzdem hat er das Heim nach seinem letzten Besuch bei Quilby im Juli 53 nicht noch einmal kontaktiert.«

»Der Mann, der einem die Ausbildung ermöglicht hat und den man kurz, nachdem man seinen Arbeitsplatz verlassen hat, besucht hat, stirbt, ohne dass man darauf reagiert? Das ist nicht besonders priesterlich. Und auch nicht besonders menschlich.« Peabody betrachtete das Bild, das an der Tafel hing. »Wir müssen noch andere Leute finden, die Flores kannten, bevor er nach New York gekommen ist.«

»Das versuche ich bereits. Außerdem habe ich noch ein paar andere Spuren, denen ich nachgehen kann. Flores' DNA ist nirgendwo gespeichert, trotzdem habe ich Morris gebeten, eine Probe der DNA von unserem Opfer ins Labor zu geben. Vielleicht haben wir ja Glück und diese DNA taucht in irgendeiner Akte unter einem anderen Namen auf. Aber, ob der Mann nun Flores oder sonst wer ist, ist er auf alle Fälle tot. Lassen Sie uns mit Roberto Ortiz reden, ja?«

Sie hatte gedacht, die Totenmesse, das Begräbnis und der Rest wären vorbei, doch als sie ins Abuelo's kam, traf sie dort außer Roberto Ortiz an die zweihundert enge Freunde und Verwandte des Verstorbenen an.

Roberto war ein großer, attraktiver Mann, der für seine über achtzig Jahre noch erstaunlich fit und energiegeladen war. Als Eve um ein Gespräch mit ihm und seiner Gattin bat, führte er sie in den dritten Stock, wo es merklich leiser war, und öffnete die Tür eines aufgeräumten Wohnzimmers, das mit farbenfrohen Sofas und mit leuchtend bunten Postern ausnehmend behaglich eingerichtet war.

Auf einem Poster sah Eve ihre älteste und beste Freundin Mavis, die im Augenblick die Königin der Popwelt war. Etwas, was aussah wie künstliche Haarteile in allen Regenbogenfarben, schlängelte sich über ihre Nippel und den Schritt, und sie hatte ein breites Lächeln im Gesicht.

Die Blumenwiese und der leuchtend blaue Himmel auf dem Stimmungsmonitor bildeten einen deutlichen Kontrast zu dem Poster, dem er direkt gegenüber hing.

»Diese Wohnung ist für die Familie reserviert. Momentan wird sie von der Enkeltochter eines meiner Cousins bewohnt. Sie besucht das College und hilft ab und zu im Restaurant. Bitte nehmen Sie doch Platz.« Als die Frauen saßen, ließ er sich in einen Sessel sinken und stieß einen leisen Seufzer aus.

»Dies ist ein schwerer Tag für Sie«, begann Eve das Gespräch.

»Mein Vater hatte ein ausgefülltes Leben. Er hat jede Minute jedes Tages nach Kräften ausgenutzt. Als er fünfundzwanzig war, hat er dieses Restaurant eröffnet und nach seinem Großvater benannt. Dann wurde er Vater, Großvater und Urgroßvater. Die Familie, die Gemeinde und die Kirche. Diese drei Dinge hat er geliebt, an sie hat er geglaubt. Wobei die Reihenfolge abgewechselt hat«, klärte Roberto seine Gäste lächelnd auf. »Er wird mir bis an mein Lebensende jede Minute fehlen.«

Wieder stieß er einen Seufzer aus. »Aber Sie sind nicht wegen meines Vaters, sondern wegen Pater Flores, Gott habe ihn selig, hier.«

»Sie haben ihn persönlich gekannt?«

»Oh, ja. Er hat sich stark in der Gemeinde engagiert und einen Großteil seiner Zeit und seiner Energie in das Jugendzentrum investiert. Auch meine Familie ist dort aktiv – wir helfen mit Geld und diejenigen, die können, auch mit Zeit und Energie. Dass so etwas passieren konnte, und dann auch noch ausgerechnet in der Kirche, ist einfach grauenhaft.«

»Sie und Ihre Frau waren heute Morgen zusammen mit den Angestellten des Bestattungsinstituts als Erste dort.«

»Ja.« In diesem Augenblick kamen zwei Frauen und ein junger Mann mit Tabletts voller Speisen und Getränken in den Raum und stellten Teller, Gläser und Essen auf den Tisch. »Sie müssen etwas essen«, forderte Roberto die Besucher auf.

»Ich habe Eistee mitgebracht.« Die ältere der beiden Frauen, die goldblondes Haar und braune Augen hatte, schenkte ihnen ein. »Ich bin Madda Ortiz. Entschuldigen Sie die Unterbrechung.« Mit einem geistesabwesenden Lächeln winkte sie die anderen beiden wieder aus dem Raum und nahm dann auf der Sessellehne ihres Mannes Platz. »Bitte, fahren Sie fort.«

»Das Essen sieht einfach köstlich aus«, entfuhr es Peabody und Madda sah sie lächelnd an.

»Ich wünsche Ihnen guten Appetit.«

»Es tut uns leid, dass wir die Trauerfeier stören, Mrs Ortiz«, meinte Eve, wandte sich dann aber wieder ihrem eigentlichen Thema zu: »Sie und Ihr Mann kamen heute Morgen als Erste in der Kirche an.«

»Wir sind zum Bestattungsinstitut und dann zusammen mit Hector weiter zur Kirche gefahren. Pater Flores«, sie bekreuzigte sich kurz, »und Pater López kamen dann dazu.«

»Das muss gegen acht Uhr vierzig gewesen sein.«

»So ungefähr«, stimmte Roberto zu. »Wir waren gerade angekommen und hatten angefangen, die Blumen in die Kirche zu transportieren.«

»Haben Sie zu dem Zeitpunkt sonst noch jemanden gesehen?«

»Kurz nach uns kamen die ersten Trauergäste an, um uns behilflich zu sein. Meine beiden Onkels und meine Cousins.«

»Haben Sie gesehen, dass irgendjemand in die Sakristei gegangen ist?«

»Natürlich die beiden Patres, um sich für die Messe umzuziehen. Ah, und meine Enkelin, mein Neffe und Maddas Cousin. Sie haben während der Messe als Ministranten gedient.«

»Ich glaube, dass auch Vonnie kurz rübergegangen ist«, warf Madda ein. »Weil sie noch mit Pater Flores über ihre Lesung reden wollte oder so etwas.«

»War irgendjemand vor den beiden Priestern in dem Raum?«

»Nicht, dass ich wüsste.« Roberto schüttelte den Kopf. »Wir waren eine Zeitlang vorn im Eingangsbereich und dann in der Kirche selbst. Wir haben gehört, Sie glauben, dass Pater Flores vergiftet worden ist. Deshalb wollen Sie wissen, ob wir irgendwen gesehen haben, der vielleicht der Täter war. Aber das haben wir nicht.« Roberto breitete die Hände aus. »Es tut mir leid.«

»Es war ein großer Gottesdienst. Sie haben doch bestimmt nicht alle Teilnehmer gekannt.«

»Nein.« Roberto runzelte die Stirn. »Die meisten kannten wir, weil es Verwandte waren. Andere kannten wir vom Namen oder wenigstens vom Sehen. Aber nein, alle kannten wir nicht.«

»Aus der Familie kann es unmöglich jemand gewesen sein«, erklärte Madda nachdrücklich. »Selbst wenn jemand von ihnen dazu in der Lage wäre, etwas derart Furchtbares zu tun, hätte niemand aus der Familie Hector gegenüber eine derartige Respektlosigkeit an den Tag gelegt.«

Trotzdem sprach Eve noch mit den Ministranten, und

auch wenn ihr das Gespräch nichts Neues brachte, bekam Peabody auf diese Weise die Gelegenheit, sich an den mexikanischen Delikatessen auf dem Tisch gütlich zu tun, am Ende wurde ihr sogar noch eine riesengroße Tüte voller Speisen in die Hand gedrückt.

»Mein Gott, das war die beste Enchilada, die ich in meinem ganzen Leben je gegessen habe. Und die Chiles Rellenos!« Sie blickte himmelwärts, als danke sie dem lieben Gott für diese Köstlichkeit. »Warum nur liegt dieses Restaurant von meiner Wohnung aus gesehen am anderen Ende der Welt? Andererseits ist es wahrscheinlich besser so, denn ich brauche nur die Luft in diesem Lokal zu schnuppern, und schon nehme ich fünf Pfund zu.«

»Die Sie gleich wieder ablaufen können, denn Sie fahren jetzt mit der U-Bahn heim. Ich werde noch ein paar anderen Spuren nachgehen und dafür fahre ich nicht noch mal ans andere Ende der Welt zurück, sondern arbeite von zuhause aus.«

»Na super. Von hier aus komme ich wahrscheinlich höchstens eine Stunde nach Schichtende zuhause an. Da bin ich mal richtig früh dran. Dallas, werden Sie wirklich die Informationen an die Medien durchsickern lassen, wenn wir die Zahnarztunterlagen nicht bis morgen Mittag kriegen?«

»Man sollte nie mit etwas drohen, wenn man nicht auch bereit ist, die Sache durchzuziehen. Fangen Sie schon mal mit der Überprüfung der bekannten Trauergäste an. Nehmen Sie die ersten fünfundzwanzig. Damit dürften Sie auf der Fahrt nach Hause hinlänglich beschäftigt sein.«

Eve selber fuhr noch einmal nach St. Cristóbal zurück. Leute gingen in der Bodega aus und ein, schlichen in das Pfandleihhaus und Gruppen junger Halbstarker lungerten in den Eingängen der Häuser oder auf dem Bürgersteig herum.

Sie marschierte zu der Kirche, brach das Siegel an der Tür und öffnete mit ihrem Generalschlüssel.

Dann ging sie den Mittelgang hinab und musste zugeben, dass sie es als leicht unheimlich empfand, dass auf dem Weg in Richtung des Altars und des leidenden Jesus, der darüber hing, das Echo ihrer eigenen Schritte laut an ihre Ohren drang. Schließlich brach sie auch das Siegel an der Tür der Sakristei und öffnete sie ebenfalls.

Wahrscheinlich war der Täter einfach so hereinspaziert. Vielleicht war er auch durch die Hintertür oder das Seitenschiff gekommen, doch auch das wäre das reinste Kinderspiel gewesen, überlegte sie. Die Flasche mit dem Zyankali hatte sicher einfach in der Jacken- oder Handtasche gesteckt.

Er hatte den Schlüssel, dachte sie. Den Schlüssel zu dem Tabernakel. Sicher war er einfach kurzerhand in die Pfarrei geschlichen, hatte sich den Schlüssel dort geholt und war damit hierher zurückgekehrt. Dann hatte er das Tabernakel aufgeschlossen, die kleine Karaffe herausgenommen, den Wein mit dem Gift versetzt, das Gefäß zurückgestellt, das Tabernakel wieder abgeschlossen, war zurück in die Pfarrei marschiert und hatte dort den Schlüssel wieder an das Brett gehängt.

Fünf Minuten. Vielleicht zehn, wenn man auch noch etwas Zeit damit verbringen wollte, sich zu freuen.

Warst du heute Morgen in der Messe? Ja, vielleicht, aber weshalb hättest du das Wagnis eingehen sollen, dass sich irgendwer daran erinnert, dass du in der Messe warst? Weshalb hättest du mit einer derart kleinen Gruppe in die Kirche kommen sollen, obwohl später eine große Menschenmenge eine deutlich bessere Tarnung bot?

Du weißt, um wie viel Uhr die Messe jeden Tag beginnt und wann sie für gewöhnlich endet. Du brauchst nur darauf zu warten, dass die Priester aus dem Pfarrhaus in die Kirche gehen, damit du dir den Schlüssel holen kannst. Dann schleichst du dich zur Sakristei, horchst an der Tür, bis sie verschwunden sind, bringst es hinter dich, wartest, bis die Priester nach dem Frühstück wiederkommen und auch Rosa in die Kirche kommt, um ihrer Familie zu helfen, du schleichst dich erneut in die Pfarrei, hängst den Schlüssel wieder hin, kehrst zurück und mischst dich unter die Trauernden.

Weil du sehen musst, wie es passiert. Weil du sein Sterben miterleben musst.

Weil es dir um Rache geht. Eine öffentliche Vergiftung. Eine Hinrichtung. Das deutet auf Rache, auf Bestrafung hin.

Wofür?

Sie verließ die Sakristei, verschloss die Tür, brachte ein neues Siegel an.

Und blickte auf das Kreuz. »Entweder hast du dir keine Gedanken um ihn gemacht, oder es war dir egal. Verdammt, dabei hat er gedacht, dass ihr in einer Mannschaft seid. Auge um Auge? Ist das nicht einer deiner Leitsprüche?«

»Der stammt aus dem Alten Testament.« López trat durch die Eingangstür. »Christus hat Vergebung und Liebe gepredigt.«

Eve sah noch einmal auf das Kreuz. »Dann hat offenbar jemand nicht richtig zugehört.«

»Dies war seine Bestimmung. Er kam zu uns, um für uns zu sterben.«

»Dazu kommen wir alle auf die Welt.« Sie winkte ab. »Schließen Sie die Sakristei vor jeder Messe ab?«

»Ja. Nein.« López schüttelte den Kopf. »Selten.«

»Heute Morgen?«

»Nein. Nein, ich glaube nicht.« Er schloss die Augen und rieb sich die Nasenwurzel. »Lieutenant, mir ist allzu bewusst, dass unser Vertrauen in unsere Nachbarn vielleicht zu Miguels Tod beigetragen hat. Die Kirche ist nie abgesperrt. Die Sakristei normalerweise ja, wegen des Tabernakels, aber die Kirche steht immer jedem offen, der sie braucht. Ich weiß, das hat jemand ausgenutzt, um meinen Bruder zu ermorden.«

»Werden Sie in Zukunft absperren?«

»Nein. Dies ist Gottes Haus und es wird seinen Kindern nicht versperrt. Zumindest nicht mehr, wenn Sie erlauben, dass es wieder geöffnet wird.«

»Morgen, spätestens übermorgen müssten unsere Untersuchungen hier abgeschlossen sein.«

»Und was ist mit Miguel? Wann können wir die Totenwache für ihn abhalten und ihn beerdigen?«

»Das könnte länger dauern.«

Sie bedeutete dem Mann vorauszugehen, schloss die Tür wieder hinter sich ab und brachte ein frisches Siegel an. Über ihrem Kopf stieß ein Werbeflieger einen spanischen Wortschwall aus, bei dem sich alles um die Worte *Sky Mall* zu drehen schien.

Egal in welcher Sprache blieb ein Ausverkauf eben ein Ausverkauf, sagte sich Eve.

»Ob wohl wirklich jemals irgendwer diesen verdammten Dingern zuhört?«, überlegte sie.

»Was für Dingern?«

»Genau das meine ich.« Sie drehte sich zu López um und begegnete seinem traurigen Blick. »Lassen Sie mich Ihnen eine andere Frage stellen, in Bezug auf unseren Fall. Ist Töten in Ihrer Religion jemals erlaubt?«

»Im Krieg, zur Selbstverteidigung oder um das Leben von jemand anderem zu verteidigen. Sie haben selber schon getötet«, mutmaßte der Gottesmann.

»Ja, das habe ich.«

»Aber nicht zu Ihrem eigenen Vorteil.«

Sie dachte an ihre blutverschmierten Hände, nachdem sie ihrem Vater das kleine Messer in die Brust gerammt hatte. Ein ums andere Mal. »Das kommt wahrscheinlich auf die Perspektive an.«

»Sie schützen andere Menschen und sorgen dafür, dass Menschen, die sich an anderen vergehen, ihrer gerechten Strafe zugeführt werden. Gott kennt seine Kinder, Lieutenant, er kann ihnen in die Köpfe und die Herzen sehen.«

Sie steckte ihren Generalschlüssel in die Tasche und hielt ihn dort weiter fest. »Wahrscheinlich gefällt ihm eher selten, was in meinem Kopf zu sehen ist.«

Auf dem Bürgersteig hasteten die Menschen an ihnen vorbei, auf der Straße drängten sich die Fahrzeuge und die Luft vibrierte von dem allgemeinen Lärm, während López Eve vollkommen reglos gegenüberstand und ihr in die Augen sah.

»Warum tun Sie, was Sie tun? Tag für Tag. Ihre Arbeit muss Sie doch an Orte führen, deren Anblick nur die wenigsten ertragen. Warum haben Sie diesen Job gewählt? Warum sind Sie ein Cop?«

»Es ist das, was ich bin.« Seltsam, merkte sie, dass sie diesen Satz zu einem Menschen sagen konnte, den sie erst seit ein paar Stunden kannte und der ein Verdächtiger in einem Mordfall war. »Es ist nicht einfach so, dass jemand hinsehen muss, obwohl das natürlich jemand machen muss. Es ist so, dass *ich* hinsehen muss.«

»Es ist also eine Berufung«, stellte López lächelnd fest. »Das ist es bei mir auch.«

Sie stieß ein kurzes Lachen aus. »Tja, nun.«

»Wir beide dienen den Menschen, Lieutenant. Und um das zu tun, müssen wir beide an etwas glauben, das in den Augen anderer ein Abstraktum ist. Sie an das Gesetz, das heißt an Recht und Ordnung. Und ich an die Gesetze der Kirche und eine höhere Macht.«

»Wahrscheinlich brauchen Sie in Ihrem Job nicht so vielen Leuten in den Arsch zu treten.«

Jetzt lachte auch er, und es war ein lockeres, einnehmendes Geräusch. »Das habe ich in meinem Leben oft genug getan.«

»Sie boxen?«

»Woher – ah, Sie haben meine Handschuhe gesehen.« Damit verflog auch noch der letzte Rest von seiner Traurigkeit, und Eve sah den Mann, der sich hinter dem Priester verbarg. Einen ganz normalen Mann, der an einem lauen Frühlingsabend vor ihr auf dem Gehweg stand.

»Mein Vater hat es mir beigebracht. Als Weg, jugendliche Aggressionen zu kanalisieren und um zu verhindern, dass mir allzu häufig jemand anderes einen Tritt in den Allerwertesten verpasst.«

»Waren Sie gut?«

»Tatsächlich haben wir einen Boxring im Jugendzentrum aufgestellt. Ich arbeite dort mit einigen der Kids.« Mit blitzenden Augen fügte er hinzu: »Und wenn ich es schaffe, einen Erwachsenen dazu zu überreden, ziehe ich auch selbst noch hin und wieder ein paar Runden durch.«

»Hat Flores je geboxt?«

»Nur selten. Er hat immer die Linke fallen lassen. Jedes Mal. Er hatte einen undisziplinierten Straßenkämpferstil, wenn ich das so formulieren darf. Aber auf dem Basketballfeld war er eindeutig ein Genie. Geschmeidig, schnell und, ah … elastisch. Er hat sowohl die Kids als auch die Älteren trainiert. Sie werden ihn vermissen.«

»Bevor ich nach Hause fahre, will ich noch beim Jugendzentrum vorbei.«

»Es ist heute Abend geschlossen, aus Respekt vor dem Verstorbenen. Ich komme gerade von einem Gespräch mit einigen der jungen Leute. Miguels Tod hat sie getroffen, und es macht es noch schwerer für sie, dass er ermordet worden ist.« Er seufzte abgrundtief. »Wir wollten, dass die Kids heute Abend zuhause bei ihren Familien oder zusammen sind. Morgen früh halte ich eine Messe im Jugendzentrum ab und biete, falls erforderlich, weitere Gespräche an.«

»Dann komme ich morgen irgendwann vorbei. Übrigens, können Sie mir sagen, was das Kürzel HEK bedeutet? Es stand in dem Terminkalender, der auf Flores' Schreibtisch lag.«

»Heilige Erstkommunion. In zwei Wochen findet die Heilige Erstkommunion für unsere Siebenjährigen statt. Dabei empfangen sie zum ersten Mal das Sakrament des Abendmahls. Es ist ein bedeutendes Fest.«

»Okay. Und wofür steht TG?«

»Für Traugespräch. Das wird mit jedem Paar vor der Eheschließung geführt. Hochzeiten sind etwas Wichtiges für uns. Auf der Hochzeit von Kana hat Christus sein erstes Wunder gewirkt, indem er das Wasser in Wein verwandelt hat.«

Fast hätte sie gesagt: »Ein wirklich netter Trick«, hielt sich dann aber zurück und meinte stattdessen: »In Ordnung, vielen Dank. Ah, kann ich Sie irgendwohin mitnehmen?«

»Nein, danke.« Er blickte auf die Straße, den Bürgersteig, die Menschen. »Obwohl ich noch jede Menge Arbeit hätte, bringe ich es noch nicht über mich, nach Hause zu gehen. Es ist dort so furchtbar leer. Aber nachher kommt Martin – Pater Freeman – heim. Als ich ihn wegen Miguel angerufen habe, hat er seinen Rückflug vorverlegt.«

»Ich habe gehört, die beiden hätten einander ziemlich nahegestanden.«

»Ja, sie waren gute Freunde. Sie kamen prima miteinander aus, weshalb es Martin ganz besonders schwer getroffen hat. Wenn er nach Hause kommt, werden wir miteinander reden. Ich hoffe, dass uns das beiden hilft. Bis dahin ... werde ich vielleicht noch ein bisschen spazieren gehen. Es ist ein schöner Abend. Gute Nacht, Lieutenant.«

»Gute Nacht.«

Sie sah ihm hinterher, als er den Bürgersteig hinunterging, hin und wieder stehen blieb und sich mit den Gruppen Halbstarker in den Hauseingängen unterhielt, bevor er seltsam würdevoll und unglaublich alleine weiterlief.

Anders, als Peabody behauptet hatte, lag ihr Heim nicht am anderen Ende der Welt, wenn sie aus Spanish Harlem kam. Eine völlig andere Welt jedoch war es auf jeden Fall. Roarkes Welt mit dem elegant geschwungenen Eisentor, der ausgedehnten, grünen Rasenfläche, den schattenspendenden Bäumen und dem riesigen, steinernen Haus, das sich wie eine prachtvolle Burg von den Bodegas und den Ständen der Straßenhändler unterschied.

Alles, was sich hinter diesem Eisentor befand, war eine völlig andere Welt als alles, was sie gekannt hatte, bevor sie ihm begegnet war. Er hatte unglaublich viel verändert und die anderen Dinge einfach akzeptiert.

Sie ließ ihren Wagen direkt vor dem Eingang stehen und marschierte in das Haus, das inzwischen auch das ihre war.

Sie ging davon aus, dass Summerset – Roarkes Mann für alle Fälle und im Haus lebende Nervensäge – wie der Quälgeist, der er nun einmal war, in der großzügigen Eingangshalle auf sie lauern würde, und dass der fette Kater Galahad empfangsbereit am Fuß der Treppe saß. Womit sie nicht gerechnet hatte, war, dass Roarke neben den beiden stehen würde, elegant wie eh und je in dem steingrauen Maßanzug, in dem sein schlanker, durchtrainierter Körper vorteilhaft zur Geltung kam, mit entspanntem, wie von Gotteshand gemeißeltem Gesicht, die Aktentasche in der Hand.

»Aber hallo, Lieutenant.« Seine leuchtend blauen Augen wurden warm. »Sind wir nicht ein wahrhaft pünktliches Paar?«

Er kam auf sie zu, und *wham*, da war es wieder. Jedes Mal, wenn sie ihn sah, schlug ihr Herz vor lauter Freude einen kleinen Purzelbaum. Er legte eine Hand unter ihr Kinn, glitt mit seinem Daumen über das kleine Grübchen und strich sanft mit seinen wundervollen Lippen über ihren Mund.

So schlicht, *verheiratet* und wunderbar.

»Hi. Wie wäre es mit einem Spaziergang?« Ohne ihren Blick von seinem Gesicht zu lösen, nahm sie ihm die Aktentasche aus der Hand und hielt sie dem Butler hin. »Es ist heute Abend draußen wirklich schön.«

»In Ordnung.« Er nahm ihre Hand.

Eve wandte sich zum Gehen und blickte auf den Kater, der ihr hinterhergelaufen war und ihr zärtlich um die Beine strich. »Willst du auch raus?«, fragte sie und öffnete die Tür.

Als hätte sie von ihm verlangt, sich kopfüber von einer Klippe in ein brennendes Inferno zu stürzen, stolperte er umgehend zu Summerset zurück.

»Draußen könnte heißen, dass er wieder mal zum Tierarzt muss«, erklärte Roarke mit einem Akzent, der von den nebelverhangenen Hügeln und den grünen Feldern Irlands sprach. »Und eine Fahrt zum Tierarzt könnte heißen, dass er eine Spritze kriegt.«

Draußen angekommen, lief sie einfach los. »Ich dachte, du wärst heute woanders. Wie zum Beispiel in der Mongolei.«

»Ich war in Minnesota.«

»Wo ist da der Unterschied?«

»Er besteht ganz einfach darin, dass die Mongolei in einem anderen Erdteil liegt.« Er glitt geistesabwesend mit dem Daumen über ihren Ehering. »Ich war tatsächlich dort, aber es ging alles schneller als erwartet, und jetzt kann ich mit meiner Frau an einem schönen Maiabend spazieren gehen.«

Sie drehte ihren Kopf und sah ihn an. »Hast du die Mongolei gekauft?«

»Minnesota.«

»Was auch immer.«

»Nein. Hättest du es gewollt?«

Sie lachte fröhlich auf. »Ich wüsste nicht, wozu.« Zufrieden legte sie den Kopf auf seine Schulter und sog, während sie durch ein kleines Wäldchen liefen, seinen Duft in ihre Lungen ein. »Ich habe heute einen neuen Fall hereingekriegt. Das Opfer hat eine katholische Totenmesse abgehalten und starb an vergiftetem Wein für das Abendmahl.«

»Das ist dein Fall?«

Sie verfolgte, wie die schwarze Seide seines Haars in der abendlichen Brise tanzte. »Du hast davon gehört?«

»Selbst in der wilden Mongolei interessiere ich mich noch für die Verbrechen, die hier in New York geschehen.«

»Minnesota.«

»Oh, du hast mir wirklich zugehört. Es war in East Harlem. Spanish Harlem. Deshalb hätte ich gedacht, dass sie jemanden aus dieser Gegend mit dem Fall betrauen, vielleicht jemanden, der einen Bezug zu der Gemeinde hat.«

»Wahrscheinlich haben sie das extra nicht getan, denn so bleibt die Objektivität gewahrt. Aber wie dem auch sei, ermittle ich in diesem Fall.« Sie kamen aus dem Wald heraus und schlenderten eine grüne Anhöhe hinauf. »Eine knifflige Geschichte und vor allem ein echter Knüller für die Medien, zumindest wird es das, wenn meine Vermutung stimmt.«

Roarke zog fragend eine Braue hoch. »Du weißt schon, wer der Mörder ist?«

»Nein. Aber ich bin mir ziemlich sicher, dass der tote Kerl auf Morris' Tisch kein Priester und nicht Miguel Flores ist. Das wird eine ganze Reihe Leute furchtbar ankotzen.«

»Dein Opfer hat sich also nur als Priester ausgegeben? Und warum?«

»Das weiß ich noch nicht.«

Roarke blieb stehen und sah sie an. »Wenn du nicht weißt, warum, woher weißt du dann, dass er sich als Priester ausgegeben hat?«

»Er hat eine Tätowierung entfernen lassen und hatte zwei alte Stichwunden.«

Er schwankte zwischen Belustigung und Unglauben. »Tja, nun, manche der Priester, mit denen ich in meinem Leben zu tun hatte, hätten uns beide mühelos unter den Tisch getrunken und es gleichzeitig problemlos mit einem ganzen Raum voll Schläger aufgenommen.«

»Das ist noch nicht alles«, meinte sie und setzte sich wieder in Bewegung, während sie weitersprach.

Als sie zu dem Gespräch mit dem Assistenten des Bischofs kam, blieb Roarke wie vom Donner gerührt stehen. »Du hast vor einem Priester geflucht?«

»Wahrscheinlich ja. Schließlich ist es ein bisschen schwierig, angepisst zu sein und Drohungen auszustoßen, wenn man dabei nicht fluchen kann. Und er war wirklich ein fürchterlicher Dickschädel.«

»Du hast dich gegen die Heilige Mutter Kirche gestellt?«

Eve sah ihn aus zusammengekniffenen Augen an. »Warum ist sie eine Mutter?« Als er einfach lächelte, stieß sie ein lautes Schnauben aus. »Nicht diese Art von Mutter. Ich meine, wenn die Kirche eine Sie ist, warum sind dann alle Priester Männer?«

»Eine ausgezeichnete Frage.« Er pikste sie spielerisch mit einem Zeigefinger an. »Auf die ich dir aber leider keine Antwort geben kann.«

»Bist du nicht irgendwie katholisch?«

Jetzt drückte sein Blick ein leichtes Unbehagen aus. »Nicht, dass ich wüsste.«

»Aber deine Familie ist katholisch. Deine Mutter war's. Wahrscheinlich hat sie dich auch mit Wasser besprizen lassen. Bei der Taufe, meine ich.«

»Ich wüsste nicht, dass ich ...« Er fuhr sich unruhig durch das dunkle Haar. »Meine Güte, ist das was, worüber ich mir jetzt Gedanken machen muss? Auf alle Fälle hältst du nach meinem Gespräch mit diesem Kerl, wenn du vor mir in der Hölle landest, bitte ein Plätzchen für mich frei.«

»Sicher. Aber wie dem auch sei, wenn ich es schaffe, ihn dazu zu zwingen, mir Einsicht in die Akten zu gewähren, werde ich sicher wissen, ob ich es mit Flores zu tun habe oder mit einem Hochstapler. Und falls es ein Hochstapler ist ...«

»… ist Flores wahrscheinlich seit gut sechs Jahren tot.« Roarke strich mit einem Finger über ihr Gesicht. »Weshalb du dich auch für ihn zuständig fühlen wirst.«

»Er hätte indirekt was mit dem Fall zu tun, also … ja«, räumte sie ein. »Dann fiele auch er in meinen Zuständigkeitsbereich. Der Lebenslauf von Flores sieht solide aus. Also, lass mich dir eine Frage stellen. Wenn du dich – dich und vielleicht irgendetwas – verstecken wolltest, weshalb dann nicht als Priester?«

»Da wäre zum einen diese Geschichte mit der Hölle und zum anderen wären da all die Pflichten, die man erfüllen müsste, um in dieser Rolle glaubwürdig zu sein. Die Vorschriften, die Rituale und weiß Gott was es bei den Katholen sonst noch alles zu beachten gilt.«

»Ja, aber die Vorteile wären nicht zu verachten. Wir sprechen von einem Priester ohne eigene Familie, dessen geistiger Vater, wenn wir ihn so nennen wollen, vor sechs Jahren im Sterben lag. Einem Priester, der sich über ein Jahr von seinem Job hatte beurlauben lassen und keine engen Bindungen an wen auch immer hatte. Also hat man ihn umgebracht – oder er ist passenderweise im richtigen Moment von selbst gestorben –, hat seinen Ausweis und seine anderen Besitztümer an sich gebracht, sein Gesicht verändern lassen, damit man ihm möglichst ähnlich sieht, oder sich einfach ein neues Passfoto besorgt.«

»Hast du dir die alten Fotos von ihm angesehen?«

»Ja. Er ist der tote Mann, oder war es zumindest vor zehn Jahren. Allerdings«, sie bedachte Roarke mit einem nachdenklichen Blick, »bräuchte man einen echten Fachmann oder jede Menge Geld, um einen echten Fachmann anzuheuern, der einen alten Pass so manipuliert, dass er problemlos durch die Scanner geht.«

»Das stimmt.«

»Ebenso bräuchte man einen echten Fachmann, um zu überprüfen, ob – wer auch immer die alten Ausweise verändert hat – irgendwelche Spuren hinterlassen hat.«

»Das stimmt ebenfalls.« Er klopfte mit dem Zeigefinger unter ihr Kinn. »Und, hast du nicht echtes Glück, dass du einen solchen Fachmann näher kennst?«

Sie beugte sich ein wenig vor und gab ihm einen Kuss. »Erst bestelle ich uns etwas zu essen. Wie wäre es mit etwas Mexikanischem?«

»*Olé!*«

Sie aßen auf der Terrasse, spülten die Mole Poblane mit kaltem mexikanischen Bier herunter und das wunderbar legere Mahl, die milde Abendluft und das Flackern der Kerzen auf dem Tisch kamen Eve wie der totale Luxus und zugleich irgendwie typisch für Eheleute vor.

Echt nett.

»Wir waren schon eine ganze Weile nicht mehr in unserem Haus in Mexiko«, bemerkte Roarke. »Wir sollten mal wieder ein paar Tage frei machen und hinfliegen.«

Eve legte ihren Kopf fragend auf die Seite. »Waren wir schon überall, wo du ein Haus besitzt?«

Eindeutig amüsiert trank er einen Schluck aus seiner Bierflasche und schüttelte den Kopf. »Noch nicht.«

Hatte sie sich's doch gedacht.

»Vielleicht sollten wir erst einmal alle deine Häuser abklappern, bevor wir allzu oft an einen Ort fahren.« Sie griff sich eine Handvoll Nachos und tauchte sie in die Salsa, die so scharf war wie ein ausgewachsener Dobermann. »Warum hast du eigentlich kein Haus in Irland?«

»Ich habe diverse Immobilien dort.«

Die Salsa machte aus ihrem Mund ein Kriegsgebiet, und trotzdem tauchte sie die nächsten Nachos in die Sauce ein. »Hotels, Geschäfte, Grundstücke. Aber kein eigenes Haus.«

Er dachte kurz darüber nach und überraschte sich dann selber mit der Antwort, die er darauf gab. »Als ich Irland verließ, habe ich mir versprochen, erst dorthin zurückzukehren, wenn ich alles erreicht hätte, was mir jemals wichtig war. Macht, Geld und, obwohl ich mir das damals bestimmt nicht eingestanden habe, eine gewisse Respektabilität.«

»All das hast du doch längst erreicht.«

»Ich bin ja auch dorthin zurückgekehrt und fliege inzwischen beinahe regelmäßig hin. Aber ein Haus, nun, das ist ein Statement, findest du nicht auch? Etwas, wodurch man gebunden ist. Selbst wenn man noch ein Heim woanders hat, schafft ein Haus eine solide, spürbare Verbindung. Dazu bin ich noch nicht bereit.«

Sie nickte verständnisvoll.

»Würdest du ein Haus in Irland wollen?«, fragte er.

Sie brauchte nicht zu überlegen, und sie war von ihrer Antwort auch nicht überrascht. Nicht, als sie ihm in die Augen sah. »Ich habe alles, was ich will.«

4

Nach dem Essen gab Eve Roarke sämtliche Informationen, die sie bisher über Flores hatte, und er nahm sie mit in sein Büro. Dann betrat auch sie ihr Arbeitszimmer, ging weiter in die angrenzende, kleine Küche, holte sich einen Becher Kaffee, trug ihn zu ihrem Schreibtisch, zog sich ihre Jacke aus und krempelte die Ärmel hoch.

Galahad hatte es sich in ihrem Schlafsessel bequem

gemacht und starrte sie erbost aus seinen zweifarbigen Augen an.

»Ist ja wohl nicht meine Schuld, wenn du zu schissig bist, um rauszugehen.« Sie nippte an ihrem Kaffee, starrte ihrerseits den Kater reglos an und pikte mit ihrem Zeigefinger in die Luft, als sie ihn nach einem Augenblick vollkommener Stille blinzeln sah.

»Ha. Gewonnen.«

Beleidigt kehrte Galahad ihr seinen breiten Rücken zu, streckte eins von seinen Vorderbeinen aus und leckte sich das Fell.

»Okay, jetzt haben wir es uns lange genug gemütlich gemacht.« Sie wandte sich ihrem Computer zu, rief die Akte Flores auf und setzte zu einer neuerlichen Überprüfung sämtlicher Personen mit Zugang zu dem Tabernakel an.

Chale López, der in Rio Poco, Mexiko, geborene, boxende Priester, interessierte sie. Er hatte für sie nicht die Aura eines Verdächtigen, aber irgendetwas an dem Priester kam ihr seltsam vor. Er hatte den leichtesten Zugang zu dem Wein gehabt – und als Priester hätte er doch sicher eher als jeder andere bemerkt, dass mit dem Getränk im Kelch irgendetwas nicht in Ordnung war.

Trotzdem gingen von ihm einfach nicht die Schwingungen eines Verdächtigen aus.

Auch bezüglich des Motivs tappte sie noch vollkommen im Dunkeln.

Ob es irgendwie um Sex gegangen war? Drei Männer teilten sich ein Haus, den Job, die Mahlzeiten und verbrachten obendrein noch fast ihre gesamte Freizeit miteinander. Durchaus möglich, dass man sich dann früher oder später auch in anderer Hinsicht näherkam. Auszuschließen war es nicht.

Diese Art von Nähe sollten Priester sich verkneifen, doch sie suchten sie bereits, seit es die Kirche gab.

Vor allem bestand die Möglichkeit, dass der Tote gar nicht Flores war. Hätte er dann wirklich fast sechs Jahre nach dem Zölibat gelebt? Hätte er – ein attraktiver und gesunder Mann – tatsächlich über einen derart langen Zeitraum entweder Enthaltsamkeit geübt oder es sich höchstens hin und wieder selbst besorgt, nur damit ihm niemand auf die Schliche kam?

Das kam Eve höchst unwahrscheinlich vor.

Also ... hatte López ihn vielleicht mit jemandem aus der Gemeinde, einer Nutte oder so erwischt. Und war in selbstgerechtem Zorn entbrannt.

Doch aus irgendeinem Grund glaubte sie das nicht.

Während Flores – wo auch immer er jetzt war – schon mit zweiundzwanzig und der zweite Priester Freeman schon mit vierundzwanzig in den Orden eingetreten war, hatte López diesen Schritt erst als über Dreißigjähriger getan. War das nicht ein bisschen spät?

Vorher hatte der Mann mit dem traurigen, ehrlichen Blick ein paar Jahre lang professionell geboxt. Weltergewicht, bemerkte sie, mit zweiundzwanzig Siegen, davon sechs durch K.o. Er war nie verheiratet gewesen – war das vor der Priesterweihe überhaupt erlaubt? – und hatte auch nie in einer eingetragenen Partnerschaft gelebt.

Nach dem Boxen klaffte eine kurze Lücke in dem offiziellen Lebenslauf. Was hatte López nach dem Ende seiner sportlichen Karriere fast drei Jahre lang getan, ehe er dem Orden beigetreten war?

Dieser Frage ginge sie zu einem anderen Zeitpunkt nach, denn jetzt sähe sie sich erst einmal Rosa O'Donnell sowie ihren Teil des Ortiz-Clans, der auf der Beerdigung gewesen war, genauer an.

Die paar kleinen Vorstrafen, auf die sie dabei stieß, waren bei einer derart großen Sippe sicher vollkommen normal.

Wie kamen Leute nur mit einer derart riesigen Familie, all diesen Cousins, Cousinen, Tanten, Onkel, Nichten, Neffen, klar? Wie hielten sie all die Menschen auseinander und, vor allem, wie bekamen sie, wenn der gesamte Clan zusammenkam, überhaupt noch Luft?

Es gab ein paar kleinere Fälle von Körperverletzung, für die niemand zu einer Haftstrafe verurteilt worden war, einen schweren Autodiebstahl, für den der Täter ein paar Monate im Knast gelandet war, ein paar Bewährungsstrafen wegen Drogen und anderer kleinerer Delikte sowie eine Handvoll Jugendstrafen, in die sie erst Einsicht nehmen würde, wenn es wirklich nötig war.

Natürlich gab es auch Fälle, in denen Mitglieder der Sippe das Opfer gewesen waren. Einen Fall von Raub, einen tätlichen Angriff, zwei Vergewaltigungen sowie ein paar Fälle von häuslicher Gewalt. Dazu eine Reihe von Scheidungen, ein paar Todesfälle sowie jede Menge Geburten.

Sie lehnte sich einen Augenblick zurück und legte ihre Füße auf der Schreibtischplatte ab.

Zu Flores gab es keinerlei Verbindung außer der, dass er der Gemeindepriester gewesen war. Aber schließlich war ja auch nicht Flores Ziel des Anschlages gewesen, sondern *Lino* oder wer auch immer jahrelang als falscher Priester aufgetreten war.

Obwohl sie die Zahnarztunterlagen immer noch nicht hatte, hegte sie nicht den geringsten Zweifel, dass der Mann *nicht* Flores war. Außerdem hatte er im November 2053 explizit darum gebeten, dass er in genau diese Gemeinde kam.

Bist du heimgekommen oder fortgelaufen, Lino, überlegte sie. Das war die große Frage. Hatte ihn möglicherweise irgendwer erkannt? Jemand, der hier lebte, oder jemand, der nur auf Besuch hierhergekommen war? Jemand, von dem er abgrundtief gehasst wurde und deshalb in einer Kirche hingerichtet worden war?

Was hast du getan? Wem hast du derart ans Bein gepisst, wen hast du derart verraten oder verletzt?

Und so wartete er in Geduld und erlangte die Verheißung.

Worauf hast du gewartet? Welche Verheißung war das lange Warten wert?

»Er ist eine Fälschung«, verkündete Roarke aus Richtung der Verbindungstür.

»He?«

»Der Pass, er ist gefälscht. Was du bereits wusstest, weshalb ich nicht verstehe, warum du mich meine Zeit damit vergeuden lassen hast.«

»Es ist einfach nett, wenn ein Verdacht bestätigt wird.«

Er bedachte sie mit einem kühlen Blick, kam dann in ihr Zimmer und nahm auf der Kante ihres Schreibtischs Platz. »Die hast du jetzt. Es war eine wirklich gute Arbeit, alles andere als billig. Nicht vom Allerfeinsten, aber auch keine Flickschusterei. Das Ding ist etwas über sechs Jahre alt. Damals hat Flores seinen Pass als verloren gemeldet und einen neuen beantragt.«

»Wann genau?«

»Oktober 53.«

»Einen Monat, bevor er um seine Versetzung nach St. Cristóbal gebeten hat.« Sie schlug ihm mit der Faust aufs Bein. »Habe ich es doch gewusst.«

»Und ich habe es dir gleich gesagt. Der Antragsteller hat ein neues Foto zusammen mit Kopien aller erforderlichen

Unterlagen eingereicht. Das ist ein beliebter Weg, auf dem man einen neuen Pass erhält.«

»Und wie sieht es mit den Fingerabdrücken aus?«

»Tja, nun, das ist der Punkt, an dem es teuer wird. Man muss entweder die richtigen Leute schmieren oder selbst ein guter Hacker und vor allem im Besitz eines nicht registrierten Computers sein. Dann tauscht man sämtliche bisher von dem anderen gespeicherten Fingerabdrücke gegen seine eigenen aus. Das heißt, von der Kindheit an, wenn man gründlich ist – und das war unser Mann. Die Fingerabdrücke sind nämlich der Stolperstein, über den die meisten fallen. Aber wenn man diese Hürde erst genommen hat, ist man zu hundert Prozent ein anderer Mensch.«

Sie runzelte die Stirn. »Wie viele gefälschte Pässe hast du in deiner dunklen Vergangenheit hergestellt und/oder selbst benutzt?«

Er sah sie lächelnd an. »Ein junger Kerl mit gewissen Fähigkeiten und einem großen Maß an Diskretion kann recht gut davon leben, aber mein Traumjob war es trotzdem nicht.«

»Hmm. Ich habe die Fingerabdrücke überprüft. Es hieß, dass es die von Flores sind, er ist also wirklich so gründlich gewesen und hat sich in die Datenbanken eingeklinkt oder jemanden dafür bezahlt. Und nachdem die Abdrücke erst mal verändert waren, war der Rest der ganz normale Standard-Daten-Klau.«

»Es wäre auch dumm, die paar Cent zu sparen und nicht den ganzen Weg zu gehen.«

»Die Gesichtsveränderung muss ebenfalls recht teuer, zeitraubend und aufwändig gewesen sein. Er hatte also eindeutig ein langfristiges Ziel.« Sie stieß sich von ihrem Schreibtisch ab, weil sie auf den Füßen besser denken konnte, und lief im Zimmer auf und ab. »Das heißt, dass es um eine wirklich große Sache ging.«

»Wenn man über einen derart langen Zeitraum so weit geht, heißt das, dass man sich selbst aufgibt, nicht wahr? Seinen Namen, sein Gesicht, sämtliche Beziehungen. Man streift seine eigene Haut ab und schlüpft in die von jemand anderem. Man legt sich langfristig fest. Vielleicht wollte dein Opfer ja ein neues Leben. Einen Neuanfang.«

»Er wollte mehr als das. Ich glaube, dass er aus einem ganz bestimmten Grund hierher nach New York und in diese spezielle Gegend zurückgekommen ist. Er hat diesen Ort vorsätzlich gewählt, also hat er ihn gekannt. Aber niemand sollte ihn erkennen, deshalb brauchte er das neue Gesicht. Und zur Erreichung seines Ziels brauchte er jede Menge Geduld.« Sie dachte nach und murmelte: »Und so wartete er in Geduld und erlangte die Verheißung.«

»Ach ja?«

»Meiner Meinung nach werden die Geduldigen im Land der Versprechen die halbe Zeit verarscht, aber die Bibel sieht das offenkundig anders«, antwortete sie. »Er hatte diese Passage in seiner Bibel unterstrichen. Und dann noch eine andere …« Sie kehrte an ihren Schreibtisch zurück und sah sich die Stelle noch mal an: »Reichtum und Ehre ist bei mir, bleibendes Gut und Gerechtigkeit.«

»Geld, Ansehen, Format«, sinnierte Roarke. »Für manche Menschen Grund genug zu töten und zu warten, bis dieses Versprechen in Erfüllung geht. Dabei ist es schön, wenn man in einer vertrauten Umgebung warten kann – und vielleicht verschafft es einem ja noch einen zusätzlichen Kick, wenn man ständig bekannte Leute sieht und weiß, dass sie keine Ahnung haben, wer man ist.«

Sie sah ihn aus zusammengekniffenen Augen an. »Menschen erzählen Priestern alle möglichen Dinge, stimmt's?

Intime, persönliche Dinge. Vielleicht war das für ihn ja noch ein zusätzlicher Kick.«

»Ich hatte mal einen Bekannten, der sich ab und zu als Priester ausgegeben hat.«

»Und warum?«

»Für irgendwelche Betrügereien. Wie du eben selbst gesagt hast, gestehen die Menschen Priestern ihre Sünden, was für einen Erpresser durchaus praktisch ist, und obendrein gehen auch noch regelmäßig Kollekte-Beutel in der Kirche rum. Mir hat diese Masche allerdings nie wirklich zugesagt.«

»Weil ...?«

»... sie ziemlich unfein ist, oder etwa nicht?«

Sie schüttelte den Kopf. Sie wusste von den Dingen, die er selbst als junger Mann betrieben hatte, trotzdem kaufte sie ihm ab, dass er es einfach erbärmlich fand, nutzte man die Schwächen bußfertiger Sünder derart schamlos aus.

»Vielleicht war das ja Teil des Spiels. Vielleicht hat er einen oder mehrere Sünder aus der Gemeinde erpresst und wurde dafür von ihm, ihr oder ihnen zur Hölle geschickt. Klingt fast nach einer Form von höherer Gerechtigkeit. Falscher Priester nutzt seine Soutane, um Leute zu erpressen, und einer der Erpressten nutzt ein Ritual der Kirche, um sich des falschen Priesters zu entledigen.«

Sie wandte sich erneut von ihrem Schreibtisch ab und lief im Zimmer auf und ab. »Aber was genau gelaufen ist, finde ich sicher erst heraus, wenn ich weiß, wer er in Wahrheit war. Ich brauche diese Tätowierung. Hoffentlich können die Kollegen im Labor sie rekonstruieren. Sie wäre vielleicht eine erste Spur. Angenommen, er hat sie vor ungefähr sechs Jahren entfernen und sich gleichzeitig das Gesicht erneuern lassen, brauchen wir nur noch herauszufinden, wo der wahre Flores zum letzten Mal gesund und munter gesehen worden ist, und schon habe ich eine Gegend, auf die ich mich konzentrieren kann.«

Sie blickte wieder auf Roarke, der noch immer auf der Kante ihres Schreibtischs saß und verfolgte, wie sie durch das Zimmer lief. »Es gibt immer irgendwelche Echos oder Schatten, stimmt's? Das sagt ihr Elektronikfreaks doch immer, wenn es ums Hacken und das Löschen von Daten geht. Und es gibt immer einen Weg, auf dem man diese Echos oder Schatten wieder sichtbar machen kann.«

»Fast immer«, verbesserte er sie.

Seine Echos oder Schatten würden sie nicht finden, dachte Eve. Aber wie viele Menschen hatten schon die Mittel oder Fähigkeiten eines Roarke? »Wenn er so gut wie du gewesen wäre oder jemanden hätte bezahlen können, der so gut ist wie du, hätte er nicht jahrelang in Spanish Harlem den Priester rausgekehrt, sondern sich irgendwo an einem warmen Strand versteckt und dort ausgeharrt.«

»Da hast du wahrscheinlich recht.«

»Bisher sind das alles bloße Spekulationen oder Projektionen. Aber so arbeite ich nicht gern. Deshalb setze ich am besten morgen Feeney und die anderen elektronischen Ermittler auf die Sache an.«

»Und was wirst du selber morgen tun?«

»Ich werde noch einmal in die Kirche gehen.«

Er stand auf und trat entschlossen auf sie zu. »Tja, dann lass uns vorher noch ein bisschen sündigen.«

»Selbst ich weiß, dass das zwischen Eheleuten keine Sünde ist.«

Er neigte seinen Knopf, knabberte an ihrer Unterlippe und erklärte: »Was ich vorhabe, wahrscheinlich doch.«

»Ich bin noch am Arbeiten.«

Er öffnete den ersten Knopf von ihrem Hemd und schob

sie rückwärts Richtung Lift. »Ich auch. Und ich liebe meinen Job.« Er schob sie weiter durch die offene Tür und küsste sie gierig auf den Mund.

Er machte seine Sache wirklich gut, erkannte sie, als sich seine Hände an die Arbeit machten, bis ihr Puls zu rasen schien. Sie küsste ihn zurück und war bereits in einem warmen Wohlgefühl versunken, als die Fahrstuhltür wieder aufglitt und ihr Hemd zu Boden fiel.

Als ein kühler Lufthauch über ihren nackten Oberkörper strich, schlug sie blinzelnd die Augen wieder auf.

Er schob sie rückwärts auf die Dachterrasse, deren Glaskuppel geöffnet war. »Was ...« Dann küsste er sie wieder auf den Mund, und sie hatte das Gefühl, als löse sich ihr Hirn in lauter kleine Einzelteile auf.

»Wir sind draußen spazieren gegangen, haben im Freien gegessen ...« Er drückte sie rücklings gegen die steinerne Mauer, die den Dachgarten umgab. »Und jetzt sorgen wir dafür, dass es ein Hattrick wird.«

Sie schob ihre Hand an ihm herab. »Wie ich sehe, hast du deinen Hockeyschläger mitgebracht.«

Lachend schälte er sie aus dem schlichten, weißen Baumwollbüstenhalter, der an ihr einfach verführerisch aussah, und griff nach dem ihr von ihm geschenkten, dicken Diamanten, den sie Tag und Nacht an einer langen Kette trug. »Jetzt sollte ich wahrscheinlich irgendeinen Witz über deinen Puck machen, aber dabei fallen mir nur obszöne Dinge ein.«

Er glitt mit seinen Händen über ihre kleinen, festen Brüste und ertastete den schnellen Herzschlag unter ihrer weichen, warmen Haut. Trotz ihres klaren Blicks und des amüsierten Blitzens ihrer Augen wusste er genau, sie war nicht weniger erregt als er.

Langsam drehte er sie um und drückte sie auf eine breite, gepolsterte Bank. »Stiefel«, sagte er und hob einen ihrer Füße hoch.

Sie stützte sich auf ihren Ellenbogen ab und verfolgte, wie er vor ihr stand und ihr nacheinander beide Stiefel von den Füßen zog.

Bis zur Hüfte nackt, mit im fahlen Licht des Stadtmondes weich schimmernder Haut und einem leichten Grinsen im Gesicht sah sie wieder einmal unwiderstehlich aus. Entschlossen setzte er sich neben sie, zog seine eigenen Schuhe aus, drehte seinen Kopf, presste seine Lippen abermals auf ihren Mund, und sie machte die Knöpfe seines Hemdes auf, schwang sich rittlings über ihn und schmiegte sich begehrlich an ihn an.

Sie tauchte aktiv in ihr Verlangen und die Seligkeit, die sie einander brachten, ein. Es war jedes Mal aufs Neue ein Schock, wie atemberaubend *richtig* ihr Zusammensein mit diesem Menschen war. Sie war hier. Mit ihm. Mit ihrem Mann. Sein prachtvoller Mund war gleichermaßen fordernd wie verführerisch, seine – ach so talentierten – Hände ergriffen wie jedes Mal Besitz von jedem Körperteil und bereits das Gefühl von seiner Haut an ihrer Haut war ihr zwar inzwischen wunderbar vertraut, ließ sie aber immer noch schwindeln.

Er liebte, wollte, brauchte sie, und sie liebte, wollte, brauchte ihn. Auf wundersame Art.

Zuerst stieß er leise murmelnd ihren Namen aus. Eve. Nur Eve. Dann fügte er das Gälische *a grha* hinzu. Meine Liebe.

Weil sie seine Liebe war.

Danach konnte sie nichts mehr verstehen, denn seine Hände führten sie so rhythmisch wie bei einem Tanz, bis sie sich nach hinten bog und er seine Lippen eine warme, weiche Linie über ihren Oberkörper ziehen ließ, ehe er den Mund mit heißer Gier um eine ihrer Brüste schloss.

Sie seufzte, rang nach Luft, erschauderte und stieß ein lautes Stöhnen aus.

Er hielt ehrfürchtig den Atem an, weil sie sein Ein und Alles war. Nichts, wovon er je geträumt hatte, bevor er aus den Gassen Dublins ausgebrochen war, kam dem Wunder auch nur ansatzweise nahe, das ihm in Gestalt von dieser wunderbaren Frau begegnet war. Der Geschmack von ihrer Haut im fahlen Licht und in der kühlen Abendluft rief ein Verlangen in ihm wach, das sich wahrscheinlich nie zur Gänze stillen ließ.

Er zog sie mit sich von der Bank und spürte, wie dieses Verlangen an ihm riss, während sie gierig ihre Zunge über seinen Gaumen wandern ließ. Wieder drückte er sie mit dem Rücken an den Stein, stellte sie auf ihren Füßen ab, und sie rissen gleichzeitig die Reißverschlüsse ihrer Hosen auf.

»Du gehörst mir«, stieß er mit rauer Stimme aus, packte ihre Hüfte und drang in sie ein.

Ja, Gott, ja. Der erste Höhepunkt machte sie schwindlig und benommen, rief dann aber sofort neuerliches, glühendes Verlangen in ihr wach. Weshalb sie ihm eins ihrer Beine um den Rücken schlang, sich ihm noch weiter öffnete und ihr Becken im schnellen Rhythmus seines Beckens kreisen ließ.

Der kühle Stein in ihrem Rücken sowie die Hitze seines Leibs an ihrem Bauch und tief in ihrem Inneren feuerten sie dabei immer weiter an, während er nahm und nahm und nahm.

Als sie spürte, dass sie im Begriff stand, abermals im wilden Blau der Augen dieses Mannes zu ertrinken, zog sie sich so eng es ging um ihn zusammen und stieß heiser aus: »Komm mit, komm mit, komm mit.«

Und als er sich mit ihr zusammen fallen ließ, blitzten seine Augen heller als der Diamant, der zwischen ihren Brüsten lag.

Sie wusste nicht, ob sie gesündigt hatte, doch als sie am nächsten Tag erwachte, fühlte sie sich ungemein entspannt.

Vielleicht lag es an der Ruhe und der Leere ihres Hirns, dass ihr, als sie duschte, ein neuer Gedanke kam. Sie dachte noch darüber nach, während ihr die warme Luft des Trockners um den Körper blies, und kehrte, ohne auch nur daran zu denken, ihren Morgenmantel anzuziehen, nackt ins Schlafzimmer zurück.

»Liebling.« Roarke saß mit einer Tasse Kaffee neben dem Kater auf dem Sofa und sah sie lächelnd an. »Du hast mein Lieblings-Outfit an.«

»Haha. Frage.« Sie trat vor die Kommode, in der ihre Unterwäsche lag, hielt plötzlich in der Suche inne und zog einen roten BH mit glitzernden, tief ausgeschnittenen Körbchen aus der Schublade hervor. »Wo kommt der denn her?«

»Hmm. Vielleicht hat ihn ja die Dessous-Fee reingelegt«, schlug er ihr grinsend vor.

»So eine Tittenschlinge kann ich ja wohl unmöglich zur Arbeit anziehen. Himmel, was, wenn ich mich plötzlich ausziehen muss?«

»Du hast recht, wenn du halbnackt vor irgendwelchen Schurken stündest, wäre dieser Büstenhalter ziemlich würdelos.«

»Und ob.« Sie beschloss, wie auch ansonsten häufig, einfach keinen Büstenhalter anzuziehen und nahm einfach eins ihrer geliebten, schlichten weißen Tanktops aus dem Schrank.

»Frage?«, meinte er.

»Was? Oh, ja. Ich habe eine Frage«, meinte sie und zog eine nicht minder schlichte, weiße Unterhose an.

Er fragte sich, weshalb der Anblick dieser Frau in dieser funktionalen Wäsche für ihn so erregend war, als ob sie schwarz schimmernden Satin oder rote Spitze trug.

»Wenn du eine Zeitlang untertauchen müsstest, würdest du einen vertrauten Freund einweihen?«

»Wie groß wäre mein Vertrauen in diesen Freund?«

»Das spielt natürlich eine Rolle, aber sagen wir einfach, dass es reicht.«

»Für mich käme es auf die Risiken und die möglichen Konsequenzen an, die es für mich hätte, wenn ich vorzeitig enttarnt würde.«

Auf dem Weg zum Schrank dachte sie über diese Antwort nach. »Fünf Jahre sind eine lange Zeit – vor allem, wenn man jemand anderes als man selber ist – und diese unterstrichenen Stellen in der Bibel lassen mich vermuten, dass er, wenn der rechte Zeitpunkt gekommen wäre, wieder als er selber in Erscheinung hätte treten wollen. Man braucht jede Menge Willenskraft, um in fünf Jahren nicht ein einziges Mal Kontakt zu einem Freund oder Verwandten aufzunehmen, um einen Teil des Frusts bei ihm abzuladen oder sich gemeinsam über diesen Witz zu freuen. Wenn unser falscher Pater Flores in New York zuhause war, gehe ich jede Wette ein, dass es hier in der Nähe auch Freunde und Verwandte von ihm gab.«

Geistesabwesend kraulte Roarke Galahad zwischen den Ohren und der Kater fing an, laut zu schnurren. »Andererseits könnte er auch nach New York gekommen sein, weil er hier weit weg ist von allen, die ihn kannten, oder weil er hier der Sache näher war, auf die er die ganze Zeit gewartet hat.«

»Ja, ja.« Stirnrunzelnd zog sie sich eine Hose an. »Ja.« Sie schüttelte den Kopf. »Nein. Denn dann hätte er sich zwar sicher um einen Posten hier im Osten, in New York oder Jersey, aber nicht in dieser speziellen Kirchengemeinde bemüht. Wenn er einfach hätte auf Distanz gehen wollen, hätte er die Möglichkeiten sicher nicht derart begrenzt. Aber mit deiner anderen Überlegung – dass er seinem Ziel hier näher war – hast du möglicherweise recht.«

Ihr fiel das Jugendzentrum ein.

»Vielleicht war es tatsächlich so. Am besten gehe ich der Sache nach.«

Sie zog sich weiter an, Roarke trat vor den AutoChef und sofort richtete der fette Galahad sich in der Hoffnung auf ein zweites Frühstück auf.

Schließlich legte Eve ihr Waffenhalfter an und blickte auf die Teller, die ihr Mann zum Sofa trug.

»Pfannkuchen?«

»Ich möchte mit dir frühstücken und weiß, dass du eine besondere Schwäche für die Dinger hast.« Er stellte die Teller auf den Tisch, hob mahnend eine Hand, als Galahad zum Sprung ansetzen wollte, worauf sich der Kater enttäuscht wieder sinken ließ, ihm den Rücken zukehrte und ein leises Maunzen ausstieß.

»Jetzt hat er dich bestimmt verflucht«, bemerkte Eve.

»Meinetwegen, aber meine Pfannkuchen bekommt er nicht.«

Um Zeit zu sparen, traf sich Eve mit Peabody direkt am Jugendclub. Vor dem fünfstöckigen Betonbau lag ein eingezäunter Spielplatz mit Basketballfeld, auf dem eine Handvoll Jugendlicher zu einem von Trash-Rock, ruppigen Gesprächen und regelmäßigen Fouls begleiteten spontanen Spiel versammelt war. Als sie über den Asphalt in ihre Richtung ging, nahm sie die verächtlichen und gleichzeitig nervösen Blicke der Heranwachsenden wahr. Diese Reaktion auf sie als Cop war ihr hinlänglich vertraut.

Entschlossen baute sie sich vor dem Anführer des Trupps, einem gemischtrassigen Schlaks von vielleicht dreizehn Jahren in einer schlabberigen, schwarzen Hose, ausgelatschten High Tops und roter Rollmütze, auf.

»Na, heute keine Schule?«, fragte sie.

Er schnappte sich den Ball und dribbelte auf der Stelle. »Es klingelt erst in einer Viertelstunde. Suchen Sie etwa nach Schulschwänzern?«

»Sehe ich so aus?«

»Nee.« Plötzlich drehte er sich einmal um sich selbst und machte einen halbwegs ordentlichen Hakenwurf, der den Ball ein paarmal um den Rand des Korbes rollen ließ. »Sie sehen nach einer großen Nummer, einer großen, fiesen Nummer aus«, stellte er mit gleichmütigem Singsang fest und sein Publikum schnaubte verächtlich auf.

»Die bin ich auch. Kanntest du Pater Flores?«

»Alle kennen Pater Miguel. Er ist – er war – echt cool.«

»Hat er dir diesen Hakenwurf gezeigt?«

»Er hat mir ein paar Sachen beigebracht. Und ich ihm auch. Na und?«

»Hast du auch einen Namen?«

»Den hat ja wohl jeder.« Wieder wandte er sich einfach ab und winkte nach dem Ball. Eve aber drehte sich kurz um die eigene Achse, schnappte sich den Ball, dribbelte ein paarmal damit auf der Stelle, drehte sich noch einmal um sich selbst. Und warf den Ball geschickt ins Netz.

Der Junge zog die Brauen unter seiner Mütze hoch und bedachte sie mit einem kühlen Blick. »Kiz.«

»In Ordnung, Kiz, weißt du, ob irgendwer was gegen Flores hatte?«

»Sieht so aus«, stellte der Junge schulterzuckend fest. »Sonst wäre er ja wohl nicht tot.«

»Genau. Weißt du vielleicht auch, wer so sauer auf ihn war?«

Eins der anderen Kids gab Kiz den Ball, er dribbelte ein Stück damit, warf einen Dreier, winkte nochmals nach dem Ball, reichte ihn dann aber Eve. »Können Sie das auch?«

Warum wohl nicht? Sie schätzte die Entfernung, warf. Und traf.

Kiz nickte anerkennend mit dem Kopf und sah sie fragend an: »Ham Sie auch irgendwelche Tricks auf Lager, große, fiese Nummer?«

Sie sah ihn mit einem kühlen Lächeln an. »Wenn du eine Antwort für mich hast.«

»Die Leute ham Pater Miguel gemocht. Wie gesagt, er war echt cool. Is' nicht ständig rumgelaufen und hat irgendwelches blödes Zeug gepredigt oder so. Der wusste einfach, wie das Leben läuft.«

»Und, wie läuft das Leben so?«

Kiz holte sich den Ball zurück, ließ ihn lässig auf der Spitze seines Zeigefingers kreisen und zog spöttisch seine Brauen hoch. »Beschissen, wie wohl sonst.«

»Klar, beschissen, wie wohl sonst. Und mit wem hing er so rum?«

»Also, kennen Sie ein paar Tricks?«, wiederholte Kiz und warf ihr den Ball mit einmaligem Aufprall auf dem Boden wieder zu.

»Jede Menge, aber nicht in diesen Stiefeln. Diese Stiefel habe ich nur an, wenn ich einen Killer finden will.« Eve warf den Ball zurück. »Also, mit wem hing er so rum?«

»Ich schätze, mit den anderen Priestern. Mit uns hier und mit Magda und mit Marc.« Er machte eine Kopfbewegung Richtung Haus. »Die schmeißen den Laden hier. Und dann hat er sich manchmal mit den älteren Typen unterhalten, die hier immer wieder auftauchen und dann so tun, als hätten sie beim Basketball den Plan im Sack.«

»Hat er sich in letzter Zeit mit irgendwem gestritten?«

»Keine Ahnung. Ich hab' nichts gemerkt. Aber jetzt muss ich langsam rein.«

»Okay.«

Er überließ ihr noch einmal den Ball. »Kommen Sie nächstes Mal mit anderen Schuhen, große, fiese Nummer, dann mache ich Sie platt.«

»Das werden wir ja sehen.«

Eve klemmte sich den Ball unter den Arm und Peabody stellte kopfschüttelnd fest: »Ich wusste gar nicht, dass Sie das können. Körbe werfen und so.«

»Wobei das nur eins von einer ganzen Reihe verborgener Talente von mir ist. Aber jetzt lassen Sie uns Marc und Magda suchen, ja?«

In dem Gebäude roch es wie in einer Schule oder einem anderen Ort, an dem sich regelmäßig eine Horde Kinder traf – nach jungem Schweiß, Süßigkeiten und etwas, das Eves Empfinden nach der etwas unheimliche, dumpfe, waldige Geruch von Kindern war.

Frauen und Männer, die erschöpft, erleichtert oder unglücklich aussahen, brachten jede Menge Kleinkinder und Babys an. An den beigefarbenen Wänden waren die Zeichnungen verschieden talentierter kleiner Künstler neben Aushängen und Postern wie eine verrückte Collage aufgehängt, und inmitten all des Durcheinanders stand eine hübsche, blonde Frau und nahm sowohl die Kleinen als auch die Erwachsenen – offenbar die Eltern – freundlich in Empfang.

Schreie, Juchzer, Schluchzer und durchdringend helle Kinderstimmen schwirrten wie Lasergeschosse durch die Luft.

Die Blondine hatte dunkelbraune Augen und ein Lächeln, das gleichzeitig ehrlich und belustigt wirkte, während sie den Ansturm über sich ergehen ließ. Ihre Augen und die gut gelaunte Stimme wirkten völlig klar, aber vielleicht hatte sie ja auch irgendetwas eingenommen, was ihr nicht umgehend anzumerken war.

Mit den Eltern sprach sie abwechselnd spanisch oder englisch, und als endlich niemand anderes vor dem Tresen stand, wandte sie sich lächelnd an die beiden fremden Frauen. »Guten Morgen. Was kann ich für Sie tun?«

»Lieutenant Dallas, Detective Peabody.« Eve zog ihre Dienstmarke hervor. »Wir suchen Marc und Magda.«

Sofort wurde das einladende Lächeln durch einen unglücklichen Gesichtsausdruck ersetzt. »Es geht um Pater Miguel. Ich bin Magda, aber könnten Sie wohl noch ein paar Minuten warten? Sie haben nämlich ausgerechnet den Moment erwischt, in dem die Eltern ihre Kinder in die Krippe und den Kindergarten bringen, deshalb ist im Augenblick der Teufel los. Warten Sie doch einfach im Büro. Den Flur runter und dann die erste Tür links. Dann besorge ich, so schnell es geht, jemanden, der mich hier vorn vertreten kann.«

Eve wich der nächsten Welle kleiner Kinder, die sich tragen, zerren oder jagen ließen, aus und flüchtete in das Büro. Es war mit zwei Schreibtischen bestückt, die einander direkt gegenüberstanden, einem Mini-AutoChef, einem kleinen Kühlschrank, jeder Menge Sportgeräte und einem Regal, das unter riesengroßen Bücher- und Diskettenstapeln sowie haufenweise Schreibmaterial kaum noch zu sehen war. Eve betrachtete die Flyer und die Memos an dem schwarzen Brett, trat dann kurzerhand ans Fenster und bemerkte, dass es einen Ausblick auf den Spielplatz bot. Im Augenblick rannte dort eine Horde Kleinkinder herum, die wie Hyänen schrien.

»Warum machen sie dieses Geräusch?«, fragte sie sich laut. »Davon müssen einem doch die Trommelfelle platzen, wenn man ihnen zu nahe kommt.«

»Ich schätze, sie müssen einfach Energie loswerden.« Da sie direkt vor ihr auf dem Schreibtisch lagen, sah sich Peabody ein paar Papiere an. »Deshalb gehen die meisten Kinder auch nicht, sondern rennen, und sitzen nicht ruhig auf ihren Stühlen, sondern klettern lieber darauf herum. Sie haben einfach zu viel Energie und die müssen sie loswerden.«

Eve wandte sich wieder vom Fenster ab und hob einen Zeigefinger in die Luft. »Das kann ich verstehen. Das kann ich wirklich verstehen. Sie haben keinen Sex und trinken keinen Alkohol, also rennen sie schreiend durch die Gegend und dreschen aufeinander ein, weil das für sie ein Ersatz für einen Orgasmus oder einen Tranquilizer ist.«

»Hm.« Eine andere Erwiderung fiel Peabody nicht ein, erleichtert sah sie auf, als Magda angelaufen kam.

»Tut mir leid, dass ich Sie habe warten lassen. Aber viele Eltern tauchen erst im letzten Augenblick hier auf, und dann bricht das totale Chaos aus. Bitte, nehmen Sie doch Platz. Ah, kann ich Ihnen einen Kaffee, einen Tee oder etwas Kaltes anbieten?«

»Nennen Sie uns einfach Ihren vollständigen Namen. Der reicht erst mal aus.«

»Oh, natürlich. Magda Laws. Ich bin eine der Leiterinnen des Zentrums hier.« Sie befingerte das kleine Silberkreuz an ihrem Hals. »Es geht um Pater Miguel.«

»Ja. Wie lange haben Sie ihn gekannt?«

»Seit er in die Gemeinde kam. Fünf Jahre? Vielleicht sogar ein bisschen länger.«

»Und wie sah Ihre Beziehung aus?«

»Wir waren Freunde. Freundschaftlich. Er hat sich sehr für unser Zentrum engagiert und uns immer tatkräftig unterstützt. Ich weiß wirklich nicht, was wir ohne ihn machen sollen. Auch wenn das wahrscheinlich furchtbar egoistisch klingt.« Sie zog einen Stuhl hinter einem der Schreibtische hervor, rollte ihn dorthin, wo die Besucherstühle standen, und nahm Platz. »Ich kann es noch immer nicht begreifen. Ich erwarte die ganze Zeit, dass er bei uns hereinschaut und fröhlich hallo sagt.«

»Wie lange arbeiten Sie schon hier?«

»Seit fast acht Jahren. Mit Marc, Marc Tuluz – tut mir leid, er ist heute Morgen nicht im Haus. Er nimmt an einem Lehrgang teil – einem Lehrgang in Psychologie – und kommt im Augenblick deshalb immer erst nachmittags.«

»Und er und Flores waren ebenfalls befreundet?«

»Allerdings. Ich würde sagen, in den letzten Jahren waren wir drei ein echtes Team. Wir haben hier jede Menge guter Leute – Erzieher, Lehrer, Pflegerinnen – aber nun, wir drei waren, ich weiß nicht, wie ich es formulieren soll«, sie hob hilflos ihre Hände in die Luft, »das Herz des Zentrums oder so. Miguel war unglaublich aktiv. Nicht nur bei der Arbeit mit den Kindern, sondern auch beim Spendensammeln, bei der Verankerung des Zentrums im Bewusstsein der Gemeinde, beim Auftreiben von Sponsoren, bei der Organisation von Fortbildungen, ganz egal, wobei.«

Ihre Stimme wurde rau, und hinter ihren Augen stiegen Tränen auf. »Es ist ein harter Schlag. Ein wirklich harter Schlag. Wir haben heute Morgen mit den Kindern im

Schulalter eine kurze Andacht gehalten und halten, bevor sie heute Nachmittag wieder nach Hause gehen, noch eine kurze Andacht ab. Ich nehme an, das hilft, aber ... Wir werden ihn in vielerlei Hinsicht fürchterlich vermissen. Gestern Abend haben Marc und ich darüber gesprochen, ob wir die Turnhalle nach ihm benennen sollen.«

»Gestern Abend?«

»Wir leben zusammen und werden im September heiraten. Miguel hätte uns trauen sollen.« Sie wandte sich kurz ab und kämpfte gegen die Tränen an. »Darf ich Sie etwas fragen? Haben Sie schon eine Ahnung, was geschehen ist? Wie oder warum ihn jemand getötet hat?«

»Wir gehen verschiedenen Spuren nach. Da Sie miteinander befreundet waren und so eng zusammengearbeitet haben, hat Flores Ihnen je erzählt, was er gemacht hat, bevor er hierhergekommen ist?«

»Bevor er hierhergekommen ist?« Sie schob sich die hellen Haare aus der Stirn, als ordne sie auf diese Art ihre Gedanken. »Ah, er hat in Mexiko und drüben im Westen gearbeitet. Er stammte auch von dort. Ist es das, was Sie wissen wollen?«

»Hat er von seiner Arbeit im Westen erzählt?«

»Gott. Hin und wieder hat er das bestimmt getan, aber wir hatten immer so viel mit dem Hier und Jetzt zu tun, dass diese Dinge bei mir nicht hängen geblieben sind. Ich weiß nur, dass er dort auch mit Kindern gearbeitet hat. Er hat Sport mit ihnen getrieben und sie dazu gebracht, sich in Teams zu engagieren. Es hat ihm Spaß gemacht, den Kindern Freude daran zu vermitteln, Teil von einem Team zu sein. Er hat seine Eltern schon als kleines Kind verloren, und auch wenn er nicht gern darüber sprach, hat er zumindest irgendwann einmal erwähnt, seine eigenen Erfahrungen wären einer der Hauptgründe dafür, dass er den Kindern und den Jugendlichen so viel Zeit wie möglich widmen will. Und tatsächlich kam er wirklich gut mit ihnen klar.«

»Gab es irgendein Kind oder irgendwelche Kinder, mit denen er besonders gut zurechtgekommen ist?«, fragte Peabody.

»Oh, im Verlauf der Jahre gab es immer wieder einmal irgendwelche Kinder, um die er sich besonders intensiv gekümmert hat. Wissen Sie, es kommt immer darauf an, was ein Kind von einem von uns braucht.«

»Kommen Sie hier aus dieser Gegend?«

»Ich war hier auf dem College und danach bin ich geblieben. Ich wusste einfach, dies ist genau der richtige Ort für mich.«

»Und wie steht es mit Marc?«

»Er kam als Teenager mit seiner Familie hierher. Tatsächlich ist seine Schwester mit einem der Ortiz-Cousins verheiratet. Sie war gestern auf der Beerdigung, als ... Sie war diejenige, die herkam, um es uns zu sagen.«

»Wissen Sie, ob irgendjemand Ärger mit Flores hatte? Ihn nicht mochte? Mit ihm im Streit gelegen hat?«

»Da gibt es jede Menge Abstufungen. Natürlich gab es immer mal Momente, in denen Miguel einem Kind Grenzen setzen musste. Oder einem Elternteil. Wenn man Sport treibt, kommt es ab und zu zu Streit. Aber falls Sie etwas Ernstes meinen, etwas, das zu dieser Sache geführt haben könnte, nein. Außer ...«

»Außer ...«

»Da war diese Sache mit Barbara Solas – sie ist fünfzehn Jahre alt, und vor ein paar Monaten kam sie mit einem blauen Auge an. Kurz gesagt, ihr Vater hatte ihre Mutter schon des Öfteren geschlagen und – wie wir an dem Tag erfuhren – seine Tochter sexuell belästigt.«

Magda ballte die Fäuste in ihrem Schoß. »Sie hat immer versucht, sich dagegen zu wehren, woraufhin er auch sie geschlagen hat. An dem Tag, als sie zu uns kam, erzählte sie, sie wäre ausgeflippt. Wäre völlig ausgeflippt und hätte sich auf ihn gestürzt. Daraufhin hätte er sie abermals geschlagen und sie vor die Tür gesetzt. Also kam sie zu uns, kam endlich zu uns, weil sie Hilfe brauchte, und erzählte, was bei ihr zuhause vorgefallen war. Und wir haben ihr geholfen, haben die Polizei und das Jugendamt über die Sache informiert.«

»Und dieser Solas hat Flores die Schuld daran gegeben, dass die Polizei bei ihm erschienen ist?«

»Das hat er ganz bestimmt, aber nicht nur Miguel, sondern uns anderen auch. Barbara hatte uns erzählt – und das wurde später auch bestätigt –, dass ihr Vater angefangen hatte, sich auch noch an ihre kleine zwölfjährige Schwester heranzumachen, deshalb wäre sie an dem Tag derart ausgeflippt. Ich habe ihre Mutter dazu überredet, mit Barbara und ihren anderen Kindern in ein Frauenhaus zu gehen. Aber noch bevor ich bei ihr war, und noch bevor die Polizei erschien, um Solas festzunehmen, waren Marc und Miguel dort.«

»Sie haben ihn zur Rede gestellt?«

»Ja. Das ist eigentlich nicht üblich und wir sollten so etwas nicht tun, aber Miguel ... wir konnten ihn nicht zurückhalten, weshalb ihn Marc begleitet hat. Ich weiß, dass die Auseinandersetzung ziemlich heftig war, obwohl mir weder Marc noch Miguel Einzelheiten berichtet haben. Ich weiß es deshalb, weil die Knöchel von Miguel aufgerissen und blutig waren, als er wieder ins Zentrum kam.«

»Wie lange ist das her?«

»Das war im Februar.«

»Gehen diese Leute in die Kirche?«

»Mrs Solas und die Kinder ja. Solas selber nicht.«

»Und jetzt? Sind sie immer noch hier in der Gegend?«

»Ja. Sie blieben ungefähr einen Monat in dem Frauenhaus, und dann haben wir – Marc, Miguel und ich – ihr
eine neue Wohnung und auch einen neuen Job besorgt.
Lieutenant, sie hätte Miguel niemals etwas getan. Weil sie
ihm unendlich dankbar war.«

»Trotzdem brauche ich ihre Adresse.«

Während Peabody den Straßennamen, den ihr Magda
nannte, aufschrieb, versuchte es Eve auf einem anderen
Weg. »Sie haben gesagt, Sie hätten sofort gewusst, dass
Sie hier richtig sind. Würden Sie sagen, Flores hat sich genauso schnell hier eingelebt?«

»Ich würde sagen, ja. Natürlich kannte ich ihn vorher
nicht, aber ich hatte den Eindruck, als hätte er den richtigen Ort für sich entdeckt.« Sie lächelte, weil sie diesen
Gedanken offensichtlich tröstlich fand. »Ja. Er hat diese
Nachbarschaft geliebt. Er ist oft hier in der Gegend spazieren gegangen oder gejoggt. Er und Pater Martin – Pater
Freeman – haben fast jeden Morgen eine Runde zusammen gedreht. Außerdem war Miguel regelmäßig in den
Läden und den Restaurants des Viertels, weil er sich gern
mit den Leuten unterhalten hat.«

»Hat er jemals versucht, sich an Sie heranzumachen?«

»Wie bitte?« Abermals umklammerte die junge Frau das
Kreuz an ihrem Hals.

»Sie sind eine ausnehmend attraktive Frau und Sie beide haben eng zusammengearbeitet.«

»Er war ein Priester.«

»Aber auch ein Mann.«

»Nein, er hat sich nie an mich herangemacht.«

Eve legte ihren Kopf ein wenig schräg. »Obwohl?«

»Ich habe nicht ›obwohl‹ gesagt.«

»Vielleicht nicht gesagt, aber gedacht. Alles, was Sie mir sagen, kann uns helfen, die Person zu finden, die Miguel ermordet hat. Ich stelle Ihnen diese Fragen nicht zum Spaß.«

Magda stieß einen leisen Seufzer aus. »Vielleicht hatte ich manchmal das Gefühl, als dächte er darüber nach. Es fühlt sich einfach nicht richtig an, so über ihn zu sprechen.«

»Aber Sie hatten so ein seltsames Gefühl«, hakte Eve umgehend nach.

»Ja, okay, ich hatte so ein seltsames Gefühl. Manchmal hat er mich so angesehen, wie es sich für einen Priester nicht gehört. Aber das war alles. Er hat nie etwas gesagt und mich auch nie auf zweideutige Art berührt. Kein einziges Mal.«

»Könnte es eine andere Frau gegeben haben?«

»Den Eindruck hatte ich nie.«

»Okay. Außer mit Ihnen und mit Marc, mit wem hat er sonst noch Zeit verbracht?«

»Natürlich mit den beiden anderen Padres, vor allem mit Pater Freeman. Die beiden waren die totalen Sportfanatiker – haben selber Sport getrieben und sich auch begeistert Spiele angesehen – und Pater Freeman hilft auch oft hier im Zentrum aus. Außerdem hat sich Miguel Zeit für die Kids, die Mitglieder seiner Gemeinde und sämtliche anderen Leute in der Nachbarschaft genommen. Er war ein sehr aufgeschlossener Mensch.«

5

Nach Ende des Gesprächs gingen Eve und Peabody noch einmal in die Kirche.

»Glauben Sie, dass diese Solas ihm am Schluss doch nicht mehr ganz so dankbar war?«, überlegte Peabody.

»Das wäre nicht das erste Mal. Ein Giftmord spricht für eine Frau. Sie ging hier in die Kirche, hätte also gewusst oder rausfinden können, wie sie an den Wein gelangen kann. Sie steht nicht auf der Liste der Ortiz'schen Trauergäste, aber es wäre trotzdem sicher leicht gewesen, rein- und rauszukommen, ohne dass sie jemand sieht oder sich etwas bei ihrem Anblick denkt. Auch wenn ich von dieser Theorie nicht unbedingt begeistert bin, gehen wir der Sache besser nach.«

»Vielleicht steckt ja auch Solas selbst hinter dem Mord. Vielleicht sollten wir gucken, wen er aus dem Gefängnis alles angerufen hat.«

»Das machen wir auf jeden Fall.«

»Aber auch diese Theorie sagt Ihnen nicht wirklich zu.«

»Nicht unbedingt. Wenn ein Kerl wie er von einem anderen einen derartigen Tritt verpasst bekommt, will er sich doch sicher selber dadurch rächen, dass er seinem Gegner einen noch viel schmerzlicheren Tritt verpasst.« Eve durchquerte das Vestibül, bis sie in das Hauptschiff kam.

Dort kniete ein großer, dunkelhäutiger Mann, doch als er sie näher kommen hörte, stand er auf und drehte sich zu ihnen um.

»Guten Morgen«, grüßte er mit einem voluminösen Bariton, der bis in den allerletzten Winkel des Gebäudes vorzudringen schien.

Er hatte ein kurzärmliges Sweatshirt sowie eine schwarze Jogginghose an, und Eve fragte sich, ob sie ohne das Studium seines Passbildes sofort erkannt hätte, dass er der dritte Priester war.

Ganz sicher war sie nicht.

»Pater Freeman, ich bin Lieutenant Dallas, und das hier ist meine Partnerin, Detective Peabody.«

Er war sogar noch attraktiver als auf seinem Passbild, merkte sie. Er war groß und muskulös, trat geschmeidig auf sie zu, reichte ihr eine große Hand und sah sie aus schimmernden, braunen Augen an. »Eine lausige Art sich kennenzulernen, Lieutenant, Detective«, grüßte er. »Chale – Pater López – sagte mir bereits, dass Sie wahrscheinlich kämen, um mit mir zu reden. Möchten Sie vielleicht ins Pfarrhaus gehen?«

»Wir können ruhig hier bleiben, außer, es tauchen noch andere Leute auf.«

Wenn er lächelte, war er nicht mehr nur attraktiv, sondern richtiggehend heiß. »Um diese Tageszeit ist es in der Kirche für gewöhnlich eher ruhig. Ich dachte, ich sollte nach der Frühmesse noch laufen gehen, aber dann ... habe ich es einfach nicht über mich gebracht. Ich brauchte etwas Zeit für mich, um an Miguel zu denken und ein paar Gebete zu sprechen, weshalb ich stattdessen hier gelandet bin.«

»Sie sind morgens immer mit ihm gejoggt.«

»Ja. Meistens sind wir zusammen gelaufen, gleich hier in der Nachbarschaft. Ich schätze, deshalb bin ich hierhergekommen, statt unsere Runde zu drehen. Es ...«

»Sie standen einander nahe.«

»Ja. Wir kamen prima miteinander aus, haben gerne endlos über alles Mögliche – vom Kirchenrecht über Politik bis zu Alf Naders Verkauf durch die Yankees – diskutiert.«

»Genau.« Eve pikste ihn mit einem Finger an. »Ich frage mich, was die vor Abschluss dieses Deals geraucht haben.«

»Meiner Meinung nach Idiotengras, aber Miguel fand, dass die Entscheidung durchaus richtig war. Darüber haben wir an dem Abend, bevor ich nach Chicago aufgebrochen bin, noch stundenlang gestritten.«

Plötzlich wurde ihm bewusst, dass dies die letzte Unterhaltung mit dem anderen Mann gewesen war. »Wir haben alle drei das Yankees-Spiel im Fernseher im Wohnzimmer gesehen. Nach dem siebten Inning ist Chale raufgegangen, aber Miguel und ich blieben noch sitzen, stritten über den Verkauf, das Spiel und andere Dinge und kippten dabei noch ein paar Bier.«

»Sie dürfen Bier trinken?«

Der Hauch eines Lächelns huschte über sein Gesicht. »Ja. Das ist eine schöne Erinnerung. Daran denke ich gern zurück. Dass wir zusammen das Spiel geguckt und uns über Alf Nader gestritten haben, als gäbe es nichts Wichtigeres auf der Welt.«

Er blickte zurück auf den Altar. »Besser als mir vorzustellen, wie es war, als er dort oben starb. Die Welt ist voll schrecklicher Dinge, aber das hier? Einen Mann zu töten und dabei noch seinen Glauben, seine Berufung als Waffe zu verwenden ...« Freeman schüttelte den Kopf.

»Es ist schwer, wenn man einen Freund verliert«, meinte Eve nach einem Augenblick.

»Ja, das ist es. Und es ist genauso schwer, nicht mit Gott zu hadern, weil er diese Tat zugelassen hat.«

Eve fand, dass man es Gott durchaus zum Vorwurf machen konnte, wenn ein Mensch beschloss, den anderen abzuschlachten, und er es einfach geschehen ließ. »Sie haben vorhin gesagt, Sie und Flores hätten regelmäßig ihre Runde zusammen gedreht. Dann hatten sie also eine bestimmte Joggingstrecke?«

»Ja. Warum?«

»Man weiß nie, was bei den Ermittlungen in einem Mordfall vielleicht wichtig ist. Wo sind Sie normalerweise gejoggt?«

»Erst nach Osten in Richtung First Avenue, dann nach Norden Richtung 122., dann zurück nach Westen bis zur Third und schließlich Richtung Süden, bis wir wieder zuhause waren. Oft hat er noch kurz – manchmal auch mit mir zusammen – am Jugendzentrum haltgemacht und ein bisschen Basketball mit den Kids gespielt.«

»Wann sind Sie zum letzten Mal zusammen gejoggt?«

»Ungefähr vor einer Woche. An dem Tag, bevor ich nach Chicago geflogen bin. Mein Flieger ging recht früh, sodass ich am Morgen vor der Abreise nicht mehr gelaufen bin.«

»Hat er unterwegs jemanden getroffen, mit jemandem gesprochen? Oder vielleicht irgendwen erwähnt, mit dem er Ärger hatte?«, fragte Eve.

»Nein. Aber natürlich haben wir wie immer ein paar Leute, die wir kannten und die entweder auf dem Weg zur Arbeit oder nach der Nachtschicht auf dem Weg nach Hause waren, gesehen. Sie haben hallo gesagt und ein paar von ihnen haben auch noch ein paar belanglose Bemerkungen gemacht. Leute, die dort, wo wir gelaufen sind, leben oder arbeiten. Wie zum Beispiel Mr Ortiz. Wir sind jeden Tag an seinem Haus vorbeigekommen, und wenn das Wetter gut war, hat er immer einen Spaziergang nach dem Frühstück gemacht, vielleicht war er also auch an dem Morgen unterwegs.«

»Mr Ortiz. Der gestorben ist.«

»Ja. Er wird uns allen fehlen. Es wird mir fehlen, ihm

auf meiner Runde zu begegnen, genau wie es mir fehlen wird, dass Miguel mit mir läuft.«

»Hat Flores Ihnen von einer Person oder einer Sache erzählt, die ihm Sorgen macht?«

»Wir alle ringen ab und zu mit unserem Glauben, unserer Aufgabe. Und wenn wir das Bedürfnis hatten, haben wir ganz allgemein über die Probleme der Menschen gesprochen, die zu uns gekommen sind. Darüber, wie man ihnen helfen kann.«

Als Eves Handy klingelte, gab sie Peabody das Signal, die Unterhaltung fortzusetzen, und trat selbst ein Stück zurück, um an den Apparat zu gehen.

»Was ist mit Mr Solas, Pater?«, fragte ihre Partnerin. »Uns wurde erzählt, er und Pater Flores hätten eine Auseinandersetzung gehabt.«

Freeman stieß einen Seufzer aus. »Ja. Miguel war völlig außer sich, als wir hörten, dass der Kerl Barbara missbraucht hatte. Man lehrt uns, die Sünde zu hassen, nicht den Sünder, aber manchmal ist das wirklich schwer. Er hatte eine Auseinandersetzung mit dem Mann, und zwar körperlicher Art. Tatsächlich hat Miguel ihn einfach umgehauen, und wenn Marc Tuluz nicht dazwischengegangen wäre, hätte er wahrscheinlich Hackfleisch aus dem Kerl gemacht. Aber Solas ist im Gefängnis.«

»Und Mrs Solas?«

»Wird genau wie ihre Kinder psychologisch betreut. Sie macht inzwischen große Fortschritte.«

Eve kam wieder zurück. »Vielleicht sollten wir doch noch ins Pfarrhaus gehen. Ist Pater López dort?«

Freeman sah verwirrt auf seine Uhr. »Ja, er müsste da sein. Aber er bricht sicher bald zu seinen Besuchen in der Gemeinde auf.«

»Dann treffen wir uns gleich drüben, ja?«

Als Freeman ein Stückchen vorausgegangen war, sah Peabody Eve fragend an. »Also, was ist los?«

»Die Zahnarztunterlagen sind da. Wir brauchen also nicht mehr länger um den heißen Brei herumzureden, sondern können offen sagen, dass der Mann nicht Flores war.«

Rosa führte sie in López' Arbeitszimmer, wo der Pater hinter seinem Schreibtisch saß, während Freeman an dem kleinen Fenster stand.

»Sie haben etwas herausgefunden«, stellte López sofort fest.

»Wir hatten einen Verdacht, der sich bestätigt hat. Und zwar, dass der Mann, der gestern gestorben ist, nicht Pater Miguel Flores war.«

»Ich verstehe nicht ...« Er stützte sich mit beiden Händen auf der Schreibtischplatte ab und stand entschlossen auf. »Ich war dort. Ich habe ihn gesehen.«

»Der Mann, den Sie als Flores kannten, hat die Identität des Paters übernommen. Wir glauben, dass das irgendwann zwischen Juni und Oktober 2053 geschehen ist und dass er, um die Rolle überzeugend spielen zu können, sein Gesicht verändern lassen hat. Da der wahre Miguel Flores seither nicht mehr gesehen wurde, gehen wir davon aus, dass er nicht mehr lebt.«

»Aber ... er wurde uns von der Diözese geschickt.«

»Auf seine Bitte hin und weil er als Flores aufgetreten ist.«

»Lieutenant, er hat die Messe und die Sakramente zelebriert. Das muss ein Irrtum sein.«

»Sie haben gesagt, dass sich dieser Verdacht bestätigt hat«, mischte sich Freeman ein. »Wie?«

»Durch Flores' Zahnarztunterlagen. Das Gesicht des

uns vorliegenden Leichnams wurde durch eine kosmetische Operation verändert, dem Mann wurde eine Tätowierung entfernt und sein Körper weist mehrere Narben von Stichverletzungen auf.«

»Die Narben habe ich gesehen.« Freeman schüttelte den Kopf. »Er hat mir erklärt, was das für Narben waren. Aber dabei hat er offenbar gelogen.« Jetzt setzte sich Freeman hin. »Er hat mich angelogen. Warum?«

»Das fragen wir uns auch. Er hat sich große Mühe gegeben, genau hierher versetzt zu werden. Auch da fragen wir uns, warum. Hat er Ihnen gegenüber jemals jemanden erwähnt, der Lino heißt?«

»Nein. Doch. Warten Sie.« Mit zitternden Fingern massierte Freeman sich die Schläfen. »Wir haben über Absolution, Restitution, Reue und Vergebung diskutiert. Darüber, ob Sünden durch gute Taten aufgewogen werden oder nicht. Dabei hatten wir verschiedene Sichtweisen. Er hat diesen Lino als Beispiel angebracht. Meinte, nehmen wir einmal einen Mann und nennen wir ihn Lino ...«

»Okay. Und dann?«

Jetzt stand auch Freeman wieder auf und sah den anderen Pater unglücklich aus seinen dunklen Augen an. »Das ist wie ein neuerlicher Tod. Oder vielleicht sogar noch schlimmer. Wir waren Brüder, Diener, Hirten. Doch in Wahrheit war er nichts davon. Weshalb er in Sünde gestorben ist. Der Mann, für den ich eben noch gebetet habe, ist in Sünde gestorben, weil er einen Akt vollzogen hat, zu dem er nicht berechtigt war. Ich habe bei ihm die Beichte abgelegt und er bei mir.«

»Dafür wird er sich jetzt vor Gott verantworten, Martin. Und ein Irrtum ist ausgeschlossen?«, wandte López sich an Eve.

»Ein Irrtum ist ausgeschlossen. Was hat er über diesen Lino erzählt?«

»Wie gesagt, er hat ihn nur als Beispiel angeführt.« Als hätte er die Befürchtung, dass ihn seine Beine nicht mehr trügen, setzte sich Freeman plötzlich wieder hin. »Er meinte, wenn dieser junge Mann, dieser Lino, schwer gesündigt hätte, dann aber einen Teil von seinem Leben guten Taten und der Hilfe anderer gewidmet hätte, um sie auf den rechten Weg zu führen, dann wäre das eine Restitution, und er könnte mit seinem Leben fortfahren, als wäre nichts geschehen. Als hätte er durch seine guten Taten seine Sünden ausgelöscht.«

»Aber der Meinung waren Sie nicht.«

»Es geht dabei nicht nur um gute Taten, sondern auch oder vor allem um die Absicht, die dahintersteckt. Sollten die guten Taten nur die Waagschale ins Gleichgewicht bringen, oder hat er sie um ihrer selbst willen getan? Hat er seine Sünden tatsächlich bereut? Miguel vertrat dabei die Ansicht, die Taten selbst wären genug.«

»Sie denken, dass er Lino war?«, warf López ein. »Und dass es bei dieser Diskussion um ihn selber ging, darum, dass er die Zeit hier nutzen wollte, um etwas ... auszugleichen, was vorher geschehen war?«

»Bisher ist es nur eine Theorie. Wie hat er es aufgenommen, dass Sie anderer Meinung waren?«, wandte Eve sich wieder Freeman zu.

»Er war frustriert. Aber wir haben uns regelmäßig gegenseitig frustriert, was einer der Gründe war, weshalb das Diskutieren eine solche Freude für uns war. Und die ganze Zeit hat er uns alle fürchterlich getäuscht. Hat Trauungen vorgenommen, für die Seelen Sterbender gebetet, getauft, Beichten abgenommen. Was sollen wir jetzt nur tun?«

»Ich werde den Erzbischof kontaktieren. Wir werden unsere Herde schützen, Martin. Schließlich war es Miguel ... schließlich war es dieser Mann, der in bösem Glauben gehandelt hat, während die Menschen, denen er gedient hat, völlig arglos waren.«

»Taufe«, meinte Eve mit nachdenklicher Stimme. »Das ist etwas für Babys, richtig?«

»Meistens, aber ...«

»Lassen Sie uns erst einmal bei den Babys bleiben. Ich hätte gern die Namen aller Täuflinge aus dieser Kirche, sagen wir, von 2020 bis 2030.«

López blickte auf seine gefalteten Hände und nickte mit dem Kopf. »Ich suche sie Ihnen heraus.«

Als sie wieder in ihrem Wagen saßen, meinte Peabody in nachdenklichem Ton: »Das muss wirklich hart für die beiden sein. Für die Priester, meine ich.«

»Es ist immer ätzend, wenn einem ein anderer was vormacht.«

»Aber das ist es nicht allein. Es geht vor allem darum, dass sie plötzlich merken, dass die Freundschaft und die Brüderlichkeit zwischen ihnen niemals echt gewesen sind. Wie, sagen wir, Sie kämen im Dienst ums Leben.«

»Warum nicht Sie selbst?«

»Weil ich dieses Szenario schließlich entwerfe. Also – Sie sterben – natürlich heldenhaft.«

»Wie denn wohl sonst?«

»Und ich bin am Boden zerstört und schlage mir vor Trauer auf die Brust.«

Eve warf einen vielsagenden Blick auf den wohlgeformten Vorbau ihrer Partnerin. »Das würde ganz schön lange dauern.«

»Ich denke nicht mal ›He, nach Ablauf der Trauerzeit

kann ich mir endlich ihren Typen angeln‹, weil ich einfach völlig fertig bin.«

»So sollte es auch besser bleiben, denn sonst komme ich von wo auch immer noch einmal zurück und trete Ihnen in den Arsch.«

»Davon bin ich überzeugt. Aber wie dem auch sei, am nächsten Tag stellt sich heraus, dass Sie gar nicht Eve Dallas waren. Dass Sie die echte Eve Dallas ein paar Jahre zuvor ermordet, klein gehackt und ihre Einzelteile in einen Recycler geworfen haben.«

»Schlagen Sie sich lieber weiter auf die Titten.«

»Auf die Brust, denn sonst würde das Bild verzerrt. Also, jetzt bin ich erneut am Boden zerstört, weil der Mensch, von dem ich dachte, dass er meine Partnerin und Freundin ist, in Wahrheit eine verlogene Hexe war.«

Jetzt starrte Eve sie aus zusammengekniffenen Augen an. »Machen Sie so weiter, dann zerlege ich gleich Sie in Ihre Einzelteile und schmeiße Sie auf den Müll.«

»Ich meine doch nur. Aber zurück zu Flores, den wir von jetzt an Lino nennen werden.«

»Sobald wir das Taufregister haben, gehen wir alle Linos darin durch. Dadurch wird die Zahl bestimmt begrenzt.«

»Außer, er wäre nicht hier getauft worden, weil seine Familie erst hierhergezogen ist, als er schon größer war. Oder er wäre nie getauft worden oder hätte bei der Auswahl seines Verstecks einfach blind mit dem Finger auf die Landkarte gepikst und dabei diesen Ort erwischt.«

»Weshalb die elektronischen Ermittler den gefälschten Pass genau unter die Lupe nehmen und wir seine Fingerabdrücke und seine DNA durch die Datenbanken des IRCCA, der Geheimdienste und so weiter jagen werden, bis die Suche irgendwas ergibt.«

»Ich finde es echt widerlich, als falscher Priester rumzulaufen«, fügte Peabody hinzu. »Wenn man sich schon als jemand ausgibt, der man gar nicht ist, dann doch wenigstens als jemand anderes. Jemand, der dem Menschen, der man vorher war, zumindest ähnlich ist. He! He! Vielleicht war er ja ein Priester. Ich meine, nicht Flores, sondern ein anderer. Oder er wollte immer Priester werden, aber es hat aus irgendwelchen Gründen nicht geklappt.«

»Keine schlechte Idee. Das mit dem Nicht-Klappen. Wir werden uns nach allen Kandidaten für das Priesteramt erkundigen, die nicht dabei geblieben sind. Und wir werden gucken, wer alles zusammen mit Flores in dem Priesterseminar gewesen ist. Vielleicht kannte ihn das Opfer ja und hat die Ausbildung mit ihm zusammen absolviert.«

»Okay. Und ich werde noch ein bisschen weiter zurückgehen und nach Männern seiner Altersklasse suchen, die auf denselben Privatschulen wie Flores waren. Vielleicht kannten sie sich ja bereits von dort.«

Das war auf jeden Fall ein Ansatz, überlegte Eve. »Der Typ muss davon ausgegangen sein, dass dies die perfekte Tarnung war. Niemand würde jemals einen Priester überprüfen, oder auf alle Fälle nicht so gründlich wie wir beide es jetzt tun. Nicht, solange er vollkommen unauffällig bleibt. Und das einzige Mal, dass er eine Grenze überschritten hat, war, als er mit diesem Solas zusammengerasselt ist. Und auch dieser Sache gehen wir weiter nach.«

Eve hielt vor dem Trinidad, einem kleinen Business-Hotel in der 98. Nord, und schaltete das Blaulicht ein.

Es gab keinen Türsteher – was Eve nur deshalb etwas schade fand, weil sie allzu gern mit diesen Kerlen stritt –, aber das Foyer sah hell und sauber aus.

Eine glutvolle Brünette stand hinter dem Empfangstisch, Eve aber marschierte direkt auf den distinguierten

Herrn mit silbrigen grauen Haaren zu, der offenbar der Personalchef war.

»Elena Solas«, sagte sie.

»Verstehe.« Er warf einen kurzen Blick auf ihre Dienstmarken. »Gibt es ein Problem?«

»Nicht, solange Sie uns kurz mit Elena Solas sprechen lassen.«

»Bitte entschuldigen Sie mich.« Er trat ans Ende des Empfangstischs, sagte etwas in sein Headset, kam wieder zurück und sah sie abermals mit einem neutralen Lächeln an. »Wir haben eine kleine Lounge für die Angestellten oben im fünften Stock. Wenn es für Sie in Ordnung ist, sie dort zu treffen, bringe ich Sie rauf.«

»Okay.«

Er führte sie zu einem Personalaufzug. »Mrs Solas arbeitet erst seit Kurzem hier, hat sich aber als exzellente Kraft herausgestellt.«

»Okay.«

Mehr sagte Eve nicht, sondern folgte ihm einfach aus dem Lift und einen Flur hinab, wo er seine Schlüsselkarte durch den Schlitz eines Paares Flügeltüren schob.

Der Raum sah weniger nach einer Lounge als nach einer Garderobe aus, doch genau wie das Foyer wirkte er sauber und gepflegt. Die Frau, die auf einer der gepolsterten Bänke saß, hatte die Hände wie zu einem Gebet in ihrem Schoß zusammengelegt. Sie trug ein graues Kleid unter einer schlichten, weißen Schürze und hatte weiße Schuhe mit dicken Sohlen an. Ihr dunkles, weich schimmerndes Haar hatte sie zu einem dicken, straffen Knoten im Nacken zusammengesteckt, und als sie den Kopf hob, sah sie Eve aus vor lauter Panik glasigen Augen an.

»Er ist wieder draußen, er ist wieder draußen, er ist wieder draußen«, krächzte sie.

Ehe Eve sich auch nur rühren konnte, lief Peabody schon eilig auf sie zu. »Nein, Mrs Solas. Er ist noch immer im Gefängnis.« Sie setzte sich neben Elena und drückte ihre Hand. »Er kann weder Ihnen noch Ihren Kindern etwas tun.«

»Gott sei Dank.« Eine Träne rollte über ihre Wange, sie bekreuzigte sich eilig und stieß mit noch immer rauer Stimme aus: »Oh, Gott sei Dank. Ich dachte ... meine Babys.« Dann sprang sie erschrocken auf. »Etwas ist mit einem meiner Kinder.«

»Nein«, sagte jetzt Eve in scharfem Ton. »Es geht um den Mann, den Sie als Pater Flores kannten.«

»Pater ...« Zitternd sank sie wieder auf die Bank. »Pater Flores. Möge mir Gott verzeihen. Ich bin so dumm, so egoistisch, so ...«

»Hören Sie auf«, fuhr Eve sie an, und Elena stieg eine heiße Röte ins Gesicht. »Wir ermitteln in einem Mordfall, haben ein paar Fragen und deshalb reißen Sie sich gefälligst zusammen, ja?« Sie wandte sich dem Personalchef zu. »Lassen Sie uns bitte kurz allein.«

»Mrs Solas ist offensichtlich sehr erregt. Ich verstehe nicht ...«

»Sie wird noch viel erregter sein, wenn ich sie mit auf die Wache nehmen muss, weil Sie nicht endlich gehen. Da Sie nicht ihr Anwalt sind, schieben Sie endlich Ihren Allerwertesten hier raus.«

»Schon gut, Mr Alonzo. Danke, ich komme schon zurecht.«

»Wenn nicht, brauchen Sie nur zu rufen.« Er bedachte Eve mit einem kalten Blick, während er aus dem Zimmer ging.

»An Pater Flores habe ich gar nicht gedacht«, murmelte Elena. »Als Sie sagten, dass die Polizei mich sprechen will, dachte ich an Tito und an das, was er mir und unseren drei Mädchen antun will, wenn er wieder aus dem Gefängnis kommt. Ich habe drei Mädchen.«

»Er hat Sie des Öfteren vertrimmt.«

»Ja, er hat mich geschlagen. Entweder, weil er betrunken war, oder, weil er nicht betrunken war.«

»Und er hat Ihre Tochter sexuell missbraucht.«

»Ja«, gab sie mit schmerzverzerrter Miene zu. »Ja, meine Barbara. Ich wusste nichts davon. Aber wie konnte ich so blind sein, nicht zu merken, was passiert? Sie hat mir nie etwas davon erzählt, bis ... sie hat mir nie etwas davon erzählt, weil ich auch nie was tat, wenn er mich schlug. Weshalb also hätte ich sie schützen sollen, nachdem ich mich nicht einmal gewehrt habe, wenn ich selbst von ihm misshandelt worden bin?«

»Das ist eine gute Frage«, fauchte Eve sie an, zwang sich dann aber, nicht vom Thema abzuweichen, und fuhr deshalb fort: »Aber darum geht's jetzt nicht. Sie wissen, dass Flores Ihren Mann wegen der minderjährigen Barbara zur Rede gestellt hat.«

»Ja. Er, Marc und Magda hatten die Polizei gerufen. Aber vorher kamen er und Marc noch bei uns vorbei. Da erfuhr ich, was der Kerl mit meinem Baby getan hatte, und dass er gerade damit angefangen hatte, dasselbe auch meiner kleinen Donita anzutun.«

»Und wie fanden Sie das?«

»Das, was Tito getan hatte?«

»Das, was Flores tat.«

Elena straffte ihre Schultern. »Ich danke dem Herrgott jeden Tag dafür, dass der Pater vorbeigekommen ist. Ich bete jeden Abend einen Rosenkranz für ihn. Weil er uns gerettet hat, als ich zu dumm und zu verängstigt war, um das selbst zu tun. Ich weiß, er ist jetzt bei Gott, aber ich

danke Gott noch immer jeden Tag dafür, dass er vorbeigekommen ist, und bete auch weiter jeden Abend einen
Rosenkranz für ihn.«

»Hat Ihr Mann Sie jemals aus dem Gefängnis heraus
kontaktiert?«

»Er weiß nicht, wo wir sind. Magda hat uns in ein
Frauenhaus gebracht, eins in der Innenstadt. Es heißt
Duchas.«

Eve bedachte Peabody mit einem warnenden Blick und
gehorsam klappte die den Mund wieder zu, ohne einen
Ton zu sagen.

»Wir blieben drei Wochen dort. Bis Tito verurteilt war.
Zehn Jahre Gefängnis. Das ist nicht genug, aber zumindest haben wir solange unseren Frieden. Wir sind umgezogen, und ich habe einen neuen Job. Wenn ich genug
verdient habe, ziehen wir nochmal um. Weg aus dieser
Stadt. Weit weg. Er wird uns niemals finden. Das hat Pater
Flores uns versprochen.«

»Ach ja? Und hat er Ihnen auch gesagt, weshalb er sich
da so sicher war?«

Elena stieß einen Seufzer aus. »Er meinte, wenn nötig,
gäbe es Mittel und Wege und genügend Leute, die uns helfen könnten, falls wir uns verstecken müssten. Aber ich
sollte mir keine Sorgen machen, denn er wäre überzeugt
davon, dass Tito uns nie wieder Ärger machen wird. Auch
wenn ich mir selbst da nicht so sicher bin.«

Auf dem Weg zurück in Richtung des Reviers räusperte
sich Peabody und meinte dann: »Ich hätte Ihre Verbindung zu Duchas eben nicht erwähnt.«

»Es ist nicht mein Haus, sondern das von Roarke.«

Deshalb die Verbindung. Doch das sagte Peabody nicht
laut. »Nun, es ist eine gute Einrichtung, die Frauen und

Kindern, die Probleme haben, wirklich hilft. Sie waren eben ein bisschen hart. Zu Elena Solas, meine ich.«

»Ach ja?«

Eves eisige Stimme schien im Wageninneren zu gefrieren, eilig zog Peabody ihren Handcomputer aus der Tasche und schaltete ihn ein. »Egal. Ich frage erst mal im Gefängnis an, ob Solas in den letzten Monaten irgendwelche Kontakte hatte, die für uns möglicherweise von Interesse sind.«

»Tun Sie das.«

Während der folgenden zehn Blocks hing die Stille wie ein eisiger Vorhang zwischen beiden Frauen. Dann aber schnauzte Eve mit einem Mal: »Sie hat es verdient. Das und noch viel mehr, dafür, dass sie es ihrer Tochter überlassen hat, sie aus dieser Hölle zu befreien. Dafür, dass sie die Schläge und die Tritte über sich ergehen lassen hat und schniefend in der Ecke saß, während ihre Tochter vergewaltigt worden ist. Sie hatte es dafür verdient, dass sie nicht selbst was unternommen hat.«

»Vielleicht.« Peabody war klar, sie befand sich auf gefährlichem Terrain. »Aber sie wusste nichts davon ...« Ein Blick ihrer Partnerin genügte und schon brach sie wieder ab. »Sie hätte es wissen sollen. Ich schätze, damit muss sie leben.«

»Wobei das, womit die Tochter leben muss, ja wohl viel schlimmer ist.« Damit schloss Eve das Thema ab und wandte sich wieder ihrer Arbeit zu. »Dieser Jammerlappen hat nie im Leben was damit zu tun, dass Lino vergiftet worden ist. Weshalb wir wieder mal in einer Sackgasse gelandet sind. Rufen Sie Marc Tuluz an und bestellen Sie ihn aufs Revier.«

Eve musste so schnell es ging zurück in ihr Büro. Sie brauchte fünf Minuten nur für sich, um sich des glühenden Zornes zu entledigen, der unaufhaltsam an ihr fraß. Sie brauchte einen anständigen Kaffee, um die Fakten noch einmal mit klarem Kopf in Ruhe durchzugehen.

Sie müsste sehen, ob die elektronischen Ermittler schon etwas herausgefunden hatten, und dann riefe sie vielleicht auch noch bei Dr. Mira an. Nein, dachte sie sofort. Die Psychologin würde sie sofort durchschauen. Solange sie noch derart wütend war, hielte sie sich besser von ihr fern. Denn sie konnte es absolut nicht brauchen, dass ihr irgendwer erzählt, dass sie sich mit einem Kind identifizierte, dem sie nie begegnet war.

Das wusste sie bereits selbst.

Was sie brauchte, waren ihre Akten, ihre Tafel, die Laborberichte und die Antworten der elektronischen Ermittler. Was sie brauchte, war ihr Job.

Ein paar Meter vor der Tür ihrer Abteilung reckte Peabody mit einem Mal die Nase wie ein Jagdhund in die Luft. »Ich rieche Donuts.« Sie beschleunigte ihr Tempo und Eve wollte gerade mit den Augen rollen, als auch sie es plötzlich roch.

Was hieß, dass ihre Leute sicher völlig überzuckert waren. Anders als sie selbst.

Als Ersten sah sie Baxter, groß und elegant in einem seiner schicken Anzüge, der sich gerade einen dick mit Schokolade überzogenen, cremegefüllten Bissen zwischen die weit aufgerissenen Kiemen schob. Jenkinson lehnte sich auf seinem Schreibtischstuhl zurück und kratzte sich am Bauch, während er genüsslich einen Krapfen aß, und Carnegie sprach eifrig in ihr Link, während sie gleichzeitig winzig kleine Stückchen von einem mit Zuckerstreuseln in sämtlichen Regenbogenfarben übersäten Donut brach.

Peabody stürzte sich gierig auf den schimmernd weißen

Pappkarton der Bäckerei. Und verzog dann gleichermaßen unglücklich wie angewidert das Gesicht. »Weg. Nicht mal mehr der allerkleinste Krümel ist noch da. Ihr elendigen Geier.«

»Das Gebäck war wirklich gut«, klärte Baxter sie genüsslich auf. »Schade, dass ihr beide nichts mehr abbekommen habt.«

Eve bedachte ihn mit einem bitterbösen Blick. »Das Zeug stammt eindeutig von Nadine.«

»Sie wartet in Ihrem Büro.«

»Hat sie vielleicht noch mehr davon?« Peabody wollte gerade weiterstürzen, als Eve eine ihrer Hände hart auf ihre Schulter krachen ließ.

»Schreibtisch. Arbeit. Hier.«

»Oh. Aber. Donuts.«

»Oh. Aber. Mord.« Damit marschierte Eve in ihr Büro, um zu sehen, was ihre Freundin und gleichzeitige Top-Journalistin heute für so wichtig hielt, dass es einer Bestechung würdig war.

Nadine Furst saß mit perfekt frisiertem, sonnenhell gesträhntem Haar auf dem durchgesessenen Besucherstuhl in Eves winzigem und alles andere als perfekt gestaltetem Büro. Der Rock ihres arktiseisblauen Kostüms war so eng und kurz, dass er ihre makellosen, übereinandergeschlagenen Beine vorteilhaft zur Geltung kommen ließ, ihre listigen Katzenaugen blitzten, während sie in ihr Handy sprach und gleichzeitig mit einer ausgestreckten Hand auf die zweite Donutschachtel auf dem Schreibtisch wies.

Dann bewunderte sie weiter ihre Schuhe, die denselben mörderischen Rotton hatten wie der Hauch von Spitze, der ihr Dekolleté zu küssen schien. »Ja, ich werde da sein. Und da auch. Keine Angst. Sorgen Sie einfach dafür, dass das Recherchematerial bis zwei auf meinem Schreibtisch

liegt. Aber jetzt muss ich Schluss machen, meine Verabredung ist da.« Sie drückte den Ausknopf des Geräts und
schob es in eine der Außentaschen eines Beutels, in dem
sich wahrscheinlich mühelos ganz Cleveland transportieren ließ.

»Wir hatten eine Verabredung?«

»Wir haben Donuts«, antwortete Nadine und wies auf
die Tafel, die an einer Wand des Raumes stand. »Was für
eine Story. Priester mit geweihtem Wein vergiftet. Gibt
ganz schön was her. Haben Sie vielleicht etwas, was Sie
mir dazu erzählen wollen?«

»Vielleicht.« Eve klappte die Schachtel auf, aus der ihr
der Geruch von Zucker und frittiertem Teig entgegen-
schlug. »Vielleicht.«

Sie trat vor ihren AutoChef, bestellte sich einen Kaffee,
zögerte und stellte auch für ihre Freundin einen Becher
hin.

»Danke. Aber erst zu einer persönlichen Angelegenheit,
bevor es wieder um die Geschäfte geht. Die Hochzeit von
Charles und Louise.«

»Oh, verflucht.«

»Oh, hören Sie auf.« Lachend nippte Nadine an ihrem
Kaffee. »Die Ärztin und der ehemalige lizensierte Gesell-
schafter. Das ist unglaublich süß und wunderbar romantisch, und das wissen Sie genau.«

Eve runzelte die Stirn. »Von süß und romantisch wird
mir schlecht.«

»Schwachsinn. Schließlich haben Sie Roarke geheiratet. Aber wie dem auch sei, ich finde es fantastisch, dass
die Feier in Ihrem Haus stattfinden soll und dass Sie als
Trauzeugin fungieren, und wollte Ihnen nur sagen, dass
ich Ihnen bei den Vorbereitungen für den Junggesellinnenabschied gern behilflich bin.«

»Was habe ich damit zu tun? Ich bin schließlich keine Junggesellin mehr.«

»Aber Sie sind ihre Freundin.«

»Ach, verflixt.«

Nadine klapperte mit ihren Lidern. »Sie sind einfach zu sentimental. Aber wie dem auch sei, woran hatten Sie denn gedacht? Glauben Sie, eine reine Frauenparty bei Ihnen zuhause würde ihr gefallen? Sie könnten natürlich einen Ballsaal oder, wenn Sie wollten, auch einen ganzen Planeten für die Feier mieten, aber Peabody und ich dachten, dass es in Ihrem Haus nicht ganz so förmlich und vor allem amüsanter ist.«

»Peabody«, stieß Eve verächtlich aus.

»Wir telefonieren ab und zu und dabei kam eben das Thema auf.«

»Warum telefonieren Sie nicht noch öfter und sagen mir dann einfach, wann ich wo erscheinen soll?«

Nadine fing an zu strahlen und tat, als winke sie mit einem Zauberstab. »Perfekt. Genau das hatten wir erhofft. Doch jetzt zurück zum eigentlichen Grund meines Besuchs.« Sie schob ihren Arm in die Städte verschlingende Tasche und zog eine Diskette daraus hervor. »Hier. Das Buch.«

»Uh-huh.«

»*Mein* Buch, Dallas. *Tödliche Perfektion: Der Fall Icoven.* Oder es wird auf jeden Fall mein Buch, wenn der Verlag es erst bekommen hat. Aber ich will, dass Sie es als Erste lesen.«

»Warum denn das? Ich war schließlich dabei und weiß deswegen, wie die Sache ausgeht.«

»Genau aus diesem Grund. Sie waren dabei und haben diesen Kerl gestoppt. Haben Ihr Leben aufs Spiel gesetzt, um ihn zu stoppen. Deshalb möchte ich, dass Sie mir sagen, ob mir bei dem Buch irgendwelche Fehler unterlaufen sind. Es ist wirklich wichtig, Dallas, und zwar nicht nur für mich. Obwohl, oh Junge, das ist es mir natürlich auch. Es sind wichtige Informationen. Wichtige Enthüllungen, aber ohne Sie wäre es keine oder auf jeden Fall nicht *meine* Story.«

»Ja, ja, aber ...«

»Bitte, lesen Sie es. Bitte.«

Eve schaffte es noch nicht einmal, die Stirn zu runzeln, und so murmelte sie nur: »Verdammt.«

»Und seien Sie bitte ehrlich, seien Sie ruhig brutal. Ich bin schließlich schon ein großes Mädchen und ich möchte, dass diese Geschichte richtig rüberkommt. Ich möchte, dass sie eine Rolle spielt.«

»Okay, okay.« Eve nahm die Diskette, legte sie auf ihrem Schreibtisch ab und streckte wie zur Wiedergutmachung die Hand nach einem Donut aus. »Ich habe noch zu tun, Nadine. Bis dann.«

Nadine aber zeigte wieder auf die Tafel und meinte: »Sie haben vielleicht gesagt.«

Das hatte sie, und zwar nicht nur, weil die andere Frau mit Donuts angekommen war. Auch wenn Nadine sich wie ein Terrier in eine Story verbeißen konnte, vergaß sie doch niemals, dass es dabei um Menschen ging. Und vor allem hielt sie immer Wort. »Die New Yorker Polizei hat durch den Vergleich mit ärztlichen Dokumenten zweifelsfrei herausgefunden, dass der in St. Cristóbal vergiftete Mann nicht Miguel Flores war, sondern eine bisher nicht identifizierte Person, die sich als dieser ausgegeben hat.«

»Heiliges Kanonenrohr.«

»Ja, so könnte man zusammenfasssend sagen.«

»Und wo steckt Miguel Flores? Was für ärztliche Dokumente?« Nadine zog ihren Rekorder aus der Tasche und schaltete ihn eilig ein. »Haben Sie schon eine Vermutung, wer das Opfer in Wahrheit war, und war die Tatsache, dass er nicht Flores war, das Motiv für diesen Mord?«

»Immer mit der Ruhe, Mädel«, mahnte Eve. »Die Polizei geht allen Spuren nach.«

»Ersparen Sie mir das offizielle Gewäsch, Dallas.«

»Das offizielle Gewäsch entspricht in diesem Fall den Tatsachen. Wir gehen allen Spuren nach. Wir haben keine Ahnung, wo der wahre Miguel Flores steckt, aber wir suchen ihn. Bisher verfolgen wir die Theorie, dass der Mord an dem uns bisher unbekannten Mann in seiner wahren Identität begründet ist.«

»Dann hat ihn also irgendwer erkannt.«

»Auch das ist bisher eine bloße Theorie. Das Opfer hat sein Gesicht chirurgisch verändern lassen, und wir gehen davon aus, dass es dadurch erreichen wollte, dass es Flores möglichst ähnlich sieht.«

»Er hat sich fünf – fast sechs – Jahre lang als Priester ausgegeben, richtig?«

»Vielleicht sogar noch länger. Bisher wissen wir noch nicht, seit wann genau.«

»Und niemand hat einen Verdacht geschöpft? Weder die anderen Priester, mit denen er zusammengearbeitet hat, noch die Leute, die in seinen Gottesdiensten waren?«

»Anscheinend hat er seine Rolle wirklich gut gespielt.«

»Warum, glauben Sie …«

»Ich werde Ihnen nicht sagen, was ich warum glaube. Sie haben von mir alles bekommen, was Sie von mir kriegen werden, und können damit ein paar Stunden vor den anderen auf Sendung gehen.«

»Dann mache ich mich wohl besser sofort auf den Weg.« Nadine stand wieder auf und wandte sich zum Gehen. »Danke.« In der Tür blieb sie noch einmal stehen, und während sich Eve den Zucker von den Fingern leckte, fügte sie hinzu: »Unter uns. Warum, glauben Sie, hat er sich die ganze Zeit als Priester ausgegeben?«

»Unter uns, er brauchte eine Maske und die von Flores kam ihm offenkundig gerade recht. Er hat auf etwas oder jemanden gewartet, und das wollte er zuhause tun.«

»Zuhause?«

»Unter uns – ich gehe davon aus, dass er nach Hause kam.«

»Wenn Sie das bestätigen und ich es bringen kann, sind noch mehr Donuts für Sie drin.«

Eve musste einfach lachen, sagte aber trotzdem. »Hauen Sie ab.«

Als Nadine den Raum endlich verließ und auf ihren roten Wolkenkratzerabsätzen klappernd den Flur hinunterlief, wandte Eve sich wieder ihrer Tafel zu. »Etwas oder jemand, Lino«, murmelte sie nachdenklich, »muss dir verdammt wichtig gewesen sein.«

6

Eve rief Feeney an seinem Schreibtisch an. Ihr ehemaliger Partner und jetziger Leiter der Abteilung für elektronische Ermittlungen kaute kandierte Mandeln und sah wie stets tröstlich zerknittert aus.

»Und, habt ihr bei meinem Pass schon Fortschritte gemacht?«

»Ich habe zwei von meinen besten Jungs auf die Sache angesetzt. McNab und Callendar.« Obwohl Callendar statt eines Y-Chromosoms unübersehbare Brüste hatte, war auch sie für Feeney einer seiner Jungs.

»Und?«

»Sie arbeiten noch dran. Ich habe mir die Sache auch kurz angesehen. Der Pass ist wirklich gut und auch auf allen anderen Dokumenten hat er Aussehen und Fingerabdrücke an die eigenen angepasst. Es wird also eine Weile dauern, bis wir etwas rausgefunden haben.« Plötzlich kniff er die Augen zusammen und sah mit seinem faltigen Gesicht wie ein trauriger Basset aus. »Was ist das? Was hast du da?«

»Was? Wo?«

»Sind das etwa Donuts?«

»Hast du neuerdings ein Link, das riechen kann?«

»Ich kann einen Teil der Schachtel sehen. Und ich erkenne die Schachtel einer Bäckerei, wenn ich eine sehe.« Feeney rutschte auf seinem Stuhl herum, um noch besser zu sehen. »Plunderteilchen? Cookies?«

»Du hast gleich beim ersten Mal richtig geraten.«

»Also rufst du mich lieber an, statt raufzukommen und mit mir zu teilen?«, fragte er erbost.

»Ich habe hier unten noch zu tun. Ich warte darauf, dass das Labor die Tätowierung des Opfers rekonstruiert, dann muss ich noch das Taufregister durchgehen und die Fingerabdrücke und die DNA des Opfers in die Datenbank eingeben und … ich muss meine Doughuts nicht teilen, weil ich damit schließlich bestochen worden bin.«

»Dann solltest du sie wenigstens so hinstellen, dass ich sie nicht sehen und neidisch werden kann.«

»Ich …« Verdammt. Sie schob den Karton ein Stückchen an die Seite, bis Feeney ihn nicht mehr sehen konnte. »Hör zu, bist du katholisch oder so?«

»Größtenteils ja.«

»Okay. Also, wenn du katholisch bist, ist es dann eine größere Sünde einen Priester zu ermorden als irgendeinen normalen Kerl?«

»Meine Güte, nein. Das heißt, vielleicht. Warte.« Feeney fuhr sich durch das drahtige, silbrig karottenrot melierte Haar und kratzte sich nachdenklich am Kopf. »Nein. Außerdem war er doch gar kein Priester, richtig?«

»Richtig. Ich versuche nur, sämtlichen Spuren nachzugehen. Weil es schließlich verschiedene mögliche Szenarien gibt. Jemand hat entweder den Priester oder den Typen umgebracht. Oder vielleicht auch den Typen, der zugleich Priester war. Aber ich tippe auf die zweite Möglichkeit.«

»Welche war das noch einmal?«

»Dass jemand den Kerl ermordet hat. Ich glaube, der Täter hat den Mann gekannt, aber offen bleibt, warum er ihn dann nicht bereits viel früher umgebracht hat, da er schließlich schon seit Jahren in der Gemeinde war?«

Feeney atmete hörbar durch die Nase aus und warf sich die nächste Portion Mandeln in den Mund. »Vielleicht ist der Täter selbst ja erst seit Kurzem hier.«

»Vielleicht. Vielleicht. Oder er hat den Kerl erst jetzt erkannt. Schließlich sind fünf Jahre eine lange Zeit. Da kann man schon mal unvorsichtig werden und was Falsches sagen oder tun. Scheiße. Keine Ahnung, wie es abgelaufen ist. Ich muss weiter nachdenken. Gib mir einfach Bescheid, sobald ihr etwas habt.«

»Hast du auch einen mit Marmeladenfüllung?«

»Ganz bestimmt.« Lächelnd legte sie auf.

Sie ordnete ihre Notizen, hängte – obwohl sie diese Leute nur für Randfiguren hielt – Fotos der Familie Solas an der Tafel auf und überlegte gerade, ob sie im Labor anrufen sollte, um zu fragen, was die Tätowierung machte, als Peabody den Kopf zu ihr hereinstreckte und meinte: »Wir – he, Donuts.«

»Sie kriegen schon auch noch einen ab. Also, was wollen Sie?«

»Marc Tuluz. Wollen Sie ihn hier sprechen oder lieber im Besucherraum?«

»Was meinen Sie?« Eve sah sie fragend an. »Wenn wir ihn im Besucherraum vernehmen, wie viele Donuts werden dann wohl noch in dieser Schachtel liegen, wenn wir fertig sind?«

»Okay, ich hole ihn.«

Der Mann hatte eine lange, stromlinienförmige Gestalt, die Eve sofort mit Läufern in Verbindung brachte, eine Haut wie Milchkaffee und rauchig blaue Augen, denen seine Trauer deutlich anzusehen war. »Lieutenant Dallas«, grüßte er und blickte sie ruhig an.

»Mr Tuluz, danke, dass Sie gekommen sind. Nehmen Sie doch Platz.«

»Magda meinte, ich hätte Sie heute Vormittag verpasst. Wir arbeiten noch nicht wieder mit voller Kraft. Miguel ... nun, ich nehme an, Magda hat Ihnen erzählt, dass wir uns als Team gesehen haben. Und befreundet waren.«

»Manchmal tauscht man sich mit Freunden des eigenen Geschlechts offener aus als mit andersgeschlechtlichen Freunden aus.«

»Da haben Sie wahrscheinlich recht.«

»Also, erzählen Sie mir von Ihrem Freund und Teamkollegen.«

»Okay.« Marc holte ein paarmal Luft. »Es fällt mir einfach schwer, an ihn in der Vergangenheitsform zu denken. Miguel war smart und interessant. Er hatte einen ausgeprägten Kampfgeist und hat gespielt, um zu gewinnen. Er hat sich aktiv in unser Zentrum eingebracht und versucht, die Kinder dafür zu begeistern, Teil von etwas zu sein. Teil von einem Team. Etwas für das Team zu tun. Aber er hat ihnen keine Vorträge gehalten, deshalb haben sie ihm wirklich zugehört. Er hatte einen Bezug zu ihnen und sie auch zu ihm. Verdammt, ich glaube, die meiste Zeit haben sie ihn gar nicht als Priester, sondern als einen von ihnen angesehen.«

»Das ist interessant.« Eve sah Marc durchdringend an. »Weil er nämlich tatsächlich kein Priester war, weil er nämlich gar nicht Miguel Flores war.«

Mit einem Mal sah das Gesicht, das Eve studierte, wie ein einziges, großes Fragezeichen aus. »Wie bitte? Was?«

Eve blickte auf Peabody und bedeutete ihr fortzufahren.

»Der Vergleich mit Miguel Flores' Zahnarztunterlagen hat eindeutig bewiesen, dass der Mann, den Sie als Flores kannten, diese Identität vor ungefähr sechs Jahren übernommen hat. Bisher wissen wir noch nicht, wer er in Wahrheit war.« Als Peabody Marc schlucken sah, legte sie eine kurze Pause ein, fuhr dann aber mit ruhiger Stimme fort: »Wir versuchen momentan, ihn zu identifizieren und herauszufinden, weshalb er die Identität von jemand anderem übernommen hat. Dadurch kommen wir vielleicht der Antwort auf die Frage näher, wer ihn getötet hat. Auch wenn er nicht wirklich Miguel Flores war, Mr Tuluz, waren Sie beide jahrelang befreundet. Und zwar gut. Alles, was Sie uns erzählen, kann uns helfen herauszufinden, von wem dieser Mann ermordet worden ist.«

»Geben Sie mir einen Moment Zeit, okay? Das ist, Himmel … das ist der totale Wahnsinn. Sie sagen, dass Miguel in Wahrheit gar kein Priester war?«

»Nicht nur, dass er kein Priester, sondern dass er nicht Miguel Flores war«, mischte Eve sich abermals in die Vernehmung ein.

»Aber wer … Sie haben gesagt, Sie wüssten nicht, wer er in Wahrheit war.« Marc presste seine Handballen gegen die Schläfen und kniff kurz die Augen zu. »Es will mir nicht in den Schädel. Es geht einfach nicht in meinen

Kopf. Kein Priester. Kein Miguel. Kein … Sind Sie sich ganz sicher? Das ist natürlich eine blöde Frage, denn wenn Sie sich nicht sicher wären, hätten Sie es mir wohl kaum erzählt. Dann hat er uns also die ganze Zeit etwas vorgemacht. Das ist irgendwie vollkommen surreal. Es ist … danke«, sagte er, als Peabody ihm eine Flasche Wasser reichte, nahm drei große Schlucke und stellte die Flasche wieder ab. »Mein Gehirn ist völlig leer gefegt. Es hat den Dienst vorübergehend eingestellt. Ich kann mich nicht einmal mehr daran erinnern, wie Sie heißen.«

»Lieutenant Dallas.«

»Richtig. Richtig. Lieutenant Dallas, er hat die Kids als Priester betreut und ihnen die Beichte abgenommen. Einigen von ihnen hat er die heilige Erstkommunion erteilt. Sie haben auf ihn gehört, an ihn geglaubt. Das ist ein schrecklicher Verrat. Und am meisten trifft es mich zu wissen, dass der Kerl mich Tag für Tag belogen hat. Ich habe ihn geliebt«, stellte er in ruhiger Trauer fest. »Wie einen Bruder. Und ich meine … wenn er in Schwierigkeiten war, wenn er sich vor irgendetwas oder irgendwem versteckt hat, hätte er mir das sagen können. Ich hätte sein Vertrauen honoriert und einen Weg gefunden, um ihm zu helfen.«

Eve lehnte sich auf ihrem Stuhl zurück und sah ihn fragend an. »Was ist an dem Tag passiert, an dem Sie Solas zur Rede gestellt haben?«

»Verdammt.« Marc atmete hörbar aus. »Das hätten wir nicht tun sollen. Wir waren beide total angepisst. Miguel … ich weiß nicht, wie ich ihn sonst nennen soll … er konnte ziemlich jähzornig werden. Meistens hatte er sich unter Kontrolle, hat an sich gearbeitet, aber hin und wieder blitzte dieser Jähzorn trotzdem auf. Und wegen der Sache mit Solas war er völlig außer sich. Barbara war vollkommen verzweifelt, als sie zu uns kam. Sie hatte ein total verquollenes Gesicht und brachte vor lauter Weinen kaum ein Wort heraus. Und was das Verrückteste war – anscheinend ging es ihr nicht einmal um sich selbst. Es stellte sich heraus, dass dieses Schwein sie jahrelang missbraucht hatte. Und sie hat es über sich ergehen lassen, denn sie hatte zu viel Angst, um etwas dagegen zu unternehmen. Aber dann hat er sich auch an ihre jüngere Schwester herangemacht, und das konnte sie einfach nicht zulassen. Ihr gegenüber blieb Miguel vollkommen ruhig. Er ist wirklich prima mit ihr umgegangen, ruhig und nett. Er sagte Magda, sie sollte das Mädchen in die Klinik bringen und die Polizei verständigen. Aber sobald die beiden verschwunden waren, meinte er, er würde diesem Solas einen Besuch abstatten und ihm deutlich machen, was er von ihm hält.«

Marc rieb sich den Nacken. »Ich habe ihm nicht widersprochen. Ich hätte ihn sowieso nicht daran hindern können, und ehrlich gesagt, wollte ich das auch nicht. Als wir das Haus erreichten, kam Miguel sofort zur Sache.«

»Er griff Solas an«, soufflierte Eve, als ihr Gegenüber schwieg.

»Er hat sich sofort auf ihn gestürzt und ihm eine verpasst. Nicht wie im Boxring, wie wir es normalerweise machten, sondern wie jemand, der das Kämpfen von der Straße kennt. In weniger als zehn Sekunden lag Solas auf den Knien und rang nach Luft. Die beiden haben einander auf Spanisch angeschrien. Mein Spanisch ist ziemlich gut, aber alles konnte ich trotzdem nicht verstehen.«

Marc hob erneut die Wasserflasche an den Mund und schüttelte den Kopf. »Aber eines habe ich auf jeden Fall verstanden – Miguel hat wie ein Kesselflicker geflucht. Mrs Solas und die anderen beiden Mädchen kauerten schluchzend in der Ecke, Miguel trat Solas ins Gesicht, schlug ihn k.o. und ich musste ihn gewaltsam von dem Kerl herunterziehen. Während eines Augenblicks war ich mir nicht einmal sicher, ob mir das überhaupt gelingen würde. Er war wie von Sinnen, und wenn ich ihn nicht zurückgehalten hätte, hätte er den Kerl wahrscheinlich umgebracht. So habe ich ihn weder vor- noch nachher je erlebt. Wenn man ein Jugendzentrum in unserer Gegend leitet, sieht man jede Menge schlimmer Dinge. Junge Mädchen, die schwanger sind oder zum dritten Mal abtreiben. Freunde, die die Mädchen schlagen, Eltern, die auf Drogen sind. Prügeleien und Messerstechereien zwischen irgendwelchen Gangs, Eltern, die ihre Kinder vernachlässigen. Sie wissen, wie das ist.«

»Oh ja.«

»Damit kam er zurecht. Vielleicht wurde er mal wütend oder ungeduldig, aber ausgerastet ist er nie. Außer bei Solas. Als er sich wieder unter Kontrolle hatte, ging er sanft und freundlich mit der Frau und den beiden Mädchen um. Es war ... es war fast, als ob er jemand anderes gewesen wäre, als er Solas zusammenschlug.«

»Vielleicht war er das ja auch«, erklärte Eve. »Hat er Ihnen je etwas von alten Freunden oder alten Feindschaften erzählt?«

»Er hat einmal davon gesprochen, dass er als junger Mann eine Zeitlang ziemlich wild gewesen ist, dass er damals gegen alles rebelliert hat, so wie es die meisten von uns irgendwann einmal tun. Aber Namen hat er nie erwähnt und auch sonst nichts, was mir in Erinnerung geblieben ist.«

»Gab es außer Ihnen, Magda und den Priestern irgendwelche anderen Leute, mit denen er sich in seiner freien Zeit getroffen hat?«

»Er war ein netter, aufgeschlossener Typ. Er kannte die Kids, die meisten Eltern, älteren Geschwister, Cousins, Cousinen und so weiter. Wenn sie in unserem Zentrum waren, hat er sich mit ihnen unterhalten oder mit ihnen Sport gemacht.«

»Versuchen wir's mal andersrum. Ist Ihnen jemals aufgefallen, dass er jemandem aus dem Weg gegangen ist?«

»Nein«, meinte Marc in nachdenklichem Ton. »Daran erinnere ich mich nicht. Tut mir leid.«

»Danke, dass Sie extra hierhergekommen sind. Wenn Ihnen noch etwas einfällt, rufen Sie mich bitte an.«

»Das mache ich.« Müde stand er wieder auf. »Ich fühle mich ... es ist wie in der Collegezeit, wenn ich zu viel Zoner geraucht hatte. Mir ist total schwindlig und ein bisschen schlecht.«

Nachdem Peabody ihn vor die Tür geleitet hatte, nahm Eve wieder hinter ihrem Schreibtisch Platz und drehte sich mit ihrem Stuhl. Als Peabody zurückkam und sie ihren hoffnungsvollen Blick in Richtung Donut-Schachtel sah, winkte sie lässig mit der Hand, sofort stürzte sich ihre Partnerin auf das Gebäck.

»Ohhh, Cremefüllung. Achtung, Arsch, hier kommen die nächsten Kalorien!«

»Lino hat wahrscheinlich eine Schwester, eine andere Verwandte oder eine enge Freundin, die als Kind sexuell missbraucht wurde.«

»Mmmffffh?«

»Er sieht all diesen anderen Mist, hört sich all den anderen Scheiß während der Beichte an, aber vollkommen ausgerastet ist er – das einzige Mal, dass er sein wahres Gesicht gezeigt zu haben scheint – wegen des sexuellen Missbrauchs eines Kindes.«

Peabody schluckte heldenhaft. »Kinderficker werden im

Knast als Freiwild angesehen. Selbst eiskalte Killer fallen dort über sie her.«

»Er war total beherrscht. Hat sich fünf Jahre lang beherrscht oder seine Aggressionen auf eine Weise ausgelebt, dass niemand etwas davon mitbekommen hat. Aber als es um Barbara Solas ging, ist er vollkommen ausgeflippt. Deshalb muss es eine persönliche Sache für ihn gewesen sein.«

»Also gehen wir jetzt alle Fälle von sexuellem Missbrauch Minderjähriger in Spanish Harlem während der vergangenen Jahrzehnte durch?«

»Genau. Natürlich gibt es keine Garantie, dass der Missbrauch überhaupt gemeldet worden ist, aber trotzdem gehen wir die Akten durch. Stellen Sie sie zusammen und schicken mir Kopien.«

Eve drehte sich erneut mit ihrem Schreibtischsessel hin und her. Sie musste mit Mira sprechen, das wusste sie, aber das könnte noch einen Tag warten, denn dann hätte sie vielleicht noch mehr für sie. Erst einmal würde sie der Psychologin nur die Akte schicken und sie darum bitten, ein Profil des Opfers und/oder des Täters zu erstellen. Danach würde sie im Labor anrufen und dort jemanden finden, der sich – falls die Tätowierung immer noch nicht fertig war – ordnungsgemäß zusammenstauchen ließ.

In diesem Augenblick meldete ihr Computer eine eingegangene Mail.

»Wurde auch allmählich Zeit«, murmelte sie, als sie sah, von wem die Nachricht war, las interessiert den Text und sah sich die Rekonstruktion genauer an.

Die Tätowierung war ein schwarzes Kreuz mit einem Herz, von dem drei Tropfen Blut auf die Spitze des darin steckenden Messers fielen.

»Na ja, ich glaube nicht, dass das ein passender

Körperschmuck für einen Priester ist. Computer, erste Aufgabe: Ich brauche Informationen zu dem vorliegenden Bild. Von wem wird es benutzt, wie weit ist es verbreitet, hat es eine regionale oder kulturelle Bedeutung? Ist es das Symbol von einer Gang oder hat es eine religiöse oder antireligiöse Bedeutung? Zweite Aufgabe: Ich brauche eine Liste sämtlicher Tattoo-Studios, die es zwischen 2020 und 2052 in Spanish Harlem gab.«

EINEN AUGENBLICK …

Während der Computer seine Arbeit machte, stand sie auf und brachte sich mit einer frischen Tasse Kaffee abermals in Schwung.

Er war also ausgerastet, weil ein Mädchen vergewaltigt worden war. Aber war nicht auch sie selbst deswegen ausgeflippt? War nicht auch sie selbst etwas zu hart mit Elena Solas umgesprungen? Und hatte sie nicht noch immer das Gefühl, die Frau hätte es verdient gehabt?

Er hatte Tito Solas zusammengeschlagen, in spanischer Umgangssprache verflucht und noch weiter auf ihn eingedroschen, als er bereits vollkommen platt gewesen war. Weshalb es, gottverdammt, eindeutig irgendetwas Persönliches gewesen war. Ein Auslöser für eine übertrieben starke emotionale Reaktion.

Damit kannte sie sich aus.

Gegenüber Mrs Solas war er sanft gewesen, mitfühlend und fürsorglich. Es war also nicht die Schuld der Frauen. Mutter, Schwester, junge Freundin hatte nichts dafür gekonnt. Sie würde den Rest dieses verdammten Fettgebäcks darauf verwetten, dass dies eine Verbindung war.

Und eine Verbindung würde sie zur nächsten führen, überlegte sie, bis sie irgendwann zu einem Namen kam.

ERSTE AUFGABE ERLEDIGT. DATEN ABRUFBAR. ZWEITE AUFGABE WIRD BEARBEITET.

»Das will ich für dich hoffen«, schnauzte Eve die Kiste an, nahm wieder hinter ihrem Schreibtisch Platz und rief die Daten auf dem Bildschirm auf.

Dann kopierte sie sie noch für Mira, fügte ihren Bericht hinzu, druckte das Bild der Tätowierung zweimal aus und trug eins davon zu ihrer Partnerin. »Das ist ein Gang-Tattoo.«

»Von den Soldados.«

»Die Soldaten. Eine ziemlich schlimme Gang, die kurz vor Ausbruch der Innerstädtischen Revolten gegründet wurde und – obwohl sie schon vorher ziemlich lasch geworden waren – bis vor ungefähr zwölf Jahren bestand. Das war ihre Tätowierung, und die hat Lino entfernen lassen, bevor er nach Spanish Harlem zurückkkam. Es gab auch Soldados in Boston und New Jersey, aber hauptsächlich war es eine New Yorker Gang. Ihre größten Rivalen innerhalb von Spanish Harlem waren die Lobos, obwohl sie angeblich während der Innerstädtischen Revolten einen Waffenstillstand geschlossen haben und danach die Lobos in den Soldados aufgegangen sind. Außerhalb haben sie regelmäßig Krieg gegen die Skulls geführt, wobei es um Reviere, Waren und um die Befriedigung einer generellen Streitsucht ging. Wenn man die Tätowierung hatte und kein Mitglied war, wurde man vor das Führungsgremium der Gang gezerrt und windelweich geprügelt, dann haben sie die Tätowierung eigenhändig mit Säure wieder entfernt.«

»Aua. Es ist also davon auszugehen, dass unser Opfer ein Soldado war.«

»Davon bin ich überzeugt. Und er ist hier auf seinem eigenen Territorium gestorben. Manche von den Kids treten diesen Gangs schon im Alter von acht Jahren bei.«

»Mit acht?« Peabody blies die Backen auf. »Mein Gott.«

»Vollwertiges Mitglied – einschließlich der Tätowierung – wurde man aber frühestens mit zehn. Denn dafür musste man ein Kämpfer sein. Damit man Anspruch auf das Blut und das Messer in der Tätowierung hatte, musste während dieses Kampfes Blut vergossen worden sein. Und sehen Sie das schwarze X unterhalb des Kreuzes?«

»Ja.«

»Das symbolisiert, dass der Träger getötet hat. Nur Mitglieder mit dem X konnten dem Führungsgremium beitreten. Er war also nicht nur irgendein Mitglied, sondern einer von den Anführern des Trupps. Und obendrein ein Killer.«

»Warum taucht er dann nicht irgendwo in unseren Akten auf?«

»Das ist eine gute Frage. Finden wir es raus.«

Als Nächstes suchte Eve ihren Commander auf. Whitney herrschte über die Abteilung wie ein General. Mit Macht, Prestige und Erfahrung im Kampf. Er kannte sich auf den Straßen aus, weil er dort selbst jahrelang im Dienst gewesen war. Und er beherrschte auch die Politik, weil sie, wenn auch lästig, so doch unerlässlich war. Er hatte ein dunkles, breites, wettergegerbtes Gesicht und kurz geschnittenes, von zahlreichen grauen Strähnen durchzogenes Haar.

Er bedeutete Eve nicht, vor seinem Schreibtisch Platz zu nehmen. Weil er wusste, dass sie lieber stand.

»Lieutenant.«

»Es geht um den Fall in St. Cristóbal, Sir.«

»Das hatte ich mir schon gedacht. Ich habe bereits mit dem Erzbischof gesprochen. Die Kirche ist nicht gerade froh über die Publicity, und das respektlose Vorgehen, mit dem sich die Ermittlungsleiterin Informationen verschafft hat, hat sie sehr empört.«

»Wenn sich ein Mann mehrere Jahre lang als Priester ausgibt und getötet wird, während er die Messe zelebriert, ruft das ja wohl unweigerlich die Medien auf den Plan. Und was mein respektloses Vorgehen betrifft, habe ich lediglich darum gebeten, dass man mir Einsicht in die Zahnarztunterlagen von Miguel Flores gewährt. Als man mir diese Bitte abgeschlagen hat, habe ich ihr eben etwas Nachdruck verliehen, weiter nichts. Die Unterlagen haben bestätigt, dass der Mann im Leichenschauhaus nicht Miguel Flores ist.«

»Das habe ich bereits gehört. Aber die katholische Kirche ist eine einflussreiche Institution. Und mit Takt kommt man beinah genauso oft zum Ziel wie mit Drohungen.«

»Vielleicht, Commander, aber Takt hätte mir diese Zahnarztunterlagen nicht innerhalb der erforderlichen Zeitspanne beschafft. Vielleicht ist es dem Erzbischof ein bisschen peinlich, dass direkt vor seiner Nase irgendein Hochstapler als Priester aufgetreten ist. Aber dadurch, dass der Betrug aufgedeckt wird, wird die Sache nicht noch peinlicher.«

Whitney lehnte sich auf seinem Stuhl zurück. »Das kommt natürlich auf den Standpunkt an.«

Eve spürte ihren aufsteigenden Zorn, riss sich aber zusammen und erklärte ruhig: »Wenn Sie das Gefühl haben, dass mein Vorgehen oder meine Methoden unangemessen waren ...«

»Habe ich das gesagt? Steigen Sie von Ihrem hohen Ross herunter, Dallas, und erstatten Sie mir erst einmal Bericht.«

»Das bisher nicht identifizierte Opfer wurde, wie bereits gesagt, mit Zyankali umgebracht, das dem während der

Trauermesse für Hector Ortiz verwendeten Wein beige-
geben worden war. Dieser Wein wurde in einer verschlossenen Kiste aufbewahrt, zu der jedoch eine ganze Reihe
Leute problemlos Zugang hatten. Um die Zahl der Verdächtigen zu begrenzen, ist es unerlässlich, das Opfer zu
identifizieren, weshalb zunächst einmal die engen Freunde
und Kollegen des Opfers von meiner Partnerin und mir
vernommen worden sind. Bei der Autopsie hat Morris
Spuren einer professionell entfernten Tätowierung, alte
Stichwunden sowie Hinweise auf einen gesichtschirurgi-
schen Eingriff bei dem Opfer entdeckt. Das Labor hat die
Tätowierung inzwischen rekonstruiert.«

Sie legte dem Commander eine Kopie des Bildes vor. »Es
ist ein Gang-Tattoo«, setzte sie an.

»Von den Soldados. An diese Tätowierung und an diese
Gang kann ich mich noch erinnern. Ich habe zu meiner
Zeit die Überreste einiger Soldados aufgesammelt und ein
paar von ihnen weggesperrt. Aber seit mindestens zehn
Jahren hat man kaum noch was von diesem Trupp gehört.
Sie waren vor Ihrer Zeit aktiv, Lieutenant.«

»Wenn Sie diese Truppe kennen, wissen Sie wahrscheinlich auch, was die Tätowierung symbolisiert.«

»Sie steht für ein vollwertiges Mitglied, das mindestens einmal getötet hat. Dann muss das Opfer in Spanish
Harlem zuhause gewesen sein.«

»Ja, Sir. In die Medaille, die ich gefunden habe, war der
Name Lino eingraviert. Wir lassen uns das Taufregister
der Gemeinde schicken, um herauszufinden, ob es dort einen Lino gab. Außerdem gehe ich davon aus, dass er eine
enge Freundin oder Verwandte hatte, die als Kind sexuell
missbraucht wurde.«

»Warum?«

Sie erklärte es ihm kurz und knapp. »Diese Faktoren

135

deuten darauf hin, dass er zu irgendeinem Zeitpunkt aktenkundig war. Denn ich kann mir einfach nicht vorstellen, dass er als Mitglied einer Gang nicht irgendwann einmal vorgeladen wurde und dass nicht seine Fingerabdrücke und/oder seine DNA irgendwo gespeichert sind. Aber obwohl wir beides in die Datenbanken eingegeben haben, haben wir bisher noch keine Übereinstimmung entdeckt.«

Whitney atmete vernehmlich aus. »Die Daten minderjähriger Gang-Mitglieder, die nicht zu einer Haftstrafe verurteilt wurden, mussten entsprechend des Begnadigungserlasses von 2045 gelöscht werden. Wobei dieser Erlass bereits 2046 wieder zurückgenommen worden ist.«

»Trotzdem sollten seine Fingerabdrücke und seine DNA, selbst wenn die Akte bereinigt wurde, irgendwo gespeichert sein.«

»Die Akten wurden damals nicht bereinigt, Lieutenant, sondern umfänglich gelöscht. Es gibt keine Akten mehr von Minderjährigen, die nicht zu Haftstrafen verurteilt worden sind. Die Akten derer, die im Gefängnis waren, sind versiegelt, aber existieren zumindest noch. Deshalb würde ich sagen, dass Ihr Opfer damals minderjährig war und in den Genuss des Begnadigungserlasses gekommen ist. Wenn er danach nicht noch einmal auffällig geworden ist, dürften seine Fingerabdrücke und seine DNA nirgends mehr gespeichert sein.«

Das war natürlich ätzend, Eve stapfte erbost zurück in Richtung ihres eigenen Büros. Irgendwelche Gutmenschen machten sich Sorgen um die Ratten dieser Stadt, tätschelten deswegen all den braven kleinen Mördern, Drogendealern, Gangstergruppenvergewaltigern die Köpfe und sagten: ›Gehet hin und sündiget nicht mehr.‹

Und jetzt musste sie sich durch Berge *vielleicht* relevanter Daten kämpfen, um an Informationen zu gelangen, die bereits vor Jahren einmal gesammelt worden waren.

Lino hatte einen Namen, und sie war sich sicher, dass sein Mörder wusste, wie er hieß. Doch bis sie es selber wüsste, bliebe er als unbekannter Leichnam in der Pathologie.

Dann war da noch der echte Miguel Flores. Sie brauchte die Identität des Opfers, wenn sie auch nur die geringste Chance haben wollte, Flores irgendwo zu finden, lebendig oder tot. Natürlich war er tot, das sagte ihr Instinkt. Aber das hieß nicht, dass er deshalb nicht wichtig war.

Tatsächlich wurde ihr der Mann, je mehr sie über das Opfer herausfand, umso wichtiger.

Sie hielt vor einem Getränkeautomaten an und runzelte die Stirn. »Wag es ja nicht, mich zu ärgern, sonst ...« Sie gab ihren Personalcode ein. »Eine Dose Pepsi, und die verdammten Inhaltsstoffe und den Nährwert schmier dir gefälligst in die Schrauben, ja?«

Das Gerät warf hustend eine Dose aus, klimperte irgendeine blöde Melodie, und während sie sich zum Gehen wandte, sang es den neusten Pepsi-Werbesong.

»Das reicht fast aus, dass man lieber den Durst erträgt«, murmelte sie und rannte beinahe Pater López um, als sie um eine Ecke bog. »Tut mir leid.«

»Ist meine Schuld. Ich war mir nicht sicher, wohin ich gehen muss, deshalb habe ich nicht aufgepasst. Ich bin zum ersten Mal hier auf dem Hauptrevier. Es ist unglaublich ... groß.«

»Und laut und voll mit schlechten Menschen. Was kann ich für Sie tun?«

»Ich habe das Register, um das Sie gebeten haben.«

»Oh. Danke. Ich hätte auch vorbeikommen können, um

es abzuholen.« Oder er hätte es ihr einfach mailen können, dachte sie.

»Ich … ich wollte einfach eine Weile weg. Haben Sie einen Moment Zeit?«

»Sicher. Mein Büro ist gleich da drüben. Ah, möchten Sie vielleicht auch etwas?« Sie hielt ihre Dose hoch und hätte fast gebetet, dass er nein sagte. Denn das Risiko, sich noch einmal mit dem Automaten anzulegen, war einfach zu groß.

»Eine Tasse Kaffee wäre schön. Ich werde …«

»Ich habe Kaffee im Büro«, erklärte sie, als er vor die Maschine trat, führte ihn den Gang hinab und in ihre Abteilung, wo Jenkinson gerade in einen Hörer schrie: »Hör zu, du verdammter, beschissener Spitzel-Arsch. Ich kriege die Info, du das Geld. Sehe ich vielleicht wie ein verfluchter Wichser aus, der hier sitzt und sich gemütlich einen runterholt? Du willst doch sicher nicht, dass ich extra runterkomme, Schwanzlutscher.«

»Ah, tut mir leid«, wandte sich Eve an ihren Gast, als sie endlich mit ihm in ihrem Büro gelandet war.

López sah sie lächelnd an. »Es ist anscheinend nicht nur laut und voll mit schlechten Menschen, sondern obendrein noch äußerst farbenfroh.«

»So könnte man es formulieren. Wie trinken Sie Ihren Kaffee?«

»Schwarz. Lieutenant … ich habe das Taufregister mitgebracht …«

»Das sagten Sie bereits.«

»Und ich habe die Absicht, es Ihnen zu geben, bevor ich wieder gehe.«

Eve nickte. »Das macht Sinn.«

»Aber ich tue es ohne offizielle Erlaubnis. Meine Vorgesetzten«, fuhr er fort, als sie mit seinem Kaffee kam,

»haben zwar natürlich den Wunsch, Ihnen bei den Ermittlungen zu helfen, fürchten aber gleichzeitig das schlechte Licht, in das diese Sache unsere Kirche rückt. Und die negative Publicity. Sie haben mich deshalb darüber informiert, dass sie eine Überlassung des Registers in Erwägung ziehen. Und das bedeutet oft ...«

»Dass ewig nichts passiert?«

»Oder zumindest erst sehr spät. Deshalb habe ich das Register selber eingesehen.«

Sie hielt ihm seinen Becher hin. »Das macht Sie zu einem Spitzel. Reicht der Kaffee als Bezahlung aus?«

Er stieß ein leises Lachen aus. »Ja, danke. Ich habe ... Lino ... sehr gemocht. Ich habe seine Energie und seine Arbeit sehr geschätzt. Ich war für ihn verantwortlich, und jetzt kann ich das alles einfach nicht verstehen und habe vor allem keine Ahnung, was ich machen soll, solange ich nicht weiß, wer er in Wahrheit war und was der Grund für sein Versteckspiel war. Ich muss den Mitgliedern meiner Gemeinde beistehen. Ihnen Antworten auf ihre Fragen geben, wenn sie aufgeregt und ängstlich von mir wissen wollen, ob sie wirklich verheiratet sind, ob die Taufe ihres Babys rechtens ist, ob ihnen ihre Sünden tatsächlich vergeben worden sind. Und das alles, weil sich dieser Mann als Priester ausgegeben hat.«

Er nahm Platz, nippte an seinem Kaffee, ließ den Becher wieder sinken, starrte vor sich hin, hob den Becher abermals an seinen Mund und ... bekam ein rosiges Gesicht. »Solchen Kaffee habe ich noch nie getrunken.«

»Wahrscheinlich, weil man Ihnen nie zuvor echten Kaffee angeboten hat. Er ist weder aus Soja noch aus sonst einem Gemüse, sondern Kaffee, wie er früher war. Ich habe eine geheime Quelle, die mich damit versorgt.«

»Gott segne Sie.« Er trank den dritten Schluck.

»Haben Sie das hier schon einmal gesehen?« Sie schob ihm das Bild der Tätowierung hin.

»Oh ja. Das ist ein Gang-Tattoo. Wobei es diese Gang schon lange nicht mehr gibt. Ein paar Mitglieder meiner Gemeinde haben bei der Truppe mitgemacht und haben diese Tätowierung immer noch. Einige von ihnen tragen sie noch heute voller Stolz, andere schämen sich dafür.«

»Lino hatte ein solches Tattoo. Er hatte es sich entfernen lassen, bevor er nach Spanish Harlem kam.«

López' Augen wurden trüb, als er verstand. »Dann kam er also von hier. Dann war er hier daheim.«

»Ich könnte die Namen der Leute brauchen, die Sie kennen und die diese Tätowierung haben.« Als López die Augen schloss, fügte sie in leichtem Ton hinzu: »Dann hätte ich vielleicht auch noch mehr Kaffee für Sie.«

»Nein, aber trotzdem vielen Dank. Lieutenant, die Menschen, die diese Zeit durchlebt haben und nicht im Gefängnis gelandet sind, sind inzwischen alle älter und haben sich mit ehrlicher Arbeit und eigenen Familien ein neues Leben aufgebaut.«

»Daran will ich auch nichts ändern. Außer, einer von ihnen hätte Lino umgebracht.«

»Ich werde Ihnen die Namen, die ich kenne oder in Erfahrung bringen kann, notieren. Aber dafür hätte ich gern bis morgen Zeit. Es ist nämlich nicht leicht für mich, mich gegen die Autoritäten zu stellen, an die ich glaube.«

»Morgen reicht vollkommen aus.«

»Sie denken, er war ein schlechter Mensch. Lino, meine ich. Sie glauben, er hat vielleicht Flores umgebracht, um an seine Soutane, seinen Namen, sein Leben zu gelangen. Und trotzdem arbeiten Sie wie eine Besessene, um denjenigen zu finden, der ihn getötet hat. Das verstehe ich. Daran glaube ich. Deshalb werde ich alles in meiner Macht Stehende tun, um Ihnen dabei behilflich zu sein.«

Als er sich erheben wollte, meinte sie: »Was haben Sie gemacht, bevor Sie Priester wurden?«

»Ich habe im Lokal meines Vaters gearbeitet und nebenher geboxt. Wobei ich eine Zeitlang professioneller Boxer war.«

»Ja, das habe ich bereits herausgefunden. Sie waren alles andere als schlecht.«

»Ich habe den Sport, die Disziplin, das Training, das Gefühl, sobald ich einen Ring bestieg, geliebt. Ich habe davon geträumt, in der Welt herumzukommen und irgendwann berühmt und reich zu sein.«

»Und wann haben Sie es sich anders überlegt?«

»Es gab da eine junge Frau. Ich habe sie geliebt, und sie hat mich geliebt. Sie war wunderschön und völlig unverdorben. Wir wollten heiraten. Ich sparte beinahe das gesamte Geld, das ich für meine Siege ausbezahlt bekam. Damit wir heiraten und eine eigene Wohnung haben könnten. Eines Tages, während ich beim Training war, lief sie von der Wohnung ihrer Eltern Richtung Stadt, um mich zu sehen und mir mein Mittagessen vorbeizubringen. Männer – drei Männer – haben sie unterwegs entführt. Wir haben zwei Tage lang nach ihr gesucht. Sie hatten sie am Flussufer zurückgelassen. Hatten sie erwürgt. Vorher hatten sie sie vergewaltigt und geschlagen, dann ließen sie sie einfach nackt unten am Fluss liegen.«

»Das tut mir furchtbar leid.«

»Nie zuvor in meinem Leben habe ich einen solchen Hass verspürt. Er war sogar noch größer als meine Trauer, und mein Wunsch, sie – oder vielleicht auch mich – zu rächen, er fraß mich beinahe auf. Zwei Jahre habe ich von diesem Hass gelebt – von dem Hass, von Drogen, Alkohol und allem, was die Trauer dämpfte, damit der Hass erhalten blieb. Ich verlor mich vollkommen in diesem Gefühl. Dann fanden sie die Kerle, nachdem ihnen noch ein anderes junges Mädchen zum Opfer gefallen war. Ich wollte diese Typen umbringen. Plante, wie ich es machen würde, träumte jede Nacht davon. Ich legte mir ein Messer zu. Obwohl ich wahrscheinlich niemals nahe genug an sie herangekommen wäre, um es zu benutzen, war ich überzeugt davon, es irgendwie zu schaffen. Dann aber kam sie zu mir. Meine Annamaria. Glauben Sie an solche Dinge, Lieutenant? An Wunder und Erscheinungen?«

»Ich weiß nicht. Aber ich glaube an die Macht des Glaubens an derartige Dinge.«

»Sie sagte mir, ich müsste endlich loslassen, weil es eine Sünde wäre, mich in etwas zu verlieren, was es nicht mehr gab. Sie bat mich, allein auf eine Pilgerreise zum Schrein von Unserer Lieben Frau von San Juan de los Lagos zu gehen und – da ich ein halbwegs talentierter Zeichner bin – ein Bild der Heiligen Mutter Gottes als Geschenk für sie zu malen. Denn dann würde endlich wieder Ruhe in meinem Leben einkehren.«

»Und, haben Sie das getan?«

»Oh ja. Ich habe sie geliebt, deshalb habe ich ihr diesen Wunsch erfüllt. Ich bin einen weiten, weiten Weg gegangen. Mehrere Monate lang. Unterwegs habe ich nur angehalten, wenn ich eine Arbeit, Schlaf oder etwas zu essen brauchte, und während dieser Reise fand ich meinen Glauben wieder und wurde langsam gesund. Ich habe auch das Porträt gezeichnet, wenn auch mit Annamarias Zügen. Und als ich vor dem Schrein kniete und weinte, wurde mir bewusst, dass mein zukünftiges Leben Gott gehören würde, ich reiste wieder heim, arbeitete und sparte Geld fürs Seminar. Dort fing mein neues Leben an. Ich träume manchmal immer noch davon, dass sie neben mir liegt und unsere Kinder sicher in ihren Betten schlafen, und habe mich schon oft gefragt, ob das Gottes Belohnung dafür ist, dass ich seinen Willen akzeptiere, oder seine Strafe dafür, dass ich vorübergehend ein Zweifler war.«

»Was ist mit den Männern passiert?«

»Sie wurden vor Gericht gestellt, verurteilt und hingerichtet. Weil es damals in Mexiko noch die Todesstrafe gab. Aber ihr Tod hat weder Annamaria noch das andere Mädchen noch die junge Frau, die, wie ich erfuhr, vor Annamaria von ihnen getötet worden ist, zurückgebracht.«

»Nein. Aber danach haben sie keine junge Frau mehr vergewaltigt, geschlagen und eigenhändig erwürgt. Vielleicht war es also auch Gottes Wille, dass die Kerle gestorben sind.«

»Das kann ich nicht sagen. Ich weiß nur, dass mir ihr Tod keine Freude bereitet hat.« Er stand auf und stellte seinen leeren Becher ordentlich neben den AutoChef. »Sie haben auch schon getötet.«

»Ja.«

»Und es hat Ihnen keine Freude gemacht.«

»Nein.«

Er nickte verständnisvoll. »Ich werde Ihnen die Namen besorgen, vielleicht finden wir ja, wenn wir diesen Weg gemeinsam gehen, Gerechtigkeit und Gottes Willen.«

Vielleicht, dachte Eve, als sie wieder alleine war. Nur dass die Gerechtigkeit für sie den Vorrang hatte, solange sie Polizistin war.

Sie wusste nicht genau, warum, doch während der gesamten Fahrt nach Hause war sie furchtbar schlecht gelaunt. Die Horden von Touristen, die wie eine Schar von Hühnern, kurz bevor sie jemand rupfte, laut gackernd durch den New Yorker Frühling tollten und auf die sie für gewöhnlich mit belustigtem Zynismus reagierte, änderten daran genauso wenig wie die animierten Werbetafeln, auf denen die Industrie ihre Waren feilbot. Dort wurde von der neuen Sommermode – anscheinend waren durchsichtige Schuhe, die die sorgfältig gepflegten Füße ihrer Trägerinnen vorteilhaft zur Geltung brachten, momentan der allerletzte Schrei – bis hin zu Pobacken-Implantaten offenbar alles angeboten. Eve stellte sich vor, dass die ganze Stadt voll unsichtbarer Schuhe, angemalter Zehennägel und gepolsterter Ärsche wäre, doch es nützte nichts.

Auch die »Rabatte! Rabatte! Rabatte!« blökenden Werbeflieger, die über ihrem Wagen kreisten und den Luftverkehr behinderten, drangen nicht durch die Wolke der Verärgerung hindurch.

Sie hatte einfach kein Vergnügen an dem Chaos, der Kakophonie, dem typischen Wahnsinn der von ihr geliebten Stadt, und als sie endlich durch die Tore ihres Grundstücks fuhr, freute sie sich nicht einmal darüber, dass sie dem Treiben endlich entkommen und zuhause war.

Was zum Teufel machte sie hier überhaupt? Sie hätte auf der Wache bleiben und die schlechte Laune für die Arbeit nutzen sollen. Hätte sich in ihrem Büro einsperren, eine Kanne schwarzen Kaffee kochen und sich in die Beweise, die Fakten, die *greifbaren* Dinge vertiefen sollen, statt sich in Grübeleien zu ergehen.

Warum in aller Welt hatte sie López danach gefragt, was er gemacht hatte, bevor er in die Soutane gestiegen war?

Es spielte keine Rolle. Es war vollkommen egal. Was hatte es mit ihrem Fall zu tun, dass die Liebe seines Lebens von irgendwelchen Schweinen erschlagen, vergewaltigt und erdrosselt worden war?

Schließlich zählte nur, dass sie das Opfer identifizierte und den Mörder fand. Es gehörte nicht zu ihrem Job, über eine junge Mexikanerin nachzudenken, die nackt und tot an einem Fluss liegen gelassen worden war. Sie hatte selbst bereits mit zu vielen Toten zu tun, um sich auch noch für eine tote, junge Frau zu interessieren, die für ihre Arbeit ohne jegliches Interesse war.

Sie stieg aus ihrem Wagen, stapfte Richtung Haus und war plötzlich derart deprimiert, dass sie nicht einmal den Schlagabtausch mit Summerset genoss, als sie das Foyer betrat.

»Lecken Sie mich an meinem naturbelassenen Arsch, wenn ich Ihnen nicht mit meinem undurchsichtigen Stiefel in den Hintern treten soll«, raunzte sie ihn an, bevor er etwas sagen konnte, stürmte weiter zum Lift und fuhr hinunter in den Fitnessraum. Am besten trieb sie erst einmal Sport, bis sie ordentlich ins Schwitzen kam.

Oben in der Eingangshalle sah der Butler einen nachdenklichen Kater fragend an, trat dann vor die Gegensprechanlage und rief Roarke in seinem Arbeitszimmer an.

»Irgendetwas liegt dem Lieutenant auf der Seele. Sie ist unten im Fitnessraum.«

»Ich werde mich um sie kümmern. Vielen Dank.«

Er ließ ihr eine Stunde Zeit, wobei er ein-, zweimal über die Videoanlage kontrollierte, ob alles in Ordnung war. Als Erstes hatte sie das virtuelle Laufprogramm gewählt, und es sagte sehr viel aus, dass sie durch die Straßen von New York statt wie gewohnt an einem menschenleeren Strand entlanggelaufen war. Dann hatte sie sich mit Gewichten abgeplagt, bis ihr der Schweiß in Strömen über das Gesicht gelaufen war, wobei Roarke es etwas enttäuschend fand, dass sie nicht stattdessen auf den Sparring-Droiden eingedroschen hatte, bis er umgefallen war.

Als sie schließlich ins Schwimmbad ging und kopfüber ins Becken sprang, legte er seine Arbeit beiseite, doch bis er unten bei ihr war, hatte sie den Pool bereits wieder verlassen und trocknete sich ab. Was nicht gerade ein gutes Zeichen war. Weil das Schwimmen sie normalerweise wunderbar entspannte und sie deshalb unzählige Bahnen zog.

Trotzdem blickte er sie lächelnd an. »Na, wie geht es dir?«

»Okay. Ich wusste nicht, dass du zuhause bist.« Sie zog sich einen Bademantel an. »Ich wollte erst etwas trainieren, bevor ich hochgehe.«

»Dann willst du jetzt anscheinend rauf.« Er nahm ihre Hand und küsste sie. Summersets Radar hatte wie immer funktioniert. Denn es war nicht zu übersehen, dass dem Lieutenant irgendetwas auf der Seele lag.

»Ich habe noch zu tun.«

Er nickte mit dem Kopf und lief neben ihr zum Lift.

»Der Fall ist wirklich ätzend.«

»Das ist doch fast jeder Fall.« Auf dem Weg zum Schlafzimmer hinauf sah er sie von der Seite an.

»Ich weiß noch nicht einmal, wer das Opfer war.«

»Es ist nicht deine erste unbekannte Leiche.«

»Nein. Ich habe alles schon einmal irgendwann erlebt.«

Wortlos trat er vor die Bar und öffnete eine Flasche Wein, während sie in Hemd und Hose stieg.

»Ich bleibe lieber bei Kaffee.«

Roarke stellte ihr Weinglas auf den Tisch und hob sein eigenes an den Mund.

»Und dazu hole ich mir einfach ein Sandwich. Ich muss nämlich noch das Taufregister durchgehen, das mir López überlassen hat.«

»Okay. Du kannst deinen Kaffee, dein Sandwich und dein Taufregister haben. Sobald du mir erzählst, was los ist.«

»Ich habe dir doch eben schon gesagt, dass der Fall einfach ätzend ist.«

»Du hast schon schlimmere Fälle gehabt. Viel schlimmere. Glaubst du, ich sehe dir nicht an, dass du vollkommen aus dem Gleichgewicht geraten bist. Was ist heute passiert?«

»Nichts. Nichts.« Sie fuhr sich mit den Fingern durch das nasse, wirre Haar. »Wir haben die Bestätigung, dass das Opfer nicht Flores ist, haben eine Spur verfolgt, die im Nichts geendet hat, und haben noch ein paar andere Spuren, die uns hoffentlich weiterbringen.« Sie griff nach dem Wein, den sie vorher nicht haben wollte, trank einen großen Schluck und lief nervös im Zimmer auf und ab. »Wir haben jede Menge Zeit damit verbracht, mit Leuten zu sprechen, die das Opfer kannten oder mit ihm zusammengearbeitet haben, wir haben sie zusammenklappen sehen, als sie erfuhren, dass er weder Flores noch ein echter Priester war.«

»Das ist es nicht. Sag mir, was dich derart bedrückt.«

»Nichts.«

»Oh doch.« Er lehnte sich lässig gegen die Kommode und nippte erneut an seinem Wein. »Ich kann warten, bis du aufhörst, die Märtyrerin zu spielen, und endlich mit mir sprichst.«

»Kannst du dich nicht einfach um deine Angelegenheiten kümmern? Warum mischst du dich immer in meine Angelegenheiten ein?«

Wenn er sie reizte, drang er am ehesten zu ihr durch. Deshalb verzog er seinen Mund zu einem Lächeln und erklärte ihr: »Meine Ehefrau ist ja wohl durchaus meine Angelegenheit.«

Wenn Blicke töten könnten, hätte sie ihn umgebracht. »Erspar mir diesen Ehefrauen-Quatsch. Ich bin Polizistin, und ich habe einen Fall. Einen, zu dem du zur Abwechslung mal keine Verbindung hast. Also halt dich gefälligst aus meiner Arbeit raus.«

»Wie wäre es damit? Nein.«

Krachend stellte sie ihr Weinglas wieder ab und stürmte Richtung Tür. Er jedoch trat ihr entschlossen in den Weg und forderte sie, als sie ihre Fäuste ballte, beinahe fröhlich auf: »Na los. Schlag zu.«

»Das sollte ich. Schließlich behinderst du polizeiliche Ermittlungen.«

Er neigte herausfordernd den Kopf. »Dann nimm mich doch einfach fest.«

»Verdammt, es geht hier nicht um *dich,* also geh einfach zur Seite und lass mich meine Arbeit tun.«

»Nochmals: nein.« Er legte eine Hand unter ihr Kinn, küsste sie und machte sich dann wieder von ihr los. »Ich liebe dich.«

Sie wirbelte herum, aber trotzdem sah er noch den Zorn und die Frustration in ihrem Blick. »Das war ein verdammter Tiefschlag«, murmelte sie erbost.

»Stimmt. Ich bin einfach ein Schwein.«

Sie fuhr sich mit den Händen durchs Gesicht, raufte sich erneut das feuchte Haar und trat gegen den Schrank. Allmählich kam sie wieder zu sich, dachte er, nahm ihr Weinglas in die Hand, trat vor sie und hielt es ihr hin.

»Es hat nichts mit dem Fall zu tun, okay? Ich bin einfach angenervt, weil er mir derart nahegeht.«

»Dann lass die Sache nicht so nah an dich heran. Sonst behinderst du schließlich selbst deine Ermittlungen, oder nicht?«

Sie trank einen Schluck von ihrem Wein und sah ihn über den Rand des Glases hinweg an. »Vielleicht bist du ein Schwein, aber auf jeden Fall ein schlaues Schwein. Okay. Okay. Wir sind ein paar Informationen nachgegangen«, fing sie an.

Sie erzählte ihm von Solas und davon, wie Lino auf ihn losgegangen war. »Deshalb denke ich, dass dieser Lino, oder wer der Kerl auch immer war, Flores vielleicht ermordet hat. Kaltblütig ermordet hat. Weil er eindeutig ein Killer war.«

»Das wisst ihr genau?«

»Er war ein Soldado. Das waren vor Jahren die Oberschurken in der Gegend, in der er offenkundig aufgewachsen ist. Er hatte das Gang-Tattoo, das er sich aber entfernen lassen hat, bevor er den falschen Pass beantragt hat. Die Soldados waren damals eine New Yorker Gang, und seine Tätowierung deutet darauf hin, dass er eine große Nummer in der Truppe war. Seine Tätowierung wies ein X als Zeichen dafür auf, dass er mindestens einmal getötet hat.«

»Es ist schwerer, wenn das Opfer selber Opfer hatte, nicht?«

»Vielleicht. Vielleicht. Aber wenigstens hat er etwas getan, für diese Kleine, meine ich. Er hat diesen Solas durch Sonne und durch Mond geprügelt und das Kind beschützt, nachdem niemand anderes sich um sie gekümmert hat. Er hat sie dort rausgeholt.«

Dich hat niemand rausgeholt, dachte Roarke voll Mitgefühl. *Dich hat niemand rausgeholt. Bis du dich selbst gerettet hast.*

»Also haben wir die Mutter aufgesucht, um zu sehen, ob sie oder dieser Kinderficker Lino vielleicht auf dem Gewissen hat.« Eve stopfte ihre Hände in die Hosentaschen und lief wieder im Zimmer auf und ab. »Sie war es nie im Leben. Das wusste ich, sobald ich sie bei dem Gedanken, dass ihr Mann nicht mehr in Rikers sitzt, zittern und schlottern sah. Am liebsten hätte ich ihr eine geknallt.« Sie brach ab und kniff die Augen zu. »Eine Ohrfeige ist erniedrigender, als wenn man einen Menschen richtig schlägt. Deshalb wollte ich ihr eine verpassen – und ich schätze, verbal habe ich das auch getan.«

Schweigend wartete er darauf, dass sie weitersprach.

»Verdammt, sie war *dabei*.« Ihre Stimme wurde schrill vor Zorn, Elend und Bitterkeit. »Sie war dabei, als dieser Hurensohn die Kleine immer wieder vergewaltigt hat. Es ist ihre Sache, dass sie sich von diesem Typen schlagen lassen hat, aber sie hat *nichts* getan, um ihrem eigenen Kind zu helfen. Hat, verdammt noch mal, nicht einen Finger für die Kleine krummgemacht. Meinte, sie hätte nichts davon gewusst, hätte nichts gesehen, oh, ihr armes Baby. Aber das will einfach nicht in meinen Kopf. Wie kann man von so etwas nichts mitbekommen, wie kann man so was nicht sehen?«

»Keine Ahnung. Vielleicht weigern sich manche Menschen einfach unbewusst, die Dinge, die sie nicht ertragen, überhaupt zu sehen.«

»Aber das ist keine Entschuldigung.«

»Nein, das ist es nicht.«

»Und ich weiß, dass es bei mir was anderes war. Dass es nicht dasselbe war. Meine Mutter hat mich gehasst, hat gehasst, dass es mich gab. Das ist etwas, woran ich mich erinnere, eins der wenigen Dinge, an die ich mich erinnere. Falls sie in der Nähe war, als er mich vergewaltigt hat, glaube ich nicht, dass sie was unternommen hätte, weil ich ihr einfach gleichgültig war. Es ist also nicht dasselbe, aber ...« Sie brach ab und presste sich die Finger an die Augen.

»Der Fall hat dir all das in Erinnerung gerufen«, beendete er ihren Satz. »Er hat alles in die Gegenwart geholt.«

»Wahrscheinlich.«

»Und du fragst dich, ob das Wegsehen dieser Frau nicht sogar noch schlimmer ist. Schlimmer für dieses Mädchen, weil da jemand war, der es hätte mitbekommen und verhindern sollen.«

»Ja, ja.« Sie ließ ihre Hände wieder sinken. »Und ich habe diese jämmerliche, unglückliche, verängstigte Frau gehasst und einem Toten, von dem ich nicht nur glaube, sondern weiß, dass er ein Mörder war, zu seinem Verhalten gratuliert.«

»Ihm dazu zu gratulieren, dass er einem Kind gegenüber das Richtige getan hat, ist noch keine Entschuldigung für das, was er sonst getan hat, Eve.«

Ein wenig ruhiger griff sie abermals nach ihrem Glas. »Es ist mir nahegegangen«, wiederholte sie. »Und später kam dann dieser Priester zu mir aufs Revier. Der echte. Pater López. Er hat etwas an sich ...«

»Hast du ihn unter Verdacht?«

»Nein. Nein. Er ist vielmehr interessant. Irgendwie eine ... fesselnde Persönlichkeit. Er ...« Plötzlich ging ihr etwas auf. »Er erinnert mich an dich.«

Hätte sie ihm einen Fausthieb direkt ins Gesicht verpasst, hätte ihn das nicht mehr schockiert als dieser Satz. »An *mich?*«

»Er weiß ganz genau, wer und was er ist, und akzeptiert

es ohne Vorbehalt. Er ist tough, und er hat eine wirklich gute Menschenkenntnis. Lino hat er aber nicht durchschaut und das geht ihm furchtbar gegen den Strich. Er ist ein Typ, der die Verantwortung für seine Taten übernimmt, und er ist durchaus bereit, notfalls eine Grenze zu überschreiten, um zu tun, was er für richtig hält.«

»All das?«

»All das. Er hat mir Informationen gegeben, die ich brauche, obwohl seine Vorgesetzten die Sache endlos rauszögern wollen. Er hat sie hintergangen und ist seinem eigenen Ehrenkodex gefolgt. Dann habe ich ihn gefragt – es gehörte nicht dazu, deshalb weiß ich gar nicht, warum – aber dann habe ich ihn gefragt, was er gemacht hat, bevor er Priester wurde.«

Ermattet nahm sie auf dem Sofa Platz und erzählte ihm von López und seiner geliebten Frau.

»Auch das hat dich an dich selbst erinnert, daran, dass du all die Jahre gefangen und wehrlos warst, wenn dein Vater dich geschlagen und vergewaltigt hat. Und gleichzeitig hast du an Marlena gedacht«, fügte Roarke den Namen von Summersets Tochter hinzu.

»Gott.« Bei der Erinnerung an diese Albträume stiegen hinter ihren Augen Tränen auf. »Als er mir davon erzählte, konnte ich es deutlich vor mir sehen. Und ich konnte mich selber sehen, wie ich zum letzten Mal in diesem Zimmer war, als er mir den Arm gebrochen und mich vergewaltigt hat und ich ausgerastet und mit einem Messer auf ihn losgegangen bin. Ich konnte auch Marlena vor mir sehen, und wie es für sie gewesen sein muss, als diese Männer sie gekidnappt, gefoltert, vergewaltigt und getötet haben, weil sie deine Freundin war.«

Sie wischte sich die Tränen fort, doch sofort kamen neue nach. »Dann hat er von Wundern und Erscheinungen gesprochen, und ich habe gedacht: *Aber was ist mit den Dingen, die vorher geschehen sind?* Was ist mit der Panik, den Schmerzen und der furchtbaren Hilflosigkeit? Was ist damit? Denn ich bin nicht tot, und ich fühle diese Dinge immer noch. Muss man tot sein, damit man diese Dinge nicht mehr spürt?«

Ihre Stimme brach, und Roarke kam es so vor, als bräche ihm gleichzeitig das Herz.

»Schließlich hat er mich gefragt, ob ich auch schon einmal getötet habe, aber er hat die Antwort im Voraus gekannt, denn er hatte mir diese Frage schon einmal gestellt. Dann wollte er plötzlich wissen, ob ich Freude dabei empfunden habe, und ich habe automatisch nein gesagt. Im Dienst, als Cop habe ich meine Waffe noch nie zum Spaß benutzt. Aber ich habe mich gefragt, während eines kurzen Augenblicks habe ich mich gefragt, was ich in jener Nacht empfunden habe. Als ich als achtjähriges Kind mit einem Messer auf ihn eingestochen habe, ein ums andere Mal. Hat mir das Spaß gemacht?«

»Nein.« Jetzt setzte er sich neben sie und legte ihr die Hände ans Gesicht. »Du weißt genau, dass du getötet hast, weil es für dich ums Überleben ging. Nicht mehr und nicht weniger.« Er küsste sie zärtlich auf die Stirn. »Das weißt du selber ganz genau. Was du dich fragst, was du wissen musst, ist, ob es mir Spaß gemacht hat, die Männer zu töten, die Marlena ermordet haben.«

»Für sie hätte es sonst keine Gerechtigkeit gegeben. Sie hatten sie getötet – hatten sie misshandelt und getötet, nur, um dir eins auszuwischen – und sie waren einflussreiche Männer in einer korrupten Zeit. Niemand wäre für sie eingetreten. Niemand außer dir.«

»Darum geht es nicht.«

Sie drückte seine Hände noch fester an ihr Gesicht. »Als

Polizistin kann ich Selbstjustiz und die Verfolgung und Hinrichtung von Mördern außerhalb des Rahmens des Gesetzes nicht billigen. Aber als Opfer und als Mensch kann ich nicht nur verstehen, sondern bin sogar der festen Überzeugung, dass dies die einzige Gerechtigkeit ist, die sich jemals für dieses unschuldige Mädchen erreichen ließ.«

»Und trotzdem fragst du nicht, was du mich fragen musst. Hast du Angst, dass du die Antwort nicht erträgst, willst du es deswegen nicht wissen? Stellst du dich deshalb lieber taub und blind?«

Sie atmete zitternd aus. »Nichts, was du mir sagen könntest, würde jemals etwas an meinen Gefühlen für dich ändern. Nichts. Also gut, dann frage ich dich jetzt. Hat es dir Spaß gemacht, als du diese Kerle getötet hast?«

Er sah sie durchdringend aus seinen klaren, leuchtend blauen Augen an. »Ich wollte mich darüber freuen, wollte es genießen. Wollte ihren Tod, ihre Schmerzen und ihr Ende feiern. Für jede Sekunde der Schmerzen und der Angst, die sie erlitten hat. Für jede Sekunde Leben, die sie ihr genommen hatten, wollte ich mich über den Tod der Männer freuen. Aber das habe ich nicht getan. Letztendlich habe ich einfach meine Pflicht erfüllt. Es ging mir nicht um Rache, sondern nur um die Erfüllung einer Pflicht, falls du das verstehen kannst.«

»Ich glaube, ja.«

»Vielleicht nahmen mein Zorn und meine Wut am Schluss ein wenig ab. Ich kann töten, ohne denselben Schmerz zu empfinden wie du – denn dir tut es immer weh zu töten, selbst wenn der, den du töten musst, der reinste Abschaum ist. Unsere Moralvorstellungen stimmen in dieser wie in anderen Dingen nicht ganz überein. Und weil sie das meiner Meinung nach auch gar nicht müssen, damit wir füreinander sind, was wir nun einmal füreinander sind, würde ich aus Rücksicht auf deine Gefühle auch nicht lügen. Wenn ich Freude dabei empfunden hätte, diese Kerle umzubringen, würde ich das sagen. Aber genauso wenig, wie ich mich gefreut habe, hat es mir leidgetan.«

Sie klappte die Augen zu und presste ihre Brauen fest an seine Stirn, als die nächste Träne über ihre Wange glitt. »Okay. Okay.«

Er strich ihr sanft über das Haar, während sie allmählich ruhiger wurde, nach einer Weile meinte sie: »Ich weiß wirklich nicht, warum mich diese Sache derart mitnimmt.«

»Weil es das ist, was dich ausmacht. Was dich zu einem guten Cop, einer komplizierten Frau und einer fürchterlichen Nervensäge macht.«

Sie schaffte es zu lachen. »Wahrscheinlich hast du recht. Oh, und wegen dem, was du vorhin gesagt hast. Ich liebe dich auch.«

»Dann nimmst du sicher mir zuliebe etwas gegen deine Kopfschmerzen und isst ordentlich zu Abend.«

»Wie wäre es damit, dass ich erst vernünftig esse und dann sehe, ob das nicht bereits gegen das Kopfweh hilft, das sowieso schon besser ist?«

»Das klingt nach einem fairen Deal.«

Während sie in der Sitzecke des Schlafzimmers zu Abend aßen, brachte sie ihn – teilweise als Wiedergutmachung dafür, dass sie all ihren Frust auf seinen Schultern abgeladen hatte, hinsichtlich des Falles auf den neuesten Stand. Denn für einen Zivilisten hatte er nicht nur erstaunliches Interesse an der Arbeit, die sie machte, sondern einen noch erstaunlicheren Sinn für ihren Job.

Außerdem hatte er Cheeseburger bestellt, und zwar aus demselben Grund, aus dem man einem unglücklichen Kind ein Plätzchen gab. Einfach, weil es tröstlich war.

»Haben irische Gangs auch eigene Tattoos?«, fragte sie ihn jetzt.

»Sicher. Zumindest zu der Zeit, als ich noch selbst in Irland war.«

Sie sah ihn forschend an. »Ich kenne jeden Zentimeter deiner Haut. Aber eine Tätowierung habe ich bisher noch nicht entdeckt.«

»Nein. Aber ich würde auch nicht sagen, dass meine alten Kumpel und Geschäftspartner eine Gang gewesen wären. Für meinen Geschmack gibt es in Gangs einfach viel zu viele Regeln, und dieser ständige Schrei danach, das heimische Terrain zu verteidigen, als ob es heiliger Boden wäre, geht mir einfach auf den Geist. Meinetwegen hätten sie damals die Ecke, in der ich in Dublin unterwegs war, niederbrennen können. Und Tattoos sind – wie du gerade erst bewiesen hast – ein Merkmal, anhand dessen man jemanden, selbst nachdem er es entfernen lassen hat, noch immer mühelos identifizieren kann. Und das ist das Letzte, was ein junger, findiger Geschäftsmann, der auch nur ein Mindestmaß an Grips hat, will.«

»Deshalb hat Lino das Tattoo ja auch entfernen lassen. Die zurückgebliebenen Narben sind so schwach, dass sie mit dem bloßen Auge kaum zu sehen sind – vor allem nicht, wenn man nicht genauer hinguckt. Und selbst wenn sie jemandem aufgefallen wären, hätte er sie wahrscheinlich einfach als Überreste einer Jugendsünde abgetan.«

»Trotzdem ist die Tätowierung ein weiterer Hinweis auf seine Identität.« Er biss nachdenklich in seinen Burger und blickte sie fragend an. »Wie dumm muss man eigentlich sein, wenn man sich ein unübersehbares Zeichen dafür in die Haut stechen lässt, dass man schon mal getötet hat? Und was für einem Mörder ist sein Ego wichtiger als seine Freiheit?«

Sie winkte mit einem Pommes frites. »Das ist einfach Teil der Gang-Mentalität. Außerdem kann man niemanden so einfach vor Gericht stellen, weil er ein X am Körper trägt. Was ich wissen muss, ist, warum und für wie lange er sein geliebtes Territorium verlassen hat und warum er eine andere Identität annehmen musste, bevor er hierher zurückgekommen ist. Das sagt mir, dass er irgendwas verbrochen hat, nachdem der Begnadigungserlass zurückgenommen wurde, oder nachdem er volljährig geworden war.«

»Du glaubst, er hat Flores umgebracht.«

»Aber erst, nachdem er irgendetwas anderes verbrochen hat. Soweit wir bisher wissen, war Flores drüben im Westen. Aber was hat Lino dort gemacht? Da ich einfach nicht glaube, dass Lino plötzlich beschlossen hat, den Rest seines Lebens in der Rolle des Priesters zu verbringen, hat er sicher einen Grund gehabt, um unerkannt zurückzukommen. Er hatte offenbar ein ganz bestimmtes Ziel, aber um das zu erreichen, brauchte er Geduld.«

»Scheint um eine ziemlich große Sache gegangen zu sein.«

Sie nickte zustimmend. »Geld, Schmuck, Drogen – also jede Menge Geld. Genug, dass sich dieser Kleingangster aus Spanish Harlem eine teure Gesichts-OP und einen erstklassigen Pass geleistet hat. Genug, um eine ganze Weile abzutauchen, entweder, weil die Sache noch zu heiß war, oder weil er so lange hätte warten müssen, bis er den ganzen Kuchen kriegt.« Sie sah Roarke aus zusammengekniffenen Augen an. »Ich brauche eine Liste von sämtlichen großen Raubüberfällen, Einbrüchen und

Drogendeals, die vor sechs bis acht oder vielleicht sogar neun Jahren hier in der Gegend durchgezogen worden sind. Dann muss ich einen Polizisten finden, der zu der Zeit, als Lino ein aktives Mitglied der Soldados war, in Spanish Harlem tätig war. Jemand, der sich an ihn erinnern und mir eine Beschreibung von ihm geben kann.«

»Warum lässt du mich nicht die erste Suche übernehmen? Schließlich habe ich immer einen Riesenspaß an Raubüberfällen, Einbrüchen und Drogendeals. Und ich habe ja wohl eine Belohnung dafür verdient, dass ich dir mit dem Essen derart entgegengekommen bin.«

»Das stimmt.« Sie lehnte sich zurück. »Wie schlimm war ich, als ich vorhin heimgekommen bin?«

»Oh, du warst schon schlimmer, Schatz.«

Lachend nahm sie seine Hand. »Na, vielen Dank.«

Hinter der Bühne des vor Kurzem wiedereröffneten Madison Square Garden bereitete sich Jimmy Jay Jenkins, Gründer der Kirche des Ewigen Lichts, auf die Begrüßung seiner Schäfchen vor. Das tat er mit einem Wodka, gefolgt von zwei Streifen Atemfrisch, während ein Choral der Sängerinnen des Ewigen Lichts in vierstimmiger Harmonie durch die Lautsprecher seiner Garderobe drang.

Er war ein kräftiger Mann und liebte gutes Essen, seine an seinen Leibesumfang angepassten sechsundzwanzig weißen Anzüge, zu denen er diverse farbenfrohe Fliegen und passende Hosenträger trug, seine liebende Ehefrau Jolene, mit der er seit achtunddreißig Jahren verheiratet war, ihre drei Kinder und fünf Enkel, die gelegentlichen, heimlichen Schlucke Wodka, seine augenblickliche Geliebte Ulla und die Verkündigung von Gottes heiligem Wort.

Wobei die Reihenfolge variabel war.

Den Grundstein seiner Kirche, die es seit fast fünfundzwanzig Jahren gab, hatte er mit Schweiß, Charisma, einem Talent fürs Showgeschäft und dem vollkommen unerschütterlichen Vertrauen, das Richtige zu tun, gelegt und im Verlauf der Zeit die Zusammenkünfte in behelfsmäßigen Zelten oder auf irgendwelchen offenen Feldern zu einem milliardenschweren Unternehmen ausgebaut.

Er lebte wie ein König und predigte wie die feurige Zunge des Herrn.

Als jemand bei ihm klopfte, rückte er seine Fliege vor dem Spiegel gerade, strich sich schnell über das dichte, weiße Haar – das sein ganzer Stolz und seine ganze Freude war – und rief dann fröhlich: »Immer nur hereinspaziert!«

»Noch fünf Minuten, Jimmy Jay.«

Er setzte sein superstrahlendes Lächeln auf. »Ich habe nur noch mal mein Aussehen überprüft. Wie sieht's vorn am Einlass aus, Billy?«

Sein Manager, ein dünner Mann mit rabenschwarzem Haar, trat durch die Tür. »Wir sind mal wieder ausverkauft, das heißt, wir werden über fünf Millionen machen, und das noch ohne die Gebühren für die Übertragung und ohne Spenden.«

»Das ist eine göttliche Summe.« Grinsend fuchtelte Jimmy Jay mit einem Finger vor Billys Gesicht herum. »Lass uns dafür sorgen, dass sie es auch wert ist. Lass uns rausgehen und ein paar Seelen retten.«

Das meinte er tatsächlich ernst. Er war der festen Überzeugung, dass er bereits Dutzende von Seelen gerettet hatte, seit er als Prediger in Little Yazoo, Mississippi, aufgebrochen war. Ebenso, wie er der Überzeugung war, dass sein Lebensstil wie auch die Diamantringe an seinen Händen die Belohnung für die guten Werke waren, die er seither tat.

Ihm war bewusst, dass er ein Sünder war – den Wodka und die sexuellen Eskapaden sah der liebe Gott bestimmt nicht gern –, doch genauso war ihm klar, dass Gott alleine ohne Fehler war.

Er lächelte, als die Sängerinnen des Ewigen Lichts donnernden Applaus bekamen, und zwinkerte seiner Gattin zu, die auf der anderen Seite hinter der Bühne stand. Sie würden die Bühne gleichzeitig betreten und sich in der Mitte treffen, während der Vorhang sich erhob und der riesengroße Bildschirm sie bis in die hintersten Reihen der oberen Ränge trug.

Glitzernd wie ein Engel stünde seine Jolene neben ihm im Rampenlicht. Sie würden die Menge gemeinsam begrüßen, danach sänge sie das Solo, das ihr Markenzeichen war – »Wir gehen in seinem Licht« –, er küsste ihr die Hand, weil das die Menge liebt, und dann träte sie wieder von der Bühne ab, und er ginge seiner Arbeit, das hieß der Rettung möglichst vieler Seelen, nach.

Dann ginge es nur noch um den Herrn.

In seinen liebenden Augen sah Jolene wieder einmal einfach reizend aus. Während sie ihren im Verlauf der Zeit perfektionierten Auftritt absolvierte, glitzerte ihr pinkfarbenes Kleid im Rampenlicht, und sie sah ihn aus blitzenden Augen an. Ihr zu einem goldenen Berg aufgetürmtes Haar schimmerte wie die drei Ketten, die sie trug, und Jimmy Jay ging der Gedanke durch den Kopf, dass ihre Stimme, wenn sie sang, genauso reich und rein wie die Fülle an in die Ketten eingelassenen Edelsteinen war.

Wie jedes Mal bekam er feuchte Augen, als sie sang, und wie jedes Mal zog sie das Publikum in ihren Bann. Eine Wolke ihres kostbaren Parfüms wehte ihm entgegen, als er ihre Hand mit größter Zärtlichkeit an seine Lippen hob, und er sog den Duft so tief es ging in seine Lungen ein und sah ihr hinterher, als sie wieder hinter der Bühne verschwand. Dann drehte er sich um und wartete, bis vollkommene Stille in der Halle eingezogen war.

Auf dem großen Bildschirm hinter ihm drang Gottes Speer durch eine goldene Wolkenwand und die Menge rang nach Luft.

»Wir sind alle Sünder.«

Er sprach mit leiser, ruhiger Stimme ein Gebet, wurde dann energischer und lauter, legte jedoch mit dem Timing eines echten Entertainers regelmäßig Pausen für Applaus, ein Halleluja oder Amen ein.

Schweißtropfen glitzerten in seinem Gesicht und machten den Kragen seines Hemdes feucht. Er wischte sie mit einem Taschentuch in der Farbe seiner Fliege fort, und als er seine weiße Jacke auszog und nur noch in Hemdsärmeln und Hosenträgern vor der Menge stand, brachen seine Anhänger in lauten Jubel aus.

Seelen, dachte er und konnte deutlich spüren, wie sie sich ihm öffneten. Anschwellende, hell schimmernde Seelen. Während die Luft um ihn herum vibrierte, griff er sich die dritte von den sieben Wasser-mit-einem-Schuss-Wodka-Flaschen, die er im Laufe eines solchen Abends trank.

Wieder fuhr er sich mit seinem Tuch über die schweißbedeckte Stirn und trank mit einem Schluck beinahe die halbe Flasche aus.

»*Ernten,* heißt es in der Bibel, *ihr werdet ernten, was ihr sät!* Sag mir, allmächtiger Gott, wirst du Sünde säen oder wirst du …«

Er fing an zu husten, riss an seiner Fliege und fuchtelte mit seiner anderen Hand hilflos durch die Luft. Dann rang er erstickt nach Luft, sein mächtiger Leib fing an zu zucken, schwankte hin und her, und mit einem gellenden Schrei stürzte Jolene auf ihren pinkfarbenen Glitzer-pumps über die Bühne auf ihn zu.

Sie schluchzte: »Jimmy Jay! Oh, Jimmy Jay!«, und die Menge brach in panisches Geschrei, Wehklagen und Lamento aus.

Sie geriet ins Wanken, als sie in die starren Augen ihres Mannes sah, fiel auf ihren toten Mann, und ihre Körper auf dem Bühnenboden bildeten ein weiß-pinkfarbenes Kreuz.

Eve hatte im Taufregister zwölf Jungen entdeckt, die den Namen Lino hatten und auch altersmäßig ihrem Opfer zuzuordnen waren. Nähme sie auch die, die altersmäßig nicht zu passen schienen, kämen noch fünf Täuflinge dazu.

»Computer, ich brauche eine Standardüberprüfung dieser siebzehn Namen. Suche und – Moment.« Fluchend ging sie an ihr Link.

»Dallas.«

Hier Zentrale, Lieutenant Dallas. Begeben Sie sich bitte ins Clinton Theater im Madison Square Garden. Wir haben dort einen verdächtigen Todesfall, wahrscheinlich durch Vergiftung.

»Wurde das Opfer bereits identifiziert?«

Ja. Das Opfer ist ein gewisser James Jay Jenkins. Fahren Sie bitte umgehend zum Tatort und übernehmen Sie die Leitung der Ermittlungen. Detective Peabody wird von uns informiert.

»Bin schon unterwegs. Woher kenne ich den Namen?«

»Der Leiter der Kirche des Ständigen Lichts. Nein, des Ewigen Lichts. Genau«, erklärte Roarke aus Richtung Tür.

Eve sah ihn aus zusammengekniffenen Augen an. »Schon wieder ein Priester.«

»Nun, nicht ganz, aber die Richtung stimmt.«

»Scheiße. Scheiße.« Sie warf einen Blick auf ihren Schreibtisch, der unter dem Berg von Listen und von Akten fast nicht mehr zu sehen war. Hatte sie wirklich so schiefgelegen und die völlig falsche Spur verfolgt? »Ich muss los.«

»Warum komme ich nicht einfach mit?«

Sie wollte ihn gerade bitten, dazubleiben und mit seiner Arbeit fortzufahren, doch das wäre völlig sinnlos, falls die Antriebsfeder ihres Täters schlicht der Hass auf irgendwelche Gottesmänner war. »Warum nicht? Computer, fahr mit der Überprüfung fort und speicher dann die Daten ab.«

VERSTANDEN. EINEN AUGENBLICK ...

»Du denkst, nachdem nach deinem Priester jetzt auch noch ein Prediger vergiftet worden ist, hättest du die falsche Spur verfolgt.«

»Ich denke, wenn sich herausstellt, dass auch dieser Typ durch Zyankali umgekommen ist, kann das unmöglich ein Zufall sein. Aber das ergibt nicht den geringsten Sinn, es ergibt nicht den geringsten Sinn.«

Sie schüttelte den Kopf und kämpfte gegen ihre Zweifel an. Denn sie müsste objektiv sein, wenn sie an den Tatort kam. Sie ging noch kurz ins Schlafzimmer, zog sich eilig um und legte ihr Waffenhalfter an.

»Draußen ist es sicher nicht mehr ganz so warm.« Roarke hielt ihr eine kurze Lederjacke hin. »Ich muss zugeben, dass ich bisher keinen großen Überfall oder etwas Ähnliches gefunden habe, der zu deiner Hypothese passt. Damals wurde kein Coup gelandet, bei dem es um wirklich große Summen ging und die Täter nicht früher oder später eingefahren sind. Oder zumindest keiner«, fügte er einschränkend hinzu, »von dem ich persönlich irgendwelche Einzelheiten weiß.«

Sie starrte ihn einfach wortlos an.

»Tja nun, du hattest mich darum gebeten, ein paar Jahre zurückzugehen. Und vor ein paar Jahren hatte ich selbst noch meine Hand bei ein paar durchaus interessanten Sachen im Spiel«, räumte er lächelnd ein.

»Lass uns einfach nicht darüber sprechen«, bat sie ihn.

»Mist, Mist. Tu mir einen Gefallen, und fahr du, damit ich mir unterwegs noch ein paar Informationen über diesen Jimmy Jay besorgen kann.«

Bereits auf dem Weg zum Wagen zog Eve ihren Handcomputer aus der Tasche und fing mit der Überprüfung ihres jüngst verstorbenen, neuen Opfers an.

8

Ein ganzer Zug von Polizisten hielt eine Armee von Gaffern hinter der Absperrung am Madison Square Garden in Schach. Im vorletzten Winter hatte die Terrorgruppe Cassandra hier Chaos und Verwüstung angerichtet und den Großteil des Gebäudes in die Luft gesprengt.

Anscheinend löste der Tod eines Evangelisten beinahe dasselbe Maß an Hysterie und Chaos aus.

Eve zückte ihre Dienstmarke, bahnte sich mit den Ellenbogen einen Weg durch das Gedränge und meinte mit einem Kopfnicken in Richtung von Roarke: »Er gehört zu mir.«

»Ich bringe Sie rein, Lieutenant«, bot eine uniformierte Beamtin höflich an.

Eve nickte der durchtrainierten Frau mit den dichten, roten Locken zu. »Was wissen Sie?«

»Ich war mit als Erste vor Ort. Es heißt, dass das Opfer vor ausverkauftem Haus gepredigt hat. Dann trank er etwas Wasser – das vorne auf der Bühne stand – und fiel tot um.«

Die Beamtin führte sie durch das Foyer und wies auf das Poster eines kräftigen Mannes mit einem schneeweißen Anzug und schneeweißem Haar. »Jimmy Jay Jenkins, ein angesagter Massenprediger. Die Bühne wurde umgehend abgesperrt, Lieutenant. Einer der Leibwächter des Opfers war selbst mal bei der Truppe, angeblich hat er dafür gesorgt. Drüben im Hauptbereich«, fügte sie hinzu und führte Eve an zwei weiteren Beamten vorbei durch die Tür des Saals. »Falls Sie mich nicht mehr brauchen, kehre ich wieder auf meinen Posten zurück.«

»Okay.«

Obwohl sämtliche Deckenlampen und die Lichter auf der Bühne brannten, herrschten arktische Temperaturen in dem Saal, weshalb Eve für ihre Lederjacke dankbar war.

»Warum ist es hier drin so kalt?«

»Der Saal war ausverkauft, deshalb haben sie die Temperatur wahrscheinlich gesenkt«, stellte die Beamtin schulterzuckend fest. »Soll ich sie wieder rauffahren lassen?«

»Ja.«

Eve konnte noch deutlich riechen, dass eine große Anzahl Menschen in dem Saal gewesen war – es roch nach Schweiß, Parfüm, Limo und Süßwaren, die unter die Sitze gefallen waren. Weitere Beamte und die ersten Spurensicherer liefen zwischen den Sitzreihen, auf der Bühne und im Backstage-Bereich herum.

Mitten auf der Bühne lag der Tote vor einem riesengroßen Bildschirm, auf dem das Bild eines höllischen Zorn-Gottes-Sturms mitten in einem zuckenden Blitz gefroren war.

Sie klemmte ihre Dienstmarke an ihren Hosenbund und nahm Roarke ihren Untersuchungsbeutel ab.

»Das Haus war voll. Wie bei der Beerdigung von Ortiz. Dort war der Rahmen zwar nicht ganz so groß, aber das Schema ist dasselbe. Dort hat man einen Priester und hier einen Prediger vor den Augen der Gläubigen umgebracht.«

»Dann war es entweder ein und derselbe Täter, oder wir haben es hier mit einem Trittbrettfahrer zu tun.«

Nickend blickte sie sich um. »Diese Frage stelle ich mir erst, wenn wir sicher wissen, was in diesem Fall die Todesursache war. Vielleicht war es ja auch einfach ein Schlaganfall oder ein Herzinfarkt. Er war übergewichtig«, fuhr sie auf dem Weg in Richtung Bühne fort. »Vielleicht war der Auftritt vor einer solchen Menschenmenge ja einfach zu viel für ihn. Schließlich kommt es immer wieder vor, dass jemand eines natürlichen Todes stirbt.«

Jimmy Jay aber ganz sicher nicht, ging es ihr durch den Kopf, als sie auf die Bühne stieg. »Wer war als Erster hier?«

»Madam.« Zwei uniformierte Beamte traten auf sie zu.

Sie hob eine Hand und wandte sich an einen grauhaarigen Mann in einem dunklen Anzug, dem der Ex-Cop deutlich anzusehen war. »Sie sind der Leibwächter?«

»Genau. Clyde Attkins«, stellte er sich vor.

»Sie waren mal bei der Truppe.«

»Dreißig Jahre, in Atlanta.«

»Was hatten Sie dort für einen Rang?«

»Ich habe als Detective Sergeant meinen Dienst quittiert.«

Er hatte also einen Blick für verdächtige Todesfälle, dachte sie. »Können Sie mir kurz erzählen, was geschehen ist?«

»Na klar. Jimmy Jay stand oben auf der Bühne und hatte die erste Halbzeit beinahe hinter sich gebracht.«

»Die erste Halbzeit?«, fragte Eve.

»Entschuldigen Sie die lockere Formulierung, aber Jimmy Jay hat nach den ersten Gesängen immer ungefähr eine Stunde gepredigt, dann kamen wieder die Sängerinnen dran und Jimmy Jay wechselte das Hemd, denn das erste war bis dahin immer total durchgeschwitzt. Nach der Pause kam er gewöhnlich wieder raus und heizte der Menge weiter ein. Er hätte vielleicht noch zehn Minuten bis zur Pause gehabt, als er plötzlich umgefallen ist.«

Attkins biss sichtbar die Zähne aufeinander und fügte hinzu: »Er trank etwas von seinem Wasser, dann fiel er einfach um.«

»Aus einer der Flaschen da drüben auf dem Tisch?«

»Aus der, die noch offen ist. Er trank, stellte die Flasche wieder ab, sagte noch ein paar Worte, hustete, rang nach Luft, riss an seiner Fliege und fiel um. Seine Frau – Jolene – rannte sofort hin, sie war noch vor mir dort, und als sie ihn am Boden liegen sah, wurde sie ohnmächtig. Ich habe die Bühne so schnell und gut wie möglich abgesperrt, aber während einiger Minuten war natürlich die Hölle los.«

Er blickte auf den Toten und wandte sich eilig wieder ab. »Ein paar Leute versuchten, auf die Bühne zu gelangen, und wir hatten alle Hände voll damit zu tun, sie zurückzudrängen. Andere rannten auf die Ausgänge zu oder fielen einfach um.«

»Es war also die Hölle los«, wiederholte Eve.

»Auf jeden Fall. Tatsache ist, dass niemand wirklich

wusste, was geschehen war. Ihre Töchter – Jimmy Jays und Jolenes Töchter – kamen angerannt und zerrten an ihrer Mama und ihrem Daddy herum. Dadurch wurde der Tote ein bisschen bewegt, und eine der Töchter – ich glaube, Josie – versuchte sogar noch, ihn durch Mund-zu-Mund-Beatmung wiederzubeleben, bevor es mir gelang sie zurückzuziehen.«

»Okay. Wurden die Wasserflaschen berührt oder woanders hingestellt?«

»Nein, Madam, das habe ich verhindert. Die Security hatte alle Hände voll mit dem Publikum und mit der Crew zu tun, aber ich habe die Bühne umgehend abgesperrt.«

»Danke, Mr Attkins. Können Sie noch etwas in der Nähe bleiben? Vielleicht brauche ich Sie noch einmal.«

»Sicher.« Wieder sah er auf den toten Mann. »Dies ist ein schrecklicher Abend. Ich kann so lange bleiben, wie es nötig ist.«

Eve sprühte sich die Hände und die Stiefel mit Versiegelungsspray ein, trat an den schimmernd weißen Tisch, griff nach der offenen Wasserflasche, schnupperte daran …

… runzelte die Stirn und schnupperte erneut.

»Da drin ist nicht nur Wasser. Ich weiß nicht, was es ist, aber reines Wasser ist das nicht.«

»Darf ich mal?« Roarke trat neben sie, und schulterzuckend hielt sie ihm die Flasche hin. »Wodka«, meinte er.

»Wodka?« Eve warf Clyde einen Blick zu und sah seiner Miene an, dass Roarkes Vermutung richtig war. »Können Sie das bestätigen?«

»Ja, Madam, das kann ich. Jimmy Jay hatte immer gern einen Schuss Wodka in seinen Wasserflaschen. Meinte, das hülfe ihm beim Predigen. Er war ein guter Mensch, Lieutenant, und ein echter Mann Gottes, deshalb fände ich es schrecklich, würde sein Name dadurch in den

Schmutz gezogen, dass dieses Detail an die Öffentlichkeit gelangt.«

»Wenn es für unsere Ermittlungen nicht wichtig ist, ist das nicht nötig. Wer hat den Wodka in die Flaschen gekippt?«

»Normalerweise eins der Mädchen. Eine seiner Töchter. Wenn sie zu viel anderes zu tun hatten, ich oder Billy, sein Manager.«

»Weshalb alle diese Flaschen unversiegelt sind. Und wo ist die Wodkaflasche?«

»Die müsste in seiner Garderobe sein. Einer Ihrer Männer hat sie abgesperrt.«

Sie kehrte zu dem Toten zurück, hockte sich neben ihn und sah sich die rosigen Wangen und die blutunterlaufenen Augen an. Dort, wo er sich an den Hals gegriffen hatte, wies die Haut mehrere blutige Kratzer auf. Eve beugte sich dicht über das Gesicht, roch den Wodka und den Schweiß und – ja, genau – einen schwachen Marzipangeruch.

Während sie erneut nach ihrem Untersuchungsbeutel griff, drehte sie sich um und sah, dass Peabody in Begleitung ihres dürren, blonden Allerliebsten auf die Bühne zugelaufen kam.

»Ich habe keinen elektronischen Ermittler bestellt.«

»Wir waren mit Callendar und ihrem neuesten Stecher unterwegs«, klärte Peabody sie auf. »Das ist *der* Jimmy Jay, nicht wahr?«

»Sieht ganz so aus. Gleichen Sie aber zur Sicherheit noch die Fingerabdrücke ab und stellen den genauen Todeszeitpunkt fest.« Eve beäugte argwöhnisch den rot-orangefarbenen Strahlenkranz auf McNabs violettem T-Shirt, das er zu einer grell orangefarbenen Hose, einem leuchtend grünen Gürtel, der verhinderte, dass seine Hose von den knochigen Hüften glitt, und grasgrünen Sneakers trug.

Trotz der schrillen Klamotten und des halben Dutzends farbenfroher Ringe, die sein linkes Ohrläppchen herunterzogen, war er ein ausnehmend guter Polizist. Und da er nun einmal in der Nähe war, setzte sie ihn auch gleich ein.

»Haben Sie einen Rekorder dabei, Detective?«, fragte sie.

»Ohne gehe ich nie aus dem Haus.«

»Mr Attkins, bitte setzen Sie sich da drüben hin«, sie wies vage in Richtung des Zuschauerraums, »und geben Sie Ihre Aussage noch einmal zu Protokoll. Danke für Ihre Unterstützung.«

Dann wandte sie sich einem der Beamten zu, die als Erste vor Ort gewesen waren. »Wo ist die Frau des Opfers, Officer?«

»In ihrer Garderobe, Ma'am. Ich bringe Sie gerne hin.«

»Sofort. Peabody, wenn Sie fertig sind, lassen Sie den Leichnam wegbringen und rufen Morris an. Ich will so schnell wie möglich wissen, woran der Mann gestorben ist. Packen Sie die offene Flasche getrennt von den anderen ein, schicken Sie sie alle ins Labor und sagen ihnen dort, dass ich umgehend wissen muss, was darin enthalten ist. Das Opfer hatte drei Töchter, die alle irgendwo hier in der Nähe sind. Übernehmen Sie die bitte, ja? McNab kann die Wachleute übernehmen und ich spreche mit der Frau und mit dem Manager.«

»Okay.«

Eve sah Roarke fragend an. »Willst du nach Hause fahren?«

»Ganz sicher nicht.«

»Dann such dir einen ruhigen Platz, und finde so viel wie möglich über den Toten heraus.« Sie hielt ihm ihren Handcomputer hin.

»Ich nehme lieber mein eigenes Gerät.«

»Aber die Ergebnisse der ersten Überprüfung sind bereits hier drin.«

Seufzend nahm er ihr die Kiste ab, drückte ein paar Knöpfe und reichte sie ihr zurück. »Ich habe mir die Daten kopiert. Gibt es irgendetwas Besonderes, was ich für dich finden soll?«

»Ich würde wirklich gerne wissen, ob es eine Verbindung zwischen Jimmy Jay Jenkins und einem gewissen Lino aus Spanish Harlem gab. Davon abgesehen …« Sie sah sich in der Halle um. »Mit Gott kann man echt gute Geschäfte machen, stimmt's?«

»Von biblischem Ausmaß.«

»Hahaha. Finde heraus, wie groß das Vermögen dieses Typen war und wer was von ihm erbt. Danke. Officer?«

Sie verließen die Bühne und betraten den Backstage-Bereich. »Wo ist die Garderobe des Opfers?«, fragte sie.

»Auf der anderen Seite.« Der Kollege zeigte mit dem Daumen hinter sich.

»Ach ja?«

Schulterzuckend meinte er: »Die Frau war vollkommen hysterisch. Wir mussten sie gewaltsam von der Bühne zerren und einen Arzt für sie bestellen. Wir haben eine Kollegin zu ihrer Bewachung abgestellt. Zwar hat ihr der Arzt ein leichtes Beruhigungsmittel verpasst, aber …«

Er brach ab, als lautes Schluchzen aus einem der Räume drang.

»… es hat nicht viel genützt.«

»Na super.« Eve trat vor die Tür, schlug gegen das Metall, atmete tief durch und betrat den Raum.

Nicht nur der fürchterliche Lärm, sondern vor allem all das *Pink* brachten sie völlig aus dem Gleichgewicht. Sie hatte das Gefühl, von einer ganzen Wagenladung explodierter Zuckerwatte umgeben zu sein, und allein von diesem Anblick taten ihr sofort die Zähne weh.

Die Frau selbst trug ein pinkfarbenes Kleid mit einem voluminösen, aufgeblähten Rock, in dem sie wie ein Bonbonberg auf einem der Stühle lag. Ihr leuchtend goldfarbenes Haar rahmte in wirren Strähnen ein Gesicht, in dem mehrere Pfund Schminke zu schwarzen, roten, rosigen und blauen Streifen verlaufen waren.

Einen Augenblick lang dachte Eve, Jolene hätte sich in ihrer wahnsinnigen Trauer einen Teil von ihren Haaren ausgerissen, dann aber erkannte sie, dass die auf dem Fußboden verteilten, blonden Knäuel künstlich waren.

Die Polizistin an der Tür bedachte Eve mit einem gleichermaßen müden, zynischen, erleichterten und amüsierten Blick. »Madam? Ich bin Officer McKlinton. Ich habe auf Mrs Jenkins aufgepasst.«

Bitte, lautete die unausgesprochene Botschaft. *Bitte, lassen Sie mich gehen.*

»Machen Sie erst mal eine Pause, Officer. Ich werde zunächst mit Mrs Jenkins sprechen.«

»Zu Befehl, Madam«, McKlinton ging zur Tür, murmelte: »Viel Glück«, trat in den Flur hinaus und atmete erleichtert auf.

»Mrs Jenkins«, fing Eve an, worauf sich Jolene schreiend einen Arm vor ihre Augen warf. Das tat sie nicht zum ersten Mal, erkannte Eve, denn auch ihr Arm war bereits dick mit Gesichtsschminke bedeckt.

»Ich bin Lieutenant Dallas«, stellte Eve sich über das Schluchzen und Heulen hinweg vor. »Ich weiß, es ist gerade nicht leicht für Sie, und das, was geschehen ist, tut mir auch wirklich leid, aber ...«

»Wo ist mein Jimmy Jay? Wo ist mein *Mann?* Wo sind meine Babys? Wo sind unsere Mädchen?«

»Hören Sie auf.« Eve trat vor die Frau, packte sie bei den bebenden Schultern und herrschte sie an: »Hören Sie auf, oder ich gehe wieder weg. Wenn ich Ihnen und Ihrer Familie helfen soll, hören Sie auf. Und zwar sofort.«

»Sie können mir nicht helfen. Jimmy Jay, mein Mann, ist *tot*. Jetzt kann nur noch Gott uns beistehen.« Eve hatte das Gefühl, als bohre sich die schrille und zugleich tränenerstickte Stimme geradewegs in ihr Gehirn. »Oh, warum, warum hat Gott ihn mir genommen? Mein Glaube reicht nicht aus, um das zu verstehen. Meine Kraft reicht nicht, um fortzusetzen, was mein Jimmy Jay begonnen hat.«

»Okay. Dann bleiben Sie einfach hier sitzen und heulen sich weiter die Augen aus dem Kopf.«

Sie wandte sich zum Gehen und hatte die Garderobe bereits halb durchquert, als Jolene verzweifelt rief: »Warten Sie! Warten Sie! Lassen Sie mich nicht allein. Mein Mann, mein Partner im Leben und im ewigen Licht, ist mir genommen worden. Haben Sie doch bitte Mitgefühl.«

»Ich habe jede Menge Mitgefühl, aber ich muss auch meinen Job erledigen. Wollen Sie, dass ich herausfinde, wie, warum und von wem er Ihnen genommen worden ist?«

Jolene warf sich die Hände vors Gesicht, verschmierte ihr Make-up wie Fingerfarbe und stieß aus: »Ich will, dass Sie es ungeschehen machen.«

»Das kann ich leider nicht. Wollen Sie mir trotzdem helfen herauszufinden, wer diese Tat begangen hat?«

»Nur Gott kann Leben nehmen oder geben.«

»Sagen Sie das mal all den Leuten, die alleine letzte Woche hier in dieser Stadt ermordet worden sind. Glauben Sie, was Sie wollen, Mrs Jenkins, aber Gott hat sicher nicht das Gift in diese Wasserflasche gefüllt.«

»Gift. Gift.« Jolene griff sich ans Herz und hielt die andere Hand abwehrend hoch.

»Bisher haben wir noch keine offizielle Bestätigung, aber ja, ich gehe davon aus, dass Ihr Mann vergiftet worden ist. Soll ich herausfinden, wer ihn vergiftet hat, oder wollen Sie einfach weiter beten und ansonsten gar nichts tun?«

»Versündigen Sie sich nicht, nicht in einem solchen Augenblick.« Erschaudernd kniff Jolene die Augen zu. »Ich will, dass Sie herausfinden, wer ihn vergiftet hat. Falls jemand meinem Jimmy etwas angetan hat, will ich wissen, wer das war. Sind Sie Christin, Miss?«

»Lieutenant. Ich bin Polizistin, das ist das Einzige, was für Sie von Interesse ist. Und jetzt erzählen Sie mir endlich, was passiert ist und was Sie gesehen haben.«

Unterbrochen von Schluckauf und zitternden Atemzügen wiederholte Jolene das, was Eve bereits von Attkins berichtet worden war: »Ich rannte auf die Bühne. Ich dachte, oh, grundgütiger Jesus, hilf meinem Jimmy, und als ich endlich bei ihm war ... seine Augen ... er hat mich nicht gesehen, sie waren weit aufgerissen, aber er hat mich trotzdem nicht gesehen. Außerdem hat er am Hals geblutet. Sie sagen, dass ich ohnmächtig geworden bin, aber daran kann ich mich nicht erinnern. Ich weiß nur noch, dass mir schwindelig geworden ist und dass jemand versucht hat, mich von Jimmy wegzuziehen, dann bin ich wahrscheinlich etwas durchgedreht. Sie ... es war jemand von der Polizei und Billy, glaube ich, die mich hierher gebracht haben, und dann kam jemand anderes und gab mir etwas, um mich zu beruhigen. Aber das hat nichts genützt. Doch wie sollte es das auch?«

»Hatte Ihr Mann Feinde?«

»Die hat jeder einflussreiche Mann. Und ein Mann wie Jimmy Jay, ein Mann, der das Wort Gottes gepredigt hat –

das will nicht jeder hören. Deshalb hatte er ja einen Leibwächter, deshalb hatte er ja Clyde.«

»Gab es irgendwelche speziellen Feinde?«

»Ich weiß es nicht. Ich weiß es nicht.«

»Ein Mann in seiner Position häuft sicher einigen Reichtum an.«

»Er hat die Kirche aufgebaut und sich Tag und Nacht
um sie gekümmert. Er hat viel mehr zurückgegeben, als
er jemals eingenommen hat. Aber ja«, erklärte sie, und
plötzlich wurde ihre Stimme steif. »Wir haben gut gelebt.«

»Was wird jetzt aus der Kirche und ihren Besitztümern?«

»Ich … ich«, sie presste eine Hand an ihren Mund. »Er
hat Vorkehrungen getroffen, damit die Kirche auch nach
seinem Ableben weiter existiert. Damit ich, die Kinder
und die Enkel gut versorgt sind, falls er früher als wir anderen vor unseren Schöpfer tritt. Über die Einzelheiten
der von ihm getroffenen Vorkehrungen weiß ich nicht Bescheid. Ich versuche, nicht daran zu denken.«

»Wer hat ihm das Wasser heute Abend hingestellt?«

»Ich schätze, eins der Mädchen.« Ihre trüben Augen
fielen zu, und Eve ging davon aus, dass das Beruhigungsmittel endlich seine Wirkung tat. »Oder Billy. Oder vielleicht Clyde.«

»Wussten Sie, dass Ihr Mann sich regelmäßig Wodka in
sein Wasser mischen lassen hat?«

Sie riss die Augen wieder auf, stieß ein matronenhaftes
Schnauben aus und schüttelte den Kopf. »Oh, Jimmy Jay!
Er wusste ganz genau, dass ich damit nicht einverstanden
war. Hin und wieder ein Glas Wein, das ist in Ordnung.
Aber ist es etwa so, dass unser Herr und Retter Wodka
zu seinem letzten Mahl getrunken oder dass er auf der
Hochzeit von Kana Wasser in Wodka verwandelt hat?«

»Ich schätze, nein.«

Jolene verzog den Mund zu einem schmalen Lächeln und gab zu: »Mein Jimmy hat gern mal einen Schluck getrunken. Aber übertrieben hat er es nicht. Denn das hätte ich nicht geduldet. Ich wusste nicht, dass er sich von den Mädchen immer noch ein Schlückchen Wodka in sein Wasser mischen lassen hat. Aber das war nur eine kleine Schwäche, oder nicht? Eine Kleinigkeit.« Aus ihren Augen quollen frische Tränen und sie zupfte an ihrem voluminösen Rock. »Trotzdem wünschte ich mir, ich hätte deshalb mit ihm geschimpft.«

»Wie sieht es mit anderen Schwächen aus?«

»Seine Töchter, seine Enkel. Die hat er hoffnungslos verwöhnt. Genau wie mich.« Sie stieß einen Seufzer aus und fuhr mit schleppender, betäubter Stimme fort: »Er hat auch mich verwöhnt, und ich habe mich nicht dagegen gewehrt. Außerdem hatte er ein Herz für Kinder. Weshalb er zuhause diese Schule bauen lassen hat. Er hat daran geglaubt, dass man den Geist, den Körper, die Seele und die Fantasie eines Kindes ernähren muss. Officer – es tut mir leid, ich habe vergessen, wie Sie heißen.«

»Lieutenant Dallas.«

»Lieutenant Dallas. Jimmy war ein guter Mensch. Er war nicht perfekt, aber er war ein guter und vielleicht sogar ein großer Mensch. Er war ein liebender Ehemann und Vater und ein fürsorglicher Hirte für die Herde der Gläubigen. Jeden Tag seines Lebens hat er dem Herrn gedient. Bitte, ich möchte jetzt meine Kinder sehen. Ich möchte meine Töchter um mich haben. Kann ich jetzt wohl bitte meine Töchter sehen?«

»Ich werde gucken, ob das möglich ist.«

Die älteste der Töchter hatte ihre Aussage bereits gemacht, und so ließ Eve die junge Frau zu ihrer Mutter gehen und suchte selbst den Manager des Toten auf.

Billy Crocker saß mit wächsernem Gesicht in einer kleineren Garderobe auf Jimmy Jays Seite der Bühne und sah sie aus roten Augen an.

»Er ist wirklich tot.«

»Ja.« Eve beschloss, dieses Gespräch aus einer anderen Richtung als die Unterhaltung mit der Witwe anzugehen. »Wann haben Sie zum letzten Mal mit Mr Jenkins gesprochen?«

»Nur ein paar Minuten, bevor er anfing zu predigen. Fünf Minuten vorher war ich noch bei ihm in der Garderobe und habe ihm gesagt, dass er gleich auf die Bühne muss.«

»Haben Sie sonst noch über irgendetwas gesprochen?«

»Ich habe ihm gesagt, wir hätten wieder ein volles Haus. Das hat er gern gehört, denn es hat ihn immer aufgebaut zu wissen, dass es so viele Seelen zu retten gab. Das hat er selbst gesagt.«

»War er allein?«

»Ja. Die letzten dreißig – wenn wir Zeitdruck hatten, zwanzig – Minuten vor einem Auftritt hat er immer allein verbracht.«

»Wie lange haben Sie für ihn gearbeitet?«

Billy atmete krächzend ein. »Dreiundzwanzig Jahre.«

»Was hatten Sie für eine Beziehung?«

»Ich bin – ich war – sein Manager und Freund. Er war mein spiritueller Ratgeber. Wir waren wie eine Familie.« Billys Lippen zitterten, als er sich mit der Hand über die Augen fuhr. »Jimmy Jay hat jedem das Gefühl gegeben, Teil einer Familie zu sein.«

»Warum liegt die Garderobe seiner Frau auf der anderen Bühnenseite?«

»Das war einfach praktischer. Die beiden kommen immer von entgegengesetzten Seiten auf die Bühne und treffen sich in der Mitte. Das hat Tradition. Jolene, oh, grundgütiger Jesus, die arme Jolene.«

»Wie sah die Beziehung zwischen den Eheleuten aus?«

»Sie waren einander treu ergeben. Haben einander abgöttisch geliebt.«

»Dann lief also bei keinem von den beiden irgendetwas nebenher?«

Er blickte auf seine Hände. »So etwas zu sagen, ist nicht nett.«

»Haben vielleicht Sie selber und Jolene eins der zehn Gebote übertreten?«

Ruckartig hob er den Kopf. »Auf keinen Fall. Jolene hätte Jimmy Jay niemals auf diese oder irgendeine andere Art verraten. Sie ist eine echte Dame und vor allem eine Frau, die fest im christlichen Glauben steht.«

»Wer hat Jenkins' Wasser mit Wodka versetzt?«

Billy seufzte. »Heute Abend hat Josie das gemacht. Aber wenn das bekannt würde, würde Jolene dadurch nur unnötig in Verlegenheit gebracht. Und vor allem war das schließlich eine Kleinigkeit.«

»Wohingegen diese Kirche eine wirklich große Sache ist. Dabei geht es um jede Menge Geld. Wer bekommt davon jetzt was?«

»Das ist ziemlich kompliziert, Lieutenant.«

»Drücken Sie es eben möglichst einfach aus.«

»Besitztümer der Kirche bleiben Besitztümer der Kirche. Einige davon jedoch werden von der Familie genutzt. Zum Beispiel das Flugzeug, mit dem sie im Rahmen ihrer Arbeit für die Kirche unterwegs sind, die Häuser seiner Töchter, in denen diese ebenfalls für die Kirche tätig sind, mehrere Fahrzeuge und solche Dinge. Aber davon abgesehen haben die Eheleute Jenkins im Verlauf von über fünfunddreißig Jahren gemeinsamer Anstrengungen auch unabhängig von der Kirche beachtlichen Reichtum angehäuft. Und da sich Jimmy Jay von mir beraten lassen hat, weiß ich, dass Jolene und die Familie gut versorgt sind, auch wenn er ... zu Gott gegangen ist, und dass die Kirche selbst auch weiterhin bestehen wird. Sie ist schließlich sein Lebenswerk.«

»Hat er auch Ihnen irgendetwas hinterlassen, Billy?«

»Ja. Ich werde einige persönliche Gegenstände von ihm erben, eine Million Dollar sowie die Verantwortung dafür, dass die Kirche in der von ihm gewünschten Art weitergeleitet wird.«

»Mit wem hat er Jolene betrogen?«

»Eine solche Frage werde ich keiner Antwort würdigen.«

Etwas war da im Busch, erkannte Eve. »Wenn Sie mir etwas verschweigen, um ihn zu beschützen, schützen Sie dadurch vielleicht auch die Person, von der er ermordet worden ist.«

»Ich kann Jimmy Jay nicht mehr beschützen. Er ist jetzt in Gottes Hand.«

»Genau, wie sein Killer früher oder später mir in die Hände fallen wird.« Sie stand wieder auf. »Wo wohnen Sie hier in New York?«

»Im Hotel Mark. Die Familie darf das Heim eines Gläubigen benutzen, deshalb wohnt sie in einem Privathaus in der Park Avenue, während wir anderen im Mark untergekommen sind.«

»Sie können in Ihr Hotel zurück, aber bleiben Sie bitte in der Stadt.«

»Niemand von uns wird die Stadt verlassen, solange Jimmys Jays sterbliche Überreste nicht freigegeben sind.«

Eve suchte ihre Partnerin, zerrte sie aus einer weiteren Garderobe und stieß stöhnend aus: »Hier ist es wie in einem verdammten Labyrinth. Also, wie sieht's bei Ihnen aus?«

»Mit den ersten beiden Töchtern bin ich fertig, im Augenblick befrage ich die Nummer drei. Meiner Meinung nach stehen die Mädchen unter Schock und wollen ihre Mutter sehen, weshalb die ersten beiden gleich nach den Vernehmungen zu ihr gegangen sind. Sie machen sich Sorgen um ihre Kinder, die bei dem mitgereisten Kindermädchen sind. Die Jüngste von den dreien, die ungefähr im fünften Monat schwanger ist, sitzt noch hier drin.«

»Verflixt.«

»Aber sie hält sich ziemlich gut.«

»Welche von den dreien ist Josie?«

»Die, die noch hier in der Garderobe sitzt. Jackie, Jaime, Josie.« Peabody runzelte verständnislos die Stirn. »Warum beginnen alle Namen in dieser Familie mit einem J?«

»Wer weiß? Aber ganz egal, was sie für einen Namen hat, und auch wenn sie schwanger ist, muss ich dieser Josie noch ein paar Fragen stellen.«

»Okay.« Hören Sie, ich habe McNab gesagt, dass er sich die Ehemänner dieser Frauen vorknöpfen soll, wenn er mit den Wachleuten fertig ist.«

»Das ist gut. Dann kommen wir vielleicht sogar noch diese Nacht wieder hier raus«, erklärte Eve in hoffnungsvollem Ton, bevor sie durch die Tür der Garderobe trat.

Die junge Frau trug Weiß. Der Blondton ihres Haars, das ihr offen um die Schultern fiel, war deutlich weicher als bei ihrer Mutter, und falls sie geschminkt gewesen war, hatte sie die Überreste zwischenzeitlich abgewischt, denn ihr Gesicht war bleich und nackt.

Nach dem zuckersüßen Pink in der Garderobe von Jolene kamen Eve die Rot- und Goldtöne in diesem Raum wie eine Wohltat vor. Unter einem beleuchteten Spiegel waren ordentlich ein paar Kosmetika, Bürsten und gerahmte Fotos aufgereiht.

Auf einem hielt der jüngst Verstorbene ein pausbäckiges Baby sanft im Arm.

»Josie.«

»Ja.« Sie sah Eve aus rot verquollenen, tränenfeuchten, blauen Augen an.

»Ich bin Lieutenant Dallas«, stellte Eve sich vor. »Herzliches Beileid.«

»Ich versuche, mich damit zu trösten, dass er jetzt bei Gott ist. Aber ich will ihn hier haben, bei mir.« Während sie dies sagte, streichelte sie ihren dicken Bauch. »Ich habe gerade daran gedacht, dass wir heute alle so beschäftigt mit den Vorbereitungen für seinen Auftritt waren, dass kaum Zeit für irgendetwas anderes blieb. Dass ich heute Nachmittag gedacht habe, dass ich ihm noch erzählen muss, dass Jilly – meine kleine Tochter – heute zum allerersten Mal ihren Namen richtig in Druckschrift geschrieben hat. Nur war einfach keine Gelegenheit dazu. Und jetzt kommt sie nie mehr.«

»Haben Sie die Wasserflaschen auf die Bühne gestellt, Josie?«

»Ja. Sieben Stück. Drei für jede Halbzeit und eine zusätzlich. Meistens brauchte er nur sechs, aber für den Fall der Fälle haben wir ihm immer sieben hingestellt. Auf dem Tisch im Off.«

»Im Off?«

»Hinter dem Vorhang«, klärte Josie sie geduldig auf. »Wissen Sie, erst treten immer die Sängerinnen auf, und dann, wenn Mama und Daddy auf die Bühne kommen, geht der Vorhang auf. Aber der Tisch steht immer etwas abseits, damit er nicht sofort ins Auge fällt.«

»Wann haben Sie die Flaschen hingestellt?«

»Vielleicht eine Viertelstunde, bevor Daddy auf die Bühne kam. Viel eher ganz sicher nicht.«

»Und wann haben Sie den Wodka in das Wasser gemischt?«

Sie wurde so pink wie Jolenes Kleid. »Vielleicht eine Stunde vorher. Aber bitte erzählen Sie Mama nichts davon.«

»Sie weiß es, aber sie versteht es auch.«

»Haben Sie die Flasche in seiner Garderobe gefunden?«

»Ja.«

Sie wischte sich ein paar frische Tränen mit den Fingern fort. »Er war heute Abend nicht da. Manchmal war er dabei, wenn ich die Flaschen vorbereitet habe, und dann haben wir noch kurz geredet. Wenn ich für die Flaschen zuständig war. Oft haben wir dabei miteinander gescherzt. Er hat gute Witze geliebt. Dann habe ich die Flaschen mit in meine eigene Garderobe genommen und erst kurz vor Beginn der Predigt auf den Tisch gestellt. Außerdem singen meine Schwestern und ich. Wir treten in der zweiten Hälfte zusammen mit Mama und am Ende zusammen mit den Sängerinnen des Ewigen Lichts und mit unseren Eltern auf.«

»Haben Sie jemanden in der Garderobe Ihres Vaters gesehen?«

»Oh, ich weiß nicht. Es laufen immer so viele Leute hinter der Bühne herum. Ich habe ein paar Mitglieder der Crew hierhin und dahin laufen sehen, die Garderobiere, Kammi, die gerade, als ich wieder ging, mit Daddys Anzug kam, und ein paar Techniker. Aber ich habe nicht wirklich darauf geachtet, Miss Dallas. Ich dachte nur daran, zu meinen Schwestern in unserer Garderobe zurückzukehren und mich dort ein paar Minuten auszuruhen.«

Wieder kreiste ihre Hand auf ihrem Bauch. »Ich bin augenblicklich ziemlich schnell erschöpft.«

»Okay, versuchen wir es anders. Ist Ihnen irgendjemand oder irgendetwas aufgefallen, der oder das nicht hinter die Bühne zu gehören schien?«

»Nein. Tut mir leid.«

Eve stand wieder auf. »Detective Peabody wird das Gespräch mit Ihnen abschließen und Sie dann zu Ihrer Mutter bringen.« Sie ging zur Tür, blieb stehen und drehte sich noch einmal um. »Sie haben gesagt, Sie alle hätten heute viel zu tun gehabt. Hat Ihr Vater den Tag hier verbracht und für seinen Auftritt geprobt?«

»Oh, nein. Wir haben alle heute Morgen zusammen in dem Haus, in dem wir wohnen, gefrühstückt und gebetet. Dann hatten die Kinder Unterricht. Meine Schwester Jackie und Merna – das ist die junge Frau, die uns mit den Kindern hilft – waren heute mit dem Unterrichten dran. Mama kam als Erste hierher, um mit Kammi und mit Foster, der unsere Haare macht, zu sprechen. Mama ist diejenige, die bei der Auswahl der Garderobe, der Frisuren, des Make-ups das Sagen hat. Daddy ist zu seinem Spaziergang aufgebrochen und hat dann noch meditiert.«

»Wann?«

»Oh ... ich schätze gegen zwölf. Nein, eher schon gegen elf.«

»Mit seinem Leibwächter?«

Josie biss sich auf die Lippe. »Das habe ich vollkommen vergessen, aber das war eins der Dinge wie der Wodka. Manchmal gab Daddy Clyde ein, zwei Stunden frei und ließ ihn denken, dass er zuhause bleibt und arbeitet. Dabei wollte er in Wahrheit nur mal an die frische Luft, allein spazieren gehen und etwas nachdenken.«

»Dann war Ihr Vater also alleine unterwegs, ist

spazieren gegangen und hat nachgedacht. Und zwar von elf bis …«

»Das weiß ich nicht genau, denn die meisten von uns kamen bereits vor eins hierher, um zu proben, mit Mama über die Garderobe zu sprechen und so weiter.«

»Dann waren also alle gegen ein Uhr hier?«

»Nun, das weiß ich nicht. Hier auf der Frauenseite waren alle spätestens um halb zwei anwesend. Ich weiß, das klingt ein bisschen dämlich, aber der Chor besteht nun einmal ausschließlich aus Frauen, und da wir alle links hinter der Bühne sind, haben wir diesen Teil die Frauenseite genannt.«

»Hat irgendwer gefehlt, oder kam irgendwer zu spät?«

»Ich weiß es wirklich nicht. Meine Schwestern und ich haben sofort angefangen zu proben, und ich kann mich nicht erinnern, dass jemand nicht da gewesen wäre, als die Probe des Ewigen Lichts begonnen hat.«

»Und Ihr Vater?«

»Ich habe gehört, wie er beim Soundcheck war. Er hatte eine wunderbare, durchdringende Stimme. Dann haben wir alle das Schlusslied und die Zugabe geprobt, und danach habe ich ein bisschen Zeit mit Walt und Jilly – meinem Mann und meiner Tochter – verbracht.«

»Okay. Wie ist die Adresse des Hauses, in dem Sie wohnen?«

Eve schrieb sie sich auf und nickte. »Vielen Dank, Josie.«

»Ich weiß, Gott hat einen Plan. Und ich weiß, wer auch immer das getan hat, wird sich dafür vor Gott verantworten. Aber ich hoffe, dass Sie dafür sorgen werden, dass dieser Mensch sich vorher bereits hier auf Erden für diese Tat zu verantworten haben wird.«

»Genau das habe ich vor.«

Eve ging wieder nach vorne zu Roarke, der gut gelaunt mit seinem Handcomputer in der ersten Zuschauerreihe saß. »Wie sieht's aus?«

»Gott ist ein sehr großes und ausnehmend lukratives Geschäft. Willst du einen Bericht?«

»Noch nicht. Du solltest nach Haus fahren.«

»Warum willst du mir unbedingt den Spaß verderben?«

Sie beugte sich zu ihm herab, bis sie ihm direkt in die Augen sah. »Seine Frau hat ihn geliebt. Das ist kein Quatsch. Und ich liebe dich.«

»Das ist ebenfalls kein Quatsch.«

»Könnte ich dich um die Ecke bringen, wenn ich merken würde, dass du mich betrügst?«

Er nickte kurz. »Ich glaube, du hast mich bereits darüber informiert, dass du in einem solchen Fall – nach entsprechendem Unterricht – Rumba auf meinem kalten, toten Körper tanzen würdest.«

»Ja, genau.« Diese Antwort munterte sie auf. »Nur hätte die rosige Jolene wahrscheinlich nicht den Mumm, um das zu tun.«

»Dann hat der gute Jimmy Jay also das … in welchem Gebot geht es noch mal um Ehebruch?«

»Woher, zum Teufel, soll gerade ich das wissen? Schließlich würde ich, wenn du dich dieses Vergehens schuldig machen würdest, nicht erst darauf warten, dass du die himmlische Strafe dafür bekommst, bevor ich mir die Füße blutig tanzen würde«, klärte sie ihn umbarmherzig auf.

»Das nennt man wahre Liebe.«

»Worauf du deinen Prachthintern verwetten kannst. Ich habe das Gefühl, dass er seine Frau betrogen hat, aber vielleicht bin ich auch einfach ein zynisches Weib.«

Roarke legte zufrieden einen Finger auf das Grübchen in der Mitte ihres Kinns. »Das bist du, du bist *mein* zynisches Weib.«

»Ahhh. Natürlich ist Geld ebenfalls kein übles Motiv. Von wie viel sprechen wir?«

»Wenn wir Kirchenbesitz, persönlichen Besitz, Besitz auf die Namen der Kinder, der Enkel und der Ehefrau zusammennehmen, von etwas mehr als sechs Milliarden.«

»Was nicht gerade wenig ist. Ich melde mich wieder bei dir.«

Sie suchte noch einmal Clyde, den sie in einer kleinen Kantine hinter der Bühne über einem Becher grauenhaft riechenden Kaffees fand.

Er sah sie mit einem schwachen Lächeln an.

»Der Kaffee hier ist auch nicht besser, als er damals auf der Wache war.«

»Das glaube ich Ihnen gern.« Sie nahm ihm gegenüber Platz und sah ihn fragend an. »Hatte Jimmy Jay eine Freundin?«

Er blies seine Backen auf. »In den acht Jahren, in denen ich bei ihm war, habe ich kein einziges Mal erlebt, dass er sich einer Frau gegenüber unziemlich verhalten hat.«

»Das ist keine Antwort auf meine Frage, Clyde.«

Er rutschte unbehaglich auf seinem Stuhl herum, und sie wusste, dass ihre Vermutung richtig war.

»Ich bin selbst zweimal geschieden. Habe zu viel getrunken, gesehen, erlebt, mit heimgenommen und dadurch zwei Frauen, meinen Glauben und mich selbst verloren. All das fand ich wieder, als ich Jimmy Jay predigen hörte. Deshalb ging ich zu ihm, und er gab mir einen Job. Gab mir eine zweite Chance, ein guter Mensch zu sein.«

»Auch das beantwortet mir meine Frage nicht. Er ist tot. Jemand hat neben dem Wodka noch etwas anderes in sein Wasser gemischt. Deshalb frage ich Sie noch einmal, Detective Sergeant: Hatte er eine Freundin?«

»Ich kann mir vorstellen, dass es so war. Wie gesagt, ich habe ihn nicht mit einer anderen Frau gesehen. Aber ich erkenne die Zeichen, denn ich hatte selber ein-, zweimal was nebenher.«

»Wusste seine Frau Bescheid?«

»Beschwören könnte ich es nicht, aber ich würde sagen, nein.«

»Warum?«

»Das hätte ich gesehen oder wenigstens gespürt. Und vor allem hätte ich bestimmt davon gehört. Ich denke, sie hätte auch zu ihm gestanden, wenn sie es herausgefunden hätte, aber ich glaube – nein, ich *weiß* –, dass sie der Sache einen Riegel vorgeschoben hätte. Sie ist eine weichherzige Frau, Lieutenant, und sie hat ihn abgöttisch geliebt. Aber sie hat auch Rückgrat, und sie hätte es ganz sicher nicht geduldet, dass er nebenher noch was mit einer anderen hat. Tatsächlich hat er sie nicht weniger geliebt.«

»Ich weiß«, fuhr er fort, als Eve durch ihn hindurchzusehen schien. »Wir behaupten immer, dass wir unsere Frauen lieben, während wir sie hintergehen. Aber er hat sie nicht nur geliebt, sondern war total verrückt nach ihr. Seine Miene hat sich aufgehellt, sobald sie auch nur in seine Nähe kam. Wenn sie es herausgefunden hätte und ihn hätte sehen lassen, wie verletzt sie war, hätte er mit dieser anderen auf der Stelle Schluss gemacht.«

»Mit dem Wodka hat er auch nicht aufgehört.«

Abermals blies Clyde die Backen auf. »Nein. Nein. Das hat er nicht.«

9

Eve nahm sich die Zeit, sich einen Teil der Aufzeichnung der Predigt anzusehen. Die letzten Minuten in Jimmy Jay Jenkins' Leben und auch seinen Tod. Die Berichte ihrer Zeugen schienen durchaus zutreffend zu sein. Was sie augenblicklich jedoch interessierte, war nicht unbedingt die Aktion, sondern eher die Reaktion des Umfelds, als der Prediger urplötzlich umgefallen war.

Jolene stürzte auf ihren umgefallenen Gatten zu. Sie wirkte vollkommen schockiert, und ihr Gesicht drückte Entsetzen aus, ehe sie in Ohnmacht fiel. Wenn das keine echte Ohnmacht war, schlüge Eve sie höchstpersönlich für das kirchliche Äquivalent des Oscars vor.

Dann kam Clyde von der anderen Bühnenseite angerannt und wies seine Leute schreiend an, die Menge von der Bühne fernzuhalten, während gleichzeitig die Töchter, deren Ehemänner und mehrere Mitglieder des Teams kopflos angelaufen kamen und einander mit den Ellenbogen zur Seite schoben, da anscheinend jeder darum kämpfte, Jimmy möglichst nah zu sein.

Es war wirklich die Hölle los. Clyde hielt alle anderen zurück und herrschte sie mit den Worten eines Polizisten an. Dann registrierte sie eine Gruppe Frauen in glitzernden, rüschenbesetzten, blauen Kleidern. Alle waren blond und klammerten sich derart aneinander fest, dass sie wie ein einziges Lebewesen mit vier Köpfen aussahen.

Das mussten die Sängerinnen sein. Eine von ihnen machte einen Schritt nach vorn, und Eve konnte deutlich sehen, wie ihre zuckerwattefarbenen Lippen seinen Namen formten, bevor sie auf die Knie fiel und schluchzend ihr Gesicht in den Händen verbarg.

Interessant. Eve drückte auf den Pausenknopf, kehrte hinter die Bühne zurück, wo sie McNab begegnete.

»Ich habe die Schwiegersöhne und die Leute von der Security befragt. She-Body ist mit den Töchtern und dem Filmteam durch. Aber jetzt kommen wir nicht weiter. Weil einer der Schwiegersöhne Anwalt ist.«

»Verdammt.«

»Ist das nicht immer so?« McNab zog einen Streifen Kaugummi aus einer der Taschen seiner fluoreszierenden Hose, bot ihn seiner Vorgesetzten höflich an, und erst als sie verneinte, faltete er ihn zusammen und schob ihn sich selber in den Mund. »Er kehrt also den Anwalt raus. Es ist bereits nach zwei, die Leute werden inzwischen seit über vier Stunden hier festgehalten – eben das übliche Blabla.«

»Haben die Vernehmungen etwas gebracht?«

»Nichts, was mir aufgefallen wäre. Dieser Anwalt bläst sich ganz schön auf, aber ich habe das Gefühl, als täte er das nur, weil er seine Familie hier herausbekommen will.«

Eve dachte kurz nach. Sie könnte die nächsten Verwandten erst einmal gehen lassen. Oder … »Lassen Sie sie alle gehen. Es haut ganz sicher niemand ab. Vielleicht sollten wir dem Killer ein paar Stunden geben, um zu glauben, dass er mit der Sache durchgekommen ist. Die anderen kriegen etwas Zeit, um nachzudenken, vielleicht fällt ihnen dann ja irgendetwas ein. Ich will sowieso noch eine Sache überprüfen.«

»Dann schicke ich die Leute also heim.«

»Ich erwarte Peabody mit Ihren beiden vollständigen Berichten morgen früh um acht bei mir zuhause im Büro.«

»Autsch.« Mit einem gutmütigen Schulterzucken wandte sich McNab zum Gehen, und Eve kehrte zu ihrem Mann zurück.

»Ich lasse die Leute erst mal gehen. Die, mit denen wir

noch nicht gesprochen haben, vernehmen wir einfach morgen früh.«

»Du bist ungewöhnlich rücksichtsvoll.«

»Einer der Schwiegersöhne des Opfers ist Anwalt.«

»Die gibt es einfach überall.«

»Es lohnt sich nicht nur nicht, sich mit diesem Typen anzulegen, sondern vielleicht ist es sogar für mich von Vorteil, wenn sie erst einmal alle gehen. Die Spurensicherer werden noch eine Weile brauchen«, fügte sie mit einem Blick in Richtung der Bühne hinzu. »Und ich will auf dem Weg nach Hause sowieso noch einer Sache nachgehen.«

»Okay.« Er stand auf und steckte seinen Handcomputer ein.

»Kommt dir bezüglich des Vermögens irgendetwas seltsam vor?«

Er sah sie lächelnd an. »Die wenigsten Vermögen sind vollkommen astrein. Aber nein, wirklich aufgefallen ist mir nichts. Auch wenn die Anlagen in einigen Bereichen vielleicht grenzwertig sind. Dein Opfer scheint ausnehmend klug, kreativ und erfolgreich beraten worden zu sein. Jenkins war ausnehmend großzügig, wenn es um irgendwelche guten Werke ging, aber, auch wenn das vielleicht zynisch klingt, konnte er sich das schließlich auch problemlos leisten, da diese guten Taten auch steuerlich und werbetechnisch durchaus von Vorteil für ihn waren. Und er hat sich nicht gescheut, so viel Werbung für sich zu machen, dass es fast schon peinlich war.«

»Ich nehme an, das tust du nicht.«

»Seine Eigenwerbung hat der Kirche unzählige Spenden eingebracht und die wiederum haben ihm und seiner Familie einen äußerst angenehmen Lebensstil beschert. Sie haben mehrere Häuser«, fuhr er fort, »luxuriöse Fahrzeuge, jede Menge Personal, Kunstwerke und Schmuck.

Außerdem stehen sie alle – einschließlich der minderjährigen Kinder – auf der Gehaltsliste der Kirche, und die Kirche zahlt ausnehmend gut. Aber das ist vollkommen legal, denn schließlich gehen sie alle genau festgelegten Tätigkeiten nach.«

»Dann gab es in der letzten Zeit also keine finanziellen Rückschläge?«, hakte Eve nach.

»Ganz im Gegenteil. Sie hatten überall, wohin sie kamen, ausverkaufte Säle, und auch die Zahl der Spenden stieg in den vergangenen Wochen geradezu dramatisch an.«

»Dann ging es also nicht um Geld. Aber das konnte ich mir auch nicht vorstellen. Sicher kriegen sie durch seinen Tod und durch die Art, auf die er umgekommen ist, jede Menge zusätzlicher Publicity. Schließlich war sein Tod auf unzähligen Bildschirmen live zu sehen. Aber er war das Zugpferd des Vereins.«

Sie wies auf die lebensgroße Werbetafel, an der sie auf dem Weg zum Wagen vorüberkam. »Er hat die Leute angelockt. Und weshalb hätte jemand den Mann ermorden sollen, der ihnen allen einen mehr als angenehmen Lebensstil beschert? Vielleicht ging es um Sex, vielleicht um berufliche oder private Eifersucht. Oder vielleicht habe ich einen Killer, der einen Hass auf alles Religiöse hat und deshalb Priester und Prediger aus dem Verkehr ziehen will.«

»Mir gefällt der Sex am besten. Aus verschiedenen Gründen ...«, stellte Roarke mit seidig weicher Stimme fest.

»Ich bin überzeugt davon, dass Jimmy Jay derselben Ansicht war.« Sie nannte ihm die Adresse des Hauses, in dem die Familie Jenkins abgestiegen war. »Fahr bitte dort vorbei. Und dann fahr weiter zum Mark.«

»Wo, glaubst du, hat er Sex gehabt?«

»Wenn ein Mann seine Frau möglichst gefahrlos betrügen will, heuert er dafür am besten eine Prostituierte an. Aber wenn dieser Mann in seinen Predigten gegen legale Prostitution ins Feld zieht, geht er sicher nicht das Wagnis ein, sich dabei erwischen zu lassen, dass er für einen Blowjob oder einen Quickie zahlt. Also muss es eine Frau gewesen sein, die in seiner Nähe war, der er vertrauen konnte und bei der sich niemand wundert, wenn er ihn mit ihr zusammen sieht.«

»Trotzdem wäre es riskant gewesen. Aber vielleicht hat das Risiko ja einen Teil des Reizes ausgemacht.«

Eve schüttelte den Kopf. »Er kommt mir nicht wie jemand vor, für den ein Risiko ein Kick ist. Ich glaube eher, dass er sich völlig sicher wähnte. Wie bei seinen Finanzen ging er auf Nummer sicher. Er hat extra für den Fall vorgesorgt, dass er vor seiner Frau und seinen Kindern stirbt; er hat sich den Wodka entweder von einer seiner Töchter, seinem jahrzehntelangen Manager oder seinem vertrauten Leibwächter ins Wasser mischen lassen, also immer von jemandem, der ihm wirklich nahestand. Er hat sich den Wodka gewohnheitsmäßig in das Wasser mischen lassen, aber seine Frau hat nichts davon gewusst. Sie hat nicht nur so getan, als hätte sie es nicht gewusst, sie wusste es tatsächlich nicht. Und wenn er damit durchgekommen ist, warum dann nicht auch mit ein paar Turnübungen außerhalb des Ehebetts?«

»Wahrscheinlich würde Mira es anders formulieren«, meinte Roarke nach einem Augenblick. »Aber so, wie du es darstellst, könnte es durchaus gewesen sein. Weil es völlig logisch klingt. So, da wären wir.«

Sie betrachtete das Haus in der Park Avenue. »Nett. Geräumig. Elegant. Eine private Unterkunft für die Familie in einem hervorragend gesicherten Haus. Er hat heute einen Spaziergang unternommen, was er der jüngsten Tochter zufolge regelmäßig tat. Hat dem Leibwächter freigegeben und ist ganz alleine losspaziert. Angeblich, um zu meditieren und neue Kraft zu tanken, aber ich gehe jede Wette ein, dass er höchstens bis zur Ecke hier spaziert ist und dann ein Taxi genommen hat.«

»Mit dem er ins Mark gefahren ist.« Roarke fuhr weiter Richtung Madison. »Nachts ist hier nicht viel los. Aber gestern Mittag dürfte erheblich mehr Verkehr gewesen sein.«

»Vielleicht hat er doppelt so lange gebraucht wie wir beide jetzt. Er hätte also beinahe genauso schnell zu Fuß in das Hotel gelangen können, aber sechs bis sieben Blocks? Da hätten ihn zu viele Leute sehen und erkennen können. Natürlich sind die New Yorker es gewohnt, irgendwelche Berühmtheiten zu sehen, und die meisten von ihnen würden eher Katzenscheiße fressen, als zu reagieren. Aber schließlich kommt man auf dem Weg auch an jeder Menge Läden und Restaurants vorbei.«

»In denen haufenweise Touristen sind.«

»Und die sind für gewöhnlich weniger blasiert. Also ist er sicher mit dem Taxi hergekommen und war in ...« Als sie das Mark erreichten, warf sie einen Blick auf ihre Uhr. »... sagen wir, zehn Minuten hier. Wahrscheinlich sogar schon in acht.« Sie zückte ihre Dienstmarke, als der Türsteher angelaufen kam. »Ich muss den Wagen kurz hier stehen lassen.«

Es war ihm deutlich anzusehen, dass er sich mühsam zusammenriss. »Nun, hätten Sie etwas dagegen, ihn ein Stückchen vorzufahren? Denn in den nächsten beiden Stunden fahren hier noch jede Menge Wagen vor.«

»Sicher.« Nachdem Roarke zehn Meter vorgefahren war, stieg sie aus und sah an dem Hotel herauf. »Der Laden gehört nicht zufällig dir?«

»Nein, aber wenn es dir hilft, kaufe ich ihn gern.«

»Danke, aber das wird nicht nötig sein. Und warum gehört dir dieser Schuppen nicht?«

»Auch wenn du das immer behauptest, gehört mir nicht die ganze Stadt. Und das hier?«

Er steckte die Hände in die Hosentaschen und sah sich das Gebäude an. »Die Lage ist natürlich gut, aber die Architektur gefällt mir nicht. Diese Mischung aus post-revolutionärem Utilitarismus und gewollter Eleganz ist einfach langweilig, gleichzeitig ist dieses Haus einfach nicht alt genug, als dass sich die Art Renovierung lohnen würde, die ich ihm dann verpassen wollte. Außerdem müsste ich auch die Inneneinrichtung total verändern, die Zimmer sind meistens nur zur Hälfte belegt, die Preise viel zu hoch und das Restaurant ist nicht der Rede wert.«

Eve wippte auf ihren Fersen und erklärte knapp: »Und ich habe wieder einmal nur registriert, dass das Gebäude hässlich ist.«

»So kann man zusammenfassend sagen.«

»Aber trotzdem hast du mal daran gedacht, es zu übernehmen.«

»Nein. Ich habe es mir einfach angesehen. Ich gehe den Dingen gerne auf den Grund, Schätzchen, was eine der vielen Gemeinsamkeiten von uns beiden ist. Ich schätze, du bist hier, weil du ebenfalls einer Sache auf den Grund gehen willst, und wir stehen nicht nur um halb drei nachts hier draußen auf dem Bürgersteig, um ein bisschen frische Luft zu schnappen und uns ein hässliches Gebäude anzusehen.«

»Sie müssten jeden Moment kommen. Nach der Nacht, die hinter ihnen liegt, kommen sie bestimmt direkt hierher und gehen in ihre Zimmer. Oder setzen sich noch kurz zusammen, um sich gegenseitig zu trösten und die Dinge noch mal durchzugehen. Aber sie wird das nicht tun. Sie wird allein sein wollen.«

»Die Freundin«, meinte Roarke.

»Ja. Ich tippe auf die blonde Sängerin.«

»Die sind alle blond.«

»Das stimmt. Die mit dem größten Vorbau«, fügte Eve hinzu.

»Da nicht alle Männer eine Vorliebe für große Brüste haben – wie ich aus Erfahrung sagen kann –, gehe ich mal davon aus, dass du deshalb auf sie tippst, weil sie sich schluchzend auf die Knie fallen lassen hat, als er tot auf der Bühne lag.«

Sie pikste ihn mit einem Finger an. »Du hast dir die Aufzeichnung der Predigt angesehen.«

»Wie gesagt, ich gehe den Dingen gerne auf den Grund.«

»Und, zu welchem Ergebnis bist du dabei gekommen?«

Er hob ihre Hand an seinen Mund. »Dagegen wetten würde ich ganz sicher nicht.«

Eve drehte sich um, als eine Limousine hinter ihrem Wagen hielt. Ihr entstiegen ein Mann und eine Frau, ein zweites Paar, ein anderer Mann und am Schluss das singende Quartett, dessen Mitglieder so dicht gedrängt in Richtung Eingang gingen, dass sie aussahen wie ein aufgebauschter blauer Watteball.

»Wir werden ihnen etwas Zeit geben, bis sie in ihren Zimmern sind. Natürlich könnte ich damit auch noch bis morgen warten«, sagte Eve halb zu sich selbst, »aber wenn sie gleich allein in ihrem Zimmer ist, bekomme ich wahrscheinlich mehr aus ihr heraus, als wenn die anderen in der Nähe sind.«

»Und wenn sie zugibt, dass sie etwas mit ihm hatte, was beweist das dann?«

»Keine Ahnung. Kommt drauf an. Eins führt zum anderen. Vielleicht war das ja das Motiv. Vielleicht wollte sie ja mehr, und das hat er ihr nicht gegeben. Oder es gibt einen eifersüchtigen Exmann oder Freund. Oder ... ich habe auch noch ein paar andere Theorien. Okay. Schüchtern wir erst mal den Empfangschef ein. Keine Bestechung«, warnte sie. »Sonst macht es einfach keinen Spaß.«

Sie ging in das Hotel und marschierte durch die Eingangshalle, die mit ihrem langweiligen, grauen Boden und den unglücklich geblümten Polstermöbeln wenig einladend aussah, auf den Empfangstisch zu. Sie hatte wieder diesen breitbeinigen Polizisten-Gang, stellte Roarke mit einem amüsierten Grinsen fest, und klatschte ihre Marke auf den Tresen, hinter dem ein elegant in einem schwarzen Anzug gekleideter Droide stand.

»Guten Abend«, grüßte er. »Willkommen im Hotel Mark.«

Roarke fragte sich, wessen Idee es wohl gewesen war, dass die Maschine wie ein schwuler Brite klang.

»Ulla Pintz. Ich brauche ihre Zimmernummer«, sagte Eve.

»Tut mir leid. Ich bin nicht befugt, die Zimmernummern unserer Gäste herauszugeben. Normalerweise würde ich ja gerne oben anrufen und um Erlaubnis bitten, aber Ms Pintz ist gerade erst hereingekommen und hat ausdrücklich darum gebeten, nicht gestört zu werden. Weil sich eine schreckliche Tragödie ereignet hat.«

»Ja. Es ist jemand gestorben. Ich bin Polizistin.« Sie nahm ihre Dienstmarke vom Tisch und fuchtelte ihm damit dicht vor dem Gesicht herum. »Warum also bin ich wohl hier?«

Sein verständnisloser Blick verriet, dass er wie die meisten Droiden weder für Sarkasmus noch für Ironie empfänglich war.

»Lassen Sie es mich erklären«, meinte sie deswegen resigniert. »Ms Pintz war Zeugin der besagten schrecklichen Tragödie, und ich leite die Ermittlungen in diesem Fall. Also geben Sie mir endlich ihre Zimmernummer, wenn ich Sie nicht auf die Wache schleppen und mir die Erlaubnis holen soll, Sie wegen Behinderung der Justiz einfach abzustellen.«

»Hier im Mark sind die Wünsche unserer Gäste sakrosankt.«

»Versuchen wir es anders: Wie wollen Sie die Wünsche Ihrer Gäste erfüllen, wenn Sie auf der Wache sind und die elektronischen Ermittler gucken, aus wie vielen Einzelteilen Sie bestehen?«

Er schien darüber nachzudenken, falls er als Droide dazu in der Lage war. »Ich muss Ihre Marke überprüfen.«

»Tun Sie das.«

Aus seinen Augen schossen dünne, rote Strahlen, und er scannte ihre Marke ein. »Scheint seine Richtigkeit zu haben, Lieutenant Dallas«, stellte er nach wenigen Sekunden fest. »Ms Pintz hat Zimmernummer 1203.«

»Wohnt sie dort mit jemandem zusammen?«

»Nein. Die anderen Sängerinnen des Ewigen Lichts teilen sich eine Suite, aber Ms Pintz hat lieber einen Raum für sich.«

»Da gehe ich jede Wette ein.«

Zusammen mit Roarke marschierte sie in Richtung Lift. »Es macht einfach keinen Spaß, Droiden einzuschüchtern.«

»Manchmal muss man mit Enttäuschungen leben. Aber denk doch einfach dran, wie unterhaltsam die Vernehmung dieser Ulla sicher wird.«

»Okay.« Sie stieg in den Fahrstuhl ein. »Vielleicht macht es das ja wieder wett. Aber vielleicht vergeude ich auch meine Zeit, indem ich davon ausgehe, dass es keine Verbindung zwischen diesem Mord und dem an Lino gibt, statt mich an die Dinge zu halten, die vollkommen offensichtlich sind.«

»Indem du auf deinen Instinkt vertraust statt auf die harten Fakten?«

»Wenn ich jetzt eine Wahrscheinlichkeitsberechnung anstellen lassen würde, käme dabei sicher raus, dass es zu über achtzig Prozent ein und derselbe Killer ist.«

»Aber du glaubst nicht, dass es so ist.«

»Nein. Ich glaube, ich weiß, wer diesen Jimmy Jay ermordet hat. Nur weiß ich noch nicht genau, warum.«

Eve stieg aus dem Lift, trat vor die Tür des Zimmers 1203, ignorierte das »Nichtstören«-Schild und klopfte an.

»Ulla Pintz, hier ist die Polizei. Machen Sie auf.«

Nach mehreren Sekunden vollkommener Stille klopfte Eve ein zweites Mal und wiederholte den Befehl.

»Hallo?«, drang eine zittrige, hohe Stimme durch den Lautsprecher. »Ich, ah, ich fühle mich nicht wohl. Sie haben gesagt, ich bräuchte vor morgen mit niemandem zu sprechen.«

»Da haben sie sich geirrt. Machen Sie die Tür auf, Ulla, sonst hole ich mir die Erlaubnis, mir mit meinem Generalschlüssel Zugang zu Ihrem Zimmer zu verschaffen.«

»Ich verstehe nicht.« Eve hörte Schniefen und das Klacken eines Schlosses. »Samuel hat gesagt, wir könnten ins Hotel fahren und bräuchten mit niemandem mehr zu reden.« Die Tür schwang langsam auf. »Und er muss es wissen, weil er schließlich Anwalt ist.«

»Und ich muss es genauso wissen, denn ich bin schließlich ein Cop. Lieutenant Dallas«, fügte Eve hinzu, unterließ es aber absichtlich, etwas über Roarke zu sagen, als sie über die Schwelle trat. »Ein ziemlich schlimmer Abend, nicht wahr, Ulla?«

»Es ist einfach schrecklich.« Ulla fuhr sich mit der Hand über die Augen. Inzwischen hatte sie ihr Rüschenkleid gegen den weißen Morgenmantel des Hotels getauscht und mehrere Lagen Make-up aus ihrem Gesicht entfernt, sodass es nackt und fleckig war. Und erstaunlich jung. »Er ist *gestorben*. Direkt vor unseren Augen. Ich habe keine Ahnung, wie.«

Roarke erkannte, dass sie nicht nur hilflos tat, sondern es tatsächlich war, deshalb nahm er ihren Arm und fragte fürsorglich: »Warum setzen Sie sich nicht?«

Der Raum war winzig klein, trotzdem hatte man außer einem Bett auch noch eine Sitzgruppe hineingestopft, und Roarke führte die junge Frau zu einem Stuhl.

»Danke. Wir sind alle völlig fertig. Jimmy Jay war kräftig und gesund, überlebensgroß und voll gottgegebener Energie.« Sie machte ein blubberndes Geräusch und vergrub ihr Gesicht in einem Taschentuch. »Ich verstehe einfach nicht, warum er so plötzlich gestorben ist.«

»Ich arbeite daran es herauszufinden«, meinte Eve. »Warum erzählen Sie mir nicht, welcher Art Ihre Beziehung zu ihm war?«

Ulla hob den Kopf und riss die Augen auf. »Warum fragen Sie mich das? Ich singe. Wir singen. Ich, Patsy, Carmella und Wanda, wir sind die Sängerinnen des Ewigen Lichts. Wir machen erbauliche Musik.«

Es war spät, sagte sich Eve, und es hätte keinen Sinn, redete sie lange um den heißen Brei herum. Sie setzte sich ans Fußende des Betts, sodass ihr Gesicht auf Höhe von Ullas tränenfeuchten Augen war. »Wir wissen Bescheid, Ulla.«

Ulla blickte eilig fort. Wie ein kleines Kind, das abstritt, an die Kekse gegangen zu sein, obwohl seine Hand noch in der Dose steckt. »Ich weiß nicht, was Sie meinen.«

»Ulla«, meinte Roarke, und Eve runzelte die Stirn. Er aber konzentrierte sich vollkommen auf die junge Frau.

»Jimmy Jay würde wollen, dass Sie uns die Wahrheit sagen. Weil er Ihre Hilfe braucht. Er wurde nämlich von jemandem umgebracht.«

»Himmel. Oh mein Gott.«

»Sie müssen uns die Wahrheit sagen, damit wir den Täter finden und die Fragen der Menschen beantworten können, die ihm gefolgt sind, die an ihn geglaubt und ihn geliebt haben.«

Ulla faltete die Hände, drückte sie in die Vertiefung zwischen ihren wahrhaft beeindruckenden Brüsten und stieß einen melodramatischen Seufzer aus. »Wir alle haben ihn geliebt. Ich glaube, dass wir ohne ihn verloren sind, und ich habe keine Ahnung, wie wir je wieder den Weg der Erleuchtung finden sollen, wenn er uns nicht mehr führt.«

»Die Wahrheit ist der erste Schritt auf diesem Weg.«

Blinzelnd sah sie Roarke aus ihren wässrigen, braunen Augen an. »Wirklich?«

»Sie tragen eine Last mit sich herum, die Last eines Geheimnisses. Er will, dass Sie sie ablegen und den ersten Schritt des Weges gehen. Davon bin ich überzeugt.«

»Oh.« Immer noch sah sie gebannt in sein Gesicht. »Ach, wenn ich das doch könnte! Aber ich möchte nichts tun, was ihn, Jolene oder die Mädchen verletzen würde. Das würde ich mir nie verzeihen.«

»Wenn Sie es uns erzählen, sind Sie der Familie eine Hilfe und tun ihnen ganz bestimmt nicht weh. Wenn sie das, was Sie erzählen, nicht zu wissen brauchen, bleibt es einfach unter uns.«

Sie klappte ihre Augen zu und bewegte ihre Lippen zu

einem lautlosen Gebet. »Ich bin vollkommen verwirrt. Mein Herz ist krank. Aber ich möchte helfen. Möchte auf dem Weg bleiben, auf dem ich bisher gegangen bin«, sagte sie zu Roarke. Eve kam sich inzwischen völlig überflüssig vor, als nähmen die anderen sie überhaupt nicht wahr.

»Wahrscheinlich kann man sagen, dass Jimmy Jay und ich eine ganz besondere Beziehung zueinander hatten. Eine, die die irdischen Grenzen überschritten hat.«

»Sie haben sich geliebt«, soufflierte Roarke.

»Oh ja. Oh ja.« Es war ihr deutlich anzuhören, wie dankbar sie für sein Verständnis war. »Auf eine andere Art als die, auf die er Jolene und seine Mädchen geliebt hat und ich meinen Beinahe-Verlobten Earl zuhause in Tupelo geliebt habe.«

Ulla blickte auf das Foto neben ihrem Bett, auf dem ein dünner, breit grinsender, junger Mann zu sehen war.

»Wir schufen gemeinsam Licht. Ich habe ihm mit meinem Leib geholfen, die erforderliche Stärke zu gewinnen, um der Welt zu predigen. Es war nicht nur körperlich, verstehen Sie? Es war kein, nun, es war kein Sex.«

Es lag Eve auf der Zunge, sie zu fragen, was in aller Welt es dann gewesen war, doch sie hielt sich gerade noch zurück.

»Obwohl ich gar nicht leugnen will, dass es auch ein Vergnügen für uns war.« Ulla knabberte an ihrer Unterlippe und sah Roarke um Verständnis heischend an. »Aber durch dieses Vergnügen haben wir tiefere Einsichten erlangt. Nur, dass das nicht jeder verstehen kann, weshalb keiner von uns beiden je mit jemand anderem darüber gesprochen hat.«

»Darf ich fragen, wie lange Sie beide diese besondere Beziehung hatten?«, warf Eve ein.

»Vier Monate, zwei Wochen und fünf Tage«, klärte Ulla

sie mit einem unschuldigen Lächeln auf. »Erst haben wir gebetet, dass uns Gott nicht in Versuchung führt, aber die Kraft – die spirituelle Kraft – war derart stark, dass wir wussten, dass es richtig war.«

»Und wie oft haben Sie miteinander … Licht geschaffen?«

»Oh, zwei-, dreimal die Woche.«

»Einschließlich gestern Nachmittag.«

»Ja. Heute war für uns alle ein sehr wichtiger Abend. Deshalb war es wichtig, dass Jimmy Jay all das Licht und all die Energie, die wir schaffen konnten, bekommt.«

Sie nahm sich das nächste Taschentuch und schnäuzte sich diskret. »Er kam am Nachmittag zu mir ins Hotel. Ich blieb immer hier, wenn die anderen Mädchen vor den Proben in die Stadt gegangen sind. Er war beinahe eine Stunde hier. Es war ein besonderer Abend, deshalb brauchte er jede Menge Licht.«

»Haben Sie jemals etwas von ihm dafür bekommen?«, fragte Eve. »Geschenke oder Geld?«

»Meine Güte, nein. Das hätte sich ganz einfach nicht gehört.«

»Uh-huh. Sind Sie jemals zusammen ausgegangen? Zusammen verreist, in Urlaub gefahren oder haben ein Restaurant besucht?«

»Nein, oh nein. Wir trafen uns immer nur in meinem Zimmer. Zur Schaffung des Lichts. Oder vielleicht ein-, zweimal auch hinter der Bühne, wenn er direkt vor seiner Predigt noch nicht ganz bei Kräften war.«

»Und Sie hatten keine Angst, dass Ihnen jemand auf die Schliche kommen würde, der diese Sache nicht versteht?«

»Doch, ein bisschen. Aber Jimmy Jay hat mir erklärt, wir würden durch unser hehres Ziel und unsere reinen Absichten geschützt.«

»Dann hat Sie also niemand wegen Ihrer Beziehung zu ihm zur Rede gestellt?«

Sie zog einen niedlichen Schmollmund und bedachte Eve mit einem bösen Blick. »Bis jetzt eben nicht.«

»Sie haben auch Ihren Freundinnen und Freunden, den anderen Sängerinnen oder Ihrem, äh, Beinahe-Verlobten gegenüber nie auch nur die allerkleinste Andeutung gemacht?«

»Nein. Weil ich an mein Versprechen gebunden war. Jimmy Jay und ich haben beide auf die Bibel geschworen, es niemandem zu erzählen. Ich hoffe, dass es in Ordnung ist, dass ich mit Ihnen darüber gesprochen habe. Denn Sie haben schließlich gesagt ...«

»Jetzt ist es etwas anderes«, versicherte ihr Roarke.

»Weil er jetzt bei den Engeln ist. Ich bin so müde. Ich möchte nur noch meine Gebete sprechen und dann endlich schlafen gehen, wenn das für Sie in Ordnung ist.«

Draußen auf dem Bürgersteig lehnte sich Eve rücklings an ihren Wagen. »Das war nie im Leben gespielt. Sie ist wirklich so naiv. Oder, um deinem blöden Spruch zuvorzukommen: dümmer als die Polizei erlaubt.«

»Aber gleichzeitig unglaublich süß.«

Eve rollte mit den Augen. »Ich glaube, dass man einen Penis haben muss, um das so zu sehen.«

»Den habe ich.«

»Trotzdem oder vielleicht deshalb hast du die richtigen Knöpfe bei ihr gedrückt. Du bist prima mit ihr umgegangen und hast sie dazu gebracht, uns alles zu erzählen, ohne dass ich ihr erst damit drohen musste, ihre blöden Titten aufs Revier zu zerren.« Grinsend fügte sie hinzu: »Sie hat die Last des Geheimnisses abgelegt und sich auf den Weg des Rechts gemacht.«

»Was ja wohl kein schlechter Ansatz war. Aber wie dem auch sei, ist sie der Typ Frau, der bildlich gesprochen auf den Penis guckt, damit er ihr sagt, was sie machen und denken soll. Und das hat Jenkins ausgenutzt. Oder vielleicht hat er den Schwachsinn, den er ihr erzählt hat, sogar tatsächlich geglaubt.«

»Wie auch immer, ist es auf jeden Fall ein Ansatz.« Sie öffnete die Wagentür, und nachdem sie beide eingestiegen waren, wandte sie sich abermals an Roarke. »Könnten sie beide blöd genug gewesen sein, um sich ernsthaft einzubilden, dass niemand was davon mitbekommen hat? Zwei-, dreimal die Woche, über Monate hinweg, manchmal sogar hinter der Bühne, wo, wie wir gesehen haben, alles voller Leute ist?«

»Dann gehst du also davon aus, dass jemand etwas davon mitbekommen und Jenkins deshalb ermordet hat?«, fragte Roarke zurück, während sie nach Hause fuhren.

»Wie gesagt, es ist ein Ansatz. Was wäre aus der Kirche – ihren Repräsentanten, ihrer Mission und ihren Besitztümern – geworden, falls dieses *Arrangement* publik geworden wäre?«

»Sex hat schon ganze Reiche untergehen lassen und mächtige Regierungen gestürzt. Ich kann mir lebhaft vorstellen, dass der Schaden ziemlich groß gewesen wäre, hätte jemand die Geschichte aufgedeckt.«

»Wahrscheinlich deutlich größer, als wenn der Gründer und die Galionsfigur der Kirche stirbt. Als wenn er durch einen Killer, der es auf Gottesmänner abgesehen hat, ermordet wird. Das könnte der Bewegung sogar helfen, wenn man's richtig dreht. Vielleicht würde es zunächst als Rückschlag für die Kirche angesehen, dann aber würde das Geschäft durch diese Angelegenheit erst richtig angeheizt. Die Leute wären empört und voller Mitgefühl, und man könnte diese Schiene fahren, bis man eine neue Galionsfigur gefunden hat.«

Richtig, dachte sie, diese Gedanken könnten dahinterstecken. Das klang einfach stimmig. »Bis dahin hast du die Witwe und die übrige Familie, die bei aller Trauer weiter fest im Glauben stehen und über die bis zur Beerdigung pausenlos in sämtlichen Medien berichtet wird. Verdammt, wenn du deine Sache richtig machst, kannst du einen Riesenvorteil aus der ganzen Sache ziehen.«

»Und wer könnte dieser Jemand sein, der seine Sache richtig machen muss?«

»Sein Manager, wer sonst?«

Roarke stieß ein kurzes Lachen aus. »Und das weißt du nach ein paar Ermittlungen und einem kurzen Gespräch mit ihm?«

Sie rieb sich die müden Augen, ließ die Schultern kreisen und lehnte sich auf ihrem Sitz zurück. »Ich hätte sagen sollen, dass ich mir vorstellen kann, dass es Billy Crocker war. Ich bin müde und fühle mich allmählich vollkommen zerschlagen. Ich kann mir vorstellen, dass er es war, wenn es zwei verschiedene Mörder sind. Aber wenn ich mich irre und es eine Verbindung zwischen diesem Mord und dem Fall Flores/Lino gibt, habe ich keinen blassen Schimmer, wer es war.«

Sie riss den Mund zu einem herzhaften Gähnen auf. »Ich habe einfach nicht genug Kaffee gekriegt«, murmelte sie. »Ich glaube, ich brauche ein paar Stunden Pause, damit ich nachher wieder vernünftig denken kann.« Sie sah auf ihre Uhr und fluchte. »Also gut, zwei Stunden Maximum, denn ich muss noch meinen Bericht erstellen, bevor Peabody kommt. Und ich brauche noch ein bisschen Zeit, um ein paar Dingen nachzugehen und mir deinen Bericht über seine Finanzen anzusehen. Selbst mit Ullas Aussage würde eine Wahrscheinlichkeitsberechnung sicher immer noch ergeben, dass es ein und derselbe Mörder war. Aber das glaube ich ganz einfach nicht.«

Roarke bog in ihr Grundstück ein. »Ich nehme an, dann schaffen du und ich heute Nacht nicht noch gemeinsam irgendwelches Licht?«

Sie lachte schläfrig auf. »Ich freue mich jetzt erst einmal auf die Dunkelheit.«

»Das kann ich verstehen. Dann gibt's jetzt zwei Stunden Schlaf und nachher zum Frühstück einen Energiedrink«, meinte er.

»Das Zeug schmeckt einfach ekelhaft.«

»Wir haben eine neue Geschmacksrichtung. Ich glaube, sie heißt Pfirsich-Pepp.«

»Ekelhaft und dämlich. Brrhhh.«

Da es aber noch zwei Stunden dauern würde, bis sie das Gesöff von ihrem Liebsten vorgesetzt bekäme, dachte sie einfach nicht mehr darüber nach, sondern konzentrierte sich darauf, nach oben zu gelangen, ihre Kleider auszuziehen und aufs Bett zu fallen, wo bereits der fette Kater lag, der sich über diese Störung seiner Ruhe nicht gerade zu freuen schien.

Bis Galahad ans Fußende des Bettes umgezogen war und sie behaglich in Roarkes Armen lag, schlief sie bereits tief und fest.

Und betrat im Schlaf die Bühne der großen Arena des Madison Square Garden. Der Altar war in ein grelles Licht getaucht, und sowohl Lino in seiner Soutane als auch Jenkins in seinem weißen Anzug standen dort.

Schwarz und Weiß in gleißend hellem Licht.

»Wir sind alle Sünder.« Jenkins sah sie strahlend an. »Mehr als eine Eintrittskarte braucht man dafür nicht. Es gibt nur Stehplätze, denn so passen mehr Leute rein, von denen jeder Einzelne ein Sünder ist.«

»Für Sünden bin ich nicht zuständig«, erklärte Eve. »Ich kläre Verbrechen auf. Meine Religion ist Mord.«

»Sie sind früh dran.« Lino griff nach einem Silberkelch, prostete ihr zu und trank. »Warum muss das Blut Christi aus billigem Wein transfiguriert werden? Wollen Sie auch einen Schluck?«, wandte er sich Jenkins zu.

»Ich habe mein eigenes Getränk, *Padre*.« Jenkins nahm seine Wasserflasche in die Hand. »Jedem sein eigenes Gift. Brüder und Schwestern!« Er erhob die Stimme und breitete die Arme aus. »Lasst uns für diese Mitsünderin beten, damit sie ihren Weg und das Licht findet und Buße tut!«

»Ich bin nicht meiner Sünden wegen hier.«

»Sünden sind das Gewicht, das auf uns lastet und uns daran hindert, die Hand Gottes zu ergreifen!«

»Möchten Sie die Absolution?«, bot ihr Lino an. »Ich erteile sie täglich, samstags sogar zweimal. Man bekommt die Eintrittskarte für den Himmel nur, wenn man für seine Rettung zahlt.«

»Keiner von Ihnen beiden ist der, als der er sich ausgibt.«

»Machen wir nicht alle anderen irgendetwas vor?«, fragte Jenkins sie. »Lassen Sie uns noch einmal den Film ansehen.«

Auf dem großen Bildschirm hinten auf der Bühne flackerte ein trübes, rotes Licht. Durch das kleine Fenster fiel das rote Licht des Schildes »SEX! LIVE SEX!« in den Raum, in dem Eve als achtjähriges Mädchen zitternd in der Kälte saß und mit einem Messer eine winzig kleine Ecke von einem schimmligen Stück Käse schnitt.

Ihr Herz fing an zu rasen, ihr Hals schnürte sich zu.

Gleich käme er zurück.

»Den Film habe ich schon mal gesehen.« Eve zwang

sich trotzdem, weiter hinzusehen statt sich umzudrehen und zu fliehen.

Gleich käme er zurück.

»Ich weiß, was er getan hat. Ich weiß, was ich getan habe. Das war etwas völlig anderes.«

»Verurteilt nicht, so werdet ihr nicht verurteilt.« Lino rollte den Ärmel seiner Soutane über der blutenden Tätowierung hoch.

Auf dem Bildschirm verpasste ihr Vater – der zwar nicht mehr nüchtern, aber auch noch nicht besinnungslos betrunken war – ihr einen harten Schlag. Dann fiel er über sie her, und während er sie missbrauchte, brach er ihr den Arm. Auf dem Bildschirm schrie sie gellend auf, und auf der Bühne spürte sie den Schmerz, den Schock, die Angst und dann plötzlich den Griff des Messers, das sie zwischen ihren Fingern hielt.

Sie tötete den Mann, stach ein ums andere Mal mit ihrem Messer auf ihn ein, spürte das Blut, das über ihre Hände rann und ihr ins Gesicht spritzte, während ihr Arm vor Schmerzen schrie. Sie sah sich auf der Bühne, sah sich selbst als Kind, und obwohl ihr Magen sich zusammenzog, blickte sie so lange hin, bis das kleine Mädchen, das sie einst gewesen war, in eine Ecke krabbelte und sich wie ein wildes Tier dort zusammenkauerte.

»Gesteh«, befahl ihr Lino.

»Bereue deine Sünden«, brüllte Jimmy Jay sie an.

»Wenn das eine Sünde war, nehme ich die Strafe dafür auf mich, falls Gott das wirklich will.«

»Tu Buße«, forderte Lino sie nachdrücklich auf.

»Werde neu geboren«, predigte Jenkins ihr.

Gemeinsam schoben sie die Platte vom Altar, bis sie krachend auf die Bühne fiel und in tausend Stücke sprang.

Aus dem darunter befindlichen, jetzt offenen Sarg stieg

der blutige Geist von ihrem Vater auf. Und sah sie lächelnd an.

»Die Hölle wartet schon auf dich, kleines Mädchen. Es ist an der Zeit, dass du dich dort zu mir gesellst.«

Ohne zu zögern, zog Eve ihre Waffe, schaltete auf volle Kraft. Und brachte ihn noch einmal um.

»Aufwachen. Aufwachen, Eve. Es reicht. Du musst zurückkommen.«

Sie merkte, dass sie sicher in zwei starken Armen lag, verspürte eine wunderbare Wärme und dazu noch einen ruhigen, gleichmäßigen Herzschlag dicht an ihrer Brust. »Okay. Okay.« Hier bekam sie wieder Luft. Hier konnte sie sich ausruhen. »Es ist vorbei.«

»Dir ist wieder mal eiskalt.« Roarke presste seinen Mund an ihre Schläfen und an ihre Wangen, während er mit seinen Händen über ihre kalten Arme und den kalten Rücken fuhr.

»Sie war nicht da.«

»Wer?«

»Meine Mutter. Ich dachte, wenn ich diesmal davon träumen würde, wäre sie dabei. Wegen Solas, wegen der Sache mit Barbara. Aber sie war nicht da. Es ging nicht um sie. Ich bin okay.«

»Lass mich dir ein Glas Wasser holen.«

»Nein.« Sie schlang ihm die Arme um den Hals. »Bleib einfach hier.«

»Dann sag mir, worum es ging.«

Während sie es ihm erzählte, hielt er sie im Arm, bis die Kälte erst von ihrer Haut, dann aus ihren Knochen und am Schluss aus ihrem Herzen wich. »Ich habe ihn noch einmal umgebracht. Dabei habe ich weder Furcht noch Zorn noch Verzweiflung empfunden, aber es hat mir auch keinen Spaß gemacht. Ich musste es ganz einfach tun. Ich konnte dort stehen, mir das alles auf dem Bildschirm ansehen und sogar spüren, wie es geschah. Als wäre ich an beiden Orten gleichzeitig. Aber …«

»Aber?«

»Es hat nicht so wehgetan und mir auch nicht solche Angst gemacht wie sonst. Ich konnte hinsehen und denken: Jetzt ist es vorbei. Jetzt wird alles gut. Egal, wie lange es auch dauert, wird jetzt endlich alles gut, denn ich werde tun, was ich tun muss. Ganz egal, wie oft ich es noch wiederholen muss, ist und bleibt er mausetot. Deshalb bin ich okay.«

»Licht an, fünfzehn Prozent«, bat Roarke. Er musste sie deutlich genug sehen, um ganz sicher zu sein, dass sie in Ordnung war. Und als er es sah, rahmte er ihr Gesicht mit seinen Händen und küsste sie zärtlich auf die Stirn. »Kannst du noch einmal einschlafen?«

»Ich weiß nicht. Wie viel Uhr ist es?«

»Fast sechs.«

Sie schüttelte den Kopf. »Dann muss ich sowieso gleich aufstehen. Also tue ich es besser gleich.«

»Okay, dann gehe ich den Energiedrink holen.«

Sie zuckte zusammen. »Das hatte ich befürchtet.«

»Und da du die Liebe meines verfluchten Lebens bist, opfere ich mich und bestelle für mich selber einen mit.«

10

Obwohl sie Kaffee vorgezogen hätte, trank sie ihren Energiemix, der nicht ganz so eklig wie gewöhnlich war.

»Schmeckt wie eine Fruchtbowle mit Zeus«, erklärte sie.

»So sollte es auch sein.« Er betrachtete den Rest in seinem eigenen Glas und trank ihn seufzend aus. »So, das hätten wir geschafft.«

»Warum gibt's das Zeug nicht mit Kaffee-Geschmack?«

»Weil es bereits alle möglichen Getränke in dieser Geschmacksrichtung gibt. Und der Sinn eines Proteindrinks besteht nun einmal darin, dass man etwas Gesundes zu sich nimmt, das gut für einen ist und sich schnell und problemlos herstellen lässt.«

»Vielleicht würden ja mehr Leute das Zeug trinken, wenn es nach etwas schmecken würde, das zwar nicht unbedingt gesund ist, das sie dafür aber mögen. Dann würden sogar Leute, die dieses Gesöff bisher nur unter Zwang in sich hineinkippen, vielleicht plötzlich sagen, mmmm, lecker, diese schaumigen Proteinshakes schmecken einfach toll.«

Er wollte etwas sagen, blickte sie dann aber einfach an. »Hmmm.«

»Ich meine ja nur. Aber egal. Ich stelle mich noch schnell unter die Dusche, und dann fange ich mit der Arbeit an.«

»Ich auch.«

Sie sah ihn aus zusammengekniffenen Augen an. »Geht es dir dabei ums Duschen oder darum, dass du dort über mich herfallen kannst?«

»Warten wir es ab.«

Eve stieg aus ihrem Schlaf-T-Shirt, ging ins Bad, trat unter die Dusche und drehte das Wasser so heiß auf, dass praktisch reiner Dampf aus den Düsen quoll.

»Himmel, das ist ja, als würde man gekocht.«

Das Wasser prasselte so hart auf ihre Haut, dass ihr die Hitze direkt in die Knochen drang.

Plötzlich drehte sie sich um. Und packte ihn.

»Ich fühle mich erstaunlich fit.« Sie küsste ihn hungrig

auf den Mund, biss ihm in die Lippe und lachte, als er sie rücklings gegen die nasse Glaswand stieß. »He, du auch. Wenn das kein Zufall ist ...«

Er glitt mit seinen nassen Händen über ihren nassen Leib, bis jeder Zentimeter ihres Körpers vor Verlangen schrie.

»Schnell«, wies sie ihn an, während sie ihm die Arme um den Nacken schlang, biss ihn ein zweites Mal und sah ihn herausfordernd aus blitzenden braunen Augen an. »Schnell, hart, heiß. Jetzt gleich.«

Er packte ihre Hüften, riss sie auf die Zehenspitzen und erfüllte ihren Wunsch.

Dunkle Freude wogte in ihr auf. Seine wilden, leuchtend blauen Augen hielten sie gefangen, während er kraftvoll in sie eindrang und sie dem Höhepunkt entgegentrieb.

Sie schrie vor Freude auf, denn sie wusste, dass sie einem Seelenverwandten begegnete und mit ihm verschmolz. Dass das Feuer der geteilten Leidenschaft sie beide eng zusammenschweißte und dass im Zusammensein mit ihm – und nur mit ihm – vollkommenes Vertrauen ihrer beider Kraft zu wahrer Liebe werden ließ.

Was auch immer früher gewesen war, welche Träume sie auch immer plagten, wusste sie inzwischen, wer sie war, und weidete sich an der Welt, die von ihr und dem von ihr geliebten Mann geschaffen worden war.

Erschaudernd schlang sie ihm die Arme noch fester um den Hals, während sie mit bebendem Herzen ihren Mund schnell und gierig über seinen heißen, nassen Körper gleiten ließ.

»Mehr. Mehr.«

Heißes Wasser prasselte auf Glas, und sie wurden in eine Wolke fast kochendheißen Dampfes eingehüllt. Ihre Nägel gruben sich in seine Schultern, als sie explodierte, doch noch immer ließ sie ihn nicht los. Sie ließe ihn nie wieder los. Denn egal, was je geschähe, hielten sie sich bis ans Lebensende aneinander fest.

In die unvorstellbare, alles verzehrende Leidenschaft, die sie ineinander weckten, mischte sich die unvorstellbare, alles verzehrende Liebe, die sie derart eng verschmelzen ließ, dass es keinen Unterschied mehr zwischen ihren Leibern gab.

Wieder trieb er sie und auch sich selbst in Richtung Höhepunkt, und als er merkte, dass sie kam, als er ihre vor Glück und gleichzeitigem Schock glasigen Augen sah, ließ auch er sich endlich gehen.

Immer noch hielt sie sich an ihm fest. Ihr Körper wurde schlaff, aber ihre Arme lagen weiter eng um seinen Hals. Selig glitt er mit dem Mund über ihre Wange und den Hals und gab ihr schließlich einen langen, warmen Kuss.

»Gott im Himmel, Jesus, wow.«

»Ist das deine persönliche Dreifaltigkeit?« Er klopfte gegen den gläsernen Seifenspender, der eine Portion cremiger Flüssigkeit in seine Handfläche ergoss. »Ich glaube, ich leg mir einen lebenslangen Vorrat von diesem Energiedrink an.«

Während er die Seife sanft in ihre Schultern, ihren Rücken, ihre Brüste einmassierte, blickte sie ihn lächelnd an. »Ich glaube, den brauchen wir gar nicht.«

Nach dem Energiedrink, dem wunderbaren Sex und dem Ende ihres Albtraums konnte Eve mit völlig klarem Kopf an ihrem Schreibtisch Platz nehmen und schrieb ihren Bericht.

Sie ging erneut die Aussagen der Zeugen im Fall Jenkins durch, schrieb sich den zeitlichen Ablauf auf und führte, da das Routine war, eine Wahrscheinlichkeitsberechnung zu den beiden Fällen durch.

Wie sie bereits vermutet hatte, stellte der Computer fest, dass die beiden Männer zu 86,3 Prozent Opfer ein und desselben Täters waren. Obwohl sie das nicht glaubte, teilte sie die Tafel in zwei Hälften ein, von denen eine Flores/Lino und die andere Jenkins zugewiesen bekam.

Dann trank sie einen Schluck Kaffee und ging die Resultate der bisherigen Ermittlungen noch einmal durch.

»Oberflächlich betrachtet, sicher. Aber eben nur oberflächlich betrachtet«, murmelte sie vor sich hin. Doch sie hatte noch nicht tief genug gegraben, hatte die entscheidenden Details noch nicht entdeckt.

Der kleine – falsche – Priester einer Gemeinde, deren Mitglieder fast ausnahmslos Latinos waren, und der große, reiche, landesweit bekannte Prediger. Sie hatten zwei verschiedenen Glaubensrichtungen, zwei verschiedenen Kulturen, zwei verschiedenen Schulen angehört.

Nachdenklich ging sie vor der Tafel auf und ab. Wenn der Computer recht hatte und sie sich irrten, waren vielleicht die Medien Teil des Motivs. Bereits über den ersten Mord war ausführlich berichtet worden, und nach diesem zweiten Mord würden sich die Journalisten überschlagen. Beide Morde waren vor Zeugen während einer sorgfältig geprobten, gründlich einstudierten Aufführung begangen worden, und in beiden Fällen hatte man die Mordwaffe im Backstage-Bereich platziert. Wo sich die Menschen ziemlich frei bewegen konnten, auch wenn die Security bei Jenkins gut gewesen war.

Beide Opfer hatten Geheimnisse gehabt und keins der beiden war so gut und rein gewesen, wie es sein Beruf – oder sein Image – vermuten ließ.

Sie drehte sich um, als Roarke den Raum betrat. »Die Wahrscheinlichkeit, dass es sich um ein und denselben Mörder handelt, beträgt über achtzig Prozent.«

»Das hattest du bereits vorhergesagt.«

»Hier ist noch eine Idee: Wenn es sich um einen Killer handelt, könnte er herausgefunden haben, dass die beiden Opfer Heuchler waren. Lino, weil er weder Flores noch ein echter Priester war, und Jenkins wegen seiner Freundin und des Alkohols.«

»Tötung wegen Heuchelei?« Roarke sah sich die Tafel an. »Dann sollten in Zukunft Tausende von religiösen Führern darauf achten, was sie trinken.«

»Allerdings. Aber warum hat der Täter gerade diese beiden Männer hier in dieser Stadt gewählt? Wahrscheinlich, weil er selbst hier lebt. Denn Jenkins war nicht aus New York. Er hatte zwar verschiedene Wohnsitze, aber keinen hier bei uns. Außerdem war er fast ständig unterwegs, hätte also auch zu irgendeinem anderen Zeitpunkt und an irgendeinem anderen Ort ermordet werden können.«

»Aber es ist jetzt und hier passiert. Und zwar kurz nach dem Mord an einem anderen angeblichen Gottesmann.«

»Ja. Ein paar Tage danach. Könnte unser Täter also ein fanatischer Psycho-Killer sein? Warum hat er dann mit dem unbekannten Priester angefangen und nicht mit der prominenten Zielperson? Und weshalb bekennt er sich dann nicht zu seinen Taten, damit er den Ruhm einheimsen kann?«

Kopfschüttelnd ging Eve um die Tafel herum. »Sicher, eine Menge Serientäter halten sich zunächst bedeckt, aber meiner Meinung nach ist man ein Fanatiker, wenn man es auf religiöse Führer abgesehen hat. Dann ist man selbst ein *Gläubiger*. Und als gläubiger Fanatiker hat man doch bestimmt von Gott den Auftrag, öffentlich bekannt zu geben, dass man in seinem Sinn gehandelt hat.«

»Alles andere wäre kaum stimmig«, stimmte Roarke ihr zu.

»Genau. Aber bisher haben wir von dem Täter nichts gehört. Sollte er also den falschen Priester in der Hoffnung ermordet haben, dass die Cops dahinterkommen, dass er nicht der war, als der er sich ausgegeben hat? Aber hätte ein Fanatiker nicht selbst dafür gesorgt, dass die Wahrheit herauskommt? Das kann ich mir nicht vorstellen. Ein Fanatiker hätte auf jeden Fall ein Zeichen hinterlassen oder vielleicht sogar einen verdammten Werbeflieger angemietet, damit alle Welt erfährt, warum der Kerl getötet worden ist.«

Roarke hob eine Hand, ging in ihre Küche und holte sich ebenfalls einen Kaffee. »Wir haben bereits festgestellt, dass du anderer Meinung als dein Computer bist.«

»Ich denke, was er berechnet hat, ist totaler Quatsch.« Sie bedachte das Gerät mit einem bösen Blick. »Der erste Mord war fast so etwas wie ein Ritual. Er hat wie ein persönlicher Rachefeldzug auf mich gewirkt. Wohingegen mir der zweite Mord irgendwie anders vorkommt ...«

»Zweckdienlich«, schlug Roarke ihr vor, und sie streckte einen Zeigefinger aus.

»Genau. Als hätte jemand die Gelegenheit genutzt. Ich habe Mira den Bericht geschickt und um einen Gesprächstermin gebeten.«

»Willst du trotzdem auch noch meine Meinung hören?«

»Ja.«

»Ich kann mir ebenfalls nicht vorstellen, dass es ein und derselbe Täter war, nicht, wenn man auch nur ansatzweise an der Oberfläche kratzt. Beide Opfer scheinen Gottesmänner gewesen zu sein. Wobei es durch den Tod des ersten unserem bisherigen Wissen nach nichts zu gewinnen gibt.«

Er klopfte mit einem Finger auf das Bild von Lino und fuhr fort: »Obwohl er als Flores von den Menschen, mit denen er zusammengearbeitet hat, und den Mitgliedern seiner Gemeinde durchaus gemocht wurde, wird er als Gemeindepriester sicher bald einfach ersetzt. Wogegen sich durch den Tod des zweiten Mannes einiges an Geld gewinnen, vielleicht aber auch verlieren lässt. Zumindest kurzfristig. Es wird eine ganze Weile dauern, bis man einen Ersatz für Jimmy Jay gefunden hat. Aber im Grunde ist das, was er aufgezogen hat, ein lukratives Unternehmen, und es würde mich sehr überraschen, wenn nicht bereits Schritte zum Schutz dieses Unternehmens unternommen worden wären. Ich würde also sagen, dass die beiden Morde durchaus persönlich waren, indem es ganz speziell um diese beiden Männer ging. Der Killer oder die Killer hat oder haben ein ganz bestimmtes Ziel und das hat er beziehungsweise haben sie auf jeden Fall erreicht.«

»Es ging also darum, die beiden zu eliminieren, nicht, sie bloßzustellen.« Sie hob ihren Kaffeebecher an den Mund und blickte mit zusammengekniffenen Augen abermals die Tafel an. »Tatsächlich würde das Unternehmen stark gefährdet, würde Jenkins bloßgestellt. Das würde niemand wollen, der ein Interesse an dem Laden hat.«

»Genau.«

»Wollen wir hoffen, dass wir richtig liegen, denn sonst landet sicher früher oder später noch irgendein Rabbi oder Mönch bei Morris in der Pathologie. Da kommt Peabody, und sie hat McNab dabei.«

»Du hast Ohren wie eine Katze.«

Eve blickte auf ihren Schlafsessel, in dem Galahad wie zwischen allen Mahlzeiten ein ausgedehntes Schläfchen unternahm. »Kommt anscheinend auf die Katze an. Berichte«, meinte Eve, kaum dass ihre Partnerin vor ihrem Freund durch die Tür getreten war.

»Hier.« Verschlafen hielt ihr Peabody die beiden

Disketten hin. »Bitte, könnte ich wohl einen Kaffee, etwas zu essen und vielleicht noch eine möglichst große Dosis Vitamine haben?«

Eve wies mit dem Daumen Richtung Küche, während sie bereits vor ihren Schreibtisch trat, die Disketten in die Schlitze ihres Computers schob und Kopien der noch ungelesenen Berichte an Mira und Whitney gehen ließ.

»Während deine Kollegen sich die Bäuche vollschlagen, gehe ich am besten weiter meiner eigenen Arbeit nach.« Roarke legte einen Finger unter ihr Kinn und küsste sie flüchtig auf den Mund. »Weidmannsheil, Lieutenant.«

»Danke. He, du hast jede Menge Unternehmen, die du schützen musst.«

Er drehte sich noch einmal zu ihr um, bevor er in sein eigenes Arbeitszimmer ging. »Ein, zwei.«

»Millionen«, fügte sie hinzu. »Was ich sagen will – du hast doch sicher jede Menge Sicherungssysteme oder so. Verschiedene Leute, die verschiedene Dinge tun sollen, wenn du irgendwann in ferner Zukunft mit zweihundertsechs Jahren nach ausgiebigem Sex unter der heißen Dusche glücklich in meinen Armen stirbst.«

»Ich hatte gehofft, ich würde mindestens zweihundertzwölf, aber du hast recht.«

»Und ich gehe davon aus, dass dann Summerset das Sagen haben wird, dass er alles koordiniert. Der Mensch, bei dem du weißt, dass keiner von den Bällen, mit denen er in einem solchen Fall jonglieren muss, herunterfällt.«

»Dir ist doch wohl klar, dass er dann um die zweihundertvierzig werden müsste, aber ja. Obwohl ich dir vertrauen kann, würde ich niemals erwarten, dass du deine eigenen … Bälle zur Seite legst, um mit meinen zu jonglieren. Vor allem, da du vollkommen betäubt vor Trauer wärst und an nichts anderes mehr denken würdest als daran, dass dein Leben ohne mich vollkommen leer und sinnlos ist.«

»Genau.«

»Du denkst immer noch, es war der Manager.«

»Warten wir es ab.«

Sie nahm hinter ihrem Schreibtisch Platz, um sich Billy Crocker ein bisschen genauer anzusehen, als Peabody und McNab mit Tellern voller Waffeln aus der Küche kamen und Peabody mit vollem Mund erklärte: »Mmmohlehybrate beben eimem meue Emerbie.«

»Energie scheint das Wort des Tages zu sein. Billy Crocker ist verwitwet. Seine – erste und bisher einzige – Frau kam vor sechs Jahren bei einem Autounfall um. Er hat zwei erwachsene Kinder. Die Tochter lebt als professionelle Mutter mit ihrem Mann und zwei minderjährigen Töchtern in Alabama, der Sohn steht auf der Gehaltsliste der Kirche und ist mit einer Pressesprecherin dieses Vereins verheiratet. Finanziell hat Crocker ausgesorgt, obwohl er jährlich zwanzig Prozent seines Einkommens wieder in die Kirche zurückpumpt. Er hat ein großes Haus in Mississippi, das praktisch direkt neben dem von Jenkins steht, und dann noch ein kleineres dort, wo seine Tochter wohnt.«

Eve lehnte sich auf ihrem Stuhl zurück. »Er war für die Buchung von Auftritten, für die Auswahl der Orte, Jenkins' Termine und den Transport des Kirchenoberhauptes zuständig. An Jimmy Jay gelangte man nur durch ihn.«

»Dann war er also so etwas wie der Vizepräsident dieses Vereins«, erklärte Peabody.

»Genau. Er hat sämtliche Termine für Jenkins gemacht«, wiederholte Eve. »Ich kann praktisch garantieren, dass sowohl Caro als auch Summerset immer wissen, wo Roarke gerade ist. Sie wissen auf jeden Fall, wie man ihn jederzeit erreichen kann. Wenn er also jemals dämlich genug wäre, mich mit einer anderen zu betrügen ...«

»Das habe ich gehört«, rief er aus dem Nebenraum.

»... würden sie es wissen. Einer von den beiden oder vielleicht sogar beide wüssten es.«

»Dann hat Billy also gewusst, dass Jenkins einem Mitglied seines Chors ... privat gepredigt hat?«, schlug McNab ihr grinsend vor.

»Ulla, der Freundin, zufolge haben sie und Jenkins seit fünf Monaten regelmäßig zusammen Halleluja gesungen. Und ich gehe nicht nur jede Wette ein, dass Billy etwas davon mitbekommen hat, sondern auch, dass die gute Ulla nicht Jenkins' erste Konvertitin war.«

»Dann gucken wir also, wie viel Billy wusste, sehen, was sich sonst noch über ihn rausfinden lässt, und versuchen, noch andere Konvertitinnen ausfindig zu machen«, fügte Peabody hinzu.

»Gleichzeitig setzen wir die Ermittlungen zu Flores/ Lino fort und gucken, ob es mögliche Überschneidungen zwischen den Fällen gibt. Ich habe mir gestern Abend, bevor der zweite Fall hereinkam, schon einmal das Taufregister angesehen. Dabei bin ich auf ungefähr ein halbes Dutzend Linos gestoßen, die während des passenden Zeitrahmens in St. Cristóbal getauft wurden und während der letzten sechs Jahre nicht in der Gegend gelebt haben. Diejenigen, die immer noch hier leben, die augenblicklich verheiratet sind, in einer eingetragenen Partnerschaft leben oder im Knast sitzen, habe ich erst einmal gestrichen, wenn wir bei den anderen nicht fündig werden, sehen wir uns die genauer an. Aber vielleicht hat er sich ja auch eine neue Identität zugelegt, die genauso falsch war wie er selbst.«

»Das heißt jede Menge Arbeit.« McNab schob sich den

letzten Bissen seiner letzten Waffel in den Mund. »Und vor allem ist es furchtbar kompliziert. Nimmt man dann noch diesen Steuer-Scheiß von der Kirche dazu, hat man arbeitstechnisch bis zur Rente ausgesorgt.«

»Lassen Sie uns einfach hoffen, dass wir gleich den Lino finden, der für uns in Frage kommt. Kann Feeney Sie erübrigen, wenn ich Sie in die Ermittlungen auch weiter einbeziehen will?«

»Auch wenn ich nicht weiß, wie es ohne mich in unsrem Laden weitergehen soll, tritt er mich, wenn Sie ihn fragen, sicher an Sie ab. Was ist mit der Suche nach dem Pass?«

»Kommt Callendar damit zurecht?«

»Sie ist fast so gut wie ich.« Grinsend fügte er hinzu: »Außerdem habe ich sie längst auf den richtigen Weg gebracht.«

»Dann werde ich Feeney anrufen. Fahren Sie schon mal aufs Revier und rufen diese Linos an.« Sie warf ihm eine Diskette hin. »Wenn Feeney nicht ohne Sie leben kann, behalten Sie sie einfach erst einmal. Ich habe noch eine Kopie. Peabody, Sie kommen mit mir. Und wenn Sie beide unbedingt noch knutschen müssen, bevor Sie getrennter Wege gehen, machen Sie wenigstens schnell.«

Um es nicht mit ansehen zu müssen, ging sie schon einmal in den Flur.

Doch als Peabody nach drei Minuten angelaufen kam, verrieten ihre roten Wangen, dass es nicht bei einem kurzen Kuss geblieben war.

»Wohin fahren wir zuerst?«

»In die Pathologie.«

»Waffeln, Leichen, Stahltische. Die Dreifaltigkeit der Polizei. Haben Sie letzte Nacht überhaupt ein Auge zugekriegt?«

»Ich habe zwei Stunden gepennt.«

»Ich wünschte, ich würde nach zwei Stunden Schlaf genauso munter in der Gegend herumhüpfen wie Sie.«

»Ich hüpfe nicht. Das macht McNab.«

»Okay.« Peabody musste ein Gähnen unterdrücken, als sie hinter Eve das Haus verließ. »Ich schätze, Sie pflügen und ich schleppe mich mühsam voran.« Sie warf sich auf den Beifahrersitz des Wagens, der am Fuß der Treppe stand. »Also, diese Freundin haben Sie nicht unter Verdacht?«

»Die ist dumm wie Brot. Roarke findet sie süß, und ich nehme an, dass sie das wirklich ist. Aber vor allem ist sie durch und durch loyal. Vielleicht ist sie Teil des Mordmotivs, aber mit dem Mord an sich hat sie sicher nichts zu tun.«

»Sie haben gesagt, dass sich die beiden Fälle vielleicht überschneiden. Aber das kann ich mir nicht vorstellen.«

»Und warum nicht?«

»Nun, ich weiß, es sieht so aus, als ob es eine Überschneidung geben müsste, weil es schließlich dieselbe Mordmethode und derselbe Typ von Opfer war. Nur, dass das nicht stimmt. Und falls wir es mit einem Killer auf einer Mission zu tun haben, warum macht er diese Mission dann nicht bekannt? Natürlich kann es sein, dass es irgendeine völlig andere Verbindung zwischen unseren beiden Opfern gibt, aber wenn das so ist, sehe ich sie nicht. Ich habe mir diesen Jenkins noch einmal genauer angesehen und kann mir einfach nicht vorstellen, wo er dem Kerl, der sich als Flores ausgegeben hat, je über den Weg gelaufen sein sollte oder dass es irgendwelche Gemeinsamkeiten zwischen ihnen gab.«

»Selbst wenn Sie nicht hüpfen oder pflügen, kommen Sie auch im Kriechgang wirklich gut voran.«

Nach fast fünf Blöcken standen sie im ersten Stau. »Verdammt. Verdammt. Warum nennen sie es Berufsverkehr, wenn man endlos hier herumsteht und deswegen gar nicht erst zu seiner Arbeit kommt?«

Sie griff nach ihrem Autotelefon und rief bei Feeney an. Kaum hatte sie den Mann dazu gebracht, ihr McNab zu überlassen, als ein Anruf für sie kam.

»Dallas.«

»Lieutenant.« Miras steife Sekretärin tauchte auf dem Bildschirm auf. »Dr. Mira ist bis heute Abend ausgebucht.«

»Ich brauche nur …«

»Trotzdem wäre sie bereit, sich während ihrer Mittagspause mit Ihnen über Ihre aktuellen Fälle auszutauschen. Deshalb soll ich Ihnen sagen, dass sie um zwölf im Ernest's ist.«

»Okay.«

»Seien Sie bitte pünktlich. Frau Doktor hat nämlich ganz sicher keine Zeit zu warten.«

Ehe Eve auch nur die Stirn in Falten legen konnte, war der Bildschirm bereits wieder schwarz. »Als würde ich den ganzen Tag nur rumsitzen und Mah-Jongg spielen.«

»Was genau ist Mah-Jongg?«

»Woher in aller Welt soll ich das wissen? Sehe ich so aus, als hätte ich das je gespielt? Diese blöde Kuh.« Eve war derart wütend auf den alten Drachen, der im Vorzimmer der Ärztin saß, dass sie ihr Blaulicht auf das Dach des Wagens klatschte und entschlossen in die Vertikale ging.

Peabody biss die Zähne aufeinander und umklammerte den Haltegriff über der Tür, als Eve dicht über die Dächer hupender Taxis sowie Kombis voller Pendler flog, knapp an einem Maxibus vorüberschoss und das Heck eines verdreckten Lieferwagens nur um Haaresbreite verpasste.

»Er wird auch noch tot sein, wenn wir etwas später

kommen«, quietschte Peabody und atmete erleichtert auf, als der Wagen ein Stück weiter wieder auf die Erde kam, wo die Straße plötzlich frei war.

»Sehen Sie sich das an.« Eve wies auf eine große Tafel, auf der gerade eine Nachrichtensendung lief.

Dort, über dem Gedränge auf dem Times Square, rang Jimmy Jay erstickt nach Luft und fiel dann wie eine gefällte weiße Zypresse einfach um.

»Den Clip bringen sie jetzt sicher tagelang«, sagte Peabody. »Und jedes Mal, wenn sie in Zukunft was über ihn bringen, holen sie ihn wieder aus dem Archiv. Wer auch immer die Rechte an der Übertragung hat, ist jetzt ein gemachter Mann.«

»So blöd kann man doch gar nicht sein!« Eve schlug mit ihrer Faust aufs Lenkrad, riss den Wagen wieder hoch und schoss über einen neuerlichen, kurzen Stau hinweg. »Hornochse. Idiot.«

»Wer? Was?«

»Ich. Wer hat die verdammten Rechte an der Übertragung? Wer sackt jetzt die ganze Kohle ein?«

»Warten Sie. Einen Moment.« Um sich nicht länger vorzustellen, wie ihr eigener geschundener Körper nach einem gewaltigen Zusammenstoß hoch oben in der Luft in einem verbeulten Polizeiwagen gefangen war, klappte Peabody entschlossen ihren Handcomputer auf.

»Ich fresse einen Besen, wenn das nicht die Kirche ist. Warum sollte man diese Einkünfte wohl jemand anderem überlassen? Und selbst wenn es nicht die Kirche selber ist, dann auf jeden Fall ein Unternehmen, das mit ihr verbunden ist. Denn dann fließt das Geld dorthin zurück.«

»Hier steht *Good Shepherd Productions*.«

»Das ist eindeutig die Kirche. *Guter Hirte*. Dabei geht es sicher nicht um Schafe. Geben Sie die Info an Roarke

weiter. Er ist in diesen Dingen einfach schneller als wir.«
Eve blickte weiter auf die Straße und lenkte ihr Gefährt
dicht über die anderen Fahrzeuge hinweg. »Rufen Sie ihn
an und bitten ihn herauszufinden, ob die Good Shepherd
Productions zur Kirche des Ewigen Lichts gehört.«

»Einen Augenblick. Hi, tut mir leid«, erklärte ihre Partnerin und dachte ›Himmel, ist der süß‹, als Roarkes Gesicht auf ihrem Monitor erschien. »Hm, Dallas fragt sich,
ob Sie rausfinden können, ob die Firma Good Shepherd
Productions Teil von Jenkins' Kirche ist. Sie selbst versucht im Augenblick, uns beide möglichst heil durch den
Berufsverkehr zu bringen, und hat deshalb alle Hände
voll zu tun.«

»Wenn der Lieutenant sich die Zeit genommen hätte,
meinen Anhang zu der Akte zu lesen, hätte sie dort eine
vollständige Liste sämtlicher Zweige der Kirche des Ewigen Lichts gefunden und gesehen, dass der Gute Hirte
auch dazugehört.«

»Habe ich es doch gewusst. Danke. Bis später«, rief Eve
aus Richtung Fahrersitz.

»Okay. Ich danke Ihnen auch.« Und mit einem netten
Lächeln fügte Peabody hinzu: »Ich wünsche Ihnen noch
einen schönen Tag.«

»Die Kirche wird allein mit diesem Film wahrscheinlich
ein Vermögen machen. Falls wir einen Schätzwert brauchen, kann uns sicher Nadine die groben Zahlen nennen.«
Eve bahnte sich weiter einen Weg durch den Verkehr und
bog nach Süden ab. »Man verliert also seine Galionsfigur und Haupteinnahmequelle, das aber auf eine Art,
die die Einnahmen sofort erhöht. Statt einen finanziellen
Schaden zu erleiden, hat man, wenn man es clever an-
stellt, für die nächsten Jahre oder sogar bis ans Lebensende ausgesorgt.«

»Habe ich es nicht gesagt?«, frohlockte Peabody, tauschte aber einen Moment später einen entgeisterten Blick mit einem Schwebegrillbetreiber aus, an dem Eve so dicht vorüberschoss, dass sicher nicht mal mehr genügend Platz für die Pelle eines Sojawürstchens zwischen den beiden Gefährten blieb.

»Man hat immer noch die Familie und wahrscheinlich längst schon einen Ersatz für Jimmy ausgesucht. Denn die Galionsfigur hat nicht nur ihre Frau betrogen, sondern hatte auch ein Alkoholproblem, und wenn das herausgekommen wäre, hätte das den Zug, mit dem die ganzen schönen Gelder eingefahren sind, sicher erst einmal gestoppt. Aber jetzt verdient man nicht nur weiter, sondern man verdient sogar noch besser als zuvor.«

Eve ließ sich diese Theorie aus verschiedenen Perspektiven durch den Kopf gehen, bis sie ins Leichenschauhaus kam. Dort marschierte sie den weißen Korridor hinab, zog ihr Handy aus der Tasche und ging einer der Möglichkeiten nach.

Dann blieb sie stehen, als sie Morris – zusammen mit Detective Magnolienblüte – vor einem Getränkeautomaten stehen sah.

Die junge Frau entdeckte Eve und Peabody zuerst und strich sich eine seidig weiche Geschmolzene-Butter-Locke aus der Stirn. »Lieutenant, Detective.«

»Detective«, grüßte Eve mit einem knappen Kopfnicken zurück. »Bringen Sie einen neuen Gast?«

»Nein, und ich wollte auch gerade wieder gehen. Danke für den Kaffee«, sagte sie zu Morris mit einem Blitzen in den dunklen, sommerblauen Augen, das ihm deutlich zeigte, dass ihr Dank viel mehr als nur der widerlichen Sojaplörre galt.

»Ich komme noch mit an die Tür. Einen Augenblick«,

bat er Peabody und Eve, ehe er mit Detective Coltraine in dem hallenden Gang verschwand, wobei er ihr mit einer Hand leicht über den wohlgeformten Rücken strich.

»Wow. Er fasst sie an. Oh, und sehen Sie nur. Sie sieht ihn auffordernd an. Ich wette, an der Tür kriegt sie noch einen dicken, fetten Schmatz von ihm«, sagte Peabody voraus.

»Meine Güte, glauben Sie?« Bei der Vorstellung hätte sich Eve am liebsten schnell die Akte der Kollegin angesehen, um nachzugucken, ob sie wenigstens eine gute Polizistin war. Da sie aber wegen dieses Wunsches wütend auf sich selber war, stellte sie einfach fest: »Er ist ein erwachsener Mann« und wandte sich zum Gehen.

»Das habe ich auch schon mal gehört«, pflichtete Peabody ihr grinsend bei. »Wenn man mit offenen Ohren durch die Gegend läuft, kriegt man eben vieles mit. Muss ein wirklich toller Kuss gewesen sein«, murmelte sie leise, als Morris den Flur wieder herabgeschlendert kam. »Schließlich strahlt er wie ein Honigkuchenpferd.«

Das tat er wirklich, merkte Eve. Womit das Thema für sie abgeschlossen war. »Tut mir leid, falls wir gestört haben.«

»Eben gerade oder als Sie angerufen haben?«

»Sowohl als auch.«

»Schon gut. Und jetzt lassen Sie uns Reverend Jenkins guten Morgen sagen, ja?«

»Haben Sie schon mit ihm angefangen?«

»Ja. Ein paar Tests stehen aber noch aus«, schränkte Morris ein, als er vor ihnen in den Autopsieraum ging. »Todesursache war, wie ich bereits vermutet hatte, eine Zyankalivergiftung. Außerdem hatte er in den letzten Stunden seines Lebens etwas mehr als einen Viertelliter Wodka und ungefähr einen Liter Quellwasser getrunken.

Gegen sechs Uhr abends hat er Brathähnchen, Kartoffelbrei, Sauce, frittierte Zwiebeln, Blattkohl, Kekse und Pfirsichtorte mit Vanilleeis gegessen, und als wäre das noch nicht genug gewesen, gegen acht noch einmal ungefähr 300 Gramm frittierte Schweineschwarte mit Sour Cream.«

»Ein Wunder, dass in seinem Magen überhaupt noch Platz für das Zyankali war«, murmelte Eve.

»Ich schätze, dass er regelmäßig so gegessen hat, denn er hatte fast fünfzehn Kilo Übergewicht, das er zum großen Teil am Bauch mit sich herumgetragen hat.«

Was nicht zu übersehen war, da Jenkins schließlich nackt vor ihnen auf dem Stahltisch lag.

»Anders als Ihr vorheriger Toter hat er keinen Sport getrieben, gern gegessen und dabei anscheinend eine Vorliebe für alles Frittierte, jede Menge Kohlehydrate und alles Zuckrige gehabt. Selbst ohne das Zyankali hätte Ihr Seelenretter wohl kaum die hundertzwanzig Jahre gelebt, die inzwischen bei Männern Durchschnitt sind.«

»Wie viel Zyankali hat er zu sich genommen?«

»Ungefähr halb so viel wie Ihr Priester.«

»Trotzdem hat es schnell gewirkt. Wäre das auch der Fall gewesen, wenn es auf die verschiedenen Wasserflaschen verteilt gewesen wäre und er es langsam zu sich genommen hätte, sagen wir, im Verlauf von einer Stunde oder so?«

»Dann hätte er sich schlecht gefühlt – schwach, schwindlig, kurzatmig.«

»Er hat es also alles auf einmal geschluckt. Dann scheinen die ersten beiden Flaschen, die er auf der Bühne ausgetrunken hat, sauber gewesen zu sein. Weil es dem Täter um das richtige Timing ging. Die dritte Flasche hat er sich kurz vor der Pause an den Hals gesetzt. Da war der Saal am Kochen und er war in vollem Schwung. Hat gepredigt und geschwitzt und seine Jacke abgelegt. Das gehörte zur Routine, denn das hat das Publikum geliebt. Der Täter durfte nicht riskieren, dass er das Zeug erst nach der Pause trinkt«, sagte Eve halb zu sich selbst. »Er durfte nicht riskieren, dass jemand anderes aus der Flasche trinkt oder jemand die Flasche gegen eine andere tauscht. Deshalb musste es vor der Pause passieren, während er noch ganz alleine auf der Bühne war. Und um die größte Wirkung zu erziehen, kurz bevor die erste Halbzeit vorüber war.«

»Die Tochter hat die Flaschen für ihn hingestellt«, warf Peabody ein.

»Ja. Ja. Aber was heißt das schon?« Eve wandte sich von dem Toten ab. »Schließlich braucht man, um die Flaschen auszutauschen, nur einmal kurz über die Bühne zu gehen. Alle sind es gewohnt, einen dort zu sehen, weil man sich um tausend Einzelheiten kümmert und ständig in Jenkins' Nähe ist. Wer also würde schon von einem wissen wollen, was man da oben auf der Bühne macht? Kein Schwein. Man guckt einfach nach dem Wasser, weiter nichts. Prüft, ob die Deckel lose genug für den guten alten Jimmy sind. Wobei man das Gift in eine der Flaschen kippt.«

Sie baute sich wieder vor dem Toten auf. »Das Wasser stand auf dem Tisch direkt hinter dem Vorhang«, erinnerte sie sich. »Deshalb wäre es am cleversten, das Gift hineinzukippen, während die Sängerinnen bereits vorne auf der Bühne vor dem Vorhang stehen und das Opfer und die meisten anderen in ihren Garderoben sind. Es dauert eine Minute, länger nicht. Man sprüht sich die Hände ein oder benutzt dünne Handschuhe wie die von einem Arzt. Ich wette, dass ein Arzt bei dieser Truppe ist. Clever, wirklich clever. Aber vielleicht trotzdem dumm genug, um das Versiegelungsspray oder die Handschuhe sowie die leere

Giftflasche in einem der Recycler der Arena zu entsorgen. Warum denn wohl auch nicht? Schließlich würden diese Dinge nur beweisen, was wir sowieso rausfinden sollen. Dass jemand Jenkins vergiftet hat.«

Morris lächelte sie an. »Da Reverend Jenkins und ich inzwischen intime Bekannte sind und Sie zu wissen scheinen, wer den armen Mann vergiftet hat, klären Sie mich doch bitte auf.«

»Sein Name ist Billy Crocker. Am besten spreche ich jetzt gleich noch einmal mit diesem Mann.«

11

Sie trafen Billy in der Park Avenue an. Die hübsche, brünette Frau, die ihnen öffnete, wirkte erschöpft und überrascht. »Detective Peabody. Gibt es ... haben Sie irgendwelche Neuigkeiten?«, fragte sie.

»Nein, Ma'am. Lieutenant Dallas, dies ist Merna Baker, die Kinderfrau.«

»Oh, hallo. Tut mir leid, als ich Sie auf dem Überwachungsbildschirm sah, dachte ich ... bitte, kommen Sie doch rein.«

Der Flur war kurz und breit und verengte sich zu einem Gang, der das Haus in zwei Hälften zu teilen schien. Merna trug einen wadenlangen, dunklen Rock zu einer blauen Bluse, und ihr kurzes Haar rahmte ein Gesicht, das bar jeder Schminke war.

Sie war bestimmt nicht Jenkins' Typ, dachte Eve.

»Man sagte uns, dass Mr Crocker hier bei Ihnen ist«, setzte sie an. »Wir würden gerne mit ihm sprechen.«

»Oh. Ja, er ist hier. Er ist hinten bei Jolene und ein paar

anderen Mitgliedern der Familie. Wir ... es ist für uns alle ein schwerer Tag.«

»Wir werden versuchen, es Ihnen nicht noch schwerer zu machen.«

»Ja, natürlich. Wenn Sie bitte einen Augenblick hier warten würden ...«

Sie ging den Gang hinab, klopfte an eine Tür, und als geöffnet wurde, sprach sie mit einer leisen Stimme, die nicht zu verstehen war. Jolenes schrille Antwort aber drang bis nach vorne in den Flur.

»Die Polizei? Wissen sie, was mit meinem Jimmy passiert ist? Haben sie ...«

Eilig kam sie in den Flur. Sie trug einen langen, pinkfarbenen Morgenrock und ihr wirres, blondes Haar wippte um ihren Kopf. Ihre Füße waren nackt und sie war ungeschminkt, Eve ging der Gedanke durch den Kopf, dass sie ohne das meterdicke Make-up, das sie am Vorabend getragen hatte, deutlich hübscher war.

»Jimmy Jay.« Während mehrere andere Leute aus dem Zimmer strömten, vergrub sie ihre langen, pinkfarbenen Nägel in Eves Arm. »Sie sind seinetwegen hier. Sie haben herausgefunden, was passiert ist.«

»Ja, Ma'am, das haben wir.«

»Es war sein Herz, nicht wahr?«, stieß sie schluchzend aus. »Das habe ich schon die ganze Zeit gesagt. Sein Herz, es war einfach zu groß, zu groß und viel zu voll. Es hat einfach nicht mehr mitgemacht, das ist alles. Es hat einfach nicht mehr mitgemacht, weshalb Gott ihn heimgerufen hat.«

Sie sah Eve flehend an.

Noch schlimmer, als jemandem zu sagen, dass ein Mensch, den er geliebt hatte, nicht mehr lebte, war, ihm zu erklären, dass der geliebte Mensch ermordet worden war.

»Nein, es tut mir leid. Mr Jenkins wurde mit Zyankali vergiftet.«

Sie verdrehte die Augen, und noch während die kleine Armee von Leuten zu ihr lief, fing Eve sie bereits auf und hielt sie fest. Dann blinzelte Jolene, ihr Blick wurde klar und kalt, sie schlug die in ihre Richtung ausgestreckten Hände fort und sah Eve aus klaren, kalten Augen an.

Von null auf hundert, dachte Eve. Statt mit einer zerbrechlichen Matrone hatte sie es plötzlich mit einem Racheengel zu tun.

»Sie wagen es, hier zu stehen, mir ins Gesicht zu sehen und mir zu erklären, Sie wüssten – ohne jeden Zweifel –, dass mein Mann vergiftet worden ist. Sie wagen es, mir ins Gesicht zu sehen und mir zu sagen, dass das Gottes Wahrheit ist?«

»Ja. Jemand hat Ihren Mann vergiftet.«

Um sie herum brach die Familie in lautes Schluchzen aus, und alle riefen nach Mama oder nach Mama Jo. Als sich alle um sie drängten, fuhr Jolene erbost herum.

»Ruhe! Seid gefälligst ruhig.«

Sofort erstarb der Lärm, als hätte sie einen Schalter umgelegt. Mit bebenden Lippen wandte sie sich wieder an Eve, biss die Zähne aufeinander und blinzelte gegen die aufsteigenden Tränen an. »Woher wissen Sie das? Woher wissen Sie, dass es daran nicht den geringsten Zweifel gibt?«

»Das ist einfach mein Job. Ich habe eben mit dem Pathologen – dem Chefpathologen dieser Stadt, Ma'am – gesprochen, der mir die Todesursache bestätigt hat. Die Ergebnisse der labortechnischen Untersuchungen werden bestätigen, dass das Zyankali in einer seiner Wasserflaschen war. Und wenn Sie mir nicht ins Gesicht sehen und mir glaubhaft versichern können, dass Sie einen Grund zu der Annahme haben, dass Ihr Mann sich selbst vergiftet hat, sage ich Ihnen, dass er ermordet worden ist.«

»Er hätte sich niemals selber umgebracht. Weil das Leben ein Geschenk des Herrgotts ist. Er hätte mich, seine Familie und seine Kirche niemals freiwillig im Stich gelassen.«

Sie trat einen Schritt zurück, richtete sich zu ihrer ganzen Größe auf, und plötzlich war von der Zuckerwattepuppe nichts mehr zu sehen. »Finden Sie heraus, wer das getan hat. Finden Sie heraus, wer meinem Mann, dem Vater meiner Kinder, dieses Gottesgeschenk genommen hat. Tun Sie Ihre Arbeit.«

»Das werde ich.«

»Luke.«

»Mama Jo.« Einer der Männer trat auf sie zu und legte fürsorglich einen Arm um sie.

»Du bist jetzt das Familienoberhaupt, ich erwarte, dass du tust, was auch immer getan werden muss.«

»Du weißt, dass du dich auf mich verlassen kannst. Lass dich von Jackie nach oben bringen, Mama Jo. Geh du erst mal rauf und ruh dich etwas aus. Wir werden dafür sorgen, dass alles so getan wird, wie Jimmy Jay es gewollt hätte. So, wie du es willst. Das verspreche ich.«

Sie rieb seine Schulter und nickte mit dem Kopf. »Danke, dass Sie extra gekommen sind, um es mir zu sagen, Lieutenant. Aber jetzt möchte ich nach oben in mein Zimmer gehen.«

»Komm mit, Mama.« Tochter Jackie nahm die Mutter sanft am Arm und wandte sich zum Gehen, doch am Fuß der Treppe blieb Jolene noch einmal stehen und sah sich nach den anderen um.

»Billy, hilf ihnen, indem du sie so führst, wie du ihren Dad geführt hast, ja?«

»Das werde ich. Mach dir keine Gedanken, Jolene. Ich möchte nicht, dass du dir Gedanken machst.« Sein Gesicht war eine Studie des Elends, während er verfolgte, wie sie die Treppe erklomm und dann verschwand.

»Lieutenant, ich bin Luke Goodwin – Jackies Mann.« Er hatte einen festen Händedruck, doch seine Augen sahen müde aus. »Ich frage mich, ob Sie mir sagen könnten, wann wir meinen Schwiegervater mit nach Hause nehmen dürfen. Wir würden gerne die erforderlichen Vorkehrungen für seine Aufbahrung, den Gedenkgottesdienst und das Begräbnis treffen und möchten so schnell wie möglich heim.«

»Ich hoffe, dass es nicht mehr lange dauern wird. Ich werde Sie kontaktieren lassen, sobald der Leichnam freigegeben ist.«

»Entschuldigung.« Ein anderer Mann baute sich vor ihr auf. Er war ein wenig kleiner als der erste und hatte scharf geschnittene Wangenknochen sowie einen harten, schmalen Mund. »Ich muss darauf bestehen, dass meine Schwiegermutter heimkehren darf, wenn sie nicht verdächtigt wird, dass sie ihren Mann vergiftet hat. Sie hat ihre Aussage gemacht, und Sie haben keinen Grund, sie noch länger festzuhalten.«

»Sie sind?«

»Samuel Wright, Jimmy Jays Schwiegersohn. Ich bin Rechtsanwalt.«

»Ach, tatsächlich? Darauf wäre ich nie gekommen. Ich halte Mrs Jenkins gar nicht fest, aber ich bitte sie und alle anderen, die an dem Gottesdienst gestern beteiligt waren, hier in New York zu bleiben und uns bis zum Abschluss der Ermittlungen zur Verfügung zu stehen. Und ich habe nicht gehört, dass Mrs Jenkins den Wunsch geäußert hätte, heimzufahren.«

»Trotzdem haben wir schon alles arrangiert. Sie muss ...«

»Dann kann sie mir das selber sagen. Bis dahin habe ich noch ein paar Fragen. Ich würde gern noch einmal mit Ihnen sprechen, Mr Crocker«, wandte sie sich an den Manager.

»Ja, natürlich. Könnten wir einen Termin ausmachen?« Er klappte tatsächlich sein Notizbuch auf. »Wir haben noch so viel zu tun, müssen noch so vieles arrangieren, so viele Termine absagen.«

»Es wird nicht lange dauern. Aber es müsste bitte jetzt sein«, antwortete Eve.

»Aber ...«

»Wenn Billy nicht unter Verdacht steht ...«, setzte der Anwalt an.

»Lassen Sie es mich so ausdrücken. Jeder Einzelne von Ihnen ist verdächtig. Meines Wissens nach hätte jeder Einzelne von Ihnen genau wie alle anderen Mitglieder der Truppe, die gestern Abend auf oder hinter der Bühne waren, die Gelegenheit gehabt, das Wasser mit dem Zyankali zu versetzen. Obwohl man Zyankali nicht einfach in der nächsten Apotheke kaufen kann, kommt man auf dem Schwarzmarkt ohne Mühe an das Zeug heran. Das mögliche Motiv ist jede Menge Geld.«

»Das ist nicht nur unangemessen, sondern geradezu beleidigend.«

»Verklagen Sie mich doch. Bis dahin kann ich entweder hier mit Mr Crocker sprechen, oder wir fahren aufs Revier.«

»Das wird nicht nötig sein. Sam.« Billy klopfte Sam beruhigend auf den Arm. »Wir wollen doch schließlich alles in unserer Macht Stehende tun, um der Polizei bei ihren Ermittlungen behilflich zu sein.«

»Aber du sprichst nicht mit ihr, ohne dass ich als dein Anwalt in der Nähe bin.«

»Meinetwegen«, meinte Eve und sah ihn lächelnd an. »Und wo sollen wir miteinander reden? Vielleicht gleich hier draußen im Flur?«

»Geben Sie uns einen Augenblick.« Luke hob beide Hände an, und obwohl er mit ruhiger Stimme sprach, war nicht zu überhören, welche Autorität er in der Familie besaß. »Wir sind alle furchtbar angespannt. Lieutenant, würden Sie und Ihre Kollegin vielleicht gern das Wohnzimmer benutzen? Können wir Ihnen etwas anbieten? Tee? Wasser?« Er brach ab und kniff die Augen zu. »Ob ich es wohl jemals wieder schaffen werde, ein Glas Wasser einzuschenken, ohne daran zu denken, was geschehen ist?«

»Das Wohnzimmer wäre okay«, erklärte Peabody. »Danke, wir möchten nichts.«

»Oben im ersten Stock ist ein Büro, in dem ich arbeite, falls Sie mich noch einmal brauchen. Billy, Sam, ich mache dort oben weiter, bis ihr fertig seid. Lieutenant.« Luke reichte Eve erneut die Hand. »Mama Jo scheint Ihnen zu vertrauen, und das tue ich auch.«

Er war nicht nur das neue Familienoberhaupt, erkannte Eve, als er wieder in sein Arbeitszimmer ging. Sie ginge jede Wette ein, dass der Händedruck, den sie von ihm bekommen hatte, gleichzeitig der Händedruck des neuen Oberhaupts der Kirche des Ewigen Lichts gewesen war.

Jede Menge Möbel, Plastiken, Erinnerungsstücke und Fotografien drängten sich in dem düsteren Salon. Durch die herabgelassenen Jalousien drang nur ein schmaler Spalt morgendlichen Lichts.

Tassen, Gläser und Memowürfel waren auf den Tischen verteilt.

»Bitte entschuldigen Sie das Durcheinander«, setzte Billy an. »Wir waren gerade dabei, Pläne für die Gedenkfeier zu machen, als Sie kamen.« Er räusperte sich kurz und fügte dann hinzu: »Bisher haben die Medien noch nicht herausgefunden, wo wir abgestiegen sind, und wir hoffen, dass es auch weiterhin so bleibt.«

»Von mir und den Mitgliedern meines Ermittlungsteams werden sie ganz sicher nichts erfahren.«

»Einige Journalisten haben meine Handynummer herausgefunden, aber ich habe ihnen nichts gesagt. Ich dachte, dass das erst einmal das Beste ist. Aber ich werde, oder eher Luke wird ein Statement abgeben müssen. Und zwar möglichst schnell.«

»Falls Mr Goodwin dafür irgendwelche Informationen von uns haben möchte, kann er sich gerne bei mir melden. Aber jetzt kommen wir erst einmal zu Ihnen.« Eve zog ihren Recorder aus der Tasche und schaltete ihn ein. »Da Ihr Anwalt darauf besteht, dass dies eine förmliche Vernehmung ist, setze ich Sie hiermit davon in Kenntnis, dass diese Unterhaltung aufgezeichnet wird. Sie haben das Recht zu schweigen.«

Sie klärte Billy über seine Rechte auf, und er wurde noch bleicher als zuvor.

»Ist das wirklich nötig?«

»Wie Ihnen Ihr Anwalt bestätigen kann, dient das nur Ihrem eigenen Schutz.«

»So ist es am besten. Es ist einfach am besten, wenn wir uns streng an die Gesetze halten, Billy«, klärte der ihn auf.

»Haben Sie verstanden, welche Rechte und Pflichten Sie haben, Mr Crocker?«, fragte Eve.

Er nestelte nervös an seinem Schlips herum. »Ja, natürlich.«

»Und Sie haben den ebenfalls anwesenden Samuel

Wright damit beauftragt, Ihnen während dieser Vernehmung als Anwalt beizustehen?«

»Ja.«

»Sehr gut. Lieutenant Eve Dallas und Detective Delia Peabody vernehmen Billy Crocker im Zusammenhang mit dem Mord an Jimmy Jay Jenkins. Mr Crocker, wir haben die Aussage, die Sie letzte Nacht am Tatort gemacht haben, auf Band. Gibt es irgendetwas, was Sie daran ändern möchten?«

»Nein. Mir fällt nichts ein.«

»Sie haben ausgesagt, Sie hätten das Opfer ungefähr fünf Minuten, bevor es auf die Bühne musste, in seiner Garderobe aufgesucht.«

»Ja. Ich habe Jimmy Jay gesagt, dass er gleich auf die Bühne muss, und wir haben noch ein paar Worte gewechselt. Dann habe ich ihn zum rechten Bühnenaufgang gebracht.«

»Wie war seine Stimmung?«

»Er war unglaublich energiegeladen.«

Eve verzog den Mund zu einem leichten Lächeln, als sie dieses Wort vernahm. »Und als Sie mit ihm zusammen Richtung Bühne gingen, standen der Tisch und die Wasserflaschen bereits dort?«

»Ja. Wie immer. Direkt am Rand der Bühne, wo sie nicht sofort zu sehen sind. Als Jimmy Jay und ich zur Bühne kamen, ging der Vorhang hoch, die Sängerinnen traten ab, Jimmy Jay und seine Frau betraten die Bühne gleichzeitig von rechts und links und liefen dann aufeinander zu.«

»Josie Jenkins Carter hat bestätigt, dass sie die Wasserflaschen vorbereitet hat. Dass sie sie geöffnet und jeweils einen kleinen Teil des Wassers durch Wodka ersetzt hat.«

»Das hat nichts mit Ihrem Fall zu tun«, fiel ihr Samuel ins Wort. »Und falls Sie sich einbilden, Sie könnten andeuten, Josie hätte irgendwas damit zu tun, was geschehen ist ...«

»Vertreten Sie auch Ihre Schwägerin?«

»Wenn nötig, ja«, stieß er zwischen zusammengebissenen Zähnen aus.

»In Ordnung, ich werde es Sie wissen lassen, falls ich auch mit ihr noch einmal sprechen muss. Sie wussten, dass das Opfer das Wasser, das es auf der Bühne trank, regelmäßig mit Alkohol versetzen lassen hat, richtig, Mr Crocker?«

»Ja«, gab Billy seufzend zu. »Lieutenant, da er nicht an dem Alkohol gestorben ist, möchte ich nicht, dass dieses Detail an die Öffentlichkeit gelangt.«

»Außerdem haben Sie ausgesagt, während des Eröffnungsauftritts der Sängerinnen hätten Sie mit der Überprüfung letzter Details zu tun gehabt. Dazu sind Sie auch hinter dem Vorhang auf der Bühne herumgelaufen, richtig?«

»Sogar mehrmals, ja.«

»Haben Sie, während Sie auf der Bühne waren, irgendwen gesehen, der sich den Wasserflaschen genähert hätte, irgendwen, der dort nicht hingehörte, irgendwen, der auffallend nervös oder dessen Benehmen irgendwie verdächtig war?«

»Nein, tut mir leid. Die Sängerinnen und die Musiker waren auf der Bühne und die meisten anderen waren in ihren Garderoben oder in der kleinen Kantine, die es in der Arena gibt. Ich glaube, ich habe Merna dort mit ein paar von den Kindern gesehen. Dann sind natürlich auch noch Techniker dort herumgelaufen, aber zumindest in den letzten fünf Minuten hätte jeder an seinem Platz und niemand mehr hinter dem Vorhang sein sollen. Und ich habe dort auch niemanden mehr gesehen.«

»Okay. Als Mr Jenkins' Manager haben Sie doch sicher seine Termine ausgemacht und seinen Terminkalender geführt.«

»Ja, das hat zu meinen Aufgaben gehört.«

»Und Sie hatten auch seine Handynummer und hätten ihn jederzeit erreichen können.«

»Selbstverständlich.«

»Und haben als sein Manager auch immer gewusst, wo er zu finden war. Vor allem während der Tourneen.«

»Das war unerlässlich«, stimmte Billy zu. »Schließlich wollte Jimmy Jay immer über alles auf dem Laufenden gehalten werden. Er war nicht nur eine Galionsfigur, sondern das Oberhaupt einer großen Kirche. Er hat hart gearbeitet und war in sämtliche Aspekte des kirchlichen Lebens involviert.«

»Und Ihr Job war es, dafür zu sorgen, dass er immer zum richtigen Zeitpunkt am richtigen Ort war.«

»Ja, genau.«

»Außerdem hatten Sie eine langjährige, enge Beziehung zu ihm.«

»Ja. Ja, die hatte ich.«

»Haben Sie auch Ihre Freizeit zusammen verbracht?«

»Oh ja. Sogar sehr oft.« Seine Schultern entspannten sich, doch die Hand, die von seiner Krawatte hinunter zu seinem Bein gewandert war, zupfte unablässig an dem Stoff in Höhe seines Knies. »Manchmal haben unsere Familien zusammen Urlaub gemacht, und wir haben oft und gern zusammen gegrillt. Zu Lebzeiten meiner Frau … Du erinnerst dich doch sicher, Sam.«

»Oh ja. Sie – Gott hab sie selig – hat den besten Kartoffelsalat von ganz Mississippi gemacht.«

»Und wir haben zusammen geangelt. Oft mit den Jungs oder mit anderen Freunden. Manchmal auch nur wir zwei allein.«

»Sie haben also sowohl beruflich als auch während Ihrer Freizeit viel Zeit miteinander verbracht.«

»Es verging kaum ein Tag, an dem wir uns nicht getroffen haben.«

»Dann wissen Sie also, dass er eine Freundin hatte.«

Billy fiel in sich zusammen, als ob Eve einen Stecker aus der Steckdose gezogen hätte, Samuel jedoch sprang auf und herrschte sie vor Empörung zitternd an: »Wie *können* Sie es wagen! Wie können Sie es wagen, den Namen eines Mannes wie Jimmy Jay auf diese Weise in den Dreck zu ziehen? Wenn Sie auch nur ein Wort dieser unverzeihlichen Lüge außerhalb dieses Raumes wiederholen, verklagen wir Sie und die gesamte New Yorker Polizei.«

»Die Affäre wurde offiziell bestätigt, und diese Bestätigung wurde durch eine offizielle Aufnahme dokumentiert«, erklärte Eve ihm kühl.

»Dann bestehe ich darauf, mir die Aufnahme anzuhören, denn wenn Sie sich einbilden, ich würde Ihnen einfach glauben oder Ihnen sogar erlauben, die Presse über …«

»Regen Sie sich ab. Erstens sind Sie augenblicklich nicht befugt, sich die Aufnahme anzuhören …«

»Das werden wir ja sehen.«

»Allerdings, das werden wir. Aber ich habe kein Interesse an irgendwelchem Klatsch, sondern ausschließlich an diesem Mord. Und an dem möglichen Motiv. Während der letzten viereinhalb Monate hatte das Opfer eine sexuelle, außereheliche Affäre. Tatsächlich war er noch am Nachmittag vor seinem Tod bei dieser Frau.«

Eve wandte sich wieder Crocker zu. »Aber Sie wussten das bereits, nicht wahr, Billy?«

Er zuckte zusammen, als hätte sie ihm einen Schlag verpasst. »Ich weiß nicht, wovon Sie reden.«

»Sie haben zusammen geangelt, gegrillt, Urlaub gemacht. Sie waren sein Manager, haben seine Termine und einen Großteil seines Lebens organisiert. Sie wussten fast immer, wo er war und wo er sein musste. Aber Sie wollen mir weismachen, Sie hätten nicht gewusst, dass er zwei-, dreimal die Woche ein, zwei Stunden mit einer anderen Frau als seiner Ehefrau zusammen war? Dass er sich von dieser Frau manchmal sogar hinter der Bühne für seine Predigten hat fit machen lassen?«

»Es reicht!«, fuhr Samuel sie an. »Sie versuchen, sich selber in ein gutes Licht zu rücken, indem Sie das Ansehen eines anständigen Christen in den Schmutz ziehen. Weder mein Mandant noch ich haben Ihnen noch irgendetwas zu sagen.«

»Nein, Billy?« Eve zuckte mit den Schultern. »Dann schätze ich, werden wir mit anderen Leuten reden müssen, die vielleicht etwas davon wussten. Und es liegt nicht in meiner Macht, falls diese Leute beschließen, mit anderen darüber zu reden. Vielleicht sogar mit Vertretern der Medien.«

»Diese Art von Drohung ...«, setzte Samuel an.

»Ich muss meine Arbeit tun«, fauchte Eve zurück. »Ich drohe niemandem.«

»Bitte nicht«, mischte sich Billy leise ein. »Bitte setz dich wieder, Sam. Es tut mir leid. Es tut mir furchtbar leid.« Er räusperte sich wie jedes Mal, wenn er ein wenig Zeit gewinnen musste, um seine Gedanken zu sortieren. »Nur Gott ist fehlerlos.«

»Nein.« Empörung rang mit Unglauben. »Nein, Billy, nein.«

»Jimmy Jay war ein großartiger Anführer. Ein Visionär und ein demütiges Kind des Herrn. Aber er war auch ein Mann, und zwar ein Mann mit Schwächen. Wie zum Beispiel der, dass er seiner Lust zum Opfer fiel. Ich habe ihm als Freund und als Dekan der Kirche beigestanden, denn er hat versucht, gegen diese Schwäche anzukämpfen, doch er war einfach nicht stark genug. Deshalb darfst du nichts Schlechtes von ihm denken. Wirf bitte nicht den ersten Stein.«

»Wie oft?«, fragte Samuel ihn.

»Einmal ist bereits ein Mal zu viel, deshalb ist es egal.«

»Für die Ermittlungen könnte es wichtig sein«, korrigierte Eve.

»Ich glaube, im Verlauf der Jahre waren es sechs Frauen. Er hat dagegen angekämpft, Sam. Dies war sein Dämon. Wir müssen einfach glauben, dass er ihn besiegt hätte, hätte er lange genug gelebt. Jetzt ist es unsere Aufgabe, Jolene und die Kirche gegen diese Sache abzuschirmen. Jimmy Jays Image vor Schaden zu bewahren, damit Luke seinen Platz einnehmen und seine Arbeit weiterführen kann.«

»Ihn umzubringen, bevor er so unvorsichtig werden konnte, diese Sache rauskommen zu lassen«, meinte Eve, »wäre ein guter Weg gewesen, um sein positives Image zu bewahren.«

»Diese Vernehmung ist beendet.« Sam marschierte Richtung Tür. In seinen Augen funkelten Tränen des Zorns, und er erklärte Eve: »Wagen Sie es ja nicht, noch einmal ohne richterlichen Befehl hier aufzutauchen, wenn ich Sie nicht wegen Belästigung und wegen Handlungen zum Nachteil einer behördlich zugelassenen Kirche belangen soll.«

Eve beugte sich über den Tisch, um ihren Rekorder wieder einzustecken, schaltete ihn aus und raunte Billy leise zu: »Ich weiß, was Sie getan haben, und ich weiß auch, warum. Ich werde Sie zur Strecke bringen, es liegt an Ihnen, ob die anderen mit Ihnen untergehen.«

Sie richtete sich wieder auf. »Ich habe gehört, dass Beichten gut für die Seele ist. Peabody.«

Sie marschierten aus dem Raum und ließen Billy zusammengesunken auf der Couch und den beinahe weinenden Samuel neben der Tür zurück.

Während sich Eve durch den Verkehr zur Wache zurückkämpfte, saß Peabody schweigend neben ihr. Schließlich aber wollte sie kopfschüttelnd wissen: »Woher haben Sie gewusst, dass er es war?«

»Wir haben ihn nicht verhaftet und mit aufs Revier genommen, oder?«

»Das geht vielleicht noch nicht. Aber trotzdem wissen Sie, dass er es war. Woher?«

»Abgesehen von dem Gestank des schlechten Gewissens, den der Kerl verströmt?«

»Tut er das wirklich?«

»Vielleicht ist das Wort Gestank ein bisschen hart. Aber er verströmt auf alle Fälle einen Hauch von Schuld. Er ist derjenige, der zuletzt mit Jimmy Jay gesprochen hat. Er ist derjenige, der sämtliche Termine für ihn macht. Er ist derjenige, der wissen musste, was das Opfer jeweils gerade machte. Dazu kommen eine widerliche, arrogante Art und eine unmerkliche Veränderung in seiner Stimme und in seinem Blick, sobald er über die Ehefrau des Toten spricht.«

»Das habe ich heute erst bemerkt.«

»Weil nicht Sie gestern mit ihm gesprochen haben, sondern ich. Er hat eine Schwäche für Jolene. Sie hat keine Ahnung, aber er hat eindeutig eine Schwäche für die Frau. Sehen Sie sich die Aufzeichnung des Mordes noch einmal an. Er steht hinter der Bühne, als Jenkins anfängt zu husten und nach Luft zu ringen, und bleibt einfach stehen.

Er rennt erst los, nachdem Jolene ohnmächtig geworden ist. Und er geht zu ihr und nicht zu seinem toten Boss. Ihn würdigt er kaum eines Blickes.«

»Ja, das ist auffällig«, meinte Peabody, als sie den Film noch einmal vor ihrem inneren Auge ablaufen ließ. »Aber auf der Bühne war derart der Teufel los, dass ich einfach darüber hinweggegangen bin. Glauben Sie, er hat es getan, weil er sich die Witwe angeln will?«

»So wird er es nicht sehen, er wird sich nicht erlauben, es so zu sehen«, meinte Eve. »Aber trotzdem ist es so. Ich glaube, er hat ihn umgebracht oder redet sich ein, er hätte ihn umgebracht, weil sich Jenkins falsch verhalten hat und durch seine Weigerung, etwas an seinem Verhalten zu ändern, die Kirche und die Familie hätte zerstören können. Wahrscheinlich hat er es getan und sich dabei gesagt, dass Jenkins seiner Position und dieser Familie nicht würdig war.«

»Nur, dass ihm bei dieser Tat jede Menge Fehler unterlaufen sind, weshalb Sie ihm auch ohne seinen Schuldgestank auf die Schliche gekommen wären.«

»Er hat aus einem Impuls heraus gehandelt«, stimmte Eve ihr zu, während sie über eine dunkelgelbe Ampel schoss. »Er hat von dem toten Priester gehört und die Gelegenheit genutzt, ohne gründlich darüber nachzudenken. Anders als die Person, die Lino getötet hat. Er ist einfach auf den fahrenden Zug aufgesprungen und hat seine vermeintliche Chance genutzt.«

»Warum haben Sie ihm nicht noch etwas stärker zugesetzt? Wir könnten ihn auch vorladen und ihm die Einzelheiten aus der Nase ziehen – egal, ob er mit oder ohne Anwalt kommt.«

»Seine Schuldgefühle werden ihn von selbst dazu bringen, alles zu gestehen.« Eve warf einen Blick auf ihre Uhr.

»Er wird es nicht mehr lange aushalten und alles beichten müssen. Wenn ich mich irre und er unerwartet hartgesotten ist, laden wir ihn einfach morgen oder übermorgen vor. Und bis dahin werden wir versuchen rauszufinden, wie er an das Gift gekommen ist. Er muss es sich in den letzten ein, zwei Tagen besorgt haben, weil er in der Zeit erst auf die Idee gekommen ist. Jetzt sehen wir erst einmal, wie McNab mit den vielen Linos vorangekommen ist.«

»Zum Fall Lino habe ich eine Idee«, erklärte Peabody. »Die Medaille. Sie war von seiner Mutter. Seiner Mutter allein. Vielleicht wollte ihm seine Mom ja einfach etwas ganz Besonderes schenken, was von ihr allein war. Vielleicht hat sie ihm das Ding auch nur deshalb geschenkt, weil es keinen Vater gab. Wir könnten auf Ihrer Liste überprüfen, wessen Mütter damals allein erziehend oder wessen Eltern geschieden waren – obwohl ich glaube, dass Scheidungen bei Katholiken immer noch eher selten sind – oder wessen Vater gestorben oder abgehauen war.«

»Das ist gut, Peabody. Das ist wirklich gut. Gehen wir oder besser gehen Sie der Sache nach. Ich bin jetzt nämlich mit Mira verabredet.«

»Ich fange sofort damit an, aber falls nachher nichts Wichtiges mehr anliegt, bin ich um eins mit Nadine und Louise verabredet. Wir wollen den Junggesellinnenabschied planen.«

»Junggesellin ist ein blödes Wort.«

»Ja, aber irgendwie auch süß.« Bereits der Gedanke an die Party zauberte ein Grinsen auf Peabodys Gesicht. »Ich dachte, dass Sie sich darüber freuen, wenn Ihnen die Planung abgenommen wird.«

»Ja, ja.«

»Dann brauchen Sie nur noch zu erscheinen.«

»Keine Spiele.« Eve nahm eine Hand vom Lenkrad und

reckte mahnend einen Zeigefinger in die Luft. »Da ziehe ich eine Grenze. Bei Spielen und bei Strippern. Ich will auf diesem Fest definitiv weder irgendwelche Spiele spielen noch irgendwelche Stripper sehen.«

»In Ordnung. Sehen Sie? Es ist ganz leicht.«

Vielleicht war es sogar zu leicht, überlegte Eve, verdrängte den Gedanken aber, als sie in die Garage der Wache bog. »Sprechen Sie mit McNab«, bat sie ihre Partnerin. »Und dann fangen Sie mit der Überprüfung der Mütter an. Ich laufe rüber ins Ernest's, dort bin ich mit Mira verabredet. Spätestens in einer Stunde bin ich wieder zurück.«

»Falls ich vorher gehe, lege ich Ihnen die Resultate meiner Überprüfung einfach auf den Tisch. Oh, und falls Billy Crocker kommt und nach einem Geständnis riecht, rufe ich Sie an.«

»Tun Sie das.« Doch Eve ging davon aus, dass es noch ein wenig länger dauern würde, bis er seinen eigenen Gestank nicht mehr ertrug.

Sie lief gern durch die New Yorker Straßen, in denen sie von Höllenlärm und Horden arroganter Eingeborener umgeben war, marschierte gut gelaunt durch den fettigen Rauch, der einem Schwebegrill entstieg, sog den Geruch gegrillter Soja-Dogs, Gemüseburger und Pommes frites in ihre Lungen ein – und hörte, wie der Betreiber einen jammernden Kunden anraunzte.

»Was verlangen Sie für fünf Piepen? Ein verdammtes Filet Mignon?«

Dann ging sie an zwei Kollegen in Zivil vorbei, die einen Kerl, der noch schmieriger als der Rauch über dem Grillrost war, im Polizeigriff über den Gehweg auf die Wache führten, während er lautstark seine Unschuld beteuerte.

»Ich habe nichts gemacht. Ich habe keine Ahnung, wie der Scheiß in meine Tasche gekommen ist. Ich habe mich nur kurz mit dem Typen *unterhalten*. Echt.«

Sie verfolgte, wie sich ein Motorradkurier – eine verschwommene Gestalt in Neonanzug auf einem blank polierten Bike – ein fröhliches Rennen mit einem Taxifahrer lieferte und dann mit schwindelerregendem Tempo, verfolgt von lautem Hupen und noch lauteren Flüchen, in einer Staubwolke verschwand. Währenddessen ging ein riesengroßer, schwarzer Kerl mit einem winzigen, weißen Hündchen dicht an ihr vorbei, blieb stehen und sammelte pflichtbewusst das winzige, von seinem Schätzchen hinterlassene Häufchen ein.

Inmitten anderer Fußgänger überquerte sie die Straße, ging an einem Blumenstand, dessen süßer Duft ihr beinahe den Atem nahm, und an einem Delikatessengeschäft vorbei, aus dem gerade ein Kunde kam, weshalb durch die offene Tür der Geruch von Mixed Pickles und von Zwiebeln drang.

Zwei Frauen, die sich offenbar auf Kantonesisch miteinander unterhielten, kamen ihr entgegen, als sie über die nächste Straße und dann weiter Richtung Norden ging.

Wo zwei andere Frauen kreischend aus einem Geschäft geflogen kamen und direkt vor ihren Füßen landeten, während sie sich gegenseitig kratzten, an den Haaren zogen und unflätig beleidigten.

»Muss das sein?«, fragte sich Eve. »Ich hatte es gerade so schön.«

Passanten stoben auseinander wie die Kugeln beim Anstoß im Billard. Andere kamen näher, feuerten die beiden an oder schnappten sich ihre Handys oder Kameras und nahmen die beiden Furien auf. Eve hätte am liebsten so getan, als hätte sie nichts mitbekommen, schließlich aber streckte sie die Hand nach einem Haarschopf aus, zog einmal ruckartig daran, und als die Besitzerin vor Schmerzen schrie, nahm Eve ihre Gegenspielerin entschlossen in den Schwitzkasten und brüllte: »Schluss!«

Der Haarschopf biss ihr in die Schulter und bekam dafür den Ellenbogen unters Kinn gerammt.

»Ich bin Polizistin, gottverdammt«, erklärte Eve. »Die Nächste, die beißt, kratzt, prügelt oder kreischt, schleppe ich rüber aufs Revier und buchte sie vorübergehend ein.«

»Sie hat angefangen.«

»Verlogenes Weib. Ich will Anzeige erstatten.«

»*Ich* will Anzeige erstatten.«

»Ich habe sie zuerst gesehen.«

»Ich ...«

»Ruhe, verdammt!« Eve erwog, die Köpfe der zwei zusammenrasseln zu lassen und nach einem Streifenwagen zu telefonieren, der die beiden Furien mit auf die Wache nahm. »Es ist mir scheißegal, wer angefangen hat. Jetzt ist Ruhe. Stehen Sie beide auf und treten jeweils einen Schritt zurück, wenn ich Sie nicht wegen Ruhestörung, Erregung öffentlichen Ärgernisses und was mir sonst noch alles einfällt, belangen soll.«

Die beiden funkelten einander wütend an, rappelten sich aber wortlos auf, als eine dritte Frau durch einen Spalt der Ladentür nach draußen sah. »Ich habe die Polizei verständigt«, meinte sie.

»Ich bin die Polizei«, klärte Eve sie auf.

»Oh, Gott sei Dank.« Vorsichtig machte die Frau die Tür ein wenig weiter auf. »Ich wusste mir einfach nicht mehr zu helfen. Diese beiden Damen waren in meinem Laden. Wir haben heute eine Rabattaktion, und beide wollten die dreifach gerollte Betsy-Laroche-Tasche in Pfingstrose. Aber davon haben wir nur noch eine, weshalb die beiden anfingen zu streiten, und ehe ich mich versah, fielen sie übereinander her!«

Eve hob eine Hand. »Dass ich Sie richtig verstanden habe, sie haben sich wegen einer *Tasche* die Lippen aufgeschlagen, die Blusen und Hosen zerrissen und sich gegenseitig leuchtende Veilchen verpasst?«

»Wegen einer echten *Laroche*«, lispelte die Frau mit der aufgeschlagenen Lippe. »Sie war zehn Prozent reduziert. Und ich habe sie zuerst gesehen. Ich hatte gerade die Hand danach ausgestreckt ...«

»Blödsinn! Ich habe sie zuerst gesehen, und da kamen Sie plötzlich von hinten angerannt und ...«

»Elende Lügnerin!«

»Verdammte Zimtzicke.«

Damit sprangen sie um Eve herum und gingen von Neuem aufeinander los.

»Oh, um Himmels willen.«

Diesmal packte Eve die beiden Frauen bei den Haaren und drückte sie mit den Gesichtern an die Wand. »Wir haben jetzt zwei Möglichkeiten. Entweder, Sie beide gehen getrennter Wege, wenn diese Frau nicht Anzeige erstatten will ...«

»Oh, nein.« Die Ladenbesitzerin spähte durch einen wieder schmalen Spalt in ihrer Tür. »Nein. Schon gut.«

»Dann gehen Sie also entweder getrennter Wege«, fuhr Eve fort, während sie einen Streifenwagen näher kommen sah, »und keine von Ihnen beiden betritt innerhalb des nächsten Monats noch einmal dieses Geschäft, oder ich muss – ich bin bei der Truppe«, klärte sie einen der Beamten, die entschlossen auf sie zugelaufen kamen, auf. »Aber ich komme gerade nicht an meine Dienstmarke.«

»Oder ich lasse Ihnen von diesen beiden Beamten Handschellen anlegen, Sie in den Streifenwagen verfrachten und die paar Blocks bis auf die Wache fahren, wo man Sie wegen einer ganzen Reihe dämlicher Vergehen, die ich den Kollegen nennen werde, in Gewahrsam nehmen wird. So oder so wird keine von Ihnen diese blöde Tasche kriegen. Aber Sie haben die Wahl.«

»Ich gehe, wenn sie auch geht.«

»In Ordnung, meinetwegen.«

»Sie.« Eve drehte die erste Frau zu sich herum. »Sie gehen nach Süden.« Dann zwang sie die zweite Furie, sie anzusehen. »Und Sie gehen nach Norden. Sprechen Sie kein Wort mehr miteinander und drehen Sie sich auch nicht noch einmal um, sondern gehen Sie einfach los. Jetzt.«

Sie ließ die beiden los und blieb stehen, bis die beiden Kontrahentinnen davongehumpelt waren. Dann griff sie nach ihrer Dienstmarke und zuckte leicht zusammen, weil die Bisswunde in ihrer Schulter mit dieser Bewegung offenbar nicht einverstanden war. »Danke für die Unterstützung«, sagte sie. »Aber ich glaube, jetzt ist alles geklärt.«

»Danke, Officer, vielen, vielen Dank.« Die Ladenbesitzerin griff sich ans Herz. »Sollte ich mir vielleicht Ihren Namen und Ihre Nummer aufschreiben, falls die beiden noch einmal wiederkommen?«

»Das werden sie ganz sicher nicht.« Damit lief Eve den letzten halben Block, bis sie ins Ernest's kam.

Es war ein gemütliches Lokal, in dem man entweder vorn am Tresen oder an einem der Tische in den behaglichen Nischen sitzen konnte und in dem es bei gutem Service ein paar einfache Gerichte gab.

Mira saß an einem Zweiertisch und trank etwas Kaltes aus einem durchsichtigen Glas. Ihr seidig weiches Haar lockte sich in ihrem Nacken und auf eine neckische Art um ihr entspanntes, hübsches Gesicht. In ihrem frühlingsgelben Kostüm und mit den mit leuchtend blauem Stoff bezogenen, hochhackigen Schuhen hätte sie viel eher in ein trendiges Café als in den Bullen-Imbiss gepasst.

Doch bestimmt hatte die Psychologin und Profilerin genauso wenig Zeit für ausgedehnte Mittagspausen wie sie selbst.

Mira lächelte, als sie sie kommen sah.

»Tut mir leid, aber ich wurde noch aufgehalten. Wegen einer Schlägerei, bei der es um eine dreifach gerollte Tasche ging. Laroche in Pfingstrose.«

»Sie hatten eine Schlägerei wegen einer Handtasche?«

Eve musste einfach grinsen, als sie Miras schockierte Miene sah. »Nein, ich musste sie beenden. Ist das eine Handtasche? Ich hätte angenommen, dass es wenigstens ein Koffer ist, wenn man deshalb derart ausrasten kann. Vielleicht lag es auch einfach daran, dass die Tasche zehn Prozent reduziert war. Aber wie dem auch sei ...«

»Warten Sie, die Tasche ist reduziert? In welchem Geschäft?«

»Ein Stück die Straße runter. Einen halben Block in Richtung Süden. Ah, ich glaube, der Laden heißt *Encounters* oder so.«

»Den kenne ich.« Mira zog ihr Handy aus der Tasche und klappte es eilig auf. »Warum überlegen Sie sich nicht schon einmal, was Sie essen möchten, und ich ... ja, Mizzie, hier spricht Charlotte Mira. Ja, schön, Sie wieder mal zu sprechen. Sie haben die dreifach gerollte Laroche in Pfingstrose im Angebot? Würden Sie mir die wohl reservieren? Ich mache gerade Mittagspause im Ernest's und käme auf dem Weg zurück zur Arbeit kurz vorbei. Ja, danke. Oh, die würde ich natürlich auch gern sehen, wenn die Zeit dafür noch reicht. Also, dann bis gleich.«

Mit einem aufgeräumten Lächeln schaltete Mira ihr

Handy wieder aus. »Habe ich nicht echtes Glück? Ich spiele schon die ganze Zeit mit dem Gedanken, mir diese Tasche zuzulegen, nur dass sie mir bisher einfach immer zu teuer war. Aber, nun, wenn das kein Zeichen war ...«

»Da haben Sie wahrscheinlich recht.«

»Ich nehme den griechischen Salat und noch einen Eistee«, sagte Mira, als der Ober kam.

»Zwei Salate«, meinte Eve. »Und eine Pepsi.«

Mira stieß einen zufriedenen Seufzer aus. »Ein wunderbarer Tag, nicht wahr? Es ist einfach schön, mal aus dem Büro herauszukommen, eine Laroche-Tasche zu finden und dann noch Sie zu sehen. Sie sehen gut aus, dafür, dass Sie gerade in eine Schlägerei geraten sind.«

»Eine der beiden hat mich gebissen.«

»Oh.« Miras Lächeln wich einem besorgten Blick. »Ist es schlimm? Soll ich es mir mal ansehen?«

»Nein.« Eve ließ die Schulter kreisen. »Ich verstehe es einfach nicht. Kratzen, Beißen, Kreischen. Warum kämpfen Frauen so? Schließlich haben sie auch Fäuste. Es ist einfach peinlich für unser Geschlecht.«

»Wohingegen ein ordentlicher Faustkampf wegen einer Tasche deutlich weniger peinlich für alle Beteiligten gewesen wäre«, stellte Mira fröhlich fest.

Eve musste gegen ihren Willen lachen. »Okay, wahrscheinlich nicht. Aber wie dem auch sei, ich weiß, Sie haben nicht viel Zeit. Den Fall Jenkins habe ich im Griff. Mit dem Fall Flores hat er nichts zu tun.«

»Entgegen aller Wahrscheinlichkeit?«

»Es ist ein Trittbrettfahrer, er hat seine vermeintliche Chance spontan genutzt. Wahrscheinlich hat er schon die ganze Zeit einen gewissen Groll gegen das Opfer gehegt, und als der Fall Flores in den Nachrichten kam, kam ihm die Idee zu diesem Mord. Weshalb es also doch eine, wenn auch lose, Verbindung gibt. Nur dass es im Fall Jenkins ein anderer Täter war, der unter völlig anderen Umständen gemordet hat.«

»Ich hatte schon Angst, dass es ein Wiederholungs- oder Serientäter ist.«

»Sind Sie denn davon ausgegangen?«

»Ausgeschlossen war es nicht. Schließlich waren beide Opfer Repräsentanten religiöser Organisationen, deren Ermordung an eine Zeremonie oder eine Theateraufführung erinnert hat. Zugleich aber war nicht zu übersehen, dass es große Unterschiede zwischen beiden Opfern gab, und zwar bezüglich des Glaubens, den sie vertreten haben, und auch bezüglich ihres Bekanntheitsgrads. Haben Sie schon ein Geständnis im Fall Jenkins?«

»Noch nicht. Ich lasse den Kerl ein bisschen schmoren. Aber wenn ich es nicht in den nächsten Stunden kriege, bohre ich noch ein bisschen in der Wunde, bis er endlich den Mund aufmacht. Ich bin also wegen des Falles Flores hier.«

Mira nahm sich einen der salzigen Kekse, die in einer Schale lagen und die ungefähr so appetitlich aussahen wie die Oblaten, auf die Eve in St. Cristóbal gestoßen war, brach ein mikroskopisch kleines Eckchen davon ab und knabberte daran herum.

»Der falsche Priester«, meinte sie. »In dem Augenblick des Rituals getötet, in dem sein Auftritt als Diener Gottes und als dessen Repräsentant auf Erden den Höhepunkt erreicht. Dies ist *mein* Blut – wird in dem Moment gesagt. Falls der Killer dachte, dass sein Opfer Flores und ein echter Priester war, würde das auf einen direkten Angriff auf die Kirche, dieses Ritual und den Priesterstand hindeuten. Aber Ihre Ermittlungen haben bisher keinerlei Beweis für irgendwelche persönlichen Probleme des Opfers in seiner Rolle als Flores ergeben. Obwohl natürlich jemand etwas bei ihm gebeichtet haben könnte, von dem er später bedauert hat, dass er darüber gesprochen hat.«

»Was bedeuten würde, dass der Mörder vielleicht jemand aus der Kirchengemeinde oder auf jeden Fall katholisch ist.«

»Ich glaube, dass der Mörder ungeachtet der Frage, ob die Zielperson einfach ein Priester oder jemand war, der sich als Priester ausgegeben hat, einen engen Bezug zur katholischen Kirche und dieser Gemeinde hat. Die angewandte Methode ist eine Art von Ritual, und ich glaube nicht, dass es ein Zufall ist, dass der Mord während eines Trauergottesdiensts stattgefunden hat.«

»Das sehe ich genauso«, stimmte Eve ihr zu.

»Aber Gift ist eine distanzierte Tatwaffe. Der Mörder bleibt auf Abstand zu dem Opfer, hat aber gleichzeitig den Vorteil, dass er aus dem Hintergrund den Tod bezeugen kann. Das Gedränge in der Kirche bot eine hervorragende Gelegenheit dazu. Es bot gleichzeitig Nähe und Distanz. Ich gehe davon aus, dass dem Täter beides wichtig war. Wie bei einer öffentlichen Hinrichtung.«

»Warum sollte man schließlich jemanden in aller Öffentlichkeit hinrichten, wenn man nicht selbst dabei zusehen kann?«

»Genau. Aber aus welchem Grund? Wahrscheinlich für irgendein Verbrechen, von dem der Mörder selbst betroffen war. Es hat ihm nicht genügt, sein Opfer bloßzustellen. Für jemanden, der fest im Glauben steht – und das Ritual, die Methode, der Zeitpunkt und der Ort deuten darauf hin –, muss die Sünde, das Verbrechen wirklich schlimm und persönlich gegen ihn gerichtet gewesen sein.«

»Es ging um die Gegend, um sein ehemaliges Zuhause, um die Gang. Es hat irgendwas damit zu tun.«

»Ja, die Methode und der Ort spielen sicher eine große Rolle für den Täter. Er ist reif genug, um die Tat sorgfältig zu planen, und steht fest genug im Glauben, um zu wissen, wie er diesen Glauben nutzen kann. Organisiert, besonnen und wahrscheinlich fromm. Dabei wird Gift als distanzierte Waffe oft von Frauen gewählt.«

»Im Gegensatz zu Fäusten«, meinte Eve. »Weil Gift nicht blutig ist. Dafür braucht man keine Kraft, es erfordert nicht einmal einen körperlichen Kontakt. Mit Gift kann eine Frau von fünfzig Kilo einen Mann von hundert Kilo in die Knie zwingen, ohne dass sie sich dabei auch nur einen Fingernagel abbricht.«

Als die Salate kamen, lehnte Mira sich auf ihrem Stuhl zurück. »Sie glauben, Jenkins' Mörder wird gestehen.«

»Die Schuldgefühle werden ihn von innen heraus auffressen.«

»Weil er jemand ist, der fest im Glauben steht?«

»Ja, wahrscheinlich. Ja. Er ist ein frommer Mensch.«

»Vielleicht haben Sie in Ihren beiden Fällen nicht ein und denselben Mörder, aber ich glaube, dass es trotzdem eine Verbindung in Gestalt des Tätertypus gibt. Ich glaube, dass der Mörder oder die Mörderin von Flores ebenfalls gläubig ist. Und deshalb – wenn auch vielleicht nicht Ihnen gegenüber – beichten muss. In der Kirche des Ewigen Lichts gibt es keine Beichte, keine Buße und keine Absolution durch einen Vertreter Christi.«

»Aber bei den Katholiken schon.«

»Ja. Weshalb der Mörder oder die Mörderin des falschen Flores die Tat bei einem Priester beichten wird.«

12

In der Absicht, sich Peabody zu schnappen und sich noch einmal die St. Cristóbal'schen Priester vorzuknöpfen, kehrte Eve auf das Revier zurück. Beichten, dachte sie. Billy Crocker würde beichten müssen, weil die Last der Tat einfach zu schwer auf seiner Seele lag. Ein spontaner Impuls und gezügelte Leidenschaft hatten ihn die Tat begehen lassen, doch inzwischen ging ihm all die Trauer, von der er seither umgeben war, sicher an die Nieren, und nachdem sie ihm zum Abschied deutlich zu verstehen gegeben hatte, dass sie wusste, wer der Täter war, wäre es nur noch eine Frage der Zeit, bis er zusammenbrach. Das hatte sie ihm deutlich angesehen.

Hingegen war der Mord an Flores eine durch und durch persönliche Angelegenheit, die mit dem Ritual des Glaubens eng verbunden war. Mira hatte recht. Der Killer musste jemand sein, dem sein Glaube wichtig war, deshalb würde er im Rahmen dieses Glaubens sicher einem Priester beichten, was geschehen war.

Oder hatte es vielleicht sogar bereits getan.

Sie müsste also noch einmal zu den Priestern gehen und sich auf die Suche nach dem Laden machen, in dem ihr spezieller Lino sich vor vielleicht zwanzig Jahren seine Tätowierung hatte stechen lassen, denn auch wenn das sicher alles andere als einfach würde, lohnte sich zumindest der Versuch, da sie auf einem anderen Weg nicht weiterkam.

Gerade als sie in ihre Abteilung gehen wollte, fiel ihr ein, dass Peabody dort gar nicht anzutreffen war. Weil sie eine Party plante, gottverdammt. Warum in aller Welt mussten Leute ständig irgendwelche blöden Partys planen? Essen,

Getränke und Geschenke, Dekorationen und Programme auf verdammte Listen schreiben und sich endlos unterhalten, bis auch noch das letzte dämliche Detail beredet worden war?

Auch das war offenbar ein Ritual, ging es ihr durch den Kopf. Der zeitliche Ablauf, das Programm, die Worte, die Musik, das gesamte Drumherum.

Der Mörder musste an dem Ritual teilgenommen haben. Musste in dem Augenblick, in dem Lino den Wein getrunken hatte, in der Kirche anwesend gewesen sein. Musste seinen Tod – den rituellen Tod – persönlich miterlebt haben. Vielleicht hatte er eine verwandtschaftliche Beziehung zu den Ortizes gehabt. Aber das hätte von einem Mangel an Respekt gegenüber dem alten Mann gezeugt, außer ... außer die Sünde, das Verbrechen, das Lino begangen hatte, hätte irgendetwas mit ihm zu tun gehabt.

Er war allmorgendlich an Ortiz' Haus vorbeigejoggt, fiel ihr wieder ein. Hatte er damit einen bestimmten Zweck verfolgt?

Vielleicht war die Beziehung auch weniger intim gewesen. Weil der Killer nur ein Freund, Nachbar, langjähriger Kunde oder Angestellter der Familie gewesen war.

Nachdenklich trat sie durch die Tür und sah, dass Baxter mit Graciela Ortiz flirtete. Seine Körpersprache und das Blitzen seiner Augen drückten unverhohlenes Interesse aus. Wobei Baxter ihrer Meinung nach bereits anfing zu flirten, wenn das Foto einer hübschen, jungen Frau auf seinem Schreibtisch lag.

»Officer Ortiz.«

»Lieutenant. Der Detective sagte mir, Sie und Ihre Partnerin wären nicht da.«

»Jetzt bin ich wieder hier. Mein Büro ist gleich da vorn. Gehen Sie schon mal vor.«

»Detective«, verabschiedete Graciela sich von Baxter und sah ihn ein letztes Mal aus ihren grün schimmernden Augen an.

»Officer«, gab er grinsend zurück, wandte sich an Eve, legte eine Hand an seine Brust und ahmte einen schnellen Herzschlag nach. »Frauen in Uniformen muss man einfach lieben, finden Sie nicht auch?«

»Nein, finde ich nicht. Und falls Ihre Zeit noch dazu reicht, sich an eine Untergebene heranzumachen, haben Sie anscheinend nicht genug zu tun.«

»Manchmal muss ein Mann sich einfach Zeit für solche Dinge nehmen«, gab er nonchalant zurück.

»Nicht im Dienst. Aber da Sie ausreichend Zeit zu haben scheinen, können Sie sie nutzen, um sämtliche unbekannten, männlichen Leichen in Nevada, New Mexico und Arizona durchzugehen, die es dort vor sechs bis sieben Jahren gab.«

»Alle? Himmel, Sie sind wirklich eine harte Frau.«

»Und ob. Aber Sie können mir dankbar sein, denn ich will nur die Männer haben, die zwischen fünfundzwanzig und vierzig Jahre alt geworden sind.«

Er murmelte »Na *dann*«, und sie marschierte weiter in ihr eigenes Büro.

»Officer.«

»Ich wollte mit Ihnen persönlich über die Gespräche mit Mitgliedern meiner Familie und Freunden reden. Sie haben nichts ergeben, womit ich nicht gerechnet hätte – Schock, Trauer, Empörung. Wie ich bereits sagte, war Pater Flores ausnehmend beliebt. Nun, zumindest, solange wir dachten, dass er Pater Flores ist.«

»Und jetzt?«

»Sind wir alle noch schockierter, trauriger, empörter,

und da er in den vergangenen fünf Jahren einen Großteil meiner Familie getraut, getauft und beerdigt hat, natürlich auch sehr besorgt. Ein Teil meiner Familie ist orthodox und den Traditionen sehr verhaftet. Deshalb fragen sich einige von uns, ob ihre Ehen überhaupt rechtmäßig vor Gott und der Kirche geschlossen worden sind. Obwohl Pater López uns versichert hat, dass sie das sind. Wobei er und Pater Freeman angeboten haben, bei denen, die es wünschen, sämtliche Sakramente noch einmal zu erneuern. Offen gestanden, Lieutenant, sind wir alle furchtbar durcheinander.«

Sie schüttelte den Kopf. »Ich rede mir gerne ein, eine fortschrittliche, praktisch veranlagte Frau zu sein. Aber ich habe bei diesem Mann die Beichte abgelegt und von ihm die Kommunion empfangen und bin furchtbar wütend, weil ich das Gefühl habe, dass ich betrogen worden bin. Deshalb kann ich die Gefühle meiner Verwandten gut verstehen.«

»Durch seinen Tod wurde dieser Betrug beendet.«

»Nun, ja. Aber er wurde dadurch auch enthüllt. Wenn wir es nie erfahren hätten ...« Sie zuckte mit den Schultern. »Aber wir haben es erfahren, deshalb schätze ich, wir müssen einfach sehen, wie wir damit zurechtkommen. Meine Mutter denkt, wir sollten es von der positiven Seite sehen. Sollten alle gemeinsam die Ehegelübde und Taufen erneuern lassen und dann eine Riesenfete feiern. Vielleicht hat sie recht.«

»Es waren jede Menge Leute in dem Trauergottesdienst, die nicht zur Familie gehörten«, meinte Eve.

»Ja. Auch mit einigen von ihnen habe ich gesprochen, und zwar mit denen, denen Poppy nahegestanden hat. Sie haben genauso reagiert. Ich habe keine Ahnung, ob Ihnen das bei Ihren Ermittlungen weiterhilft.«

»Sie haben mir ein paar Arbeitsschritte erspart.« Eve dachte kurz nach. »Ich nehme an, Sie haben mehrere Verwandte, die ungefähr im selben Alter wie das Opfer sind. Um die fünfunddreißig.«

»Sicher. Jede Menge.«

»Viele von ihnen haben schon als Kinder oder Teenager in der Gegend gelebt und viele von ihnen sind Gemeindemitglieder von St. Cristóbal.«

»Ja.«

»Sind dabei auch irgendwelche ehemaligen Mitglieder der Soldados?«

Graciela öffnete den Mund, klappte ihn wieder zu und atmete hörbar aus. »Ich nehme an, ein paar.«

»Ich brauche deren Namen. Ich will diesen Leuten keine Schwierigkeiten machen, und es geht mir auch nicht darum, was sie damals getan haben. Aber es könnte durchaus sein, dass es da eine Verbindung gibt.«

»Ich werde mit meinem Vater sprechen. Er hat nicht zu dieser Gang gehört, aber ... er wird wissen, wer Mitglied war.«

»Wäre es Ihnen lieber, wenn ich selbst mit ihm spreche?«

»Nein, es wird ihm leichter fallen, mir die Dinge zu erzählen, die er weiß. Ich weiß, dass sein Cousin ein Mitglied war und auf eine schlimme Art gestorben ist, als sie beide noch Jungen waren. Deshalb ist er selbst nicht unbedingt ein Fan von derartigen Gangs.«

»Wie hieß dieser Cousin?«

»Julio. Er war erst fünfzehn, als er starb. Mein Vater war damals acht und hat zu ihm aufgesehen. Er hat diese Sache nie vergessen und sie meinen Brüdern und Vettern gegenüber oft als warnendes Beispiel angebracht. Das passiert, wenn man sich gegen die Familie, die Gesetze und die Kirche stellt – wenn man etwas statt durch eine Ausbildung und harte Arbeit mit Gewalt erreichen will.«

»Ihr Vater scheint ein kluger Mann zu sein.« Eve rechnete eilig nach und kam zu dem Ergebnis, dass der junge Julio zu früh gestorben war, als dass sein Tod auf Linos Konto ging.

»Das ist er, und er ist auch zäh. Ich werde gleich heute Abend mit ihm sprechen.«

»Das ist nett. Aber da wäre noch etwas anderes. Mir wurde erzählt, das Opfer wäre morgens regelmäßig gejoggt, und seine Route hätte ihn immer am Haus Ihres Großvaters vorbeigeführt.«

»Das stimmt. Poppy hat ab und zu erwähnt, dass er die Padres scherzhaft darum bitten würde, sein Haus zu segnen, wenn sie daran vorüberlaufen. Und dass er sie ab und zu gesehen hat, wenn er morgens spazieren ging.«

»Dann gab es zwischen ihnen also keine Spannungen?«

»Zwischen Poppy und dem Priester oder dem Mann, der gar kein Priester war? Nein. Ganz im Gegenteil. Er hat oft in Poppys Restaurant und manchmal – vor allem, als meine Großmutter noch lebte – bei ihm zuhause gegessen und auch an Familienfesten teilgenommen. Denn schließlich dachten wir, er wäre einer von uns.«

»Okay.«

Als sie wieder allein war, trat sie vor die Tafel an der Wand ihres Büros, hängte ein paar Fotos um, trat einen Schritt zurück und ordnete sie neu. Denn sie suchte nach Verbindungen. Wessen Leben hatte die Leben welcher anderen Menschen wann und wie berührt?

Sie kehrte an ihren Schreibtisch zurück und wählte die Nummer von McNab. »Haben Sie schon irgendetwas herausgefunden?«, fragte sie.

»Zwei der Linos habe ich inzwischen überprüft«, erklärte er. »Einer lebt unter anderem Namen in einer Art Kommune in Mexiko, weshalb er uns erst mal durch die Lappen gegangen ist. Nennt sich jetzt Lupa Vincenta und ist eine Art Hippie mit rasiertem Kopf, der in einer braunen Kutte durch die Gegend läuft und sich als Ziegenzüchter versucht. Aber er ist gesund und so munter, wie es in einer hässlichen, braunen Kutte möglich ist, was meiner Meinung nach ...«

»Ihre Meinung interessiert mich nicht.«

»Okay. Und der andere hält sich möglichst bedeckt, weil er auf der Flucht vor zwei Exfrauen ist, mit denen er gleichzeitig verheiratet war. Sein letzter bekannter Aufenthaltsort vor einem knappen Vierteljahr war in Chile, aber inzwischen dürfte er weitergezogen sein, weil schließlich die Klagen beider Frauen immer noch anhängig sind. Anscheinend hat er sechs Kinder mit ihnen gezeugt, aber für keins von ihnen jemals auch nur einen Cent bezahlt.«

»Scheint ein wirklich netter Kerl zu sein. Geben Sie die Informationen an die entsprechenden Behörden weiter, ja?«

»Das habe ich bereits getan. Weil man sich, wenn man Kinder hat, schließlich auch darum kümmern sollte. Jetzt fange ich gerade mit dem dritten Lino an.«

Das hatte sie sich schon gedacht, denn er hüpfte unruhig vor dem Bildschirm auf und ab, was bei einem Elektronik-Freak ein untrügliches Zeichen dafür war, dass er bei der Arbeit war.

Außer natürlich bei Roarke.

»Nur verliere ich ihn immer wieder«, räumte der Ermittler ein. »Er taucht immer einmal wieder ab, unter einem neuen Namen wieder auf, dann wieder ab und unter seinem alten Namen wieder auf. Anscheinend dreht er unter seinen Aliasnamen irgendwelche krummen Dinger, geht in Deckung, taucht unter dem echten Namen wieder auf, spielt den Ehrenmann, zieht wieder um, legt sich einen neuen Aliasnamen zu und fängt das Spiel wieder von vorne an.«

»Wie heißt er in Wirklichkeit?«

»Lino Salvadore Martinez.«

Eve rief den Namen auf ihrem eigenen Computer auf. »Alter und Geburtsort passen. Graben Sie weiter«, wies sie den Kollegen an, legte auf und frischte ihre Erinnerung an die Martinez'schen Daten auf. Beide Eltern waren angegeben, aber über den Verbleib des Vaters war seit Linos fünftem Lebensjahr nichts mehr bekannt. Die Mutter, Teresa, hatte sich sofort nach der Geburt als professionelle Mutter registrieren lassen, vorher aber ... Eve dehnte die Suche noch ein wenig aus und lehnte sich auf ihrem Stuhl zurück. »Hector Ortiz – Abuelo's. Na, wenn das kein Zufall ist.« Als der Sohn fünfzehn geworden war, war sie als Bedienung in das Restaurant zurückgekehrt und hatte dort sechs Jahre lang ihr Geld verdient, bis sie wieder geheiratet hatte und nach Brooklyn umgezogen war. »Okay, Teresa«, meinte Eve und schrieb sich die Adresse auf. »Ich glaube, wir sollten uns mal miteinander unterhalten.«

Sie zog ihr Handy aus der Tasche, kontaktierte Peabody und fragte, als sie das Gesicht der Partnerin auf ihrem kleinen Bildschirm sah: »Wo stecken Sie?«

»Ich komme gerade wieder aufs Revier. Wir hatten einen supertollen ...«

»Treffen Sie mich unten in der Garage. Wir fahren nach Brooklyn.«

»Oh, okay. Warum ...«

Eve aber drückte bereits den roten Knopf, steckte ihr Handy wieder ein und wandte sich zum Gehen.

Als sie vor der Tür ihres Büros auf Baxter stieß, fauchte sie ihn an: »Sie sind mit Ihrer Suche ja wohl nie im Leben fertig.«

»Dafür brauche ich wahrscheinlich sogar morgen noch den ganzen Tag. Aber Sie haben Besuch. Einen gewissen Luke Goodwin, einen Samuel Wright und einen Billy Crocker.«

»Das ging schneller, als ich dachte.« Sie kehrte in ihr Büro zurück und signalisierte Baxter, ihr zu folgen. »Warten Sie. Ich brauche einen Vernehmungsraum.«

Sie rief auf dem Computer den Belegungsplan auf, reservierte Raum C und sah wieder den Kollegen an. »Okay, begleiten Sie die drei schon mal in den Verhörraum, sagen Sie ihnen, dass ich gleich komme, und bieten ihnen etwas zu trinken an.«

»Die Minuten gehen dann aber von der Zeit für meine andere Arbeit ab.«

»Von der Sie sowieso bereits die Hälfte Ihrem Assistenten aufgetragen haben. Aber Trueheart kann erst mal alleine weitermachen, während Sie den Gastgeber für diese Typen spielen, und wenn ich«, sie warf einen Blick auf ihre Uhr, »in neunzig Minuten ein Geständnis habe und Crocker in einer Zelle sitzt, nehme ich Ihnen die Hälfte der restlichen Namen ab.«

»Okay.«

Während Baxter ihr Büro wieder verließ, wählte Eve erneut die Nummer ihrer Partnerin. »Ich habe einen neuen Plan. Kommen Sie erst einmal rauf und treffen mich vor Verhörraum C. Crocker ist aufgetaucht.«

»Mein Gott. Zum Glück bin ich einfach ein guter Mensch. Denn sonst ginge mir die Tatsache, dass Sie fast immer recht haben, bestimmt gewaltig auf den Keks.«

»Als guter Mensch kehren Sie bei der Vernehmung bitte auch den guten Bullen raus.«

Ehe Peabody ihr eine Antwort geben konnte, drückte sie den roten Knopf und gab Whitney und Mira Bescheid, dass ihr Hauptverdächtiger im Mordfall Jenkins auf der Wache war.

»Okay, Billy«, murmelte sie. »Wollen wir doch mal hören, was du uns zu sagen hast.«

Sie ließ sich Zeit und wartete darauf, dass Baxter die drei Männer im Vernehmungsraum platzierte und dass Peabody aus der Garage kam. Sie hatte sich bereits eine Strategie zurechtgelegt, und nach ihrem Gespräch mit Mira war sie nicht besonders überrascht, dass Billy in Begleitung von Luke auf dem Revier erschienen war.

Er hatte also seinen Beichtvater dabei.

Sie ging in den Observationsraum und sah sich die Szene durch den Spiegel hindurch an. Flankiert von den Schwiegersöhnen seines Opfers, hockte Billy an dem kleinen Tisch. Der Anwalt starrte grimmig vor sich hin, und Luke sah irgendwie ... bekümmert aus. Wie eine weltmännische Laienversion von Pater López, dachte Eve.

Und Billy selbst? Zittrig, ängstlich und so unglücklich, als bräche er im nächsten Augenblick in Tränen aus.

Sie trat wieder in den Flur hinaus, als Peabody den Gang herabgetrottet kam.

»Er hat seinen Beichtvater und seinen Anwalt mitgebracht«, erklärte sie.

»Seinen Beichtvater?«

»Luke Goodwin, den potenziellen Nachfolger von Jimmy Jay. Ihm hat er bereits alles erzählt, was er uns sagen will. Vielleicht sogar noch mehr, denn auch wenn der andere Schwiegersohn des Opfers sicherlich schockiert und angewidert ist, bleibt er immer noch ein Anwalt, und weil er ihm helfen soll, hat er sich vor ihm wahrscheinlich in ein möglichst gutes Licht gerückt, während er sich bei dem Priester alles von der Seele geredet hat. Machen Sie einen auf mitfühlend und verständnisvoll. Machen Sie ihm deutlich, dass Sie ihm nur helfen wollen.«

»Ob ich es wohl jemals schaffen werde, auch den bösen Bullen zu spielen?«, fragte Peabody in wehmütigem Ton.

»Sicher, sobald Sie bereit sind, einen kleinen Hund zu treten, weil er Ihnen bei der Verfolgung eines Verdächtigen in die Quere kommt.«

»Ah, muss es ausgerechnet ein Hündchen sein?«

»Behalten Sie diesen Rettet-die-Welpen-Blick. Er ist perfekt.« Damit öffnete Eve die Tür und nickte Baxter zu. »Danke, Detective. Mr Goodwin, Mr Wright, Mr Crocker.«

»Mein Mandant möchte eine Erklärung abgeben«, setzte Samuel umgehend an.

»Super. Merken Sie sich diesen Gedanken, ja? Rekorder an. Lieutenant Eve Dallas«, fing sie mit der Aufzählung der Anwesenden an und nahm den Männern gegenüber Platz. Schließlich wandte sie sich an ihren Verdächtigen: »Mr Crocker, Sie wurden über Ihre Rechte aufgeklärt, korrekt?«

»Ja.«

»Sie haben zu Protokoll gegeben, dass Sie verstanden haben, welche Rechte und Pflichten Sie im Zusammenhang mit den Ermittlungen zum Tod von James Jay Jenkins haben.«

»Ja, ich …«

»Sie sind aus freien Stücken in Begleitung Ihres Anwalts Samuel Wright zu diesem Gespräch erschienen?«

Billy räusperte sich. »Ja.«

»Und Sie hätten auch gern Mr Goodwin als Zeugen für dieses Gespräch dabei?«

»Ja.«

»Ich bin hier als Zeuge, aber auch als Billys geistlicher Beistand«, klärte Luke sie auf. »Lieutenant Dallas, dies ist für uns alle eine ausnehmend schwierige Angelegenheit. Ich hoffe, Sie werden der Tatsache Rechnung tragen, dass Billy freiwillig hierhergekommen ist und dass die ehrliche Aussage, die er machen möchte, von Herzen kommt.«

»Ich denke, dass diese Angelegenheit am schwierigsten für Mr Jenkins ist, denn er ist schließlich mausetot. Und ob die Aussage von Herzen kommt«, sie zuckte mit den Schultern, »ist mir relativ schnurz, denn für mich sind nur die Fakten interessant. Sie haben Ihrem Kumpel Jimmy Jay einen Zyankali-Cocktail vorgesetzt, nicht wahr, Billy?«

»Gib ihr darauf keine Antwort. Lieutenant Dallas«, begann Samuel gepresst. »Mein Mandant ist bereit eine Aussage zu machen, wenn Sie ihm dafür etwas entgegenkommen.«

»Ich bin gerade nicht wirklich entgegenkommend gestimmt.«

Das Blitzen in Samuels Augen verriet Eve, dass es ihm nicht anders ging. Trotzdem machte er weiter seinen Job. »Die Medien haben sich wie die Hyänen auf diese beiden Morde, vor allem auf den an meinem Schwiegervater gestürzt. Je länger die Ermittlungen sich hinziehen, umso länger wird über die Fälle berichtet werden – und zwar auch zum Nachteil dieser Abteilung und von Ihnen selbst.«

»Ich soll Ihrem *Mandanten* also einen Deal anbieten, bevor er mir irgendwas erzählt, damit es keine negativen Schlagzeilen über mich oder meine Abteilung gibt?« Sie beugte sich über den Tisch. »Soll ich Ihnen mal was sagen, *Sam?* Mir machen Schlagzeilen nichts aus. Auch ohne seine Aussage werde ich Ihren Mandanten innerhalb der nächsten vierundzwanzig Stunden wegen Mordes festgenommen haben, wenn das also alles ist ...«

Sie erhob sich halb von ihrem Stuhl, und Peabody sprang für sie ein. »Lieutenant, vielleicht sollten wir noch eine Minute warten.«

»Vielleicht können Sie es sich ja leisten, unnötig Zeit mit diesen Typen zu vergeuden. Ich kann das ganz sicher nicht.«

»Bitte, Lieutenant. Ich meine, Mr Crocker ist extra hierhergekommen, und wenn zwei der Schwiegersöhne seines Opfers bereit sind, ihn hierher zu begleiten, sollten wir uns wenigstens kurz anhören, was er zu sagen hat. Unter welchen Umständen er diese Tat begangen hat.« Sie bedachte Billy mit einem mitfühlenden Blick. »All das kann für keinen der Beteiligten besonders einfach sein. Ich weiß, dass Sie und Mr Jenkins Freunde waren, gute Freunde, während einer langen, langen Zeit. Was auch immer vorgefallen ist, muss also wirklich schlimm gewesen sein.«

»Wir waren nicht nur Freunde, sondern standen uns so nahe wie zwei Brüder«, stieß er krächzend aus.

»Okay. Wir können keinen Deal anbieten. Schließlich wissen wir bisher noch gar nicht, was Sie uns erzählen wollen. Aber das heißt nicht, dass wir uns nicht unvoreingenommen anhören können, weswegen Sie hierhergekommen sind.«

»Sie können den Mord vom Tisch nehmen«, widersprach ihr Samuel. »Sie können die Staatsanwaltschaft kontaktieren und dafür sorgen, dass die Anklage höchstens auf Totschlag lautet, bevor diese Unterhaltung weitergeht.«

»Nein«, gab Eve knapp zurück.

»Das würde die Staatsanwaltschaft nicht machen«, fuhr

Peabody mit ihrer vernünftigen Ich-wünschte-ich-könnte-helfen-Stimme fort. »Selbst wenn wir ...«

»*Ich* werde das nicht tun.« Eve bedachte Peabody mit einem bösen Blick. »Ich brauche diese Aussage für den Abschluss des Falles nicht. Vielleicht kriege ich es so ein bisschen schneller und vor allem hübscher hin, aber ob die Sache hübsch wird, ist mir eigentlich egal. Also machen Sie eine Aussage oder lassen Sie es bleiben. Sie haben die Wahl. Und Sie.« Sie nickte Samuel zu. »Meinetwegen können Sie versuchen, einen Deal vom Staatsanwalt zu kriegen. Aber vergeuden Sie nicht länger meine Zeit.«

»Billy«, setzte Luke mit sanfter Stimme an. »Du musst es tun. Sam ...« Ehe Samuel ihm widersprechen konnte, hob er eine Hand. »Nicht nur, weil es vor dem Gesetz der Menschen richtig ist. Sondern weil du nur auf diese Weise Frieden mit dem Herrgott schließen kannst. Du musst es um deiner Seele willen tun. Weil es ohne das Eingeständnis einer Sünde keine Vergebung geben kann.«

Stille senkte sich über den Raum, während sie sich endlos auszudehnen schien, wartete Eve einfach ab.

»Ich dachte, ich täte das Richtige«, stieß Billy heiser aus. »Dachte, es wäre die einzige Möglichkeit. Vielleicht hat der Teufel meine Hand dabei geführt, aber ich dachte, ich handele in Gottes Sinn.«

Er hob flehend seine Hände hoch. »Jimmy Jay hatte gefehlt und wich immer weiter vom Weg Gottes ab. Der Alkohol, er konnte oder wollte nicht verstehen, dass das Trinken Sünde war und wie seine Schwäche dafür an seiner Seele fraß. Er betrog seine Frau und seine Anhänger, sah das aber nicht als Täuschung, sondern eher als Scherz. Als Amüsement. Allmählich warf er jede Vorsicht über Bord, trank immer häufiger und mehr, schrieb seine Texte und predigte sogar unter dem Einfluss von Alkohol.«

»Sie haben ihn also umgebracht, weil er zu viel Wodka gekippt hat?«, fragte Eve ihn fassungslos. »Warum ziehen Sie dann nicht einfach freitagabends durch die Bars und bringen dort die Leute gleich im Dutzend um?«

»Lieutenant«, murmelte Peabody und sah dabei aber Billy an. »Und Sie konnten ihn nicht dazu bringen, damit aufzuhören?«

»Es hat ihm Spaß gemacht, und er glaubte, jeder Mensch hätte nicht nur das Recht, sondern sogar die Pflicht, manchmal schwach zu sein. Denn perfekt wäre nur Gott. Aber ... er bezog selbst seine Kinder in die Sache ein, indem er sich vor allem von Josie oft den Alkohol in seine Wasserflaschen füllen ließ. So etwas tut ein liebender Vater doch nicht! Er hatte den rechten Weg verlassen. Der Alkohol zerstörte ihn und machte ihn so schwach, dass er auch den Versuchungen des Fleischs erlag.«

»Er hat also herumgehurt.«

Luke schüttelte den Kopf. »Das ist ein unschöner Ausdruck.«

»Der zu diesem unschönen Benehmen durchaus passt«, gab Eve zurück. »Sie wussten über seine Affären Bescheid.«

»Ja. Er hatte bereits vorher fünfmal Ehebruch begangen, es dann aber jedes Mal bereut. Danach kam er immer zu mir, damit wir zusammen beteten und er neben Vergebung auch die Kraft erflehen könnte, der Versuchung zukünftig zu widerstehen.«

»Sie haben ihn also gedeckt.«

»Ja. Und zwar viel zu lange. Ihm war klar, was er dadurch riskierte, dass er sich in Sünde fallen ließ. Seine Seele, seine Frau, seine Familie und die Kirche selbst. Deshalb kämpfte er dagegen an.«

Billy wischte sich mit dem Handrücken die Tränen aus

den Augen und fuhr fort: »Er war ein guter Mensch, ein großartiger Mensch, aber er hatte auch große Schwächen, weshalb in seinem Inneren stets das Gute mit dem Bösen rang. Doch als er der Versuchung abermals erlag, hat er es nicht einmal mehr bereut, sondern sich geweigert, es als Sünde anzusehen. Er verdrehte Gottes Wort, passte es an seine eigenen niederen Instinkte an und erklärte mir, durch diese Frau und durch den Alkohol gewönne er mehr Licht, ganz neue Einsichten und völlig neue Wahrheiten.«

»Trotzdem haben Sie ihn weiterhin gedeckt.«

»Es wurde immer schwieriger für mich. Ich konnte es nicht mehr mit meinem Gewissen vereinbaren, Teil dieses Verrats an Gott und seiner braven Frau zu sein. Je mehr er trank, umso leichtsinniger wurde er. Es wäre also nur noch eine Frage der Zeit gewesen, bis seine Sünden herausgekommen wären. Das hätte der Arbeit von Jahrzehnten irreparablen Schaden zugefügt. Alles, was er aufgebaut und geleistet hatte, stand plötzlich auf dem Spiel, nur weil er in diesem Kreislauf der Sünde gefangen war.«

»Deshalb haben Sie diesen Kreislauf durchbrochen.«

»Ich hatte keine andere Wahl.« Er flehte Eve mit Blicken an, diesen Punkt seiner Erklärung zu verstehen. »Sie müssen begreifen, dass die Kirche größer als wir alle ist. Dass man sie beschützen muss. Ich habe für ihn gebetet, ihn beraten und mit ihm gestritten, doch er wollte es einfach nicht sehen. Er war völlig blind für die Gefahr, die mit seinem Verhalten verbunden war. Wir sind alle nur Menschen, Lieutenant. Sogar Jimmy Jay. Er war der Anführer der Kirche, ein Repräsentant des Herrn auf Erden, aber trotzdem nur ein Mensch. Und dieser Mensch musste gestoppt werden, weil sich nur auf diesem Weg seine Seele und die Arbeit des Ewigen Lichts noch retten ließ.«

»Sie haben ihn also umgebracht, um ihn zu retten.«

»Ja.«

»Und um die Kirche vor Schaden zu bewahren.«

»Alles, was er aufgebaut hatte, damit es auch nach ihm noch bestehen bliebe und gedeihe, weil nur so die Rettung vieler anderer möglich war.«

»Und warum gerade hier und jetzt?«

»Ich ... der papistische Priester. Das erschien mir wie ein Zeichen. Plötzlich wurde mir bewusst, dass Jimmy Jay nicht nur möglichst schnell, sondern auch in aller Öffentlichkeit würde sterben müssen, wenn nicht nur er selbst, sondern auch die Kirche dauerhaft gerettet werden sollte. Denn infolge eines solchen Todes würden andere in sich selbst nach der Erleuchtung suchen, weil sie sehen würden, dass der Tod zu jedem von uns kommt und man sich seine Rettung selbst verdienen muss.«

»Woher hatten Sie das Zynkali?«

»Ich ...« Er leckte sich die Lippen. »Ich bin am Times Square in den Untergrund gegangen und habe dort nach einem Dealer gesucht.«

Eve zog die Brauen hoch. »Sie waren dort im Untergrund? Das war entweder mutig oder dumm.«

»Ich hatte keine andere *Wahl*.« Er ballte die Fäuste auf dem Tisch. »Es musste möglichst schnell gehen. Ich habe dem Typen Geld dafür gegeben, mir das Zynkali zu besorgen, und ihm dann noch mal das Doppelte bezahlt, als er mit der Flasche kam.«

»Wie hieß der Kerl?«

»Wir haben unsere Namen nicht genannt.«

Was nicht weiter überraschend war. Für die Suche nach dem Dealer wäre hinterher noch Zeit. »Sie haben sich also das Gift besorgt. Und dann?«

Samuel hob eine Hand. »Ist es wirklich nötig ...«

»Ja. Und dann?«, wiederholte Eve.

»Ich habe es mit mir herumgetragen. Es war eine unglaublich kleine Menge, und ich musste beten, dass sie reicht. Er sollte nicht leiden, denn ich habe ihn geliebt. Bitte, glauben Sie mir das.« Er blickte von Luke zu Samuel. »Bitte, glaubt mir das.«

»Sprich weiter, Billy.« Luke legte flüchtig eine Hand auf seine Schulter.

»Ich wollte noch einmal mit ihm sprechen und versuchen, ihn dazu zu bringen, dass er seine Sünden erkennt und sie bereut. An dem Tag fuhr er erneut in das Hotel zu seiner Freundin, aber als ich ihn anschließend darauf angesprochen habe, hat er nur gelacht. Hat mich richtiggehend ausgelacht. Meinte, dass er niemals stärker und Gott nie näher gewesen wäre als mit dieser Frau. Um gegen die Sünde zu predigen, müsste man die Sünde kennen. Und er würde die Heilige Schrift studieren.« Billy klappte unglücklich die Augen zu. »Aus einer völlig neuen Perspektive, da er inzwischen glauben würde, dass es Gottes Wille wäre, dass ein Mann mehrere Frauen hat. Jede für die Erfüllung ganz besonderer Bedürfnisse, damit er einen klaren Kopf und ein reines Herz bekommt, mit dem er Gottes Werk verrichten kann. Da wurde mir klar, dass es zu spät für eine Umkehr war. Dass ich ihn und die Kirche nur noch retten könnte, indem ich sein Leben hier auf Erden kurzerhand beende und ihn zu Gott schicke.«

Als Eve nichts dazu sagte, holte er tief Luft. »Ich wartete, bis die Wasserflaschen auf der Bühne standen. Ich betete und betete auch noch, als ich das Zyankali in die dritte Flasche leerte. Ein Teil von mir hoffte noch immer, dass ich sehen würde, wie der Mann Vernunft annimmt, bevor er nach der Flasche greift. Dass es irgendein Zeichen dafür gäbe, dass er nicht verloren ist. Aber da war nichts.«

»Wusste sonst noch irgendwer etwas von Ihrem Plan? Hatten Sie irgendwen in Ihr Vorhaben eingeweiht?«

»Nur Gott. Ich dachte, ich täte Gottes Werk und befolgte seinen Willen. Aber letzte Nacht hatte ich fürchterliche Träume. Träume von Höllenfeuer und grauenhaften Qualen. Jetzt denke ich, dass sich der Teufel meiner bemächtigt und mich irregeleitet hat.«

»Sie verteidigen sich also damit, dass Satan Sie in die Irre geführt hätte«, schloss Eve. »Aber diese Ausrede haben schon andere gebraucht. Ihre Gefühle für Jolene haben bei der Vergiftung ihres Ehemanns keine Rolle gespielt?«

Eine dunkle Röte legte sich auf Billys bleiche Wangen. »Ich hatte gehofft, ich könnte Jolene auf diese Art vor dem Schmerz und der Schande des Verrats durch ihren eigenen Ehemann bewahren.«

»Und auf Dauer selbst den frei gewordenen Platz an ihrer Seite einnehmen?«

»Lieutenant«, fiel ihr Luke ins Wort. »Er hat seine Sünden und Verbrechen gestanden. Müssen Sie ihn derart quälen? Er ist bereit, die weltliche und göttliche Strafe für sein Tun zu akzeptieren.«

»Und das reicht Ihnen aus?«

»Es geht hier nicht um mich.« Er berührte Billys Hand. »Ich werde für dich beten.« Der Angesprochene legte seinen Kopf ermattet auf den Tisch und ließ den Tränen freien Lauf.

Während er noch lautlos schluchzte, stand Eve bereits auf. »Billy Crocker, ich nehme Sie wegen des Mordes an James Jay Jenkins fest.« Sie ging um den Tisch herum, legte ihm Handschellen an und zog ihn von seinem Stuhl. »Peabody.«

»Zu Befehl, Madam. Kommen Sie, Mr Crocker«, sagte ihre Partnerin zu Billy und fügte an Samuel gewandt hinzu: »Sie können noch einmal mit Ihrem Mandanten reden, wenn er in seiner Zelle sitzt.«

Während Peabody den Täter aus dem Zimmer führte, stellte Eve ihren Rekorder wieder aus. »Danke, dass Sie dafür gesorgt haben, dass er sich stellt«, sagte sie zu Luke und fügte an Samuel gewandt hinzu: »Ich bewundere Ihren Glauben, Ihre Zurückhaltung und Ihre Loyalität.«

»Ein guter Mensch ist tot«, gab Luke leise zurück. »Ein zweiter ruiniert und die Leben vieler anderer sind zerstört.«

»Das passiert bei einem Mord. Er hat die Frau eines anderen begehrt. Sie wissen genauso gut wie ich, dass das zumindest eine Rolle bei der ganzen Sache gespielt hat, ganz egal, wie er es selber dreht.«

»Ist es nicht genug, dass er sich dafür vor Gott verantworten müssen wird?«

Eve sah ihn durchdringend an. »Er wird sich auch im Hier und Jetzt für sehr vieles verantworten müssen, deshalb überlasse ich diese Dinge Ihnen«, meinte sie und blickte wieder Samuel an. »Werden Sie ihn weiterhin vertreten?«

»Nur, bis er einen erfahreneren Strafverteidiger bekommt. Denn wir wollen nach Hause. Wir wollen, dass die Familie möglichst schnell nach Hause kommt.«

»Ich gehe davon aus, dass der Leichnam morgen freigegeben wird. Falls der erfahrenere Strafverteidiger dieses Geständnis vor Gericht anfechten will, werden die Umstände des Mordes noch einmal ans Licht gezerrt. Daran sollten Sie denken«, meinte sie und ging zur Tür. »Ich werde Ihnen zeigen, wo Sie warten können. Kommen Sie.«

Sie kehrte in ihr Büro zurück, schrieb ihren Bericht und erbat eine Nachrichtensperre bezüglich der Details. Schließlich wäre niemandem gedient, wenn Jolene und ihre Töchter aus den Zeitungen erführen, was der wahre Grund für diesen Mord gewesen war. Das erführen sie auch so noch früh genug.

Sie blickte auf, als Peabody den Raum betrat. »Alles erledigt«, meinte die. »Ich habe gesagt, sie sollen ihn beobachten, denn ich habe irgendwie ein ungutes Gefühl.«

»Ich kann mir nicht vorstellen, dass er den leichten Ausweg wählt, aber wenn Sie kein gutes Gefühl haben, ist das auf jeden Fall okay.«

»Sie wussten von Anfang an, dass er es war. Glauben Sie, die Richter kriegen ihn tatsächlich wegen Mordes dran?«

»Nein, ich glaube, dass sie auf Totschlag runtergehandelt werden und er dann auch nicht im Kahn, sondern in der Klapse landen wird. Glaube als Psychose. Er wird also die nächsten fünfundzwanzig Jahre Zeit haben, um zu bereuen.«

»Das klingt halbwegs gerecht.«

»Halbwegs gerecht muss eben manchmal reichen.« Sie warf einen Blick auf ihre Uhr, sah, dass sie Baxter vom Haken lassen musste, und stieß einen leisen Seufzer aus. »Gleich ist Schichtende. Trotzdem möchte ich, dass Sie zusammen mit McNab weiter die verschiedenen Linos durchgehen. Und da Sie beide währenddessen sicher unablässig knutschen und sich irgendwelches Junk-Food zwischen die Kiemen schieben werden, sehe ich das nicht als Überstunden, sondern als Freizeitvergnügen an.«

»Ich dachte, dass wir noch nach Brooklyn fahren.«

»Ich gucke einfach, ob ich Roarke dazu bewegen kann, dass er mit mir noch einen Ausflug dorthin macht.«

»Knutschen Sie dann auch und schieben Sie sich auch jede Menge Junk-Food ein?«

Eve beachtete sie mit einem todbringenden Blick. »Wenn

Sie heute Abend nichts mehr von mir hören, treffen wir uns morgen früh um sechs in St. Cristóbal.«

»Aua. Warum denn schon so früh?«

»Weil wir in die Messe gehen.«

Eve griff nach ihrem Link und kontaktierte Roarke.

13

Da Eve dadurch Zeit für ihre im Büro begonnenen Background-Checks gewann, bat sie Roarke darum, dass er das Steuer übernahm. Sie beide hatten bis nach sechs an ihren jeweiligen Arbeitsplätzen zugebracht, weswegen der Verkehr – typisch für diese Zeit – einfach entsetzlich war. Während sich Roarke durch den gemeingefährlichen Berufsverkehr in Richtung ihres Zielorts kämpfte, sah sie ab und zu von ihrem Handcomputer auf und fragte sich zum x-ten Mal, warum die Menschen, die in Brooklyn lebten, nicht auch dort ihr Geld verdienten, und warum die Menschen, deren Arbeitsplätze in Manhattan lagen, nicht auch ganz einfach dort wohnten. Teufel noch einmal.

»Glaubst du, dass den Leuten das gefällt?«, fragte sie ihren Mann. »Glaubst du, dieses ständige Im-Stau-Stehen gibt ihnen einen Kick, weil sie es als tägliche Herausforderung sehen? Oder haben sie sich vielleicht alle irgendeine verdrehte Form der Buße auferlegt?«

»Du arbeitest offenkundig schon zu lange an Fällen, bei denen es um Glauben geht.«

»Tja, es muss doch irgendeinen Sinn haben, wenn man sich und andere jeden Tag aufs Neue diesem Wahnsinn aussetzt.«

»Fehlendes Geld, fehlender Wohnraum.« Er sah kurz in

den Spiegel und scherte blitzschnell zwischen einem Mini und einem Geländewagen ein. »Oder der Wunsch, außerhalb der Stadt in einer netten Nachbarschaft zu wohnen, während man zugleich ein Innenstadt-Gehalt bezahlt bekommt; während andere die Energie und die Vorzüge der Stadt als Lebensraum genießen wollen, es aber nur Arbeit in einem der Vororte für sie gibt.«

Geschmeidig wechselte er abermals die Spur und machte dadurch knapp vier Meter Boden gut. »Oder sie fahren einfach aus irgendeinem anderen Grund über die verdammte, überfüllte Brücke. Wie wir es – auch wenn ich das nur ungern zugebe – schließlich gerade selber tun. Wobei man bei diesem Kriechtempo von fahren nicht mehr sprechen kann.«

»Wir sind auf dem Weg zu einer Frau, die vernünftig zu leben scheint, über die verdammte, überfüllte Brücke gezogen ist *und* dort, wo sie lebt, ihr Geld verdient. Wenn sie nicht die U-Bahn nimmt, kann sie innerhalb von zehn Minuten mühelos zu Fuß zur Arbeit gehen. Falls sich herausstellt, dass die Frau die Mutter von meinem Lino ist, frage ich mich, ob er sich auch gelegentlich im Kriechtempo über die Brücke gekämpft hat, um sie zu sehen.«

Roarke musste akzeptieren, dass es zunächst keinen Zentimeter weiterging, und so lehnte er sich auf seinem Sitz zurück und wartete auf seine Chance. »Hättest du das gemacht, wenn du an seiner Stelle gewesen wärst?«

»Das kann ich nicht sagen, denn das Wenige, an das ich mich im Zusammenhang mit meiner Mutter erinnern kann, hatte nichts mit selbst gebackenen Keksen und mit Gläsern frischer Milch zu tun. Aber stell dir vor, du kommst heim, hältst dich dort fünf, sechs Jahre versteckt und bräuchtest nur über die, wenn auch völlig überfüllte, Brücke nach Brooklyn rüberzufahren, um deine Mum zu sehen; die meines Wissens nach, abgesehen von dem Kind, das sie später noch bekommen hat, deine einzige noch lebende Blutsverwandte ist. Da wärst du doch bestimmt versucht, mal hinzufahren, um zu sehen, wie es ihr geht.«

»Vielleicht hat seine Mum ja auch keine Plätzchen für ihn gebacken und ihm keine Gläser mit frischer Milch serviert.«

»Er hat die Medaille, die sie ihm geschenkt hat, aufbewahrt, das deutet für mich auf eine innige Beziehung hin. Und falls diese Beziehung irgendwann mal innig war, hätte er sie sehen wollen, hätte wissen wollen, was sie macht, wie es ihr geht, was für einen Typen sie geheiratet hat, ob ihm der Halbbruder ein bisschen ähnlich ist. Irgendetwas in der Art.«

»Wenn sie überhaupt die Mutter deines Lino ist.«

»Ja, wenn.« Sie runzelte die Stirn und fragte sich, ob ihr Gefühl ein ausreichender Grund für die grauenhafte Tour inmitten des Berufsverkehrs – der, da sie alle standen, gar kein richtiger Verkehr mehr war – nach Brooklyn war. »Wenn sie seine Mutter war, wenn er in den letzten Jahren Kontakt zu ihr gesucht hat und zu ihr gefahren ist, dann muss sie durch die Nachrichten erfahren haben, dass er nicht mehr lebt. Aber bisher hat abgesehen von Pater López niemand das Leichenschauhaus kontaktiert. Ich habe Morris extra danach gefragt. Niemand hat sich nach dem Toten erkundigt, niemand wollte ihn sehen.«

Roarke schwieg einen Moment. »Ich habe selber eine halbe Ewigkeit darüber nachgedacht, ob ich meine Familie in Irland kontaktieren soll. Habe die Schwester meiner Mutter und die anderen überprüft und aus der Distanz beobachtet. Gemeldet habe ich mich zuerst nicht.«

Sie hatte sich bereits die ganze Zeit gefragt, wie er damals vorgegangen war. Vor dem ersten Besuch bei seiner

Tante hatte er sich hoffnungslos betrunken. Und er war kein Mann, der regelmäßig trank.

»Und warum nicht?«

»Dafür gab es gleich ein Dutzend Gründe. Während es nur einen Grund für einen Besuch bei ihnen gab. Ich musste diese Menschen sehen, mit ihnen sprechen, ihre Stimmen hören. Vor allem die von Sinead, weil sie schließlich die Zwillingsschwester meiner Mutter war. Trotzdem hätte ich mich lieber foltern lassen, als dorthin zu fahren.«

Er konnte sich noch ganz genau daran erinnern, wie panisch er in dem Moment gewesen war. »Es fiel mir furchtbar schwer. Denn ich hatte keine Ahnung, was sie von mir denken würden. Ob ich sie vielleicht nur an ihn erinnern würde statt an sie. Ob sie in mir nur meine unzähligen Sünden sehen würden und nicht meine Mutter, die bereits so lange nicht mehr lebte, dass sie mir noch nicht einmal in Erinnerung geblieben war. Die Rolle des verlorenen Sohns ist alles andere als leicht.«

»Trotzdem bist du hingefahren. Weil du der bist, der du bist.« Sie dachte schweigend nach. »Vielleicht war er aus einem anderen Holz geschnitzt. Jemand, der jahrelang in die Haut von einem anderen schlüpfen konnte, dürfte ein Problem gehabt haben, der Mutter zu erklären, was er da zum Teufel treibt. Außer seine Mutter hätte ihr Küken so oder so willkommen geheißen, weil ihr völlig schnuppe war, was ihr Liebling verbrochen hat.«

»Nicht das Küken, sondern die Weihnachtsgans«, klärte Roarke sie fröhlich auf.

»Und wo ist da der Unterschied?«

»Ich würde sagen, er beträgt mehrere hundert Pfund. Aber um wieder auf den Punkt zu kommen – um das herauszufinden, kämpfen wir uns schließlich durch diesen grässlichen Verkehr.«

»Unter anderem. Weißt du, ich hätte auch Peabody mitnehmen können, aber ich dachte, da wir Teresa an ihrem Arbeitsplatz besuchen, der in der Pizzeria ihres italienischen Schwagers ist, könnten wir das Berufliche mit einem netten gemeinsamen Essen verbinden.«

Er sah sie von der Seite an. »Das heißt, dass du ein Kreuzchen an der Stelle machen kannst, an der steht: Pflicht als Ehefrau zu einem gemeinsamen Essen mit Roarke erfüllt.«

Erst wollte sie es leugnen, dann aber räumte sie etwas verlegen ein: »Vielleicht, aber trotzdem haben wir jetzt sehr viel Zeit zusammen und kriegen mit ein bisschen Glück nachher noch eine wirklich tolle Pizza im Brooklyn-Stil serviert.«

»Bei diesem Verkehr kann ich nur hoffen, dass es, verdammt noch mal, die beste Pizza im Umkreis von fünfzig Meilen wird.«

»Immerhin bitte ich dich nicht, mich morgen früh um sechs in die Messe zu begleiten.«

»Meine liebste Eve, um mich dazu zu bewegen, müsstest du mir derart viele und verschiedene sexuelle Gefälligkeiten erweisen, dass es selbst die Grenzen meiner Fantasie erreicht.«

»Ich glaube nicht, dass man sexuelle Gefälligkeiten gegen den Besuch einer Messe tauschen kann. Aber für den Fall, dass ich es einmal versuchen möchte, werde ich einfach den Priester fragen, ob das möglich ist.«

Damit wandte sie sich wieder ihrem Handcomputer zu, und Roarke kämpfte sich weiter durch den elenden Verkehr.

Eves Berechnungen zufolge dauerte die Fahrt von Manhattan nach Brooklyn ungefähr so lange wie ein Flug von

New York nach Rom. Irgendwann aber erreichten sie die Pizzeria, die am Rand eines Geschäftsviertels am Ende einer Straße voller alter Reihenhäuser lag, auf deren geschmückten Eingangsstufen die Bewohner saßen und verfolgten, wie die Welt vorüberzog.

»Sie ist für heute Abend eingeteilt«, sagte Eve zu Roarke, als er vor der Pizzeria hielt. »Aber falls sie aus irgendeinem Grund nicht zur Arbeit erschienen ist, haben wir es auch bis zu ihrer Wohnung nicht mehr weit.«

»Heißt das, wenn sie heute blaumacht, muss ich auf mein Essen verzichten?«

»Du brauchst nicht verzichten, aber vielleicht müssen wir das Essen dann verschieben, bis ich sie gefunden und mit ihr gesprochen habe«, klärte sie ihn auf.

Sie betrat das Restaurant und war sofort in wunderbare Düfte eingehüllt, die ihr verrieten, dass die beste Pizza im Umkreis von fünfzig Meilen wenn nicht hier, dann eindeutig ganz in der Nähe zu bekommen war.

Italienische Fresken verzierten die Wände in der Farbe gerösteten italienischen Brots, bunt gedeckte Zweier- und Vierertische drängten sich unter eisernen Deckenventilatoren, die die Wohlgerüche noch bis in den letzten Winkel wirbelten. Hinter dem Tresen in der offenen Küche warf ein junger Kerl in einer fleckigen Schürze Pizzateig hoch in die Luft, fing ihn wieder auf und warf ihn unter dem begeisterten Gekicher einer Horde Kinder, die an einem Tisch mit zwei Erwachsenen, die wahrscheinlich ihre Eltern waren, saßen, nochmals in die Luft. Die Bedienungen, die leuchtend rote T-Shirts trugen, bahnten sich mit vollen Tellern und Tabletts einen Weg durch das Gewirr der Tische, und aus der Stereoanlage drang ein Lied, in dem jemand in einem reichen, samtig weichen Bariton sehnsüchtig von »amore« sang.

Eve entdeckte Babys, Kinder, Jugendliche und Erwachsene aller Altersklassen, die die altmodischen Speisekarten aus Papier studierten, aßen, tranken und plauderten.

»Das ist sie.« Eve nickte in Richtung einer Frau, die gerade große Nudelberge zu einem der Tische trug. Lachend stellte sie die Teller vor den Gästen ab und richtete sich dann geschmeidig wieder auf. Sie war eine schlanke, attraktive Frau von vielleicht Anfang fünfzig, mit großen, braunen Augen und im Nacken aufgestecktem, dunklem Haar.

»Wirkt nicht gerade wie eine Frau, die gerade erfahren hat, dass ihr Sohn vergiftet worden ist«, bemerkte Eve.

Eine andere Frau, die rundlicher und älter als Teresa war, trat lächelnd auf sie zu. »Guten Abend. Einen Tisch für zwei?«

»Ja, bitte«, antwortete Roarke und lächelte breit zurück. »Die Ecke dort wäre perfekt.« Er wies auf den Bereich, für den seiner Meinung nach Teresa zuständig war.

»Es könnte ein paar Minuten dauern. Wenn Sie möchten, warten Sie doch einfach drüben in der Bar.«

»Danke.«

»Sobald einer der Tische frei wird, gebe ich Ihnen Bescheid.«

In der hinter einer Bogentür gelegenen Bar herrschte dasselbe muntere Treiben wie im Restaurant. Eve setzte sich auf einen Hocker, drehte ihn in Richtung Restaurant, und Roarke bestellte eine Flasche Wein.

»Der Laden scheint echt gut zu laufen«, meinte sie. »Dabei gibt's ihn schon seit beinahe vierzig Jahren. Inzwischen leiten ihn die Kinder ihres Schwagers. Sie hat den Bruder des Besitzers vor ungefähr zwölf Jahren geheiratet. Ihr erster Mann verschwand, als Lino noch ein kleiner Junge war. Inzwischen ist er vierunddreißig – Lino Martinez. Wegen der Löschung der Akten kann ich nicht mehr rausfinden, ob er schon mal vor Gericht gestanden hat.«

»Oder ob er je Soldado war.«

»Nein. Ich weiß nur, dass er sich in seiner zweiten Lebenshälfte ausnehmend bedeckt gehalten hat. Er ist nicht nur ständig umgezogen, sondern hat sich auch regelmäßig andere Identitäten zugelegt. Weswegen er, selbst wenn er nicht mein Lino ist, eindeutig nicht sauber ist.«

»Hast du dir ihre Finanzen angesehen?« Roarke kostete den Wein, den ihm der Barkeeper in sein Glas schenkte. »Sehr gut.«

»Nur, soweit es mir ohne richterliche Erlaubnis möglich war. Auf den ersten Blick betrachtet sehen sie völlig sauber aus. Sie lebt im Rahmen ihrer Verhältnisse und arbeitet schon eine halbe Ewigkeit als Serviererin.«

»Du hast gesagt, dass sie für die Familie Ortiz tätig war, bevor sie hierher auf die andere Brückenseite zog.«

»Ja, und das ist eine Verbindung, die du etwas genauer unter die Lupe nehmen könntest, wenn wir wieder zuhause sind. Nach ihrer neuerlichen Heirat ist sie hierher umgezogen. Sie hat einen neunjährigen Sohn und war während seiner ersten beiden Lebensjahre als professionelle Mutter registriert, bevor sie hier wieder zu arbeiten begonnen hat. Das Kind ist auf einer privaten Schule – wo es offenkundig keinen Ärger macht – und sie hat ein bisschen Geld gespart. Nicht auffällig viel. Ihr Mann ist Medizintechniker und hat keine Vorstrafen. Sie haben eine Hypothek, zahlen Raten für ihren Wagen ab, das Übliche. Alles vollkommen normal.«

Die Empfangsdame kam in die Bar. »Ihr Tisch ist frei. Wenn Sie mir einfach folgen, der Wein wird Ihnen dann gebracht. Eine gute Wahl«, fügte sie lächelnd hinzu. »Ich hoffe, Sie genießen ihn.«

Sobald sie saßen, wurden ihre Gläser und die Flasche von einem jungen Hilfskellner gebracht. »Heute Abend ist Teresa für Sie da. Sie kommt sofort.«

»Und, wie ist die Pizza?«, fragte Eve, und Roarke sah Teresa strahlend an.

»Eine bessere werden Sie nirgendwo bekommen. Weil mein Bruder einfach ein genialer Pizzabäcker ist.«

»Seltsam«, überlegte Eve, als sie wieder allein waren. »Familienrestaurants. Auch das könnte eine Verbindung sein. Sie hat für die Familie Ortiz in deren Restaurant gearbeitet, bevor sie hier erneut in ein gut laufendes Familienunternehmen eingestiegen ist.«

»Das ist es, was sie kennt und was sie vielleicht braucht. Ihr erster Mann hat sie verlassen, und du hast gesagt, dass es vorher schon Berichte über Probleme in der Familie gab. Sie war noch sehr jung, als sie ihr erstes Kind bekam, das sie ebenfalls verlassen hat. Oder das auf jeden Fall verschwunden ist. Aber jetzt ist sie wieder Teil einer Familie, ein Glied in einer Kette, und sie sieht durchaus zufrieden aus«, bemerkte Roarke, als Teresa auf sie zugelaufen kam.

»Guten Abend. Hätten Sie vielleicht gerne eine Vorspeise? Die gerösteten Artischocken sind heute Abend ausgezeichnet.«

»Wir fangen sofort mit der Pizza an. Peperoni«, gab Roarke eilig die Bestellung auf, denn er wusste, wenn er zögerte, finge Eve vielleicht sofort mit der Vernehmung an.

»Ich gebe die Bestellung sofort auf.«

Sie ging in Richtung Küche, blieb aber, als jemand sie am Arm berührte, noch einmal stehen und führte ein kurzes, angeregtes Gespräch, das Eve verriet, dass sie sich mit Stammgästen des Ladens unterhielt.

Sie war offenbar beliebt. Beliebt und effizient.

»Wenn du so weitermachst«, warnte Roarke Eve, »hat dich spätestens in zwei Minuten mindestens die Hälfte aller Gäste als Polizistin ausgemacht.«

»Na und? Schließlich bin ich Polizistin«, antwortete sie, wandte sich ihm aber wieder zu. »Wenn sie so ist, wie sie auf mich wirkt, gehe ich jede Wette ein, dass sie den Kontakt zur Familie Ortiz auch nach ihrem Weggang aufrechterhalten hat. Ich frage mich, ob sie wohl zu der Beerdigung gefahren ist. Ihr Name stand nicht auf der Liste, die Graciela mir gegeben hat.«

»Hast du schon die Kränze und Gestecke und die Beileidsschreiben überprüft?«

»Hmm. Ganz am Anfang, ja. Aber da habe ich noch nicht nach einer Teresa Franco aus Brooklyn gesucht. Mira denkt, der Killer hätte das Bedürfnis, einem Priester seine Tat zu beichten.«

»Das herauszufinden, wird bestimmt nicht leicht.«

»Nein, wahrscheinlich nicht. Bei Billy war es total einfach. Er hat aus einem Impuls heraus gehandelt, aus seinem Glauben und aus Selbstgerechtigkeit heraus. Er wusste, ich hatte ihn durchschaut, weshalb mir sein Geständnis oder seine Beichte praktisch in den Schoß gefallen ist. Wenn aber Linos Killer bei López oder Freeman beichtet, werde ich ganz sicher nichts davon erfahren. Weil ihnen das Beichtgeheimnis heilig ist.«

»Und dir nicht.«

»Verdammt, nein. Wenn man ein Verbrechen beichtet, hat der Mensch, dem man es beichtet, die Verpflichtung, den Behörden zu melden, was er erfahren hat.«

»Es gibt für dich also nur Schwarz und Weiß.«

Stirnrunzelnd sah sie in ihren Wein. »Was sollte ich denn sonst noch sehen? Außer vielleicht manchmal rot? Es gibt einen Grund, aus dem wir Staat und Kirche trennen.« Sie schnappte sich eine der Knabberstangen aus dem hohen Glas auf ihrem Tisch.

»Es gefällt mir nicht, dass es vielleicht am Ende darauf ankommt, dass ein Priester einen Mörder dazu überredet, sich zu stellen. Billy ist ein kleiner, frömmelnder Heuchler ohne jedes Rückgrat, der am Ende das, war er getan hat, nicht mehr ausgehalten hat. Weiter nichts.«

Sie biss von ihrer Stange ab und wies mit dem Rest ihres Gebäcks auf Roarke. »Aber Linos Killer hat die Tat genau geplant, und er hatte vor allem ein viel tiefergehendes Motiv. Vielleicht Rache, vielleicht Habsucht, vielleicht das Bedürfnis, sich oder jemand anderen zu schützen – aber keinen vorgeschobenen Grund wie Billys Schwachsinn, dass er Seelen retten will.«

Da die Knabberstange direkt auf ihn zeigte, schnappte Roarke sie sich. »Obwohl ich durchaus deiner Meinung bin, finde ich es faszinierend, wie hart du mit der Religion umspringst.«

»Sie wird einfach zu oft als Entschuldigung, als Sündenbock, als Waffe, als Betrugsmasche benutzt. Viele, vielleicht sogar die meisten Leute nehmen sie nur ernst, wenn es ihnen gerade passt. Nicht wie Luke Goodwin oder López. Sie nehmen sie immer ernst und richten ihr gesamtes Leben danach aus. Das merkt man ihnen deutlich an. Vielleicht macht es das sogar noch schwieriger für mich zu akzeptieren, wie oft Schindluder mit Religion getrieben wird. Ich weiß nicht.«

»Und der Killer? Treibt auch er Schindluder damit?«

»Nein, ich glaube nicht. Deshalb wird es ja auch schwieriger werden, ihm etwas nachzuweisen, als es bei Billy war. Er meint es durchaus ernst, aber er ist weder fanatisch noch verrückt. Sonst wäre noch mehr passiert, sonst hätte er noch andere umgebracht oder sich in irgendeiner Botschaft zu der Tat bekannt.«

Sie zuckte mit den Schultern, denn ihr wurde klar, dass ein Mordfall nicht das allerschönste Thema während eines Essens war. »Wie dem auch sei, habe ich dir noch gar nichts von der Schlägerei erzählt, bei der ich heute dazwischengegangen bin.«

»Offenbar erfolgreich, denn anscheinend bist du unverletzt.«

»Das blöde Weib hat mich gebissen.« Sie zeigte auf ihre Schulter. »Man kann ihre Zahnabdrücke deutlich sehen. Wegen einer Handtasche. Keiner geklauten, sondern einer im Sonderangebot. Einer ... äh ... Laroche?«

»Die Marke ist ausnehmend begehrt.«

»So sah es auf alle Fälle aus, denn diese beiden Furien haben sich wegen dieses blöden Teils praktisch bis aufs Blut bekämpft. Dreifach gerollt. In Pfingstrose. Was in aller Welt ist Pfingstrose?«

»Eine Blume.«

»Verdammt, das ist mir klar.« Oder zumindest ungefähr. »Aber ist das eine Form, eine Farbe, ein Geruch?«

»Ich gehe einmal davon aus, dass es eine Farbe ist. Wahrscheinlich etwas Ähnliches wie Pink.«

»Ich habe Mira davon erzählt, plötzlich hatte sie diesen unheimlichen Glanz in ihren Augen. Sie hat sofort in dem Laden angerufen und das Ding gekauft.«

Lachend lehnte sich Roarke auf seinem Stuhl zurück, als Teresa mit der Pizza kam. »Spaß haben Sie anscheinend schon, ich hoffe also nur, dass Ihnen auch die Pizza schmeckt. Wenn Sie sonst noch etwas möchten, geben Sie mir einfach kurz Bescheid.«

Eve verfolgte, wie Teresa durch den Laden lief, Essen servierte, plauderte und Bestellungen entgegennahm.

»Sie hat eindeutig Routine, und sie fühlt sich offenkundig wohl in ihrem Job. Weil sie ihre Leute – die Kollegen und die Kunden – kennt. Sie kommt mir nicht wie eine Frau mit einem finsteren Geheimnis vor.« Als Eve davon ausging, dass die Pizza so weit abgekühlt war, dass sie sich den Gaumen nicht verbrennen würde, biss sie vorsichtig hinein. »Das Essen ist echt gut.«

»Und ob. Außerdem scheint sie auch nicht der Frauentyp zu sein, der sich wegen einer pinkfarbenen Designertasche schlägt.«

»Huh?«

»Sie trägt bequeme Schuhe, und zwar durchaus hübsche, aber alles andere als auffälligen Schmuck. Und sie trägt einen Ehering«, fügte Roarke hinzu. »Das zeigt, dass sie der Tradition verhaftet ist. Ihre Nägel sind gepflegt, aber kurz und nicht lackiert. Sie hat gute Haut und ist – zumindest bei der Arbeit – ausnehmend dezent geschminkt. Ich wette, sie ist eine Frau, die auf sich achtet, Spaß an hübschen – und haltbaren – Dingen hat und sorgfältig mit allem umgeht, was sie hat.«

Über einem zweiten Bissen Pizza blickte Eve ihn lächelnd an. »Du siehst inzwischen mit den Augen eines Cops.«

»Es ist alles andere als nett, mich derart zu beleidigen, während du von mir zum Essen eingeladen wirst. Aber ich gehe jede Wette ein, dass ihre Handtasche so praktisch und stabil wie ihre Schuhe ist und dass sie nicht weniger verblüfft wäre als du, dass jemand eine Polizistin wegen einer pinkfarbenen Tasche in die Schulter beißt.«

»Da widerspreche ich dir nicht.« Eve griff nach einem langen Käsefaden und legte ihn auf ihr Pizzastück zurück. »Aber nichts davon bedeutet, dass sie keine Ahnung davon hatte, dass ihr Erstgeborener drüben in Spanish

Harlem war und sich dort jahrelang als Priester ausgegeben hat.«

»Aber du glaubst nicht, dass sie es wusste.«

Eve spielte nachdenklich mit ihrem Glas. »Nein, ich glaube nicht, dass sie es wusste, aber ob diese Vermutung richtig ist, werden wir gleich sehen.«

Zunächst aber gab es keinen Grund, nicht die wirklich gute Pizza zu genießen, während sie verfolgte, wie Teresa durch das Restaurant hinüber in die offene Küche ging.

Schließlich aber kam sie abermals an ihren Tisch. »War alles zu Ihrer Zufriedenheit?«

»Auf jeden Fall.«

»Kann ich Sie vielleicht noch für einen Nachtisch interessieren?«, fing sie während des Einsammelns der Teller an. »Wir haben heute Abend selbst gemachtes Tiramisu. Einfach himmlisch.«

»Es geht leider nichts mehr rein. Aber gibt es vielleicht einen Ort, an dem wir uns unter vier Augen unterhalten können?«, fragte Eve.

Teresa ließ ihren Bestellcomputer sinken und blickte sie fragend an. »Gibt es irgendein Problem?«

»Ich müsste kurz mit Ihnen reden.« Eve legte ihre Marke auf den Tisch und verfolgte, wie Teresas Blick erschrocken daran haften blieb. »Am besten irgendwo, wo uns niemand stört.«

»Um ... neben der Bar ist ein kleines Büro, aber ...«

»Prima«, meinte Eve, erhob sich von ihrem Stuhl und baute sich direkt vor Teresa auf.

»Ich muss nur schnell jemanden bitten, dass er meine Tische übernimmt. Ah ...«

»Okay.« Eve wandte sich an Roarke, als Teresa zu einer Kollegin lief. »Warum kommst du nicht mit?«, bot sie ihm an. »Dann werden wir ja sehen, wie gut deine Einschätzung war.«

Sie marschierten an den Tischen und der Bar vorbei in das Büro, das tatsächlich ziemlich klein, dafür aber durchaus behaglich war. Direkt neben der Tür blieb Teresa stehen, verschränkte ihre Hände und fragte mit ängstlicher Stimme: »Ist etwas nicht in Ordnung? Habe ich etwas getan? Das mit den Blumen tut mir leid. Spike war wirklich furchtbar ungezogen, aber ich ...«

»Spike?«

»Unser kleiner Hund. Ich hatte keine Ahnung, dass er die Blumen ausgraben würde, und ich habe mich sofort bereit erklärt, den Schaden zu ersetzen. Ich habe Mrs Perini sofort erklärt, dass ich neue Blumen kaufen würde, und sie meinte, dann wäre es gut.«

»Mrs Franco, es geht nicht um Ihren Hund, sondern um Ihren Sohn.«

Sofort drückte ihr Gesicht die denkbar größte mütterliche Sorge aus. »Um David? Ist etwas mit David? Was ...«

»Nicht David, sondern Lino«, fiel ihr Eve ins Wort.

»Lino.« Teresa griff sich ans Herz. »Ja natürlich, wenn Sie von der Polizei sind, kann es nur um Lino gehen.« Die plötzliche Erschöpfung hüllte sie wie eine dünne, abgewetzte Decke ein. »Was hat er angestellt?«

»Wann hatten Sie zum letzten Mal Kontakt zu ihm?«

»Das ist inzwischen fast sieben Jahre her. Seit beinahe sieben Jahren habe ich kein Wort von ihm gehört. Damals hat er mir erzählt, er hätte Arbeit. Irgendwas, womit sich jede Menge Geld verdienen lässt. Aber so etwas hat Lino jedes Mal erzählt. Wo ist er?«

»Wo war er, als Sie zum letzten Mal Kontakt zueinander hatten?«

»Irgendwo drüben im Westen. Nevada, hat er gesagt.

Davor war er offenbar eine Weile in Mexiko. Alle paar Monate hat er mich angerufen, eine Mail oder manchmal auch ein bisschen Geld geschickt. Manchmal habe ich ein ganzes Jahr nichts von ihm gehört. Jedes Mal hat er gesagt, dass er nach Hause kommen wird, aber das hat er bisher noch nie getan.« Sie setzte sich auf einen Stuhl. »Und wenn ich ehrlich bin, bin ich erleichtert, dass er bisher nicht zurückgekommen ist, weil er einfach immer jede Menge Ärger macht. Wie sein Vater. Inzwischen habe ich noch einen anderen Sohn. David, der ein guter Junge ist.«

»Mrs Franco, wussten Sie, dass Lino bei den Soldados war?«

»Ja, ja«, gab sie seufzend zu. »Seine *Brüder,* hat er sie genannt. Er hatte sogar ihr Abzeichen.« Sie rieb sich den Unterarm. »Nichts, was ich getan habe, hat ihn dazu bewogen, damit aufzuhören, nichts, was ich gesagt habe, hat ihn dazu gebracht, sich von diesem Trupp zu distanzieren. Er hat mir immer alles Mögliche versprochen, aber kein Versprechen je gehalten. Er hat nie auf mich gehört und hatte ständig Ärger mit der Polizei.«

»Wann haben Sie ihn zum letzten Mal gesehen?«

»Er ist zuhause ausgezogen, als er siebzehn war, danach ist er nie mehr hierher zurückgekehrt.«

»Sie haben einmal für Hector Ortiz gearbeitet.«

»Das ist inzwischen Jahre her. Er war immer gut zu mir, zu uns. Er gab sogar Lino einen kleinen Job, als der fünfzehn war. Als Hilfskellner. Bis Lino ihn bestohlen hat.«

Bereits die Erinnerung daran trieb ihr die Schamesröte ins Gesicht. »Er hat diesen guten Mann, diese gute Familie bestohlen. Und Schande über uns gebracht.«

»Haben Sie den Trauergottesdienst für Mr Ortiz besucht?«

»Nein. Ich wollte hin, aber an dem Tag war Lehrer-

Eltern-Konferenz in Davids Schule. Tony, mein Mann, und ich nehmen immer daran teil. Weil es wichtig ist. Aber ich habe Blumen hingeschickt.« Etwas flackerte in ihren Augen auf. »Während der Messe wurde der Priester umgebracht. Davon habe ich gehört. Und ich habe auch gehört, dass es heißt – dass die Polizei behauptet –, dass er gar kein Priester war. Oh Gott. Oh Gott.«

»Mrs Franco.« Eve ging in die Hocke, bis sie beide auf Augenhöhe miteinander waren, und hielt ihr einen Plastikbeutel hin. »Gehört die Lino?«

Teresa rang nach Luft, als sie nach dem Beutel griff und mit dem Daumen über die Vorderseite der darin verpackten Medaille strich. Dann drehte sie sie um, und ihre Augen füllten sich mit Tränen, als sie die Inschrift auf der Rückseite las. »Ich habe sie ihm zu seiner heiligen Erstkommunion geschenkt. Damals war er sieben, sieben Jahre alt. Damals war er noch mein Kind, damals war er noch mein kleiner Junge. Bevor er so wütend wurde, bevor er so vieles wollte, was ich ihm nicht geben konnte. Ist er tot? Ist Lino tot? Hat er den Priester umgebracht? Oh Gott, hat er einen Priester umgebracht?«

»Ich gehe davon aus, und zwar vielleicht auf mehr als eine Art. Der Leichnam des Mannes, der sich als Pater Flores ausgegeben hat, wies die Narbe einer entfernten Tätowierung auf. Am Unterarm. Das Zeichen der Soldados. Auch sein Gesicht hatte der Mann chirurgisch verändern lassen. Diese Medaille hatte er in seinem Zimmer versteckt.«

Teresa wich jegliche Farbe aus dem Gesicht. »Sie glauben, dass dieser Mann, dieser angebliche Priester, Lino war.«

»Der echte Pater Flores war im Westen unterwegs, als er vor fast sieben Jahren verschwand. Wir haben ein paar

Dinge überprüft und dabei festgestellt, dass Lino Martinez ungefähr zur selben Zeit von der Bildfläche verschwand. Auch vorher war er öfter unter-, aber dann auch immer wieder aufgetaucht. Nach allem, was wir bisher wissen, hat er die Identitäten gewechselt wie ein anderer Mann das Hemd. Identitätsdiebstahl war Teil von seiner Masche, und er hatte dafür anscheinend ein erhebliches Talent.«

»Er war ein aufgewecktes Kind. Ein aufgeweckter Junge, der mit Elektronik besser umgehen konnte als die meisten anderen. Das hätte er für die Schule nutzen können, für das Erlernen eines ordentlichen Berufs, um sich ein gutes Leben aufzubauen. Stattdessen hat er es genutzt, um Mitglied dieser Gang zu werden und ihnen dabei zu helfen, ein krummes Ding nach dem anderen zu drehen. Heilige Mutter Gottes.« Sie presste sich die Finger vor die Augen. »Hat es wirklich so geendet? Ist er wirklich tot?« Sie wiegte sich hin und her. »Ist er tot? Bitte, ich brauche meinen Mann. Ich brauche meine Familie. Ich muss meinen Jungen sehen. Ich muss Lino sehen.«

»Würden Sie ihn denn erkennen, obwohl Sie ihn seit zwanzig Jahren nicht gesehen haben und er sein Aussehen stark verändert hat?«

Teresas Tränen tropften auf den Boden, als sie ihre Hände sinken ließ. »Er ist immer noch mein Sohn.«

Eve griff nach der Tüte, die Teresa in den Schoß gefallen war. »Ich werde dafür sorgen, dass man Sie den Leichnam sehen lässt.«

Teresa erschauderte. »Bitte, kann ich ihn morgen sehen? Wenn mein Junge in der Schule ist? Er soll nämlich nicht wissen … vielleicht ist das alles ja ein fürchterlicher Irrtum, dann braucht er es niemals zu erfahren. Und wenn nicht, möchte ich ihm von seinem Bruder auf eine Art erzählen, mit der er leben kann.«

»Morgen früh. Ich kann Sie abholen lassen.«

»Bitte nicht. Die Nachbarn ...« Sie brach schluchzend ab und warf eine Hand vor ihren Mund. »Ich weiß, wie das klingt. Schändlich und egoistisch. Aber ich lebe nun einmal hier. Und mein kleiner Sohn lebt hier. Wir hatten niemals Schwierigkeiten mit der Polizei. Da können Sie jeden fragen. Denn er ist ein gutes Kind. Und auch sein Vater ist ein guter Mann. Sie können ...«

»Mrs Franco, wir wollen Ihnen keine Schwierigkeiten machen. Ich kann Ihnen sagen, wohin Sie kommen sollen, und dann treffen wir uns einfach dort. Wann fängt die Schule Ihres Sohnes an?«

»Um acht. Danach können mein Mann und ich zu Ihnen kommen. Wir werden uns auf den Weg machen, sobald der Junge in der Schule ist. Mein Mann kann ...«

»Okay. Schon gut. Sagen wir, neun Uhr.« Eve zog eine Visitenkarte aus der Tasche und schrieb die Adresse auf. »Fahren Sie dorthin, und fragen Sie nach mir. Ich werde dafür sorgen, dass man Sie ihn sehen lässt.«

»Wir werden kommen. Ich und Tony werden kommen, aber jetzt muss ich nach Hause. Bitte, ich ... ich muss Sophia sagen, dass ich mich nicht gut fühle, und dann muss ich heim.«

»In Ordnung. Mrs Franco«, meinte Eve, als Teresa sich erhob. »Warum hat Lino New York mit siebzehn verlassen?«

Die dunklen Augen, die bisher so warm gestrahlt hatten, blickten sie trübe an. »Er wollte reich werden und sich vor allem einen Namen machen. ›Wenn ich wiederkomme‹, hat er damals zu mir gesagt, ›bin ich reich und angesehen, dann leben wir in einem großen Haus. Einem großen Haus wie dem von Mr Ortiz. Dann werde ich jemand sein.‹«

»Eins noch. Können Sie mir die Namen seiner engsten Freunde nennen? Oder die von anderen Mitgliedern der Gang?«

»Steve Chávez war sein bester Freund und zugleich der Schlimmste von dem ganzen Trupp. Er und Steve sind damals zusammen abgehauen.« Wieder presste sich Teresa die Finger vor die Augen und rieb fest daran herum. »Joe Inez, Penny Soto. Penny war seine Freundin. Aber da waren auch noch andere. Einige sind tot oder wie mein Junge abgehauen. Ich werde darüber nachdenken und Ihnen die Namen aufschreiben. Aber jetzt muss ich, bitte, heim.«

»Wir sehen uns dann morgen.«

Eve trat hinter ihr aus dem Büro und sah, wie sie eilig zu der Frau lief, die ihnen beim Betreten des Lokals entgegengekommen war. »Ich schätze, wir sollten ihr ein möglichst großes Trinkgeld dalassen«, bemerkte sie. »Schließlich habe ich ihr den Abend ruiniert.«

14

Während Roarke auch auf dem Weg nach Hause am Steuer saß, gab Eve die drei Namen, die Teresa ihr genannt hatte, in ihren Handcomputer ein. »Steve Chávez hat ein ellenlanges Vorstrafenregister, und zwar nicht nur hier bei uns. Körperverletzung, versuchter Totschlag, ein paar Drogendelikte, sexuelle Nötigung – wobei es einen Freispruch gab –, schwerer Autodiebstahl, Raub, Betrug. Er hat jede Menge Staatsgrenzen überschritten und landesweit diverse Haftanstalten mit seinem unfreiwilligen Besuch beehrt.«

»Ein reisender Schurke«, meinte Roarke.

»Er wurde mehrfach festgenommen oder verhört und dann wieder auf freien Fuß gesetzt. Vor etwas über sieben Jahren wurde er wegen Besitzes von Hehlerware angeklagt, gegen Kaution entlassen und hat sich anschließend aus dem Staub gemacht. Das war in Arizona.« Sie bedachte Roarke mit einem Seitenblick.

»Als Teresa ungefähr zur selben Zeit zum letzten Mal Kontakt zu Lino hatte, war der gerade in Nevada. Das liegt direkt nebenan.«

»Was wollen wir wetten, dass er und Lino sich getroffen haben, um bei ein paar Bierchen in Erinnerungen an die gute, alte Zeit zu schwelgen?«, fragte Eve.

»Nur ein Idiot würde dagegenhalten. Und wo steckt dieser Chávez jetzt?«

»Verschwand um dieselbe Zeit wie Lino von der Bildfläche. Inez und Soto sind noch immer in New York. Inez ist inzwischen Hausmeister in einem Apartmentkomplex in seinem alten Viertel. Hat als junger Mann wegen Raubes eingesessen und nach seiner Entlassung noch einmal wegen Erregung öffentlichen Ärgernisses in betrunkenem Zustand einen Schuss vor den Bug gekriegt. Aber inzwischen scheint er seit über zehn Jahren sauber zu sein. Soto wurde wegen dem Besitz und dem Verkauf von Drogen, wegen illegaler Prostitution und wegen Körperverletzung verknackt, ist aber gerade auf Bewährung draußen und arbeitet – wenn das nicht praktisch ist – in der Bodega, die direkt neben der Kirche liegt. Ich liebe derartige Zufälle!«

»Wer könnte dir das verdenken? Also, wen der beiden besuchen wir zuerst?«

Eine Polizistin, dachte Eve, hatte wirklich unglaubliches Glück, wenn sie mit einem Typen zusammen war, der ihren Job und ihre Arbeitszeiten derart locker nahm. »Ich könnte auch noch morgen mit den beiden sprechen, aber da Inez an seiner Arbeitsstätte wohnt, können wir ziemlich sicher sein, dass er zuhause ist.« Sie las ihm die Adresse vor. »Danke.«

»Dafür bist du mir was schuldig, denn diese Art von Polizeiarbeit ist einfach sterbenslangweilig. Alles, was man tut, ist reden, und nirgends ist jemand in Sicht, der einem ans Leder will.«

»Tja, es kann eben nicht immer unterhaltsam sein. Aber vielleicht zieht Joe ja ein Messer und geht damit auf uns los.«

»Damit besänftigst du mich nicht.«

Lachend streckte sie die Beine aus. »Willst du wissen, was echt tödlich war? Dass Peabody sich heute mit Nadine und Louise getroffen hat, um diesen reinen Frauenabend vor der Hochzeit zu bekakeln. Wie es aussieht, werde ich die Gastgeberin sein, auch wenn mir anscheinend ein paar Pflichten abgenommen worden sind.«

»Das klingt nicht wirklich tödlich, sondern vollkommen normal.«

»Vielleicht hast du recht«, räumte sie widerstrebend ein. »Vor allem, da ich bei Spielen und Strippern die Grenze gezogen habe. Mit allem anderen komme ich bestimmt zurecht. Wahrscheinlich sitzen wir ganz einfach stundenlang herum, schlürfen irgendwelche mädchenhaften Drinks und schaufeln Kuchen in uns rein.« Wenigstens der Kuchen war nicht schlecht. »Sicher brauche ich für diesen Abend auch noch ein Geschenk.«

Sie sah ihn von der Seite an.

»Nein«, erklärte er entschieden. »Such gefälligst selbst was aus, woher soll ich wissen, was das passende Geschenk für einen Junggesellinnenabschied ist.«

Als diese leise Hoffnung schwand, ließ sie die Schultern sinken und erklärte mürrisch: »Findest du nicht auch, dass diese blöde Schenkerei vollkommen übertrieben ist? Danach brauchen wir bestimmt auch noch ein Hochzeitsgeschenk für sie. Aber was zum Teufel soll man zwei erwachsenen Menschen schenken, die schon alles haben, was sie haben wollen, und es sich problemlos leisten können, einfach selbst etwas zu kaufen, wenn ihnen was fehlt?«

»Sie richten gerade ein komplettes Haus ein«, rief ihr Mann ihr in Erinnerung. »Ich habe bei Peabodys Mutter ein Teeservice bestellt. Kanne, Tassen, Untertassen, eben alles, was dazugehört. Sie ist eine wirklich gute und vor allem kreative Töpferin.«

»Huh. Das war eine gute Idee. Warum bin ich nicht selbst darauf gekommen und habe so was für Louise bestellt?« Sie grübelte kurz darüber nach, wandte sich dann aber wieder ihrem eigentlichen Thema zu. »Inez ist der Einzige der Leute, die Teresa mir genannt hat, der jemals geheiratet hat.«

»Es ist einfach immer wieder faszinierend, wie plötzlich du das Thema wechseln kannst«, bemerkte Roarke.

»Ich bin wegen des Junggesellinnenabschieds und der Hochzeit drauf gekommen. Er ist der Einzige der vier, der verheiratet ist und Kinder hat.«

»Und anscheinend auch der Einzige, der auf den rechten Weg zurückgefunden hat.«

»Ich weiß nicht, ob das eine etwas mit dem anderen zu tun hat, aber das ist durchaus interessant. Und dann ist da Teresa selbst. So, wie es für mich aussieht, wurde sie damals schwanger und hat den falschen Kerl geheiratet, bei dem sie auch geblieben ist, obwohl er sie verdroschen hat. Wahrscheinlich dachte sie, sie hätte keine andere Wahl. Dann hat sich der Kerl verdünnisiert und sie hat das Kind alleine aufgezogen. Hat, so gut es ging, für den

Jungen gesorgt, es aber nicht geschafft, ihn vor Problemen zu bewahren. Dann haut der Junge plötzlich einfach ab, sie heiratet noch einmal – diesmal einen anständigen Kerl – und bekommt ein zweites Kind. Führt ein ordentliches Leben, und der zweite Junge geht brav in der Spur.«

»Ist das Wesen eines Menschen wohl eher angeboren oder eher eine Folge dessen, wie er aufwächst?«

»Wahrscheinlich beides. Es ist immer beides, doch vor allem geht es darum, wie man werden will. Auf jeden Fall hat Lino während seiner ersten Lebensjahre miterlebt, wie sein Vater seine Mutter ein ums andere Mal misshandelt hat, und als er erfährt, dass dieser Bastard Solas seine Frau geschlagen und sich obendrein an seinem eigenen Kind vergangen hat, lässt er die Maske des Priesters lange genug fallen, um auf diesen Typen loszugehen. Weil das seine schwache Stelle ist. Er hat diese Medaille all die Zeit mit sich herumgetragen – hat seine Mutter all die Jahre nicht besucht, aber die Medaille mit sich herumgetragen, die sie ihm als Kind gegeben hat.«

»Ab und zu hat er ihr Geld geschickt.«

»Ja. Er wollte als reicher, angesehener Mann nach Hause kommen, hat er ihr erzählt. Nicht so wie das Schwein, von dem sie geschlagen worden ist. Das scheint einer der Gründe für seine Entwicklung gewesen zu sein. Falls das irgendjemanden interessiert.«

»Warum interessiert es dich?«

Sie schwieg einen Moment. »Sie wusste, dass er verloren war. Teresa, meine ich. Sie wusste, dass er etwas an sich hatte, wovon sie ihn nicht befreien konnte. Etwas, das ihn dazu brachte, diesen Weg zu gehen. Inzwischen führt sie ein gutes Leben, aber trotzdem wird sie um ihn trauern. Himmel, sie trauert schließlich schon jetzt um ihn.«

»Das stimmt.«

»Wenn ich die Erlaubnis kriege, ihr diese Medaille zurückzugeben, hebt sie sie bestimmt bis an ihr Lebensende auf. Als Erinnerung an ihren kleinen Sohn. Ich habe mit Leuten gesprochen, die ihn in den letzten Jahren kannten, die eng mit ihm zusammengearbeitet haben und mit ihm befreundet waren. Sie haben ihn gemocht. Ihn respektiert und gern gehabt. Ich glaube, dass er ein eiskalter Killer war oder dass er auf jeden Fall getötet und auch sonst nichts unversucht gelassen hat, um das zu erreichen, was ihm wichtig war. Aber unter dieser harten Schale hatte er noch einen anderen Kern. Und in solchen Fällen fragt man sich, warum dieser andere, weiche Kern so tief vergraben war.«

»Er wollte einfach mehr«, erklärte Roarke. »Wollte etwas, ohne es sich mühsam zu verdienen; oder es war aus irgendeinem Grund unerreichbar für ihn. Bei manchen Menschen kann das Verlangen stärker als alles andere sein.«

Sie sah ihn von der Seite an. »Du wolltest auch schon immer reich und wichtig werden. Das war auch für dich das höchste Ziel.«

»Das stimmt.«

»Aber dir war dieses Ziel nie wichtiger als du selbst.«

»Du siehst die Parallelen, und du fragst dich, weshalb ich nicht so geworden bin wie er. Ich habe die Grenzen, die das Recht den Menschen setzt, als ... Optionen oder vielleicht sogar als Herausforderung gesehen. Und ich hatte Summerset, der für mich in einer Zeit, in der ich auch einen wesentlich dunkleren Weg hätte beschreiten können, eine Art von Kompass war.«

»Auch ohne ihn hättest du nie den dunklen Weg gewählt. Davor hätte dich dein Stolz bewahrt.«

Er zog fragend seine Brauen hoch. »Ach ja?«

»Dir ging es niemals nur ums Geld. Geld bedeutet Sicherheit, und es ist auch ein Symbol. Es ging dir nie einfach darum, möglichst viel Geld zu haben, sondern darum, dass du immer wusstest, was du damit machen willst. Viele Menschen haben Geld. Sie verdienen oder klauen es. Doch nicht jeder baut sich etwas damit auf. Er hätte sich ganz sicher niemals etwas damit aufgebaut. Lino, meine ich. Selbst, wenn er reich geworden wäre, hätte er es nie zu Ansehen gebracht. Deshalb hat er dieses Ansehen für kurze Zeit geklaut.«

»Indem er die Soutane eines Priesters angezogen hat.«

»Weil ein Priester in der Welt, aus der er kam, angesehen und wichtig war. Ich wette, dass ihm dieses Ansehen und die damit einhergehende Macht durchaus gefallen haben und er deswegen so lange durchgehalten hat.«

»Offenbar etwas zu lange«, warf Roarke ein.

»Ja.« Wie lange hätte er wohl noch den Priester spielen müssen, überlegte sie. Wann hätte er Reichtum und Ehre erlangt? »Vielleicht kann Teresa nicht bestätigen, dass er tatsächlich Lino ist, denn ich kann mir einfach nicht vorstellen, dass sie ihn nach all der Zeit und mit dem veränderten Gesicht erkennt. Aber trotzdem weiß ich ganz genau, dass der Kerl im Leichenschauhaus dieser Lino ist. Jetzt muss ich nur noch rausfinden, wer ihm nach dem Leben getrachtet hat und warum.«

Vielleicht hatte Joe Inez die Antworten auf einige von ihren Fragen, dachte Eve, als sie vor dem zwölfgeschossigen Apartmenthaus, einem ruhigen, gepflegten Block aus Beton und Stahl mit einer automatisch gesicherten Tür und Gitterstäben vor den Fenstern der unteren beiden Etagen, stand.

Sie öffnete die Tür mit ihrem Generalschlüssel und sah

sich in der kleinen Eingangshalle um. Es roch nach Zitronenscheuermittel und auf dem weiß marmorierten Boden waren ein künstlicher Fikus in einem bunten Topf sowie zwei Stühle einladend arrangiert.

»Er wohnt in 2A.« Statt einen der beiden winzigen Fahrstühle nahmen sie und Roarke die Treppe in den zweiten Stock. Aus den Wohnungen drangen gedämpfte Geräusche in den Flur: irgendwelche Fernsehsendungen, weinende Babys, Salsamusik. Doch sämtliche Deckenlampen brannten und die Wände und die Türen sahen genauso sauber wie die Eingangshalle aus.

Anscheinend machte Inez einen wirklich guten Job.

Sie klopfte an die Tür, und beinahe sofort wurde ihnen aufgemacht. Ein vielleicht zehnjähriger Junge mit dem bei Airboard-Fans beliebten überlangen Pony trank aus einer Flasche ein isotonisches Getränk. »He«, grüßte er.

»He«, grüßte Eve zurück. »Ich möchte mit Joe Inez sprechen.«

Sie zückte ihre Dienstmarke, und er ließ seine Flasche sinken und riss überrascht und aufgeregt die Augen auf. »Ach ja? Und was wollen Sie von ihm?«

»Das geht dich einen feuchten Kehricht an.«

»Haben Sie denn einen Haftbefehl?« Der Junge lehnte sich gegen den Türrahmen und nahm den nächsten Schluck von seinem leuchtend orangefarbenen Getränk. »Das fragen sie nämlich immer im Fernsehen.«

»Hat dein Vater denn irgendetwas Verbotenes getan?«, fragte Eve zurück, und der Junge atmete zischend aus.

»Nie im Leben. Dad! He, Dad, hier sind zwei Cops für dich.«

»Red keinen Blödsinn, Mitch, und mach dich wieder an die Hausaufgaben. Deine Mom ...« Der Mann, der aus einem der Zimmer kam, wischte sich die Hände an der

Hose ab, blieb stehen und bedachte sie mit einem argwöhnischen Blick. »Tut mir leid. Mitch, kümmer dich bitte um die Zwillinge.«

»Oh, nee.«

»Oh doch«, bestimmte Inez, während er mit einem Daumen in Richtung des Zimmers wies, aus dem er gerade gekommen war.

Der Junge murmelte etwas, was außer ihm niemand verstand, und ließ die Schultern hängen, kam aber der Aufforderung seines Vaters nach.

»Kann ich Ihnen helfen?«, wandte Inez sich an Eve.

»Joe Inez?«

»Richtig.«

Eve blickte auf seinen tätowierten Unterarm. »Sie waren mal bei den Soldados.«

»Das ist ewig her. Was wollen Sie von mir?«

»Es geht um Lino Martinez.«

»Lino?« Wie zuvor sein Sohn riss er überrascht die Augen auf, doch statt Aufregung drückte sein Blick gleichzeitig Erschrecken aus. »Ist er etwa wieder da?«

»Wir würden gerne reinkommen.«

Inez raufte sich das Haar und trat einen Schritt zurück. »Ich habe heute Abend Babysitterdienst. Meine Frau trifft sich mit ihren Freundinnen, und ich weiß nicht, wie lange Mitch die beiden anderen ruhig halten kann.«

»Dann kommen wir am besten gleich zur Sache. Wann hatten Sie zum letzten Mal Kontakt zu Lino Martinez?«

»Mein Gott. Das ist sicher fünfzehn Jahre her. Vielleicht sogar noch länger. Er verschwand, als wir noch Kinder waren. Mit sechzehn oder siebzehn ist er abgetaucht.«

»Und seither hatten Sie nie mehr Kontakt zu ihm?«

»Wir hatten uns gestritten, bevor er abgehauen ist.«

»Worum ging es bei dem Streit?«

Sein Blick wurde distanziert. »Verdammt, woher soll ich das jetzt noch wissen?«

»Sie waren beide Mitglieder in einer Gang, die für ihre Gewalt und ihre Blutsbande berüchtigt war.«

»Ja. Dieses dämliche Tattoo erinnert mich jeden Tag daran, dass ich verhindern muss, dass eins von meinen Kindern auch so einen Fehler macht. Ich habe einmal gesessen, aber das wissen Sie bestimmt bereits. Ich war betrunken, und da bin ich ausgeflippt. Aber seit fast dreizehn Jahren bin ich sauber. Kann ich also vielleicht endlich irgendwann mal einen Schlussstrich unter diese Sache ziehen?«

»Warum ist Lino damals abgehauen?«

»Ich nehme an, er wollte einfach weg. Er und Steve – Steve Chávez – meinten, sie wollten nach Mexiko. Vielleicht sind sie ja auch wirklich hingefahren. Ich weiß nur, dass sie zusammen abgehauen sind und dass ich seither von keinem der beiden etwas gehört habe.«

»Gehen Sie in die Kirche?«

»Was geht Sie das an?« Als Eve ihn einfach reglos ansah, stieß er einen Seufzer aus. »Ich versuche, wenn möglich, jeden Sonntag hinzugehen.«

»Nach St. Cristóbal?«

»Sicher, das ist schließlich … Sie sind wegen dieses Priesters hier.« Er atmete erleichtert auf. »Wegen des Priesters, der bei der Beerdigung gestorben ist. Der Beerdigung des alten Mr Ortiz. Ich konnte selbst nicht hingehen, weil es hier im fünften Stock ein Problem mit einem der Abflüsse gab. Sprechen Sie mit jedem hier aus der Gemeinde oder nur mit ehemaligen Gangmitgliedern?«

»Haben Sie Flores gekannt?«

»Nein, nicht wirklich. Ich meine, ich habe ihn ab und zu gesehen. Meistens gehen wir sonntags in die Neun-

Uhr-Messe. Meine Frau hört immer gern die Predigten von Pater López, und für mich ist das okay, denn er fasst sich meistens kurz.«

»Ihre Jungs gehen nicht ins Jugendzentrum?«, fragte Eve.

»Mitch ist total wild auf Airboarding. Mannschaftssport ist ihm, zumindest bisher, total egal. Und die Zwillinge sind erst fünf und ...« Laute Juchzer und fröhliches Geschrei drangen aus dem Nebenraum und mit einem grimmigen Lächeln fügte Inez hinzu: »Bisher halten wir sie noch an der kurzen Leine.«

»Was ist mit Penny Soto?«

Der Ausdruck seiner Augen wurde kalt. »Sicher, sie ist noch hier in der Gegend. Aber wir führen inzwischen völlig verschiedene Leben. Ich habe meine Familie und meinen Job und will deshalb schon seit Jahren einfach keinen Ärger mehr.«

»Was für Ärger hatte Lino Martinez, als er verschwand?«

Abermals drückte sein Blick Wissen, Angst, Bedauern aus. »Da kann ich Ihnen nicht weiterhelfen. Lino hatte immer irgendwelchen Ärger. Hören Sie, ich kann die drei Jungs nicht länger alleine lassen. Über diesen Flores weiß ich nichts, und was Lino angeht ... Das hier«, er klopfte auf sein Tattoo, »... ist die einzig wirkliche Gemeinsamkeit, die es je zwischen uns gab. Und jetzt muss ich Sie bitten zu gehen, damit ich meine Jungen daran hindern kann, sich gegenseitig die Köpfe einzuschlagen.«

»Er hat uns nicht alles gesagt«, erklärte Eve, als sie wieder draußen auf der Straße standen. »Irgendetwas ist passiert, weshalb Lino vor all den Jahren abgehauen ist.«

»Aber du denkst nicht, dass er wusste, dass Lino zurückgekommen war?«

»Nein, so hat er nicht auf mich gewirkt. Er will von all dem nichts mehr wissen und ist sichtlich angenervt, wenn er an die Zeit erinnert wird. Was ich ihm nicht verdenken kann. Es ist bei ihm genau wie bei Teresa. Er hat sich ein neues Leben aufgebaut, das er um jeden Preis behalten will. Doch mit einem Mal ist Lino wieder da.«

Sie setzte sich auf den Beifahrersitz des Wagens und lehnte sich zurück. »Mit einem Mal ist Lino wieder da«, wiederholte sie, während sich Roarke hinter das Steuer schwang. »Ein Hindernis, eine Erinnerung, eine Last, wie du es auch immer nennen willst. Lino ist eine Erinnerung an die Vergangenheit, die damals begangenen Fehler, den Ärger und die Schwierigkeiten, die einen Schatten auf das neue Leben wirft. Aber dadurch, dass er tot ist, ändert sich für diese beiden nichts.«

Er lenkte den Wagen auf die Straße und schlug dort den Weg nach Hause ein. »Wenn der Grund, aus dem Lino aus New York verschwunden ist, schwerwiegend genug war, können wir ihn finden. Eine Überprüfung der Schlagzeilen aus jener Zeit brächte ihn bestimmt ans Licht.«

»Vielleicht. Aber weißt du, die Mutter hatte nicht plötzlich diesen Blick. Diesen ›Oh-Scheiße-jetzt-geht's-wieder-los‹-Gesichtsausdruck, der mir eben bei Inez aufgefallen ist. Warum hatte sie den nicht? Sie dachte, er wäre abgehauen, um ein reicher, angesehener Mann zu werden, nicht, weil er vor irgendetwas geflohen ist. Vielleicht interpretiere ich ja auch zu viel in den Blick von Inez rein.« Sie fuhr sich mit der Hand durch das Gesicht. »Die Eindrücke, die ich bei den Ermittlungen zu diesem Fall bekomme, stimmen irgendwie nicht überein. Bei jedem Gespräch kommt etwas anderes heraus. Ich muss das alles erst einmal gedanklich sortieren.«

»Wenigstens weißt du inzwischen, wer dein Toter ist.«

»Ich brauche noch die offizielle Bestätigung, aber ja, ich bin mir sicher, dass ich weiß, wer er in Wahrheit war. Die Messe morgen früh werde ich leider ausfallen lassen müssen«, überlegte sie und schickte ihrer Partnerin eine entsprechende SMS.

»Ich glaube nicht, dass das gegen dich spricht, denn schließlich lässt du die Messe sausen, um diese Soto zu vernehmen, damit du dein Opfer endlich eindeutig identifizieren kannst.«

»Hmm. Trotzdem will ich noch einmal mit López sprechen. Am besten fahre ich nach dem Gespräch mit Soto einfach noch bei ihm vorbei. Sie war Linos Freundin«, überlegte sie. »Hatte schon als Kind eine Beziehung zu ihm. Ich habe keine Freunde aus der Kindheit. Aber du. Wie weit geht da die Loyalität?«

»Das ist eine viel zu vage Frage, als dass ich dir eine eindeutige Antwort darauf geben könnte«, klärte er sie auf.

»Sagen wir, ein Freund aus alten Zeiten hätte was getan oder etwas nicht getan, weshalb es zu einem Bruch zwischen euch kam – etwas, worüber ihr gestritten habt, worin ihr nicht einer Meinung wart. Dann haut er einfach ab. Beschützt du ihn trotzdem weiter? Hältst du bis an dein Lebensende den Mund, weil ihr schließlich einmal, lässig formuliert, in derselben Mannschaft wart?«

»Du siehst wieder mal schwarz-weiß, Lieutenant. Es käme darauf an, was der Freund getan oder unterlassen hat und ob und wie sehr ich und die Menschen, die mir nahestehen, davon betroffen sind. Würde eine Enthüllung etwas daran ändern, was damals geschehen ist, oder würde sie was ausgleichen, was meiner Meinung nach ausgeglichen werden muss?«

»Du würdest die Sache unter Verschluss halten«, murmelte sie. »Und zwar aus Stolz und Loyalität. Aber aus

Inez kriege ich, wenn nötig, ganz bestimmt heraus, was damals geschehen ist.«

»Davon bin ich überzeugt. Er hat kein X in seinem Tattoo«, fügte Roarke hinzu.

»Nein, anders als Lino und Chávez hat er das nicht. Linos Fingerabdrücke und seine DNA waren in seiner Akte festgehalten, aber wie soll ich herausfinden, wer ihn getötet hat, nachdem ein Haufen Weicheier die Löschung aller Einträge veranlasst hat, unter dem Vorwand, man dürfe diese armen, unverstandenen Kinder – die getötet, gefoltert und ganz allgemein jede Menge Schaden angerichtet haben – nicht durch ein Vorstrafenregister stigmatisieren? Falls es jemals irgendwelche Einträge zu Lino gab.«

»Mit ein bisschen Zeit und den entsprechenden Geräten könnte ich dir diese Informationen besorgen, falls Lino jemals vor Gericht gestanden hat, verhaftet oder auch nur vernommen worden ist.«

Sie sah ihn von der Seite an. Auch sie selbst hatte bereits an diese Möglichkeit gedacht. »Wie viel ist ein bisschen Zeit?«

»Das kann ich nicht sagen, solange ich nicht bei der Arbeit bin.«

Sie atmete zischend aus. »Ich kann dir nicht die Erlaubnis dazu geben, denn soweit ich weiß, steht kein Leben auf dem Spiel, ist niemand unmittelbar bedroht. Es wäre lediglich der einfachste Weg zum Ziel.«

»Was höre ich da?« Er klopfte sich ans Ohr. »Ah ja, das ist eindeutig *dein* Stolz, der da spricht.«

»Ach, halt die Klappe«, fauchte sie. »Es geht hier nicht um Stolz, sondern darum, dass man sich an vorgeschriebene Verfahrensweisen halten muss. Ich werde die Gesetze nicht umgehen, nur um eine Abkürzung zu nehmen und meine Neugier zu befriedigen.« Doch als sie sich selbst hörte, gab sie zähneknirschend zu: »Also gut, vielleicht geht es mir dabei doch um meinen Stolz.«

Während er durch das Tor des Grundstücks fuhr, nahm er ihre Hand, hob sie an seinen Mund und küsste sie. »Ist es nicht so, dass Stolz eine der sieben Todsünden ist? Aber wenn wir schon derart gesündigt haben, wie wäre es dann damit, einfach weiter zu sündigen? Zum Beispiel durch die Erforschung unserer Lust?«

»Denkst du eigentlich je an etwas anderes als Sex?«

»Manchmal kombiniere ich ihn gern mit Gier.« Noch bevor der Wagen stand, öffnete er ihren Gurt, packte sie am Kragen ihres Hemds und zog sie neben sich.

»He.«

»Vielleicht liegt es einfach an all dem Gerede über die alten Zeiten und die Jugend.« Mit einer geschmeidigen Bewegung klappte er den Sitz zurück und zog sie rittlings auf seinen Schoß. »Das hat mich daran erinnert, wie schön es immer war, die Mädels in den Fahrzeugen, die ich damals gerade … besorgen konnte … auszuziehen.«

»Du hattest unmittelbar, nachdem du irgendwelche Fahrzeuge gestohlen hattest, Zeit für Sex?«

»Oh, für Sex ist ja wohl immer Zeit.«

»Dann hast du aber einen wirklich großzügigen Chef, wenn dir das selbst im Dienst gestattet ist. Himmel, wie viele Hände hast du?« Doch noch während sie ihm auf die Finger klopfte, machte er die Knöpfe ihrer Bluse auf. »Hör zu, falls du ein Aufhupferl machen willst, haben wir wahrscheinlich zwei Dutzend ordentliche Betten hier im Haus.«

»Es geht nicht um das Aufhupferl, zumindest nicht nur.« Er glitt mit einem Finger über ihren Hals. »Es geht um den Moment und darum, während eines kurzen Augenblicks die Torheit der Jugend wiederaufleben zu lassen.«

»Vielleicht warst du damals ein Tor. Ich hatte dafür keine Zeit.« Sie streckte eine Hand nach der Türklinke aus, doch er hielt sie lachend fest.

»Du hast also noch nie Sex im Auto gehabt.«

»Und ob. Schließlich kommen dir fast jedes Mal schmutzige Gedanken, wenn du mit mir im Fond einer deiner Limousinen sitzt.«

»Das ist etwas völlig anderes. Eine Limousine ist etwas, worin es nur Erwachsene treiben. Das ist eine weltgewandte Form von Sex. Aber jetzt quetschen wir uns zusammen auf den Vordersitz eines Polizeiwagens und der Lieutenant ist gleichzeitig verlegen und erregt.«

»Bin ich nicht. Und zwar keins von beidem.« Doch ihr Puls fing bereits an zu rasen, und ihr Atem stockte, als er mit dem Daumen über den dünnen Baumwollstoff in Höhe ihrer Brüste glitt. »Das ist einfach lächerlich. Wir sind erwachsen und verheiratet, und das Lenkrad drückt mir fürchterlich ins Kreuz.«

»Die ersten beiden Dinge sind vollkommen unwichtig, und dass du das Lenkrad spürst, gehört einfach dazu. Musik an, Programm fünf. Dach auf.«

Sie sah ihn aus zusammengekniffenen Augen an. »Es wird nicht funktionieren. Es ist unbequem und dumm, und ich muss später noch in diesem Fahrzeug arbeiten.«

»Ich kann dafür sorgen, dass du innerhalb von zehn Sekunden kommst.«

Sie sah ihn mit einem hämischen Grinsen an. »Zehn, neun, acht, sieben, sechs, fünf … verdammt.« Sie hatte seine schnellen Hände und seine geschickten Finger ganz eindeutig unterschätzt. Denn bereits nach wenigen Sekunden hatte er den Knopf von ihrer Hose aufgemacht und sie so nass und heiß gemacht, dass sie gegen ihren Willen dem Höhepunkt entgegentrieb.

»Nochmal«, murmelte er, riss ihr das Tanktop über den Kopf und nahm eine ihrer Brüste in den Mund.

Er trieb sie mit Mund und Händen immer weiter an, während die kühle, abendliche Brise über ihre Wangen strich und ihr lauter Freudenschrei die Dunkelheit durchdrang.

Ihre Hände suchten flatternd Halt, als sie hörte, wie der Stoff des Tanktops riss und die kühle Abendluft in wunderbar erregendem Kontrast zu der Hitze, die in ihrem Innern aufgestiegen war, auf ihren nackten Körper traf.

Er konnte sehen und spüren, dass sie sich gehen ließ. Dass sie diesen Tag, den Job, die Sorgen kurzfristig vergaß.

Früher hatte ihr die Zeit für derartige Torheiten gefehlt. War es da etwa ein Wunder, dass er das Verlangen hatte, ihr zu geben, was ihr damals vorenthalten worden war? Und dass all die Liebe, die in diese Gaben einfloss, sie erst wirklich werden ließ?

Seine Frau, sein Schatz, seine Geliebte fummelte mit ihm auf dem Fahrersitz eines entsetzlich engen Wagens, während aus dem Radio Musik an ihre Ohren drang und das Licht der Sterne durch das offene Dach auf ihre Gesichter fiel.

Er stieß mit einer Hand gegen ihre Waffe und lachte glücklich auf. Denn war schließlich nicht auch sie ein Teil von ihr? Von seiner gefährlichen und engagierten Polizistin, die sich ihm, verloren in ihrem eigenen Verlangen, vollkommen ergab. Die forderte, dass er ihr Freude schenkte und ihm gleichzeitig so viel Freude gab.

Schließlich raubten ihre heißen Küsse ihm die Beherrschung, bis er ebenso verzweifelt war wie sie. Bis es nur noch ein Verlangen, einen einzigen Gedanken für ihn gab. Sich mit dieser Frau zu paaren, die sein Ein und Alles war.

»Ich kann nicht ... wie sollen wir ...«, abermals stockte ihr Atem und mit schmerzendem Körper rutschte sie in dem beengten Raum auf ihm herum.

»Schieb dich ... lass mich ... ach, verdammt.« Während er versuchte, ihre Hüfte etwas anzuheben, riss er sich die Knöchel einer Hand am Lenkrad auf, krachte mit dem Knie gegen das Armaturenbrett und war sich ziemlich sicher, dass sie fluchte, als sie mit dem Kopf gegen die Kante des offenen Daches schlug.

Irgendwie bekämen sie es sicher hin.

Sie lachte wie eine Verrückte, als der Stecker endlich in der Dose war.

»Oh, Gott sei Dank.« Er hielt sie, hielt sie einfach fest, denn sie schüttete sich immer noch vor Lachen aus. »Wenn du endlich mit Lachen fertig bist, mach dich gefälligst an die Arbeit, ja? Ich klemme nämlich fest, weshalb ich die Dinge ohne ein bisschen Hilfe nicht zum Laufen bringen kann.«

»Ach nein?« Sie bekam fast keine Luft vor lauter Lachen ...warum nur kam ihr die Situation zwar furchtbar lächerlich, gleichzeitig aber auch ungeheuer sexy vor? »Du klemmst also fest?«

»Das liegt nur an dem verfickten Design dieses Gefährts.«

»Es ist vielleicht verfickt, aber zum Ficken ist es eben einfach nicht gemacht.« Sie sah ihm ins Gesicht und bewegte sich fast unmerklich auf und ab. Hob die Hüfte den Bruchteil eines Millimeters an. Und senkte sie wieder ab. »Und wie ist das?«

»Du bringst mich um.«

»Du hast angefangen.« Abermals bewegte sie sich minimal, quälte dadurch aber nicht nur ihn, sondern auch sich selbst. Also bewegte sie sich etwas mehr und genoss das überlegene Gefühl, dass sie die Kontrolle über alles hatte, bis sie merkte, dass diese Kontrolle eine reine Illusion gewesen war.

Er erstarrte, wand sich und erschauderte, und seine wunderbaren Augen wurden blind und beinahe schwarz, als sie ihn ritt und mit ihm gemeinsam dem Höhepunkt entgegenjagte, bis sie ebenfalls noch einmal kam.

Dann brach sie, auch wenn das in der Enge des Gefährts kaum möglich war, zitternd über ihm zusammen und atmete keuchend aus und ein.

»Hoffentlich muss ich mich morgen nicht irgendwo ausziehen«, meinte sie. »Denn von dem blöden Lenkrad habe ich wahrscheinlich jede Menge blaue Flecken am Hinterteil.«

»In letzter Zeit scheinst du von dem Gedanken, dich bei der Arbeit ausziehen zu müssen, regelrecht besessen zu sein. Gibt es irgendetwas, was ich wissen muss?«

»Man kann einfach nicht vorsichtig genug sein«, gab sie knapp zurück.

»Wie geht es deinem Kopf?«

»Das war nur ein leichter Stoß.« Sie rieb sich geistesabwesend den schmerzenden Skalp. »Wie machen wir uns wieder voneinander los? Oder sitzen wir hier fest, bis uns morgen irgendwer entdeckt?«

»Einen Augenblick.« Er schob sie ein kleines Stück zurück. »Das war um Welten besser und vor allem eine deutlich größere Herausforderung als jeder Sex im Auto, der mir bisher geboten worden ist.«

So sah er auch aus, fand Eve. Denn er hatte wild zerzaustes Haar, ein Hemd, von dem die Knöpfe abgesprungen waren, und einen schläfrigen, selbstzufriedenen Blick. »Hast du damals wirklich Autos geklaut, um Sex darin zu haben?«

»Es gab alle möglichen Gründe Fahrzeuge zu klauen. Zum Vergnügen, fürs Geschäft oder eben, um einen zumindest halbwegs privaten Ort zu haben, um mit einem Mädel zusammen zu sein.« Er gab ihr einen kurzen, freundschaftlichen Kuss. »Wenn du willst, kann ich gern irgendwelche anderen Wagen klauen, damit du sie vergleichen kannst.«

»Nein danke.« Sie blickte an sich herab. »Du hast meine Unterwäsche zerrissen.«

»Ja«, räumte er grinsend ein. »Aber anders ging es einfach nicht. Und jetzt lass uns gucken, wie wir hier herauskommen.« Er schob sie ein Stückchen hoch, bis sie wieder in Richtung ihres eigenen Sitzes krabbeln konnte, sie zog vorsichtig ihr Bein über seinen Schoß, eilig machten sie die Knöpfe, Haken, Reißverschlüsse ihrer Kleidung wieder zu, und er fuhr die letzten Meter bis zum Haus und parkte dort.

»Summerset hat sicher genau mitbekommen, wann wir durch das Tor gefahren sind. Selbst ein engstirniger Kerl wie er dürfte genau wissen, weswegen wir erst jetzt aus dem Wagen aussteigen.«

»Ja, ich glaube, Summerset ist klar, dass wir beide miteinander schlafen.«

Augenrollend stieg Eve aus. »Und jetzt weiß er auch, wie lange und auf welche Art.«

Kopfschüttelnd lief Roarke neben ihr zur Tür. »Es ist einfach immer wieder faszinierend, wie prüde du im Grunde deines Herzens bist.«

Sie murmelte etwas, was er nicht verstand, als sie vor ihm das Haus betrat. Und wenn sie prüde war, weil es sie zutiefst erleichterte, dass der Butler nirgendwo zu sehen war, dann sollte es eben so sein.

Sie marschierte schnurstracks über die Treppe ins Schlafzimmer hinauf. »Ich mache mich schon mal auf die Suche nach irgendwelchen medienwirksamen Verbrechen oder Ereignissen zu der Zeit, als Lino aus New York verschwunden ist.«

»Soll ich dir dabei helfen?«, bot er an.

»Das kriege ich bestimmt auch noch alleine hin.«

»Gut. Ich würde nämlich gerne duschen und dann noch ein, zwei Stunden meine eigene Arbeit tun.«

Sie bedachte ihn mit einem argwöhnischen Blick. Sie wollte auch noch duschen, aber da sie wusste, wie gewieft er war, wies sie ihn an: »Hände weg von den Armaturen.«

Er hob unschuldig die Hände hoch, fing an sich auszuziehen, und als er nur noch seine Hose trug, legte er plötzlich die Stirn in Falten und trat auf sie zu.

»Und Hände weg von mir«, setzte sie an.

»Ruhe. Du hast anscheinend keinen Witz gemacht, als du mir erzählt hast, dass du von der Frau gebissen worden bist.«

Sie verrenkte ihren Kopf, um sich ihre Schulter anzusehen, und zog eine Grimasse, als sie die leuchtend roten Zahnabdrücke und die Schwellung sah. »Das Weib hatte ein Gebiss wie ein Rottweiler.«

»Die Wunde muss gereinigt werden, und dann wäre ein kühler Umschlag sicherlich nicht schlecht.«

»Schon gut, Schwester«, wehrte sie ab, rang aber nach Luft, als er mit dem Finger über die Verletzung fuhr.

»Es wird sicher wieder gut, wenn du dich nicht länger so babyhaft benimmst. Duschen, desinfizieren, kühlen«, wies er sie an.

Sie wollte mit den Augen rollen, aber da sie kein Interesse daran hatte, dass er noch einmal mit dem Finger in die Wunde pikste, um auf diese Weise seinen Worten

Nachdruck zu verleihen, ließ sie es vorsichtshalber sein. Denn inzwischen tat ihre verletzte Schulter wirklich höllisch weh.

Deshalb ließ sie sich von ihm behandeln und verwahrte sich auch nicht dagegen, als sie einen sanften Kuss auf ihre Bisswunde gedrückt bekam. Und gestand sich zähneknirschend ein, dass der Schmerz bereits erheblich besser war.

Einen Becher Kaffee in der Hand, nahm sie in Jeans und T-Shirt hinter ihrem Schreibtisch Platz, fing mit der Suche an, und während der Computer seine Arbeit tat, lehnte sie sich bequem auf ihrem Stuhl zurück und dachte gründlich über sämtliche Beteiligten an diesem Drama nach.

Steve Chávez. Inez hatte Teresas Behauptung, dass er und Lino New York zusammen verlassen hatten, bestätigt. Chávez hatte an verschiedenen Orten eingesessen und sein Kumpel Lino war verschiedentlich ab- und wieder aufgetaucht, doch als sie die Ergebnisse der Suche von McNab mit ihren Informationen über Chávez verglich, bemerkte sie, dass beide Männer hin und wieder in derselben Gegend unterwegs gewesen waren.

Ob die alten Freunde also bis zum Schluss zusammen rumgehangen hatten?

Soweit sie wusste, waren die beiden um dieselbe Zeit, nämlich im September 53, endgültig abgetaucht. Was ganz bestimmt kein Zufall war.

War Chávez vielleicht mit Lino nach New York zurückgekehrt? Hatte er sich ebenfalls eine neue Identität verpasst? Hielt er sich vielleicht noch irgendwo hier in der Gegend auf und wartete worauf auch immer Lino während all der Zeit gewartet zu haben schien? Hatte vielleicht er Lino eliminiert und falls ja, warum? Oder war er, wie sie es von Flores glaubte, längst schon tot und irgendwo verscharrt?

Penny Soto. Ihr früherer Gang-Kollege Inez hegte irgendeinen Groll gegen die Frau. Das hatte Eve ihm deutlich angesehen. Am besten führe sie gleich morgen früh zu ihr. Penny war mit dem Gesetz erheblich öfter in Konflikt geraten als ihr alter Kumpel Joe, außerdem hatte sie keinen Mann und keine Kinder, die es zu beschützen galt. Wenn Eve noch etwas grübe, fände sie vielleicht etwas, was sich als Druckmittel gegen die Frau verwenden ließ, damit sie mit ihr sprach.

Am besten suchte sie sie auf, bevor sie morgen früh zu dem Treffen mit Teresa ins Leichenschauhaus fuhr.

Vielleicht hatte sie ja auch bei dem Gespräch mit Linos Mutter irgendetwas übersehen. Zwar glaubte sie, dass ihr die Frau alles gesagt hatte, was ihr in dem Moment zu der Geschichte eingefallen war, aber vielleicht hatte sie einfach nicht an jede Einzelheit gedacht.

Als ihr Computer meldete, dass er mit seiner Arbeit fertig war, ging sie die Schlagzeilen der Wochen durch, ehe und nachdem Lino verschwunden war. Morde, Vergewaltigungen, tätliche Angriffe, eine Entführung, mehrere Raubüberfälle, aufgeflogene Drogendeals, verdächtige Todesfälle und zwei Explosionen.

Keiner der in den Berichten aufgeführten Namen kam auf ihrer Liste vor, trotzdem ging sie sie alle durch. Wobei ihr Interesse hauptsächlich den Explosionen galt. Sie waren im Abstand von genau einer Woche auf den Territorien rivalisierender Gangs erfolgt und hatten beide Tote und Verletzte zur Folge gehabt. Die erste, während einer Tanzveranstaltung in einer Schulaula auf Soldado'schem Terrain, hatte einen Menschen umgebracht, dreiundzwanzig Minderjährige sowie zwei Erwachsene verletzt und zu hohen Sachschäden geführt.

Bei der zweiten Explosion in einer als Treffpunkt genutzten Sandwichbar auf dem Gebiet der Skulls hatte ein selbst gebauter, ebenfalls mit einem Zeitzünder versehener, doch noch stärkerer Sprengsatz vier Minderjährige und eine Erwachsene umgebracht sowie sechs weitere Menschen verletzt.

Die Polizei ging davon aus, dass die zweite Explosion ein Racheakt gewesen war, blabla, deshalb hatte man die namentlich bekannten Mitglieder der Soldados umgehend verhört.

Eve forderte die Akten zu den beiden Fällen an. Sie bekam als Antwort, dass die Einsichtnahme nicht gestattet war.

»Verflixt«, murmelte sie und rief, ohne nachzudenken, bei Whitney zuhause an. Die blockierte Videofunktion und die raue Stimme ihres Vorgesetzten brachten sie dazu, auf ihre Uhr zu sehen. Woraufhin sie zusammenfuhr.

»Ich bitte um Verzeihung, Sir. Ich wusste nicht, wie spät es ist.«

»Ich schon. Was gibt's, Lieutenant?«

»Ich verfolge eine Spur, bei der es unter anderem um zwei Explosionen vor siebzehn Jahren in East Harlem geht. Ich glaube, dass unser bisher noch nicht offiziell identifiziertes Opfer möglicherweise darin verwickelt war. Die Akten zu den Fällen sind versiegelt, aber es wäre mir eine Hilfe zu erfahren, ob eine oder mehrere Personen, die auf meiner Liste stehen, damals vernommen oder vielleicht sogar verdächtigt worden sind.«

Er stieß einen abgrundtiefen Seufzer aus. »Ist es dringend?«

»Nein, Sir. Aber ...«

»Schicken Sie mir den Antrag ins Büro. Ich kümmere mich morgen früh darum. Es ist fast Mitternacht, Lieutenant. Gehen Sie ins Bett.«

Damit legte er einfach auf, und sie schmollte ein paar Minuten vor sich hin. Dann starrte sie nachdenklich auf die Verbindungstür zwischen ihrem und Roarkes Arbeitszimmern, denn sie hatte keinen Zweifel, dass es nur ein paar Minuten dauern würde, bis es Roarke gelänge, die gesperrten Akten einzusehen. Hätte sie daran gedacht, *bevor* sie Whitney angerufen hatte, wäre es vielleicht gerechtfertigt gewesen, ihn darum zu bitten, dachte sie.

Aber sie hatte den offiziellen Weg gewählt, und der war eben manchmal lang.

Sie schickte Whitney ihren offiziellen Antrag, fügte ihrer Akte Protokolle der Vernehmungen des Abends sowie ein paar eigene Notizen bei und hängte Fotos von Teresa Franco, Chávez, Joe Inez und Penny Soto an der Tafel auf.

Dann ging sie zur Tür. »Ich bin fertig. Ich gehe ins Bett.«

Roarke blickte kurz auf. »Ich komme gleich nach.«

»Okay. Ah, hättest du als junger Mann eine Bombe mit Zeitzünder bauen können?«

»Ja. Warum?«

»Weil du geschickt im Umgang mit Elektronik oder mit Sprengstoffen warst?«

»Sowohl als auch.«

Jetzt hatte sie etwas, worüber sie bis morgen grübeln könnte, und so nickte sie kurz mit dem Kopf. »In Ordnung. Nacht.«

»Wen oder was hat Lino in die Luft gesprengt?«

»Ich bin mir noch nicht sicher. Aber wenn ich sicher bin, erzähle ich es dir.«

15

Draußen braute sich ein morgendliches Unwetter zusammmen. Der noch leicht gedämpfte ferne Donner klang, als würde sich der Himmel räuspern, und die Regentropfen, die über die Fensterscheiben rannen, sahen wie ein endloser Strom von grauen Tränen aus.

Aus Gründen der Behaglichkeit und der Helligkeit prasselte ein Feuer im Kamin, während Roarke den Börsenbericht im Fernsehen sah.

Doch er konnte sich nicht konzentrieren, und als er zu den Frühnachrichten wechselte, zogen auch die ihn nicht in ihren Bann. Unruhig blickte er zu Eve, die ein frisches Hemd aus ihrer Schrankhälfte zog, und dabei fiel ihm auf, dass sie den kühlenden Umschlag um die Schulter nicht mehr trug.

»Wie geht es deiner Schulter?«

Sie bewegte sie. »Wieder gut. Ich habe Peabody gestern noch eine SMS geschickt, dass sie mich hier treffen soll. Aber ich werde schon einmal runtergehen und an der Haustür auf sie warten, wenn sie raufkommt, will sie sicher noch ein Frühstück haben. Was?«, wollte sie von ihm wissen, als er sich erhob und vor die offene Schranktür trat.

Er nahm ihr die Jacke, die sie gerade anziehen wollte, aus der Hand, sah sich ihre anderen Jacken an und wählte eine aus. »Die hier.«

»Ich wette, dass sich heute alle ganz besonders dafür interessieren, in was für einer Jacke ich zum Dienst erscheine.«

»Wenn du die andere zu der Hose angezogen hättest, hätten sie sich auf jeden Fall dafür interessiert.« Er küsste sie sanft aufs Haupt. »Und dieser Fauxpax hätte wahrscheinlich deine gesamte Autorität unterminiert.«

Sie schnaubte, zog dann aber die von ihm gewählte Jacke an. Als er trotzdem vor ihr stehen blieb, runzelte sie die Stirn und fragte noch einmal: »Was?«

Er umrahmte ihr Gesicht mit seinen Händen und küsste sie zärtlich auf den Mund. »Ich liebe dich.«

Sie schmolz unweigerlich dahin, aber um es sich nicht anmerken zu lassen, erwiderte sie lässig: »Alles klar.«

Jetzt drehte er sich um, trat vor den AutoChef und holte ihnen beiden frischen Kaffee.

»Was ist los?«, wollte sie von ihm wissen.

»Nichts. Oder nicht wirklich. Das Wetter ist einfach ekelhaft.« Aber das war es nicht, erkannte er, während er am Fenster stand und in den trüben Regen sah. Oh nein, das war es nicht. »Ich hatte einen Traum.«

Statt wie geplant sofort in den Flur zu gehen, nahm sie auf dem Sofa Platz. »Schlimm?«

»Nein. Aber irgendwie seltsam und beunruhigend. Und vor allem total realistisch, das ist eigentlich gar nicht mein Stil.«

Er drehte sich um und sah, dass sie auf dem Sofa saß und wartete. Diese Geste tröstete ihn mehr als das Feuer im Kamin, deshalb ging er zu ihr, drückte ihr einen der Kaffeebecher in die Hand, setzte sich neben sie und fuhr zum Zeichen seiner Dankbarkeit und der Nähe, die es zwischen ihnen gab, mit einer Hand über ihr Bein.

»Vielleicht lag es einfach an all dem Gerede über die alten Zeiten und Freunde aus der Kindheit«, fing er an.

»Der Traum hat dich belastet. Warum hast du mich nicht geweckt?«

»Als ich wach wurde, war er vorbei, deshalb hätte es keinen Sinn gemacht. Außerdem ... nun, auf alle Fälle war ich wieder in Dublin, habe mich dort als Junge auf der Straße rumgetrieben und mein Glück als Taschendieb versucht. Wobei dieser Teil des Traums weniger schlimm als vielmehr unterhaltsam war.«

»Weil er dich an gute Zeiten erinnert hat.«

Er lachte leise auf. »Teilweise waren sie das wirklich. Ich konnte sogar den Geruch der Menschenmenge riechen, als ich durch die Grafton Street gelaufen bin. Dort hat man, wenn man schnell genug war, immer fette Beute gemacht. Die Straßenmusiker haben die Touristen mit alten Liedern angelockt. Wobei unter ihnen welche waren, die die Leute für dich abgelenkt haben, wenn du sie am Gewinn beteiligt hast. In der Grafton Street waren wir meistens zu viert. Ich habe mir den Geldbeutel geholt, ihn an Jenny weitergegeben, sie an Mick, und Brian hat ihn dann zu unserem Versteck in einer der Gassen gebracht.

Wir konnten dort nicht öfter als zwei-, dreimal im Monat arbeiten, denn sonst hätten die Leute irgendwann etwas gemerkt. Aber wenn wir dort waren, haben wir immer wirklich gut verdient, und wenn ich mir meinen Anteil gut eingeteilt habe, konnte ich selbst nach Abzug der Kohle, die mein Alter aus mir herausgeprügelt hat, ein paar Wochen prima davon leben und sogar noch etwas sparen.«

»Du hast damals schon gespart?«

»Ja, natürlich. Schließlich hatte ich nicht vor, bis an mein Lebensende so zu leben.« Seine Augen sprühten Funken, aber anders als das warme Feuer im Kamin sahen diese Funken dunkel und gefährlich aus. »Natürlich hatte er einen Verdacht, aber mein Versteck hat er nicht gefunden. Denn ich hätte mich eher totschlagen lassen, als dem Kerl den Zaster abzudrücken, der schließlich für meine Zukunft vorgesehen war.«

»Du hast von ihm geträumt? Von deinem Vater?«

»Nein. Er kam in dem Traum überhaupt nicht vor. Es war ein warmer Sommertag, so klar, dass die Stimmen und die Musik deutlich zu hören und die im Fett brutzelnden Fritten, die wir uns dann immer gegönnt haben, schon von Weitem zu riechen waren. Weißt du, ein Tag in der Grafton Street war für uns immer ein echtes Highlight. Wir haben uns die Bäuche vollgeschlagen und die Taschen gefüllt. Aber in dem Traum ging plötzlich alles schief.«

»Wie das?«

»Jenny trug am Grafton-Tag immer ihr schönstes Kleid und hatte immer ein schimmerndes Band im Haar. Denn wir dachten, wenn jemand ein so hübsches, junges Mädchen sieht, denkt er sicher nicht, dass sie eine Diebin ist. Ich habe ihr den Geldbeutel, den ich stibitzt hatte, ohne stehen zu bleiben unauffällig in die Hand gedrückt. Weil man immer in Bewegung bleiben muss. Außerdem hatte ich mir schon mein nächstes Opfer ausgesucht. Der Fiedler spielte gerade ›Finnegan's Wake‹. Ich habe es deutlich gehört, es war eine flotte, lebendige Melodie. Ich zog dem Kerl die Börse aus der Tasche, und er hat nicht einmal gezuckt. Aber dann war Jenny plötzlich nicht mehr da. Sie konnte mir das Ding nicht abnehmen, weil sie mit ihrem Haarband irgendwo hängengeblieben war. Sie hing dort und war tot, so wie damals, als ich sie zum letzten Mal gesehen habe. Ich konnte nichts mehr für sie tun. Ich kam einfach zu spät.«

Roarke schüttelte den Kopf. »Sie starb, weil sie zu mir gehörte, weil sie Teil meiner Vergangenheit war. Ich rannte über die Grafton Street, um sie herunterzuholen, und die Musiker spielten einfach fröhlich weiter, während sie dort irgendwo hing. Dann war Mick plötzlich da. Auf seinem Hemd breitete sich ein riesiger Blutfleck aus. Weil er auch

ermordet worden war. Denn er hatte ebenfalls zu mir gehört. Er hatte das Messer abbekommen, das für mich gedacht gewesen war. Der Fiedler spielte immer noch. Ich
konnte Brian sehen, aber er war zu weit weg, sodass ich
mit meinen toten Freunden alleine war. Weißt du, in dem
Traum waren wir alle noch Kinder. Waren alle noch unglaublich jung. Ich habe mich im Traum gefragt, ob sie
vielleicht auf irgendeine Art schon damals tot gewesen
sind. Weshalb nur noch ich und Brian übrig sind.

Dann ging ich weg. Ich verließ die Grafton Street und
die Freunde, die für mich wie eine Familie gewesen waren.
Plötzlich stand ich als Erwachsener auf der Brücke über
den Liffey, von wo aus ich unten im Wasser das Gesicht
von meiner Mutter sah. Das war alles.«

»Ich könnte dir erzählen, dass es nicht deine Schuld gewesen ist, was mit ihnen passiert ist. Einem Teil von dir
ist das bewusst. Aber ein anderer Teil von dir wird sich
immer für sie verantwortlich fühlen. Weil du sie geliebt
hast«, meinte Eve.

»Ja, das habe ich.« Er griff nach seinem Kaffeebecher
und hob ihn an seinen Mund. »Sie sind ein Teil von mir.
Teile dessen, der ich bin. Aber jetzt, da ich mit dir zusammen bin, ist mir klar, dass ich all das, dass ich den Verlust all dieser Teile von mir ertragen kann. Weil ich jetzt
dich habe.«

Sie nahm seine Hand und hob sie an ihre Wange. »Was
kann ich tun?«

»Du hast schon was getan.« Er beugte sich zu ihr
herüber und küsste sie erneut.

»Ich kann ein paar Termine verschieben, wenn du willst,
dass ich …«

Er blickte sie an, blickte sie einfach an, und der größte
Teil der Trauer, die er nach dem Aufwachen empfunden

hatte, schwand. »Danke, aber nachdem ich darüber gesprochen habe, geht es mir schon besser.« Er strich mit einem Finger über ihr Kinn. »Also mach dich an die Arbeit, Lieutenant.«

Sie schlang ihm die Arme um den Hals, er zog sie an seine Brust, sog den Duft von ihrem Haar und ihrer Haut in seine Lungen ein und wusste, er trüge ihn durch diesen Tag.

Dann machte sie sich wieder von ihm los, stand auf und wandte sich zum Gehen. »Also dann bis heute Abend.«

»Eve? Du hast mich einmal gefragt, ob ich denke, dass dein Opfer, dieser Lino, jemandem erzählt hat, wer er wirklich war. Ich denke, wenn er seine Freunde als Familie, als Teile von sich selbst gesehen hat, musste er es tun. Er war nicht bei seiner Mutter, aber bei irgendwem muss er gewesen sein. Ein Mann kann nicht fünf Jahre lang allein daheim auf einer Brücke stehen. Selbst die Allerhärtesten brauchen irgendeinen Menschen, der sie kennt.«

Gerade noch im letzten Augenblick passte sie ihre Partnerin unten in der Eingangshalle ab. Während sie die Treppe hinunterjoggte, öffnete Summerset die Tür, und ohne stehenzubleiben, meinte sie: »Peabody, Sie kommen mit mir.«

»Aber ich wollte gerade ...«

»Auf geht's.« Eve zeigte auf den Wagen, der am Fuß der Treppe stand. »Steigen Sie schon mal ein. Ich komme sofort nach.« Während Peabody mit frühstücklosem Schmollgesicht auf dem Beifahrersitz Platz nahm, wandte sich Eve dem Butler zu. »Roarke könnte einen Anruf seiner Tante brauchen.«

»Er will, dass ich seine Tante in Irland kontaktiere?«

»Ich habe gesagt, dass er einen Anruf von ihr brauchen könnte. Er ist okay«, kam sie seiner besorgten Nachfrage zuvor. »Aber vielleicht täte es ihm einfach gut, wenn er mal wieder was von seiner Familie hört.«

»Ich werde mich darum kümmern.«

Da sie wusste, dass sie sich auf Summerset verlassen konnte, schwang sie sich hinter das Steuer ihres Wagens und wandte ihre Gedanken wieder ihrer Arbeit zu.

»Was ist denn so eilig, dass ein Mensch sich nicht einmal mehr die Zeit für eine Tasse Kaffee und einen kleinen Happen zu essen nehmen kann, vor allem, wenn dieser Mensch extra eine Station früher aus der U-Bahn ausgestiegen ist, um die erwarteten Kalorien schon mal abzuarbeiten?«

»Wenn Sie fertig gejammert haben, sage ich Ihnen, worum es geht.«

»Eine echte Partnerin hätte mir wenigstens noch einen Kaffee mitgebracht, den ich währenddessen trinken könnte.«

»Wollen Sie mir etwa erzählen, dass Sie auf dem endlosen und mühseligen Fußweg von der U-Bahn bis hierher an keinem Coffeeshop vorbeigekommen sind?«

»Das ist nicht dasselbe«, murmelte Peabody. »Und es ist schließlich nicht meine Schuld, dass ich in Bezug auf Kaffee so verwöhnt bin. Schließlich haben Sie mich mit dem echten Zeug aus echten Bohnen erst bekannt gemacht. Sie haben mich süchtig danach gemacht.« Sie streckte vorwurfsvoll den Zeigefinger in Eves Richtung aus. »Und jetzt enthalten Sie's mir vor.«

»Genau das hatte ich die ganze Zeit geplant. Und falls Sie jemals wieder echten Kaffee haben wollen, halten Sie jetzt endlich die Klappe und hören mir gefälligst zu.«

Peabody bedachte sie mit einem bitterbösen Blick. »Sie

sind eine meisterhafte Manipulatorin. Eine bösartige Kaffee-Puppenspielerin.«

»Ja, genau. Möchten Sie vielleicht trotzdem wissen, wohin wir heute Morgen fahren, wen wir sehen werden und warum?«

»Es würde mich noch mehr interessieren, wenn ich einen Kaffee hätte.« Als Eve daraufhin eisig schwieg, stieß Peabody einen Seufzer aus. »Okay. Wo fahren wir heute Morgen hin, wen werden wir sehen und warum?«

»Wir fahren in die Bodega neben der Kirche, und ich kann praktisch *hören,* wie Sie denken, dass ein Burrito zum Frühstück auch nicht übel ist.«

»Sie sind eine hellsehende, meisterhafte Manipulatorin! Aber was außer Burritos ist an der Bodega für uns interessant?«

Eve erzählte ihr von den Vernehmungen, den Ergebnissen ihrer Recherchen und von ihrem Plan.

»Sie haben Whitney aufgeweckt?«

Typisch Peabody, dass sie genau an dieser Stelle nachhakte, fand Eve. »Sieht so aus. Wir brauchen einfach Zugriff auf die Akten. Zwei Explosionen, eine wahrscheinlich als Rache für die andere, wobei es in beiden Fällen Tote gab. Auf den Territorien rivalisierender Gangs. Und kurz danach sind Lino Martinez und sein Kumpel abgehauen. Lino war ein hohes Tier bei den Soldados und kannte sich mit Elektronik aus. Er hatte also auf jeden Fall etwas damit zu tun.«

»Sie gehen davon aus, dass diese Penny Soto etwas darüber weiß.«

»Inez weiß auf jeden Fall etwas und dieses Etwas hat dazu geführt, dass er bei der Truppe ausgestiegen ist. Wenn wir jetzt dieser Penny auf den Zahn fühlen, spuckt sie vielleicht was aus.«

»Glauben Sie, dass er Kontakt zu seiner alten Freundin und zu seinem alten Kumpel aufgenommen, sich aber bei seiner Mutter nicht gemeldet hat?«

»Ich glaube, dass er sich bei seiner Mutter nicht gemeldet hat. Ich glaube nicht, dass sie mir irgendwas verschwiegen hat. Und ich glaube auch nicht, dass er sich bei seinem alten Kumpel Joe gemeldet hat, denn der Typ war viel zu aufgeregt, um uns zu belügen. Vielleicht hat sich Lino ja tatsächlich all die Jahre bedeckt gehalten, aber wahrscheinlich ist er beinahe täglich an der Bodega vorbeigekommen und hat deshalb diese Frau – seine damalige Freundin – beinahe jeden Tag gesehen.«

Sie dachte an Roarke und seine verlorene Jenny.

»Er hätte eine wahnsinnige Willenskraft gebraucht, um nicht den Kontakt zu irgendjemandem zu suchen, mit dem er früher derart dicke gewesen ist.«

Peabody nickte zustimmend. »Warum hätte er schließlich überhaupt wieder nach Hause kommen sollen, wenn er keinen Kontakt mehr zu den alten Freunden hätte haben wollen?«

»Genau. Und wenn man wieder Kontakt zu jemandem von früher aufnehmen will, dann ja wohl zu jemandem, in dessen Nähe man sich wohlfühlt, jemandem, dem man vertraut. Sicher, seine Mutter liebt ihn, doch sein Lebenswandel hat ihr nicht gefallen, sie hat versucht, ihn wieder in die Spur zu kriegen – und vor allem hat sie sich selbst ein neues Leben aufgebaut. Mit einem neuen Ehemann und einem neuen Sohn. Wie hätte er also plötzlich bei ihr auf der Matte stehen und ihr erzählen können, dass er in der Verkleidung eines Priesters wieder heimgekommen ist?«

Eve sah sich nach einem freien Parkplatz um. »Wenn der Kerl Kontakt zu jemandem von früher aufgenommen hat«, erklärte sie, quetschte ihr Gefährt in eine winzige

Lücke am Straßenrand und schaltete den Motor aus, »dann hat er diesem Menschen vielleicht auch weit genug vertraut, um ihn in seine Geheimnisse einzuweihen.«

Bereits aus einiger Entfernung verriet das regelmäßige Läuten der Türglocke, dass die Bodega gut zu laufen schien. Einer der frühmorgendlichen Kunden war Marc Tuluz aus dem Jugendzentrum, der ihr mit einem großen Becher dampfenden Kaffees in einer Hand entgegenkam.

»Mr Tuluz«, grüßte Eve.

»Oh. Lieutenant ...«

Sie sah ihm deutlich an, dass ihm ihr Name abermals entfallen war. »Dallas.«

»Richtig. Ohne meinen morgendlichen Muntermacher kommt mein Hirn ganz einfach nicht in Schwung«, erklärte er und hielt den Becher hoch. »Ohne meinen Jumbobecher *sucre negro* bin ich nur ein halber Mensch. Sind Sie nochmal wegen Miguel gekommen?«, fragte er und brach verlegen ab. »Ich weiß einfach nicht, wie ich ihn anders nennen soll. Haben Sie schon irgendwelche Neuigkeiten?«

»Vielleicht kriegen wir heute noch etwas raus. Dann kommen Sie also täglich hierher in die Bar?«

»Manchmal sogar zweimal. Wahrscheinlich hat dieses Zeug bereits all meine Arterien verätzt, aber he.« Er prostete ihr mit dem Becher zu. »Wer will schon ewig leben?«

»Haben Sie Flores manchmal hier getroffen?«

»Sicher, ab und zu sind wir uns hier über den Weg gelaufen. Oder wenn wir beide im Zentrum waren und einer von uns Entzugserscheinungen bekam, ist er schnell rübergelaufen und hat Nachschub für uns geholt. Auch die Burritos sind echt gut. Die mit Abstand besten, die man hier im Viertel kriegen kann. Mindestens einmal in der

Woche, wenn wir mittags eine Besprechung im Zentrum hatten, hat einer von uns welche geholt. Ich kann einfach immer noch nicht glauben … können Sie mir Neuigkeiten berichten, Lieutenant? Irgendetwas, was ich Magda weitergeben kann? Ihr geht diese Geschichte nämlich furchtbar nah.«

»Wir gehen allen Spuren nach.«

»Tja. Nun. Dann lasse ich Sie wohl am besten weitermachen und gucke, dass ich selbst endlich ins Zentrum komme«, meinte er und wandte sich zum Gehen.

»Er war also fast täglich hier«, sagte Eve zu Peabody. »Dann war die Versuchung, Penny zu erzählen, wer er wirklich ist, doch sicher irgendwann zu groß, um ihr jahrelang zu widerstehen.«

Unter neuerlichem Glockenläuten trat sie durch die Tür. Es duftete verführerisch in dem einladenden, bunten Raum, und nicht nur an der Frühstücks- und der Kaffeetheke, sondern auch an den Regalen, wo die Leute ihre Einkäufe in rote Körbe luden, herrschte Hochbetrieb.

Zwei Frauen bedienten an der Frühstücksbar, von denen eine Penny war. Sie hatte riesengroße – sicher silikongefüllte – Brüste, einen klapperdürren Körper, der vom übertriebenen Drogenkonsum sprach, und rabenschwarzes Haar mit magentaroten Strähnen, das zum Schutz der *huevos, torrijas* und *frittatas* unter einem Netz verborgen war. Ihr in einem harten Rot geschminkter Mund formte einen gelangweilten, schmalen Strich, während sie ihren Löffel in diverse Schalen tauchte, Maisfladen belud und die fertigen Gerichte unfreundlich über den Tresen schob.

Eve reihte sich in die lange Schlange ein. In den paar Minuten, die es dauern würde, bis sie an der Reihe wäre, sähe sie sich Penny einfach noch etwas genauer an. Goldene Reifen, die so groß waren, dass man ohne Mühe ein

Burrito hätte damit beringen können, baumelten an ihren Ohren, unzählige Kettchen klimperten an ihrem Arm, und die Halbmonde der Nägel waren schwarz und der Rest im selben dunklen Rot wie ihre Lippen angemalt.

An ihrem Unterarm prangte die Tätowierung der Soldados mit dem X für Mord.

»Los, geben Sie Ihre Bestellung auf«, sagte Eve zu Peabody.

»Es gibt doch noch einen Gott.« Als sie an die Reihe kam, bestellte sie sich einen Burrito mit Hackfleisch- und Ei-Ersatz und einen Milchkaffee.

»Na, Penny, wie geht's?«, fragte Eve, während die andere Frau mit Peabodys Bestellungen beschäftigt war.

Penny hob den Kopf, erblickte Eve und verzog den dunklen Mund. »Habe ich mir doch gedacht, dass es hier nach Bullen stinkt. Aber ich habe Ihnen nichts zu sagen.«

»Kein Problem. Dann nehmen wir Sie eben einfach mit, vielleicht fällt Ihnen ja auf dem Revier was ein.«

Penny stieß ein verächtliches Schnauben aus. »Ich brauche nirgendwo mit Ihnen hinzugehen. Schließlich ham Sie weder einen Haftbefehl noch sonst was in der Hand.«

»Wissen Sie, Sie sehen verdächtig wie die Frau aus, die gestern Abend ein paar Blocks von hier entfernt einen harmlosen Passanten überfallen hat. Detective, lassen Sie Ms Soto auf die Wache bringen, damit ich eine Gegenüberstellung veranlassen kann.«

»Das ist ja wohl totaler Schwachsinn.«

»Während Sie die Bullen riechen, rieche ich mehrere Stunden Haft und jede Menge Papierkram, ehe ich Sie wieder gehen lassen kann. Vielleicht rufen Sie also besser einen Anwalt an.«

»Ich brauche keinen verdammten Anwalt. Warum belästigen Sie mich? Schließlich mache ich nur meinen Job.«

»Ich auch. Also, wollen Sie hier oder auf der Wache mit uns reden?«, fragte Eve.

»Scheiße.« Wütend stieß Penny sich vom Tresen ab, schnauzte: »Hinter dem Haus« und stapfte los.

Eve bedeutete Peabody, vorne herum zu gehen, und folgte Penny durch das enge Hinterzimmer, bis sie auf der Straße standen.

»Weisen Sie sich erst mal aus«, herrschte Penny sie dort ungehalten an.

Eve zückte ihre Dienstmarke. »Sie haben schon häufiger Probleme mit der Polizei gehabt.«

»Ich habe einen anständigen Job. Meine Miete ist bezahlt. Also lecken Sie mich am Arsch.«

»Ich glaube eher, Sie *sind* am Arsch. Miguel Flores«, meinte Eve.

Penny zuckte mit einer spitzen Schulter und schob herausfordernd eine ihrer knochigen Hüften vor. »Der tote Priester. Den haben wir alle hier gekannt. Was woll'n Sie also von mir? Ich war schon seit Jahren in keiner Kirche mehr. Weil das alles der totale Blödsinn ist. Das habe ich schon rausgefunden, als ich noch ein kleines Mädchen war.«

»Sie haben ihn gekannt.«

Durch das Glitzern ihrer Augen wurde ihr spöttisches Grinsen noch betont. »Wie gesagt, wir alle haben ihn gekannt. Wir alle kennen all die Padres hier. Sie laufen schließlich ständig überall herum.«

Eve bedachte Peabody mit einem kurzen Blick, als die um die Ecke des Gebäudes bog. »Sie haben ihn gekannt«, wiederholte sie.

»Hören Sie vielleicht schlecht? Das habe ich doch eben schon gesagt.«

»Lino Martinez.«

Etwas blitzte in Pennys Augen auf, bevor sie betont gelangweilt auf einen Fleck ein Stückchen oberhalb von Eves rechter Schulter sah. »Ich kenne niemanden, der so heißt.«

»Also bitte, eine derart dumme Lüge wollen Sie mir doch wohl nicht ernsthaft auftischen. Denn das sagt mir nur, dass ich Ihnen nichts, was Sie erzählen, glauben kann. Lino Martinez«, sagte sie noch einmal, packte Pennys Unterarm und stellte fest: »Sie sollten dieses Tattoo lieber verdecken, wenn niemand etwas von Ihren alten Beziehungen wissen soll.«

»Ich habe Lino zum letzten Mal gesehen, als ich sechzehn war. Damals ist er einfach abgehauen. Sie können alle fragen, die dabei waren, das wird Ihnen jeder bestätigen. Scheiße, fragen Sie doch einfach seine jämmerliche, ach so anständige Mutter. Die hängt irgendwo drüben in Brooklyn bei den Spagettifressern rum. Hat ein schönes Haus, einen trotteligen Mann und ein rotznasiges Blag.«

»Und woher wissen Sie das?«

Wieder blitzte heißer Zorn in Pennys Augen auf. »Ich höre eben so einiges.«

»Hat Lino Ihnen das erzählt?«

»Ich habe doch eben schon gesagt, dass ich ihn nicht mehr gesehen habe, seit …«

»Wissen Sie, man kann solche Tätowierungen entfernen lassen«, fiel ihr Eve ins Wort. »Danach ist kaum noch etwas davon zu sehen. Außer, wenn man tot auf einem Stahltisch liegt und jemand bei einer Autopsie durch eine Mikro-Brille guckt.«

»Na …«

»… und?«, beendete Eve den Satz. »Die Sache ist die, wir wissen, dass sich Lino Martinez als Priester ausgegeben hat, und zwar gleich nebenan. Wir wissen, dass er fast jeden Tag in die Bodega kam. Und zwar fünf Jahre lang. Wir wissen, dass Sie, Chávez und er damals bei den Soldados waren. Aber, meine Güte, Penny, außer Ihnen ist von der alten Truppe keiner mehr hier. Deshalb müssen Sie's gewesen sein.«

»Das ist doch der totale Quatsch.«

»Auch ich höre so einiges«, klärte Eve sie fröhlich auf. »Zum Beispiel, dass Sie damals Linos Freundin waren. Und dass er jeden Tag in die Bodega kam, in der Sie arbeiten.«

»Das hat nichts zu bedeuten. Himmel noch einmal, ich habe nichts getan. Sie können nicht beweisen, dass ich wusste, dass Lino zurückgekommen war. Sie haben nichts gegen mich in der Hand.«

»Geben Sie mir noch ein bisschen Zeit. Und bis ich etwas gefunden habe, nehme ich Sie erst einmal fest.«

»Und warum?«

»Weil Sie eine wichtige Zeugin sind.«

»Vergessen Sie's!«

Wieder streckte Eve die Hand nach einem ihrer Arme aus und verzog den Mund zu einem Lächeln, als Penny wütend nach ihr schlug. »Oh, oh, haben Sie das gesehen, Detective Peabody?«

»Allerdings, Lieutenant. Ich glaube, dass diese Frau soeben eine Polizistin angegriffen hat.«

»So ein Schwachsinn!« Mit zornblitzenden Augen stieß Penny Eve zur Seite und marschierte Richtung Tür.

»Huch, sie hat es tatsächlich noch einmal gemacht. Und jetzt widersetzt sie sich auch noch der Festnahme.« Als Penny eine Hand in ihre Tasche schob, packte sie ihren Arm, drehte ihn ihr unsanft auf den Rücken und drückte sie mit dem Gesicht gegen die Wand. »Meine Güte, was haben wir denn da?«

»Tja, Lieutenant, sieht wie ein Messer aus.«

»Tatsächlich.« Eve drehte den Griff nach vorn und warf Peabody die Waffe zu. »Es wird immer schlimmer, meinen Sie nicht auch?«

»*Puta!*« Penny drehte ihren Kopf und spuckte Eve mitten ins Gesicht.

»Das ist jetzt nicht mehr witzig.« Eve band Penny die Hände hinter dem Rücken zusammen und wandte sich erneut an ihre Partnerin. »Rufen Sie einen Streifenwagen, Peabody, lassen Sie die Gefangene auf die Wache bringen und buchten Sie sie wegen bewaffneten, tätlichen Angriffs auf eine Polizistin und Widerstand gegen die Festnahme vorläufig ein.«

»Das ist ja wohl total lächerlich. In zwanzig Minuten bin ich wieder draußen.«

Eve nahm die Serviette, die Peabody ihr reichte, wischte sich damit die Spucke ab, beugte sich dicht neben Pennys Ohr und flüsterte ihr zu: »Wetten, dass nicht?«

»Allzu lange werden wir sie nicht festhalten können«, meinte Peabody zu Eve, nachdem Penny zwei Kollegen übergeben worden war.

»Das werden wir ja sehen.« Eve zog ihr Handy aus der Tasche und rief in ihrer Abteilung an. »Jenkinson«, sagte sie, als das Gesicht eines ihrer Detectives auf dem Monitor erschien. »Ich lasse Ihnen gerade eine weibliche Gefangene bringen. Penelope Soto. Tätlicher Angriff auf eine Polizistin und Widerstand gegen die Festnahme. Wird noch etwas dauern, bis ich selber kommen kann. Gucken Sie, dass sie nicht vorher schon wieder entlassen wird.«

»Okay.«

Eve beendete das Telefongespräch und sah auf ihre Uhr. »Für ein Gespräch mit López oder Freeman reicht die Zeit nicht mehr. Lassen Sie uns zum Leichenschauhaus fahren und hoffen, dass die Identifizierung klappt.«

»Sie haben sie ganz schön gereizt.«

»Oh ja.« Mit einem leisen Lächeln schwang sich Eve hinter das Steuer ihres Wagens und fügte gut gelaunt hinzu: »Das war der amüsante Teil.«

»Vielleicht haben Sie sie etwas zu sehr gereizt, und sie redet deshalb jetzt gar nicht mehr. Vor allem, wenn sie sich einen Anwalt nimmt.«

»Ich kann nur hoffen, dass sie einen Anwalt kontaktiert. Denn der wird ihr sicher raten zu gestehen, dass sie wusste, dass der angebliche Priester Lino war.«

Peabody kratzte sich verblüfft am Kopf, bevor sie endlich in ihren längst eiskalten Burrito biss. »Wawum benn bas?«

»Warum denn das? Weil sie, wenn sie zugibt, dass sie wusste, dass Lino sich als Priester ausgegeben hat, dass sie sich mit ihm getroffen und die alte Freundschaft wieder aufgenommen hat, nicht mehr unmittelbar verdächtigt wird, dass sie ihn ermordet hat.«

Peabody schluckte ihr Essen herunter. »Gehen wir denn davon aus, dass sie es war?«

»Bisher noch nicht. Wie wir eben selbst erlebt haben, ist sie ein echter Hitzkopf. Deshalb kann ich mir nicht vorstellen, dass sie heimlich in die Sakristei geschlichen ist – wo sie, nun, wie eine Hure in der Kirche sofort allen aufgefallen wäre – und den Wein vergiftet hat. Das war eine sorgfältig geplante, symbolträchtige Tat. Penny hätte ihm bestimmt einfach die Kehle durchgeschnitten und ihn in der Gosse liegen lassen.« Eve dachte kurz darüber nach. »Was sie mir fast sympathisch macht.«

Teresa Franco und ihr Mann warteten bereits, als Eve ins Leichenschauhaus kam. Tony Franco hatte einen Arm um die Schultern seiner Frau gelegt und streichelte sie sanft.

»Tut mir leid, dass ich Sie haben warten lassen«, meinte Eve. »Ich habe auf der Fahrt hierher kurz angerufen und man sagte mir, wenn Sie bereit wären, könnte es gleich losgehen.«

Teresa, unter deren Augen dunkle Schatten lagen, sah sie flehend an. »Würden Sie mir bitte sagen, was ich machen soll?«

»Wir sehen ihn uns auf einem kleinen Bildschirm an, und wenn Sie den Leichnam identifizieren können, sagen Sie mir einfach Bescheid.«

»Er hat nie auch nur ein einziges Bild von sich geschickt, und wenn er angerufen hat, hat er die Videofunktion immer gesperrt. In meinem Kopf – in meinem Herzen – ist er immer noch ein Kind.« Sie wandte sich an ihren Mann. »Aber eine Mutter sollte ihren Sohn erkennen. Eine Mutter sollte ihren Sohn erkennen, ganz egal, wie sehr er sich verändert hat.«

»Es ist nicht deine Schuld, Terri. Du hast alles in deiner Macht Stehende getan. Und das tust du immer noch.«

»Wenn Sie bitte mitkommen würden.« Peabody berührte ihren Arm und führte sie in einen kleinen Raum mit einem einzigen Stuhl, einem kleinen Tisch und einem großen Wandbildschirm.

Eve trat vor die Gegensprechanlage, drückte einen Knopf und sprach hinein. »Hier spricht Dallas. Wir sind in Sichtraum eins.« Nach einer kurzen Pause fragte sie: »Also, Mrs Franco, sind Sie bereit?«

»Ja.« Die Knöchel der Hand, die die des Ehemanns umklammerte, traten weiß hervor. »Ja, ich bin bereit.«

»Dann geht es jetzt los«, erklärte Eve und wandte sich dem Bildschirm zu.

Ein weißes Laken bedeckte den Toten von den Achseln bis zu den Zehen. Jemand, sicher Morris, hatte extra das Namensschild vom großen Zeh entfernt. Eve fand nicht, dass Tote aussahen, als würden sie nur schlafen, obwohl andere das vielleicht anders sahen. Andere, denen der Tod noch nie begegnet war.

Teresa holte zischend Luft und lehnte sich an ihren Mann. »Er ... er sieht nicht wie Lino aus. Die Gesichtszüge sind schärfer geschnitten und die Nase ist irgendwie länger. Ich habe ein Bild von ihm. Hier, hier habe ich ein Bild von ihm.« Sie zog das Foto aus der Tasche und drückte es Eve in die Hand.

Der Junge war vielleicht dreizehn oder vierzehn Jahre alt, hübsch, mit einem breiten Grinsen und dunklen, verschlafenen Augen.

»Wir wissen, dass er sein Gesicht chirurgisch verändern lassen hat«, setzte sie an. Doch die Form der Augen, merkte sie, war unverändert, und auch ihre Farbe war fast gleich. Genau wie das dunkle Haar, die Linie des Halses und die Art und Weise, wie der Schädel auf den Schultern saß. »Es gibt eine gewisse Ähnlichkeit.«

»Ja, ich weiß, aber ...« Teresa presste die Lippen aufeinander und stieß leise aus: »Ich will nicht, dass es Lino ist. Kann ich ... ist es möglich, ihn mir aus der Nähe anzusehen? In den Raum zu gehen, in dem er liegt, und ihn mir aus der Nähe anzusehen?«

Eve hatte gehofft, dass es genügen würde, sich den Toten auf dem Bildschirm anzusehen. Und zwar aus demselben Grund, aus dem das Schild von seinem Zeh abgenommen worden war. Um der Mutter so viel Leid wie möglich zu ersparen. »Wollen Sie das wirklich?«

»Nein, nein, ich will es nicht. Aber ich muss es einfach tun.«

Eve trat wieder vor die Gegensprechanlage und erklärte: »Ich bringe Mrs Franco rein.«

Dann führte sie Teresa aus dem Raum, den Korridor hinab und durch die Flügeltüren.

Morris kam durch eine andere Tür herein. Er trug einen Anzug in der Farbe blank polierter Bronze und hatte seinen durchsichtigen Kittel abgelegt.

»Mrs Franco, ich bin Dr. Morris. Kann ich Ihnen irgendwie behilflich sein?«

»Ich weiß nicht.« Sie umklammerte die Hand von ihrem Mann und trat näher an den Tisch. »Wie groß er ist«, murmelte sie. »Aber das war sein Vater auch. Lino, er hatte schon als Junge riesengroße Füße. Ich habe ihm immer gesagt, dass er da noch reinwächst, wie es junge Hunde tun. Und das hat er getan. Er war fast einen Meter achtzig groß, als er verschwand. Und furchtbar dünn. Er konnte essen, was er wollte, und blieb trotzdem immer dünn. Er war gertenschlank, und wenn er Ball gespielt hat, auch blitzschnell.«

Eve bedachte Peabody mit einem vielsagenden Blick. »Basketball.«

»Ja. Das war sein Lieblingssport.« Sie streckte eine Hand in Linos Richtung aus, zog sie dann aber noch einmal zurück. »Kann ich oder können Sie … das Laken. Vielleicht kann ich ihn ja einmal ohne Laken sehen.«

»Lassen Sie mich das machen«, bot ihr Morris an. »Ich habe einen Schnitt gemacht …«

»Ich weiß. Ja, ich weiß. Es ist okay.«

Morris zog das Tuch vorsichtig bis zum Bauchnabel des Toten und trat einen Schritt zurück.

Gleichzeitig machte Teresa einen Schritt nach vorn, streckte abermals die Hand aus, strich mit ihren Fingerspitzen über eine Stelle links auf seinem Brustkorb und stieß einen schluchzenden Seufzer aus.

»Als er noch ein kleiner Junge war, habe ich ihn dort immer gekitzelt. So.« Sie zog eine kleine Zickzacklinie über seiner Brust. »Sehen Sie die Sommersprossen? Vier winzige Sommersprossen, angeordnet wie ein Z.«

Eve betrachtete das schwache Muster, das kaum zu erkennen war. Das war sicher etwas, was nur eine Mutter sah.

»Sehen Sie, was er für lange Wimpern hat? So lang und dicht wie die von einem Mädchen. Was ihm als kleinem Jungen immer peinlich war. Aber später, als er merkte, dass er mit den Wimpern Eindruck auf die Mädchen machen konnte, war er furchtbar stolz darauf.«

»Kennen Sie die Blutgruppe von Ihrem Sohn?«, fragte Morris sie.

»A negativ. Mit zehn hat er sich mal den rechten Arm gebrochen. Er hat versucht, sich heimlich durch das Fenster aus dem Staub zu machen und ist dabei ausgerutscht. Er hat damals schon versucht, sich heimlich aus dem Haus zu schleichen, dabei war er gerade mal zehn Jahre alt. Können Sie mir sagen, ob der Mann hier auf dem Tisch sich irgendwann als Junge mal den rechten Arm gebrochen hatte?«

»Ja.« Morris berührte ihre Hand. »Ja, das hatte er.«

»Dann ist das hier mein Sohn. Dann ist das hier Lino.« Sie beugte sich über den Toten auf dem Tisch, küsste ihn sanft auf die Wange und flüsterte ihm zu: »*Siento tanto, mi bébé.*«

»Kommen Sie, Mrs Franco.« Peabody legte einen Arm um ihre Taille und führte sie sanft zur Tür. »Kommen Sie wieder mit raus.«

Eve sah Teresa hinterher, als sie von ihrem Mann und Peabody gestützt den Raum verließ.

»Für sie als Mutter ist das sicher furchtbar schwer«, stellte Morris leise fest. »Ganz egal, wie lange sie ihn schon nicht mehr gesehen hat.«

»Ja. Es ist bestimmt nicht leicht für sie.« Eve wandte sich wieder dem Leichnam zu. »Er hatte sein Leben lang einen Menschen, der ihn liebte. Und trotzdem sieht es aus, als hätten ihn sämtliche Entscheidungen, die er jemals getroffen hat, hierher auf diesen Tisch geführt.«

»Manche Menschen sind einfach total verkorkst.«

»Ja.« Bei diesem Gedanken hellte ihre Stimmung sich ein wenig auf und sie blickte lächelnd in Morris' mitfühlendes Gesicht. »Das sind sie auf jeden Fall.«

16

Um Teresa etwas Zeit zu geben, ihre Fassung wiederzuerlangen, und um Penny noch ein wenig länger schmoren zu lassen, bat Eve Tony Franco, seine Frau auf das Revier zu bringen, reservierte den kleinsten Konferenzraum und bestellte sie dorthin.

»Ich werde die Mutter übernehmen«, sagte sie ihrer Partnerin. »Ich habe bereits einige der unbekannten Toten aus der Gegend und der Zeit, in der Flores verschwunden ist, überprüft. Arbeiten Sie die Liste weiter ab, und wenn ich nicht in einer halbe Stunden wieder da bin, gucken Sie, was die spuckende Penny macht. Wahrscheinlich schreit sie bis dahin laut nach einem Anwalt. Lassen Sie sie einen kontaktieren, ja?«

»Okay. Und was ist mit den Akten zu den beiden Explosionen?«

»Darum kümmere ich mich zwischen der Mutter und

dem Ekelweib. Rufen Sie Baxter an und fragen Sie, ob er in seinem Teil der Liste von den unbekannten Toten auf irgendwas gestoßen ist. Und überprüfen Sie die bei mir eingegangenen Mails. Officer Ortiz und López wollten mir Namenslisten ehemaliger Soldados schicken, die noch in der Gegend leben. Soto ist der Schlüssel«, fügte sie hinzu. »Aber wir gehen trotzdem weiter allen Spuren nach.«

»Okay. Allmählich laufen die Fäden zusammen. Irgendwie fühlt es sich an, als ergäbe endlich alles irgendeinen Sinn.«

»Zumindest teilweise.« Eve bereitete den Konferenzraum vor und schickte einen ihrer Männer nach den Francos.

Obwohl Teresas Augen rot und geschwollen waren, war ihr Weinen inzwischen verebbt.

»Ich möchte Ihnen für Ihre Hilfe danken. Ich weiß, das war nicht leicht für Sie.«

»Mit Lino war es niemals leicht. Ich habe Fehler gemacht, die ich nicht mehr ungeschehen machen kann. Und jetzt werde ich meinen Sohn begraben. Das lassen Sie doch zu?«

»Ich werde dafür sorgen, dass der Leichnam so schnell wie möglich freigegeben wird. Aber zunächst muss ich Ihnen noch ein paar Fragen stellen.«

»In Ordnung. Ich habe das Gefühl, als ob ich zwischen zwei verschiedenen Welten schweben würde. Der von früher und der, die wir inzwischen haben.« Sie ergriff die Hand von ihrem Mann. »Und es kommt mir so vor, als könnte ich nie wieder ganz in einer dieser Welten sein.«

»Warum war er wieder hier?«, fragte Tony Eve. »Wissen Sie das? Ich denke, es würde uns helfen, wenn wir wüssten, weshalb er zurückgekommen ist.«

»Ja.« Teresa atmete tief durch. »Es würde mir helfen,

wenn ich wüsste, weshalb er wieder in Spanish Harlem war. Und weshalb er sich als Priester ausgegeben hat. Ich habe ihn dazu erzogen, Respekt vor der Kirche zu haben. Ich weiß, dass er sich nichts sagen lassen hat und dass er auf die schiefe Bahn geraten ist. Aber ich habe ihm Respekt vor der Kirche beigebracht.«

»Ich glaube, er hat sich versteckt und auf irgendetwas gewartet. Warum oder worauf, kann ich noch nicht sagen. Aber ich gehe davon aus, dass ein paar der Antworten in der Zeit zu finden sind, in der er bei den Soldados war. Haben Sie schon einmal etwas vom sogenannten Begnadigungserlass gehört?«

»Ja, davon wurde mir erzählt. Ich wusste damals nicht, wo Lino war, aber er hat mich kontaktiert, nachdem dieses Gesetz erlassen worden war. Ich habe ihn angefleht wieder heimzukommen. Noch mal ganz von vorne anzufangen. Aber er meinte, er käme erst zurück, wenn er einen großen, schicken Wagen hätte und die Schlüssel zu einem großen, schicken Haus.«

»Obwohl der Begnadigungserlass später wieder aufgehoben wurde, wurden in seiner Folge sämtliche Vorstrafen, die Lino als Minderjähriger bekommen hat, aus den Polizeiakten gelöscht. Können Sie mir sagen, was das für Vorstrafen gewesen sind?«

»Er hat gestohlen. Anfangs nur kleine, dumme Dinge, wenn er in irgendwelchen Geschäften war. Wenn ich etwas davon mitbekommen habe, bin ich mit ihm in den Laden zurückgegangen und habe die Dinge, die er gestohlen hat, zurückgebracht. Oder dafür bezahlt. Dann fing er an, in Läden einzubrechen, nachdem sie geschlossen waren, oder er brach irgendwelche auf der Straße geparkten Autos auf.«

Seufzend griff sie nach dem für sie von Eve bereitgestellten Wasserglas. »Er brach Fenster auf, beschmierte die Wände fremder Häuser, fing Prügeleien an. Dann kam die Polizei, nahm ihn mit zur Vernehmung, und selbst als er ins Gefängnis kam, nützte das nichts. Vielmehr wurde es danach sogar noch schlimmer. Er hatte immer öfter wüste Schlägereien, und wenn er blutend nach Hause kam, bekamen wir regelmäßig Streit. Dann hieß es, er wäre mit einem Messer auf einen Jungen losgegangen und hätte ihn so schwer verletzt, dass der im Krankenhaus behandelt werden musste, aber der andere Junge meinte, er hätte nicht gesehen, von wem auf ihn eingestochen worden war. Ich weiß, das war gelogen, aber trotzdem hat er das gesagt. Und irgendwann hat er sogar getötet. Irgendwann hat Lino einen anderen Menschen umgebracht.«

»Wen?«

»Das weiß ich nicht. Sie haben ihn deshalb nie verhaftet oder angeklagt. Er stand immer nur wegen irgendwelcher Kleinigkeiten vor Gericht. Aber trotzdem wusste ich, er hatte einen Menschen umgebracht. Denn ich wusste, was es zu bedeuten hatte, als er eines Nachts nach Hause kam und ich das X unter seiner Tätowierung sah. Wir haben uns fürchterlich gestritten, ich habe geschrien, dass er ein Killer ist. Ich habe meinen Sohn als Mörder tituliert.«

Jetzt brachen sich die Tränen wieder Bahn. Teresa zog ein Taschentuch hervor, wischte sich damit durch das verquollene Gesicht und fuhr mit rauer Stimme fort: »Er meinte, ich würde nichts verstehen, er hätte keine andere Wahl gehabt, aber er wäre gleichzeitig *stolz* auf seine Tat, und vor allem wüssten jetzt die anderen, dass er ein echter Mann wäre. Jetzt hätten sie Respekt vor ihm. Damals war er gerade einmal fünfzehn Jahre alt. Er war gerade einmal fünfzehn Jahre alt, als er mit dem frischen Mordsymbol am Arm nach Hause kam.«

Sie brach ab und atmete ein paarmal aus und ein. »Ich wollte, dass er die Stadt verlässt. Wollte, dass er von der Straße wegkommt und aus dieser Gang aussteigt. Aber als ich ihm sagte, dass ich zwei Busfahrkarten nach El Paso kaufen würde … meine Patentante lebte dort und meinte, wir könnten zu ihr kommen, sie würde mir helfen, dort einen Job zu finden, mit dem ich uns ernähren kann.«

»Ihre Patentante?«

»Eine alte Freundin meiner Mutter. Meine Mutter war damals schon tot. Mein Vater hatte sie totgeschlagen, als ich sechzehn war. Hatte sie einfach totgeschlagen, kurz, nachdem ich von zuhause weggelaufen war. Weshalb ich wahrscheinlich bei genau dem gleichen Männertyp gelandet bin. Ich weiß, dass das typisch ist, ein schrecklicher Kreislauf, dass es so etwas wie eine Krankheit ist. Aber meine Patentante hatte ein Haus und Arbeit, und sie lud uns zu sich ein. Doch als ich das Lino sagte, weigerte er sich rundheraus, seine Freunde zu verlassen. Ich habe argumentiert, gebettelt und gedroht, aber er ging einfach aus dem Haus, warf die Tür hinter sich zu und tauchte erst nach einer Woche wieder auf.«

Sie brach ab, und während sie erneut an ihrem Wasser nippte, streichelte Tony zärtlich ihren Arm. »Es reicht, Terri. Es reicht.«

»Nein, ich werde es zu Ende bringen. Und zwar jetzt. Ich ging zur Polizei, denn ich hatte Angst, ihm wäre irgendetwas passiert. Aber ein Junge wie Lino weiß, wie man sich versteckt, erst als er es wollte, kam er irgendwann zurück. Er meinte, ich könnte seinetwegen nach El Paso fahren, aber er bliebe auf alle Fälle hier. Ich sollte ruhig fahren, denn er käme auch allein zurecht. Falls ich dächte, ich könnte ihn zwingen mitzukommen, liefe er eben einfach wieder weg. Denn er ließe seine Familie nicht im Stich. Ließe die Soldados nicht im Stich. Also blieb ich auch. Er hatte mich besiegt. Er lebte, wie er wollte, und ich ließ es einfach zu.«

»Er hat über all die Jahre die Medaille aufbewahrt, Mrs Franco«, rief ihr Eve mit ruhiger Stimme in Erinnerung.

Teresa blickte sie aus tränennassen Augen dankbar an.

»Mrs Franco, Sie haben gesagt, er wäre auch vorher hin und wieder abgehauen, mal für ein paar Tage und einmal sogar für eine ganze Woche. Aber nachdem er sich zuvor standhaft geweigert hatte, umzuziehen, obwohl Sie einen Ort gehabt hätten, an den Sie hätten gehen können, hat er Ihnen beim letzten Mal, als er gegangen ist, erklärt, dass er New York verlässt.«

»Ja, ja, das stimmt. Ich habe ihm nicht geglaubt, nicht mal, als ich ihn seine Sachen packen sah. Ich habe nicht wirklich geglaubt, dass er die Stadt verlässt, dabei hat ein Teil von mir sogar gehofft, dass er es tut. Es ist schlimm, wenn eine Mutter so empfindet, aber so ging es mir nun mal. Trotzdem dachte ich, er wäre nur wütend und wollte jemandem eins auswischen. Ich wusste, dass er sich mit Joe – mit Joe Inez – wegen irgendwas gestritten hatte und deswegen wütend auf ihn war. Und da nur Lino und dieser junge Chávez zusammen verschwinden wollten, habe ich mich gefragt, ob Lino vielleicht auch mit Penny in Streit geraten war.«

»Worüber hatten die beiden sich gestritten? Lino und Joe Inez?«

»Das weiß ich nicht. Er hat mir nie etwas von sich oder der Gang erzählt. Über diese Dinge hat er nie mit mir gesprochen. Aber ich weiß, dass sie alle wegen des Bombenanschlags in der Schule wütend waren. Die gesamte Nachbarschaft war deswegen in Aufruhr. Weil ein junges Mädchen bei der Explosion gestorben war. Andere hatten

Verletzungen davongetragen und auch Lino wies diverse Schnitt- und Brandwunden auf. Einer seiner Freunde – ein anderer Soldado – lag lebensgefährlich verletzt im Krankenhaus. Sie dachten, er würde vielleicht sterben. Deshalb haben wir im Gottesdienst in St. Cristóbal für ihn gebetet. Er hat es überlebt, aber es hat sehr lange gedauert, bis er wieder vollständig genesen war. Ich glaube, er lag mehrere Monate im Krankenhaus und wurde mehrfach operiert.«

»Nur wenige Tage später gab es eine zweite Explosion, bei der es mehrere Tote gab.«

»Ja, es war einfach entsetzlich. Sie dachten, es wäre ein Racheakt – das haben zumindest die anderen Mitglieder der Gang behauptet und deshalb hatten die Leute Angst, es würden weitere Gewalttaten auf diese beiden Attentate folgen. Die Polizei kam auch zu uns und wollte mit Lino über diese Sache sprechen, aber da war er schon nicht mehr da.«

»Er hat New York also nach der zweiten Explosion verlassen.«

»Nein, schon vorher. Zwei Tage zuvor. Ich weiß noch, dass ich dem lieben Gott auf Knien dafür gedankt habe, dass er nicht in diese Morde verwickelt war.«

»Wie hat er New York verlassen?«

»Ich glaube, mit dem Bus. Es ging alles so entsetzlich schnell. Ich kam heim und da war er bereits am Packen. Er meinte, eines Tages käme er zurück und wäre reich und angesehen. Dann wäre er der angesehenste Mann im ganzen Viertel. Angesehener noch als Mr Ortiz, Mr Ortega und die anderen wohlhabenden Männer, die es damals in Spanish Harlem gab. Dann hätte er ein großes Auto und ein großes Haus. Er hatte immer große Träume.« Müde klappte sie die Augen zu. »Ein paar Wochen später, als ich meine Miete zahlen wollte, merkte ich, dass er Geld von meinem Konto abgehoben hatte. Er hatte sich per Computer Zugriff auf mein Bankkonto verschafft, mit solchen Dingen kannte er sich aus. Er hatte mich auch vorher ab und zu bestohlen, aber jetzt musste ich Mr Ortiz um ein Darlehen bitten, denn für meine Miete reichte es nicht mehr. Später hat er hin und wieder etwas Geld geschickt, als hätte er dadurch wiedergutmachen können, dass er mich bestohlen hatte und ich deshalb Geld erbetteln musste, um meine Miete zu bezahlen.

Er war mein Kind«, beendete sie ihre Ausführungen. »Aber vielleicht heißt es nicht umsonst ›wie der Vater so der Sohn‹. Denn von seinem Vater hatte er offensichtlich deutlich mehr vererbt bekommen als von mir.«

»Ich weiß Ihre Kooperation zu schätzen, Mrs Franco, denn das war bestimmt nicht leicht für Sie. Ich werde mich bei Ihnen melden, sobald der Leichnam Ihres Sohnes freigegeben werden kann.«

Nachdem sie die beiden bis zur Tür begleitet hatte, kehrte sie in ihr Büro zurück, nahm hinter ihrem Schreibtisch Platz, prüfte die eingegangenen Mails und stellte fest, dass ihr Antrag auf Einsicht in die Akten zu den Explosionen genehmigt worden war.

Sie stand noch einmal auf, holte sich einen Kaffee, nahm wieder Platz, las die Dokumente durch und schrieb sich die Namen der ermittelnden Beamten, Zeugen, Verletzten und Todesopfer auf.

Bei Linos Namen stand, dass er hätte vernommen werden sollen, doch nach Aussage der Mutter schon zwei Tage vor der zweiten Explosion aus der Stadt verschwunden war. Eine Aussage, die unter anderem von Penny Spuckweib Soto bestätigt worden war.

Auch Joe Inez war zum Verhör geladen, dann aber wieder entlassen worden, denn der junge Mann hatte ein wasserdichtes Alibi gehabt. Auch er hatte erklärt, dass Lino bereits vor dem Attentat aus New York verschwunden war. Die Ermittler hatten die gesamte Nachbarschaft durchkämmt, sämtliche bekannten Unterschlupfe von Lino und Chávez durchsucht und sich an sämtlichen Busbahnhöfen umgehört.

Lino war nicht auffindbar gewesen, doch wie der ermittelnde Beamte zwischen den Zeilen seines Berichts hatte verlauten lassen, hatte er nicht einen Augenblick wirklich geglaubt, dass der junge Mann schon vor der Explosion verschwunden war.

»He, das glaube ich auch nicht«, stimmte Eve ihm zu, sammelte ihre Unterlagen ein und machte sich auf den Weg in den Verhörraum, in dem Penny Soto saß.

Am Mittelfinger seiner rechten Hand trug der Anwalt einen goldenen Klunker in der Größe eines Suppentellers, sein Anzug strahlte in der Farbe radioaktiv verseuchter Limetten, das Öl in seinem Haar hätte wahrscheinlich mühelos gereicht, um eine kleine Armee von Hühnchen darin zu braten, und sein Gebiss hatte einen so strahlend weißen Glanz, dass er unmöglich naturgegeben sein konnte.

Eve erblickte ihn und sagte sich: *Oh Gott, ein wandelndes Klischee.*

Als sie den Raum betrat, erhob er sich von seinem Platz und richtete sich zu seinem ganzen Meter dreiundsechzig auf. Von denen mindestens drei Zentimeter den Absätzen seiner Schlangenlederstiefel zuzuschreiben waren.

»Meine Mandantin wartet inzwischen seit über zwei Stunden«, fing er an. »Und zwar fast die ganze Zeit ohne ihren Rechtsbeistand.«

»Uh-huh.« Eve setzte sich gelassen an den Tisch und

schlug ihre Akte auf. »Und dieser Rechtsbeistand, der Sie anscheinend sind ...«, sie hob den Kopf und sah ihn reglos an, »... sollte wissen, dass ich einen Menschen legal so lange hier warten lassen kann, und dass Ihre Mandantin, seit sie uns darum gebeten hat, einen Anwalt zu kontaktieren, nicht vernommen worden ist. Deshalb setzen Sie sich besser wieder hin, denn sonst verlieren wir nur noch mehr Zeit. Rekorder an.« Sie gab ihren und Pennys Namen sowie den Grund für die Vernehmung an und zog fragend eine Braue hoch. »Ms Soto wird vertreten durch?«

»Carlos Montoya.«

»Der ebenfalls anwesend ist. Mr Montoya, haben Sie sich ausgewiesen und Ihre Lizenz als Anwalt vorgelegt?«

»Natürlich.«

»Gut. Ms Soto, Sie wurden über Ihre Rechte und Pflichten aufgeklärt und sagen, Sie hätten sie verstanden.«

»Das ist doch alles Scheiße.«

»Aber diese Scheiße haben Sie verstanden?«

Penny zuckte mit den Schultern. »Sicher, alles klar. Genauso ist mir klar, dass ich und mein Anwalt Sie dafür am Arsch kriegen werden, dass ich unter falschen Anschuldigungen von Ihnen verhaftet worden bin.«

»Das wird sicher witzig. Weil es schließlich eine Zeugin für den bewaffneten, tätlichen Angriff auf eine Polizeibeamtin und den Widerstand gegen die Festnahme heute Morgen gibt.«

»Ich habe Sie nicht angerührt.«

»Das kann man auch anders sehen. Aber ich wäre eventuell bereit, die Anschuldigungen fallen zu lassen, wenn Sie jetzt bereit und in der Lage sind, Fragen zu Lino Martinez und zu Ereignissen in Zusammenhang mit ihm zu beantworten.«

»Ich habe Ihnen doch schon gesagt, dass ich Lino zum letzten Mal gesehen habe, als ich fünfzehn war.«

»Was eindeutig gelogen ist.«

»Meine Mandantin ...«

»Ist eine Lügnerin, aber das erleben Sie wahrscheinlich oft. Genau wie ich. Der Leichnam von Lino Martinez wurde inzwischen offiziell identifiziert. Wir wissen, dass er sich über fünf Jahre lang als ein gewisser Pater Miguel Flores ausgegeben hat und dass er während dieser Zeit regelmäßig in die Bodega kam, in der Sie arbeiten. Außerdem ist uns bekannt, dass Sie früher eine Beziehung zu ihm hatten. Wenn Sie trotzdem weiterhin darauf bestehen, dass Sie keine Ahnung hatten, dass er heimgekommen war, bleibt die Anzeige wegen tätlichen Angriffs und Widerstands gegen die Festnahme bestehen, und mit Ihrem Vorstrafenregister fahren Sie dann garantiert noch einmal ein.«

Eve klappte den Aktendeckel zu, stand auf und wandte sich zum Gehen.

»Ich fahre ganz bestimmt nicht dafür ein, dass ich Ihnen einmal locker auf die Flosse geschlagen habe, als Sie mich einfach packen wollten.«

»Oh doch, das werden Sie auf jeden Fall, genau wie dafür, dass Sie ein Messer gezogen, mir ins Gesicht gespuckt und sich aktiv gegen Ihre Festnahme gewehrt haben. Da Sie mich nicht kennen, lassen Sie mich Ihnen – und Ihrem Anwalt – sagen, dass ich dahinterkommen werde, falls Sie auch nur ein privates Gespräch mit Lino Martinez geführt oder ihn auch nur ein einziges Mal außerhalb der Bodega getroffen haben. Und dann werde ich Sie auch noch wegen einer Falschaussage hinter Gitter bringen – und mich unweigerlich fragen, ob Sie sich vielleicht irgendwie Zyankali beschafft haben und ...«

»Das ist doch der totale Blödsinn.«

Lächelnd ging Eve in Richtung Tür.

»Verdammt, warten Sie einen Moment. Ich will mit meinem Anwalt reden, bevor ich etwas sage.«

»Rekorder aus. Dann gehe ich kurz raus, damit Sie beide plaudern können, ja?«

Eve ließ die beiden allein, überlegte, ob sie den Versuch riskieren sollte, eine Dose Pepsi an einem der Getränkeautomaten zu erstehen, beschloss dann aber, dass es sicher nicht so lange dauern würde.

Tatsächlich kam Montoya innerhalb von weniger als drei Minuten an die Tür.

»Meine Mandantin wäre unter Umständen bereit, ihre Aussage zu korrigieren.«

»Okey-dokey.« Eve kehrte in den Vernehmungsraum zurück, nahm wieder Platz, faltete lächelnd ihre Hände, sagte: »Rekorder an« und wartete dann einfach ab.

»Sie werden die aktuellen Vorwürfe gegen meine Mandantin fallen lassen, falls sie Ihre Fragen zu Lino Martinez beantwortet.«

»Wenn sie die Wahrheit sagt und ich mit ihren Antworten zufrieden bin ...«

»Also, reden Sie, Penny.«

»Wissen Sie, ich hatte ein seltsames Gefühl, als er in die Bodega kam. Er sah nicht wie Lino aus oder zumindest nicht genau. Aber er hatte etwas an sich, das mich irgendwie an ihn erinnert hat. Nach einer Weile haben wir angefangen, ein bisschen zu flirten. Was echt seltsam war, denn schließlich war er ein Priester, und ich habe für diese heiliger als heiligen Typen noch nie viel übriggehabt. Aber Lino und ich, das war immer was Besonderes. Damals war ich total heiß auf ihn, und er hatte immer noch dieselbe Ausstrahlung.«

»Sind Sie wieder mit ihm ins Bett gegangen, bevor oder nachdem Sie wussten, wer er war?«

Penny sah sie grinsend an. »Bevor. Ich glaube, das hat ihn angemacht. Und mich vielleicht auch. Im Hinterraum der Bodega, nachdem ich den Laden abgeschlossen hatte. Mann, ich kann Ihnen gar nicht sagen, wie der mich genagelt hat. Wahrscheinlich, weil er vorher so lange mit keiner Frau zusammen war. Wegen diesem bekloppten Zölibat. Danach noch ein paarmal, wenn wir uns in einer Bude getroffen haben, in der eine Freundin von mir wohnt. Sie arbeitet immer nachts. Oder wir haben stundenweise ein Hotelzimmer gemietet. Dann hat er mir irgendwann nach dem Sex alles erzählt, und wir haben uns halb totgelacht.«

»Hat er Ihnen auch erzählt, was aus dem echten Pater Flores geworden ist?«

»Er wollte zurückkommen, ohne dass es jemand merkt. Es hat ihm gefallen, dass die Leute zu ihm aufgesehen haben, der Respekt, mit dem sie ihm begegnet sind, ging ihm echt gut ab.«

»Fünf Jahre, Penny. Verkaufen Sie mich bitte nicht für dumm. Also, warum hat er sich wirklich die Identität von einem Priester zugelegt?«

»Er mochte auch die Geheimnisse, die Sünden, die die Leute ihm gebeichtet haben. Wenn er konnte oder wollte, hat er dieses Wissen ausgenutzt.«

»Hat er die Leute erpresst?«

»Auf jeden Fall hatte er immer jede Menge Geld. Mehr als ein Priester normalerweise hat. Wenn er in Stimmung war, hat er ein Zimmer in einem schicken Hotel für uns gemietet und wir haben den Zimmerservice bestellt und so. Dann hat er immer bar bezahlt.«

»Hat er Ihnen auch Dinge gekauft?«

»Na ja.« Sie klopfte gegen einen ihrer Ohrringe. »Geizig war er nicht.«

»Er hat Ihnen vertraut.«

»Lino und ich kannten uns schließlich schon ewig. Wir haben uns gebraucht. Das war es, worum es in Wahrheit ging.« Sie klatschte mit der flachen Hand auf ihren tätowierten Arm. »Das hier war unsere Familie, sie hat uns beschützt. Meine Mutter war eine total nutzlose Person, ihr ging es nie um mich, sondern immer nur um ihren nächsten Fix. Deshalb hat sie auch nie was unternommen, wenn mein Alter über mich hergefallen ist. Ich war gerade zwölf, als er mich zum ersten Mal vergewaltigt hat. Geschlagen hat er mich auch und mir erklärt, dass ich die Klappe halten soll, wenn er mich beim nächsten Mal nicht noch schlimmer verdreschen soll. Zwei Jahre lang habe ich wirklich nichts gesagt, aber dann habe ich es nicht mehr ausgehalten, bin zu den Soldados und habe mir dort 'ne eigene Familie aufgebaut.«

»Ihrem Lebenslauf zufolge wurde Ihr Vater, als Sie vierzehn waren, erstochen und in seine Einzelstücke zerhackt.«

»Das hatte er verdient.«

»Haben Sie ihn umgebracht?«

»Diese Frage wird meine Mandantin nicht beantworten. Antworten Sie nicht, Penny.«

Lächelnd strich Penny mit der Fingerspitze über das X unter ihrem Tattoo.

»Sie und Lino«, fuhr Eve fort. »Muss eine verdammt enge Beziehung gewesen sein. Und zwei Jahre später taucht er plötzlich einfach ab.«

»Nichts hält ewig.«

»Haben Sie das Bombenattentat auf Skull'schem Territorium mit geplant?«

»Meine …«, fing der Anwalt an, Penny aber hob abwehrend eine Hand. »Zu der Sache haben Sie mich bereits vor einer Ewigkeit vernommen, dann aber wieder auf freien Fuß gesetzt. Weil niemand je bewiesen hat, dass das ein Werk von den Soldados war.«

»Bei diesem Attentat sind mehrere Menschen umgekommen.«

»Solche Sachen kommen eben vor.«

»Lino hatte den Anschlag geplant. Er war einer der Anführer der Gang und hatte die erforderlichen Kenntnisse.«

»Ich schätze, das werden Sie nie erfahren, denn inzwischen ist er schließlich tot.«

»Richtig, er ist tot. Aber Sie sind noch am Leben. Und Ihr Anwalt wird Ihnen bestätigen, dass Mord niemals verjährt.«

»Sie können mir diese Sache genauso wenig anhängen wie damals die anderen.«

»Worauf hat Lino gewartet? Wann wäre für ihn der Zahltag gekommen, Penny?«

»Ich weiß nicht, wovon Sie reden.« Trotzdem blickte sie eilig fort. »Und er ist tot, ihn können wir also nicht mehr fragen.«

»Wo ist Steve Chávez?«

»Keine Ahnung. Weiß ich nicht.« Sie riss den Mund zu einem Gähnen auf. »Sind wir langsam fertig?«

»Lino hat auf irgendwas gewartet und in der Zwischenzeit ein paar Leute erpresst, um mit der Kohle anzugeben und sich ein schönes Leben zu machen, wenn er gerade einmal nicht als falscher Priester aufgetreten ist. Das macht kein Mann fünf Jahre lang, nur damit er eine alte Freundin vögeln kann.«

»Er hat mich geliebt. Wir haben damals darüber gesprochen, zusammen abzuhauen, einen Riesencoup zu landen und dann die Taschen voller Geld zurückzukommen. Obwohl er damals alleine abgehauen ist, ist er auf jeden Fall zu mir zurückgekehrt.«

»Haben Sie ein Alibi für seinen Todestag?«

»Um sechs habe ich zusammen mit Rosita die Bodega aufgemacht. Wir haben alles vorbereitet und dann drei Stunden am Stück hinter dem Frühstückstresen gearbeitet. Gegen zehn haben Pep – der Junge, der im Lager jobbt – und ich zusammen im Hinterzimmer unsere Pause gemacht und dann stand ich wieder hinter dem Tresen, als die ersten Bullen kamen und ich hörte, dass er ermordet worden ist.«

»Was haben Sie dann gemacht?«

»Ich habe weiter gearbeitet und bin nach Schichtende nach Hause. Was hätte ich denn machen sollen?«

»Okay. Sie können gehen.«

»Wird, verdammt noch mal, auch langsam Zeit.«

Nachdem Penny und ihr Anwalt aus dem Raum gegangen waren, blieb Eve noch einen Augenblick lang schweigend sitzen. Schließlich aber schaltete sie den Rekorder wieder aus und kehrte in ihr eigenes Büro zurück.

Als einen Moment später Peabody den Raum betrat, stand Eve an ihrem winzig kleinen Fenster und sah nachdenklich hinaus.

»Na, wie ist es mit Penny gelaufen?«, fragte ihre Partnerin.

»Sie hat mir eine komplizierte Mischung aus Lügen und Wahrheiten aufgetischt. Obwohl das Meiste eindeutig gelogen war, haben mir die paar ehrlichen Behauptungen gereicht, um mir ein Bild davon zu machen, was zwischen den beiden abgelaufen ist. Ihre Behauptung, dass sie keine Ahnung hat, was mit dem echten Flores passiert ist und worauf Lino gewartet hat, ist eindeutig gelogen. Dass sie etwas über das Bombenattentat oder über den Verbleib von Chávez weiß, streitet sie zwar nicht direkt ab, gibt es aber auch nicht zu. Nach dem Motto: ›Beweis mir doch, dass ich was weiß, du blödes Weib‹. Weiter hat sie behauptet, Lino hätte sie geliebt, und ich glaube, dass das die Wahrheit ist oder dass sie das auf alle Fälle wirklich glaubt. Dass sie ihn geliebt hätte, hat sie mit keinem Wort gesagt. Denn das hat sie eindeutig nicht. Obwohl sie in den letzten Jahren regelmäßig mit ihm in der Kiste war.«

»Wenn so lange etwas zwischen den beiden gelaufen ist, hat er ihr doch bestimmt erzählt, was er im Schilde führt.«

»Bestimmt. Ich glaube, dass er ihr vielleicht geholfen hat, sich das X in der Tätowierung zu verdienen. Oder sie haben sich das X beide gleichzeitig verdient und gemeinsam ihren Vater umgebracht. Der Kerl hatte sie sexuell missbraucht, irgendwann hatte sie endgültig genug, da haben sie ihn gemeinsam abgestochen und zerhackt.«

»Sie hat zugegeben …«

»Nein. Sie hat den Missbrauch eingeräumt und zugegeben, dass sie, als sie vierzehn war, Mitglied der Gang geworden ist. Weil sie sie als Zufluchtsort, Familie, Schutz gesehen hat. Ihr Vater wurde in Stücke zerhackt in einem verlassenen Gebäude aufgefunden, als sie vierzehn war. Er war ein polizeibekannter Dealer, deshalb haben die Cops die Tat als Folge eines fehlgeschlagenen Drogengeschäfts abgetan. Wahrscheinlich haben sie den Täter niemals wirklich intensiv gesucht, warum hätten sie das auch tun sollen? Penny und Lino hätten auf jeden Fall ein Alibi gehabt. Die anderen Mitglieder der Gang hätten es ihnen entweder selbst gegeben oder irgendjemand anderen gezwungen, das zu tun.«

Eve drehte sich erst um, als Peabody in ihrem Rücken die Bürotür schloss.

»Alles klar?«, fragte ihre Partnerin.

»Ja.« Eve trat vor den AutoChef und bestellte Kaffee. »Lassen Sie uns weitermachen, ja? Wir sollten uns die damalige Akte noch einmal ansehen. Ich habe auch die Akten zu den beiden Bombenattentaten, am besten suchen wir die damaligen Ermittler noch persönlich auf. Ich muss mehr Druck auf Penny ausüben. Die Drohung mit einer Anzeige, weil sie mir eine verpassen wollte, reicht ganz sicher nicht.«

»Glauben Sie, dass sie Lino getötet hat?«

»Auch wenn wir ihr Alibi noch überprüfen werden, ist es sicher wasserdicht. Sie hat es mir praktisch auf dem Silbertablett serviert. Sie ist ein Hitzkopf, und ich glaube nicht, dass sie ihn selbst getötet hat. Aber irgendwas hat sie mit diesem Mord zu tun. Zumindest weiß sie, wer es war.«

»Vielleicht hatten sie ja Streit. Das kommt auch zwischen Menschen, die sich lieben, manchmal vor.«

»Kann sein. Ich kann mir nicht vorstellen, dass sie jahrelang mit diesem Kerl zusammen war, ohne dass es auch mal Streit gegeben hat. Oder dass es nicht noch irgendwelche anderen Kerle für sie gab«, fügte sie nachdenklich hinzu und hielt Peabody einen der beiden Kaffeebecher hin. »Lassen Sie uns rausfinden, ob Penny gleichzeitig noch mit irgendwelchen anderen Typen in der Kiste war. Lino hat die Leute, die bei ihm gebeichtet haben, angeblich erpresst. Wobei ich mir nicht vorstellen kann, dass er sich dabei mit irgendwelchem Kleingeld zufriedengegeben hat. Lassen Sie uns also gucken, welche braven Kirchgänger genügend Kohle haben, damit sich eine Erpressung wegen ihrer Sünden lohnt. Außerdem brauchen wir umfassende Informationen über die Toten und Verletzten, die es bei dem Anschlag auf das Restaurant gegeben hat.«

»Wissen Sie noch, dass ich gesagt habe, dass langsam alles einen Sinn ergibt? Inzwischen kommt es mir vor, als bekämen wir ein klares Bild.«

»Das sind ein paar weitere Puzzleteile, die früher oder später bestimmt an ihren Platz fallen. Am besten fangen wir mit den Attentaten an und arbeiten uns langsam vor. Ein gewisser Detective Stuben hat damals die Ermittlungen geleitet. Er ist inzwischen im sechsundvierzigsten Revier. Rufen Sie ihn an und fragen ihn, ob er oder sein damaliger Partner Zeit für ein Treffen haben.«

»Okay. Dallas.« Peabody war das Verlangen, etwas Tröstliches zu sagen, überdeutlich anzusehen.

Deshalb knurrte Eve: »Also, machen Sie sich an die Arbeit, ja?«

Als Peabody nickte und den Raum verließ, kehrte Eve an ihren Fensterplatz zurück. Später hätte sie noch Zeit genug, um voller Mitgefühl an eine junge Frau zu denken, die getötet hatte, um der Brutalität des eigenen Vaters zu entfliehen.

Sie trank ihren Kaffee aus und rief die Akte Soto auf, doch bevor sie die Gelegenheit bekam, sich auch nur die Bilder von dem Toten anzusehen, meldete Peabody schon, dass Stuben zu einem Treffen bereit war.

Stuben hatte als Treffpunkt ein Lokal unweit seines eigenen Reviers gewählt und sich, bis Eve und Peabody erschienen, ein belegtes Brot und einen kleinen Krautsalat bestellt. »Detective Stuben, ich bin Lieutenant Dallas und das ist meine Partnerin, Detective Peabody.« Eve reichte ihm die Hand. »Danke, dass Sie sich die Zeit für ein Gespräch genommen haben.«

»Kein Problem.« Er hatte den kantigen Akzent der Bronx. »So kriege ich wenigstens was zwischen die

Kiemen. Vielleicht wollen Sie sich ja auch noch was bestellen, hier schmeckt es nämlich wirklich gut.«

»Was zu essen wäre toll.« Eve bestellte sich ein Hotdog sowie irgendwelche Nudellocken, während Peabody als Sühne für das schon genossene Burrito nur einen Melonenteller nahm.

»Kohn, mein damaliger Partner, ist im Angelurlaub, weil er ausprobieren will, ob ihm das Rentnerdasein liegt, bevor er seine Dienstmarke abgibt«, fing Stuben an. »Falls Sie auch mit ihm noch reden wollen, ist er morgen wieder da.«

Stuben tupfte sich den Mund mit einer Papierserviette ab. »In den ersten ein, zwei Jahren nach dem Attentat oder vielleicht sogar noch länger habe ich die Akte alle paar Wochen noch mal hervorgeholt.« Er schüttelte den Kopf und biss herzhaft in sein Brot. »Ein-, zweimal im Jahr mache ich das immer noch. Genau wie Dack, mein Partner. Dann setzen wir uns zusammen in ein Restaurant oder eine Kneipe und gehen den Fall noch einmal durch. Inzwischen ist die Sache zehn, zwölf Jahre her, aber sie will mir immer noch nicht aus dem Kopf. Manche Fälle gehen einem einfach nach.«

»Das stimmt.«

»In der Gegend waren die Zeiten damals schlecht. Sie hatte sich immer noch nicht von den Folgen der Innerstädtischen Revolten erholt. Wir hatten nicht genügend Leute auf der Straße, um die Gangs zu kontrollieren, und deshalb hatten diese Kerle uns am Arsch, wenn ich das so rüde formulieren darf.«

»Kannten Sie Lino Martinez?«

»Diesen kleinen Bastard kannte ich genau wie alle anderen. Ich war damals Streifenpolizist und der Kerl war schon als achtjähriger Junge echt hart drauf. Diebstahl,

Vandalismus, Sachbeschädigung, wobei es einfach um den Spaß am Zerstören ging. Seine arme Mutter hat wirklich nichts unversucht gelassen und ihn regelmäßig in die Schule und die Kirche geschleift. Als er zehn war, habe ich ihn mit Taschen voller Jazz erwischt, die Sache dann aber auf sich beruhen lassen, denn die Mutter tat mir einfach leid.«

»Kannten Sie auch Nick Soto?«

»Ein Dealer und Schläger, der sich vor allem gern an Frauen vergangen hat. Ein aalglatter Kerl, dem irgendwann jemand ein Messer zwischen die Rippen gestoßen hat. Fünfzig, sechzig Mal. Ich war für den Fall nicht zuständig, habe aber davon gehört.«

»Hat damals auch jemand die Tochter oder Lino Martinez verhört?«

Er rieb sich nachdenklich die Wange. »Ganz bestimmt. Weil Lino und die kleine Soto schließlich wirklich dicke miteinander waren. Wobei sie meiner Meinung nach noch schlimmer war als er. Wenn er was gestohlen hat, dann, weil es um die Kohle ging. Auch geprügelt hat er sich nie ohne Grund. Aber sie? Sie hat ihren Hass mit sich herumgeschleppt. Sie hat nur geklaut, um anderen was wegzunehmen, und auch geprügelt hat sie immer nur zum Spaß. Glauben Sie, die beiden haben was mit unserem damaligen Fall zu tun?«

»Ich habe Penny Soto heute in Zusammenhang mit einem anderen Fall verhört. Sie behauptet, dass ihr Vater sie ab ihrem zwölften Lebensjahr regelmäßig vergewaltigt hat. Das kam damals nicht heraus.«

»Wie gesagt, ich war für den Fall nicht zuständig. Trotzdem kenne ich ein paar Details.« Er schüttelte den Kopf. »Und wenn so was rausgekommen wäre, hätte ich das ganz bestimmt gehört.«

»Sie haben Lino nach dem Bombenattentat gesucht.«

»Er und Steve Chávez hatten damals die Führung der Soldados übernommen, obwohl der Ort des Anschlags nicht direkt auf Skull'schem Territorium lag, lag er auf alle Fälle auf umstrittenem Terrain und es trieben sich dort immer jede Menge Skulls herum. Es war eindeutig ein Racheakt. Ich weiß, dass es Soldados waren, und die Soldados hätten damals ohne Linos ausdrücklichen Befehl noch nicht mal von alleine Luft geholt. Aber Mrs Martinez erklärte uns, Lino hätte die Stadt schon zwei Tage vor dem Attentat verlassen, und das musste ich ihr glauben, oder zumindest, dass sie *selber* glaubte, dass ihr Sohn schon vor dem Anschlag aus New York verschwunden war.« Er schüttelte den Kopf. »Sie hat uns die Wohnung durchsuchen lassen, und wir haben nirgends auch nur eine Spur von ihm entdeckt. Bei den Nachbarn haben wir uns umgehört, aber obwohl die wenigsten von diesem Hurensohn begeistert waren, haben sie uns alle übereinstimmend erklärt, sie hätten ihn schon vor dem Attentat nicht mehr gesehen. Wir haben den Soldados Feuer unter den Ärschen gemacht, aber keinen Einzigen dazu bekommen, diese Aussage zurückzuziehen. Keinen Einzigen. Aber sie waren es, Lieutenant, Martinez und Chávez haben die Bombe damals gelegt. Das sagt mir mein Instinkt.«

»Mir meiner auch.«

»Wie sind Sie auf die beiden gekommen?«

»Dadurch, dass Lino Martinez im Leichenschauhaus liegt.«

Stuben schob sich etwas von seinem Salat zwischen die Zähne und erklärte zustimmend: »Da gehört der Kerl auch hin.«

»Was ist mit den anderen Gangs? Könnte eine von

denen nach so langer Zeit ihm noch ans Leder gewollt haben?«

»Die meisten Skulls und Bloods sind tot, verschwunden oder sitzen im Kahn. Natürlich laufen ein paar von ihnen immer noch hier rum, nur ist es einfach so, dass das Feuer längst erloschen ist. Wie ist er umgekommen?«

»Haben Sie von dem Mord in St. Cristóbal gehört? An dem Kerl, der sich als Priester ausgegeben hat?«

»Das war Martinez?«

»Ja. Ergibt es für Sie irgendeinen Sinn, dass er fünf Jahre lang auf diese Art in Deckung gegangen ist?«

Stuben lehnte sich auf seinem Stuhl zurück, trank einen Schluck Vanillelimonade und erklärte nachdenklich: »Er war ein gewiefter Kerl. Hatte Köpfchen und war total kaltblütig. Schon als Junge hat er seine Spuren immer gut verwischt oder jemand anderen dazu gebracht, das für ihn zu tun. Schon mit sechzehn hatte er sich eine Position in der Führungsriege seiner Gang erkämpft. Er muss irgendeinen Zweck damit verbunden haben, wenn er jahrelang auf Tauchstation gegangen ist. Irgendwas, weshalb es sich aus seiner Sicht gelohnt hat, niemandem zu sagen, dass er wieder in Spanish Harlem ist. Sie haben Soto zu dem Fall befragt?«

»Vorhin.«

»Sie muss gewusst haben, dass er wieder zuhause war. Wenn er zurückgekommen ist, dann war er auch bei ihr. Lino hatte eine Schwachstelle, und die war sie. Er hat sie zu einem Lieutenant in der Gang gemacht, als sie noch keine fünfzehn war, und es hieß, dass nicht die ganze Truppe damit einverstanden war. Worauf er den Dissidenten mit einem Metallrohr niedergeknüppelt und ihn von ihr zusammentreten lassen hat. Natürlich hat der Kerl im Krankenhaus mit verdrahtetem Kiefer gemurmelt, dass er eine Treppe runtergefallen ist. Damals ließ sich keiner von den Kerlen gegen die anderen ausspielen. Eher hätten sich die Typen selber umgebracht.«

»Die Zeiten ändern sich.«

Stuben nickte. »Allerdings. Versuchen Sie Ihr Glück doch mal bei Joe Inez. Der hat schon seit Jahren nichts mehr mit dem Trupp zu tun.«

»Ich habe ihn schon einmal kurz gesprochen. Meinen Sie, er ist das schwache Glied?«, fragte Eve aus Höflichkeit, denn die Antwort kannte sie schließlich bereits.

»Auf jeden Fall. Joe hatte nie die Härte, die ein Killer braucht.«

»Gibt es sonst noch irgendwen, mit dem ich reden sollte? Irgendwelche anderen alten Mitglieder der Gang? Ich habe ein paar Leute darauf angesetzt, mir Namen zu besorgen, aber Sie kennen sich bestimmt am besten mit der Truppe aus.«

»Ich kann Ihnen nur sagen, dass sämtliche Typen, die damals große Nummern in der Gruppe waren, entweder tot, im Knast oder verschwunden sind. Die Mitglieder, die noch hier sind, waren lauter kleine Nummern. Martinez und Chávez hatten damals das Sagen, als sie plötzlich verschwanden, rückte Soto nach.«

»Danke für die Informationen, Detective«, meinte Eve.

»Falls Sie dafür irgendeine Spur zu unseren Bombenattentätern finden, sind wir quitt.«

Sie stand auf, blieb aber noch kurz stehen. »Eine Sache noch. Die Familien der Opfer. Haben Sie zu denen noch Kontakt?«

»Hin und wieder.«

»Darf ich mich wegen dieser Leute noch mal an Sie wenden, falls es nötig ist?«

»Sie wissen ja, wo Sie mich finden.«

17

In St. Cristóbal öffnete Rosa ihnen die Tür des Pfarr-
hauses. Sie trug eine Schürze über einer schmal geschnit-
tenen, schwarzen Hose sowie einem farbenfrohen Top,
und ihr hochgestecktes Haar rahmte ein hübsch geröte-
tes Gesicht.

»Hallo. Was kann ich für Sie tun?«

»Wir hätten noch ein paar Fragen an Sie und an die
beiden Padres«, antwortete Eve.

»Die Padres sind gerade nicht da, aber ... macht es Ihnen etwas aus, mit nach hinten in die Küche zu kommen?
Ich backe nämlich gerade Brot.«

»Na klar. Sie *backen* gerade Brot?«, vergewisserte sich
Eve, als Rosa vor ihr und Peabody durch das Pfarrhaus
ging. »Aus echtem Mehl?«

»Ja.« Rosa sah sie lächelnd über ihre Schulter hinweg
an. »Aus Mehl und anderen Zutaten. Pater López mag
mein Rosmarinbrot besonders gern. Ich wollte gerade den
Teig kneten und möchte nicht, dass er zu lange geht.«

Auf dem Küchentisch entdeckte Eve eine große Schüssel, eine Steinplatte und ein Gefäß mit Mehl.

»Meine Mutter backt auch selbst«, erklärte Peabody.
»Meine Großmutter und meine Schwester auch, manchmal mischt sogar mein Vater dabei mit.«

»Es ist eine schöne, entspannende Tätigkeit. Backen Sie
auch?«

»Viel zu selten, das letzte Mal ist ziemlich lange her.«

»Man braucht dafür schließlich auch Zeit.« Rosa schlug
mit der geballten Faust in die Schüssel mit dem Teig, und
als Eve die Stirn in Falten legte, klärte sie sie lachend auf:
»Das ist eine wunderbare Therapie«, sie klatschte den

Teig auf die Steinplatte und riss mehrere Stücke davon ab. »Also, was kann ich für Sie tun?«

»Sie haben auch schon im Frühjahr 2043 hier gelebt. Damals gab es zwei Bombenattentate«, meinte Eve.

»Oh.« Rosas Blick wurde verhangen. »Das war eine schlimme Zeit. Die Menschen haben damals viel verloren, haben gelitten, hatten Angst. Meine Kinder waren damals noch klein. Ich habe sie immer im Auge behalten und sogar einen Monat lang nicht zur Schule gehen lassen. Schließlich wusste damals niemand, ob die Gewalt nicht weitergeht.«

»Es wurde nie jemand wegen der Anschläge verhaftet.«

»Nein.«

»Kannten Sie Lino Martinez?«

»Jeder, der damals hier in der Gegend lebte, kannte Lino Martinez. Er und dieser Gorilla Steve Chávez waren die Anführer der Soldados. Er hat immer behauptet, dass sie uns *beschützen* und unser Territorium *verteidigen*. Seine arme Mutter hat sich wirklich abgerackert, nur damit es diesem Kerl nie an etwas fehlt. Sie hat für meinen Onkel gearbeitet, in seinem Restaurant.«

»Die ermittelnden Beamten hatten den Verdacht, dass er hinter dem zweiten Bombenanschlag steckte, konnten ihn aber nie dazu vernehmen.«

»Ich habe auch immer gedacht, er hätte seine Hand dabei im Spiel gehabt. Die Gang war seine Religion, er war damals ein echter Fanatiker und sah Gewalt als Lösung für sämtliche Probleme an. Aber er war schon nicht mehr da, als es zu dem zweiten Anschlag kam. Die meisten Leute dachten, er hätte dieses Attentat geplant und in die Wege geleitet und wäre dann verschwunden, um seiner Verhaftung zu entgehen.«

Sie formte drei lange, dünne Teigrollen und Eve verfolgte fasziniert, wie sie sie zu einem dicken Zopf zusammenflocht. »Er hätte auf der Feier sein sollen, auf der die erste Bombe explodierte«, fuhr Rosa mit ruhiger Stimme fort. »Er hat immer gern getanzt. Aber er war nicht dort. Außer Joe Inez war keiner von der Führungsriege der Soldados dort. Lupe Edwards Tochter Ronni kam bei dem Anschlag um. Sie war gerade einmal sechzehn Jahre alt.«

Eve sah sie fragend an. »Sie sagen, es war ungewöhnlich, dass sich weder Lino noch Steve Chávez auf der Feier blicken lassen haben?«

»Allerdings. Wie gesagt, Lino hat immer gern getanzt, vor allem ist er gerne rumstolziert und hat sich in der Bewunderung der anderen gesonnt. Ich habe gehört, die beiden wären gerade auf dem Weg dorthin gewesen, als die Bombe explodierte. Vielleicht waren sie ja wirklich nur ein bisschen später als gewöhnlich dran. Auf jeden Fall kam Ronni bei dem Anschlag um und viele andere Jugendliche wurden zum Teil schwer verletzt. Gerüchten zufolge soll Lino das Ziel des Attentats gewesen sein, und als er kurz darauf verschwand, hieß es, er wäre abgetaucht, weil die Skulls es sicher noch einmal versuchen würden und weil er verhindern wollte, dass noch einmal unschuldige Menschen verletzt würden.« Sie verzog verächtlich das Gesicht. »Als hätte er durch sein Verschwinden eine Heldentat vollbracht.«

Wieder blickte Eve sie fragend an. »Ihrer Meinung nach anscheinend nicht.«

»Nein. Meiner Meinung nach ist er verschwunden, weil er feige war. Ich glaube, dass er das zweite Attentat befohlen hat und sichergehen wollte, dass er selbst möglichst weit weg ist, wenn die zweite Bombe explodiert.«

»Auch nach diesem Anschlag wurde niemand festgenommen.«

»Nein, aber alle wussten, dass es die Soldados waren. Wer denn sonst?«

Eve überlegte kurz und fragte dann: »Hatten Sie selbst jemals Probleme mit Lino Martinez?«

»Nein.« Sie formte einen Kreis aus dem geflochtenen Zopf, legte ihn auf einem Backblech ab und riss drei neue Streifen von dem Teig. »Aber natürlich war ich auch älter als er und meine Kinder waren noch zu jung, um als Rekruten interessant zu sein. Außerdem hat seine Mutter für meine Familie gearbeitet. Weshalb er mich und meine Kinder in Ruhe gelassen hat. Ich weiß, dass er versucht hat, ein paar der älteren Kinder für die Truppe zu gewinnen, dass ihn aber mein Großvater deswegen ins Gebet genommen hat.«

»Hector Ortiz?«

»Ja. Ich glaube, Lino hat Poppy respektiert, weil er sich etwas aufgebaut hatte und weil er stolz auf unsere Gegend war. Deshalb hat er uns in Ruhe gelassen.«

Sie hielt im Flechten des zweiten Zopfes inne, hob den Kopf und sah Eve an. »Ich verstehe nicht, warum Sie nach ihm fragen. Lino ist schon ewig nicht mehr hier. Glauben Sie, er hat etwas mit unserem angeblichen Pater Flores und mit seinem Tod zu tun?«

»Lino war der Mann, der sich als Flores ausgegeben hat.«

Rosa riss die Hände von dem Teig und stolperte einen Schritt zurück. »Oh nein. Das kann nicht sein. Ich habe ihn *gekannt*. Ich hätte es gemerkt. Ich habe für ihn gekocht, geputzt und …«

»Sie kannten Lino, als er siebzehn war, sind ihm damals aber möglichst aus dem Weg gegangen und hatten deswegen kaum Kontakt zu ihm.«

»Ja. Ja. Aber er kam öfter in das Restaurant, oder ich

habe ihn auf der Straße gesehen. Weshalb also habe ich ihn nicht erkannt? Penny Soto! Aus der Bodega neben der Kirche. Sie war … die beiden waren …«

»Das wissen wir bereits.«

Mit plötzlich kaltem Blick wandte sich Rosa wieder ihrer Arbeit zu. »Warum hätte er in dieser Verkleidung zurückkommen sollen? Warum hätte er die ganze Zeit so tun sollen, als ob er jemand anderes ist? Aber ich kann Ihnen versprechen, dass das Weib aus der Bodega wusste, wer er war. Und dass sie auch wieder mit ihm ins Bett gegangen ist. Dass sie mit ihm geschlafen hat, obwohl er eine Soutane trug. Das hat sie sicher heiß gemacht. Nutte. *Puta.*«

Sie rollte mit den Augen, unterbrach erneut die Arbeit an dem Zopf und bekreuzigte sich schnell. »Ich versuche, hier im Pfarrhaus nicht zu fluchen, aber es gibt eben manchmal Ausnahmen. Und eines kann ich Ihnen sagen«, fuhr sie zornig fort. »Wenn er in dieser Verkleidung zurückgekommen ist, hatte er irgendetwas vor. Egal, wie sehr er sich bemüht hat, den guten Hirten rauszukehren, egal, wie viel von seiner Zeit er der Kirche und dem Jugendzentrum gewidmet hat, hatte er ganz sicher irgendetwas vor.«

»Er hatte hier alte Freunde, aber auch alte Feinde«, meinte Eve.

»Die meisten, mit denen er im Krieg gelegen hat, sind nicht mehr da. Ich würde Ihnen sagen, wenn mir jemand einfiele, der den Mann getötet haben könnte, weil er wusste, wer er in Wahrheit war. Denn egal, was er verbrochen hatte und was auch immer er im Schilde führte, hatte niemand das Recht, ihn einfach zu ermorden. Deshalb würde ich Ihnen sagen, wenn ich wüsste, wer es war.«

»Falls Ihnen doch noch jemand einfällt, geben Sie mir hoffentlich Bescheid.«

»Auf jeden Fall.« Seufzend legte sie den Zopf zu einem Rund zusammen. »Seine Mutter Teresa hat Blumen zum Begräbnis meines Großvaters geschickt. Ich telefoniere ab und zu mit ihr. Weiß sie schon Bescheid?«

»Ja.«

»Ist es in Ordnung, wenn ich sie gleich anrufe, um ihr mein Beileid auszusprechen? Immerhin war er ihr Sohn.«

»Ich nehme an, dass sie sich freuen würde, von Ihnen zu hören. Können Sie uns sagen, wo die beiden Padres gerade sind?«

»Pater Freeman macht ein paar Hausbesuche, ist aber in circa einer Stunde wieder da. Und Pater López hat gesagt, dass er noch ins Jugendzentrum will.«

»Danke. Dann wollen wir Sie nicht länger stören. Eine letzte Frage noch. Penny Soto – mit wem hängt sie herum und mit wem geht sie ins Bett?«

»Ich habe keine Ahnung, ob sie Freundinnen und Freunde hat. Aber sie hat den Ruf, dass sie wahllos praktisch mit allen Männern schläft. Ihre Mutter war ein Junkie und ihr Vater hat gedealt. Ihre Mutter starb vor vielen Jahren an einer Überdosis, und ihr Vater wurde umgebracht, als sie noch ein junges Mädchen war.«

Kopfschüttelnd legte Rosa den zweiten geflochtenen Kranz auf das Kuchenblech und bestrich die beiden Laibe mit Öl. »Sie hatte es von Anfang an nicht leicht, aber statt die Hilfe der Kirche und der Nachbarn anzunehmen, hat sie die Gang gewählt.«

»Was hatten Sie für einen Eindruck?«, fragte Eve, als sie mit Peabody zum Jugendzentrum fuhr.

»Sie scheint eine schnurgerade Person zu sein und tritt sich dafür in den Hintern, dass sie diesem Kerl jahrelang den Haushalt geführt hat, ohne zu bemerken, dass er Lino ist. Jetzt wird sie gründlich über alles nachdenken, und wenn ihr irgendetwas einfällt, ruft sie uns auf alle Fälle an.«

»Das glaube ich auch. Stellen Sie sich einmal folgendes Szenario vor: Lino und seine Kumpane sind regelmäßig auf Tanzveranstaltungen wie der, bei der die Bombe hochgegangen ist. Aber genau am Tag der Explosion sind sie nicht da. Nur Joe ist auf dem Fest, weshalb er als Einziger direkt in die Schusslinie gerät. Und Tage später, unmittelbar, bevor Lino verschwindet, haben die beiden Jungen Streit. Nach dem Attentat wird niemand festgenommen. Zwar nehmen die Cops die Skulls genau unter die Lupe, aber sie können sie mit der Explosion nicht in Verbindung bringen. Vielleicht, weil es keine Verbindung gibt.«

»Sie glauben, Lino hätte hinter beiden Anschlägen gesteckt? Einen Augenblick.« Als sie am Jugendzentrum aus dem Wagen stiegen, lehnte sich Peabody gegen die Kühlerhaube des Gefährts und starrte nachdenklich vor sich hin. »Man will Krieg, man will ein Held und wichtig sein. Wobei Rache deutlich cooler als ein grundloser Angriff ist. Durch ein Bombenattentat wird die Gewalt auf ein völlig neues Niveau gehoben, weil es plötzlich nicht mehr nur um irgendwelche Schlägereien oder Straßenkämpfe zwischen rivalisierenden Banden geht. Also legt man eine Bombe auf dem eigenen Territorium auf einem Fest in einer Schule, auf dem jede Menge unschuldiger Leute sind. Darüber regen sich selbst Menschen, die einem oder der Gang, deren Anführer man ist, bisher nicht gerade wohlgesonnen sind, garantiert entsetzlich auf.«

»Alles, was man machen muss, ist, das Gerücht zu streuen, dass man selbst das Ziel des Anschlags war. Dass die anderen es auf einen abgesehen hatten. Dann schlägt man – noch härter – zurück.«

»Okay, aber warum ist er dann abgetaucht?«

»Er war furchtbar wichtig und sein Name war in aller Munde, als er abgehauen ist. Schließlich hat es die Opfer dieses Bombenattentates nur gegeben, weil er selber auf der Abschussliste einer gegnerischen Bande stand. Deshalb hat er bestimmt dafür gesorgt, dass sich herumspricht, dass er nur gegangen ist, um zu verhindern, dass noch mehr unschuldige Menschen sterben, wenn die Jagd der Skulls auf ihn weitergeht.«

Jetzt lehnte sich auch Eve an ihren Wagen und blickte sich um. Auf der anderen Straßenseite fegte eine Frau die Treppe vor dem Haus. Neben den Stufen stand ein schimmernd weißer Topf, aus dem sich ein Wasserfall an bunten Blumen, deren Blätter noch vom morgendlichen Regen glitzerten, auf den Bürgersteig ergoss.

»Die Bullen können einem nicht am Zeug flicken«, fuhr sie nachdenklich fort. »Und zwar nicht nur, weil sie einen nicht erwischen, sondern, weil es unzählige Zeugen dafür gibt, dass man zum Zeitpunkt des zweiten Anschlags nicht einmal mehr in der Stadt gewesen ist. Er brauchte viel Geduld, aber die hat dieser Bastard eindeutig gehabt. Er hatte die Absicht, irgendwann als reicher Mann hierher zurückzukommen. Vielleicht hat er nicht gedacht, dass es so lange dauern würde. Mit siebzehn sind die meisten Jungen total von sich eingenommen, deshalb hat er wahrscheinlich gedacht, er würde innerhalb von ein paar Monaten die Riesenkohle machen, heimkehren und wie ein König leben.«

»Nur, dass es so anscheinend nicht gelaufen ist«, fügte Peabody hinzu. »Außerdem war er damals zum ersten Mal in seinem Leben in der großen, weiten Welt. Konnte, wann er wollte, wer er wollte sein. Könnte wirklich so gewesen sein.«

»Das glaub ich auch. Auch wenn vielleicht die Hälfte unserer Gedanken Schwachsinn ist, ist an diesem Szenario sicher etwas dran.«

Als sie in das Jugendzentrum kamen, stand dort Magda am Empfang. Sie führte gerade ein Telefongespräch und die Jungen, die unweit des Tresens auf zwei leuchtend gelben Stühlen saßen, hatten ihren Gesichtsausdrücken nach irgendwelche Schandtaten geplant.

Dass sie diese nicht umgehend in die Tat umsetzen konnten, lag an einer zweiten Frau, die in der Nähe stand und sie nicht aus den Augen ließ.

Magda hob grüßend eine Hand und streckte zum Zeichen, dass es zwei Minuten dauern würde, Zeige- und Mittelfinger aus. »Ich weiß, Kippy, aber das ist die dritte Prügelei innerhalb der letzten beiden Wochen und deshalb werden die beiden automatisch heimgeschickt. Holen Sie Wyatt also bitte so schnell wie möglich ab. Luis' Dad ist auch schon informiert. Ja, okay. Es tut mir wirklich leid. Oh, ich weiß.« Magda rollte mit den Augen, als sie in Richtung der beiden Jungen sah. »Ich weiß.«

Dann legte sie auf und wandte sich an Peabody und Eve. »Tut mir leid. Eine Sekunde noch. Nita? Wyatts Mutter und Luis' Vater kommen die beiden abholen. Allerdings wird Kitty circa eine Stunde brauchen, bis sie hier ist. Kannst du dich solange um ihn kümmern?«

Nita, eine kräftige Person, die mit dem Rücken zum Empfangstisch stand, nickte mit dem Kopf. »Okay. Soll ich dich auch am Empfang vertreten?«

»Nein, ich ... es wird nicht lange dauern, oder?«, fragte Magda Eve und nickte dorthin, wo ihre Kollegin stand. »Nita ist unsere Krankenschwester und zugleich für unsere Grundschulkinder da. Wir wären aufgeschmissen ohne sie. Nita, das hier sind Lieutenant Dallas und Detective Peabody.« Magda wandte sich den beiden Jungen zu und fügte in drohendem Ton hinzu: »Falls hier jemand verhaftet werden muss.«

Nita drehte sich zu ihnen um, Eve wollte gerade etwas sagen, doch im selben Augenblick fielen die beiden Jungen wie von Sinnen abermals übereinander her.

Ehe Eve sich in Bewegung setzen konnte, hatte Nita bereits einen Schritt nach vorn gemacht, die zwei Kids an ihren Hemdkragen gepackt und auseinandergezerrt.

»Du hierhin und du dahin.« Sie stieß sie zurück auf ihre Plätze und fragte erbost: »Meint ihr, ihr seid stark, wenn ihr euch schlagt? Ihr seid dumm, sonst nichts. Prügeln tun nur die, die nicht klug genug für Worte sind.«

Auch wenn Eve das nicht so sah – ab und zu schlug sie sich durchaus gern –, zogen die beiden Jungs bei dieser Strafpredigt die Köpfe ein.

»Meine Partnerin und ich können sie mit auf die Wache nehmen«, bot Eve lässig an. »Sieht für mich nach einem Fall von tätlichem Angriff, Ruhestörung und vor allem allgemeiner Blödheit aus. Ein paar Stunden hinter Gittern ...«

Mehr brauchte sie nicht zu sagen, denn den Jungs klappten die Kinnladen bis auf die Schuhe, sie starrten sie mit großen Augen an. Nita allerdings bedachte sie erneut mit einem bitterbösen Blick, kehrte ihr dann abermals den Rücken zu und klärte sie mit kühler Stimme auf: »Es ist Sache ihrer Eltern, damit umzugehen.«

»Sicher. Also ...« Eve wandte sich wieder Magda zu. »Ich suche Pater López.«

»Er ist in der Turnhalle. Marc hat mir erzählt, dass er Sie heute Vormittag getroffen hat und dass Sie gesagt haben, Sie hätten eine Spur.«

»Wir gehen verschiedenen Hinweisen nach. Wo ist die Turnhalle?«

»Gehen Sie durch die Tür da drüben, den Gang hinab und dann nach links.«

»Danke. Und ah ...« Sie nickte in Richtung der Jungs. »Viel Glück.«

»Wir kommen schon zurecht.«

»Diese Nita mag anscheinend keine Cops«, bemerkte Eve, als sie neben Peabody den Gang hinunterlief.

»Entweder das oder sie hat Sie ernst genommen. Wenn ich Sie nicht kennen würde, hätte ich Ihnen das, was Sie gesagt haben, auf alle Fälle abgekauft.«

»Ich dachte, es wäre üblich, dass man Kinder, die sich wie kleine Arschlöcher benehmen, ordentlich erschreckt.«

»Nun ... es ist auf alle Fälle eine Möglichkeit.«

»Haben Sie den Kleinen rechts gesehen? Der konnte ganz schön was einstecken.«

Und, erkannte Eve, als sie die Turnhalle betrat, das konnte López auch. Hinter der Mittellinie war ein tragbarer Boxring aufgebaut, und während ein paar Kinder in der Obhut zweier Frauen in kurzen Gymnastikhosen an verschiedenen Geräten turnten, tänzelte López, der zu schlabberigen, schwarzen Shorts und einem weißen T-Shirt rote Boxhandschuhe und einen schwarzen Gesichtsschutz trug, mit Marc Tuluz durch den Ring.

Und kassierte einen ordentlichen Treffer.

Eine Reihe Jugendlicher feuerte die beiden wechselweise an, neben den lauten Stimmen hörte man das Klatschen von Sohlen auf Linoleum und das Patschen wattierter Handschuhe auf nacktem Fleisch.

Beide Männer schwitzten. Auf den ersten Blick sahen sie trotz des Altersunterschieds wie gleichwertige Gegner aus, doch zu ihrer Überraschung merkte Eve, dass der Pater deutlich schneller und geschmeidiger als der Sozialarbeiter war.

Er zwang seinen Gegner auf ihn zuzugehen, tauchte zur Seite ab, ließ die Faust nach vorne schießen, tänzelte nach rechts, landete einen gezielten Haken und wich umgehend wieder zurück.

Disziplinierte Poesie in Bewegung, dachte Eve.

Weshalb genau sollte schlagen nur etwas für Schwache und für Dumme sein, überlegte sie und sah den beiden Männern weiter bis zum Gongschlag zu. Marc hatte zwei Treffer gelandet, López sechs, und als sich Marc keuchend vornüberbeugte, merkte sie, dass er total erledigt war.

»Das war 'ne nette Runde.« Sie trat näher an den Ring.

Immer noch keuchend drehte Marc sich zu ihr um. »Der Kerl bringt mich noch einmal um.«

»Sie lassen Ihre Rechte immer sinken, bevor Sie zuschlagen.«

»Das sagt er mir auch jedes Mal«, gab Marc verbittert zu. »Wollen Sie einmal Ihr Glück bei ihm versuchen?«

»Gern, aber vielleicht ein andermal. Haben Sie ein paar Minuten Zeit? Wir haben nämlich noch Fragen«, wandte sie sich dem Pater zu.

»Natürlich.«

»Vielleicht vor der Tür? Wir warten einfach draußen im Hof, okay?«

»Er ist wirklich gut gebaut«, stellte Peabody auf dem Weg nach draußen anerkennend fest. »Wer hätte gedacht, dass sich unter der Soutane ein derartiger Muskelprotz verbirgt.«

»Er hält sich eben fit. Aber irgendetwas ist im Busch. Denn unser Pater Muskelprotz sah eben nicht nur traurig, sondern richtiggehend ängstlich aus.«

»Echt? Ich schätze, seine Augen habe ich mir eben gar nicht angesehen. Vielleicht hat er inzwischen gehört, dass Flores in Wahrheit Lino war. Solche Sachen sprechen sich immer in Windeseile rum, und da er sein Vorgesetzter war, muss er wahrscheinlich erklären, warum ihm nicht aufgefallen ist, dass der Mann kein echter Priester war. Schließlich brauchen immer alle einen Sündenbock und vielleicht haben sich die Kirchenoberen ja López ausgeguckt.«

Da es auf dem Hof von Kindern wimmelte, blieb Eve direkt neben dem Ausgang des Gebäudes stehen und fragte ihre Partnerin: »Können Sie mir sagen, warum keins von diesen Blagen in der Schule ist?«

»Die Schule ist für heute aus. Und wenn man es genau betrachtet, ist auch unser Dienst fast rum.«

»Oh.« Sofort wandte Eve sich wieder ihrem eigentlichen Thema zu. »Vielleicht macht er sich Sorgen um seine Karriere. Falls ein Priester so etwas wie eine Karriere hat. Aber das war es nicht. Ich kenne diesen Blick. Er sagt: ›Ich will nicht mit den Bullen reden.‹ Genau so hat er eben geguckt.«

»Glauben Sie, dass er uns etwas verschweigt? Er ist erst seit ein paar Monaten hier in der Gemeinde und hat Lino deshalb gar nicht als Lino gekannt.«

»Vielleicht ist er noch nicht lange hier, aber Priester ist er schon seit einer halben Ewigkeit.« Sie dachte an Miras Prophezeiung und beschloss, nicht erst vor ihm herumzutänzeln, sondern sofort zu versuchen, ihn k.o. zu schlagen, als er auf den Schulhof kam.

Seine Haare waren feucht, und sein verschwitztes Shirt klebte an seiner Brust. Oh ja, erkannte Eve, er hielt sich wirklich fit.

Deshalb schlüge sie am besten sofort zu.

»Das Opfer wurde offiziell als Lino Martinez identifiziert. Sie wissen, wer ihn getötet hat. Sie wissen es«, erklärte sie. »Denn, wer es auch immer war, hat es Ihnen erzählt.«

Er klappte kurz die Augen zu. »Was ich weiß, wurde mir im Rahmen der heiligen Beichte anvertraut.«

»Dieser Mensch hat nicht nur einen Mord begangen, sondern ist indirekt auch für den Tod von Jimmy Jay Jenkins verantwortlich.«

»Ich kann mein Gelübde nicht brechen, Lieutenant. Ich kann weder meinen Glauben noch die Gesetze der Kirche verraten.«

»Gib dem Kaiser, was des Kaisers ist«, erklärte Peabody, doch López schüttelte den Kopf.

»Ich kann nicht mit der einen Hand die Gesetze der Menschen bedienen und mit der anderen die Gesetze Gottes annehmen. Bitte, können wir uns setzen? Vielleicht auf eine der Bänke da drüben, wo uns niemand hört.«

Wütend stapfte Eve über den Hof dorthin, wo eine Reihe Bänke in den Boden einzementiert waren.

López setzte sich und legte seine Hände auf den Knien ab.

»Ich habe wegen dieser Angelegenheit gebetet. Habe ein ums andere Mal gebetet, seit ich diese Beichte gehört habe. Ich kann Ihnen nicht sagen, was mir dieser Mensch gebeichtet hat, denn er hat diese Dinge nicht mir, sondern durch mich Gott selber anvertraut. Ich habe diese Beichte nur als Diener Gottes angehört.«

»Ich begnüge mich in diesem Fall mit Hörensagen«, stellte Eve sarkastisch fest.

»Ich erwarte nicht, dass eine von Ihnen mich versteht.« Er nahm seine Hände von den Knien, drehte hilflos die Handflächen nach oben und legte sie wieder ab. »Sie sind weltliche Frauen. Frauen des Gesetzes. Dieser Mensch kam zu mir, um seine Seele, sein Herz, sein Gewissen von dieser Todsünde zu befreien.«

»Und Sie haben ihm die Absolution erteilt? Dann hat er ja ein gutes Geschäft gemacht.«

»Nein, das habe ich nicht. Ich konnte ihm nicht die Absolution erteilen, konnte ihm die Last nicht abnehmen. Ich habe diesen Menschen beraten und gedrängt, zu Ihnen zu gehen und Ihnen alles zu gestehen. Weil es anders keine Absolution, keine Vergebung geben kann. Weil dieser Mensch mit dieser Sünde leben und auch sterben müssen wird, wenn er sie nicht bereut. Ich kann weder für Sie noch für diesen Menschen etwas tun. Kann nicht das Geringste tun.«

»Kannte dieser Mensch Lino Martinez?«

»Darauf kann ich Ihnen keine Antwort geben.«

»Ist dieser Mensch ein Mitglied Ihrer Gemeinde?«

»Auch das kann ich nicht sagen.« Er presste sich die Finger vor die Augen. »Es macht mich krank, aber ich kann es Ihnen nicht sagen.«

»Ich könnte Sie verhaften. Früher oder später wären Sie wieder draußen, denn ganz sicher würde Ihre Kirche alles daransetzen, Sie so schnell wie möglich wieder rauszuholen, aber erst mal säßen Sie im Kahn.«

»Trotzdem kann ich Ihnen Ihre Fragen nicht beantworten. Wenn ich das täte, bräche ich mein Gelübde und würde dafür exkommuniziert. Es gibt verschiedene Arten von Gefängnissen, Lieutenant. Glauben Sie, mir macht das Spaß?«, fragte er sie eine Spur erbost. »Glauben Sie, es macht mir Spaß, dass ich Ihre Justiz behindere? Ich glaube an Ihre Justiz, glaube an die Ordnung, die ihr innewohnt. Glauben Sie, es macht mir Spaß zu wissen, dass ich eine wütende, verletzte Seele nicht erreichen kann? Dass mein

Rat sie vielleicht zur Abkehr vom Glauben bewogen hat, statt sie Gott näher zu bringen?«

»Vielleicht wird dieser Mensch auch noch versuchen, Sie aus dem Verkehr zu ziehen. Weil Sie wissen, wer er ist und was er verbrochen hat. Ich kann Sie in Schutzhaft nehmen«, bot Eve an.

»Er weiß, dass ich meinem Gelübde treu bleibe. Wenn Sie mich jetzt einsperren, habe ich keine Chance mehr, ihn zu erreichen und weiter zu versuchen, ihn dazu zu bringen, die Gesetze der Menschen und Gottes zu akzeptieren und seine Sünde wirklich zu bereuen. Lassen Sie es mich wenigstens versuchen«, flehte er sie an.

Sie hatte das Gefühl, als ob sie hilflos mit den Fäusten gegen die solide, undurchdringliche Mauer seines Glaubens trommelte. »Haben Sie es irgendwem erzählt? Pater Freeman oder Ihren Vorgesetzten?«

»Ich kann niemandem erzählen, was mir jemand während der Beichte anvertraut. Solange die Menschen damit leben, tue ich das auch.«

»Wenn dieser Mensch noch einen Mord begeht ...«, fing Peabody an.

»Das wird er nicht. Dafür gibt es keinen Grund.«

»Es hat mit den Bombenanschlägen von 2043 zu tun.«

»Das kann ich Ihnen nicht sagen.«

»Was wissen Sie über diese Anschläge?«

»Jeder hier in der Gemeinde hat davon gehört. Für die Opfer und ihre Familien sprechen wir eine ewige Novene und jeden Monat widmen wir ihnen eine Messe. Ihnen allen, Lieutenant, nicht nur dem Opfer, das es hier im El Barrio gab.«

»Wussten Sie, dass Lino ein paar Leute mit Dingen erpresst hat, die ihm während der Beichte zu Ohren gekommen sind?«

López fuhr zurück, als hätte sie ihm einen Schlag versetzt, und in seinen Augen blitzte plötzlich heißer Zorn. »Nein, nein, das wusste ich nicht. Warum hat sich keiner dieser Menschen an mich gewandt?«

»Ich wage ernsthaft zu bezweifeln, dass sie wussten, wer der Erpresser war oder woher er die Informationen hatte. Und jetzt weiß ich auch, dass, wer auch immer ihn ermordet hat, keiner dieser erpressten Leute war.«

Eve stand wieder auf. »Ich kann Sie nicht zwingen, mir zu sagen, was Sie wissen. Ich kann Sie nicht zwingen, mir zu sagen, wer Ihre Kirche, Ihren Glauben, Ihre Rituale, Ihr Gelübde für einen Mord missbraucht hat. Ich könnte Sie in die Mangel nehmen, aber trotzdem würden Sie es mir nicht sagen, und dann wären wir beide noch frustrierter als ohnehin schon. Aber eines können Sie mir glauben: Ich werde herausfinden, wer diesen Mord begangen hat. Auch wenn Lino der reinste Abschaum war, werde ich meinen Job machen, genau wie Sie.«

»Ich werde dafür beten, dass diese Person vorher zu Ihnen geht. Ich werde dafür beten, dass mir Gott die Weisheit und die Stärke gibt, um ihr diesen Weg zu weisen«, gab López in ernstem Ton zurück.

»Wir werden sehen, wer von uns beiden schneller ist.«

Eve ließ ihn auf der Bank zurück und wandte sich zum Gehen.

»Mir ist klar, dass er nur tut, was er seiner Meinung nach tun muss«, erklärte ihre Partnerin. »Aber ich denke, wir sollte ihn trotzdem mitnehmen. Bei einem Verhör bekämen Sie ihn sicher klein.«

»Da bin ich mir nicht so sicher. Sein Glaube ist härter als Titan. Selbst wenn es mir gelingen würde, ihm den Namen zu entlocken, würde er daran bestimmt zugrunde gehen. Dann würde auch er ein Opfer, denn er könnte nicht länger als Priester arbeiten und wäre nie wieder derselbe.«

Sie erinnerte sich noch genau an das Gefühl, als ihr die Dienstmarke genommen worden war. Sie war sich leer und hilflos vorgekommen, wie ein Nichts.

»Das tue ich ihm ganz bestimmt nicht an. Ich finde, ich habe nicht das Recht, einem unschuldigen Menschen so etwas anzutun. Einem Menschen, der sich an ein ganz ähnliches Gelübde hält wie Sie und ich.«

»Zu schützen und zu dienen.«

»Wobei es uns beiden um die Menschen und dem Pater um die Seelen geht. Ich werde ihn bestimmt nicht opfern, nur, weil dadurch meine Arbeit leichter wird. Aber ich werde Ihnen sagen, was wir machen.« Sie nahm hinter dem Lenkrad ihres Wagens Platz und ließ den Motor an. »Wir werden ihn überwachen lassen und uns die Erlaubnis holen, seine Telefone abzuhören. Wenn ich dürfte, würde ich sogar in der verdammten Kirche Kameras und Mikrofone installieren, nur dass das natürlich völlig ausgeschlossen ist. Aber wir werden immer wissen, wo er ist, wen er trifft, mit wem er spricht.«

»Glauben Sie, der Killer wird versuchen, auch ihn aus dem Verkehr zu ziehen?«

»Er steht derart fest im Glauben, dass er das für völlig ausgeschlossen hält. Ich hingegen glaube nur, dass die meisten Menschen immer versuchen, ihren eigenen Arsch zu retten, deshalb werden wir ihn überwachen – ihn beschützen – und ihn gleichzeitig als Köder nutzen, weil der Sünder ja vielleicht noch eine Dosis Reue braucht. Also, rufen Sie den Richter an.«

Während Peabody den Ball ins Rollen brachte, blickte Eve auf ihre Uhr und fluchte. »Einen kurzen Stopp müssen wir noch machen. Vielleicht kriegen wir aus Inez ja noch irgendetwas heraus.«

Dieses Mal wurde die Tür von einer attraktiven Frau geöffnet, deren warmes, braunes Haar zu einem kessen Pferdeschwanz aus dem rosig-cremigen Gesicht gebunden war. Hinter ihr ließen zwei kleine Jungen Spielzeuglaster ineinander krachen und stießen brutale Geräusche dabei aus.

»Seid mal leiser«, wies die Frau die beiden an, und obwohl die Kinder weiter quietschten, ächzten, stöhnten, taten sie es wenigstens nur noch in einem Flüsterton.

»Mrs Inez?«

»Ja?«

»Wir würden gern mit Ihrem Mann sprechen.«

»Ich auch, aber er steckt in einem Stau im Tunnel in New Jersey fest und kann wahrscheinlich von Glück reden, wenn er in zwei Stunden zuhause ist. Worum geht's?«

Eve zückte ihre Dienstmarke.

»Oh. Joe hat mir erzählt, dass die Polizei gestern Abend hier gewesen ist. Wegen einem der Mieter, der Zeuge bei einem Verkehrsunfall gewesen ist.«

»Hat Ihnen das Ihr Sohn erzählt?«

»Nein, Joe.« Sie bedachte Eve mit einem argwöhnischen Blick. »Aber das hat anscheinend nicht gestimmt. Also, weshalb sind Sie hier?«

»Wegen eines alten Bekannten Ihres Mannes. Kennen Sie Lino Martinez?«

»Nur dem Namen nach. Ich weiß, dass Joe bei den Soldados war und mal gesessen hat. Ich weiß, dass er damals Probleme hatte, die er aber inzwischen überwunden hat.« Sie umklammerte den Griff der Tür und schob sie, wie um ihre Kinder zu beschützen, etwas zu. »Er hat schon seit Jahren nichts mehr mit diesen Dingen zu tun. Er ist ein guter Mensch. Ein Familienmensch mit einem anständigen Job. Er arbeitet wirklich hart. Lino Martinez und die Soldados haben mit diesem Leben nichts zu tun.«

»Sagen Sie ihm bitte, dass wir hier gewesen sind, dass wir Lino Martinez gefunden haben und dass er deshalb noch einmal mit uns sprechen muss.«

»Ich richte es ihm aus, aber ich kann Ihnen versichern, dass er Ihnen über Lino Martinez nichts mehr erzählen kann.«

Damit drückte sie die Tür wieder ins Schloss und schob wütend von innen den Riegel vor.

»Sie ist sauer, weil er sie belogen hat«, stellte Peabody nüchtern fest.

»Ja. Das war wirklich dumm von ihm, denn es zeigt mir, dass er seiner Frau etwas verschweigt. Entweder aus der Gegenwart oder aus der Vergangenheit, irgendwas auf jeden Fall. Ich setze Sie an der U-Bahn ab und arbeite zuhause weiter. Gehen Sie weiter die unbekannten Toten durch. Ich wühle mich währenddessen durch die alten Akten und gucke, ob sich da nicht etwas finden lässt.«

»Ich weiß, dass stimmt, was Sie vorhin zu López gesagt haben. Dass wir unsere Arbeit machen müssen, ganz egal, was für ein Ekel dieser Lino war. Aber wenn man weiß, was er für einen Scheiß verzapft hat, fällt es einem schwer, sich darüber aufzuregen, dass er von irgendwem aus dem Verkehr gezogen worden ist.«

»Vielleicht hätte er, wenn sich schon früher jemand aufgeregt hätte, gar nicht erst so viel Scheiß verzapft, vielleicht würde seine Mutter dann nicht heute Abend weinen, und vielleicht wäre dann nicht jemand, der mir wie ein wirklich guter Mensch erscheint, durch seine Ehre oder seinen Glauben dazu gezwungen, jemanden zu decken, der einen anderen ermordet hat.«

Peabody stieß einen Seufzer aus. »Da haben Sie wahrscheinlich recht. Trotzdem gefällt es mir einfach besser, wenn die Schurken einfach Schurken sind.«

»Von diesen Typen laufen jede Menge rum.«

18

Sie brauchte Zeit zum Nachdenken. Zeit, um alles, was sie wusste oder nicht wusste, was gesagt oder verschwiegen worden war, mit Leuten, Ereignissen, Beweisen, Spekulationen zu verbinden und zu sehen, was das für ein Bild ergab.

Sie musste sich eingehend mit den Opfern beider Bombenattentate, deren Hinterbliebenen und Freunden beschäftigen. Musste die Erpressungen in ihre Überlegungen mit einbeziehen, obwohl sie bereits wusste, dass sie sich dabei auf schwieriges Terrain begab. Denn wenn López ihr noch nicht einmal den Namen eines Mörders nannte, würde er erst recht nicht Namen von Personen herausrücken, deren gebeichtete Taten sie zwar hatten erpressbar werden lassen, aber deutlich weniger schwerwiegend als Mord waren.

Zwar glaubte sie nicht wirklich, dass Linos Erpressungen der Grund für diesen Mord waren, aber auszuschließen war es nicht. Vor allem war es durchaus möglich, dass es da eine Verbindung gab.

Wie war Lino an das Geld herangekommen, fragte sie sich, während sie nach Hause fuhr. Hatte er es irgendwo aufbewahrt oder immer sofort alles für teure

Hotelzimmer, luxuriöse Restaurantbesuche und auffälligen Schmuck für seine Bettgefährtin verprasst?

Es war sicher nicht genug gewesen, dachte sie, ein paar Tausend hier und da. Doch was machte es für einen Sinn, nur für eine schicke Suite und eine Flasche Schampus ein derartiges Wagnis einzugehen?

Hatte er tatsächlich nur vor seiner alten Freundin prahlen wollen? Stuben hatte ihr erzählt, dass Penny Soto seine Schwachstelle gewesen war. Es könnte also tatsächlich so einfach sein. Vielleicht sollte seine Freundin sehen, dass er reich und wichtig war, mehr nicht.

Oder vielleicht brauchte er den Kick, musste einfach wissen, dass ihm abermals ein Coup gelungen war. Musste sich daran erinnern, wer er war, während er sich als jemand anderes ausgab. Vielleicht sah er es einfach als ein Hobby an.

Auch über diese Möglichkeiten dächte sie besser noch gründlich nach.

Sie fuhr durch das Tor des Grundstücks und verlangsamte ihr Tempo, als sie all die Blumen sah. Verdammt, sie war sich sicher, dass am Morgen keine Blumen dort gestanden hatten. Tulpen – glaubte sie – und Osterglocken, ja, genau. Sie hatte Osterglocken gern, denn sie leuchteten in einem so wunderbaren Gelb und sahen einfach lustig aus. Jetzt wogte ein Meer von bunten Blumen dort, wo noch zehn Stunden zuvor alles braun gewesen war.

Wie in aller Welt war das passiert?

Auf alle Fälle war es ... hübsch und setzte farbige Akzente inmitten des zarten Grüns, das an den Bäumen spross.

Sie fuhr bis zum Haus weiter und hielt vor drei riesengroßen, roten Töpfen mit Petunien. Weißen Petunien – ihren Hochzeitsblumen, merkte sie und dachte: Du sentimentaler Tropf. Zugleich stieß sie aber einen gerührten

Seufzer aus. Warme Freude rang mit der entsetzlichen Beklommenheit, die sie mühsam in Schach gehalten hatte, seit Penny von ihr vernommen worden war.

Als sie durch die Haustür trat, thronte der Kater wie ein fetter Wasserspeier auf dem Treppenpfosten, und auch Summerset lauerte ihr wie stets, wenn sie nach Hause kam, in der Eingangshalle auf.

»Offenbar sind sämtliche Verbrechen, die sich in New York ereignet haben, aufgeklärt«, stellte der blöde Kerl mit spitzer Stimme fest. »Denn Sie kommen nur eine Stunde zu spät und scheinen nicht einmal verletzt zu sein.«

»Ja, und ab heute heißt die Stadt Utopia«, gab sie zurück und kraulte Galahad zwischen den Ohren, bevor sie die ersten Treppenstufen erklomm. »Als Nächstes werden wir die Stadt von sämtlichen Arschlöchern befreien. Deshalb fangen Sie am besten schon einmal mit Packen an.« Dann blieb sie noch einmal stehen und sah ihn fragend an. »Hat Roarke mit Sinead telefoniert?«

»Ja.«

»Gut.«

Sie ging direkt ins Schlafzimmer. Roarke war sicherlich zuhause, dachte sie, denn sonst hätte Summerset etwas zu ihr gesagt. Und da er bestimmt in seinem Arbeitszimmer war, hätte er sich sicherlich gefreut, wäre sie zuerst dorthin marschiert.

Doch sie war noch nicht bereit. Denn der Krieg in ihrem Innern tobte nicht nur weiter, sondern wurde noch wilder, seit sie zuhause war. Denn hier war sie sicher, konnte sich ein bisschen gehen lassen und sich endlich eingestehen, dass ihr hundeübel und ihr Nacken voller stressbedingter, harter Knoten war.

Sie warf sich rücklings auf das breite Bett, kniff die

Augen zu, und als sie spürte, wie der Kater sich an ihrer Seite auf die Decke fallen ließ, schlang sie einen Arm um seinen dicken Bauch.

Es war einfach dumm, dass ihr so übel war. Einfach dumm, dass sie von einer Frau wie Penny Soto nicht nur angewidert war.

Sie merkte erst, dass Roarke hereingekommen war, als er mit seinen Fingerspitzen über ihre Wange strich. Wenn er wollte, konnte er sich derart ruhig bewegen, dass es nicht auch nur den allerkleinsten Lufthauch gab. Wen wunderte es da, dass er einmal ein derart erfolgsverwöhnter Dieb gewesen war.

»Na, was tut dir weh?«, fragte er sie jetzt.

»Nichts. Oder nicht wirklich.« Trotzdem drehte sie sich zu ihm um, schmiegte sich an seine Brust, vergrub ihr Gesicht an seiner Schulter und gab zu: »Mir war klar, ich musste erst einmal nach Hause kommen. Und das hat gestimmt. Aber es war falsch zu denken, dass ich erst einmal allein sein müsste, bis ich wieder halbwegs bei mir bin. Können wir vielleicht einfach kurz so liegen bleiben?«

»Gern.«

»Erzähl mir was. Erzähl mir, was du heute alles unternommen hast. Egal, ob ich es verstehe oder nicht.«

»Kurz nachdem du heute früh gegangen warst, hatte ich eine Videokonferenz mit der Forschungs- und Entwicklungsabteilung von Euroco, einem meiner Unternehmen in Europa, bei dem es hauptsächlich um Transportmittel geht. Anfang nächsten Jahres bringen wir einen äußerst interessanten Land-Wasser-Luft-Sportwagen heraus. Dann hatte ich einen Termin in der Stadt, aber bevor ich das Haus verließ, rief Sinead aus Irland an. Es war wirklich schön, von ihr zu hören. Sie haben sich ein neues Hündchen zugelegt, das angeblich mehr Arbeit als Drillinge im Kleinkindalter macht. Sie haben den Kleinen Mac genannt, und sie scheint total in ihn verliebt zu sein.«

Sie lauschte mehr auf seine Stimme als auf seine Worte, als er von einem Treffen mit Gruppenleitern wegen eines Projekts mit Namen Optimum, einer Videokonferenz in Zusammenhang mit seinem Olympus Resort, einem mittäglichen Treffen mit wichtigen Angestellten eines seiner Unternehmen in Peking, einer Fusion, einem Kauf und irgendwelchen Konzeptentwürfen sprach.

Wie bekam er alle diese Dinge auf die Reihe, ohne dass er jemals durcheinanderkam?

»Das hast du alles gemacht und hattest trotzdem noch die Zeit, um Petunien zu besorgen?«, fragte sie verblüfft.

Er streichelte zärtlich ihren Rücken. »Gefallen sie dir?«

»Ja. Sie gefallen mir sogar sehr.«

»Inzwischen sind wir schon fast zwei Jahre verheiratet.« Er drehte leicht den Kopf und legte seine Wange auf ihr weiches Haar. »Und da Louise und Charles bald hier heiraten werden, fielen mir die Petunien wieder ein. Es ist einfach erstaunlich, wie sehr sich unser häufig kompliziertes Leben gerade der einfachen Dinge – einer Blume oder eines kurzes Gesprächs mit einer Verwandten – wegen lohnt.«

»Haben wir deshalb auch die Osterglocken und die Tulpen links und rechts der Einfahrt stehen? Es sind doch Tulpen, oder?«

»Allerdings. Es tut gut, wenn man daran erinnert wird, dass die Dinge immer wiederkehren, frisch und neu. Und dass andere Dinge immer bleiben, weil sie beständig und solide sind. Das hat mir Sineads Anruf gezeigt. Bist du jetzt bereit, mir zu erzählen, was dir auf der Seele liegt?«

»Manchmal tauchen uralte, schreckliche Dinge wieder auf.« Sie richtete sich auf und schob sich die Haare aus der Stirn. »Ich habe heute Penny Soto zu einem Verhör mit aufs Revier geschleppt. Tatsächlich habe ich sie so lange gereizt, bis sie auf mich losgegangen ist, dadurch hatte ich sie wegen tätlichen Angriffs und Widerstands gegen die Festnahme in der Hand.«

Er legte eine Hand unter ihr Kinn und drehte ihr Gesicht nach links und rechts. »Du siehst gar nicht so aus, als ob du dir eine eingefangen hättest.«

»Im Grunde war es nur ein leichter Klaps auf meinen Unterarm. Sie war Linos Freundin, als die beiden noch Teenies waren. Jetzt arbeitet sie in der Bodega, die direkt neben der Kirche liegt und in der er beinahe täglich war.«

»Dann haben sie die alte Beziehung also wieder aufgenommen.«

»Sie war diejenige, die ihn von früher kannte«, griff sie seine morgendlichen Worte auf. »Der er sich zu erkennen gegeben hat. Ja, sie haben die alte Beziehung wieder aufgenommen, und wenn man ihr glauben darf, hat sie ihn nicht nur im heutigen, sondern auch im biblischen Sinn wiedererkannt. Ich glaube, dass es tatsächlich so war. Sie wusste also, wer er war, und teilweise auch, was er vorhatte. Vielleicht wusste sie sogar alles, aber das habe ich bisher noch nicht aus ihr herausgekriegt.

Sie behauptet, er hätte ein paar der Leute, die bei ihm gebeichtet haben, mit ihren Geheimnissen erpresst. Das passt durchaus ins Bild, aber ich kann mir nicht vorstellen, dass das alles war.«

»Wahrscheinlich hat er das als Hobby angesehen oder sich einfach aus Gewohnheit mit Erpressung etwas dazuverdient«, erklärte Roarke. »Schließlich hat die Maskerade nichts daran geändert, wer er wirklich war, und der echte Lino hat wahrscheinlich diesen Kick gebraucht.«

»Das habe ich auch schon überlegt. Aber es fühlt sich

für mich nicht so an, als ob das das Motiv für diesen Mord wäre. Ich weiß, es wurden schon häufiger Erpresser umgebracht«, kam sie seinem Widerspruch zuvor, »Aber ich werde dir sagen, warum ich nicht glaube, dass er deswegen oder nur deswegen ermordet worden ist.«

Erst einmal aber musste sie die Dinge loswerden, die sie seit Pennys Vernehmung derart beschäftigten. »Die Sache ist die ... als ich Soto auf der Wache weiter unter Druck gesetzt habe, damit sie endlich ausspuckt, was sie weiß, kam plötzlich heraus, dass ihr Vater ...«

»Ah ...« Den Rest brauchte er gar nicht zu hören, damit sich auch sein Magen zusammenzog.

»Plötzlich hat sie mir erzählt, dass ihr Alter, als sie zwölf war, angefangen hat sie zu missbrauchen, dass ihre nutzlose Mutter ein Junkie war und deswegen nichts unternommen hat, als sie zwei Jahre lang geschlagen und missbraucht wurde, bis sie zu den Soldados gegangen ist. Die Gang war offenbar ihr Zufluchtsort. Ein Teil von mir kann sie verstehen, ein Teil von mir hat Mitgefühl mit ihr, ein Teil von mir versucht, nicht mich selbst in ihr zu sehen. Nicht ...«

Sie presste eine Hand auf ihren Bauch, denn ohne diesen Druck brächte sie den Rest wahrscheinlich nicht mehr heraus. »Nachdem sie mit vierzehn zu den Soldados ging, wurde ihr Vater erstochen oder eher in blutige Stücke gehackt. Die Polizei hat diese Tat als Folge eines fehlgeschlagenen Drogenhandels abgetan, weil er ein Dealer war. Aber ich weiß ... wenn ich sie ansehe und mich in ihr erkenne, weiß ich, dass sie selbst damals das Messer in der Hand gehalten, dass sie ein ums andere Mal auf ihren Vater eingestochen hat. Wahrscheinlich zusammen mit Lino. Wahrscheinlich haben sie diesen gemeinsamen Mord als Beweis ihrer Liebe angesehen. Und egal, was ich alles über sie weiß, sagt mir ein Teil von mir, dass sie nichts anderes getan hat als ich selbst. Wie also kann ich ihr etwas vorwerfen, dessen ich selber schuldig bin?«

»Nein, das bist du nicht. Nein, Eve«, widersprach er vehement. »Du hast nicht dasselbe getan wie sie. Ich brauche den Rest gar nicht zu hören, um zu wissen, dass das etwas völlig anderes war. Um zu wissen, dass man zwar mit vierzehn nicht erwachsen, aber immerhin sechs Jahre älter ist, als du es damals warst. Außerdem warst du damals gefangen und konntest nicht einfach verschwinden so wie sie. Du hattest keinen Zufluchtsort, keine Freunde, keine Familie, nichts und niemanden. Sie hat diese Tat begangen, weil sie sich an diesem Typen rächen wollte, nicht, weil es für sie ums Überleben ging.«

Sie stand auf, holte die Tasche, die sie auf dem Weg zum Bett einfach hatte fallen lassen, zog ein Bild daraus hervor und legte es aufs Bett. »Wenn ich das hier sehe, sehe ich auch ihn. Dann sehe ich auch meinen Vater, wie er blutend in dem Zimmer lag.«

Er nahm das Foto in die Hand und betrachtete das Bild des Mannes, der in seinem eigenen Blut auf einem schmutzigen, mit Unrat übersäten Boden schwamm. »Das hier hat kein Kind getan«, erklärte er. »Das hätte kein Kind jemals geschafft, egal, wie verzweifelt und verängstigt es auch immer war. Das hier war eindeutig keine Notwehr und vor allem hat sie es ganz sicher nicht allein getan.«

Sie atmete vorsichtig aus. Wahrscheinlich war dies nicht der rechte Augenblick, um zu erklären, dass er eindeutig ein guter Cop geworden wäre, und so stimmte sie ihm einfach zu. »Er wurde tatsächlich von zwei Personen attackiert. Die Wunden stammen von zwei verschieden großen Messern mit verschiedenen Klingen und wurden ihm mit unterschiedlicher Kraft und aus verschiedenen Winkeln zugefügt. Ich gehe davon aus, dass einer von den beiden ihn an diesen Ort gelockt und der andere ihm dort aufgelauert hat, weil er nämlich gleichzeitig von vorn und hinten angegriffen worden ist. Die sexuelle Verstümmelung wurde ihm post mortem beigebracht. Wahrscheinlich von ihr. Aber ...«

»Es erstaunt mich, dass du dir tagtäglich solche Dinge ansehen kannst«, stellte er mit ruhiger Stimme fest. »Dass du immer wieder solche Dinge sehen und trotzdem noch Mitgefühl empfinden kannst. Also steh bitte nicht da und erzähl mir, du hättest dasselbe getan wie sie. Erzähl mir bitte nicht, dass du dich in diesem Mädchen siehst.«

Er ließ das Foto fallen und stand auf. »Und sie hat dieses Tattoo?«

»Ja.«

»Mit dem Mordsymbol?«

Eve nickte stumm.

»Also ist sie stolz auf ihre Tat. Sag mir, Eve, warst du jemals stolz darauf, wenn du gezwungen warst zu töten?«

Sie schüttelte den Kopf. »Es hat mich krank gemacht – auch wenn ich das immer unterdrücken musste, bis ich zuhause war. Ich durfte immer erst darüber nachdenken, wenn ich zuhause war, weil ich hier hätte zusammenbrechen können, ohne dass es jemand mitbekommt. Ich weiß, dass ich nicht so wie Penny bin. Das ist mir klar. Wobei es durchaus eine Parallele gibt ...«

»Die gibt es zwischen mir und deinem Opfer auch.« Er legte ihr die Hände auf die Schultern und zwang sie sanft, ihm ins Gesicht zu sehen. »Aber trotzdem haben wir's geschafft. Trotzdem haben wir's geschafft, weil diese Parallelen an irgendeinem Punkt auseinandergedriftet und unsere Wege in verschiedene Richtungen weitergegangen sind.«

Sie drehte sich noch einmal um, griff nach dem Foto, um es wieder einzustecken, und zwang sich, es noch einmal anzusehen. »Noch vor gerade mal zwei Jahren hätte ich niemanden gehabt, dem ich diese Dinge hätte sagen können. Selbst wenn mir damals eingefallen wäre, was geschehen war, als ich ein kleines Mädchen war. Ich hätte es niemandem erzählen können, nicht mal Mavis, der ich alles anvertrauen kann. Aber ich hätte ihr niemals ein solches Foto zeigen und ihr sagen können, was ich darauf sehe. Ich weiß nicht, wie lange ich es ausgehalten hätte, weiter solche Aufnahmen zu sehen und Mitgefühl zu haben, wenn ich nicht jemanden gefunden hätte, zu dem ich nach Hause kommen kann und der, wenn ich es brauche, mit mir zusammen diese Dinge ansieht.«

Sie setzte sich wieder auf das Bett und stieß einen Seufzer aus. »Mein Gott, was war das für ein Tag. Penny weiß eindeutig mehr, als sie bisher zugegeben hat, und sie ist ein wirklich harter Knochen. Sie hat eine meterdicke, harte Mauer aufgebaut, hinter der sich ein bösartiger und vielleicht sogar psychotischer Kern versteckt. Ich muss einen Weg finden, um diese Mauer zu durchbrechen.«

»Glaubst du, sie hat Martinez umgebracht?«

»Nein, aber ich glaube, sie hat sich ein wasserdichtes Alibi besorgt, weil sie wusste, was passieren wird. Ich glaube, dieses Arschloch hat sie tatsächlich geliebt, wohingegen sie wahrscheinlich gar nicht weiß, was Liebe ist. Vielleicht hat sie seine Gefühle ausgenutzt. Zuzutrauen wäre ihr das auf jeden Fall. Außerdem habe ich López noch einmal getroffen. Mira hat mit ihrer Prophezeiung mitten ins Schwarze getroffen. Linos Mörder hat bei ihm gebeichtet, aber ich kriege den Namen nicht aus ihm heraus. Ich sehe diesen Mann, ich sehe López, Roarke, und auch er kommt mir wie ein Opfer vor.«

»Glaubst du, dass der Killer versuchen wird, auch ihn aus dem Verkehr zu ziehen?«

»Keine Ahnung. Aber für den Fall der Fälle lasse ich ihn überwachen. Statt ihn einfach festzunehmen, weil er hinter Gittern sicher wäre, bis die Anwälte der Kirche ihn nach ein paar Tagen wieder freibekämen, muss ich diesen Menschen weiter durch die Gegend laufen lassen, weil vielleicht die Chance besteht, dass der Killer sich an ihn heranmacht und ich ihm in dem Moment das Handwerk legen kann. Aber ich brauche ihn nur anzusehen, um zu wissen, dass er leidet wie ein Hund. Ich weiß, dass er in einem fürchterlichen Zwiespalt ist und dass ihn sein Gewissen plagt. Aber ich kann einfach nichts tun«, wiederholte sie. »Und auch López kann nichts tun. Weil jeder von uns beiden an einen Eid gebunden ist.«

Sie warf sich rücklings auf das Bett. »Ich brauche wieder einen klaren Kopf und muss mir alles noch einmal aus einer anderen Perspektive ansehen. Das Ganze ist entsetzlich kompliziert. Flores – warum hat Lino ausgerechnet ihn ausgewählt, und wo haben sich ihre Wege gekreuzt? Wo in aller Welt steckt Chávez? Ist er tot oder hat er sich irgendwo versteckt? Worauf hat Lino gewartet? Wurde er wegen der Sache umgebracht, auf die er die ganze Zeit gewartet hat, oder hat seine Ermordung etwas mit der Vergangenheit, mit den Bombenanschlägen zu tun? Er hat hinter beiden Attentaten gesteckt, deshalb ...«

»Jetzt komme ich nicht mehr mit.«

Sie richtete sich wieder auf. »Tut mir leid. Ich muss das alles noch einmal durchgehen, neu organisieren, mir die zeitlichen Abläufe noch einmal ansehen, ein paar Sachen an der Tafel verändern, jede Menge Leute überprüfen und alles aus verschiedenen Blickwinkeln betrachten.«

»Dann fangen wir am besten sofort mit der Arbeit an.«
Er reichte ihr die Hand und zog sie auf die Füße.

»Danke.«

»Nun, ich bin dir noch was schuldig, weil Sinead mich angerufen hat.«

»Huh?«

»Hältst du mich für blöd?«, wollte er von ihr wissen, während er ihr einen seiner Arme um die Taille schlang. »Schließlich kann es unmöglich ein Zufall sein, dass mich ausgerechnet an dem Morgen, als ich wegen meiner Beziehungen nach Irland etwas aus dem Gleichgewicht geraten bin, meine Tante von dort anruft. Aber es ist wirklich nett, wenn sich jemand um einen kümmert.«

»Dann haben wir uns also um dich gekümmert und nicht unsere Nasen ungebeten in deine Angelegenheiten gesteckt? Manchmal ist es schwer, den Unterschied zu sehen.«

»Ja, nicht wahr? Aber wir wursteln uns bisher relativ gut durch.«

Als sie das Schlafzimmer verlassen wollten, sprang die Gegensprechanlage an. »Ihre Gäste fahren gerade durch das Tor«, verkündete Summerset.

»Was für Gäste?«, fragte Eve.

»Ah …« Roarke raufte sich das Haar. »Ja. Einen Augenblick«, entließ er seinen Butler und wandte sich ihr wieder zu. »Tut mir leid, das war mir vollkommen entfallen. Ich kann auch alleine runtergehen und mich um sie kümmern. Ich werde ihnen einfach sagen, dass du noch zu tun hast, was schließlich noch nicht einmal gelogen ist.«

»Wem? Verdammt, warum können die Leute nicht einfach zuhause bleiben? Warum wollen sie ständig bei irgendwelchen anderen Leuten sein?«

»Ariel Greenfeld, Eve, und Erik Pastor.«

»Ariel.« Vor ihrem geistigen Auge sah sie die hübsche, brünette Frau, die trotz tagelanger Gefangenschaft und Folter durch einen Verrückten nicht nur bei Verstand, sondern stark und lebensfroh geblieben war.

»Sie hat vorhin angerufen und gefragt, ob sie heute Abend kurz vorbeikommen können. Aber wie gesagt, ich kann auch alleine runtergehen.«

»Nein.« Sie nahm seine Hand. »Das ist wie der Anruf von deiner Tante. Es tut gut, wenn man daran erinnert wird, was wirklich wichtig ist. Und Ariel ist wirklich wichtig. Also«, fuhr sie auf dem Weg zur Treppe fort, »dann hat es zwischen ihr und ihrem Nachbarn Erik also endlich gefunkt.«

»Sie sind verlobt und werden im Herbst heiraten.«

»Himmel, das ist ja wie ein Virus. Warum heiratet jetzt plötzlich alle Welt? Ich könnte sie auch auf der Wache oder sonst wo treffen«, fügte sie hinzu. »Wahrscheinlich wäre das das Richtige. Schließlich kann ich nicht zulassen, dass alle möglichen Opfer, Zeugen oder sonst wer plötzlich hier bei dir zuhause auf der Matte stehen.«

»Das hier ist eine Ausnahme. Weil Ariel eine meiner Angestellten war.«

»Ja, aber ... war? Hat sie etwa gekündigt? Dieses gottverdammte Lowell-Schwein. Hat er ihr das etwa genommen? Sie hat furchtbar gern gebacken, und dein Laden in der City ist echt toll.«

»Sie backt immer noch. Und du wirst selber sehen, dass sie es mit dem neuen Laden wirklich gut getroffen hat. Sie ist rundherum glücklich und kommt hervorragend zurecht.«

Eve runzelte die Stirn. »Du scheinst ja genau Bescheid zu wissen.«

»Ich weiß über sehr viele Dinge genau Bescheid.« Er

drückte ihre Hand, und als sie die Treppe hinuntergingen, drangen Stimmen und fröhliches Gelächter durch die offene Salontür in den Flur.

Als Erstes fiel Eve auf, dass sich Ariel das Haar geschnitten hatte. Robert Lowell hatte Frauen mit langem, braunem Haar geliebt. Deshalb hatte Ariel ihr Haar zu einem kurzen Bob geschnitten und in einem hübschen Rot gefärbt. Was ihr ausgezeichnet stand, obwohl ihr gutes Aussehen unter anderem sicher daran lag, dass sie nicht kreidebleich und blutend mit höllischen Schmerzen rang.

Ihre Augen strahlten, und sie blickte Eve mit einem breiten Lächeln an.

»Hi!« Plötzlich strömten Tränen über ihre Wangen, als sie durch den Raum gelaufen kam und Eve die Arme um den Nacken schlang. »Ich weine nicht, ich weine gar nicht wirklich. Und vor allem hört es sicher sofort wieder auf.«

»Okay.«

»Ich wollte schon die ganze Zeit einmal vorbeikommen. Nur wollte ich erst wieder ich selber sein.«

»Das ist ebenfalls okay.«

»Also.« Grinsend trat sie einen Schritt zurück. »Wie geht's Ihnen?«

»Nicht schlecht. Und Ihnen?«

»Einfach super.« Ariel streckte eine Hand nach Erik aus. »Wir werden heiraten.«

»Das habe ich bereits gehört. Hi, Erik«, grüßte Eve den jungen Mann.

»Freut mich riesig, Sie wiederzusehen. Und Sie auch«, fügte er an Roarke gewandt hinzu, Eve sah ihren Gatten fragend an.

»Dich auch?«

»Ich habe Ariel ein wenig bei der Einrichtung ihres neuen Ladens geholfen«, klärte der sie auf.

»Der wirklich super läuft.« Erik sah mit seinem breiten Grinsen und den bronzefarben-schwarz gefärbten Stachelhaaren wie ein glücksstrahlender Igel aus.

»Meine eigene kleine Konditorei. Ich werde damit jede Menge Geld für Sie verdienen. Als ich aus dem Krankenhaus entlassen wurde, war ich mir nicht sicher, ob ich es tatsächlich schaffen würde, aber Sie haben an mich geglaubt«, sagte Ariel zu Roarke. »Sie und Erik. Und inzwischen glaube ich auch selbst wieder an mich.«

»Ich wusste aus zuverlässiger Quelle, dass Sie ganz einfach nicht kleinzukriegen sind. Wir sollten auf Ihren Erfolg anstoßen.«

»Ihr ... ich weiß nicht genau, was für eine Funktion er hat«, gab Ariel zu. »Der große, dünne Mann?«

»Das weiß niemand so genau«, erklärte Eve und Ariel lachte fröhlich auf.

»Er meinte, er würde etwas Passendes bringen. Ich hoffe, dass das in Ordnung ist. Hm, ich weiß nicht, ob Sie sich noch erinnern, aber als Sie mir das Leben gerettet haben und alles, habe ich Ihnen versprochen, dass ich Ihnen einen Kuchen backen würde. Also ...«

Sie trat einen Schritt zur Seite und zeigte auf einen Tisch am Ende des Salons.

Jemand, wahrscheinlich Summerset, hatte ihn frei geräumt, damit die enorme Torte, die auf der blank polierten Oberfläche prangte, voll und ganz zur Geltung kam.

Das reinste Kunstwerk, dachte Eve.

Ein essbares New York mit seinen imposanten Bauwerken, breiten Flüssen, ausgedehnten Parks, Tunneln, Brücken, Taxis, Maxibussen, Jet-Bikes, Scootern, Lieferwagen und anderen Fahrzeugen auf den Straßen, Menschen auf den Gehwegen und Gleitbändern, winzigen, glitzernden Waren in den Auslagen der Geschäfte und Miniatur-

Gemüsebratlingen und Sojawürstchen auf den Schwebegrills.

Alles wirkte derart echt, dass sie nicht überrascht gewesen wäre, hätten die Figuren auf der Torte sich noch lautstark unterhalten oder sich vielleicht bewegt. »Heiliges Kanonenrohr.«

»Ein gutes, heiliges Kanonenrohr?«, fragte Ariel sie.

»Ein Da-tritt-mich-doch-ein-Pferd-so-was-habe-ich-noch-nie-gesehen-Kanonenrohr. In der Jane Street läuft gerade ein Drogendeal und dieser Typ im Central Park wird ausgeraubt«, murmelte Eve.

»Nun, solche Dinge kommen eben vor.«

Vollkommen verblüfft hockte Eve sich vor die Torte und starrte die von Ariel kreierte Miniatur-Eve-Dallas an. Sie stand auf einem schlanken Turm und blickte auf die Stadt hinab. Ihr langer, schwarzer Mantel wehte leicht im Wind, die Spitzen ihrer Stiefel waren abgeschabt und in einer Hand hielt sie die Dienstmarke – auf der sogar ihr Rang und ihre Dienstnummer verzeichnet waren –, während sie mit ihrer anderen nach ihrer Waffe griff.

»Wow. Einfach … wow. Das ist obermegacool. Hast du so etwas schon mal gesehen?«, fragte sie Roarke.

»Ganz sicher nicht. Ariel, jetzt bin ich mir sicher, dass die Investition in Ihren Laden goldrichtig ist. Die Torte ist einfach spektakulär.«

»Sie hat mehrere Wochen allein für den Entwurf gebraucht«, erklärte Erik stolz. »Immer wieder hat sie irgendwas verändert. Aber das Gute daran war, dass sie mich immer die verworfenen Versuche essen lassen hat.«

»Das ist das Coolste, was ich je gesehen habe. Ich werde die Polizistin sein, die Manhattan gegessen hat.« Eve richtete sich lachend wieder auf. »Hören Sie, ich habe da eine Freundin, die bald heiraten wird. Sie wird sicher mit Ihnen reden wollen.«

»Meinen Sie Louise? Wir gehen morgen zusammen den endgültigen Entwurf für ihre Hochzeitstorte durch.«

Eve wandte sich an Roarke. »Du bist mir einfach immer einen Schritt voraus, nicht wahr, Kumpel?«

»Ich hinke einfach nicht gerne hinterher. Ah, Champagner«, meinte er, als Summerset mit einem Tablett den Raum betrat. »Ich würde sagen, dass das mehr als passend ist.«

»Dann schneide ich schon mal die Torte an. Ich glaube, ich nehme ein Stück der Upper East Side, denn ...« Plötzlich brach Eve ab, kniff die Augen zusammen und hockte sich noch einmal vor den Tisch.

»Ist etwas nicht in Ordnung?«, fragte Ariel nervös und beugte sich über sie.

»Nein. Diese Ecke hier ... Sind die Straßen und die Gebäude maßstabsgetreu umgesetzt? Oder haben Sie es einfach so gemacht, wie es am besten passte?«

»Machen Sie Witze?«, fragte Erik sie empört. »Sie hat Karten und Hologramme benutzt und nächtelang gerechnet. Weil sie von dieser Torte regelrecht besessen war.«

»Es ist anders, als wenn man auf eine Karte guckt, und auch anders, als wenn man selbst dort ist. Wenn man auf diese Torte guckt, hat man den totalen Überblick.«

Eve stand wieder auf, ging um den Tisch herum und hockte sich noch einmal hin. »Grenzverläufe ändern sich. Es kommt dabei immer darauf an, wer in eine Gegend zieht und wer sie verlässt. Vor fünfzehn, zwanzig Jahren erstreckte sich das Territorium der Soldados von der 96. bis zur 120. Ost sowie solide vierzehn Blocks vom East River bis rüber zur Fifth Avenue. Und die Skulls hatten das Gebiet zwischen der 122. und 128. und etwas Terrain westlich der Fifth, wo es immer einmal wieder zu Grenz-streitigkeiten mit den Bloods gekommen ist. Aber diese Gegend hier, dieser östliche Bereich zwischen der 124. und 128., das war das Hauptschlachtfeld, dort wollten sie alle ihr Territorium ausdehnen. Dort fanden auch die Bombenattentate statt.«

»Bombenattentate?« Ariel riss die Augen auf und sah sich die Torte noch einmal genauer an. »Von irgendwelchen Bombenattentaten weiß ich nichts.«

»Sie fanden bereits vor siebzehn Jahren statt«, klärte Roarke sie auf.

»Oh.«

»Hier ist die Kirche, dahinter steht das Pfarrhaus«, fuhr Eve nachdenklich fort. »Mitten auf Soldado'schem Terrain. Das Jugendzentrum – nordwestlich der Kirche, aber noch innerhalb der Grenzen. Wohingegen hier oben … was ist hier oben, nur ein paar Blocks nördlich der Stelle, an der das Jugendzentrum entstanden ist, passiert? Auf dem damals heiß umkämpften Territorium?«

»Wo?« Ariel beugte sich noch etwas weiter vor.

»Gentrifizierung. Teure Häuser und Grundstücke bis an den Rand der Kirchengemeinde St. Cristóbal. Ein paar Häuser, die die Innerstädtischen Revolten halbwegs unbeschadet überstanden hatten, standen dort auch damals schon. Und in den letzten zehn, zwölf Jahren haben erfolgreiche Geschäftsleute die Gegend aufgeräumt, dort neu gebaut und ihren Wert erhöht. Das hat er jeden Tag gesehen. Er hat hier gelebt, war oft im Jugendzentrum, hat Gemeindemitglieder besucht, ist bei der Familie Ortiz ein und aus gegangen und hat deshalb die Gegend und die Häuser jeden Tag gesehen. Genau, wie er sie vor zwanzig Jahren jeden Tag gesehen hat. Und ganz sicher wollte er am Aufstieg seines alten Viertels irgendwie beteiligt sein.«

»Auch das ist eine der sieben Todsünden«, meinte Roarke.

»Wie bitte?«

»Neid. Er hat Tag für Tag gesehen, was aus der Gegend geworden ist. Und war neidisch auf die, die durch diese Entwicklung reich geworden sind.«

»Ja. Ja. Er scheint wirklich gegen keine der Todsünden gefeit gewesen zu sein. Nach Habgier, Stolz und Lust jetzt auch noch Neid. Echt interessant.«

»Ich verstehe nur noch Bahnhof«, meinte Ariel und rief Eve dadurch in die Gegenwart zurück.

»Tut mir leid. Es war nur einfach so, dass ich in Zusammenhang mit einem Fall auf eine Idee gekommen bin.« Sie richtete sich wieder auf, sah noch einmal auf die süße Upper West Side und erklärte: »Vielleicht schneiden wir besser ein Stück aus der Lower West heraus. SoHo sieht wirklich lecker aus.«

Sie aß Kuchen, trank Champagner und versuchte, wenigstens mit einem Teil ihrer Gedanken beim Gespräch mit ihren Gästen zu verweilen, doch nachdem die Tür hinter den beiden zugefallen war, wandte sie sich sofort abermals der Torte zu.

»Okay, ich schneide diesen Sektor einfach raus und nehme ihn mit rauf in mein Büro. Er ist ein ausgezeichnetes Modell für ...«

»Um Himmels willen, Eve, das ist eine Torte, die man essen soll. In weniger als zwanzig Minuten kann ich dir ein holographisches Modell dieses Bereichs auf den Computer schicken.«

Sie runzelte die Stirn. »Ach ja? Oh. Das wäre wahrscheinlich besser.«

»Und vor allem kalorienärmer«, fügte er hinzu. »Aber

bevor ich das tue«, er bedeutete ihr, ihm zu folgen, und marschierte auf die Treppe zu, »wüsste ich noch gern, worum es geht.«

»Das weiß ich selbst noch nicht genau. Als ich auf die Torte sah, habe ich die Gegend plötzlich aus einem völlig anderen Blickwinkel gesehen und erkannt, wo genau die Grenzen zwischen den Gebieten der verschiedenen Gangs damals verlaufen sind, wo sie sich überschnitten haben, wo sie eventuell umstritten waren und wie sich die Gegend in den letzten Jahren verändert hat. Wo alles genau liegt. Kirche, Pfarrhaus, Jugendzentrum, Ortiz' Haus, das Restaurant, Linos altes Apartmenthaus. Und ich habe daran gedacht, was Lino zu seiner Mutter und zu Penny gesagt hat, als er damals abgehauen ist. Er meinte, wenn er zurückkäme, führe er einen großen Wagen und hätte ein großes Haus. Einen großen Wagen kann man überall bekommen, doch das Haus ... «

»... müsste schon hier in der Gegend liegen. Denn er kann nur damit angeben, wenn jeder in der Gegend es auch sieht. Wenn er aber ein großes Haus in Spanish Harlem hatte, warum hat er dann in der Pfarrei gelebt?«

»Vielleicht hat ihm dieses große Haus ja noch gar nicht gehört. Schließlich hat er auf irgendetwas gewartet. Jahrelang, und zwar nicht grundlos auf heimischem Terrain. Wenn er so lange unter derartig widrigen Umständen vor Ort geblieben ist, wollte er doch sicher dauerhaft dort bleiben, meinst du nicht?«

»Das große Haus, der Reichtum, das Ansehen und die Frau.« Nickend marschierte Roarke mit ihr den Korridor hinab. »Und dazu noch das Terrain, das er schon immer als sein Eigentum betrachtet hat.«

»Wenn es das, worauf er jahrelang gewartet hat – und es muss um Kohle gehen oder um irgendetwas, womit sich

Kohle machen lässt –, in seinem alten Viertel gab, warum hätte er dann wieder gehen sollen? Er war nicht zum Vergnügen hier, sondern hatte eindeutig ein Ziel. Bisher habe ich nicht hier nach seinem Ziel gesucht, weil ich davon ausging, dass er die alte Heimat einfach als gutes Versteck betrachtet hat. Vielleicht hat er das ja auch.«

Sie raufte sich die Haare, als sie ihr Büro betrat. »Vielleicht hat er das ja auch. Aber vielleicht war hier auch etwas, auf das er gewartet hat. Etwas, was er jeden Tag gesehen und was ihm das Gefühl gegeben hat, unglaublich gewieft zu sein. Irgendwas, was ihm geholfen hat, diese Scharade über Jahre hinweg durchzustehen und die Rolle zu spielen, die ihm alles andere als auf den Leib geschneidert war.«

Sie trat vor die Tafel an der Wand und dachte gründlich nach. »Was gehört dir alles in der Grafton Street?«

Roarke starrte sie verwundert an, nickte dann aber langsam mit dem Kopf. »Hier etwas und da etwas. Ja, ich wollte haben, worauf ich als Junge neidisch war.«

»Rosa kannte ihn, hat mir aber erklärt, dass er sie weitestgehend in Ruhe gelassen hat. Den alten Mr Ortiz hat er angeblich gemocht und respektiert. Vielleicht auch beneidet, falls wir wieder die Todsünden einbeziehen wollen, ja, vielleicht auch das.« Sie schob ihre Daumen in die Hosentaschen und ging das mögliche Szenario noch einmal in Gedanken durch.

»Der Ortiz-Clan ist eine riesige Familie, die fest zusammenhält. Etwas Ähnliches wie eine Gang? Sie geben aufeinander Acht und verteidigen ihr Territorium. Als Flores kommt er ihnen nahe, traut sie, beerdigt sie, besucht sie in ihren schönen Häusern. Was sie haben, will er auch. Nur wie kommt er da dran?«

»Glaubst du, er hat Hector Ortiz umgebracht?«

»Nein, der ist eines natürlichen Todes gestorben. Das habe ich mehrfach überprüft. Vor allem hat Lino Hector Ortiz respektiert und auf seine eigene Art vielleicht sogar bewundert. Aber die Ortizes sind nicht die Einzigen, die schöne Häuser und eine enge Beziehung zur Kirche haben. Am besten sehe ich mir ein paar der anderen schönen Häuser an, vielleicht gibt es da einen Anhaltspunkt. Dafür wäre das Hologramm nicht schlecht.«

»Dann mache ich mich besser an die Arbeit.« Er hielt die Zuckerguss-Eve-Dallas von der Torte hoch. »Und das hier nehme ich als Lohn für all die Zeit und Mühe, die ich investiere, mit.«

Sie bedachte ihn mit einem amüsierten Blick. »Willst du mich etwa aufessen?«

»Natürlich könnte ich dir jetzt eine obszöne Antwort darauf geben, aber nein, ich stelle dich auf meinen Schreibtisch und gucke dich einfach hin und wieder an.«

Er neigte seinen Kopf und küsste sanft die echte Frau. »Und wonach suchst du, wenn du all die schönen Häuser überprüfst?«

»Das weiß ich erst, wenn ich es finde«, antwortete sie und nahm hinter ihrem Schreibtisch Platz.

19

Ihr war klar, die Überprüfung der Gebäude und der Eigentümer würde sicher länger dauern als Roarkes Arbeit an dem Hologramm. Deshalb schränkte sie die Suche zunächst auf das Dreieck zwischen Kirche, Jugendzentrum und dem Haus von Hector Ortiz ein.

Sicher war das alles reine Zeitvergeudung, dachte sie.

Ein vollkommen sinnloses Unterfangen, weil es diesem blöden Kerl um etwas völlig anderes gegangen war.

Aber irgendeine Gaunerei im großen Stil hatte er auf alle Fälle vorgehabt. Und eine Gaunerei im großen Stil erforderte umfängliche Planung, großes Engagement, gründliche Recherchen und ein langfristiges, lohnenswertes Ziel.

Nachdenklich griff sie nach ihrem Link und rief bei einer guten Freundin mit Erfahrung in Trickbetrügereien an.

Mavis Freestones von einer Monstranz aus frühlingsgrünem Haar gerahmtes, grinsendes Gesicht tauchte auf dem Bildschirm auf.

»He. Du hast mich gerade in einem perfekten Augenblick erwischt. Die Kleine macht ihr Nickerchen und Leonardo holt uns gerade Eis. Ich hatte plötzlich Heißhunger auf Mondo-Mucho-Mokka, und das hatten wir nicht mehr im Haus.«

»Klingt gut. Ich wollte … Heißhunger?« Eve wurde schwindelig. »Sag bloß nicht, dass du wieder schwanger bist.«

»Schwanger? Himmel, nein.« Mavis' Augen, die dasselbe unglaubliche Grün wie ihre Haare hatten, funkelten vergnügt. »Mir ist einfach gerade nach dem dreifachen M, sonst nichts.«

»In Ordnung.« *Puh.* »Nur eine kurze Frage. Was war die langfristigste Gaunerei, die du je durchgezogen hast?«

»Du meinst, in der guten, alten Zeit? Lass mich überlegen. Da war, als ich eine Carlotta durchgezogen habe. Die Masche hatte ich nach einer alten Freundin von mir benannt, die, glaube ich, inzwischen auf Vegas II oder so lebt. Aber wie dem auch sei, für eine Carlotta muss man …«

»Einzelheiten sind egal. Wie lange?«, wiederholte Eve.

»Oh.« Mavis spitzte nachdenklich die Lippen. »Vielleicht vier Monate. Weil man für eine Carlotta, um eine gute Grundlage zu schaffen, jede Menge Vorbereitungen treffen muss.«

»Kennst du irgendjemanden, der so ein Projekt über Jahre durchgezogen hat? Nicht Monate, sondern Jahre.«

»Jede Menge Leute spielen jahrelang dasselbe Spiel, nehmen dabei aber immer wieder neue Zielpersonen ins Visier. Aber du meinst wahrscheinlich dasselbe Projekt mit derselben Zielperson.«

»Genau.«

»Es gab da mal einen Typen, Slats, ein echtes Genie. Er hat drei Jahre lang den Crosstown Bob gemacht, dann ist er plötzlich abgetaucht. War fünf Jahre lang verschwunden, tauchte dann aber wieder auf. Er war zwischenzeitlich nach Paris gezogen, hatte sich einen anderen Namen zugelegt und den ganzen Scheiß. Angeblich hat er von dem Geld, das er mit Crosstown Bob verdient hat, wirklich gut gelebt, drüben in Europa aber trotzdem weiter kräftig zugelangt. Na ja, alte Gewohnheiten legt man wohl nicht so einfach ab.«

»Warum ist er zurückgekommen?«

»He, einmal ein New Yorker, immer ein New Yorker, oder etwa nicht?«

»Ja, ja. Und wie sieht's mit religiösen Maschen aus?«

»Die sind die Creme unter den Gaunereien. Süß und butterweich, gehen runter, ohne dass man extra kauen muss. Es gibt das Ave-Maria, das Lobe den Herrn, Koscher, die Erlösung ...«

»Okay. Hast du jemals von einem Betrüger mit Namen Lino gehört? Lino Martinez?«

»Der Name sagt mir nichts. Aber ich bin auch schon eine ganze Weile weg vom Fenster. Weil ich schließlich Mama bin.«

»Richtig.« Zu spät erkannte Eve, dass sie sich noch nicht erkundigt hatte, wie es ihrer Patentochter ging. »Und wie geht es Bella?«, fragte sie deshalb.

»Sie ist die Tollste der Tollen, die Süßeste der Süßen, die Prächtigste der Prächtigen. Ich würde sie ja holen, nur dass sie gerade im Traumland ist. Niemand gibt so süße Schmatzer wie mein Bellarina-Schatz.«

»Tja. Nun. Gib ihr einen Schmatz von mir zurück. Danke für die Information.«

»Kein Problem. Wir sehen uns spätestens bei unserem Mädelsabend mit Louise. Ich könnte vor Freude aus den Klamotten springen, wenn ich daran denke, dass sie ja vielleicht auch bald Mama wird, wenn sie heiratet.«

»Super. Behalt bitte trotzdem deine Kleider an. Nochmals danke, Mavis«, wiederholte Eve, legte auf, drehte sich um und … marschierte geradewegs durch ein Modell der Kirche von St. Cristóbal. »Mein Gott.«

»Ich habe gehört, er wäre hier öfter zu Besuch.«

»Wie hast du das gemacht? Das war noch nicht mal eine Viertelstunde.«

»Ich bin oft noch besser, als ich selbst denke.«

»Niemand kann besser sein, als du es von dir denkst.«

Obwohl er den Maßstab des Hologramms verkleinert hatte, war es merklich größer als die Torte, die von Ariel gezaubert worden war. Das auf der Kirchturmspitze angebrachte Kreuz reichte Eve fast bis zum Knie. Sie trat aus der Kirche, sah sich um und nickte anerkennend mit dem Kopf. »Echt toll.«

»Wenn du es noch größer haben möchtest, gehen wir am besten in den Holo-Raum.«

»Nein, so ist es gut. Kirche, Bodega, Pfarrhaus«, fing sie an und spazierte durch das Hologramm. »Jugendzentrum, Hector Ortiz' Haus. Ort des ersten Bombenattentats«, bemerkte sie, als sie Richtung Südosten ging. »Ist noch immer eine Schule. Und hier der Ort des zweiten Attentats, der nordwestlich davon liegt. Damals war es eine Art Sandwich-Bar und jetzt ist es ein Supermarkt.«

Auch Roarke betrachtete das Hologramm. »Ich könnte es in ungefähr derselben Zeit auf das Jahr 2043 oder jedes beliebige andere Jahr zurückdatieren, wenn du willst.«

»Du willst doch nur spielen«, gab sie ungerührt zurück. »Das ist es, was er nach seiner Rückkehr jeden Tag gesehen hat. Was er auch immer in der guten, alten Zeit gesehen hat«, übernahm sie Mavis' Worte, »hat er jetzt immer noch gesehen. Vielleicht etwas verändert, aber trotzdem ist es irgendetwas, was es auch damals schon gegeben hat. Was er schon damals haben wollte und worauf er immer noch gegeiert hat.«

»Das kann ich verstehen«, erklärte Roarke.

»Peabody und ich werden Überlebende der beiden Explosionen und Familienmitglieder der Opfer suchen und vernehmen. Bei dem zweiten Anschlag gab es immerhin fünf Tote«, meinte sie und runzelte die Stirn, als sie auf das leuchtende Reklameschild des Supermarktes sah. »Er gehört nicht zur Gemeinde von St. Cristóbal. Das Gebäude lag ein wenig außerhalb, auf umkämpftem Territorium, aber näher am Gebiet der Skulls, als die Bombe hochgegangen ist. Lino ist fast jeden Tag gejoggt, meistens zusammen mit dem anderen Pater, Freeman, ihre normale Route hat sie vom Pfarrhaus Richtung Osten, Norden und dann wieder nach Westen durch diesen Teil von Spanish Harlem – an diesen Mittel- und obere Mittelklassehäusern wie dem von Hector Ortiz – vorbeigeführt, bevor sie wieder Richtung Süden bis zum Jugendzentrum gelaufen sind. Er ist hier aufgewachsen, aber die Straße, in der seine alte Wohnung lag, hat ihn nicht interessiert. Er hat sich lieber die schickeren Gebäude angesehen.«

Roarke wollte etwas sagen, beschloss dann aber, ihr erst einmal einfach weiter bei der Arbeit zuzusehen, und um dieses Vergnügen noch zu steigern, schenkte er sich einen Brandy ein.

»Man entwickelt Gewohnheiten nicht ohne Grund«, murmelte sie vor sich hin. »Wenn man etwas immer wieder tut, dann aus irgendeinem Grund. Vielleicht ist er diesen Weg nur deshalb oft gelaufen, weil es sich ganz einfach so ergeben hat. Aber er hätte auch dieselbe Zeit und Strecke laufen können, indem er hin und wieder andere Wege nimmt, wie es die meisten Leute tun, die gewohnheitsmäßig laufen. Weil das einfach interessanter ist. Er hätte also auch erst mal nach Westen, dann nach Süden und am Schluss zurück nach Norden laufen können, aber Freeman meinte, dass er nie von seiner Route abgewichen ist. Was oder wen hat er also auf diesem Weg regelmäßig gesehen?«

Sie ging in die Hocke und fuhr mit der Hand durch eine Reihe von Gebäuden, die bei der Berührung flimmerten. »Alle diese Häuser, alle diese Wohnungen sind Teil der Gemeinde und des Schulbezirks. Jeder, der damals hier gelebt hat, hat Lino, den Anführer der Gang, gekannt. Sicher, es sind Leute weggezogen, neue hergezogen, Menschen gestorben und geboren. Aber trotzdem gibt's auch viele, wie die Ortizes, die hier verwurzelt sind. Jeden Tag aufs Neue: ›Hallo, Pater. Guten Morgen, Pater. Gut geschlafen, Pater?‹ Ich wette, das ging ihm gut ab.«

»Es war wie eine Patrouille, findest du nicht auch? Wie eine Art täglicher Patrouille. Auf seinem Gebiet. Er hat sich benommen wie ein Hund, der sein Revier markiert.« Sie pikste Ortiz' Haus mit dem Zeigefinger an. »Wie viel ist ein solches Haus inzwischen wert? Ein privates Haus in diesem Gebiet?«

»Kommt drauf an. Wenn man es als Wohnhaus nutzen will ...«

»Jetzt werd' bitte nicht krümelpickerisch. Ich brauche nur eine ungefähre Zahl. Ein Einfamilienhaus, noch vor den Innerstädtischen Revolten erbaut und gut erhalten.«

»Wie groß? Aus was für einem Material? Das spielt schließlich alles eine Rolle«, beharrte er auf seiner Position, bevor er sich, als sie eine Grimasse zog, geschlagen gab. »Aber um eine ungefähre Zahl zu nennen ...« Er hockte sich neben sie, betrachtete das Haus und nannte eine Zahl, die ihr die Augen aus dem Schädel quellen ließ.

»Das ist ja wohl ein Witz.«

»Nein. Ich habe meine Schätzung sogar extra ziemlich niedrig angesetzt, denn schließlich habe ich mir das Gebäude nicht mal richtig angesehen. Und diese Zahl geht sicher noch nach oben, wenn die Gentrifizierung dieses Viertels weitergeht. Wenn du an einen Direktverkauf von Privatmann an Privatmann denkst, hängt der Preis natürlich auch noch von der Einrichtung des Hauses ab. Von der Qualität der Küche und der Bäder, wie viel noch von dem ursprünglichen Baumaterial erhalten ist und so weiter.«

»Dafür kriegt man ganz schön viele Tacos«, meinte Eve.

»Aber nur hier in New York, meine geliebte Eve. Wenn das Haus woanders stehen würde, sagen wir in Baltimore oder in Albuquerque, bekämst du ungefähr ein Drittel bis die Hälfte dieses Gelds.«

»Die Geographie ist also wichtig«, stellte sie kopfschüttelnd fest und fügte in Erinnerung an ihr Gespräch mit Mavis nachdenklich hinzu: »Einmal ein New Yorker, immer ein New Yorker, deshalb hat er sich nicht woanders

irgendwas gesucht. Er hat diese Gegend also täglich pat-
rouiliert. Und wer immer ihn ermordet hat, hat ihn gekannt, wer immer ihn ermordet hat, geht in die Kirche
von St. Cristóbal, wer immer ihn ermordet hat, hat hier in
der Gegend gelebt, als Lino noch als Lino hier herumgelaufen ist. Und er kennt auch Penny Soto, denn das Weib
hat ganz eindeutig irgendwas mit alledem zu tun. Wer
auch immer ihn ermordet hat, ist entweder schlau genug,
auf eine große Zeremonie wie Ortiz' Trauergottesdienst
zu warten, oder er hatte einfach Glück. Aber ich glaube,
er ist schlau. Er ist wirklich schlau.

Zyankali ist nicht gerade billig. Bisher haben unsere Recherchen auf dem Schwarzmarkt nichts ergeben, aber verdammt, damit habe ich auch nicht gerechnet.«

»Ich könnte mich mal umhören, wenn du willst.«

»Und du fändest ganz bestimmt auch was heraus. Vielleicht später, wenn es keinen anderen Weg mehr gibt, billig war das Zeug auf alle Fälle nicht. Wer auch immer
ihn ermordet hat, ist katholisch genug, um seinem Priester diese Tat zu beichten. Das sagt mir, dass es kein junger
Mensch, sondern jemand Reifes ist. Ja, das hat auch Mira
schon gesagt«, sagte sie halb zu sich selbst. »Er war reif
genug, um diese Sache durchzuziehen und Schuldgefühle
zu entwickeln. Er hat Lino nicht getötet, weil er dadurch
irgendetwas gewinnen wollte. Sonst hätte er den Bastard
kurzerhand mit einem Messer abgestochen oder so.«

Sie trommelte sich mit den Fingern auf das Knie und
spielte das Szenario weiter in Gedanken durch. »Wenn
es um Gewinn gegangen wäre, um simple Rache oder
schlicht ums Überleben, hätte der Täter mit Penny zusammengearbeitet, ihn in einen Hinterhalt gelockt und in
Stücke gehackt wie Penny damals ihren alten Herrn. Hätte es vielleicht so aussehen lassen, als ob Lino das Opfer

eines Überfalls geworden wäre – schlau genug dafür ist er schließlich auf jeden Fall.«

»Aber so hat er es nicht gemacht«, führte Roarke ihren Gedanken weiter aus. »Weil das Motiv für diesen Mord nicht derart simpel ist.«

»Auf keinen Fall. Penny geht es bei der Sache einzig darum, etwas zu gewinnen. Etwas anderes interessiert sie nicht. Doch dem Täter selbst ging es um etwas völlig anderes. Ihm ging es um die Begleichung einer Schuld. Auge um Auge, Zahn um Zahn. Wen hatte Lino umgebracht oder wem hatte er Schaden zugefügt? Einem Menschen, der dem Täter nahestand. Aber er stellt ihn nicht zur Rede, und er zeigte ihn auch nicht einfach an.«

Sie richtete sich langsam wieder auf. »Denn das hat auch vorher nichts genützt. Weil Lino auch schon damals damit durchgekommen ist. Ohne für die Tat zu zahlen, ohne Buße dafür zu tun. Deshalb nimmt man die Sache selber in die Hand, und zwar in Gottes Haus. Weil man sich die ganzen Jahre an seinem Glauben festgeklammert hat. Weil man dem Herrgott treu geblieben ist, obwohl man etwas Wichtiges verloren hat. Und jetzt ist er plötzlich wieder da, lästert Gott, beschmutzt die Kirche und läuft jeden Tag an einem vorbei. Und das fünf Jahre lang, ohne dass man wusste, wer er wirklich war. Nicht, bis Penny einem die Augen geöffnet hat.«

Stirnrunzelnd sah sie auf das Hologramm und meinte beinahe zu hören, wie Penny und der Täter verschwörerisch miteinander flüsterten. »Warum, warum, was hast du für einen Grund? Wenn ich weiß, aus welchem Grund der Kerl ermordet worden ist, weiß ich auch, von wem. Penny hat ihn bei irgendwem verpfiffen und dieser Jemand musste etwas tun. Dieser Jemand hat die Waage der Gerechtigkeit wieder ins Gleichgewicht gebracht.«

Sie trat einen Schritt zurück. »Verdammt. Ich kann alle Punkte, alle Einzelheiten sehen, aber wie gehören sie zusammen?«

»Mach einfach weiter, ja? Du hast eben gesagt, Auge um Auge, Zahn um Zahn. Wen hat Martinez umgebracht?«

»Soto. Nick Soto, weil er Penny vergewaltigt und misshandelt hat. Und er hat Solas zusammengeschlagen, als er daran dachte, wie es Penny damals ergangen ist. Aber Soto war damals allen scheißegal, und daran, dass der Kerl von einem vierzehn- und einem fünfzehnjährigen Kind in Stücke gehackt worden sein könnte, hat niemand auch nur im Entferntesten gedacht. Wahrscheinlich haben sich damals jede Menge Leute sogar heimlich gefreut, weil dieser Kerl nicht mehr am Leben war. Es könnte Linos erster Mord gewesen sein. Damit hat er sich das Kreuz verdient. Das Timing würde passen und der Kollege, der damals für die Gegend zuständig war, hat ihn zwar als Störenfried und Schläger in Erinnerung, aber erst nach dem Mord an Soto mehrmals wegen anderer Gewalttaten verhört.«

Sie ging ihre Notizen durch. »Dabei ging es um die Tode oder das Verschwinden mehrerer bekannter Mitglieder rivalisierender Banden, aber sie konnten ihm nie etwas beweisen, und er hatte für jede dieser Taten ein wasserdichtes Alibi.«

»Waren unter den Toten und Verschwundenen auch Mitglieder der Gemeinde?«

»Nein. Obwohl die Grenzen damals unscharf waren.« Sie trat wieder vor das Hologramm. »Einer dieser Typen hätte also Freunde oder Verwandte gehabt haben können, die Mitglieder der Kirche waren. Aber ... ich hätte da eine katholische Frage.«

»Und warum zum Teufel fragst du mich?«

»Nur so. Könnte es um Zahlung oder Buße gegangen

sein, wenn das damalige Opfer Mitglied einer Gang gewesen ist und so ziemlich dieselben Dinge wie Lino getrieben hat? Wenn es im Rahmen eines Streits zwischen den Gangs getötet wurde oder anderweitig zu Schaden gekommen ist?«

»Wenn jemand ihn geliebt hat, kann ich mir nicht vorstellen, dass das eine Rolle spielen soll. Weil Liebe schließlich keine Einschränkungen kennt.«

»Wie sieht das die katholische Kirche?«, wiederholte Eve.

Er stieß einen Seufzer aus, nippte an seinem Brandy und dachte darüber nach. »Mir scheint – wenn wir deinen Gedanken weiterverfolgen –, dass ein Mord nur dann gerechtfertigt sein kann, wenn er als Reaktion auf die Ermordung eines Unschuldigen erfolgt. Oder zumindest eines Menschen, der nicht selber einen Mord begangen hat. Aber ...«

»So sehe ich das auch. Ich weiß, was du noch sagen willst«, fügte sie hinzu und fuhr mit einer ihrer Hände durch die Luft. »Mord ist weder logisch noch folgt er hübschen, klaren Linien. Die Menschen, die andere töten wollen, machen ihre Regeln selbst. Aber um auf dein ›Aber‹ zurückzukommen ...«

»Himmel, kein Wunder, dass ich dir verfallen bin.«

»Dieser Mord *war* logisch und *ist* hübschen, klaren Linien gefolgt. Man hat einen Priester in der Kirche mit Gottes Blut getötet. Nun, technisch gesehen war es bloßer Wein, weil Lino nicht zum Priester geweiht war und deshalb die Transsubstantiation nicht vornehmen konnte.«

»Und du besitzt die Dreistigkeit, mir Fragen zum Katholizismus zu stellen, während dir ein Begriff wie Transsubstantiation mühelos über die Lippen kommt?«

»Ich habe mich eben etwas damit befasst. Die Sache

ist die, dass das Motiv zur Methode passen wird. Ich denke ...«

Sie unterbrach sich kurz, als ihr Computer die Ausführung des Auftrags meldete, nahm dann aber sofort den Faden wieder auf. »Ich denke«, wiederholte sie, »dass der Mörder ein wichtiges Mitglied der Gemeinde ist. Eins, das keine Sonntagsmesse je verpasst und regelmäßig beichten geht ... wie oft soll man überhaupt zur Beichte gehen?«

Er stopfte seine Hände in die Hosentaschen und runzelte die Stirn. »Woher, verdammte Hölle, soll ich das bitte wissen?«

Sie sah ihn mit einem zuckersüßen Lächeln an. »Warum macht es dich bloß so nervös, wenn man dir Fragen zur Kirche stellt?«

»Du wärst sicher auch nervös, wenn ich dich lauter Sachen fragen würde, bei denen du den heißen Atem der Hölle im Nacken spürst.«

»Du wirst nicht in die Hölle kommen.«

»Oh, und woher weißt du das?«

»Du bist mit einem Cop verheiratet, das wird deine gottverdammte Rettung sein. Computer, Daten auf Bildschirm eins. Das sind die Besitzer und/oder Bewohner der Häuser, an denen Lino jeden Tag vorbeigelaufen ist.«

»Du bist meine Rettung?«, fragte er, schlang ihr die Arme um die Taille und zog sie an seine Brust. »Und was bin ich dann für dich?«

»Ich schätze, dass du meine Rettung bist, Kumpel. Und falls ich mich irre, ist es auch egal, denn dann gehen wir eben gemeinsam in Flammen auf. Doch jetzt versuch noch etwas für dein Seelenheil zu tun, und sieh dir mit mir zusammen die Daten an.«

Vorher gab er ihr noch einen langen, liebevollen Kuss. »Eines an der Hölle kann ich einfach nicht verstehen.«

»Und das wäre?«

»Gibt's dort jede Menge Sex, weil sämtliche Bewohner Sünder sind, oder üben sich dort alle als ewige Strafe in Enthaltsamkeit?«

»Wenn ich es nicht vergesse, werde ich López danach fragen. Aber jetzt guck dir bitte erst einmal die Daten auf dem Bildschirm an.«

Er drehte sie um, zog sie rücklings gegen seine Brust und sah sich über ihren Kopf hinweg die Namen an. »Was sagen diese Namen uns?«

»Ich habe noch mehr Informationen über die Besitzer und Bewohner, wie zum Beispiel, wie lange sie in diesen Häusern wohnen und wo sie vorher gemeldet waren. Ortega … den Namen hat Rosa O'Donnell mal erwähnt. Computer, weiterführende Informationen auf Bildschirm zwei.«

»Wir suchen also nach Leuten, die schon lange in der Gegend sind. Nach einem Menschen oder einer Familie, die schon hier gelebt hat, als Lino der Anführer der Soldados war.«

»Ja, genau. Ein zweiter Hinweis ist die Strecke, die er jeden Tag gelaufen ist. Zu welchem der Gebäude Lino irgendeine Beziehung hatte oder welches der Gebäude vielleicht von Interesse für ihn war. Es ging ihm um Gewinn. Um Gewinn, sein Ego und vielleicht um Rache an irgendjemandem, der ihm damals quergekommen ist. Es sind ganz schön viele Leute hiergeblieben. Sieh dir das mal an. Ortega. Sie leben inzwischen in der dritten Generation in diesem Haus. Und das hier. Vor sechzig Jahren war es eine Fabrik, in der wahrscheinlich eine ganze Horde illegaler Arbeiter im Akkord geschuftet hat. Das Gebäude gehört immer noch demselben Mann, nur sind darin jetzt Eigentumswohnungen und Lofts untergebracht. Huh. Und demselben Kerl gehört das Haus neben dem von Ortiz. Computer, ich brauche eine vollständige Überprüfung von José Ortega«, wies sie ihre Kiste an.

EINEN AUGENBLICK ...

»Den Namen kenne ich«, erklärte Roarke. »Irgendwas an diesem Namen ... Ah ... er hat noch ein anderes Haus in der East Side, Mitte der Neunziger erbaut. Im Erdgeschoss sind Läden, im ersten Stock mehrere Studios und darüber Wohnräume. Ich habe mich vor ein paar Jahren für das Gebäude interessiert.«

»Du hast dich dafür interessiert?«

»An Einzelheiten kann ich mich nicht mehr erinnern, aber ich weiß, ich habe das Ding nicht gekauft. Weil es irgendwelche rechtlichen Probleme mit Ortega gab.«

AUFGABE ERLEDIGT...

»Lass mich sehen. Computer, neue Daten auf rechte Hälfte von Bildschirm zwei. José Ortega ist fünfunddreißig Jahre alt, also genauso alt wie Lino Martinez. Aber wie in aller Welt konnte er da schon vor sechzig Jahren Eigentümer des Gebäudes sein?«

»Ich würde sagen, einer seiner Vorfahren hieß ebenfalls José. Ich kann mich daran erinnern, dass der alte José Ortega vor mehreren Jahren gestorben ist. Ja, jetzt fällt es mir wieder ein. Es gab irgendwelche Probleme wegen seines Nachlasses. Das hier muss der Enkel und der Erbe sein.«

Eve wies den Computer an zu überprüfen, ob der jüngere José der Enkelsohn des alten war, und schüttelte den Kopf, als sie die Daten sah: »Okay, José Ortega, gestorben 2052 im Alter von neunundachtzig Jahren. Ein Sohn, Niko, der 2036 zusammen mit seiner Frau und seiner Mutter bei einem Hotelbrand in Mexico City ums Leben kam. Nur der alte Mann und der damals elfjährige Enkel haben überlebt.«

»Woraufhin der Alte seinen Enkel aufgezogen hat. Ja, allmählich fällt mir alles wieder ein. Und natürlich hat der Enkel nach dem Tod des alten Herrn alles geerbt. Als ich mich für das Gebäude interessierte, hieß es, der jüngere Ortega hätte den Geschäftssinn seines Opas nicht geerbt. Weshalb ihm ein Teil des angehäuften Vermögens verloren ging. Da mir das Gebäude in der East Side gefiel, habe ich ein Angebot an ihn geschickt.«

»Und er hat nein gesagt?«

»Er war damals nicht erreichbar, und dann fand ich etwas, was mir noch besser gefiel.«

»Er war nicht erreichbar? Hier steht, dass er in dem Haus in der 120. Straße Ost gemeldet ist.«

»Mag sein, aber vor vier oder fünf Jahren, als ich das Gebäude wollte, war er nicht in New York. Wir mussten uns deshalb an einen Anwalt halten, der – wenn ich mich recht entsinne – über das Verschwinden seines Mandanten alles andere als glücklich war.«

»Computer, Suche nach einer Vermisstenmeldung zu José Ortega und nach seinem letzten bekannten Aufenthaltsort.«

»Ich habe nicht gesagt, dass er verschwunden, sondern unauffindbar war«, erklärte Roarke, zog dann aber überrascht die Brauen hoch, als er die Meldung auf dem Bildschirm sah. »Na, wenn du nicht wirklich clever bist ...«

»José Ortega wurde im September 2053 in Las Vegas, Nevada, von seinem Partner Ken Aldo als vermisst gemeldet«, las sie vor. »Computer, Daten und Passfoto von

Aldo, Ken.« Sie wartete kurz ab, bis plötzlich alles einen Sinn ergab. »Aber hallo, Lino.«

»Dein Opfer?«, fragte Roarke.

»Ja, das hier ist Lino Martinez. Zwar hat er seine Haarfarbe geändert, hat auf dem Foto einen Bart, und auch die Augenfarbe sieht ein bisschen anders aus, aber er ist es auf jeden Fall.«

»Und kurz vor dem Tod des alten Herrn hat er den jungen Ortega geheiratet.«

»Was der totale Schwachsinn ist. Wieder eine Masche, weiter nichts. Denn es gibt keinen Hinweis darauf, dass er jemals an Männern interessiert gewesen ist. Er war ein strammer Hetero. Ein echter Frauenheld. Aber er muss Ortega gekannt haben, weil sie schließlich in derselben Gegend aufgewachsen sind. Computer, ich brauche sämtliche Informationen über José Ortega, geboren 2025. Sie hatten dasselbe Alter und waren bestimmt auch in derselben Schule. Denn der Opa hat die Schule seines Viertels sicher unterstützt. Und hier: Er hat ein paar Vorstrafen wegen Drogenbesitzes und -konsums und ist mehrmals aus der Rehaklinik abgehauen.«

Sie folgte ihrem Instinkt und wies die Kiste an: »Computer, ich brauche eine Auflistung sämtlicher Tätowierungen dieser Person.«

EINEN AUGENBLICK ... JOSÉ ORTEGA HAT EINE TÄTOWIERUNG AM LINKEN UNTERARM. WÜNSCHEN SIE EINE BESCHREIBUNG ODER EIN BILD?

»Ein Bild.«

»Da haben wir's«, erklärte Eve, als das Kreuz mit dem von einer Klinge durchbohrten Herzen auf dem Monitor erschien. »Ortega war bei den Soldados. Das heißt, dass

423

er einer von Linos Leuten war. Er war niemals sein Ehemann. Das ist der totale Quatsch. Lino war sein Boss.«

»Die Trauungsurkunde wurde vielleicht rückwirkend gefälscht. Für jemanden, der es geschafft hat, Flores' Pass so mühelos zu fälschen, wahrscheinlich das reinste Kinderspiel.«

»Das glaube ich auch. Und wer war sein Anwalt?«, fragte Eve. »Mit wem hattest du wegen dem Haus zu tun?«

»Ich werde dir den Namen besorgen.«

»Ich gehe jede Wette ein, dass Ken Aldo sich juristisch beraten lassen hat, wie man einen Ehemann für tot erklären lässt. Sieben Jahre. Man muss sieben Jahre warten, bis das möglich ist. Sechs Jahre hatte er inzwischen rum, er hatte sein Ziel also beinahe erreicht. Er brauchte wirklich einen langen Atem«, meinte sie. »Er hätte nur noch ein paar Monate durchhalten müssen, dann hätte sich die Verheißung erfüllt, und er hätte dick geerbt. Ein großes Haus, diverse andere Immobilien und dazu noch jede Menge Geld.«

»Wenn es um so viel geht«, erklärte Roarke, »will man natürlich alles im Auge behalten, um sicherzugehen, dass nichts dazwischenkommt. Ja, dann will man alles im Auge behalten und kontrollieren, ob alles für einen in Schuss gehalten wird.«

»Flores verschwand ungefähr zur selben Zeit. Er verschwand etwa zur selben Zeit wie Ken Aldos angeblicher Ehemann, und ein paar Monate, bevor sich Lino als Flores nach St. Cristóbal versetzen lassen hat.«

»Die Zeit hat Lino für seine Gesichts-OP gebraucht.« Roarke nickte zustimmend. »Um sich einen genauen Plan zurechtzulegen, die Tätowierung entfernen zu lassen, die Unterlagen zu fälschen. Wenn man ein Ziel vor Augen hat, reichen ein paar Monate für so etwas aus.«

»Was gäbe es für eine bessere Möglichkeit, alles im Auge zu behalten, ohne dass jemand eine Verbindung zwischen dir und dem Menschen sieht, der du sein wirst, wenn die Zeit gekommen ist?«

»Dieses Haus wird als Ortegas letzter Wohnsitz angegeben, aber hier sind auch Mieter aufgeführt.« Roarke wies auf den Monitor. »Hugh und Sara Gregg. Sie wohnen seit beinahe fünf Jahren dort.«

Eve rief die Daten der beiden auf. »Sehen sauber aus. Zwei Kinder. Beide Ärzte. Trotzdem werden wir noch mit ihnen sprechen. Aber zuerst brauche ich einen Kaffee.«

Sie marschierte in die Küche, gab ihre Bestellung auf und sortierte ihre Gedanken, während sie darauf wartete, dass der Muntermacher endlich fertig war.

»Ortega und Lino kannten sich als Kinder, wuchsen in derselben Gegend auf, gingen auf dieselbe Schule. Dann schließt sich Ortega den Soldados an, wodurch er in noch engeren Kontakt mit Lino kommt. Er ist keins der großen Tiere, denn sonst hätte einer meiner Informanten den Namen irgendwann erwähnt. Vielleicht gehörte er zum Fußvolk, oder dank des Geldes seines Opas hat die Gang ihn als Einkommensquelle angesehen. Entweder haben die beiden über all die Jahre den Kontakt zueinander aufrechterhalten oder Lino hat sich, nachdem Ortega durch den Tod des Großvaters stinkreich geworden war, wieder an ihn herangemacht.«

Sie trank einen Schluck Kaffee und hängte Ortegas Passbild an der Tafel auf. »Lino lädt Ortega zu sich ein: ›Lass uns ein bisschen abhängen. Spielen, Weiber aufreißen und so.‹ Dann schafft er sich Ortega vom Hals, legt die falschen Dokumente vor und meldet ihn als vermisst. Nett und legal. Ich brauche die Berichte der dortigen Polizei.«

»Danach hat Martinez sicher den Anwalt kontaktiert«,

fügte Roarke hinzu. »Weil er Unterlagen braucht. ›Überraschung – ich bin Ken, Josés Ehemann, und er wird vermisst. Ich habe bereits bei der Polizei eine Anzeige aufgegeben, aber sie wissen auch nicht, wo er ist.‹ Wahrscheinlich hat er den Anwalt zu Tarnzwecken gebeten, ihn zu kontaktieren, falls José sich bei ihm meldet oder er irgendwelche Informationen über ihn bekommt. Weil er sich schließlich Sorgen um den Liebsten macht.«

»Als rechtmäßiger Ehemann hatte er doch sicher Zugriff auf einen Teil von Josés Geld oder hätte den Anwalt bitten können, ihm was auszuzahlen. Aber darum geht es ihm nicht. Denn er hat einen anderen Plan. Er muss geduldig sein. Sieben Jahre können sich entsetzlich ziehen. Aber dann wird ihm der Jackpot ausbezahlt. Nur ist das Problem, dass er die Pfoten nicht von Penny lassen und vor allem nicht die Klappe halten kann. Weil er sie wirklich liebt. Er will sein Glück mit seiner Freundin teilen. Er ist wieder da – oder kommt in ein paar Monaten zurück –, und zwar als reicher Mann.«

»Als Ken Aldo?«, fragte Roarke.

»Nein, nein, denn dann käme er ja nicht als Held zurück. Und das will er auf jeden Fall. Am Ende müsste er zurückkommen und wieder Lino sein. Dafür hatte er sich sicher bereits einen Plan zurechtgelegt. Wie würdest du das anstellen?«, fragte Eve zurück.

»Ich würde den Besitz – auf dem Papier – auf Lino überschreiben. Ich nehme an, als Ken hatte er ein Testament gefälscht und sich darin zu Josés Alleinerben ernannt. Wenn er erst das Erbe angetreten hätte, hätte er die Häuser an sich selbst verkauft. Als Ken Aldo an Lino Martinez.«

»Ja, ja, das könnte sein. Das ergäbe durchaus einen Sinn. Er hätte sich sein altes Gesicht zurückgeholt, wär als reicher Mann zurückgekehrt und hätte irgendeinen

Quatsch darüber erzählt, wie er im Westen an das ganze Geld gekommen ist. Er hätte sich sieben Jahre bedeckt gehalten, dafür am Schluss aber alles bekommen, was ihm jemals wichtig war.«

Sie machte auf dem Absatz kehrt und betrachtete erneut das Hologramm. »Sein Vater war abgehauen, als er noch ein kleiner Junge war, und seine Mutter hatte den Typen irgendwann für tot erklären lassen, um sich selbst ein neues Leben aufzubauen. Das hat Lino ihr wahrscheinlich nachgemacht. Und sieben Jahre sind eine echt lange Zeit. Weshalb hätten die Cops drüben im Westen Ken unter die Lupe nehmen sollen, wenn es keine Leiche und nicht den geringsten Hinweis auf eine Gewalttat gab? Denn schließlich war José nichts anderes als ein wegen Drogendelikten vorbestrafter Versager, der wahrscheinlich einfach abgehauen war.«

»Trotzdem hätten sie sich diesen Aldo doch wahrscheinlich ein bisschen genauer angesehen, oder nicht?« Roarke nahm ihr ihren Kaffeebecher aus der Hand und hob ihn an seinen Mund. »Macht ihr das nicht immer so? Habt ihr nicht immer den Ehemann oder die Ehefrau als Erstes unter Verdacht?«

»Im Normalfall, ja. Sie haben ihn wahrscheinlich überprüft und kurz verhört. Aber er war clever, vor allem war es schlau, dass er extra mit ihm in Vegas war und wahrscheinlich dafür gesorgt hat, dass man sie zusammen sieht. Weil der Ort schließlich für Glücksspiel und für Sex berüchtigt ist. Vielleicht hat er Ortega dazu überredet, ein paar hohe Einsätze zu wagen. Ob er gewinnt oder verliert, war dabei vollkommen egal. Weil Geld, egal, ob man gewinnt oder verliert, immer ein Motiv zum Abhauen ist. Er hat seine Sache sicher gut gemacht. Hat möglicherweise eingeräumt, dass sie sich nicht immer gut verstanden haben, dass es kleinere Probleme zwischen ihnen gab. Aber trotzdem würden sie sich lieben, er würde sich fürchterliche Sorgen machen, seit José verschwunden ist, und wollte einfach wissen, ob mit ihm alles in Ordnung ist. Dafür hat er bestimmt ein Fundament gelegt. Denn wenn die Kollegen dort nicht völlige Idioten waren, haben sie sich bei Leuten erkundigt, die die beiden kannten, um zu erfahren, ob die Erzählung stimmt.«

»Dafür muss man nur die richtigen Leute kennen und wissen, wie viel sie kosten.«

»Wahrscheinlich hast du recht. Drüben in Vegas ist es früher als hier, oder? Das heißt, dass diese blöde Zeitverschiebung mir zur Abwechslung einmal gelegen kommt, weil ich die Kollegen dort jetzt gleich anrufen kann.«

»Und was ist mit dem Killer deines Killers?«

»Den vergesse ich ganz sicher nicht. Jetzt kann ich mehr Druck auf Penny ausüben. Denn sie weiß über das alles Bescheid. Er hat ihr sicher sämtliche Details erzählt. Und falls sie an seiner Ermordung beteiligt war – was sie auf alle Fälle war –, hat sie auch gewusst, wie an das Geld heranzukommen ist. Denn sie hätte nie im Leben all diese Millionen aufgegeben, nur um Lino los zu sein. Vielmehr hat sie geholfen ihn umzubringen, damit sie all das Geld für sich alleine kriegt. Wie gesagt, ich brauche den Namen dieses Anwalts«, wiederholte Eve.

»Ich suche ihn dir raus.« Er ging in sein eigenes Büro, drehte sich aber in der Tür noch einmal um. »Diese Torte hat erstaunlich viel gebracht, Lieutenant.«

Grinsend trat sie an ihr Link. »Ist schließlich auch eine Wahnsinnstorte, oder etwa nicht?«

Sie las die Vermisstenmeldung und die Aussagen der zu dem Fall vernommenen Personen, als sie ohne große

Überraschung auf den Namen Chávez stieß. Ein gewisser Steve Jorge Chávez, angeblich ein langjähriger Freund des als vermisst gemeldeten José Ortega, war nach seiner Aussage in Vegas, weil er von Ortega dorthin eingeladen worden war.

»Chávez, damals zweiter Boss von den Soldados, hat Linos Behauptungen im Fall Ortega untermauert«, sagte Eve zu Roarke. »Als Ken Aldo war er in Baja geboren, hatte seine Kindheit in Kalifornien und New Mexico verbracht, und deshalb gab es keinen Grund zu überprüfen, ob es eine Verbindung zwischen ihm und Chávez gab. Chávez hat den Cops erzählt, Ortega hätte ihm eines Abends anvertraut, er fühle sich von seiner Ehe und seiner Verantwortung für die Immobilien im Osten regelrecht erdrückt und würde sich wünschen, er könnte einfach ›verschwinden‹ und niemand wollte mehr etwas von ihm.«

»Da hat er aber ganz schön dick aufgetragen«, meinte Roarke.

»Ja, aber sie haben ihm diese Geschichte abgekauft. Sie hatten schließlich keinen Grund, das nicht zu tun. Und auch die hohen Einsätze am Spieltisch haben sich gelohnt. Zwei Tage, bevor er vermisst gemeldet wurde, hatte Ortega mehrere Hunderttausend beim Blackjack kassiert.«

»Was man je nach Blickwinkel als Glück oder als Pech bezeichnen kann.«

»Ja, das könnte der Auslöser dafür gewesen sein, dass Lino ihn verschwinden lassen hat.«

»Auf jeden Fall war es genug, um sich ein neues Gesicht zu kaufen«, überlegte Roarke, während er auf all die Bilder an der Tafel sah.

»Diese Kohle hat er auch gebraucht, weil er schließlich niemanden beerben konnte, von dem in Ermangelung der

Leiche erst mal ausgegangen wurde, dass er noch gesund und munter ist.«

Roarke blickte auf Eve. Jetzt war sie völlig in ihrem Element, erkannte er. Das Adrenalin und der Kaffee hielten sie bestimmt noch mindestens die halbe Nacht in Schwung. »Kurz nach seiner Aussage verschwindet Chávez von der Bildfläche.«

»Und Flores auch. Hör dir das mal an. In ihrem Bericht vermerken die Kollegen, dass Aldo derart fertig war, dass er sie gefragt hat, ob er vielleicht mit einem Priester sprechen kann.«

»Und rein zufällig war Flores gerade da.«

»Ich glaube, er war in seinem Sabbatjahr einfach zur falschen Zeit am falschen Ort. Ich glaube, wenn Lino eine Masche durchgezogen hat, hat er jedes Detail bedacht. Als er am nächsten Morgen wieder bei der Polizei erschien, um zu fragen, ob es irgendwelche Neuigkeiten gab, hatte er Flores dabei. Laut Bericht hat er sich als Miguel Flores ausgewiesen und wurde von Aldo als Pater angesprochen. Einer der Kollegen dort hat Flores überprüft und sich erkundigt, ob er tatsächlich ein echter Pater war. Aldo tauchte noch zweimal mit Flores auf der Wache auf, dann sagte er, er hätte die Absicht, nach Hause, das heißt nach Taos, zurückzukehren, und ließ eine Kontaktadresse dort zurück. In den folgenden drei Monaten rief er jede Woche und danach noch beinahe ein Jahr lang einmal jeden Monat an. Bis er es schließlich aufgegeben hat.«

Sie lehnte sich auf ihrem Stuhl zurück. »Ich denke, wir grenzen unsere Suche nach den Überresten unseres Paters auf Nevada ein. In der Gegend von Las Vegas gibt es jede Menge Wüste, also jede Menge Orte, an denen man eine oder zwei Leichen begraben kann. Wir werden uns vor allem auf die Gegend zwischen Vegas und Taos konzentrieren, denn wenn Lino Flores überredet hat, ihn zu begleiten, hat er sich bestimmt an die Route gehalten, die er bei meinen Kollegen angegeben hat.«

»Du wirst diesen Fall erst gedanklich abschließen können, wenn du Flores oder seine Überreste gefunden hast.«

Sie brauchte nicht die Fotos an der Tafel anzublicken, um Flores' Gesicht vor sich zu sehen. »Peabody meint, bei Fällen wie diesem würde sie sich wünschen, dass die Schurken einfach ganz normale Schurken sind. Und ich habe geantwortet, von denen liefen immer jede Menge herum. Jemand wie Flores hat niemals irgendwem auch nur ein Haar gekrümmt. Das Universum hat ihm einen fürchterlichen Schlag versetzt, als irgendwelche Schweine seine Familie ermordet haben, trotzdem hat er niemals jemand anderem irgendwas getan. Tatsächlich hat er sogar versucht, ein Leben zu führen, in dem er nur Gutes bewirkt.«

»Meistens sind es die unschuldigen Menschen, die in die Schusslinie geraten«, meinte Roarke.

»Ja, und dieser wollte nur seinen Lebensweg überprüfen. Oder vielleicht auch seinen Glauben. So wirkt es auf jeden Fall auf mich. Und jemand hat ihm das Leben genommen, weil er sich bemüht hat, einem Menschen beizustehen, von dem er dachte, er wäre in Not.« Nein, sie brauchte ganz bestimmt kein Bild von diesem Mann. »Ich muss herausfinden, wer Lino Martinez ermordet hat. Denn das ist mein Job. Dagegen hat Flores es verdient, dass jemand für ihn eintritt. Er hat es eindeutig verdient. Aber wie dem auch sei.« Sie blickte auf den Memowürfel, mit dem Roarke aus seinem Büro gekommen war. »Ist das der Anwalt?«

»Ja.«

Sie griff nach dem Würfel und nach ihrem Link.

»Eve, jetzt bist du in derselben Zeitzone wie er, und es ist kurz vor Mitternacht.«

Lächelnd gab sie zu: »Es verschafft mir eine kleinliche Befriedigung, wenn ich einen Anwalt wecken kann. Es ist falsch, aber ich kann nichts dagegen tun.«

20

Obwohl der Anwalt die nächtliche Störung nicht zu schätzen wusste, war sein Interesse schon nach kurzer Zeit geweckt.

»Mr Aldo und ich haben regelmäßig Kontakt, seit Mr Ortega verschwunden ist.«

»Sie haben Mr Aldo also kennengelernt.«

»Nicht persönlich, nein. Meistens korrespondieren wir per E-Mail«, klärte er sie auf. »Er lebt in New Mexico, hat einen zweiten Wohnsitz in Cancún, ist aber häufig unterwegs.«

»Davon bin ich überzeugt. Mr Ortega gehören eine Reihe von Geschäftsgebäuden, vermieteten Häusern und sein eigener Wohnsitz in New York. Wer ist für all das zuständig?«

»Ich wüsste nicht, was das für eine Rolle spielt oder weshalb Sie mich deshalb um diese Uhrzeit stören.«

»Auch wenn nicht mehr aktiv zu Mr Ortegas Verschwinden ermittelt wird, wurde der Fall bisher nicht abgeschlossen. Als sein Ehemann und einziger Begünstigter des Testaments wird Mr Aldo eine fette Summe erben, falls man Mr Ortega eines Tages offiziell für tot erklärt. Haben Sie sich noch nie gefragt, ob das alles seine Ordnung hat, Mr Feinburg?«, fragte Eve.

Es war bestimmt nicht leicht, mit einer vom Schlaf zerdrückten Wange arrogant zu wirken, aber Feinburg ließ nichts unversucht. »Mr Aldo hat sämtliche Aspekte dieser Angelegenheit rechtlich einwandfrei geklärt.«

»Ich habe Beweise dafür, dass Ken Aldo nur ein Aliasname ist, und zwar eines gewissen Lino Martinez, eines Gewaltverbrechers, den ich in Verdacht habe, dass er Ihren ehemaligen Klienten erst hereingelegt und sich dann seiner entledigt hat. Ich kann und werde noch innerhalb der nächsten Stunde die richterliche Erlaubnis einholen, Ortegas Finanzen durchzugehen, aber Sie können auch einfach meine Fragen beantworten und dann wieder schlafen gehen.«

»Sie erwarten doch nicht ernsthaft, dass ich glaube ...«

»Und da Lino Martinez momentan bei uns im Leichenschauhaus liegt, glaube ich nicht, dass Sie in dieser Angelegenheit noch einen lebenden Mandanten haben. Also, soll ich einen Richter wecken oder nicht?«

Feinburg blinzelte wie eine Eule, der plötzlich die Sonne direkt in die Augen schien. »Ich bräuchte einen Nachweis, dass ...«

»Lassen Sie mich Ihnen eine Frage stellen«, folge Eve erneut ihrem Instinkt. »Hat Aldo Sie in letzter Zeit, sagen wir in den letzten Wochen, kontaktiert und Sie darüber informiert, dass er eine Erbin hat, die er als seine rechtmäßige Partnerin mit einer Generalvollmacht für sämtliche Geschäfte ausstatten will?«

Es folgte ein Augenblick der Stille. »Warum fragen Sie mich das?«

»Weil ich glaube, dass der Betrüger selbst betrogen worden ist. Ihr Mandant ist tot, Feinburg, und seine Mörderin wird weiter unter seinem oder irgendeinem anderen selbst gewählten Namen mit Ihnen korrespondieren. Sagen Sie einfach ja oder nein: Die Einnahmen aus Ortegas Immobilien fließen auf ein Treuhandkonto oder in einen

Treuhandfonds und werden, sobald Ortega Ende nächsten Jahres offiziell für tot erklärt wird, an Aldo gehen.«

»So läuft es normalerweise, ja.«

»Wann haben Sie zum letzten Mal von Aldo gehört?«

»Vor ungefähr sechs Wochen. Allerdings habe ich erst gestern von seiner ... neuen Partnerin gehört. Sie hat mir erklärt, dass Mr Aldo mehrere Monate verreisen will.«

»Ich kann Ihnen praktisch garantieren, dass ihn diese Reise in die Hölle führen wird.«

»Lieutenant.« Feinburg rutschte vor dem Bildschirm hin und her und zerrte an dem Morgenrock, den er eilig angezogen hatte, als er an den Apparat gekommen war. »Sie zeichnen da ein äußerst beunruhigendes Bild.«

»Finden Sie?«

»Aber zum jetzigen Zeitpunkt bin ich an meine anwaltliche Schweigepflicht gebunden, weshalb ich Ihnen keine Informationen geben kann.«

»Wir finden sicher eine Möglichkeit. Eins können Sie jetzt schon tun. Korrespondieren Sie mit Ihrer Mandantin nicht, nehmen Sie keinen Kontakt zu ihr auf, bis ich Ihnen die Erlaubnis dazu gebe, ja? Falls die Frau, die behauptet, Aldos Partnerin zu sein, sich bei Ihnen meldet, antworten Sie nicht, sondern melden sich stattdessen bei mir. Ich glaube nicht, dass sie Sie jetzt schon kontaktieren wird, aber – glauben Sie mir – ich werde einen Weg finden, Sie wegen Behinderung polizeilicher Ermittlungen und Strafvereitelung dranzukriegen, wenn Sie meiner Verdächtigen auch nur den allerkleinsten Hinweis darauf geben, dass sie auf meinem Radar erschienen ist. Verstanden?«

Statt arrogant wirkte der Mann mit einem Mal zutiefst betrübt. »Um Gottes willen, ich bin Fachanwalt für Immobilien und Steuerrecht. Ich habe nichts getan, weswegen mich die Polizei bedrohen muss.«

»Gut. Sorgen Sie dafür, dass es so bleibt. Ich werde mich wieder bei Ihnen melden.«

Damit legte sie auf und runzelte die Stirn, als sie plötzlich eine Schüssel vor sich stehen sah. »Was ist denn das?«

»Etwas zu essen. Falls du dich erinnerst, gab es Torte zum Abendbrot. Und da es nicht so wirkt, als ob du gleich Feierabend machen wolltest, essen wir jetzt erst mal was Vernünftiges.«

Sie schnupperte argwöhnisch. Sie würde ein Monatsgehalt darauf verwetten, dass unter der Oberfläche ihrer Suppe irgendwelches Gemüse schwamm, aber trotzdem roch sie wirklich gut. »Okay. Danke. Du brauchst nicht mit mir aufzubleiben.«

»Nicht mal mit einem Dermalaser würdest du mich jetzt loskriegen.« Er nahm ihr gegenüber Platz und tauchte einen Löffel in seine eigene Schüssel ein. »Glaubst du, dass Lino sein Unglück dadurch heraufbeschworen hat, dass er Penny zu seiner Partnerin und Erbin gemacht hat?«

Eve fing an zu essen. Natürlich hatte sie mit dem Gemüse recht gehabt. »Glaubst du das?«

»Du hast gesagt, er hätte sie geliebt. Liebe macht die Menschen blind und oft zu hoffnungslosen Narren. Also ja. Sie hat ihn dazu gebracht, sie in alles einzuweihen, indem sie ihm Sex geboten hat – der die Menschen noch häufiger als Liebe zu verdammten Narren macht. Er hat ihr also wahrscheinlich sämtliche Einzelheiten seines Plans erzählt. Vielleicht bei jedem Treffen nur ein bisschen, aber innerhalb der ganzen Zeit – immerhin fünf Jahre – hat er sicher seine Karten offen vor ihr auf den Tisch gelegt. Wie schlau ist sie?«

Meiner Meinung nach nicht allzu schlau. Dafür aber hitzköpfig. Aber Lino war wirklich gewitzt. Und alles, was sie machen musste, war, auf den Zug aufzuspringen, der von ihm ins Rollen gebracht worden war. Er wäre da-

435

mit durchgekommen«, fügte sie hinzu. »In ein paar Monaten hätten die ganzen Immobilien und die ganze Kohle rechtmäßig Aldo gehört. Dann hätte Aldo an Martinez verkauft, Martinez hätte sich sein altes Gesicht zurückgeholt und wäre als reiche, wichtige Person zurückgekehrt. Ja, er wäre schlau genug gewesen, um die Sache bis zum Ende durchzuziehen, nur dass eben Penny Soto seine Athletenferse war.«

»Achilles«, korrigierte Roarke, brach ab und wollte von ihr wissen: »Machst du das eigentlich mit Absicht? Dass du die Dinge falsch benennst?«

»Vielleicht. Manchmal. Aber wie dem auch sei, weiß sie ganz genau, was mit Flores geschehen ist.«

Roarke lächelte sie an. »Was wirst du ihr für diese Information anbieten?«

»Gar nichts. Weil ich das einfach nicht kann. Sie wird mir trotzdem erzählen, was aus ihm geworden ist.« Sie löffelte weiter ihre Suppe. Das Gemüse war gar nicht so schlimm, wenn es inmitten von Nudeln in einer dicken, aromatischen Brühe schwamm. »Ja, er hat ihr bestimmt alles erzählt. Hat mit ihr im Bett geflüstert, vor ihr angegeben und den tollen Kerl herausgekehrt. Sie hat sich bestimmt gefragt, wofür sie ihn noch braucht, wenn sie auch alles für sich alleine haben kann. Weil sie schließlich fast genauso lange wie er gewartet hat. Weshalb also sollte sie alles mit diesem Loser teilen?«

»Der sie immerhin schon einmal verlassen hat«, bemerkte Roarke. »Was also sollte ihn daran hindern, sie noch einmal abzuservieren, wenn er erst jede Menge Kohle hatte. Deshalb serviert sie ihn einfach vorher ab. Und zwar ein für alle Mal.«

»Könnte hinhauen. Aber vorher bringt sie ihn dazu, sie an der Sache zu beteiligen. – Wenn du mich lieben würdest, würdest du mich respektieren. Wenn du mich lieben würdest, wäre ich deine Partnerin. Wenn du mich lieben würdest, würdest du dafür sorgen, dass es mir in Zukunft nie an etwas fehlt. Vertraust du mir nicht, Lino, liebst du mich nicht? – und das alles wahrscheinlich, während sie ihm einen geblasen hat.« Eve fuchtelte mit ihrem Löffel vor Roarkes Gesicht herum. »Warum denken Männer nur so oft mit ihrem Schwanz?«

»Ich kann meinen Schwanz durchaus benutzen, ohne dass ich mit ihm denke.«

Eve schob sich den nächsten Löffel Suppe in den Mund und sah ihn grinsend an. »Wenn ich jetzt vor dir auf die Knie gehen würde, würdest du mir alles geben, was ich haben will.«

»Probier es doch mal aus.«

Jetzt fing sie an zu lachen. »Du hoffst doch nur auf einen Blowjob, obwohl ich bei der Arbeit bin.«

Wortlos zog er sein Notebook aus der Tasche, tippte etwas darin ein und verzog den Mund zu einem Lächeln, als er ihre fragende Miene sah. »Ich habe mir nur eine Notiz gemacht, dass du mir zum Beweis für deine Theorie einen Blowjob schuldig bist.«

Amüsiert aß sie die Suppe auf. »In Ordnung, wenn du bleiben willst, besteht der nächste Arbeitsschritt darin, die Familien und engen Freunde der Toten und Verletzten der beiden Bombenattentate von 43 unter die Lupe zu nehmen. Meiner Meinung nach hat Lino hinter beiden Anschlägen gesteckt. Und wegen der ›Auge um Auge, Zahn um Zahn‹-Theorie fange ich mit dem zweiten Anschlag an.«

»Weil wahrscheinlich niemand einen Grund gehabt hätte zu denken, dass Martinez hinter der ersten Bombe steckt, die schließlich in seinem eigenen Territorium hochgegangen ist.«

»Wohingegen die Leute bei der zweiten wussten oder zumindest vermuteten, er hätte was damit zu tun. Schließlich hatte er selbst dieses Gerücht gestreut. Außerdem hatte das einzige Todesopfer bei der ersten Explosion keine engen Freunde oder Verwandten, die noch hier im Viertel leben, weil seine Familie drei Jahre nach dem Attentat nach Barcelona umgezogen ist.«

»Dann siehst du dir also zuerst die Verwandten der Toten von dem zweiten Anschlag an, weil der Tod mehr Gewicht als eine Verletzung hat.«

»Stell dir vor, dein Kind, Bruder, Vater, bester Freund oder was auch immer wurde vor siebzehn Jahren verletzt und plötzlich hast du eine Chance, dich dafür zu rächen, indem du den Täter ebenfalls verletzt. Dann würdest du ihn vielleicht bloßstellen oder so. Aber der Tod ist etwas Endgültiges, weshalb die Bezahlung dafür ebenfalls endgültig sein muss.«

»Genau. Wobei die Wirkung der Gesetze häufig nur vorübergehend ist.«

Ihr war klar, er dachte wieder an Marlena und daran, wie er gegen die Täter vorgegangen war, denn er sah sie völlig reglos an.

»Wenn ich einfach fortgesehen hätte, wenn ich die Kerle, die ein unschuldiges Mädchen gefoltert, vergewaltigt und ermordet hatten, nicht hätte bezahlen lassen, wäre Jenny noch am Leben. Solche Taten ziehen Kreise, aber man weiß nie, wie groß die Kreise werden oder in welche Richtung sie sich ausdehnen.«

»Manchmal helfen die Gesetze nur vorübergehend, und manchmal dehnen sich die Kreise, selbst wenn die Gesetze greifen, entweder zu weit oder in die falsche Richtung aus. Aber ohne die Gesetze, tja, ohne die Gesetze würden wir früher oder später alle untergehen.«

»Einige von uns sind hervorragende Schwimmer. Obwohl ich an die Gesetze, seit ich ihnen täglich in Gestalt von dir begegne, stärker glaube als je zuvor.« Er tastete in seiner Tasche nach dem grauen Knopf, der an dem Tag, als er sie zum ersten Mal gesehen hatte, von der Jacke ihres Hosenanzugs abgefallen war. Damals hatte sie ihn als Verdächtigen in einem Mordfall angesehen. »Um das nie zu vergessen, habe ich immer meinen Talisman dabei.«

Es verblüffte – und erfreute – sie noch immer, dass er diesen Knopf stets bei sich trug. »Was ist überhaupt mit dem Anzug passiert?«

Seine Augen blitzten amüsiert. »Er war einfach schrecklich und hat das Schicksal erlitten, das er verdient hat. Das hier«, er zeigte ihr noch einmal den Knopf, »war das Beste an dem ganzen Ding.«

Wahrscheinlich hatte er recht. »Tja, die Pause ist vorbei«, erklärte sie. »Computer, ich brauche die Liste der Todesopfer des Bombenattentats in der 119. Straße Ost, die in Detective Stubens Akte ist.«

EINEN AUGENBLICK …

»Es gab sicher auch noch andere Todesopfer dieses Bandenkriegs«, sinnierte Roarke. »Während dein Opfer der Anführer einer der Gangs und somit verantwortlich für alles war.«

»Daran habe ich auch schon gedacht. Stuben wird mir die Informationen bis morgen schicken. Wenn ich hier nichts finde, dehne ich meine Suche auf die anderen Todesopfer aus.«

AUFGABE ERLEDIGT.

»Daten auf Bildschirm eins. Fünf Tote«, meinte Eve. »Und ein so schwer Verletzter, dass ich ihn mir auch ansehen muss. Der Typ hat damals einen Arm verloren. Drei der Todesopfer waren Mitglieder der Skulls. Von den anderen beiden war einer der Leiter und der andere ein Angestellter der Sandwich-Bar. Abgesehen von dem Restaurantleiter war keins der Opfer volljährig.«

»Dann haben wir es also mit vier toten Kids zu tun.«

»So sieht es aus. Nun, zwei der Gangmitglieder hatten nach Stubens Akte schon gesessen, waren einmal wegen des Verdachts auf schwere Körperverletzung festgenommen und wieder entlassen worden, als die Zeugen sie nicht einwandfrei identifizieren konnten, und sollen am Totschlag eines Soldados beteiligt gewesen sein.«

»Waren eben echte Jungs.«

»Echte Dreckskerle«, korrigierte Eve. »Und der Restaurantleiter ... Computer, ich brauche die Daten des erwachsenen Opfers. Kobie Smith, ein paar kleinere Delikte als Teenager, aber eingefahren ist er nie. War seit drei Jahren in dem Laden angestellt, davon seit sechs Monaten als Chef. Hinterließ eine Frau und ein damals zweijähriges Kind. Das müsste inzwischen um die zwanzig sein. Für mein Gefühl und für Miras Profil zu jung, um als Täter in Frage zu kommen, aber wir sehen es uns trotzdem einmal an.« Sie rief auch diese Daten auf dem Bildschirm auf.

»Aber hallo«, meinte Roarke, als er die Informationen überflog. »Geht auf die Polizeiakademie in Orlando, Florida. Wenn ich eine Vermutung äußern darf, kam der Vater durch eine Gewalttat um und der Sohn macht eine Ausbildung zum Polizisten. Weil er anderen Menschen dienen und sie schützen will.«

Eve runzelte nachdenklich die Stirn. »Keine Vorstrafen. Zwei Halbgeschwister. Die Mutter hat noch einmal geheiratet. Aha. Und zwar einen Cop, nachdem sie drei Jahre nach dem Tod ihres ersten Ehemanns nach Florida übergesiedelt ist. Ich kann mir nicht vorstellen, dass Penny sie dort aufgespürt und derart aufgewiegelt hat, dass sie zurückgekommen ist und Lino vergiftet hat. Aber das Opfer hatte auch Eltern und zwei Brüder.«

Sie ging deren Daten durch und dachte kurz darüber nach. Die Eltern waren geschieden. Die Mutter lebte in Philadelphia, der Vater und ein Bruder in der Bronx, während der zweite Bruder nach Trenton gezogen war. »Keiner von der Familie ist in der Gegend geblieben. Aber unser Täter ist ganz sicher irgendwer, der immer noch hier lebt.«

»Das ist sehr wahrscheinlich, aber trotzdem könnte deine böse Penny ...«

»Haha.«

»Trotzdem könnte deine böse Penny sich ja auch woanders jemanden gesucht haben, damit man sie mit dieser anderen Person gar nicht erst in Verbindung bringt. Ich an ihrer Stelle hätte das getan.«

»Aber sie ist nicht so schlau wie du.«

»Nun, das sind Milliarden Menschen nicht, aber es wäre eine gute Strategie, und sie hatte jede Menge Zeit, um sich zu überlegen, wie sie es anstellen will.«

»Ja. Verdammt. Ich sehe mich schon in die Bronx, nach Trenton und wahrscheinlich sogar noch nach Philadelphia fahren, weil Lino schließlich mit Gift, das heißt mit einer typischen Frauenwaffe, ermordet worden ist. Und sieh dir das mal an: Die Mutter hat nicht mehr geheiratet und arbeitet als MTA in einer Reha-Klinik, wo sie sicher mühelos an jede Art von Gift gelangen kann.«

»Sie hat nicht nur einen Sohn, sondern auch noch einen Enkelsohn verloren, weil die verwitwete Mutter das Kind mit nach Orlando genommen und wieder geheiratet hat. Wobei sich vielleicht alle weiter um Kontakt bemüht haben.«

»Vielleicht aber auch nicht.« Eve stieß einen Seufzer aus. »Okay, ich setze Emmelee Smith ganz oben auf die Liste. Vielleicht kriege ich ja die Erlaubnis, ihre Computer und Links daraufhin zu überprüfen, ob sie in den letzten Wochen in New York gewesen ist.« Sie riss den Mund zu einem Gähnen auf. »Ich brauche noch einen Kaffee.«

»Du brauchst ein bisschen Schlaf.«

Kopfschüttelnd stand sie auf. »Ich will nur noch schnell die anderen durchgehen, denn dann kann ich gleich morgen früh damit beginnen, mir diejenigen genauer anzusehen, bei denen mir was komisch vorgekommen ist.«

Sie ging in ihre kleine Küche und kam einen Moment später mit zwei gefüllten Bechern für sich und Roarke zurück.

»Ich habe hier die Daten des getöteten Angestellten«, meinte Roarke, als sie wieder hinter ihren Schreibtisch trat. »Er war gerade einmal sechzehn Jahre alt.«

»Quinto Turner. Quinto. Scheint ein spanischer Name zu sein. Mutter Juanita Rodriguez Turner. Hm. Vater Joseph Turner. Er war halb Mexikaner und halb schwarz, passte also weder von seiner Hautfarbe noch geographisch in eine der Gangs. Keine Geschwister. Vater tot. Sieh dir das mal an. Er hat sich am ersten Todestag des Sohns erhängt.«

»Dann hat die arme Frau zwei Menschen verloren, die ihr wichtig waren.«

»Computer, sämtliche Daten von Juanita Rodriguez Turner auf den Wandbildschirm.«

»Sie lebt nur drei Blocks von der Kirche entfernt«, bemerkte Roarke.

»Warte. Einen Augenblick. Die habe ich schon mal gesehen. Computer, ich brauche eine fünfundzwanzigprozentige Vergrößerung des Passfotos. Ich habe sie schon mal gesehen«, wiederholte sie. »Aber wo? Ganz kurz, nur ... verdammt, verdammt, das Jugendzentrum. Sie arbeitet im Jugendzentrum. Als Krankenschwester und mit den Grundschülern. Sie war also nicht sauer oder wütend, sondern ganz einfach nervös. Deshalb hat sie mir die ganze Zeit den Rücken zugewandt. Magda hat sie nicht Juanita genannt, aber ich bin mir trotzdem sicher, dass sie's ist. Nita«, fiel Eve wieder ein. »Sie hat Nita zu ihr gesagt.«

»Sie hat ihn während der vergangenen fünf Jahre praktisch jeden Tag gesehen. Wahrscheinlich hat sie mit ihm zusammengearbeitet, mit ihm gescherzt, ihm mit den Kindern geholfen und bei ihm gebeichtet, während er derjenige war, der ihren Sohn getötet hatte, wodurch ihr Mann in den Selbstmord getrieben worden war. In allen diesen Jahren hat sie ihm Respekt gezollt, weil er schließlich ein Priester war. Und dann findet sie plötzlich heraus, wer und was der Kerl in Wahrheit ist.«

»Was höre ich da?«, fragte sich Roarke. »Ja, genau, das Surren der Drähte in deinem Gehirn.«

»Anscheinend bleiben mir die Fahrten nach Trenton und so weiter erspart«, gab sie zurück. »Immer, wenn sie in die Kirche ging, kam sie an der Bodega vorbei, in der Penny arbeitet. Und ich gehe jede Wette ein, dass sie fast ihr Leben lang in diese Kirche ging. Eine der wahrhaft Gläubigen«, murmelte sie. »Aber für Penny nur eine Schachfigur, ein Mittel zum Zweck. Und jetzt muss ich diese Frau verhören und dazu bringen, dass sie die Tat gesteht. Und wenn sie das tut, landet sie dafür im Kahn.«

»Manchmal ist das menschliche Gesetz etwas, was nur

vorübergehend wirkt«, rief Roarke ihr in Erinnerung. »Und manchmal steht es der echten Gerechtigkeit im Weg.«

Eve schüttelte den Kopf. »Sie hat einen Menschen umgebracht. Vielleicht einen schlechten Menschen, aber trotzdem hatte sie ganz einfach nicht das Recht, so etwas zu tun.« Sie wandte sich ihm zu. »Die Cops haben nichts gegen die Mörder von Marlena unternommen, denn es waren schlechte Cops in einer schlimmen Zeit. Aber diese Frau hätte mit dem, was sie erfahren hat, zu uns kommen können, dann hätte Detective Stuben alles Erforderliche unternommen, damit der Kerl für seine Tat bezahlt. Weil ihm die Opfer wichtig waren und es noch immer sind. Ein Teil von ihm ist heute noch mit diesem Fall beschäftigt, und er hat weder die Opfer des Bombenattentats noch deren Familien je vergessen.«

»Wie viele Cops sind so wie er?«

»Leider nie genug. Aber ganz egal, was für ein Schwein Lino Martinez auch war, muss sie sich für diesen Mord verantworten. Für den Mord an Jimmy Jay Jenkins nicht, obwohl auch er deshalb gestorben ist. Denn erst ihre Tat hat seinen Mörder auf diese Idee gebracht. Sie hat … den Kiesel ins Wasser fallen lassen, der dann Kreise gezogen hat«, kam sie auf ihren vorherigen Vergleich zurück. »Wir wissen einfach nie, welche Richtung diese Kreise nehmen, deshalb muss irgendwer versuchen zu verhindern, dass sie sich immer weiter ausdehnen.«

»Er war gerade einmal sechzehn Jahre alt.« Er holte das Foto des jungen, frischgesichtigen, kläräugigen Jungen auf den Bildschirm zurück. »Die Grenze ist für mich nie so eindeutig wie für dich. Wie geht es jetzt weiter?«, fragte er.

»Jetzt rufe ich Peabody an, bestelle sie für morgen früh

hierher und hole mit ihr zusammen Juanita Turner zur Vernehmung aufs Revier. Ich rufe ihre Mailbox an«, erklärte sie, als sie seine skeptische Miene sah.

»Und dann?«

»Dann gehen wir ins Bett.« Sie blickte noch einmal auf den Monitor. »Sie läuft mir schließlich nicht weg.«

In ihren Träumen sah sie Bilder eines Jungen, dem sie nie begegnet und der nur deswegen gestorben war, weil er zur falschen Zeit am falschen Ort gewesen war. Das junge, frische Gesicht war blutüberströmt und die zuvor so klaren Augen waren trüb und tot.

Sie hörte, wie seine Mutter über seinem Leichnam schluchzte. Und die Totenklage dieser Frau hallte endlos in ihr nach.

Dann tauchte plötzlich Marlena – blutig, geschunden, gebrochen wie auf dem Hologramm, das Roarke ihr einmal gezeigt hatte – neben dem zerstörten Leib des toten Jungen auf.

»Wir waren beide so jung«, erklärte sie. »Wir hatten unser Leben gerade erst begonnen. Wir waren noch so jung, als man uns benutzt, zerstört und weggeworfen hat.«

Sie streckte eine Hand nach Quinto Turner aus, und während sich sein Blut über den Kirchenboden ergoss, ergriff er diese Hand und stand vorsichtig auf.

»Ich werde ihn jetzt mitnehmen«, wandte Marlena sich an Eve. »Für die Unschuldigen gibt es nämlich einen ganz besonderen Ort. Dort bringe ich ihn hin. Was hätte sie denn tun sollen?« Sie wies auf die trauernde Mutter, deren Hände voll mit dem Blut ihres Sohnes waren. »Können Sie es verhindern? Können Sie all das verhindern? Sie konnten doch nicht einmal verhindern, was mit Ihnen selbst geschehen ist.«

»Ich kann nicht alles verhindern. Aber auch Mord verhindert diese Dinge nicht. Mord ist keine Lösung.«

»Sie war seine Mutter. Sie hat es als Lösung angesehen.«

»Kein Mord wird durch einen neuen Mord geklärt. Dadurch wird das Leid nur endlos fortgesetzt.«

»Und was ist mit uns? Was ist mit mir? Niemand ist für mich eingetreten. Niemand außer Roarke.«

»Trotzdem war es keine Lösung. Er muss jetzt damit leben.«

»Genau wie Sie. Und jetzt verlängern Sie Juanitas Leid, weil es das Gesetz verlangt. Damit müssen Sie leben.« Marlena hielt Quinto noch immer bei der Hand und führte ihn sanft aus dem Raum.

Eve starrte auf die Blutlachen am Boden, starrte auf die Kreise, die sie zogen …

… und sah hilflos mit an, wie sie sich immer weiter ausdehnten.

Beim Aufwachen war sie gereizt. Sie verspürte nicht dieselbe Energie wie sonst, wenn sie kurz vor dem Abschluss eines Falles stand. Inzwischen hatte sie die Antworten auf beinahe alle Fragen, sah das Muster deutlich vor sich, wusste und akzeptierte, was sie machen müsste.

Doch die wenigen Stunden unruhigen Schlafs und das Wissen, was ihr bevorstand, hatten ihr dumpfe Kopfschmerzen beschert.

»Nimm eine Tablette«, meinte Roarke. »Ich sehe, dass du Kopfweh hast.«

»Hast du etwa inzwischen einen Röntgenblick entwickelt, Super-Roarke?«

»Du brauchst gar nicht zu versuchen, einen Streit mit mir vom Zaun zu brechen.« Er stand auf und ging in Richtung Bad. »Denn ich gehe ganz bestimmt nicht da-

rauf ein. Schließlich geht es dir auch so schon schlecht
genug.«

»Ich will keine verdammte Tablette«, maulte sie.

Er kam mit einer Pille aus dem Bad zurück und baute
sich damit vor ihr auf, während sie sich ihr Waffenhalfter über die Schulter schob. »Entweder du nimmst sie
freiwillig, oder ich zwinge dich dazu.«

»Hör zu, lass mich in Ruhe oder ...«

Er legte ihr eine Hand hinter den Kopf und sie machte sich darauf gefasst, dass er versuchen würde, ihr die
Pille mit Gewalt in den Mund zu schieben. Was ihr gar
nicht ungelegen käme, denn dann könnte sie sich doch
noch mit ihm streiten, und der Streit lenkte sie vielleicht
von dem Unbehagen ab, das sie seit dem Aufstehen empfand.

Dann aber gab er ihr plötzlich einen sanften Kuss.

Sie ließ die Hände, die sie kampfbereit gehoben hatte,
wieder sinken, denn die Zärtlichkeit des Kusses brachte
sie völlig aus dem Konzept.

»Verdammt«, entfuhr es ihr, als er mit den Lippen über
ihre Wange glitt.

»Du hast kaum geschlafen.«

»Ich bin okay. Am besten schließe ich den Fall so schnell
wie möglich ab, dann habe ich es hinter mir.«

»Nimm die Tablette, ja?«

»Manchmal kannst du wirklich nerven.« Trotzdem
nahm sie ihm die Pille ab und schluckte sie. »Ich kann
nicht einfach so tun, als wüsste ich es nicht. Ich kann sie
nicht einfach einen Mord begehen lassen und wegsehen.«

»Nein. Das kannst du nicht.«

»Und selbst wenn ich es könnte, selbst wenn ich es
schaffen würde, irgendwie damit zu leben, selbst wenn
ich sie laufen lassen würde, würde ich dadurch auch

Penny Soto laufen lassen. Und das kann ich beim besten Willen nicht.«

»Eve.« Er massierte ihre harten Schultern. »Du brauchst mir nichts zu erklären. Du brauchst niemandem etwas zu erklären, aber am allerwenigsten mir. Ich könnte einfach wegsehen. Ich könnte das. Ich könnte es und fände einen Weg außerhalb der Gesetze, um dafür zu sorgen, dass die andere zahlt. Aber das könntest du niemals. Es gibt da diese bewegliche Grenze zwischen uns. Ich weiß nicht, ob sie bedeutet, dass einer von uns beiden recht und der andere unrecht hat. Sie macht uns beide einfach aus.«

»Ich habe mich auch schon außerhalb des Rahmens der Gesetze bewegt. Habe dich darum gebeten, das zu tun, als es um Robert Lowell ging. Das habe ich getan, weil ich sichergehen wollte, dass er für die Frauen, die er gefoltert und ermordet hat, bezahlt. Das habe ich getan, weil ich Ariel mein Wort gegeben hatte, dass er zahlen wird.«

»Das ist nicht dasselbe, das weißt du ganz genau.«

»Ich habe die Grenze überschritten.«

»Manchmal bewegt sich diese Grenze auch.« Er schüttelte sie sanft. »Wenn das Recht, wenn die Justiz kein Mitleid mit den Menschen hat, wenn sie nicht beweglich und nicht menschlich ist, ist sie nicht mehr gerecht.«

»Ich hätte nicht damit leben können, dass er den leichten Ausweg wählt, dass ihm das Gesetz den leichten Ausweg lässt. Deshalb habe ich die Grenze verschoben.«

»Und, war das gerecht?«

»Es hat sich für mich so angefühlt.«

»Dann geh los.« Er hob ihre Hände kurz an seinen Mund und küsste sie. »Dann mach deinen Job.«

»Ja.« Sie wandte sich zum Gehen, blieb dann aber noch einmal stehen und sah ihn über ihre Schulter hinweg an.

»Ich habe von Marlena geträumt. Von ihr und Quinto Turner. Sie waren beide kurz vorher ermordet worden.«

»Eve.«

»Sie hat zu mir gesagt, sie würde ihn mitnehmen, und das hat sie getan. Sie meinte, für die Unschuldigen gäbe es einen besonderen Ort und dort brächte sie ihn hin. Glaubst du, es gibt wirklich einen solchen Ort? Einen Ort, der nur für Unschuldige ist?«

»Ja, das glaube ich.«

»Ich hoffe, du hast recht.«

Sie trat in den Flur hinaus, ging in ihr Büro, bereitete die nächsten Schritte vor, und als Peabody und McNab erschienen, wies sie einfach auf die Küchentür, und mit einem zweistimmigen Freudenschrei machten sich die beiden an die Plünderung des allzeit gut bestückten AutoChefs.

Eve blieb bei Kaffee. Die Tablette und vielleicht auch das Gespräch mit Roarke hatten bewirkt, dass sie inzwischen wieder fast die Alte war.

Sie zog ironisch eine Braue hoch, als sie ihre Kollegen mit randvoll gefüllten Tellern und dampfenden Bechern wiederkommen sah.

»Glauben Sie, Sie haben sich genug geholt, damit Sie während der Besprechung nicht verhungern?«

»Belgische Waffeln mit Früchten der Saison.« Peabody setzte sich auf einen Stuhl und machte sich begeistert über die Köstlichkeiten her. »Die machen sicher richtig satt.«

»Hauptsache, Sie sperren Ihre Ohren so weit auf wie Ihren Mund.«

Sie fing mit Ortega an und erklärte ihnen ihre Theorie.

»Am Ende der sieben Jahre hätte er als Witwer um die sechshundertfünfundachtzig Millionen und dazu noch den gesamten persönlichen Besitz sowie die Einnahmen aus den Immobilien geerbt.«

»Dafür kriegt man jede Menge Waffeln«, bemerkte McNab.

»Damit hätte er bis an sein Lebensende ausgesorgt«, stimmte Peabody ihm zu. »Nur, dass sein Lebensende bereits vorher eingetreten ist.«

»Seine Bettgenossin hatte keine Lust zu teilen. Sie wollte alles für sich. Das werden wir ihr beweisen und dann nageln wir sie wegen Strafvereitelung in den Mordfällen Flores und Ortega, Betrugs, Verabredung zum Mord an Lino Martinez und dafür, dass sie ein ekelhaftes Weib ist, fest. Wir treffen uns nachher mit dem Anwalt und überlegen uns, wie er sie in die Falle locken kann.«

»Und wenn wir sie erst festgenagelt haben, sagt sie uns bestimmt auch irgendwann, wer Lino ermordet hat«, fügte Peabody hinzu.

»Das ist nicht nötig. Bildschirm an.« Sofort erschienen Juanitas Daten auf dem Monitor. »Juanita Turner. Ihr Sohn war eins der Opfer des zweiten Bombenattentats.«

»Woher ...« Peabody brach ab und sah sich das Bild mit zusammengekniffenen Augen an. »Sie kommt mir irgendwie bekannt vor. Haben wir sie schon vernommen? War sie auf Ortiz' Beerdigung?«

»Wenn ja – was ich für wahrscheinlich halte –, hat sie sich hinein- und wieder herausgeschlichen, bevor der Tatort abgesperrt wurde. Wir haben sie gestern im Jugendzentrum gesehen. Die Krankenschwester«, klärte Eve sie auf.

»Ja, genau! Allerdings habe ich sie dort nur kurz von vorn gesehen. Ihr Sohn?«

»Und ihr Mann, der sich auf den Tag genau ein Jahr nach dem Anschlag das Leben genommen hat.« Eve zählte knapp die Fakten auf. »Penny brauchte eine Waffe«, schloss sie ihren Bericht. »Und Juanita hat genau gepasst.«

»Mannomann, es muss schrecklich für sie gewesen sein,

als ihr bewusst geworden ist, dass der Typ, von dem sie dachte ... dass er derjenige war, der für den Tod ihres Sohnes verantwortlich war.«

»Ja, das war bestimmt nicht leicht für sie.« Doch davon durfte sie sich nicht beeinflussen lassen, das wusste Eve. »Ich habe bereits Reo kontaktiert.« Diese Staatsanwältin mochte sie am liebsten, deshalb rief sie, wenn sie etwas dringend brauchte, immer bei ihr an. »Ihrer Meinung nach haben wir genug gegen die beiden in der Hand, um uns ihre Links und Computer anzusehen. Da kommt unser Elektroniker ins Spiel. Ich möchte, dass Sie sich die Kisten ansehen«, sagte sie zu McNab, der sich gerade den nächsten Waffelbissen zwischen die Zähne schob. »Bringen Sie mir alles, was auch nur im Entferntesten etwas mit der Sache zu tun haben könnte. Peabody und ich holen währenddessen Juanita ab. Während wir sie vernehmen, finden Sie bitte irgendeinen Kontakt zwischen ihr und Penny für uns. Irgendeine Notiz, ein Tagebuch, eine Quittung für das Zyankali. Irgendwas Konkretes, und zwar möglichst schnell.«

Peabody schluckte einen Löffel Obst herunter und riss überrascht die Augen auf: »Wir holen sie vor Penny ab?«

»Penny hat alles geplant, aber Juanita hat den Mord begangen. Ich habe bereits Baxter angerufen. Er und Trueheart behalten Penny im Auge, damit sie uns nicht entwischt. Und jetzt haben Sie sich vielleicht endlich voll genug gestopft, und wir können an die Arbeit gehen.«

Schweigend lief Peabody neben ihr die Treppe hinunter, nahm auf dem Beifahrersitz des Wagens Platz und erklärte dumpf: »Vielleicht können wir Penny wegen Verabredung zum Mord drankriegen, aber sicher ist das nicht. Eher wegen Vertuschung einer Straftat, wobei sie selbst da behaupten kann, ihr wäre einfach irgendwann herausgerutscht, wer der angebliche Pater Flores wirklich war oder sie hätte Schuldgefühle gehabt und sich deshalb Juanita Turner anvertraut.«

Sie legte sich eine Hand aufs Herz und riss die Augen auf. »Euer Ehren, ehrenwerte Geschworene, ich schwöre, dass ich keine Ahnung hatte, dass sie ihn ermorden würde. Woher hätte ich das wissen sollen?« Sie legte ihre Hand wieder in ihren Schoß und schüttelte den Kopf. »Juanita wird wegen Mordes verknackt werden, solange sich Reo nicht auf einen Deal einlässt, aber Penny? Wenn wir Pech haben, kommt sie ungeschoren davon.«

»Das liegt dann nicht an uns.«

»Trotzdem erscheint es mir einfach falsch. Juanita verliert den Sohn und dann auch noch den Mann, Jahre später wird sie schändlich ausgenutzt und am Schluss als Einzige bestraft.«

»Mitgehangen, mitgefangen, wie es so schön heißt. Sie hat einen Menschen umgebracht, Peabody«, stellte McNab von hinten fest. »Wenn Dallas mit ihrer Vermutung recht hat – und davon gehe ich einmal aus –, hat sie diesen Kerl kaltblütig umgebracht.«

»Das weiß ich auch. Aber jemand anderes hat sie dazu gebracht. Himmel, ihr solltet mal die Bilder von den Opfern dieses Bombenattentates sehen. Von ihrem Kind war kaum noch etwas übrig.«

»Das Opfer war ein ausgemachtes Arschloch, das ist klar. Und sie hat es ganz bestimmt nicht leicht gehabt. Aber, bitte, gibt ihr das etwa das Recht, ihn einfach zu vergiften?«

»Das habe ich gar nicht gesagt, du Blödian, ich habe nur gesagt …«

»Halten Sie die Klappe, und hören Sie auf zu streiten«, wies Eve die beiden an.

»Ich habe lediglich erwähnt«, erklärte Peabody in dem geduldig-nachsichtigen Ton, in dem man mit Menschen sprach, die man für dämlich hielt, »dass Juanita ein paar wirklich herbe Schläge im Leben einstecken musste und dass Penny, die an diesen Schlägen höchstwahrscheinlich selbst beteiligt war, das schändlich ausgenutzt hat und ...«

»Und *ich* habe lediglich erwähnt, dass sie jemanden ermordet hat.«

Erbost schwang Peabody auf ihrem Sitz herum. »Manchmal kannst du echt ein Arschloch sein.«

»Und du eine sentimentale Närrin.«

»Ruhe!«, schnauzte Eve. »Sie haben beide recht. Also hören Sie auf zu zanken wie die kleinen Kinder. Ich bin meine Kopfschmerzen gerade erst losgeworden, und wenn sie jetzt Ihretwegen wieder anfangen, schmeiße ich Sie beide achtkantig aus dem Wagen und ziehe diese Sache ganz alleine durch.«

Peabody verschränkte ihre Arme vor der Brust und reckte die Nase in die Luft, während sich McNab gegen die Rückbank sinken ließ, während der gesamten restlichen Fahrt in Richtung East Side schmollten beide fröhlich vor sich hin.

21

Als Eve in zweiter Reihe vor dem Jugendzentrum parkte, warfen dort dieselben Teens wie das letzte Mal Bälle in den Korb, während sich eine Reihe kleiner Kinder von Erwachsenen in das Gebäude schieben, zerren oder tragen ließ.

Der Alltag von Kindern kam ihr seltsam vor. Sie wurden irgendwohin geschleift, dort abgesetzt und am Ende des Tages wieder abgeholt. An dem Ort, an den man sie geschleift hatte, bildeten sie ihre eigenen, kleinen Gesellschaften, die wenig oder gar nichts mit der Hackordnung zu tun hatten, in die man zuhause eingegliedert war. Passten sie sich also nicht ständig an neue Gegebenheiten, neue Vorschriften, neue Autoritäten, neue Machtgefüge mit mehr oder weniger Freiheiten an?

Kein Wunder, dass Kinder so eigenartig waren.

»Sie warten auf den Durchsuchungsbefehl für die Geräte«, sagte sie zu McNab. »Sobald wir wissen, wo Juanita ist, gibt Ihnen Peabody Bescheid, dann können Sie zu ihrer Wohnung fahren.«

»Und wie soll ich jemandem Bescheid geben, wenn ich die Klappe halten soll? Und selbst wenn ich das nicht sollte, würde ich nicht mehr mit diesem Typen sprechen«, maulte ihre Partnerin.

»Wollen Sie vielleicht erleben, wie es ist, wenn ich Ihnen meinen Stiefel so weit in den Hintern ramme, dass er Ihre Mandeln streift? Wagen Sie es ja nicht«, herrschte Eve den elektronischen Ermittler an, als der anfing zu kichern. »Detective Arschloch, Sie bleiben hier, und Detective sentimentale Närrin, Sie kommen mit mir.«

Sie marschierte los, und nach wenigen Sekunden trottete Peabody hörbar beleidigt hinter ihr her. »Schmollen Sie einfach später«, riet ihr Eve. »Denn das, was wir jetzt tun, ist weder befriedigend noch sonst wie angenehm. Also machen Sie einfach Ihre Arbeit und seien Sie später sauer, ja?«

»Ich finde nur, ich sollte meine Meinung sagen können, ohne ...«

Eve blieb stehen, wirbelte zu ihr herum und sah sie aus zornblitzenden Augen an. »Glauben Sie, ich freue mich darauf, eine Frau mit aufs Revier zu zerren, die gezwungen war, die zerfetzten Überreste ihres Sohns, die man noch vom Boden kratzen konnte, zu begraben? Dass ich mir vor lauter Begeisterung die Hände reibe, wenn ich daran denke, dass ich sie so lange in die Mangel nehmen muss, bis sie gesteht, dass sie den Mann getötet hat, auf dessen Konto meiner Meinung nach der Tod von diesem Jungen geht?«

»Nein.« Peabody ließ unglücklich die Schultern hängen. »Nein, das glaube ich nicht.«

Das Feuer in Eves Augen wurde durch die kalte Ausdruckslosigkeit des Cops ersetzt. »Persönliche Meinungen, Gefühle, Sympathien haben hier keinen Platz. Dies ist unser Job, und wir werden ihn erledigen.«

Sie öffnete die Tür und trat in das morgendliche Chaos, das für diesen Ort anscheinend typisch war. Der Raum war gefüllt mit weinenden Babys, abgehetzten Eltern und kreischenden Kindern, von denen eins auf allen vieren versuchte, dem Durcheinander zu entfliehen.

Ehe es jedoch die Tür erreichte, fing Peabody es wieder ein und überreichte es dem Mann, der dem Kleinen hinterhergelaufen war.

Eve bahnte sich einen Weg durch das Gedränge, bis sie Magda fand. »Juanita Turner.«

»Oh, Nita passt im Aktivitätsraum auf die Kinder auf, die bereits abgegeben worden sind. Da entlang.« Sie wies hinter sich. »Durch die Flügeltür, die Treppe rauf und dann die zweite Tür links. Sie müsste offen stehen.«

Als Peabody ihr Handy aus der Tasche ziehen wollte, schüttelte Eve den Kopf. »Nicht, solange wir sie nicht gesehen haben. In all dem Durcheinander könnte sie auch abgehauen sein.«

Eve ging in den ersten Stock hinauf und folgte dann

einfach dem Lärm. Sonnenlicht fiel durch die Fenster eines mit aggressiv leuchtenden Primärfarben gestrichenen Raums. Überall standen Tische, Stühle und Regale voller Gegenstände, die man offenkundig brauchte, um aktiv zu sein. Sechs Kinder saßen an den Tischen, malten, puzzelten und schrien sich gleichzeitig lautstark an.

Juanita ging von einem Tisch zum nächsten und tätschelte diverse Köpfe, während sie den Kindern lächelnd über die Schultern sah. Sobald sie jedoch Eve entdeckte, war ihr freundlicher Gesichtsausdruck wie ausgewischt, und sie sah wie das personifizierte Schuldbewusstsein aus.

Eve winkte sie zu sich heran und trat wieder in den Flur hinaus. »Geben Sie McNab Bescheid«, raunte sie Peabody zu. »Aber gehen Sie dazu wo hin, wo sie Sie nicht hören kann.«

Sie wartete, bis Juanita an die Tür gekommen war. »Kann ich irgendetwas für Sie tun?«

»Holen Sie bitte jemanden, der Sie hier vertreten kann.«

»Weshalb sollte ich das tun?«

»Sie wissen ganz genau, warum. Kommen Sie bitte mit. Am besten möglichst ruhig und unauffällig«, fügte sie hinzu, während sie an der Betreuerin vorbei auf das halbe Dutzend Kinder sah. »Denn das wäre besser für die Kinder und auch für Sie selbst.«

»Ich werde die Kinder nicht allein lassen. Ich werde …«

»Sollen diese Kinder zusehen, wie ich Sie in Handschellen aus diesem Raum führe?« Eve wartete einen Moment, bis die Bedeutung ihrer Worte angekommen war. »Holen Sie jemanden, der Sie vertreten kann, dann werde ich Sie auf die Wache bringen lassen, wo Sie warten werden, bis ich komme, um Sie zu vernehmen.«

Die dünne Maske der Empörung verdeckte nicht Juanitas nackte Angst. »Ich wüsste nicht, warum ich mit auf die Wache fahren sollte, solange ich nicht weiß, worum es geht.«

»Sie wissen ganz genau, worum es geht. Ich werde Penny Soto heute noch verhaften lassen, Mrs Turner.« Eve nickte, als die andere Frau zusammenfuhr. »Ihnen bleibt nur noch die Wahl zu entscheiden, ob Sie friedlich mitkommen oder ob ich Gewalt anwenden muss.«

Juanita ging ins Nebenzimmer, sprach mit einem jungen Mann, und obwohl er überrascht und leicht verärgert wirkte, nahm er sich ihrer Schützlinge an.

»Ich muss nicht mit Ihnen sprechen«, stieß Juanita zitternd aus.

»Nein, das müssen Sie nicht.« Eve nahm ihren Arm, führte sie die Treppe hinunter aus dem Haus bis auf den Gehweg, wo die ballspielenden Teenies sie nicht hören konnten, und klärte Juanita über ihre Rechte auf.

Auf der Wache ließ sie Juanita in einen Verhörraum bringen und machte sich auf den Weg in ihr Büro.

Vor der Tür ihrer Abteilung saßen Joe Inez und seine Frau auf einer Bank, als sie sie entdeckten, stand Joe eilig auf.

»Ah, uns wurde gesagt, Sie wären auf dem Weg hierher, deshalb ...«

»Okay. Wollen Sie mit mir reden, Joe?«

»Ja, ich ...« Er wandte sich an seine Frau, und die nickte aufmunternd mit dem Kopf. »Wir müssen über damals reden. Über das, was damals passiert ist. Über die Bombenattentate '43«, fing er zögernd an.

Eve hob eine Hand. »Warum sind Sie gekommen? Warum sind Sie aus freien Stücken hier?«

»Wir haben miteinander gesprochen.« Seine Frau legte die Hand auf seinen Arm. »Nachdem Sie bei uns waren, haben wir miteinander gesprochen, und Joe hat mir von der Sache erzählt. Wir sind hier, um das Richtige zu tun. Ich und Joe. Zusammen.«

Eve trat möglichst nah an Joe heran, starrte ihn reglos an und fragte ihn mit leiser Stimme: »Ich habe Sie nicht über Ihre Rechte und Pflichten aufgeklärt. Wissen Sie, was das bedeutet?«

»Ja. Aber ...«

»Beantworten Sie mir eine Frage, bevor irgendetwas von dem, was Sie erzählen, zu den Akten kommt. Haben Sie jemanden umgebracht oder waren daran beteiligt, als jemand getötet worden ist?«

»Meine Güte, nein, das ...«

»Dann sagen Sie jetzt nichts mehr. Erzählen Sie mir nichts. Ich muss Sie mit in einen Verhörraum nehmen, dort müssen Sie warten, bis ich ein paar Dinge geklärt habe, okay?« Sie streckte ihren Kopf durch die Tür ihrer Abteilung und sah einen der uniformierten Kollegen an. »Bringen Sie Mr und Mrs Inez in Verhörraum B.« Dann wandte sie sich abermals den beiden zu: »Sagen Sie bitte nichts mehr, bis ich Sie dazu auffordere.«

Sie ging weiter in ihr Büro und rief Staatsanwältin Reo an. »Sie müssen herkommen, aber vorher brauche ich noch Immunität für einen Zeugen.«

»Kein Problem.« Die hübsche Blondine schwenkte ironisch einen Arm. »Wozu habe ich schließlich meinen Zauberstab?«

»Ich habe einen Zeugen, der freiwillig gekommen ist und mir dabei helfen kann, zwei Fälle abzuschließen, die seit siebzehn Jahren offen sind und bei denen es sechs Tote gegeben hat. Dieser Zeuge kann mir eventuell Informationen geben, aufgrund derer jemand wegen dieser Taten verhaftet werden kann.«

»Was …«

Doch Eve fuhr einfach fort. »Außerdem stehe ich kurz davor, den Mord in St. Cristóbal mit zwei Festnahmen abzuschließen. Der Zeuge war zum Zeitpunkt der vor siebzehn Jahren stattgefundenen Taten noch minderjährig und fiele deshalb wahrscheinlich sowieso unter diesen idiotischen Begnadigungserlass, zumindest könnte man so argumentieren, falls jemand Anklage gegen ihn erheben will. Sie machen jeden gottverdammten Tag von jeder gottverdammten Woche Deals mit irgendwelchen Schweinen, um noch größere Schweine zu erwischen, oder etwa nicht? Und ich spreche hier von einem Familienvater, dem nach einer schwierigen Jugend eine Hundertachtzig-Grad-Wende gelungen ist. Entweder Sie garantieren ihm Immunität oder ich lasse ihn einfach wieder laufen, ohne dass er irgendwas erzählt.«

»Ich kann nicht einfach …«

»Erzählen Sie mir nicht, was Sie nicht können. Sorgen Sie dafür, dass er Immunität bekommt, und dann rufen Sie mich wieder an.« Eve legte auf und rief in Miras Praxis an. »Es ist mir egal, was sie gerade macht«, kam sie dem Protest des Vorzimmerdrachens zuvor. »Ich muss auf der Stelle mit ihr sprechen. Also stellen Sie mich durch, wenn ich nicht runterkommen soll.«

Der Bildschirm wurde in ein grelles Blau getaucht, doch einen Moment später tauchte Mira darauf auf. »Eve?«

»Ich brauche Sie im Observationsraum«, fing sie an und erklärte knapp, warum. »Vielleicht irre ich mich ja«, fügte sie hinzu. »Und Sie werden merken, wenn es so ist.«

»Ich kann in ungefähr zwanzig Minuten da sein.«

»Ich werde auf Sie warten.«

Als Drittes und Letztes rief sie noch den Anwalt an, setzte mit ihm die letzten Teile ihres Planes um, und als Reo sie zurückrief, ging sie eilig an ihr Link.

»Ich bin unterwegs. Immunität ist nicht gänzlich ausgeschlossen, aber ich brauche noch mehr Informationen.«

»Der Zeuge war circa siebzehn Jahre alt und Mitglied der Soldados, als es 2043 zu den beiden Bombenattentaten kam.«

»Meine Güte, Dallas, wenn er daran beteiligt war ...«

»Ich glaube, dass er, wenn überhaupt, nur indirekt daran beteiligt war. Und dass er uns Informationen über die Haupttäter liefern kann. Nachher werde ich die Einzige der damals Beteiligten, die meiner Meinung nach noch lebt, im Zusammenhang mit dem Mord in St. Cristóbal verhaften. Sie würde also auf alle Fälle einfahren, aber was mein Zeuge beisteuern kann, wäre ein weiterer Nagel in ihrem Sarg.«

»Auf den Begnadigungserlass kann ich mich schwerlich berufen, weil er wieder aufgehoben worden ist. Falls ein Verdächtiger nicht während der Zeit, als er gegolten hat, verhaftet und angeklagt worden ist, und die Informationen erst nach der Aufhebung ...«

»Ersparen Sie mir die Theorie. Sie werden meinem Zeugen Immunität gewähren.« Nein, sie konnte sie nicht alle stoppen, dachte Eve. Sie konnte sie nicht alle retten. Aber manchmal hatte sie die Möglichkeit, dem ein oder anderen zu helfen. »Denn ich lasse nicht zu, dass man ihm wegen dieser Sache an den Karren fährt.«

»Wie heißt er?«

»Mr X, solang er keine verfluchte Immunität genießt.«

»Gottverdammt, ist der Typ vielleicht Ihr Bruder oder so? Also gut, er genießt beschränkte Immunität. Denn falls er einen Mord begangen hat, Dallas, hebe ich sie sofort wieder auf.«

»Damit kann ich leben.«

»Ich bin in fünf Minuten da.«

»Verhörraum B. Es könnte ziemlich lange dauern, vielleicht sagen Sie also besser alle anderen heutigen Termine ab.«

Sie verließ ihr Büro, traf draußen Peabody und nahm sie mit in den Raum, in dem Joe Inez saß.

»Rekorder an. Vernehmung von Joe und Consuela Inez durch Lieutenant Eve Dallas und Detective Delia Peabody. Erst einmal werde ich Sie über Ihre Rechte und Pflichten aufklären«, meinte sie, nahm den beiden gegenüber Platz und wollte am Ende der Ausführungen wissen: »Haben Sie beide alles verstanden?«

»Ja, aber Connie hat mit alldem nichts zu tun.«

»Dies dient ausschließlich ihrem Schutz. Mr Inez, sind Sie aus freien Stücken zu diesem Gespräch erschienen?«

»Ja.«

»Warum?«

»Warum?«

»Ich möchte gern, dass Sie mir sagen, warum Sie sich entschlossen haben, heute hierherzukommen und eine Aussage zu machen.«

»Ich ... ich habe früher viele Dinge getan, auf die ich alles andere als stolz bin. Inzwischen habe ich drei Kinder, drei Jungs, und wenn ich mich selbst falsch verhalte, wie sollen sie dann lernen, das Richtige zu tun?«

»Okay. Möchten Sie etwas trinken?«

»Ich ... nein.« Er räusperte sich verwirrt. »Ich habe keinen Durst.«

»Mrs Inez?«

»Nein, danke. Wir möchten es nur hinter uns bringen.«

»Erzählen Sie mir, was passiert ist, Joe. Was ist damals, im Frühjahr 2043, passiert?«

»Ah, die Meisten von uns gingen, selbst wenn wir keine Schüler waren, auf die Schuldiskos. Um zu tanzen, Prügeleien anzufangen, ein bisschen zu dealen, nach Rekruten Ausschau zu halten.«

»Von wem reden Sie?«

»Oh. Von den Soldados. Lino und Steve waren damals die Bosse. Nun, hauptsächlich hat Lino immer alles organisiert. Steve war eher der Muskelmann. Lino wollte mehr Rekruten, und er dachte, dass man mehr Rekruten kriegt, wenn man Schwierigkeiten hat. Einen gemeinsamen Feind. So hat er immer geredet«, fügte Joe hinzu. »Aber ich hatte keine Ahnung, ich schwöre bei Gott, ich hatte keine Ahnung, was er vorhat. Das habe ich erst viel später mitgekriegt.«

»Was hatte er denn vor?«

»Er wollte eine Bombe auf dem Schulfest hochgehen lassen. Aber ich wusste nichts davon. Ich war damals ein oder anderthalb Jahre bei der Truppe, und Lino fand es gut, dass ich mit meinen Händen umgehen konnte. Dass ich Sachen reparieren, Autos kurzschließen konnte und so.« Er atmete hörbar aus. »Er hat immer gesagt, ich würde es einmal weit bringen. Dafür würde er sorgen. Aber vorher müsste ich mir das X verdienen.«

»Das X?«

»Das Symbol dafür, dass man jemanden getötet hat. Er meinte, dass ich nur mit diesem Symbol eine große Nummer bei der Truppe werden kann.«

»Sie haben Ihre Tätowierung immer noch«, bemerkte Eve. »Aber ohne das Symbol, ohne das X unter dem Kreuz.«

»Das habe ich mir nie verdient. Ich hatte einfach nicht das Zeug dazu. Ich hatte nichts dagegen, mich mit jemandem zu schlagen, verdammt, das habe ich sogar richtig gern gemacht. Ich bin öfter losgezogen, um Dampf abzulassen und irgendwem eine zu verpassen oder so. Aber jemanden zu töten, hätte ich niemals über mich gebracht.«

»Trotzdem waren Sie und Lino Freunde«, meinte Eve.

»Ja, oder zumindest dachte ich, dass wir das sind. Lino hat mich immer damit aufgezogen, was ich für ein Weichei bin, aber ... das hat er einfach so gemacht, wie sich Typen eben aufziehen. Obwohl ... wahrscheinlich hat er mir deshalb nichts von seinem Plan erzählt.«

»Von dem geplanten Bombenattentat.«

»Er hat mir nie auch nur ein Wort davon gesagt. Er meinte, er wollte mich dort treffen, auf dem Fest. Als dann dort die Bombe hochging, war ich mittendrin. Steckte mittendrin. Ronni Edwards ist gestorben, sie stand höchstens drei Meter von mir entfernt. Ich kannte sie.«

Er brach ab, fuhr sich mit den Händen durchs Gesicht, und als er sie wieder sinken ließ, berührte Connie ihn am Arm.

»Ich kannte sie. Ich kannte sie schon seit Kindergartenzeiten, und dann flog sie direkt vor mir durch die Luft. Ich ...« Er blickte vor sich auf den Tisch und atmete tief durch. »Es tut mir leid.«

»Lassen Sie sich Zeit«, riet Eve.

»Es ... innerhalb von wenigen Sekunden war die Hölle in der Aula los. Erst hat noch die Musik gespielt, und die Leute haben getanzt oder gequatscht, dann brach mit einem Mal die Hölle los. Es gab einen Riesenkrach, dann hat es gebrannt. Es wurden auch noch andere verletzt, alle sind panisch hin und her gerannt, und es wurden noch mehr verletzt. Plötzlich waren Lino, Chávez und Penny da, haben sich wie Helden aufgespielt, Leute rausgeschleppt und allen erzählt, das wären die Skulls gewesen, die gottverdammten Skulls.«

Er fuhr sich mit dem Handrücken über den Mund. »Aber vorher waren sie nicht da. Als die Bombe hochging, waren sie nicht da.«

»Lino, Steve und Penny«, vergewisserte sich Eve.

»Ja. Ich meine, nein, als die Bombe hochging, waren sie nicht da. Ich hatte Lino nämlich schon gesucht. Ich hatte zwei Typen aufgetan, die in die Gang wollten, deshalb habe ich ihn gesucht. Aber niemand hatte ihn gesehen. Nur wenige Minuten, bevor die Bombe hochging, hatte niemand ihn, Penny oder Steve in der Aula gesehen. Dabei hat er keine Disko je verpasst. Ich dachte, er käme vielleicht einfach etwas später. Später dachte ich, er hätte einfach Glück gehabt. Erst am Schluss fiel mir auf, dass er selber überall herumerzählt hat, dass der Anschlag ihm gegolten hat.«

»Wurden Sie bei diesem Attentat verletzt?«

»Ich hatte ein paar Verbrennungen und Schnitte von dem Zeug, das durch die Gegend geflogen ist. Aber nichts wirklich Schlimmes. Wenn ich an Ronnis Platz gestanden hätte ... daran habe ich oft gedacht. Daran, und dass Ronni einfach in der Luft zerrissen worden ist. Das hat mich ziemlich aufgewühlt, und ich habe gedacht, ja, die Skulls haben eine Lektion verdient. Ich habe sogar darüber nachgedacht, ob ich mir jetzt mein X verdienen soll, aber dann habe ich gehört, wie sich Lino mit Penny unterhalten hat.«

»Wo haben Sie dieses Gespräch gehört?«

»Wir hatten da so etwas wie ein Hauptquartier. Den Keller eines Gebäudes in der Second Avenue, direkt an der Ecke der 101. Straße. Einen riesengroßen Keller, wie ein Labyrinth. Das voller Ratten war«, räumte er mit einem säuerlichen Lächeln ein. »Vor ungefähr zehn Jahren haben sie das Haus saniert, jetzt sind lauter schöne Wohnungen drin.«

»Nur so aus Interesse – wissen Sie, wem das Gebäude damals gehörte?«

»Sicher.« Er blickte sie verwundert an. »Der alte José Ortega war in unserer Gegend eine ziemlich große Nummer, und José war einer von uns. Ich meine, der Enkel von dem Alten war einer von uns. Aber Lino hat immer gesagt, dass es unser Keller ist.«

Kreise, dachte Eve. »Okay. Sie haben also gehört, wie sich Lino und Penny unterhalten haben, als sie in den Keller kamen.«

»Ja, wie gesagt, das Ding war riesengroß mit jeder Menge Räume und jeder Menge Gänge. Ich war auf dem Weg in die Zentrale. Ich war total aufgewühlt und wollte mich an dem Rachefeldzug gegen die Skulls beteiligen. Verdammt, ich wollte ihn sogar anführen. Aber dann kam ich an einem der anderen Räume vorbei und hörte, wie sie sich darüber unterhalten haben, dass die Sache wirklich toll gelaufen ist. Dass sie durch die Explosion der Bombe auf dem Fest die Gemeinde – so hat es Lino formuliert – die Gemeinde einbezogen hätten und jetzt alle klatschen würden, wenn den Skulls eins auf die Mützen gegeben wird. Dass die Soldados die Helden wären, weil alle dächten, die Skulls hätten sie attackiert und Blut auf einem Territorium vergossen, das bisher neutral gewesen war. Penny hat sogar gemeint, sie hätten eine größere Bombe nehmen sollen.«

Wider blickte er auf seine Hände, sah dann aber Eve aus tränenfeuchten Augen an. »Das hat sie gesagt. Sie hat gesagt, Lino hätte eine größere Bombe bauen sollen, damit es noch mehr Tote gegeben hätte als nur diese blöde, kleine Ronni. Denn ein Haufen Leichen hätte die Leute richtig aufgeheizt. Daraufhin hat er gelacht. Gelacht und gesagt: ›Wart noch ein paar Tage ab.‹«

Er griff nach der Hand von seiner Frau. »Könnte ich wohl einen Schluck Wasser haben? Ich habe einen furchtbar trockenen Hals.«

Peabody stand auf, füllte einen Pappbecher mit Wasser und kam damit an den Tisch zurück. »Lassen Sie sich Zeit, Mr Inez«, riet auch sie.

»Ich konnte es nicht glauben, konnte einfach nicht glauben, dass sie so etwas getan hatten. Schließlich wurden unsere eigenen Leute bei der Explosion verletzt. Chaz Polaro lag lebensgefährlich verletzt im Krankenhaus, und die beiden saßen da drinnen und lachten sich kaputt. Sie hatten diese Bombe gelegt und jetzt lachten sie sich kaputt.

Ich hätte selber an dem Abend sterben können. Es hätte jeden von uns erwischen können, und das hatte er, das hatten die beiden zu verantworten. Ich war derart wütend, dass ich einfach reingegangen bin. Sie lagen auf einer alten Matratze, die wir dort unten hatten, und Penny war fast nackt. Ich sagte: ›Scheiße, Lino.‹ Tut mir leid, Connie, aber ich war einfach außer mir.«

Er sprach immer schneller, zwang die Erinnerung hervor und spuckte die Worte zornig aus. »Ich sagte: ›Lino, du verdammtes Schwein, du hast diese Bombe gelegt.‹ Er meinte, ich sollte mich abregen und cool bleiben. Er hätte alles ganz genau geplant, es wäre zum Vorteil der Gang und lauter anderes schwachsinniges Zeug. Ich habe ihm gesagt, dass er zur Hölle fahren soll, und bin wieder rausmarschiert. Aber er kam mir nach und dann haben wir uns fürchterlich gestritten – nur, dass Connie sicher furchtbar sauer werden wird, wenn ich all die Worte wiederhole, die dabei gefallen sind. Am Ende meinte er, er wäre der Boss, und ich hätte seinen Befehl zu befolgen und die Klappe zu halten, wenn er nicht Chávez auf mich hetzen soll. Er meinte, wir würden die Skulls so richtig fertigmachen, er hätte die Bombe schon gebaut, und wenn ich nicht wollte, dass er sie mir in den Rachen stopft und den Zeitzünder betätigt, sollte ich das Maul halten. Ich schätze, er war sich nicht ganz sicher, dass ich wirklich die Klappe halten würde, denn ein paar Stunden später wurde ich überfallen und so heftig zusammengeschlagen, dass ich kaum noch nach Hause kam.

Also habe ich den Mund gehalten. Ich habe nichts gesagt und am nächsten Tag sind Lino und Chávez abgehauen. Ich habe nichts gesagt, denn Penny kam zu mir, sie meinte, ich sollte nicht vergessen, dass es vielleicht Linos Bombe wäre, sie aber den Finger am Auslöser hätte, und wenn ich nicht machen würde, was sie sagt, würden sie mit mir dasselbe machen wie sie und Lino mit ihrem alten Herrn.«

»Einen Augenblick«, bat Eve. »Hat Penny Soto Ihnen erzählt, was sie und Lino mit ihm gemacht hatten?«

»Verdammt, sie haben ständig damit angegeben, wie sie Nick Soto in Stücke geschnitten und sich zusammen das X verdient haben.«

»Okay. Reden Sie weiter.«

»Ich schätze, viel mehr gibt es nicht zu sagen. Zwei Tage, nachdem Lino verschwunden war, ging die Bombe in dem Sandwichladen hoch. Und ich hielt auch danach den Mund. Obwohl dabei fünf Menschen starben, habe ich zu niemandem ein Wort gesagt.«

»Sie wussten schon vorher etwas von der zweiten Bombe?«

»Ja, ich wusste, dass es diese zweite Bombe gab.« Er zerdrückte den Pappbecher in seiner Hand. »Ich hatte keine Ahnung, wann und wo sie hochgehen würde, aber ich wusste, dass es diese Bombe gab. Ich wusste, dass Menschen sterben würden, weil Penny Leichen haben

wollte und weil Lino immer tat, was Penny wollte. Trotzdem habe ich nichts unternommen, sondern mich einfach
betrunken und, sobald ich nüchtern zu werden drohte,
wieder etwas in mich reingekippt.«

»Wann haben Sie Lino Martinez zum letzten Mal gesehen?«

»An dem Tag, an dem wir uns gestritten haben. Ich habe
die ganze Zeit darauf gewartet, dass er irgendwann zu-
rückkommt, aber weder er noch Chávez sind je wieder
hier aufgetaucht. Nach ihrem Verschwinden hat Penny
die Soldados noch eine Zeitlang angeführt, aber dann fiel
alles auseinander, und ich wanderte wegen dem Überfall
auf einen Supermarkt eine Zeitlang in den Kahn. Als ich
wieder rauskam, tauchte Penny bei mir auf, um mich daran zu erinnern, dass mir, wenn ich nicht weiterhin die
Klappe halte, auch noch Schlimmeres passieren kann, als
dass man mich zusammenschlägt.«

»Okay, Joe, lassen Sie uns noch ein paar Einzelheiten
klären.«

Eve ging noch einmal alles mit ihm durch, fragte nach
Details und nickte, als sie glaubte, dass erst einmal nichts
mehr aus ihm herauszuholen war. »Danke, dass Sie heute
gekommen sind. Sie waren mir eine große Hilfe.«

Als sie aufstand, starrte er sie an. »Das ist alles?«

»Wenn Sie Ihrer Aussage nichts mehr hinzuzufügen
haben.«

»Nein, aber ... bin ich jetzt verhaftet?«

»Weshalb?«

»Weil ... ich weiß nicht ... weil ich Beweise zurückgehalten habe oder ... Beihilfe geleistet habe oder so.«

»Nein, Joe, Sie können gehen. Vielleicht werden Sie
noch als Zeuge vorgeladen, wenn es zur Verhandlung
kommt. Werden Sie Ihre Aussage dann wiederholen?«

»Wir haben drei Kinder. Ich muss ihnen zeigen, wie man sich anständig verhält.«

»Das ist alles, was ich wissen muss. Also fahren Sie nach Hause.«

Eve trat in den Flur hinaus und suchte Reo im Observationsraum auf.

»Das mit der Immunität dürfte in Ordnung gehen«, erklärte Reo ihr. »Aber falls Sie sich einbilden, dass wir Penny Soto einzig wegen der Aussage eines ehemaligen Gangmitglieds und ehemaligen Be...«

»Machen Sie sich darüber keine Gedanken. Sie kriegen von mir noch mehr. Sie kriegen von mir noch sehr viel mehr. Als Nächstes kommt Juanita Turner dran, die Mutter eines der Toten, die Penny haben wollte, und die Frau, die Lino Martinez vergiftet hat. Sie ist in Verhörraum A. Vielleicht sollte ich Ihnen sagen, dass auch Mira die Vernehmung beobachten wird und dass ich davon ausgehe, dass sie ihr eine verminderte Schuldfähigkeit konstatieren wird.«

»Heute scheinen Sie Cop, Anwältin und Seelenklempnerin in einer Person zu sein«, stellte Reo mit vor Sarkasmus triefender Stimme fest. »Wie schaffen Sie das bloß?«

»Sie werden sie hinter Gitter bringen, Reo, aber wenn Sie sie nach der Vernehmung immer noch wegen Mordes verurteilt sehen wollen, schicke ich Sie zu einem All-Inclusive-Urlaub nach Portofino.«

»Da wollte ich immer schon mal hin.«

Eve tankte frischen Kaffee und wandte sich an ihre Partnerin. »Sind Sie bereit?«

»Ja.«

»Dann fangen Sie mit der Vernehmung an.«

»Was? Was?« Peabody joggte hinter ihr her. »Haben Sie gesagt, ich soll mit der Vernehmung anfangen?«

Statt etwas zu erwidern betrat Eve den Vernehmungsraum und nahm schweigend Platz.

»Ah, Rekorder an«, begann Peabody das Verhör und gab die Namen der Anwesenden und den Grund für die Vernehmung an. »Mrs Turner, wurden Sie bereits über Ihre Rechte aufgeklärt?«

»Ja.«

»Und, haben Sie verstanden, welche Rechte und Pflichten Sie haben?«

»Ja.«

»Mrs Turner, Sie sind ein Mitglied der katholischen Gemeinde von St. Cristóbal?«

»Ja.«

»Und Sie waren mit Pater Miguel Flores bekannt?«

»Nein.« Jetzt blickte Juanita auf und sah sie aus zornblitzenden dunklen Augen an. »Weil Pater Flores nie in der Gemeinde war. Stattdessen erschien dort ein Lügner und Mörder mit seinem Gesicht. Wahrscheinlich ist Pater Flores tot. Wahrscheinlich wurde er ermordet. Was halten Sie davon? Was werden Sie deswegen unternehmen?«

Was Peabody empfand, gehörte nicht in diesen Raum, deshalb fuhr sie mit kühler Stimme fort: »Kennen Sie die Identität des Mannes, der sich als Pater Flores ausgegeben hat?«

»Es war der Mörder Lino Martinez.«

»Woher wussten Sie, wer er in Wahrheit war?«

»Ich habe es einfach gemerkt«, erklärte sie schulterzuckend, blickte aber eilig fort.

Die erste Lüge, dachte Eve.

»Und woran?«, hakte sie nach. »Woran haben Sie es gemerkt?«

»An Dingen, die er gesagt, daran, wie er manchmal geguckt, wie er sich benommen hat. Aber was spielt das für eine Rolle?«

»Sie haben über fünf Jahre lang mit ihm im Jugendzentrum zusammengearbeitet«, erklärte Eve. »Haben seine Gottesdienste besucht. Wie lange wussten Sie schon, wer er in Wahrheit war?«

»Ich wusste eben, was ich wusste.« Sie kreuzte ihre Arme vor der Brust und starrte die Wand hinter Eves Rücken an. Doch die Wirkung der trotzigen Geste wurde durch die schnellen, leichten Schauder, die durch ihren Körper rannen, zunichtegemacht. »Es ist doch vollkommen egal, wie lange ich es wusste.«

»Mrs Turner, war es nicht vielmehr so, dass Ihnen jemand verraten hat, wer er in Wahrheit war?«, lenkte Peabody die Aufmerksamkeit der Frau wieder auf sich. »Sie sind nicht von selbst darauf gekommen, sondern jemand hat es Ihnen gesagt.« Peabodys Stimme bekam den sanften, vertrauenswürdigen Klang, der eine ihrer größten Stärken war. »Mrs Turner, hat Penny Soto Sie bedroht?«

»Weshalb hätte sie das tun sollen?«

»Um sicherzugehen, dass Sie sie nicht verraten. Um sicherzugehen, dass Sie allein für den Mord an Lino Martinez bezahlen. Sie haben Lino Martinez getötet, richtig?«

»Darauf brauche ich nicht zu antworten.«

»Schwachsinn.« Eve stand so plötzlich auf, dass ihr Stuhl nach hinten flog. »Wenn Sie irgendwelche Spielchen mit uns spielen wollen, Juanita, bitte sehr. Penny Soto hat Ihnen erzählt, dass Martinez Sie und alle anderen betrügt. Lino Martinez, der Mann, der für den Tod Ihres Sohnes verantwortlich war, spielte direkt vor Ihrer Nase einen Gottesmann. Nachdem sie Ihnen das erzählt hatte, konnten Sie es selber sehen, haben Sie ihn mit einem Mal durchschaut. Und sie hat Ihnen auch erzählt, wie er die Bombe gelegt hat, von der Ihr Sohn zerrissen worden ist.«

Eve klatschte ihre Hände auf den Tisch und beugte sich drohend vor, doch obwohl die andere Frau erschreckt zusammenfuhr, blitzten in ihren Augen trotzige Tränen auf.

»Sie hat Ihnen geholfen, Ihre Rache ganz genau zu planen. Sie hat Ihnen jeden Schritt souffliert, nicht wahr?«

»Wo waren Sie?«, fragte Juanita zurück. »Wo waren Sie, als er mein Baby ermordet hat? Als sich mein Mann vor lauter Trauer das Leben genommen hat? Als er sich selbst das Leben genommen hat, weshalb er niemals zu Gott, niemals zu Gott und unserem Kind gelangen kann? Das hat dieses Schwein uns angetan. Und wo waren Sie?«

»Sie mussten ihn dafür bezahlen lassen.« Eve trommelte mit einer ihrer Fäuste auf den Tisch. »Sie mussten ihn für Quinto zahlen lassen. Die Polizei hat nichts getan, deshalb haben Sie selbst dafür gesorgt, dass er für seine Tat bezahlt.«

»Er war mein, er war unser einziges Kind. Ich habe ihm gesagt, ich habe ihn gelehrt, dass er nie auf die Hautfarbe eines Menschen achten soll, weil sie keine Rolle spielt. Weil wir alle Gottes Kinder sind. Er war ein guter Junge. Ich habe ihm gesagt, dass er sich eine Arbeit suchen und allmählich einen Beitrag zur Haushaltskasse leisten soll. Deshalb hat er sich den Job in diesem Restaurant gesucht, in dem er getötet worden ist. Weil ich ihm gesagt habe, dass er das soll.«

Tränen des Elends strömten über ihr Gesicht. »Glauben Sie, es interessiert mich auch nur ansatzweise, was Sie sagen oder tun? Ich habe meinen Jungen an den Ort geschickt, an dem sie ihn getötet haben. Glauben Sie, es spielt noch eine Rolle, ob Sie mir mein Leben nehmen oder ob ich bis ans Ende meines Lebens hinter Gitter muss? Genau wie mein Mann werde ich Gott niemals sehen. Weil es keine Rettung ohne echte Reue gibt. Ich kann nicht darum bitten, dass mir Gott vergibt. Ich habe den Mann getötet, der meinen Sohn ermordet hat. Und bereue es ganz sicher nicht. Ich hoffe, dass er in der Hölle schmort.«

»Mrs Turner. Mrs Turner.« Noch immer hatte Peabodys Stimme einen sanften, beruhigenden Klang. »Sie waren Quintos Mutter. Er war erst sechzehn Jahre alt. Der Verlust Ihres Sohnes muss Sie am Boden zerstört haben. Und genauso müssen Sie am Boden zerstört gewesen sein, als Penny Ihnen erzählte, dass der Mann, den Sie für Pater Flores hielten, in Wahrheit der Mörder Ihres Sohnes war.«

»Ich habe ihr nicht sofort geglaubt. Anfangs habe ich ihr nicht geglaubt.« Als Juanita ihren Kopf zwischen die Hände sinken ließ, nickte Eve Peabody anerkennend zu. »Warum hätte sie mir das erzählen sollen? Schließlich war sie früher einmal seine Hure. Warum also hätte ich ihr glauben sollen? Ich habe mit ihm zusammengearbeitet, habe von ihm die Kommunion empfangen, habe bei ihm die Beichte abgelegt. Aber …«

»Letztendlich hat sie Sie überzeugt«, beendete Peabody den Satz.

»Es waren lauter Kleinigkeiten. Die Art, wie er sich bewegte, wie er durch die Gegend stapfte, als könnte er vor lauter Kraft kaum laufen. Wie stolz er darauf war, dass er besser Basketball spielen konnte als die meisten Kids, die bei uns im Zentrum sind. Seine Augen. Wenn man ganz genau geguckt hat, hat man ihn darin gesehen. Hat man in den Augen des Priesters Lino Martinez gesehen.«

»Trotzdem hätte es sein können, dass Penny Sie belügt«, fiel ihr Eve ins Wort. »Aber Sie haben einfach auf ihre Behauptung hin – auf die Behauptung von Linos Hure hin – einen Menschen umgebracht?«

473

»Nein, nein. Sie hatte eine Aufnahme. Sie hatte eine Aufnahme davon, wie er sich mit ihr unterhalten hat. Wie er ihr erzählt hat, dass er alle Welt zum Narren hält. Dass er den Priester spielt, während er gleichzeitig ein Sünder ist. Sie hat ihn gebeten zu sagen, wer er wirklich ist, und da hat er gelacht und den Namen Lino Martinez genannt. Und behauptet, nicht mal seine Mutter wüsste was von seinem falschen Spiel. Aber es würde nicht mehr lange dauern und dann würden ihn alle wiedererkennen, respektieren und beneiden.«

»Sie hat diese Aufnahme für Sie gemacht.«

»Sie meinte, sie hätte sie gemacht, weil ich einen Beweis bräuchte. Sie würde sich der Dinge schämen, zu denen er sie gezwungen hatte und zu denen er sie noch immer zwang. Sie hätte ihn als junges Mädchen geliebt und wäre wieder auf ihn reingefallen, als er plötzlich vor ihr stand. Aber dann hätte er ihr erzählt, was er getan hatte. Hätte ihr die Sache von dem Bombenattentat erzählt und damit könnte sie nicht leben.«

Sie fuhr sich mit den Händen über die Augen und stieß krächzend aus: »Wer könnte wohl mit so etwas leben? Nur ein wirklich schlechter Mensch. Aber sie konnte es nicht. Sie hatte Gott gefunden, Gott hat ihr Kraft gegeben und deshalb kam sie zu mir.«

»Um Ihnen zu helfen«, stellte Peabody mit sanfter Stimme fest. »Sie hat verstanden, wie unglücklich Sie waren, und bot Ihnen ihre Hilfe an.«

»Sie meinte, er würde nie für Quintos Tod bezahlen. Würde nie dafür bezahlen, außer, ich würde ihn bezahlen lassen, außer, ich nähme die Sache selber in die Hand. Ich könnte mir das Gift besorgen, könnte in die Kirche, in die Sakristei, zum Tabernakel gehen, ohne dass sich jemand etwas dabei denkt. Trotzdem habe ich gezögert.

Ich habe gezögert, weil es, selbst wenn es gerecht ist, einfach schrecklich ist, wenn man jemandem das Leben nimmt. Aber dann hat sie mir eine andere Aufnahme gezeigt, in der er sich mit seiner Tat gebrüstet hat. In der er meinte, er hätte nur so getan, als ob er bereits vor dem Attentat die Stadt verlassen hätte, obwohl er in Wahrheit zugesehen hätte, wie der Laden in die Luft geflogen ist. Wie er in die Luft geflogen ist, während mein Junge dort hinter dem Tresen stand. Wie er dabei zugesehen hat, bevor er, als sein Werk vollendet war, aus New York verschwand.«

Bei dieser Erinnerung straffte sie die Schultern und sah Eve trotzig an. »Meinen Sie, der liebe Gott hätte gewollt, dass er keine Strafe für sein Tun bekommt?«

»Erzählen Sie uns, wie es abgelaufen ist«, forderte Eve sie auf. »Wie haben Sie es gemacht?«

»Es war für mich ein Zeichen, als der alte Mr Ortiz starb. Er war ein guter Mensch, wir alle haben ihn geliebt. Ich wusste, die Kirche wäre voll und sein Mörder stünde vorne am Altar. Also bin ich ins Pfarrhaus gegangen, bevor Rosa dort erschien, als Pater López und der andere in der Frühmesse in der Kirche waren. Ich habe mir die Schlüssel für das Tabernakel besorgt, gewartet, bis Pater López die Kirche verließ, und dann habe ich mich hineingeschlichen und den Wein vergiftet.«

Juanita zitterte am ganzen Leib. »Schließlich wäre es nur Wein, der niemals zum Blut Christi würde, und ich wäre das Werkzeug Gottes, hat sie zu mir gesagt.«

»Penny?«

»Ja. Sie meinte, ich wäre die Hand Gottes, die ihn niederstreckt. Also habe ich mich in die Kirche gesetzt und mitverfolgt, wie er seine falschen Gebete für den braven Mann gesprochen und den Wein getrunken hat. Habe ihm beim Sterben zugesehen. Und genau wie er, als mein Baby starb, ging ich anschließend einfach davon.«

»Sie haben Pater López diese Tat gebeichtet«, meinte Eve. »Nein, er hat es mir nicht erzählt. Das hätte er niemals getan. Aber trotzdem weiß ich, dass Sie sie ihm gebeichtet haben. Warum haben Sie das getan?«

»Irgendwie hatte ich die Hoffnung, dass mir vergeben werden könnte. Aber der Pater meinte, vorher müsste ich alles der Polizei erzählen und von Herzen bereuen. Aber das kann ich nicht. Wie sollte ich das? Wenn ich zu Lino in die Hölle komme, ist das Gottes Wille. Aber ich weiß, dass mein Junge im Himmel ist.«

»Warum sind Sie nicht mit dem, was Penny Ihnen erzählt hat, zur Polizei oder zu Pater López gegangen?«

Jetzt stieg Juanita eine heiße Zornesröte ins Gesicht. »Sie war schon bei der Polizei, aber die hat ihr nicht geglaubt. Und sie meinte, er würde sie umbringen. Er hätte gesagt, er würde sie umbringen, falls sie ihn je verrät. Sie hat mir die blauen Flecken gezeigt, nachdem er sie geschlagen hat. Und ich hätte es nicht mit meinem Gewissen vereinbaren können, hätte er ihr etwas angetan.«

»Sie hat Sie manipuliert«, klärte Eve sie tonlos auf, erhob sich von ihrem Platz und schenkte sich einen Becher Wasser ein. »Sie hat Lino und auch Sie manipuliert, und Sie beide haben genau das getan, was Sie tun sollten. Hat er die Bombe gebaut, die Ihren Sohn getötet hat? Ja, da können wir uns ziemlich sicher sein. Hat er das Bombenattentat geplant? Auch davon sind wir überzeugt. Aber was Penny bei ihrer ›Ich-habe-Gott-gefunden‹-Masche ausgelassen hat, ist, dass sie es war, die ihm gesagt hat, dass er die Sprengkraft erhöhen soll, damit möglichst viele Leute sterben, und dass sie es war, die den Auslöser betätigt hat. Sie hat Ihren Sohn getötet, Mrs Turner. Und jetzt hat sie Sie benutzt, um Lino auszuschalten.«

Aus Juanitas Gesicht wich alle Farbe, doch sie schüttelte den Kopf. »Das glaube ich Ihnen nicht.«

»Das müssen Sie auch nicht. Aber ich werde Ihnen beweisen, dass es so gewesen ist. Mrs Turner, Sie haben nicht Gottes, sondern Penny Sotos Willen ausgeführt. Sie waren nicht Gottes, sondern Penny Sotos Hand. Die Hand der Frau, die für die Tode von Lino Martinez und Ihrem Sohn und den Selbstmord Ihres Mannes verantwortlich ist.«

»Sie lügen.«

»Es ging dabei um Geld.« Eve lehnte sich auf ihrem Stuhl zurück und blickte Juanita fragend an. »Haben Sie sie nie gefragt, warum er zurückgekommen und über fünf Jahre lang als Priester aufgetreten ist?«

»Ich …«

»Nein, das haben Sie nicht getan. Sie haben es nicht getan, weil das Einzige, woran Sie denken konnten, Ihr Junge war. Aber fragen Sie sich jetzt einmal, warum hätte wohl ein Mann ein solches Leben führen sollen? Es ging dabei um Geld, um jede Menge Geld. Geld, auf das er warten musste, Geld, das er mit dem einzigen Menschen hätte teilen wollen, den er je wirklich geliebt hat. Penny Soto. Geld, dass sie dank Ihrer Hilfe jetzt nicht mehr zu teilen braucht.«

»Das ist nicht wahr. Das kann einfach nicht sein. Sie hatte Angst vor ihm. Er hat sie geschlagen, er hat sie gezwungen, schlimme Dinge zu tun, und gesagt, wenn sie mit irgendwem darüber spricht, bringt er sie um.«

»Lügen. Lügen. Lügen. Wenn irgendwas davon gestimmt hätte, weshalb ist sie dann nicht einfach abgehauen? Sie hat keine Familie und auch keine echten Freunde hier, und die Art von Arbeit, die sie macht, fände sie problemlos auch woanders. Warum also ist sie nicht einfach in einen Bus gestiegen und verschwunden? Haben Sie sich das je gefragt?«

»Er hat gelacht, als er gesagt hat, er hätte dabei zugesehen, wie die Bombe hochgegangen ist. Und er hat seinen Namen in der Aufnahme genannt.«

»Und all das hat er freiwillig getan? All das hat er freiwillig einer Frau erzählt, die er schlagen, bedrohen und zwingen musste, damit sie ihm zu Willen ist? *Denken Sie doch einmal nach!*«

Sie atmete stockend ein und aus. »Sie ... sie ...«

»Ja, genau. Sie. Aber jetzt werde ich an Ihrer Stelle die Hand Gottes sein.«

Sie ließ Juanita mit Peabody zurück, zog, während die Frau laut schluchzte, die Tür hinter sich zu und lehnte sich einen Moment gegen die Wand. Dann ging sie in den Observationsraum, wo sie auf Reo, Mira und Pater López traf.

»Darf ich Juanita sehen, Lieutenant?«, fragte der Pater sie. »Darf ich ihr beistehen?«

»Noch nicht, aber wenn Sie draußen warten, werde ich dafür sorgen, dass man Sie gleich zu ihr lässt.«

»Danke. Danke, dass Sie mir erlaubt haben zu kommen.« Er wandte sich Reo zu. »Ich hoffe, Sie können die Härte des Gesetzes mit Barmherzigkeit mildern.«

Eve wartete, bis López aus dem Raum verschwunden war, bevor sie von Reo wissen wollte: »Wie wird die Anklage lauten?«

»Totschlag.« Die Staatsanwältin blickte Mira an. »Unter besonderen Umständen. Ich werde zehn bis fünfzehn Jahre im gelockerten Vollzug sowie eine umfängliche psychologische Begutachtung beantragen.«

Eve nickte zustimmend. »Sie kommt ganz sicher früher

raus. Weil es hier schließlich nicht um Resozialisierung, sondern um Erlösung geht.«

»Sie muss bezahlen, Eve.« Durch den Spiegel hindurch studierte Mira die weinende Frau. »Nicht nur, weil es das Gesetz verlangt, sondern, weil sie es selber braucht. Weil sie mit dem, was sie getan hat, erst leben kann, wenn sie Buße dafür tut. Sie kann erst Erlösung finden, wenn sie sich selbst vergibt.«

»Verstehe. Also nehmen wir sie fest.«

»Ich finde es wirklich traurig, dass ich jetzt auf den bezahlten Urlaub pfeifen kann.« Reo stieß einen wehmütigen Seufzer aus. »Ich kenne einen anständigen Strafverteidiger, der sie umsonst vertreten wird. Lassen Sie mich ihn anrufen, und holen Sie währenddessen diese Hexe Soto aufs Revier und bringen die Sache unter Dach und Fach.«

»Sind bereits dabei.«

»Geben Sie mir Bescheid, wenn's so weit ist. Dr. Mira, wir sehen uns dann auf Louises Fest.«

»Danke, dass Sie gekommen sind und Reo gesagt haben, was sie für einen Eindruck auf Sie macht«, wandte sich Eve der Psychologin zu.

»Ich glaube, früher oder später wäre sie freiwillig hier erschienen. Sie haben Ihre Sache wirklich gut gemacht und sie mit der Eröffnung, dass Penny sie manipuliert hat, derart aus dem Gleichgewicht gebracht, dass sie sich jetzt ihrem Priester öffnen und aktiv um Erlösung bemühen wird.«

»Sie muss selbst entscheiden, was sie tut. Ich habe ihr diese Dinge erzählt, damit sie mir etwas gibt, was ich gegen Penny verwenden kann.«

»Unter anderem.«

Eve zuckte mit den Schultern. Ja, vielleicht.

22

Als McNab in die Abteilung zurückkam, wackelte er fröhlich mit den Brauen und sah Peabody mit einem lüsternen Grinsen an. Sie blickte geradewegs durch ihn hindurch, aber trotzdem lief er unbekümmert weiter auf sie zu und nahm lässig auf der Kante ihres Schreibtischs Platz.

»Schwing deinen traurigen Arsch von meinem Tisch. Ich habe zu tun.«

»Ich weiß, dass du von meinem Arsch total begeistert bist. Schließlich weist er noch die Abdrücke von deinen Fingern auf.«

Schnaubend wandte sie sich ab. »Das hier hat nichts mit Sex zu tun.«

»Komm mal kurz mit vor die Tür.«

»Ich habe doch gesagt, ich habe zu tun.« Sie drehte sich wieder zu ihm um. »Vielleicht hast du ja alle Zeit der Welt, um rumzuknutschen, ich aber ganz sicher nicht. Vielleicht freut es dich zu hören, dass ich gerade den Bericht über die Vernehmung von Juanita Turner schreibe und dass die Bewohner von New York jetzt vor einer trauernden Mutter sicher sind, die sich von einem habgierigen, herzlosen Weib als Mordwaffe missbrauchen lassen hat.«

Seine Finger tänzelten auf seinem Knie, und er blickte forschend in ihr wütendes Gesicht. »Okay. Lass uns kurz vor die Tür gehen und über alles sprechen.«

»Dein Schädel scheint genauso knochig wie dein Arsch zu sein. Ich ... habe ... zu ... tun.«

»In Ordnung.« Fröhlich wandte sich McNab der Frau am Nachbarschreibtisch zu. »He, Carmichael, willst du vielleicht zusehen, wie ich mit Peabody streite und mich dann knutschend mit ihr versöhne?«

»Sicher.« Carmichael winkte mit der Hand, ging aber gleichzeitig weiter irgendwelche Daten auf ihrem Computerbildschirm durch. »Aber zieht euch bitte vorher aus.«

»Du bist einfach pervers«, murmelte Peabody erbost, stand aber hinter ihrem Schreibtisch auf und marschierte in den Flur hinaus.

Als McNab ihr grinsend folgte, rief Carmichael ihnen hinterher: »He, heißt das, ihr zieht euch doch nicht vor mir aus?«

»Du fandest das vielleicht witzig«, fing Peabody an – und fand sich mit dem Rücken an der Wand neben dem Getränkeautomaten wieder, während gleichzeitig ihr Mund ausnehmend beschäftigt war. Eine Hitzewelle dehnte sich von ihrem Bauch und ihrem Kopf in ihrem ganzen Körper aus, doch als zwei uniformierte Kollegen an ihr vorbeigingen und applaudierten, rang sie hörbar nach Luft.

»Verdammt! Hör auf. Was ist bloß mit dir los?«

»Ich konnte einfach nichts dagegen tun. Deine Lippen waren da, und ich habe sie fürchterlich vermisst.«

»Himmel, du bist wirklich ein Idiot.« Sie packte seine Hand, zog ihn den Korridor hinab, streckte ihren Kopf durch die Tür eines Besprechungsraums und zerrte ihn hinter sich her. »Hör zu.«

Dieses Mal krachte ihr Rücken gegen eine Tür, und während ihr Mund beschäftigt war, machten auch seine Hände sich ans Werk, sie vergaß sich lange genug, um ihre Finger kurz in seinem traurigen Arsch zu vergraben. Dann aber riss sie sich zusammen und stieß ihn von sich fort. »Hör auf. Du denkst anscheinend ausschließlich mit deinem Schwanz.«

»Auf dem wahrscheinlich noch die Abdrücke von deinen Zähnen sind.« Doch nach einer kurzen Pause fügte er hinzu: »Du hast wahrscheinlich nicht gemeint, dass es nicht um Sex geht, sondern dass es nicht darum gehen *soll*. Okay.«

Er trat einen Schritt zurück, stopfte seine Hände – zu ihrem heimlichen Bedauern – in zwei der unzähligen Taschen seiner Hose und sah sie forschend an. »Da du offenbar noch immer sauer auf mich bist, lass mich dir eine Frage stellen: Willst du, dass ich immer deiner Meinung bin?«

»Nein, aber ... vielleicht. Aber du willst, dass ich immer deiner Meinung bin.«

»Nicht unbedingt. Es gefällt mir, wenn du meiner Meinung bist, weil dann zwischen uns immer alles so harmonisch ist und es dann oft zu dem Sex kommt, um den es nicht gehen soll; oder weil ich dann auf jeden Fall das schöne Gefühl habe, dass du solidarisch mit mir bist. Aber es gefällt mir auch, wenn du anderer Meinung bist, denn dann sind wir beide wütend, und auch das führt häufig zu dem Sex, um den es gar nicht gehen soll. Aber vor allem bringt es mich zum Nachdenken, wenn du mir widersprichst. Und selbst wenn ich am Schluss bei meiner Meinung bleibe, ist das für mich okay. Denn das, was du denkst, macht dich zu der Frau, die du bist. Nämlich zu meiner Frau.«

»Oh, verdammt«, entfuhr es ihr nach einem Augenblick. »Verdammt. Warum musst du mit einem Mal so abgeklärt und so vernünftig tun?« Trotzdem musste sie sich, wenn auch widerwillig, eingestehen, dass ihr durch seine Argumentation der Wind aus den Segeln genommen worden war. »Aber du hast recht. Ich schätze, Juanita hat mir einfach leidgetan, und als du ihr gegenüber die harte Tour gefahren hast, kam ich mir wie eine schlechte Polizistin vor.«

»Das bist du ganz sicher nicht.« Er pikste ihr freund-schaftlich in die Schulter. »Das ist Schwachsinn und das weißt du selber ganz genau.«

»Manchmal kann ich gar nicht glauben, dass ich wirk-lich hier gelandet bin. Als Detective in New York, auf dem Hauptrevier, bei Dallas. Und dann kriege ich Angst, dass irgendwer genau hinsieht und sagt, Himmel, schickt das Mädel bloß zurück auf seinen Bauernhof.«

»Vielleicht solltest du dann einfach immer an die un-zähligen Schweinehunde denken, die dank deiner Mithilfe während der letzten Jahre hinter Gittern gelandet sind.«

»Ja.« Sie atmete tief durch. »Wahrscheinlich hast du recht. Aber ... Juanita ist kein Schweinehund. Sie ist nicht die Art von Mensch, bei der man sich selber auf die Schulter klopfen kann, wenn man sie hinter Gitter bringt. Und es fällt mir einfach schwer, meine Gefüh-le mit der Arbeit in Einklang zu bringen, die ich gerade machen muss.«

Er pikste sie noch einmal an und sah ihr ins Gesicht. »Hast du den Fall aufgeklärt?«

Sie nickte. »Ja.«

»Das ist alles, was du machen kannst. Du kannst nicht auch noch den Job des Staatsanwalts, der Geschworenen und der Richter übernehmen. Du klärst einfach den Fall auf, weiter nichts.«

»Ich weiß. Ich weiß. Aber ... Dallas hat sich schwer ins Zeug gelegt. Sie hat Reo und Mira und sogar den Priester als Beobachter zu dem Verhör bestellt. Deswegen wird Ju-anita zwar verurteilt werden, aber nicht so hart.«

»Anders als das andere Weib. Und genau darauf zielt ihr, du und Dallas, ab, nicht wahr? Ich habe da noch eine Kleinigkeit, die euch dabei sicher helfen wird.«

»Was?«

»Ich war gerade auf dem Weg zu Dallas, um es ihr zu sagen, als ich dich gesehen habe. Du hast mich einfach abgelenkt.«

»Dann lass uns zusammen zu ihr gehen.«

»He, vielleicht könnten wir noch fünf Minuten damit warten und ...«

»Nein.« Jetzt lachte sie und kniff ihn gut gelaunt ins Hinterteil. »Auf keinen Fall. Aber heute Abend frische ich die Abdrücke, die du am Körper hast, noch einmal auf.«

»Verdammt.«

Eve saß in ihrem Büro, sah sich die Karte auf dem Bildschirm an, rechnete und dachte nach. Es gab unzählige Möglichkeiten, andere Menschen hereinzulegen, dachte sie. Das Problem bestand darin, dass jedes Haus und jede Wohnung von Ortega momentan bewohnt war und sie deshalb ein Apartment räumen lassen müsste, selbst wenn der von ihr geplante Einsatz völlig simpel war.

Denn wenn irgendetwas nicht nach Plan verliefe und ein Zivilist zu Schaden käme, läge die Verantwortung dafür bei ihr.

Aber es gab immer Mittel und Wege, wusste sie, kontaktierte Roarkes Büro, und nach dem obligatorischen, kurzen Geplauder erklärte ihr die Assistentin ihres Mannes, dass er gerade in einer Besprechung war. »Aber ich kann Sie gerne durchstellen, wenn es wichtig ist.«

»Nein. Aber haben Sie eine ungefähre Vorstellung, wie lange die Besprechung dauern wird?«

»In dreißig Minuten hat er noch einen anderen Termin. Länger als eine halbe Stunde kann es also nicht mehr gehen.«

»Vielleicht kann er mich ja dann kurz zurückrufen. Falls es doch länger dauert, komme ich möglicherweise auf Ihr

Angebot, mich durchzustellen, zurück, aber erst einmal vielen Dank.«

»Nichts zu danken, Lieutenant«, antwortete Caro und legte lächelnd auf.

Eve bestellte sich einen Kaffee und sah sich abermals die Karte an. »Wenn Sie nichts für mich haben, hauen Sie wieder ab«, erklärte sie, als ihre Partnerin zusammen mit McNab den Raum betrat.

»Wie wäre es mit einem Prepaid-Handy, das Juanita Turner hätte entsorgen sollen, stattdessen aber aufgehoben hat?«

Ruckartig hob Eve den Kopf. »Wenn Sie Penny Sotos Stimme darauf haben, wie sie von dem Mord an Lino spricht, kneife ich nicht nur die Augen zu, wenn Ihnen Peabody das nächste Mal im Dienst den Hintern tätschelt, sondern tätschele vielleicht sogar selbst mit.«

»Mein Allerwertester scheint heute echt begehrt zu sein.« McNab zog das Handy und eine Diskette aus einer seiner vielen Taschen und legte beides auf den Tisch. »Ich habe sämtliche Gespräche vorsorglich kopiert. Die Anruferin hat die Videofunktion blockiert, aber für einen Stimmvergleich hat es auf jeden Fall gereicht. In weiser Voraussicht habe ich schon einmal einen durchgeführt. Die Stimmen von den Vernehmungen der beiden Frauen stimmen hundertprozentig mit denen auf dem Handy überein.«

Eilig schob Eve die Diskette in ihren Computer und McNab erklärte: »Fangen Sie am besten hinten an.«

»Computer, letztes Gespräch auf der Diskette«, wies Eve ihre Kiste an.

EINEN AUGENBLICK ... DIE VIDEOFUNKTION IST AUSSER BETRIEB.

»Hallo, Pen...«

»Keine Namen, wissen Sie noch? Und vergessen Sie vor allem nicht, dass es wirklich wichtig ist, das Handy zu entsorgen, wenn alles vorbei ist, ja?«

Eve setzte ein breites, böses Lächeln auf.

»Ich werde daran denken, aber ...«

»Ich dachte, Sie bräuchten vielleicht jemanden zum Reden, einfach, um zu wissen, dass Sie eine Freundin haben, einen Menschen, der versteht, was Sie morgen tun. Der versteht, weswegen Sie es tun.«

»Ich habe den ganzen Tag gebetet und Gott gebeten mir zu helfen. Mir die Kraft zu geben, um das Richtige zu tun. Um zu sehen, was richtig ist. Ich bin mir nicht sicher ...«

»Er hat mich heute Abend wieder vergewaltigt.«

»Nein, oh, nein.«

»Ich habe es überstanden. Mit Beten und in dem Wissen, dass es nicht noch einmal passieren wird. Dass es nie wieder passieren wird, weil Sie ihn stoppen werden. Wenn ich das nicht wüsste, hielte ich es sicher nicht mehr aus. Ich glaube, dann würde ich mich umbringen, um der Hölle zu entfliehen, in der ich wegen diesem Kerl gelandet bin.«

»Nein! Pen... nein, daran dürfen Sie nie auch nur denken. Das Leben ist das kostbarste Geschenk. Und deshalb frage ich mich und Gott trotz allem, was der Kerl verbrochen hat, ob ich das Recht habe, ihm das Leben zu nehmen.«

»Er hat Ihren Sohn und Ihren Mann getötet. Er hat viele Menschen umgebracht und niemand hält ihn auf. Jetzt verhöhnt er auch noch Gott. Und ... heute Abend, nachdem er mich vergewaltigt hat, hat er gesagt, ihm würde langsam langweilig, vielleicht würde er bald von hier verschwinden, dann nähme er mich auf alle Fälle mit. Aber vorher würde er noch eine Bombe in der Kirche legen und sie dann an irgendeinem Sonntag in die Luft jagen, weil sie dann voller Menschen ist.«

»Nein. Nein. Mein Gott, nein.«

»Sie sind die einzige Hoffnung, die wir jetzt noch haben. Gott hat Ihnen diese Aufgabe gegeben, Sie sind jetzt Gottes Werkzeug und die Einzige, die diesen Mann noch stoppen kann. Sagen Sie mir, dass Sie diesen Menschen morgen stoppen werden, denn sonst überstehe ich die Nacht nicht. Sagen Sie mir, versprechen Sie mir, dass Sie seinem Treiben ein Ende machen werden, dass er endlich die Strafe Gottes für seine Taten erfährt.«

»Ja. Ja. Morgen.«

»Versprechen Sie es mir. Schwören Sie es bei Ihrem Sohn. Bei Ihrem ermordeten Sohn.«

»Ich schwöre es. Ich schwöre es bei meinem Quinto.«

»Und dann zerstören Sie das Handy. Denken Sie daran. Sobald es vorbei ist, werfen Sie das Handy in den Müll. Gott segne Sie.«

»Die Stimmvergleiche haben zweifelsfrei ergeben, dass die Anruferin Penny Soto und die Angerufene Juanita Turner ist«, bekräftigte McNab und fügte hoffnungsfroh hinzu: »Klingt nach einer eindeutigen Verabredung zu einem Mord.«

»Auf jeden Fall. Jetzt haben wir endlich etwas Konkretes gegen dieses Weibsbild in der Hand.«

»Und jetzt darf mein Hintern endlich getätschelt werden«, verkündete der elektronische Ermittler, doch keine der beiden Frauen ging darauf ein.

»Ich schätze, Juanita hat einfach vergessen, das Handy wegzuwerfen«, meinte Peabody.

»Vergessen hat sie es wahrscheinlich nicht. Sie hat es noch gebraucht, musste das Gespräch noch einmal hören, bevor und nachdem sie ihn getötet hat. Musste, um ihr Gewissen zu erleichtern, hören, was Penny ihr souffliert hatte. Wir werden Soto wegen dieser Sache und wegen der Bombenattentate drankriegen. Nur haben wir das Schloss bisher noch nicht vollständig geknackt.«

Dazu mussten sie den Schlüssel noch ein kleines bisschen weiter drehen.

»Dann wären da noch die Strafvereitelung in den Fällen Flores und Ortega«, fuhr sie fort. »Und natürlich der Betrug. Mithilfe des Betrugs kriegen wir sie wegen Anstiftung zum Mord an Lino dran. Wenn wir es richtig anstellen, landet sie bis an ihr Lebensende hinter Gittern. Also stellen wir es, verdammt noch mal, gefälligst richtig an.«

In diesem Augenblick klingelte ihr Link und ein Blick auf das Display verriet, dass Roarke der Anrufer war. »Besorgen Sie mir einen Konferenzraum und bestellen Sie Baxter und Trueheart ein.«

»Die beiden observieren doch Penny.«

»Lassen Sie sie ablösen und holen Sie sie zurück. In dreißig Minuten findet ein Briefing statt. Und jetzt schwingen Sie Ihre ungetätschelten Hintern, ja?« Dann ging sie an ihr Link. »Dallas.«

»Was kann ich für dich tun, Lieutenant?«

»Hast du ein Ladenlokal oder ein Apartment in der Upper East Side, das augenblicklich leer steht?«

»Könnte sein. Warum?«

»Ich brauche es für ein paar Stunden.«

»Willst du etwa eine Party geben?«

»So ähnlich. Direkt in El Barrio oder möglichst in der Nähe wäre noch das Sahnehäubchen auf der Torte.«

»Wie wäre es mit einem hübschen viergeschossigen

Zweifamilienhaus in der 95. Ost, das gerade renoviert wird?«

»Hast du das aus dem Hut gezaubert oder was?«

»Nein. Ich habe einfach kurz im Computer nachgesehen.« Er sah sie lächelnd an. »Hat dir so etwas vorgeschwebt?«

»Damit hast du den Nagel auf den Kopf getroffen. Ich bräuchte die genaue Adresse, eine Beschreibung, den momentanen Marktwert und all das andere Zeug. Wenn du mir das und den Zugangscode für die Türen bis ...« Sie warf einen Blick auf ihre Uhr. »... sechzehn Uhr besorgen könntest, wäre der Nagel versenkt.«

»Ich dachte, wir verzieren gerade eine Torte. Aber wie dem auch sei, melde ich mich einfach noch mal bei dir.«

Eve blickte wieder auf die Karte. Könnte funktionieren. Müsste funktionieren, dachte sie und rief erneut bei Feinburg an. »Sie müssen auf die Wache kommen.«

»Lieutenant, wie ich bereits versucht habe, Ihnen zu erklären, habe ich heute den ganzen Tag Termine.«

»Die legen Sie bitte alle um. Ich brauche Sie nämlich spätestens in einer Stunde hier. Schließlich wollen Sie sicher nicht, dass all Ihre Mandanten hören, dass Sie seit sechs Jahren in einen großen Betrugsfall sowie mehrere Mordfälle verwickelt sind. Oder?«

»Ich bin so schnell wie möglich da.«

»Davon bin ich überzeugt«, murmelte Eve nach Ende des Gesprächs, sammelte ihre Sachen ein, guckte, welchen Konferenzraum Peabody gebucht hatte, und brachte unterwegs telefonisch den Commander auf den neuesten Stand.

»Der Stimmvergleich und Turners Aussage reichen doch sicher aus, um sie wegen des Falls St. Cristóbal auf das Revier zu holen«, meinte er.

»Ja, Sir.«

»Schließen Sie den Fall so schnell wie möglich ab. Die Medien werden sich auf Turner stürzen und die Mitleidschiene fahren, wenn wir gleichzeitig auch Soto hinter Gitter bringen, lenkt sie das vielleicht ein wenig ab.«

»Genau das habe ich vor. Die geplante Operation wird den letztendlichen Beweis dafür erbringen, dass sie hinter allem steckt. Sie wird diesen Köder schlucken, weil sie schließlich auch aus reiner Gier Lino von Juanita aus dem Verkehr ziehen lassen hat. Sie wird nicht anders können. Sobald sie angebissen hat, kriegen wir sie wegen des Betrugs und wegen Flores, Ortega und vielleicht auch Chávez dran. Die ebenfalls ermordet worden sind.«

»Was bisher nur eine Vermutung ist.«

»Ja, Sir. Aber ich werde diesen Verdacht nutzen und sie dazu bringen, dass sie ihre Beteiligung an den Bombenanschlägen gesteht.«

»Dann legen Sie mal los. Aber falls irgendetwas schiefgeht, nageln Sie die Frau auf jeden Fall wegen dem Mord an diesem falschen Priester fest.«

Nach einem letzten »Ja, Sir« steckte sie ihr Handy wieder ein und ging in den Besprechungsraum.

»Baxters und Truehearts Ablösung ist unterwegs«, begann ihre Partnerin. »Die beiden kommen zwar so schnell es geht zurück, aber in einer halben Stunde schaffen sie es sicher nicht.«

»Okay. Kontaktieren Sie Detective Stuben auf dem sechsundvierzigsten Revier und fragen ihn, ob er und sein damaliger Partner mitmachen wollen.«

»Wobei?«

»Beim Abschluss ihrer Fälle. Sie sind noch hier?«, wandte sie sich überrascht dem elektronischen Ermittler zu.

»Sie haben nicht gesagt, dass ich verschwinden soll«, gab McNab zurück.

»In der Tat kann ich Sie sogar brauchen. Ich habe den Anwalt, der für diese Schlampe arbeitet, auf das Revier bestellt. Sie müssen es so einrichten, dass er von hier aus telefonieren und Mails verschicken kann, wobei es so aussehen muss, als kämen sie aus der Kanzlei. Vielleicht weiß sie, wie man so etwas überprüft, vielleicht hat ihr Lino das gezeigt. Ich will, dass er direkt von hier aus mit ihr kommuniziert und dass sämtliche eingehenden Anrufe und Mails zurückverfolgt, kopiert und was sonst noch alles werden, was man machen muss, um zu beweisen, dass sie von einem bestimmten Gerät an einem bestimmten Ort gekommen sind.«

»Das kann ich machen.«

»Gut, dann machen Sie's.« Eve hängte ein Bild von Penny Soto mitten an der Tafel auf. »Heute fährt sie ein.«

Innerhalb von einer Stunde war das Zimmer präpariert. An der Tafel hingen neben Pennys Bild Aufnahmen von sämtlichen Toten, mit denen sie sich in Verbindung bringen ließ, und McNab nahm noch die letzten Handgriffe an einem der Daten- und Kommunikationsgeräte vor.

Als Feeney den Raum betrat, hob Eve erstaunt den Kopf. »Hi.«

»Hi. Wenn du mir einen meiner Jungs für einen Einsatz klaust, wüsste ich zumindest gern, worum es geht.«

»Tut mir leid.« Sie strich sich die Haare aus der Stirn. »Ich hätte dich anrufen sollen, aber ich hatte gerade alle Hände voll zu tun.«

»Das habe ich bereits gehört.« Er trat vor das Kommunikationsgerät und sah sich McNabs Arbeit an, ohne dass er auch nur seine Hände aus den schlabberigen Taschen seiner schlabberigen Hose zog. »Darum dachte ich, dass du vielleicht noch Hilfe brauchen kannst.«

»Auf jeden Fall. Baxter, Trueheart«, sagte sie, als sie

die beiden sah. »Gleich kommen zwei Detectives vom sechsundvierzigsten. Sobald sie da sind, fängt das Briefing an. Wir …« Sie runzelte die Stirn, als Roarke den Raum betrat, und marschierte eilig auf ihn zu.

»Ich brauche nur die Daten«, sagte sie zu ihm.

»Meine Daten von meinem Haus.« Er lächelte sie an. »Also will ich mitspielen.« Er drückte ihr eine Diskette in die Hand, baute sich neben Feeney auf und sah sich McNabs Arbeit an.

Als schließlich auch Stuben und sein Partner Kohn erschienen, stellte sie sie den anderen kurz vor und klärte sie mit ein paar knappen Worten über Penny Soto auf.

»Über die Verhaftung von Juanita Turner haben wir erst einmal Stillschweigen bewahrt. Damit möchte ich Penny überraschen, wenn sie nachher vor mir sitzt. Ich habe den Anwalt auf sie angesetzt. Falls McNab seine Arbeit gemacht hat, können wir die Übertragung von hier bis zu ihrem Gerät und von ihrem Gerät nach hier zurückverfolgen. Damit locken wir sie an und nageln sie am Ende fest.«

Sie rief die Daten von Roarkes Diskette auf und sah sich ein Foto des Gebäudes an. »Ein unbewohntes Zweifamilienhaus – es sind also keine Zivilpersonen in Gefahr. Der Anwalt wird sie anrufen und ihr erklären, dieses Gebäude käme infolge des Todes eines Cousins des alten Mr Ortega noch zur Erbmasse dazu. Er wird behaupten, José Ortega wäre der Erbe dieses Mannes gewesen, ihr etwas von einer Übertragungsurkunde, von irgendeinem Treuhandfonds, dem Marktwert des Gebäudes, den anfallenden Steuern oder so erzählen und erklären, dass er ihr den Zugangscode zu dem Gebäude aus Gründen der Sicherheit lieber nicht per E-Mail schicken will.

Trotzdem wird sie den Code verlangen, und sobald

sie ihn bekommen hat, wird sie hinfahren, um sich das Gebäude anzusehen. Sie wird diesen Code benutzen und dann schnappen wir sie uns. Sie wird bereits observiert.« Sie rief eine Karte der 95. Straße auf dem Bildschirm auf. »Baxter und Trueheart beziehen an diesen beiden Stellen Position. Natürlich in Zivil. Detectives Stuben und Kohn, bauen Sie sich in dieser Hälfte des Gebäudes auf?«

»Mit Vergnügen.«

»Peabody und ich werden dann hierher gehen, und die elektronischen Ermittler und der Wagen stehen hier. Wir locken sie ins Haus und sammeln sie dann ein. Allerdings dürfen wir sie keine Sekunde aus den Augen lassen, denn sie ist vollkommen unberechenbar. Dann bringen wir sie hierher aufs Revier und weisen ihr sämtliche Taten bis hin zu den Anschlägen im Frühjahr '43 nach.«

Zwanzig Minuten später tauchte Feinburg auf, und sie drückte ihm einen Ausdruck in die Hand. »Das hier werden Sie ihr erzählen. Sie können es mit Ihren eigenen Worten sagen. Flechten Sie ruhig auch ein paar Fachausdrücke ein, aber das ist es, was Sie rüberbringen sollen. Alles klar?«

»Nicht wirklich. Falls noch ein Gebäude unter den Nachlass gefallen wäre, hätte ich Mr Aldo – oder den Mann, den ich für Mr Aldo hielt – doch auf jeden Fall darüber informiert.«

»Und woher soll sie wissen, dass Sie das nicht getan haben? Drücken Sie sich ruhig ein bisschen vage aus. Anwälte sind schließlich gut darin, die Dinge so zu formulieren, dass sie kein normaler Mensch versteht. Ich will, dass sie glaubt, dass sie dieses Gebäude kriegt. Dieses Zweifamilienhaus unter dieser Adresse, das einen ungefähren

Marktwerkt von acht Komma drei Millionen hat. Ich will, dass sie gezwungen ist zu reagieren, weil sie weitere Informationen haben will. Bringen Sie sie dazu, dass sie sich den Zugangscode zu dem Gebäude geben lässt. Mehr brauchen Sie nicht zu tun.«

»Tja, nun, aber ...«

»Ich könnte die Sache auch ohne Sie durchziehen, Feinburg, aber ich will nicht, dass sie auch nur ansatzweise merkt, dass etwas nicht in Ordnung ist. Sie wird glauben, dass die Nachricht von Ihnen kommt, weil sie von Ihnen kommt. Und sie wird auch den Inhalt glauben, weil es immerhin um acht Komma drei Millionen geht. Also, bringen Sie es hinter sich.«

»Tippen oder sprechen Sie normalerweise Ihre Mails?«, fragte ihn McNab.

»Ah, ich spreche sie.«

»Okay. Dann tun Sie das jetzt auch, aber schicken Sie die Mail nicht ab. Das übernehme ich. Und zwar jedes Mal«, fügte der elektronische Ermittler noch hinzu.

»In Ordnung.« Feinburg setzte sich, atmete hörbar aus, nannte den Namen der Empfängerin und ihres Accounts und begann mit seinem Text.

Eve nickte zustimmend. Ja, er machte seine Sache wirklich gut, fand sie. Typisch Anwalt brauchte er das Zehnfache an Worten wie sie selbst, und obwohl sie selbst am besten wusste, was er sagte, verstand sie nicht einmal die Hälfte seines Textes.

Sie bedeutete McNab die Nachricht abzuschicken, und der Anwalt sah sie fragend an.

»Und jetzt?«

»Jetzt ziehen wir los. Sie hat bisher weder die Adresse noch den Zugangscode. Aber sie will sie sicher haben, und wenn sie sie bekommt, sind wir längst vor Ort. Also, lassen Sie uns fahren, Position beziehen, und dann nehmen wir sie fest.«

In dem Zweifamilienhaus wurden Eve und Peabody von Roarke zur westlich gelegenen Eingangstür geführt. Als die beiden Detectives vom sechsundvierzigsten das Gebäude durch die östliche Tür betraten, blickte er sie fragend an. »Du vertraust darauf, dass sie zuerst auf diese Seite kommt.«

»Ich will ihnen die Chance geben, dieses Mistweib zu erwischen, aber ja, ich gehe davon aus, dass sie diese Tür benutzen wird. Solltest du nicht bei den elektronischen Ermittlern sein?«

»Ich bin lieber hier bei euch.« Er sah sich in der Eingangshalle und dem Raum zu seiner Linken um. »Wenn man es noch etwas aufpoliert, wird es bestimmt ganz hübsch.«

»Die Verkleidungen der Wände sind bestimmt noch original, nicht wahr? Und wow«, entfuhr es Peabody. »Mein Bruder würde sich wahrscheinlich in die Hose machen, wenn er das hier sähe.«

»Meine Güte, Peabody«, fuhr Eve sie an. »Wenn Sie hier mal eine Führung machen wollen, warum …« Plötzlich brach sie ab und klappte ihr Handy auf. »Dallas.«

»Sie hat angebissen«, stellte Feeney triumphierend fest. »McNab und der Anwalt sind bereit zu antworten.«

»Wartet noch ein bisschen, ja? Lasst sie ruhig ein bisschen schwitzen, bevor ihr ihr die Adresse gebt.« Dann rief sie die anderen Teammitglieder an. »Wir warten. Aber lange wird's bestimmt nicht dauern«, klärte sie sie auf.

Als Baxter eine Stunde später anrief, gingen draußen gerade die Laternen an. »Die Verdächtige nähert sich aus Richtung Westen über die 95., sie kommt zu Fuß. Rote

Bluse, schwarze Hose, schwarze Handtasche. Sie geht sehr schnell und ist wahrscheinlich jeden Augenblick da.«

»Verstanden. Bleiben Sie auf Position. Niemand rührt sich, ehe sie nicht im Gebäude ist. Los, komm rein«, lockte Eve die andere Frau. »Los, komm endlich rein.«

»Dallas, sie steht direkt vor Ihrer Tür.«

»Jeder bleibt auf seiner Position.« *Na, komm schon, blödes Weib.* Das Licht neben der Haustür sprang von Rot auf Grün, Eve aber blieb weiter reglos stehen, als Penny in die Eingangshalle kam und schnell wieder die Tür hinter sich schloss.

Penny blickte Richtung Treppe und verzog den Mund zu einem breiten Grinsen – als mit einem Mal das Licht anging.

»Überraschung«, meinte Eve.

»Was zum Teufel …«, Penny schob sich rückwärts Richtung Tür.

»Dies ist ein kleines Freudenfest, denn ich nehme Sie wegen Betrugs, Fälschung offizieller Dokumente, Verwendung einer falschen Identität, mehrfacher Beihilfe zum Mord und diverser anderer Straftaten fest.«

»Das ist doch totaler Schwachsinn. Sie sind vollkommen verrückt.«

»Wenn Sie versuchen, durch die Tür wieder nach draußen zu gelangen, kommt noch Widerstand gegen die Festnahme dazu.«

»Den Scheiß haben Sie schon mal probiert. Aber es hat Ihnen nicht das Mindeste genützt.« Penny wirbelte herum, riss die Haustür auf, und als Eve ihr folgte, drehte sie sich wieder um die eigene Achse und fuhr mit einem Messer durch die Luft.

Sie erwischte Eve am Ärmel, kratzte mit der Spitze leicht an ihrer Haut und holte nochmals aus, doch Eve trat einfach einen Schritt zurück und wich ihr dadurch aus. »Und *den* Scheiß hast du schon mal probiert«, rief sie Penny in Erinnerung.

Hinter ihr hielt Roarke Peabody zurück, als die nach ihrem Stunner griff. »Nein«, erklärte er. »Das hier will sie allein durchziehen.«

»Meine Güte, du bist wirklich grottendumm.« Eve zückte ihre Waffe. »Lass das Messer fallen, oder ich drücke ab. Die Entscheidung liegt bei dir. Entweder, du lässt das Messer fallen, oder ich fälle dich. Und zwar mit dem größten Vergnügen«, fügte sie hinzu.

»Mir dir werde ich auch ohne Waffe fertig.« Penny schleuderte ihr Messer achtlos fort. »Wohingegen du anscheinend einen Stunner brauchst.«

»Forderst du mich etwa heraus? Na gut. Roarke.« Ohne sich auch nur umzudrehen, warf sie ihm ihren Stunner zu und forderte Penny fröhlich auf: »Dann versuch mal dein Glück.«

Zornbebend und hasserfüllt sprang Penny auf sie zu. Eve spürte, wie das Blut durch ihre Adern schoss. Das Brennen der Schnittwunde an ihrem Arm belebte sie, und sie wehrte erfolgreich Pennys ersten Faustschlag ab. Allerdings schien ihre Gegnerin das reinste Energiebündel zu sein, denn fast im selben Augenblick verpasste sie ihr einen Tritt gegen die Hüfte und fuhr ihr mit ihren Fingernägeln durchs Gesicht.

Wieder wich Eve aus, steckte aber ein paar Schläge ein. Und sah, dass Pennys Augen funkelten.

»Du bist eine jämmerliche Kämpferin«, verhöhnte Penny sie. »Du bist ein totaler Waschlappen.«

»Oh. Haben wir schon gekämpft? Das habe ich gar nicht gemerkt. Aber meinetwegen.«

Jetzt fing sie richtig an.

Eine kurze Gerade ließ den Kopf des Weibs wie einen Ball an einer Schnur nach hinten krachen, ein gezielter Tritt in ihren Bauch ließ sie vornüberkippen und ein neuerlicher Aufwärtshaken richtete sie wieder auf, ehe sie infolge eines rechten Seitwärtshakens endgültig zu Boden ging.

»Der Letzte war für Quinto Turner«, meinte Eve über die besinnungslose Gegnerin gebeugt, richtete sich seufzend wieder auf und bedeutete Roarke mit einer Handbewegung, dass er ihr den Stunner wiedergeben sollte, den er seit Beginn des Kampfes in den Händen hielt. »Los, schaffen wir sie aufs Revier.«

»Du hast Nasenbluten, Lieutenant.«

»Ja. Peabody, sehen Sie auch, dass meine Nase blutet?«

»Ihre Nase und Ihr Arm.«

»Und haben Sie auch gesehen, dass ich mir diese Verletzungen zugezogen habe, als die Verdächtige versucht hat, sich der Festnahme zu widersetzen, indem sie mich mit einem Messer angegriffen hat?«

»Klar und deutlich.«

»Gut. Danke«, fügte sie hinzu, als sie von Roarke ein Taschentuch gereicht bekam.

Er hielt kurz eine Hand über den Rekorder, der am Aufschlag ihrer Jacke saß. »Du wolltest, dass sie auf dich losgeht. Du hast mit ihr gespielt und sie mit Absicht ein paar Treffer landen lassen, damit du ein paar sichtbare Beweise dafür kriegst, dass sie dich angegriffen hat. Und damit du sie ordentlich vertrimmen kannst.«

»Vielleicht.« Grinsend presste sie das Taschentuch unter ihre Nase. »Was sie mir aber nie beweisen können wird. Und jetzt nehme ich sie mit, damit ich sie endlich richtig auseinandernehmen kann.«

»Ich komme mit. Schließlich will ich jetzt auch noch das

Ende miterleben und vor allem dafür sorgen, dass dein Arm gereinigt und verbunden wird.«

Wieder rief Penny Carlos Montoya an. Sie beschwerte sich lautstark, weil sie von der Polizei misshandelt und vor allem völlig grundlos festgenommen worden war, doch noch während ihr der Anwalt vorschlug, Klage einzureichen, betrat Eve mit ihrer frischen Armwunde, zerschlagenem Gesicht und zerkratztem Kiefer den Vernehmungsraum.

»Lassen Sie uns erst mal ansehen, wie es abgelaufen ist«, schlug sie den beiden vor. »Aufnahme zurück.« Und während die Szene in dem Zweifamilienhaus über den Bildschirm lief, erklärte sie: »Da wir eine Verhaftung planten, wurde alles aufgenommen, und die Aufnahme zeigt klar und deutlich, wie mich die Verdächtige mit einem Messer, das sie verdeckt bei sich getragen hat, angegriffen hat. Genauso hat sie es schon einmal gemacht.«

Deshalb hatte Eve darauf gebaut, dass Penny auch in diesem Fall nicht unbewaffnet war.

Sie stellte den Rekorder wieder aus. »Sie wird wegen bewaffneten Angriffs und Mordversuchs an einer Polizeibeamtin angeklagt. Das macht gut und gerne fünfzig Jahre.«

»Das ist ja wohl der totale Schwachsinn.«

»Oh, Penny, Sie spielen auch immer dieselbe alte, langweilige Platte ab. Ich habe es auf Film, habe Augenzeugen dafür, wie ich angegriffen worden bin, habe den Bericht der Sanitäter, habe alles unter Dach und Fach. Außerdem sind Sie auch noch wegen Betruges dran. Unsere elektronischen Ermittler haben Feinburgs Mails an Sie und Ihre an ihn auf Ihrem Computer sichergestellt.«

»Das hat nichts zu bedeuten.«

»Penny«, fing ihr Anwalt an.

»Es hat nichts zu bedeuten!« Sie stieß Montoya unsanft mit dem Ellenbogen an. »Das war Linos Deal. Er
hat das alles eingefädelt, und ich habe nur weitergemacht.
Warum denn wohl auch nicht? Ich bin einfach zu dem
verdammten Haus gegangen, um es mir mal anzusehen.
Schließlich ist es kein Verbrechen, in ein Haus zu gehen,
nachdem einem ein verfluchter Anwalt den Zugangscode
gegeben hat.«

»Sie irren sich. Auch die Fortsetzung eines Betruges ist
Betrug. Aber vielleicht bin ich wegen des Betrugs und der
Attacke vorhin zu einem Deal bereit, wenn Sie mir da-
für im Gegenzug erzählen, was aus Miguel Flores, José
Ortega und Steve Chávez geworden ist. Die drei Fälle
würden wir nämlich gerne endlich abschließen.«

Eve stand wieder auf und achtete darauf, dass Penny
sah, wie wütend sie deswegen war. »Meine Vorgesetzten
wollen diese Fälle abschließen, deshalb ist aus ihrer Sicht
ein Deal wegen des bewaffneten Angriffes auf mich und
wegen des Betruges drin.«

»Und was bieten Sie mir an?«

»Statt wegen Betrugs würden Sie nur wegen Urkundenfälschung und statt wegen versuchten Mordes nur wegen
einfachen Widerstands gegen die Festnahme belangt. Das
wären höchstens ein paar Jahre statt wahrscheinlich le-
benslang.«

»Und das ist ein offizielles Angebot?«

»Ja, das ist ein offizielles Angebot. Wobei ich persönlich
hoffe, dass Sie nicht drauf eingehen. Ich persönlich hoffe,
Sie nehmen es nicht an.«

»Einen Augenblick.« Montoya beugte sich zu Penny
vor, flüsterte ihr kurz etwas ins Ohr und sie räumte schulterzuckend ein: »Vielleicht hat mir Lino ein paar Sachen
erzählt.«

Eve nahm mit einer Miene wieder Platz, als wäre sie verärgert und enttäuscht. »Dank meiner Vorgesetzten machen Sie gerade das Geschäft Ihres Lebens, Penny«, klärte sie sie übellaunig auf. »Aber wenn das Zeug, das Lino Ihnen erzählt hat, uns nicht weiterbringt, gibt es keinen Deal.«

»Ich kann Ihnen jede Menge Zeug erzählen, also finden Sie sich besser damit ab, dass aus der blödsinnigen Anklage nichts wird«, klärte sie Eve verächtlich auf. »Lino und Steve haben sich mit Ortega zusammengetan, weil sie dachten, dass man ihm bestimmt etwas von dem Erbe seines Opas aus den Rippen leiern kann. Sie haben ein bisschen mit ihm gespielt und ihm ein paar Hunderttausend abgeknöpft. Dann hat Chávez sich noch einmal an ihn herangemacht, sie haben noch mehr aus ihm herausgequetscht. Lino meinte, er hätte gedacht, dass da nichts mehr zu holen ist, und hätte nur noch versuchen wollen, unser altes Hauptquartier von ihm zu kriegen. Das wäre alles, worum es ihm gegangen wäre, nur wäre der Idiot plötzlich an einer Überdosis abgekratzt. Sie hatten also plötzlich einen toten Kerl am Hals und das hat Lino total sauer gemacht.«

Lachend lehnte sie sich auf ihrem Stuhl zurück. »Bis ihm eine Idee gekommen ist, wie er die Sache zu seinem Vorteil nutzen kann. Sie haben Ortega also in die Wüste rausgeschafft, dort irgendwo verscharrt, und dann hat sich Lino einen neuen Pass besorgt. Zu solchen Sachen hatte er Talent. Außerdem hatte er noch einen Haufen Geld von Ortega. Das hat er investiert und sich eine Heiratsurkunde für sich und Ortega besorgt. Ortega war tatsächlich eine Schwuchtel, und sie hatten fast drei Monate zusammen in diesem großen, schicken Haus gewohnt.«

Gelangweilt sah sich Penny ihre rot und schwarz

lackierten Fingernägel an. »Dann hat er die Urkunde zurückdatiert und ein paar Typen, die er in Taos oder so kannte, dafür bezahlt, dass sie erzählen, sie hätten diesen Aldo und Ortega als glücklich verheiratetes Paar gekannt.«

Sie richtete sich wieder auf und lachte schnaubend auf. »Lino hat wirklich an fast alles gedacht. Er hat Ortega als vermisst gemeldet und war mit einem Mal ein reicher Mann. Ein wirklich reicher Mann, denn Ortega hatte schließlich Millionen auf dem Konto, jede Menge teurer Immobilien und noch anderen Scheiß.«

»Nur, dass er sieben Jahre auf den Reichtum warten musste.«

»Genau. Die Zeit wollte er als Ken durchziehen, nur, dass er als Aldo nicht wieder nach Hause kommen konnte – schließlich sah er abgesehen von einem Bart und einer anderen Frisur wie der alte Lino aus. Jeder, der ihn kannte, hätte auf den ersten Blick gesehen, wer er in Wahrheit war. Dann fiel ihnen dieser Priester in den Schoß. Wissen Sie, das hat sie erst auf die Idee gebracht. Lino war gerade dabei, sich einen neuen Pass zu machen, um als Indie-Priester oder so zurückzukommen, aber Chávez konnte nicht die Klappe halten, dieser Priester hat gemerkt, dass die beiden nicht ganz sauber waren, und da hat ihn Chávez umgebracht. Hat ihn wirklich übel zugerichtet, hat Lino mir erzählt. Aber, wissen Sie, irgendwie war Lino religiös und bei dem Gedanken, einen Priester umzubringen, hat er sich nicht wohl gefühlt. Er dachte, das bringt Unglück, oder man zieht sich dadurch den Zorn Gottes zu, irgendetwas in der Art.«

»Ja, bestimmt.«

»Er fand es sogar so schlimm, dass er Chávez deshalb getötet hat. Er meinte, er hätte versucht, Steve daran zu hindern, den Priester in Stücke zu hacken, aber es ist trotzdem irgendwie passiert. Außerdem hatte er allmählich genug davon, dass Chávez immer alles vermasselt hat. Begraben hat er die beiden da, wo auch schon Ortega lag.«

»Wo?«

»Sie wollen wissen, wo?« Pennys Blick wurde durchtrieben. »Ich kann Ihnen sagen, wo ... wenn dafür die Anklage gegen mich ganz fallen gelassen wird.«

»Meine Mandantin kann Ihnen wertvolle Informationen geben«, warf Montoya ein. »Sie kooperiert umfänglich mit Ihnen, und ich glaube, wenn Sie weitere Informationen haben wollen, wenn sie weiter mit Ihnen kooperieren soll, müssen Sie die Anzeige zurückziehen. Ich bin mir sicher, dass auch den Familien dieser Männer viel an einer umfänglichen Aufklärung der Fälle liegt.«

Eve brauchte sich gar nicht zu bemühen, angewidert auszusehen. »Wenn Sie mir sagen, wo die Leichname von Miguel Flores, José Ortega und Steve Chávez liegen und wir sie dort tatsächlich finden, fallen die Anklagen wegen Urkundenfälschung und Widerstands gegen die Festnahme unter den Tisch.«

»Er meinte, er hätte sie alle ungefähr fünfzig Meilen südlich von Vegas entsorgt, an einem Ort, den die Eingeborenen Teufelskirche nennen, weil es da einen Felsen gibt, der aussieht, als stünde obendrauf ein Kreuz. Er hat sie direkt unterhalb von dem Felsen verscharrt. Wissen Sie, er hatte einen religiösen Tick, deshalb fand er es gut, dass sie unter dem Kreuz begraben waren.«

Schnaubend lehnte Penny sich erneut auf ihrem Stuhl zurück. »Macht Spaß, Geschäfte mit dir zu machen, Waschlappen.«

Eve bedachte sie mit einem nachdenklichen Blick. Penny hatte ganz eindeutig nicht versucht, ihr einen

Bären aufzubinden. Dafür stand aus ihrer Sicht schließlich zu viel auf dem Spiel. »Dann freut es Sie bestimmt, dass das noch nicht alles war. Denn jetzt kommen wir wieder nach New York und machen eine kurze Reise in die Vergangenheit. Ins Frühjahr '43, als die beiden Bomben hochgegangen sind.«

»Das war Linos Sache. Und da die Anklagepunkte gegen mich fallen gelassen worden sind, kann ich jetzt einfach gehen. Schlampe.«

»Nein, Miststück, das kannst du nicht. Du wusstest schon im Vorfeld über die Attentate Bescheid. Du wusstest, dass er die Bomben legen und die erste den Skulls in die Schuhe schieben wollte. So was nennt man Beihilfe.«

»Ich war damals wie alt? Fünfzehn? Und was habe ich schon groß gewusst?«

»Meinem Zeugen nach genug, um an der Planung und Durchführung des ersten Attentats sowie an der Planung des zweiten beteiligt gewesen zu sein. Und selbst den Knopf zu drücken, durch den die zweite Bombe hochgegangen ist.«

»Das können Sie nicht beweisen.«

»Ich habe einen Zeugen, der willens und bereit ist, diese Aussage vor Gericht zu wiederholen. Wenn gegen Sie Anklage wegen sechsfachen Mordes erhoben wird.«

»Schwachsinn. Schwachsinn.« Als Montoya etwas sagen wollte, schlug sie ihm wütend auf den Arm. »Ich kriege das alleine hin, du Arsch. Ich war damals noch minderjährig. Und selbst wenn ich den Knopf gedrückt habe, na und? Selbst wenn doppelt so viele Idioten dabei in die Luft gegangen wären, wäre das scheißegal. Denn ich falle unter den Begnadigungserlass.«

»Das bilden Sie sich vielleicht ein, der Erlass gilt schon seit einer Ewigkeit nicht mehr, und da Sie vor allem vor und während der Geltungsdauer dieses Erlasses wegen dieses Verbrechens nie verhaftet worden oder vor Gericht gelandet sind, galt er für Sie auch damals nicht.«

»Was ist das denn für ein Scheiß? Das ist ja wohl totaler Blödsinn.« Sie sah ihren Anwalt an. »Das ist totaler Blödsinn. Weil ich damals minderjährig war.«

»Sagen Sie am besten nichts mehr. Lieutenant«, fing Montoya mit empörter Stimme an. »Meine Mandantin ...«

»Ich bin noch nicht fertig«, fiel ihm Eve ins Wort. »Außerdem steht auf meiner Liste noch Anstiftung zum Mord an Lino Martinez. Sie hat das Handy nicht weggeworfen, Penny. Da sie inzwischen weiß, dass Sie den Auslöser betätigt haben, kooperiert sie umfänglich mit uns.«

»Diese Schlampe Juanita hat Lino umgebracht.« Penny sprang von ihrem Stuhl und pikste mit einem Finger in die Luft. »Ich habe ihn nicht angerührt. Ich war nie auch nur in dieser gottverdammten Kirche. Juanita Turner hat Lino umgebracht, auch wenn sie es mir jetzt in die Schuhe schieben will.«

»Ich habe nie gesagt, *wer* ihn ermordet hat«, bemerkte Eve.

»Das ist mir scheißegal. Juanita hat Lino vergiftet, wegen ihrem Sohn. Das können Sie mir nicht anhängen. Schließlich war ich, verdammt noch mal, überhaupt nicht dort.«

»Deshalb heißt es ja auch Anstiftung zum Mord.«

»Ich will einen Deal. Ich will einen Deal, dann erzähle ich Ihnen, wie sie es gemacht hat. Halten Sie, verflucht noch mal, das Maul!«, schrie sie Montoya an, als der sie zum Schweigen bringen wollte. »Hören Sie, hören Sie einfach zu.« Sie setzte sich wieder hin. »Diese Schlampe ist vollkommen durchgedreht, als sie hörte, dass Lino wieder da war und sich auch noch als Priester ausgegeben hat.«

»Wie hat sie das denn herausgefunden?«

»Hören Sie, das ist mir vielleicht irgendwann herausgerutscht. Es ist mir rausgerutscht. Aber das ist kein Verbrechen. Sie ist es, die ihn ermordet hat. Sie hat die Beerdigung des alten Ortiz dafür ausgenutzt, sich die Schlüssel aus dem Pfarrhaus besorgt und den Wein vergiftet. Sie hat es getan, denn schließlich ist damals ihr Junge in die Luft geflogen und danach hat sich auch noch ihr Alter weggehängt.«

»Danke. Sie haben mir gerade offiziell bestätigt, dass Sie wussten, weshalb sie ihn getötet hat. Das wussten Sie eindeutig nur, weil sie, wie gesagt, von Ihnen angestiftet worden ist. Außerdem haben Sie sich der Strafvereitelung hinsichtlich der Morde an Miguel Flores, José Ortega und Steve Chávez schuldig gemacht.«

»Verdammt! Verdammt! Warum sagen Sie nicht endlich mal etwas?«, herrschte sie ihren Anwalt an.

»Ich glaube, dass er einfach sprachlos ist.«

»Wir haben einen Deal. Wir haben einen offiziellen Deal...«

»Wegen des Betrugs und des tätlichen Angriffs auf eine Polizistin. Wegen all der anderen Sachen nicht.« Jetzt lehnte sich Eve auf ihrem Stuhl zurück. »Ich konnte es mir leisten, diesen Deal zu machen, denn ich wusste von vornherein, dass es wegen all der anderen Sachen mehrmals lebenslänglich für Sie gibt. In einem extraterrestrischen Betonknast ohne die Möglichkeit der vorzeitigen Entlassung. Obwohl schon dieser Satz Musik in meinen Ohren ist, hätten Sie noch viel Schlimmeres verdient. Detectives.«

Auf ihren Ruf betraten Stuben und sein alter Partner

Kohn den Raum. »Wir nehmen Sie wegen Mordes fest«, fing Stuben an, »und zwar an …«

Er zählte all die Toten des Frühjahrs '43 auf, und als Penny aufsprang, drehte Eve ihr kurzerhand die Arme auf den Rücken und legte ihr Handschellen an.

»Ich dachte, Sie würden sie vielleicht gern in ihre Zelle bringen«, bot sie den Kollegen an.

»Mit Vergnügen. Danke, Lieutenant. Vielen Dank.«

Während die Kollegen die laut fluchende Penny aus dem Zimmer zerrten, schaltete Eve ihren Rekorder aus und sah Montoya an. »Das hier ist wahrscheinlich deutlich mehr, als Sie erwartet haben. Ich an Ihrer Stelle würde meine sieben Sachen packen und schleunigst nach Hause gehen.«

Sie machte auf dem Absatz kehrt und betrat in dem Moment den Flur, als Roarke aus dem Observationsraum kam.

»Dann fliegen wir also heute Abend nach Nevada?«, meinte er.

Kein Wunder, dass sie vollkommen vernarrt in diesen Typen war. »Ja, das wäre gut. Aber ich würde gern noch jemanden mitnehmen, wenn das für dich in Ordnung ist.«

Epilog

Das Felsenkreuz warf einen Schatten auf den von der gnadenlosen Sonne vergoldeten Sand. Die Sonne bleichte den Himmel völlig aus und erfüllte die Luft mit einer Hitze, die einem den Atem nahm.

Eve stand halb im Schatten des Kreuzes und halb im gleißenden Sonnenlicht.

Die Suchgeräte hatten schon nach kurzer Zeit etwas entdeckt und die Helfer hatten die Gebeine dreier Menschen freigelegt. In einem heißen Grab hatten sie außer Knochen noch ein Silberkreuz sowie ein Silbermedaillon entdeckt – von der heiligen Anna, im Gedenken an die Mutter eines toten Priesters, die auch viel zu jung gestorben war.

Das hatte schon genügt, trotzdem hatte sie die DNA und das Gebiss des Toten überprüft.

Plötzlich fiel ihr wieder das Gespräch mit dem einheimischen Polizisten ein, bei dem Ortega als vermisst gemeldet worden war.

»Sie wissen, wie es ist, wenn man praktisch riecht, dass irgendwas nicht stimmt, aber ganz einfach nicht sagen kann, was diesen Geruch verströmt«, hatte er ihr erklärt. »Genauso ging es mir bei diesem Fall. Nur dass die Überprüfung dieses Kerls – seines Passes, seines Lebenslaufs und seiner Zeugen – einfach nichts ergeben hat.«

»Es gab keinen Grund für Sie zu denken, dass er jemand anderes ist als der, für den er sich ausgegeben hat.«

»Abgesehen von dem Geruch. Wir waren auch in dem Haus, das sie gemietet hatten. Wirklich hübsch, kann ich

Ihnen sagen. Unglaublich gepflegt. Nirgendwo gab es ein Zeichen dafür, dass was nicht in Ordnung war. Dabei haben wir genau geguckt. Wir haben uns alles angesehen, aber nirgends irgendwas entdeckt. Die meisten Klamotten des Vermissten waren verschwunden und dieser Aldo – oder Martinez – hat wie ein Schlosshund geheult. Ich habe auch den Vermissten gründlich überprüft, gesehen, dass er mehrmals Schwierigkeiten wegen Drogen hatte, und mir gedacht, er wäre vielleicht wirklich einfach abgehauen. Und dieser andere hat gefragt, ob ich einen Priester kenne, an den er sich wenden kann. Himmel, ich habe sogar noch gesehen, wie er mit diesem Priester weggefahren ist. Und ich habe nichts getan.«

Zur falschen Zeit am falschen Ort. Genau wie Quinto Turner, dachte Eve.

Der Tod war manchmal wirklich unglaublich gemein.

Deshalb war sie noch einmal hierher zurückgekommen, in den Schatten des Kreuzes, zu den Gräbern, die unter der gnadenlosen Sonne in den Sand gegraben worden waren. Weil der Priester sie darum gebeten hatte, der jetzt betend neben den inzwischen leeren Gräbern stand.

Sie fühlte sich seltsam, weil sie davon ausging, dass der Mann für jeden der drei Toten mit derselben Inbrunst betete, und so blieben sie und Roarke ein Stück zurück.

Schließlich drehte López sich zu ihnen um und sah sie aus seinen traurigen, ernsten Augen an. »Danke. Für alles, was Sie getan haben.«

»Ich habe nur meinen Job gemacht.«

»Jetzt haben wir sie alle zurück. Dafür haben Sie beide gesorgt. Aber jetzt habe ich Sie lange genug in der Sonne stehen lassen.«

Sie gingen zu dem kleinen, windschnittigen Flugzeug, das auf der harten Sandfläche stand.

»Möchten Sie was trinken, Pater?«, fragte Roarke, nachdem sie eingestiegen waren.

»Ich sollte um ein Glas Wasser bitten, aber hätten Sie vielleicht auch einen Tequila?«

»Ja.« Roarke holte persönlich eine Flasche und drei Gläser und schenkte ihnen allen ein.

»Lieutenant«, begann López, »darf ich Sie beim Vornamen nennen?«

»Die meisten Leute nennen mich Dallas.«

»Sie heißen Eve. Wie die erste Frau, die von Gott erschaffen worden ist.«

»Sie hat keinen wirklich guten Ruf.«

Der Hauch eines Lächelns huschte über sein Gesicht. »Meiner Meinung nach hat sie eine Schuld auf sich genommen, die sie nicht völlig alleine traf. Eve, ich habe darum gebeten, die Trauermesse für Pater Flores in St. Cristóbal abhalten und ihn dort an derselben Stelle wie unsere anderen Priester bestatten zu dürfen. Wenn mir das gestattet wird, würden Sie dann zu der Feier kommen?«

»Ich werde es auf jeden Fall versuchen.«

»Sie haben ihn gefunden. Nicht jeder hätte überhaupt nach ihm gesucht. Ihn zu finden, war nicht Ihre Aufgabe.«

»Doch.«

Lächelnd nippte er an seinem Glas.

»Ich habe eine Frage«, sagte Eve. »Anders als er ...« Sie wies auf Roarke. »... bin ich nicht katholisch oder so.«

Roarke rutschte auf seinem Platz herum, räumte murmelnd ein: »Ich auch nicht wirklich« und hob ebenfalls sein Glas an den Mund.

»Was ich meine, ist, dass ich – wie soll ich es formulieren? – durchaus nicht alles wörtlich nehme, was die Kirche sagt, aber ich würde trotzdem gerne hören, was ein Repräsentant der Kirche dazu sagt.«

»Wozu?«

»Juanita Turner hat bei ihrer Vernehmung etwas gesagt, das mir einfach nicht mehr aus dem Kopf gegangen ist. Glauben Sie, dass jemand, der sich selbst umbringt, nicht in den Himmel kommen kann, falls es einen Himmel gibt?«

López nippte erneut an seinem Glas. »Die Kirche hat eine eindeutige Einstellung zum Selbstmord, auch wenn dieser inzwischen in den meisten Ländern mit entsprechender Genehmigung gestattet ist.«

»Das heißt also, ja.«

»Die Bestimmungen der Kirche sind sehr klar. Aber Regeln lassen den menschlichen und individuellen Faktor häufig außer Acht. Wohingegen ich mir sicher bin, dass Gott immer alles sieht. Ich denke, dass sein Mitgefühl mit seinen Kindern keine Grenzen kennt. Deshalb kann ich in der Tiefe meines Herzens auch nicht glauben, dass Gott seine Tür vor den Menschen, die Schmerzen leiden oder die verzweifelt sind, verschließt. Habe ich Ihre Frage damit beantwortet?«

»Ja. Sie halten sich also nicht immer an die Vorschriften.« Sie warf einen Blick auf Roarke. »Ich kenne da noch jemand anderen, der es genauso hält.«

Roarke nahm ihre Hand. »Und ich kenne jemanden, der viel zu oft darüber nachdenkt, wo genau die Grenzen sind. Obwohl Grenzen manchmal unscharf sind, glauben Sie nicht auch, Pater?«

»Bitte nennen Sie mich Chale. Und ja, Grenzen können und sollten manchmal unscharf sein.«

Lächelnd verfolgte sie die Diskussion der beiden Männer, die sie einfach faszinierend fand.

Sie sah durch das Fenster, wie das trockene Gold der Wüste allmählich verschwand, während das Flugzeug sie nach Osten und nach Hause zurücktrug.